国家出版基金项目
NATIONAL PUBLICATION FOUNDATION

鲁迅与20世纪中国研究丛书

鲁迅与20世纪中国
民族国家话语

汪卫东　著

百花洲文艺出版社
BAIHUAZHOU LITERATURE AND ART PRESS

图书在版编目（CIP）数据

鲁迅与20世纪中国民族国家话语 / 汪卫东著. — 南昌：
百花洲文艺出版社, 2018.3
（鲁迅与20世纪中国研究丛书）
ISBN 978-7-5500-2717-6

Ⅰ.①鲁… Ⅱ.①汪… Ⅲ.①鲁迅著作研究 Ⅳ.①I210.97

中国版本图书馆CIP数据核字（2018）第046943号

鲁迅与20世纪中国民族国家话语
LUXUN YU 20 SHIJI ZHONGGUO MINZU GUOJIA HUAYU

汪卫东　著

出 版 人	姚雪雪
策　　划	毛军英
责任编辑	童子乐　张　越
书籍设计	方　方
制　　作	何　丹
出版发行	百花洲文艺出版社
社　　址	南昌市红谷滩世贸路898号博能中心一期A座20楼
邮　　编	330038
经　　销	全国新华书店
印　　刷	江西华奥印务有限责任公司
开　　本	720mm×1000mm　1/16　　印张　28.5
版　　次	2018年5月第1版第1次印刷
字　　数	420千字
书　　号	ISBN 978-7-5500-2717-6
定　　价	65.00元

赣版权登字　05-2018-109

邮购联系　0791-86895108
网　　址　http://www.bhzwy.com
图书若有印装错误，影响阅读，可向承印厂联系调换。

让鲁迅重新回到民族的现实生存中去

——"鲁迅与20世纪中国研究丛书"代序

谭桂林

　　鲁迅学在中国学界是一门显学，鲁迅与20世纪中国之关系的研究在国内外的中国现当代文学研究中，也都是一个持续热门的话题。成果汗牛充栋，意见纷纭杂陈，尤其是近20年来，国内外鲁迅研究趋势发生了一些重要的变化，归纳起来大致有三种现象比较明显。一是大众娱乐化现象。一些文化明星以鲁迅作商品，在各种大众传媒的平台上宣讲着各种似是而非的有关鲁迅的言论，消费鲁迅，利用鲁迅，其目的并不是宣传鲁迅，而是以鲁迅的牌号来包装自己，使自己的利益最大化；一些江郎才尽的作家则以开涮鲁迅甚至漫骂鲁迅来哗众取宠，迎合后现代文化思潮下社会公众对权威的消解狂欢；一些娱乐媒介甚至把鲁迅与朱安的婚姻、鲁迅兄弟的失和等私人生活事件加以种种的猜测、窥探和渲染，以此娱乐大众。二是价值相对化现象。国内思想文化界有一些学者利用重评20世纪文化论争的平台，或者抬高学术，贬抑启蒙，或者标举胡适，批判鲁迅；不少学者或文化人认为鲁迅的价值和意义在时空上是相对的，鲁迅的意义在于启蒙，在于对旧文化的批判和毁坏，这种批判和毁坏的力量在鲁迅的时代里是必须的，而当下的时代主题是建设，需要的是平和的理性精神，所以鲁迅是过时了的文化英雄，是功能退化乃至错位的文化符号。三是学术的边缘化现象。许多严肃的学者坚守在鲁迅研究领域，但是为了抗衡近20年来鲁迅研究中的浮躁状况，这些严肃的研究越来越学院化、边缘化、琐细化。研究的内容和研究成果的突出成就大多集中在研究史的总结、文本技术的解析、资料的整理考据，等等。这三种现象尽管对鲁迅研究的态度、对鲁迅精神的认知截然不同，但它们有一个倾向却是共同的，这就是从不同的方向把鲁迅这一民族精神的象征同当下民族的生存现实和文化建构疏离开来。正是针对鲁迅研究中的这三种现象，我们撰写了这一套丛书，目的就在于将鲁迅研究与20世纪中国社会的革命现实和民族命运重新联系起来。

我们认为，中国的20世纪是一个改革的世纪，政治制度的更迭变换是改革的外在形式，而整个世纪中有关改革的思想则总是围绕着若干基本问题而展开。鲁迅作为一个文学型的思想家与社会文化批评家，他与20世纪中国社会改革的关系当然是十分密切而深刻的。所以，本丛书以现代中国思想文化的发展为线索，提出了八个20世纪中国社会改革过程中的、鲁迅曾经深度介入的基本问题，从思想史的角度来清点、整理、发掘和重新解读鲁迅这一民族精神象征和文化符号与20世纪中国的联系。丛书不仅全面切实地梳理鲁迅研究界在这些基本问题上所取得的研究成果，深入地解读阐述鲁迅面对和思考这些基本问题时的思路、资源和观点，而且着重分析了鲁迅这一精神象征在20世纪中国历史中建构与形成的内在机制与外在因缘，深度阐释鲁迅这一文化符号在20世纪中国社会改革进程中的能指、所指和功能结构，突出一种从民族精神象征与文化符号的意义上对鲁迅与20世纪中国关系进行综合思考的问题意识和方法观念。我们希望通过这一思想史角度的采用和综合思考的方法观念，使本丛书既容纳又超越过去从文学史角度或者学术史角度进行鲁迅研究总结的局限性，在新世纪的鲁迅研究中，从理论上进一步深化思想、文化与现实融会贯通，多种学科交叉融合的鲁迅研究新思维。

在20世纪的中国，不少先进知识分子向西方寻求真理来解决中国的问题，结果形成了激进主义的文化思潮；也有不少刚正的知识分子固守民族的文化血脉，主张以儒家文化融汇新知来渐进改良，结果形成了保守主义的文化思潮。

我们认为，在"五四"一代中国的知识分子中间，也许只有鲁迅的思想真正超越了激进与保守的思维模式，根基的是本民族的经验和当下的个体生命感受。鲁迅的伟大就在于他用熔铸着民族本土经验和个体生命感受的思想为20世纪中国的社会改革与文化发展提供了一种无可取代的精神资源。改革开放初期，针对"左"倾思潮影响下鲁迅研究的机械政治化倾向，鲁迅研究界曾经发出鲁迅研究要"回到鲁迅那里去"的口号。现在30年时间已经过去，针对近年来鲁迅研究的学院化和娱乐化的倾向，我们认为，应该理直气壮地提出"让鲁迅重新回到民族的现实生存中去"的口号。所以，本丛书将通过对鲁迅思想的民族化和个体性特点的发掘与阐述，在民族精神象征和文化符号的基石上，重新建立起鲁迅与20世纪中国社会的密切联系，让鲁迅精神和鲁迅研究重新深度介入中国当下社会改革的民族生存现实中去。

基于这样的立场，在本丛书的写作中，我们强调了三个方面的方法理念。

一是突出问题意识。本丛书在研究思路上，以思想史为线索，以问题意识为切入口，来清点、整理、发掘和解读鲁迅这一象征和符号在中国民族复兴运动中的伟大意义、价值及其局限性。这种问题意识的突出，也许能对目前鲁迅研究界纯粹学术研究的学院传统有所突破。本丛书选择的八个问题经过精心选择，其中国民信仰的重建、政治文化的变迁、民族国家话语的建构等都是我国20世纪精神文化建设中举足轻重的问题，而鲁迅与中国的都市化进程、与20世纪中国的文学教育以及鲁迅在20世纪中外文化交流历史上的符号功能与象征意义等，则是本丛书提出的具有创新性的问题。譬如鲁迅与20世纪中外文化交流的子课题，我们的研究对象不仅是国外对鲁迅的学术性研究，也不仅是鲁迅对外国文学的译介活动，我们的重心是鲁迅在20世纪中国对外文化输出方面所起到的历史和现实作用及所达到的积极效果。其中包括收集整理和分析西方主流媒体的鲁迅报道、西方主流教育中的鲁迅课程开设情况以及西方主流大学中文系与文学系对鲁迅的学习介绍情况，尤其是要运用比较的方法来探讨西方主流教育鲁迅课程开设的特点，为国内鲁迅教育以及国外孔子学院的鲁迅推广提供参考。正是因为本丛书设计的重心不是单纯研究鲁迅在社会文化领域内诸多方面的成就和贡献，而是紧紧扣住20世纪中国社会文化发展的若干基本问题，着重研究鲁迅这一符号和象征在20世纪中国社会文化发展中所起到的作用、所具有的价值和意义，所以这一设计方向可能使本丛书的研究另辟蹊径，可以从鲁迅研究浩如烟海而且程度高深、体系庞大的已有成果中突围出来，建构起自己的原创性。

二是强调民族经验。我们认为，鲁迅作为20世纪中国伟大的文学家、思想家和社会文化批评家，他的伟大之处就在于他对中国现代社会问题的思考具有鲜明的独特性。他同无数现代先进知识分子一样，为了改变民族命运而积极介入中国社会问题的思考。而他与很多现代知识分子不一样的地方在于，他是在中国这块文化土壤里诞生出来的一个思想独行者，他从来就是立足在中国的土地上、立足在"当下"这一时间维度上，以自己对于中国民族生存现实的极其个性化的生命体验为基础，来考量、思索和辨析中国社会存在的问题。所以，鲁迅对于20世纪中国文化史的贡献乃是他提供了一种极其鲜明的、具有民族本土性和生命个体化的关于中国问题的思想。本丛书在设计上一个突出的特点就是在整个课题的论证过程中强调鲁迅思想的民族性，从民族本土经验与个体生命体验相熔铸的观点来阐释鲁迅思想在现代中国思想界不可取代的独特性。这一观念在鲁迅资源与20世纪中国社会改革之关系的研究中具有支撑性的创新意义，同时也能对于国内外近来比较流行的认为中国现代民族国家的历史是想象的历史，民族国家只是存在于知识分子的各种文字记叙中的学术观点给予理论上的回应。

三是解读批判精神。我们认为，鲁迅是20世纪中国伟大的文化巨人，而他的伟大性在于他是一个思想批判型的文化战士，他的特征是民众的立场、人本的理念、积极介入现实的公共情怀、独立思考的精神原则、不惮于做少数派的英雄气度以及信仰的纯粹意义。这种批判不是只问破坏与摧毁式的批判，而是康德的批判哲学中所倡导的在反思中求证、在扬弃中螺旋上升式的主体自由精神。社会建设需要鲁迅这样的具有纯粹信仰的批判型文化战士来承担社会文化批判的任务，来体现知识分子作为社会良知在社会文化发展中的中坚作用，使民族的发展、社会的建设始终保持一种人本的取向、清醒的精神和理性的态度。这一观点，我们认为对鲁迅资源在当代中国社会改革与文化建设的伟大价值的阐释方面，具有十分重要的意义。

在具体的研究方法上，本丛书的写作力图突出两个方面的特色。一是将历史述评与现实透视结合起来。这一研究方法包括两个层面的要求，第一是要求每一个子课题都必须有研究史梳理的论证环节，将研究历史的梳理评述与当下研究现状的透视分析结合起来；第二是要求每一个子课题都必须十分重视鲁迅生前与20世纪中国社会革命，与20世纪中国民族发展的命运的紧密关系的研究，也即重视鲁迅的生命史与中国现代革命史之间的紧密关联，这是整个丛书研究的历史基础，没有这个基础，也就无法说清楚鲁迅的符号意义与精神象征在当代中国社会发展与民族文明建设上的资源价值所在。二是将社会调查与学理思辨结合：本丛书同时具有基础研究和应用研究这两方面的特质，是一种综合性的研究项目。因而，本丛书在研究方法上坚持学理思辨与社会调查相结合的论证途径。在具体研究中，尤其重视社会调查的环节，合理地设计调查内容，精确地统计与分析调查数据和资料，对鲁迅在公众心目中的形象定位、鲁迅资源在某个现实问题中的社会效应、鲁迅形象在国内外媒体传播中的实际状况、鲁迅资源在国内外文学教育中的功能呈现等等问题进行广泛的社会调查。由上海同济大学承担的国家社科基金特别委托项目"鲁迅社会影响调查报告"在这方面开启了一个先端，但这一项目目前成果侧重在学术与社会物质文化的层面，我们希望本丛书以社会文化问题为中心，将鲁迅的社会影响调查推进到国民精神与心灵现象的层面，从国内影响推进到国际影响的层面，实现在鲁迅社会影响研究方面的进一步补充与深化。

需要说明的是，本丛书是在国家社科基金重大项目"鲁迅与20世纪中国研究"结项成果的基础上编选出版的。2011年底，重大项目"鲁迅与20世纪中国研究"获得全国社科规划立项，这对我们既是一种巨大的鼓励，也是一份沉甸甸的责任。5年来，仰仗课题组各位同人的大力支持与辛勤劳作，这一重大项目取得了显著成就，各个子课题组成员总共发表出版阶段性研究成果120余项，其中著作6部，论文110余篇，论文集2部。不少论文发表在《中国社会科学》《文学评论》《鲁迅研究月刊》《中国现代文学研究丛刊》等国内重要的学术刊物上。最让我们难以忘怀的是课题组分别在2013年和2015年召开了"鲁迅与20世纪中国研究"国际学术研讨会和"从南京走向世界——鲁迅与20世纪中国研究青年学术论坛",这两次会议得到国内外鲁迅研究专家的热情支持,在鲁迅学界产生了热烈的反响。项目于2017年上半年顺利结项,作为项目的首席专家,我要特别感谢朱晓进、杨洪承、郑家建、汪卫东、何言宏、刘克敌、林敏洁、李玮等子课题的负责人,感谢参与此项目研究的各位作者,是你们的通力合作和智慧付出,才保证了此项目的圆满完成,也保证了本丛书的顺利出版。在2017年11月绍兴召开的中国鲁迅研究会年会上,新任会长孙郁在感言中说,研究鲁迅是自己一生的坚持。这句话,朴实而掷地有声,可以说代表了我们每个鲁迅爱好者的心声。能够坚持一生,不仅因为我们热爱鲁迅的作品,而且也是因为鲁迅研究是一个高水准的学术共同体。在这个共同体中,我们不仅能够始终仰望着一个伟岸的、给我们以指引和慰安的身影,而且能够经常性地与一些这个时代的优秀的、高境界的心灵进行对话。在这个共同体中,经常能够爆发出给人以思想震撼力的研究成果,这也是鲁迅研究一代代学人值得骄傲的事情。当然,这套丛书肯定存在许多缺点,我们不敢期待它能有多么杰出的成就,但如果能够为鲁迅研究这一学术共同体提供一点新的具有参考价值的观点与材料,为鲁迅这一民族精神象征重新回到民族现实生存中去起到一点促进的作用,于愿已足。

最后,要诚挚感谢国家出版基金对这套丛书的慷慨资助,感谢百花洲文艺出版社毛军英等领导和编辑们对此丛书出版给予的大力支持和付出的辛勤劳动。

目录

绪论 "天下"的瓦解与"世界"的形成

由帝国形态的王朝国家，被强行纳入源于欧洲的现代民族国家的世界体系，从而成为现代民族国家的一员，这是近两个世纪以来中国最重要的现代性事件。

现代民族国家的世界体系，起源于西欧，在这之前，世界上广泛存在的国家形态是区域性的王朝帝国。因交通的阻隔，帝国的兼并与扩张只能在交通许可的地理区域内进行，交通阻隔的不同地区，则各自形成帝国的中心，在前现代的地球上，主要形成了两个区域性帝国的中心。一是以地中海为中心形成的帝国，如波斯帝国、马其顿帝国、罗马帝国、拜占庭帝国、伊斯兰帝国、奥斯曼帝国等，它们以地中海为中心，在不断的碰撞、交融、扩张、兼并中形成，其所影响的区域，除了地中海沿岸外，还包括西亚、中亚、北非甚至印度次大陆。另一个区域性帝国，是以黄河与长江为中心形成的中华帝国，东部面临广阔的太平洋，西部、西南部因高原、山脉的阻隔，没有形成有效的地理交通。虽从秦汉时期始就有通西域的丝绸之路，但毕竟没有形成长期大规模的文化交通。虽在与北方游牧民族的争夺中，中华大地几度易主，但相比较地中海文明的动荡不安，中华文明形成了相对稳定的文化与政治格局。从秦汉始，中华大地上大一统的帝国就已形成，并延续几千年。

对于中华文明的这一特点，本书的主角鲁迅在其最早时期的文献中就已有准确的判断和表达：

昔者帝轩辕氏之戡蚩尤而定居于华土也，典章文物，于以权舆，有苗裔之繁衍于兹，则更改张皇，益臻美大。其蠢蠢于四方者，胥藐尔小蛮夷耳，厥种之所创成，无一足为中国法，是故化成发达，咸出于己而无取乎人。降及周秦，西方有希腊罗马起，艺文思理，灿然可观，顾以道路之艰，波涛之恶，交通梗塞，未能择其善者以为师资。洎元明时，虽有一二景教父师，以教理暨历算质学于中国，而其道非盛。故迄于海禁既开，暂人踵至之顷，中国之在天下，见夫四夷之则效上国，革面来宾者有之；或野心怒发，狡焉思逞者有之；若其文化昭明，诚足以相上下者，盖未之有也。屹然出中央而无校雠，则其益自尊大，宝自有而傲睨万物，固人情所宜然，亦非甚背于理极者矣。虽然，惟无校雠故，则宴安日久，苓落以胎，迫拶不来，上征亦辍，使人荼，使人屯，其极为见善而不思式。有新国林起于西，以其殊异之方术来向，一施吹拂，块然踣僵，人心始自危，……①

夫中国之立于亚洲也，文明先进，四邻莫之与伦，寒视高步，因益为特别之发达；及今日虽彫苓，而犹与西欧对立，此其幸也。顾使往昔以来，不事闭关，能与世界大势相接，思想为作，日趣于新，则今日方卓立宇内，无所愧逊于他邦，荣光俨然，可无苍黄变革之事，又从可知尔。故一为相度其位置，稽考其邂逅，则震旦为国，得失滋不云微。得者以文化不受影响于异邦，自具特异之光采，近虽中衰，亦世希有。失者则以孤立自是，不遇校雠，终至堕落而之实利；为时既久，精神沦亡，逮蒙新力一击，即眚然冰泮，莫有起而与之抗。②

文明的优越感与地理视野的局限，使中国将目光所及，视为"天下"，并自视为天下的中心——"中国"。"天下"既是一个相当于现在的"世界"的概念，同时也几乎就是中国自身。中国与"天下"的关系，不是现代世界的国

① 鲁迅：《坟·文化偏至论》，《鲁迅全集》第1卷，人民文学出版社1981年版（下同），第44页。

② 鲁迅：《坟·摩罗诗力说》，《鲁迅全集》第1卷，第99页。

鲁迅与20世纪中国研究丛书

家与世界之间的局部与整体的关系，而是中心与边缘、核心与整体的关系，中国是天下的核心。然而我们知道，这个"天下"，只是现代世界的局部。

由帝国到现代民族国家，由"天下"到"世界"，这是中国近现代以来最大的现代性事件，所谓"数千年未有之大变局"，也应在这个层面来理解。这个"变局"之后，不仅是国家形态、政治格局与地理区域的变动，其背后，则是文明与文化的空前转型。

由于前现代的地理阻隔，东西各自形成的帝国区域，同时也就是不同的文明与文化的区域，形成不同的文化传统：地中海文明在几千年的冲突交融中，形成了基督教文明与伊斯兰文明；中国大陆两河文明形成中华文明。既然前现代时期这中西两大文明交流甚少，则无疑具有各自的文明特征。早在前现代游牧异族入侵时期，汉族士大夫就将中国视为文化的存在，认为中国文化可以同化异族入侵者，文化不亡，则中国不亡。近代西方迫来，士大夫也认为，在中西冲突中，中国落后的是器物层面，精神仍优越于西方，后人甚至提出中国是"文化国家"的说法。

无论是最初的"中体西用"，还是后来的中体亦不行，倡导"思想革命"，其背后的中西文化是两种不同的文化的判断，则是一致的。在此背景上，中西之争，就是文明的冲突。

西方文明在15世纪左右，开始由地中海向大西洋区域扩张，随着新航路的开辟和地理大发现，现代意义上的世界开始呈现，西方文明开始向全球扩张。循着新开辟的航路，西方文明开始自海上向东迫来，两大文明的碰撞，自兹开始。

中西文明在近代的碰撞，也可以说是新旧两种类型的帝国之间的碰撞。15世纪的荷兰、16世纪的西班牙、17世纪的英国，都是西方近代依托新航路发展起来的新兴世界性帝国，当他们挟浪袭来时，中国还是一个东方传统帝国。新帝国基于欧洲新兴的民族国家，不再是传统帝国以领土占领、收取赋税作为政治统治方式的帝国模式，而是将开拓市场获取资源作为动机，以殖民的方式实施扩张与管理。也就是说，中国所面对的，既是地域差异和类型差异所导致的不同文明，也是刚刚兴起的现代资本主义文明。新与旧、现代与古代，这些观念正属于西方文明的现代意识，在西方文明实现自己的全球化的过程中，也将新与旧的观念带入新开辟的世界。

中西文明，在地理发生学意义上，具有大陆（河流）与海洋、水利与航海、农业与商业的类型的不同，在此基础上形成了不同的文化；同时，在全球化的现代，中西又被纳入新与旧、传统与现代的理解范畴中。全球化是西方文明发展的结果，面对强大的全球化浪潮，中国的变革与转型不由自主。如果中国是"传统"或"旧"的帝国和文明，则其"现代化"刻不容缓；如果中国是独特的"文化国家"，则文化层面的应对自然也义在题中。

即使"沦于异族"，前现代的中国从来没有在文化上遇到过挑战。近代中西文明的碰撞，遭遇的是文化的挑战，"数千年未有之大变局"之深意在兹。

可以说，中国现代的文化、政治与社会，都起于这一空前的现代转型。中国现代文学的发生，自然与现代转型密切相关。"五四"新文学的产生，源于救亡图存的近代中国情结，从洋务派的兴业振兵，到维新派的体制改良，到革命派的排满共和，再到"五四"思想革命和文学革命，都是在救亡情结驱使下水到渠成的理路。可以说，20世纪中国文学，在某种程度上是民族国家的文学，文学以想象与寓言的方式，深刻参与了20世纪中国民族国家意识的建构。

鲁迅，作为20世纪中国文学开创性的并具有典范性的文学家，其与现代民族国家意识之间的关系，更具有源头性的意义。鲁迅思想丰富复杂，但如果删繁就简，直指其原初思想动机和基本问题意识，则无疑是面临空前现代转型的中国问题——现代民族国家的建构问题。终其一生，鲁迅的写作所展开的现实批判、文化批判和国民性批判，最终的指向，是中国现代转型及现代民族国家建设的精神基础问题。在鲁迅那里，现代民族国家的建立与兴起，基于作为国民的人的精神的振作及其现代转型，这不仅仅是体制层面上的现代公民意识的建设，而且指向更为基本的现代转型的精神基础，并且需要作为"个"的人格来承担。

与20世纪中国思想、政治与文学一样，鲁迅思想与文学面对并深刻参与了共同的时代问题——近代救亡危机以及民族国家的现代转型。今天，我们探讨鲁迅的思想、文学与中国近代救亡和现代民族国家建构的关系，需要追问

鲁迅与20世纪中国研究丛书

的是，作为20世纪中国思想与文学的标志性存在，鲁迅的思想与文学是如何想象、表达现代民族国家意识，并且参与现代民族国家意识的建构的？以民族国家现代转型为终极焦虑的鲁迅思想与文学，为中国现代民族国家的转型提供了哪些值得发掘和弘扬的视点、思路和精神元素？在当下正在艰难进行的现代转型中，鲁迅的精神资源又有怎样的现实价值？

第一章 现代转型的精神与肉身：鲁迅思想、文学与20世纪中国民族国家话语

第一节 "民族魂"：鲁迅存在的基本定位

1936年10月，鲁迅溘然长逝，短时间内，这一消息震动了国内外文化界。鲁迅葬礼，备享哀荣，上万民众前去送葬。《鲁迅先生逝世经过略记》记录了葬礼的细节：

> 由上海民众代表献"民族魂"白地黑字旗一面，覆于棺上。
>
> ……
>
> 在一片沉重广茫练似的哀悼的歌声的缠裹里，先生的灵柩，便轻轻地垂落进穴中。夜了，天西的月亮还没有满弦；深秋的风，动着墓地上黄杨和梧桐的叶子，和了那仍是一条沉落向海底的练似的歌声轻轻地沉向了远天。①

作家周文以亲历者身份详细记录了当时的场面：

① 《鲁迅先生纪念集·鲁迅先生逝世经过略记》，中国社会科学院文学研究所鲁迅研究室编：《1913—1983鲁迅研究学术论著资料汇编》第二卷，中国文联出版公司1985年版，第21页。

一长列白色的挽联走在前面，接着是一长列花圈，十几个人高举着一张大白布的鲁迅先生的伟大的画像，成万的人悲痛地排成几里长的行列拥着装着鲁迅先生的遗体的灵车，沿路上只听见不断的悲壮的挽歌声：

"哀悼鲁迅先生，

哀悼鲁迅先生，

．．．．．．．．．．．．．"

那声音呵！河流似的呜咽在满街满巷。万国公墓黑压压的挤满了人群，举行了伟大的空前的"民众葬"的仪式，在矗立着的礼堂面前，有民众的代表们及救国团体的代表在众人的呼喊中用一幅"民族魂"三个大黑字的白绫覆在棺上。"鲁迅先生精神不死！"一片多么庞大巨人似的喊声阿！那涨红着脸的太阳也都惨淡地躲下地去，苍茫的暮霭缭绕在权桠的树根间，一弯愁惨的月儿在那青苍的天边透过树梢也悲不可抑地偷偷的露出她那苍白的脸。①

1956年10月14日，在鲁迅的迁葬仪式上，巴金和金仲华一起把复制的"民族魂"旗帜献盖在灵柩上。②

无论生前有多少朋友与敌人，当鲁迅突然离世时，人们几乎都形成了一个共识：这个人是一个将自己的一生与民族的生存与解放紧紧联系在一起的大德。"民族魂"，成为最精准的盖棺定论。

在日本，夏目漱石被称为"国民作家"，他的头像印在日元纸币上；在中国，鲁迅更有资格被称为"民族魂"。

在近三千年源远流长的中国文学史中，如果选出中国文学最具有代表性的文人作家，大概可以提供这样一个名单：屈原、司马迁、陶渊明、李白、杜甫、韩愈、苏轼、曹雪芹与鲁迅。这些作家或代表了他那个时代的总体成

① 周文：《鲁迅先生是没有死的》，鲁迅博物馆鲁迅研究室《鲁迅研究月刊》选编：《鲁迅回忆录·散篇》中册，北京出版社2000年版，第640页。

② 周立民编著：《巴金手册》，广西师范大学出版社2004年版，第98页。

就，或为文学提供了某种新的范式：屈原（文学史中记载的最早的文人）与司马迁分别代表着中国文学的诗骚与史传传统的初创，陶渊明代表影响深远的文人隐逸精神以及汉以来古体诗的成就，李白、杜甫、韩愈、苏轼是中国文学鼎盛时期诗、文成就的代表，曹雪芹的《红楼梦》不仅代表着中国传统叙事文学的成就，也是中国传统文学的集大成与终结之作。在这一名单中，鲁迅的位置最为独特，如果说屈原到曹雪芹代表的是中国古代文学的成就，那么，从鲁迅开始，准确地说，是在鲁迅那儿，几千年的文学传统实现了从传统到现代的转型。

鲁迅的时代，处于"数千年未有之大变局"，这不是中国历史中经常发生的改朝换代，也不是春秋战国时代中国历史系统内的局部文化转型，而是全球化时代中西两大文化的碰撞，自此，几千年自成系统的中国文化不得不面临转型。现代转型的深层，是新型文化的挑战，放宽历史的视界。鲁迅，是这一具有全球背景的空前文化转型中出现的杰出现代思想者和文学家，是这一空前文化变局中出现的现代中国文化的代表，对其思想与文学价值的判断，离不开现代转型的宏阔背景。可以说，鲁迅思想，是中国现代转型的一个深刻精神维度，它以对现代转型的精神基础的深刻关注，提供了一个深度视点；而鲁迅文学，作为其参与现代转型的主要行动及其副产品，刻录下了他以文学参与现实的历史轨迹，及其充满挫折与绝望的心灵历程，在某种意义上成为20世纪中国艰难现代转型的痛苦"肉身"。在几千年的中国文学史与文化史中，鲁迅站在古今中外的交汇点上，成为改变传统、创造时代的历史角色。

鲁迅一生，与中国空前艰难的现代转型紧紧联系在一起，并奉献了深刻的精神与文学遗产。怀着"我以我血荐轩辕"的晚清激越情怀，青年鲁迅负笈东瀛，探求救亡之路，由医学到文学，由医治身体、促进维新到改变精神。鲁迅的志业选择，始终不离民族救亡与现代转型的事业，通过富有精神深度的文学激活沉于私欲的国民精神、以新文学参与中国现代转型的精神转型——弃医从文后确立的这一深度指向，成为鲁迅一生的志业和追求。在中国历史上，从来还没有一个文人，像鲁迅那样将自身的文学活动与民族命运紧紧联系在一起，在某种意义上，他继承了屈原、杜甫的家国情怀，但又突破传统范式，将处于独立位置的文学，与处于艰难现代转型的民族未来的可能性连接在一起，不仅开启了新文学，同时也开启了文学与家国命运结合的新范式。今天，鲁迅奠基的新文学已在中国生根发芽，鲁迅文学指向的中国现代转型的精神基础问题，仍然是处于转型的当代中国亟待解决的问题，鲁迅与民族命运的纠缠，还将继续下去。

所谓"民族魂"，即现代中国的民族精神的代表，通过引介，创立新的文学，鲁迅以毕生精力致力于作为民族现代转型基础的精神转型，并以卓越的文学实践和精神风范，当之无愧为现代中国的"民族魂"。鲁迅对传统精神痼疾的自觉与批判，对现代精神价值的洞察与引介，对中国现代转型的精神基础的寻求，这些精神遗产，已融入中国现代国民精神之中，成为现代中国民族精神的一个必要组成部分。

第二节　"立人"与民族国家现代转型的精神基础问题

鲁迅的思想表达，始于留日时期的撰述，1907—1908年发表的五篇文言论文，是其第一次系统发表自己的主张，系统表达了青年周树人对中国摆脱近代危局的思考。《人之历史》《科学史教篇》《文化偏至论》《摩罗诗力说》《破恶声论》——这在二十年后收入《坟》杂文集中的排列顺序，显现了一个渐次深入的系统思考。《人之历史》通过对西方进化论学说的梳理，追问生物在进化之途中自身的能动作用，强调人在生物进化中"超乎群动"的"人类之能"。《科学史教篇》通过对科学背后的"真源"的追索，揭示科学发展背后人的"神思""理想""道德"和"圣觉"，强调科学—知识之外的人类精神需求的重要性，从而进一步揭示了"人类之能"的根源所在。《文化偏至论》针对"众数"与"物质"这两个19世纪文明的弊端，从西方19世纪末"极端个人主义"之"主观主义"和"意力主义"中拿来"个人"与"精神"，作为救文明之偏的"道术"，"个人"和"精神"相互涵涉，从而把"人类之能"的根基逻辑地落实到以"意力"为根基、以"个"为单位的"人格"之上。

《摩罗诗力说》强调"诗"——"心声"对于民族兴亡的重要，通过输入充满"意力"（"立意在反抗，指归在动作"）的"摩罗诗人"之"新声"——"心声"，以激起国人的"内曜"，以摩罗诗人的"诗力"激发国人人心中本有之"诗"，并呼唤中国摩罗诗人的出现，以启中国的"第二维新之声"。《破恶声论》痛感于"心声内曜，两不可期"的"寂漠"之境，呼唤国人之"白心"，通过剖击"破迷信"和"崇侵略"等"恶声"，捍卫了精神信仰的重要性，彰显了"人性"对于"兽性""奴性"的优越，表达了对人性进化的信念。诸篇之核心，在《文化偏至论》和《摩罗诗力说》，前者鲜明地提出："是故将生存两间，角逐列国是务，其首在立人，人立而后凡事举；若其道术，乃必尊个性而张精神。"①"国人之自觉至，个性张，沙聚之邦，由是转为人国。"②抓住了中国现代转型的"个人"—"精神"的契机。后者则伸张"诗力"，希望中国有"摩罗诗人"出现，以"心声"激起国人"内曜"，开启"第二维新之声"，又为中国现代转型抓住"诗"—"文学"的契机。"精神"与"诗"，这是鲁迅为中国摆脱近代危机与现代转型抓住的两个重要契机。但是，在彼时革命派与维新保皇派激烈交战的日本，被掩埋于众声喧哗之中，没有受到关注，导致其五篇论文的写作未完而终，并在此后陷入近十年的隐默。但十年后，当标举"思想革命"与"文学革命"的"五四"新文化运动蔚然兴起，周树人有关"精神"与"诗"的孤寂思考，开始成为历史的选择，周树人汇入"五四"而成为"鲁迅"，势所必然。

综观鲁迅的思想起点，"兴国"—"立人"—"文学"是其内在理路。"兴国"，是参与历史的原初动机；"文学"，是参与历史的方式；而处在核心位置的"立人"，可以说是由"兴国"到"文学"的中介。在"兴国"—"立人"的关系上，鲁迅将中国摆脱近代危机的出路——现代转型的焦点，放在"个人"与"精神"之上，将国人"精神"的现代转型，视为中国现代转型的基础；在"立人"—"文学"的关系上，"文学"，成为促进国人"精神"

① 鲁迅：《坟·文化偏至论》，《鲁迅全集》第1卷，第57页。
② 鲁迅：《坟·文化偏至论》，《鲁迅全集》第1卷，第56页。

转型的最佳选择，据鲁迅自己说，彼时之垂青文学，在于认为"而善于改变精神的是，我那时以为当然要推文艺。"[①]

在鲁迅这里，基于"立人"的文学，始终与中国现代转型的精神基础紧密相连。文学不仅仅归属于现代学科分类中的某个门类，不仅仅是现代性逻辑中的审美之维，更不仅仅是所谓名山事业，而是参与中国现代转型的行动。鲁迅注目的，始终是文学的"反映人生，改良社会"的精神功能，其文学诉诸人的精神世界的挖掘，指向现实的不幸与精神的痼疾，沟通内在的"心声"，连接深处的痛感，召唤读者精神主体的觉醒，鲁迅文学，本质上是召唤主体的文学。

"立人"——国人"精神"的现代转型，被鲁迅视为中国现代转型的基础，也是其参与中国现代转型的毕生志向。现代转型的深层，是文化的转型，只有立足于现代国人精神的再创造，才能争存于现代民族国家之林。"立人"—"精神"与"诗力"的思想结构，是鲁迅一生的思想基点，成为中国现代转型之精神转型的深刻维度。

第三节　弃医从文与文学救亡的现代理路

1905年，提前中断学医的鲁迅从仙台回到东京，开展文学计划，这是其个人文学生涯的开始。

"弃医从文"的内在理路，不仅在"幻灯片事件"顿悟中，也在后来展开的一系列文学计划中。"幻灯片"展示的中国人围观中国人被杀的场景，使孤独而敏感的青年鲁迅开始悟到，学医而试图救治中国人的身体还不是最终的救治之道，无论中国人如何健壮，如果没有精神的革新，则只能做"示众"的材料与看客，因而最要紧的是改变他们的精神，而他当时以为改变精神最有效的，是文艺。

回到东京后，鲁迅开始实施自己的文学计划，但接连遭遇挫折。第一个

① 鲁迅：《呐喊·自序》，《鲁迅全集》第1卷，第417页。

是办文学杂志，已经组织了四个同好，连杂志名和封面设计都准备好了，但最后跑掉了提供资金的人，杂志被迫流产。作为补充，鲁迅又开展了两个文学行动，一是与弟弟周作人一道翻译外国小说，二是在当时的留学生杂志上发表文章。但两个行动也相继遇到打击，两册精心选择、装帧精美的《域外小说集》出版了，但也只各卖出二十本；在《河南》杂志上发表的系列论文，面对当时的中国危机提出了系统主张，也没有得到任何反响，最后一篇未完而终。

但就是在失败的文学行动中，展现了青年鲁迅"弃医从文"的内在理路。《域外小说集》所选，与当时流行林纾译著迥异，侧重19世纪东欧、北欧及俄国被压迫民族的短篇小说，尤其注重具有精神深度与反抗精神的作品，将文学与"精神"联系在一起。五篇文言论文，从《人之历史》对人的进化之"能"的梳理与追问，到《科学史教篇》对"科学"背后精神基础的寻找，再到《文化偏至论》中对"兴国"必先"立人"，以及"立人"之"尊个性"与"张精神"前提的确立，到《摩罗诗力说》对以"诗"召唤精神主体的"第二维新之声"的冀盼，直到《破恶声论》对流行"恶声"的抨击，展现了"弃医从文"的内在理路："救亡"—"兴国"—"立人"—"尊个性而张精神"—"诗力"，即以"文学"召唤沉沦于"私欲"的中国精神主体，在精神激活的基础上重造中国的现代文明。然而，正当青年周树人苦心孤诣的时候，在中国思想界的前沿——东京，正在发生排满革命派与保皇维新派的激烈论战。中国近代的转型理路，尚处在制度改良与民族革命的关节点，"精神"与"诗"的发现未免超前，青年周树人遭遇寂寞，当在情理之中。

在西学东渐的压力下，晚清被迫开始"学"之转型，开明之士出于对"文胜质"的传统之"学"的失望，开始鼓吹学习西方的"实学"，声光化电的"格致"之学在晚清成为新型学子的时尚选择，负笈东瀛的晚清学子，皆选择兵、商、工、矿、医等实学。在晚清实学思潮中，鲁迅也选择了医学，但随后又逆潮流而动，舍"实学"而就"文学"。他发现了西来"实学"背后的"精神"，并发现了"新文学"，及其与这一"精神"的内在联系，试图以"新文学"召唤"精神"。

鲁迅以"精神"与"文学"为"兴国"契机的系列文学行动发生于1905

到1908年，之后，因文学计划的接连挫折提前回国，开始十年的隐默期。近十年后的1917年，《新青年》进入北京大学，一校一刊开始碰撞，"五四"新文化运动风起云涌，"五四"的理念就是"思想革命"与"文学革命"，可以说，经过器物—制度—民族革命等近代转型理路的转换，"五四"一代人的思路，开始进入"思想"与"文学"层面，从而远接十年前青年周树人在日本关于"精神"与"诗"的孤寂思考。现在暂且不论这一思路本身有无问题，可以说，鲁迅20世纪初"弃医从文"的个人抉择，成为中国20世纪"文学"的先声。

因而可以说，发生在20世纪初的鲁迅的"弃医从文"，既是鲁迅的个人事件，也是20世纪中国的文学事件与精神事件。

第四节　作为独特民族国家话语的国民性批判及其文学表达

鲁迅以文学参与现代转型的志业，在其坎坷人生中经历过几次转换。早期"精神"与"诗"的呼吁遭到时代话语的埋没，青年周树人对自身能力产生怀疑，认识到"我决不是一个振臂一呼应者云集的英雄"[①]。1908年，《破恶声论》未完而终，到1918年署名"鲁迅"的《狂人日记》在《新青年》悄然出世，相隔正好十年，在这十年中，除了文言小说《怀旧》，鲁迅几无创作，再也没有系统表达过对时局的见解，陷入长达十年的隐默。十年隐默中，伴随近代中国仓皇变革的曲线，对中国近代危机的洞察进一步加深，早年的绝望遂更为深重。鲁迅十年后的复出，是在"金心异"（钱玄同）的劝说下，将来自"铁屋子"的绝望让位于放在"将来"的"希望"，答应重新开始写文章。十年后，当周树人以鲁迅的面目出现时，早年慷慨激昂、激扬文字的诗性青年，已成为冷静的中年小说家，换言之，鲁迅以文学为志业的选择，十年后落实为小说的创作。鲁迅选择小说的背后，有着思想的重大转换。

隐默十年中中国时局的急剧转换，使鲁迅对中国危机的本质有了进一步洞

---

① 　鲁迅：《呐喊·自序》，《鲁迅全集》第1卷，第417—418页。

察，现实革命的仓促成功及后来革命成果的逐渐流失，似乎印证了十年前对现代转型之"精神"契机的深思。同时，中国近代危机的精神本质更加显露，伴随着个人生活的诸多不幸（婚姻的不幸与健康的隐患），绝望感进一步加剧。可以说，十年后，鲁迅是带着空前强烈的危机意识重新开口的，在这个意义上说，即使没有"金心异"的劝说，最终也还是要出来的吧。

十年前的"诗力"想象，落实为十年后的小说创作，与"小说"的文体特征有一定的关系。小说诉诸虚构，作者、叙事者、小说人物的多重屏障，便于作者隐藏自身，正适合此时的姿态。鲁迅是在钱玄同的劝说下，以边缘者的姿态加入方兴未艾的《新青年》团体，小说正好将自己隐藏在幕后。除此之外，一个更为重要的原因是，小说通过再造一个文本世界来表现现实世界，具有寓言式的整体性，通过小说虚构，可以深究细剖，将十年洞察以整体的方式展现出来。《狂人日记》的振聋发聩之处，正是在于将中国近代危机的本质和中国文化的症结，通过"吃人"的寓言空前深刻地揭示出来。

"五四"时期的鲁迅，开始以小说的形式展开对文化传统的弊端——其现实形态是病态社会和国民劣根性——的批判。如果说留日时期是通过正面的立论阐述"立人"的理想，那么，经过十年隐默，他开始通过小说展开对"立人"的反面——国民劣根性的持久批判。《狂人日记》《阿Q正传》等名篇，是以小说形式进行国民性批判的经典文本。

主要以小说形式展开的国民性批判，到了20年代中期陷入困境，随着《新青年》的解体和"五四"的退潮，《呐喊》的写作到《阿Q正传》以后已经难以为继，至1922年底戛然而止。1923年，鲁迅又一次陷入沉默，是年7月，周氏兄弟突然失和，这一事件在精神事件上来理解，对于鲁迅几乎是致命的打击，1923年的沉默，是第二次绝望的标志。[①]我们知道，这一次的沉默没有多长时间，1924年2月，鲁迅开始写《彷徨》，9月开始写《野草》，打破了一年的沉默。打破沉默的秘密，就在《彷徨》与《野草》中，《彷徨》将自我人生最坏的可能性写了下来，并试图向旧我告别，而在《野草》中，鲁迅沉入内心

① 参见拙作《鲁迅的又一个"原点"：一九二三年的鲁迅》，《文学评论》2005年第1期。

更深层，将积重难返的诸多内在矛盾一一打开，试图追问真正自我的存在，通过直抵死亡的追问，终于穿透了死亡，发现现实中自我的价值。《野草·题辞》表达了穿透死亡、发现新生的大欢喜，这是对时代与自我的双重发现，现代转型的大时代处于生死转换的途中，生存于这大时代的自我，与时代共存亡，其价值不在于伟大与永恒，而是在于紧紧抓住现实的生存。

《野草》，处在鲁迅人生与文学转换的关节点上，此后，他结束了内心的挣扎，向现实跨出坚实的步伐，与小说写作逐渐减少相关，此后，杂文开始像"野草"一样疯长。人们不断质疑杂文的"文学"价值，但鲁迅却始终情有独钟，可以说，杂文，是其最后的文学选择，不再依赖小说的整体虚构，自我也无需隐藏在虚构之后。杂文写作，是自我向时代的直接投入，是文学与现实的直接互动，历史、传统、文化、国民性等等，都在现实之中，现实比虚构更为真实。从小说到杂文，鲁迅的国民性批判终于找到了最适合自己的文学形式。

通过小说与杂文，鲁迅终其一生致力于国民性批判，国民性批判虽不是鲁迅的原创，但他无疑是在这一方面最持久、最深刻的批判者。因为鲁迅的卓越影响，国民性批判，作为一种反面的批判形式，已经成为中国现代民族国家话语的必要组成部分，它深刻揭示了，中国的现代转型与现代民族国家的建立，必须经过文化的比较与自我反思的工作，这是鲁迅留给我们最宝贵的思想遗产。

第五节　鲁迅与20世纪中国现代民族国家意识的建构

我们曾经将鲁迅定位为文学家、思想家和革命家，这一切，都来自为中国现代转型与现代民族国家建立的努力。追根求源，鲁迅是一个爱国者、爱民族者，终其一生的思想、写作和行动，都是为了一个终极目的——古老中国的现代转型与现代民族国家的建立。

青年周树人在日本的第一次发言，就系统地表达了他对中国近代危机的认识及对如何摆脱危机的思考，敏锐地洞察出近代危机的精神层面，提出"立人"主张，抓住现代转型的两个契机——"精神"与"诗力"。这一超前主张被埋没于时代的主流舆论，造成鲁迅长达十年的隐默。十年后，当"五四"思潮风起云涌，"思想革命"与"文学革命"成为时代选择，鲁迅冻结十年的构想，方遇知音，遂中途汇入"五四"。复出后，十年隐默中的洞察与思考，使鲁迅更深入地认识到中国危机的深重，早年正面的"立人"主张，成为终其一生以文学进行国民性批判的现实践履。于是，以批判者的姿态，鲁迅对中国现代民族国家意识的建构产生了重要影响。

鲁迅对20世纪中国民族国家意识建构的影响，主要在以下层面：

（一）"立人"方案及对中国现代转型"精神"与"诗力"契机的把握

鲁迅针对中国近代危机与现代转型提出的"立人"方案，抓住了"精神"与"诗力"两个契机，虽在世纪初年革命派与维新派激烈论战的语境中没有引起关注，但十年后在"五四"思想革命与文学革命的时代思潮中找到了回声，鲁迅汇入"五四"，成为思想革命与文学革命最深刻的代表，势在必然。"立人"方案及对"精神"与"诗力"契机的把握，无疑受到过当时思想语境的影响，如维新派梁启超对国民性、"新民"和"新小说"的论述，革命派章太炎对个人独特性的强调，尤其是明治30年代日本思想文化界有关国民性、进化论、西方人文思想等等思潮的介绍与讨论。但在青年周树人这里，诸多思想元素在其沉静的洞察、深切的体验与强烈的忧心的作用下，在五篇文言论文里展开成具有独具深度指向的言述系统。"立人"及"精神"与"诗力"的阐述，被放在空前广阔的世界视野与深刻的文明史梳理的基础上，通过对"进化""科学""物质""众数"等19世纪文明背后的"精神"存在的追索，探求作为文明之源的"精神"真谛，将中国现代转型的关键系于再造文明的"精神"转型上，并将"精神"的重新生发，诉诸现代文学的"诗力"。青年周树人的慷慨陈词背后，还有一个不易察觉的深度视点，即对仓皇变革中现实人心的洞察，其对倡言改革者"私欲"动机的不断揭示，来自早年创伤经历中形成的对世态人心的敏锐观察，这一深度视点，是其十年后现实的与历史的国民性批判的最早雏形。

"诗力"及"精神"与"诗力"的思想结构，是鲁迅一生的思想基点，成为中国现代转型的深刻精神维度。

（二）危机意识与作为中国现代民族国家话语的进化论

西方进化论的传入，在晚清以降的中国思想界引起重大反响，进化论为中国的危机找到了一个自然科学意义上的解释，同时也为摆脱危机找到了可能性，因而成为中国近现代变革的意识形态。从康有为、梁启超、严复、孙中山到鲁迅，进化论，无疑成为中国近代民族国家话语的有机组成部分。

进化论对鲁迅影响至大，虽然前后期思想有过调整，但进化论依然是其贯穿一生的思想支柱。进化论对于鲁迅，不仅在于前述危机理解与摆脱出路的意义上，而且更在于，进化论是希望与绝望之间行动的信念，进化论将"希望"，与时间上的"将来"联系在一起，因为"进化"，所以才有"将来"，"希望在将来"，使鲁迅在十年隐默后又勉为其难地开始第二次的文学行动，并在不断的绝望中维持行动的存在。

进化论的另一面，就是退化论。在鲁迅因进化论维系的希望和行动背后，有着强烈的危机意识，这一危机感和紧迫感，来自退化的隐忧。在19世纪达尔文自然进化论和斯宾塞社会进化论的同时和其后，退化论思潮也在盛行，当西方发现"现代"，并通过"进化"将"现代"与"将来"维系起来的同时，"古代"就被放到"退化"的一边，先是古罗马，后是东方古国被视为"堕落"与"退化"的代表。自然进化论—社会进化论—文明进化论，与人种退化—文明退化，可谓一体两面。鲁迅的进化论背后，有着更强烈的退化论的支撑，与其说鲁迅是在乐观的进化论的支持下开展行动，不如说是在退化论的强烈危机感中展开行动的。

日本时期的文言论文始于"人之历史"的进化论的梳理，可以看到，鲁迅早期的"立人"思路，就是建立在对人之进化的"精神"动力的探讨上。自然进化论与社会进化论给鲁迅提供了"科学"的信念，但其所关注者，更在于"精神"的进化，因而将人类进化的内核，放在"精神"之上。这一思考取向，使鲁迅的进化论向尼采的超人学说延伸。尼采基于对西方宗教、道德与思想传统的批判，在宣告"上帝已死"后，将人进一步提升的方向，指向具有强力意志的"超人"，实际上展开了一个近乎"人性进化论"的思路。关注人的精神进化的鲁迅，无疑在尼采的人性进化论中找到了思想支援，鲁迅的进化论与尼采更为内在地相关。

对人之进化的精神层面的重视，使鲁迅对于进化论之反面的退化论尤其关注，他将人的退化，归结为精神的退化。西方的种族退化与文明退化学说，尤其是尼采对精神退化的批判，无疑对他产生潜在影响。出于对民族危亡的焦虑，鲁迅试图在文化传统中，寻找问题的症结，遂将其进化论情结，转换到终其一生而未尽的批判国民劣根性的工作中。精神进化—文明退化—批判国民性，是鲁迅思想的一个内在脉络。鲁迅与进化论的纠缠，显现了作为近代中国民族国家话语的进化论的深度与复杂性。

（三）终其一生而未完的国民性批判

早期"立人"的正面主张遭遇时代冷遇后，青年周树人陷入隐默，十年后加入"五四"，成为一个以小说形式进行国民性批判的中年小说家。此后，鲁迅终其一生的工作，就是以文学形式展开的国民性批判，十年后展开的国民性批判，可以说是十年前正面"立人"方案的另一面。

据许寿裳回忆，鲁迅在日本和他讨论过三个问题：第一，怎样才是最理想的人性？第二，中国国民性中最缺乏的是什么？第三，它的病根何在？[1]这可以视为其早期"立人"思路的总纲领。可以看到，"立人"是一个正面的命题，以"理想的人性"为指标和蓝图，所以，五篇文言论文致力于溯源文明的精神本质和寻求未来精神的走向，但同时也可看到，后面的两个问题"中国国民性中最缺乏的是什么"和"它的病根何在"已经隐隐昭示后来的国民性批判的指向。值得注意的是，在五篇文言论文中，在正面阐述"立人"的同时，青年鲁迅不断揭示倡言革新者"假是空名，遂其私欲"[2]的私利动机。《文化偏至论》结尾处，突然出现有悖于我们习惯认知的对中国传统的负面总结："夫

---

① 参见许寿裳：《亡友鲁迅印象记》，鲁迅博物馆鲁迅研究室《鲁迅研究月刊》选编：《鲁迅回忆录·专著》上册，北京出版社1999年版，第226页；《我所认识的鲁迅》，鲁迅博物馆鲁迅研究室《鲁迅研究月刊》选编：《鲁迅回忆录·专著》上册，北京出版社1999年版，第487—488页。

② 鲁迅：《坟·文化偏至论》，《鲁迅全集》第1卷，第45页。

鲁迅与20世纪中国研究丛书

中国在昔，本尚物质而疾天才矣。"①这一面对现实、直指其心的批判，成为五篇论文批判话语的最深视点。文化比较基于对现实的洞察，而现实洞察则直指人心——这大概就是鲁迅终其一生的国民性批判的最初表现吧。

如果说日本时期展开的是正面的"怎样才是最理想的人性？"的问题，那么十年后，就是反面的"中国国民性中最缺乏的是什么？"和"它的病根何在？"。

这一问题意识转换的背后，有着日本时期一系列文学计划的挫败、发现"我决不是一个振臂一呼应者云集的英雄"②后的绝望，以及十年隐默中对中国危机的洞察进一步加深的过程。当强烈的危机感使他在"金心异"的劝说下以边缘姿态再度出山的时候，危机的揭示和"赎罪"的冲动，代替了青年时期指点江山、激扬文字的正面呼吁，国民性批判，遂成为文学家鲁迅终身投入的文化事业。

20年代中期之前，鲁迅主要通过小说展开国民性批判，《狂人日记》《阿Q正传》等，就是国民性批判的小说代表作，其国民性思考，通过小说的虚构，以整体性的寓言方式展现出来。20年代中期，鲁迅又一次陷入精神危机，《新青年》的解体，使他在复出之后再一次遭到打击，兄弟失和更使其人生意义的寄托所剩无几。1923年，鲁迅几乎没有创作，又一次陷入沉默。1924年开始，经过《彷徨》尤其是《野草》的写作，鲁迅终于走出了绝望，《野草》是穿越绝望的一个过程，经过《野草》，鲁迅终于发现了大时代中自我的价值，并将自己的文学行动，诉诸"杂文"这样独特的文学形式上。

《野草》宣告的，是"杂文"的来临。从20年代中期开始，鲁迅的国民性批判，主要以杂文形式展开。"小说"形式展开的国民性批判，诉诸虚构，以整体性见长，作者也可以躲在虚构背后，适合"五四"时期鲁迅的边缘姿态。对杂文的选择，背后有着思想与人生态度的转换。在杂文中，鲁迅开始以独立和真实的身份出现，直面现实，参与到自我与时代的直接互动中，对国民劣根

---

① 鲁迅：《坟·文化偏至论》，《鲁迅全集》第1卷，第57页。

② 鲁迅：《呐喊·自序》，《鲁迅全集》第1卷，第417—418页。

性与社会弊端的揭示，无需诉诸小说的虚构和变形，也无需加以整体化和深度处理，当下即是历史，瞬间即是本质，通过自我与现实的碰撞，直接展示"病态社会不幸的人们"及"现代的我们国人的魂灵"。因而在鲁迅杂文中，一件件事件，和一个个人物，都是在国民性批判与社会批评的视角下展开的，成为某种"典型"意义的存在，批判难免扩大化，但是，其杂文确实以个人"野史"的方式，展开了现代中国的现状和"心灵史"，具有"史诗"的价值。

国民性批判，是中国现代转型的必要环节，代表现代转型的古老民族开始获得自我反思的维度。鲁迅以"文学"形式展开的终其一生而未完成的国民性批判，无疑是中国现代国民性批判话语中最为深刻的部分，它是文学家与思想家鲁迅留给我们的最宝贵精神遗产，也已经成为中国现代民族国家话语的重要组成部分。

（四）以"心声"为指向的语言观与现代汉语言的建设

语言，是"想象的共同体"形成的要素。作为杰出的现代文学家与现代文学语言的创建者，鲁迅的现代语言意识及其卓越实践，也成为中国现代民族国家意识的重要组成部分。

日本时期的文言论文就确立以"心声"为指向的文学理想，《摩罗诗力说》强调"诗力"，源于对人人所具有的"心声"的重视，"诗言志"，言为心声，"诗"来自"心"，诗人者，乃"心声洋溢"者，发而为"诗"。在《摩罗诗力说》中，鲁迅痛感国人"心声内曜，两不可期"；在《破恶声论》中，复感叹中国虽"扰攘"而"寂漠"的语境，世说纷纭，但皆不能"白心"。

《摩罗诗力说》实为青年周树人的文学宣言，"诗"可泛指为"文学"，在其理路中，文明的本质不在物质而在精神，民族危机，根底在于精神危机，而精神危机的表征，就在于"心声"的消失，"心声"消失，文化走向灭亡。"文学"之所以重要，就在于它能直接表达、交流和唤醒作为本已存在的"心声"。针对精神委顿、"心声"闭塞的国民现状，鲁迅呼吁"第二维新之声"，主张引进异域"新声"—"心声"，引发国人"精神"的"内曜"。

"新声"既为鲁迅的文学指向，然在早期，其所致思，专在"诗"之内涵，于语言层面的文言—白话问题，尚不在意。在语言问题上，鲁迅还是在文言的轨道上，从其早期的文言写作和翻译看，他试图以文言传达精神的新质，在文言写作的可能性上进行尝试，甚至诉诸传统资源，试图在魏晋文章中寻找支援。彼时，文言属于精英，白话则属于大众，具有强烈精英意识的青年周树人，是瞧不起白话的，其言说对象，是与庸众对立的个人、天才与精英。

十年后加入"五四"，鲁迅开始有了现代白话意识，并写出被称为第一篇现代白话小说的《狂人日记》。宣扬白话取代文言，是文学革命的主将胡适。鲁迅之认同白话，既有"听将令"的成分，同时，也有与"五四"一代共同的对语言的省思：一、意识到近代危机的根本在于文化层面，文化的载体是语言，对传统文化的批判也必然指向语言的变革；二、意识到深奥的文言和繁难的汉字是传播新文化的障碍，语言变革成为思想启蒙的前提。

一直到晚年，鲁迅都坚持白话的立场，成为白话最坚定的捍卫者之一，甚至一直主张汉字拉丁化。鲁迅对白话的捍卫，与其早期的言为"心声"观仍然相通，文化复兴的关键，在于每个人都能自由地使用语言，表达心声，只不过，日本时期寄望于杰出之士发出"心声"，"五四"之后则更关注民众能否接受并表达"心声"。

鲁迅卓越的白话文创作和翻译，为现代白话文学语言甚至现代汉语的建立提供了某种范式。他吸收古今中外的语言资源，立于当下，追求言文合一的口语化写作，通过翻译，又试图吸收西文语法缜密、表达精确的优点，基于深厚的文言修养，鲁迅文章又继承了汉语独特的单双结合的句式特点。尤其是在翻译实践中，鲁迅通过"硬译"，试验西式语法与现代汉语结合的可能性，虽饱受诟病，但其翻译中的语言探索，成为其文学创作中的语言经验，使其现代汉语写作具有精密的语法特征。鲁迅的文学语言试验，以其巨大的示范性和感召力，为中国现代汉语文学语言的成熟做出了卓越贡献。

第二章 "兴国"动机、"人国"理想
与"立人"理路：鲁迅早期民族国家想象

第一节 "兴国"：青年鲁迅思想与文学的原初动机

"于兴国究何与焉"①，救亡图存，可以说是1840年后中国有识之士面临的共同时代问题及内心情结，鲁迅也不例外。1898年，带着家族创伤与个人隐忧的少年周豫才远别故乡，赴南京求学，尝试走出故家败落的命运。南京作为维新思想的前沿，以康有为、梁启超、严复为代表的维新派的新思想，对鲁迅产生影响。士志于道，国家兴亡，成为青年"士人"鲁迅的人生抱负。1902年负笈东瀛，异国他乡的体验与感触，进一步促成其国民国家身份的认同。幻灯片事件与弃医从文，将鲁迅文学以及20世纪中国文学的起点，与现代民族国家意识的建构连接起来。日本时期的文言论文表明，青年鲁迅的思想与文学，皆源于"兴国"的原初动机。

一、家国情仇与"轩辕"情结

如果没有少年时期在故乡的创伤经历，大概也就没有后来的鲁迅。可以说，少年时期的创伤经历，将他从中国传统固有的人生轨道撕裂开来，开始其

---

① 鲁迅：《坟·文化偏至论》，《鲁迅全集》第1卷，第46页。

"走异路，逃异地，去寻求别样的人们"①的人生。

鲁迅出生时，正逢家道中落。周家祖籍河南，转徙来到绍兴，由务农而经商，家业开始振兴，后辈读书入仕，历代都有子弟在京任职。现在绍兴的鲁迅故里，有"大台门"和"小台门"，前者是周家祖辈的居地，楼台亭榭，格局不凡。鲁迅出生于"小台门"。其时，周家尚在京任职的，只剩下祖父周介孚。

鲁迅少年时期接连遭遇的两件事，成为"家道中落"过程中的最后打击。

一是祖父系狱，周介孚为族人科考行贿绍兴巡考官，事发下狱，被判"秋后审"，自此长期系狱杭州大牢，为减刑期，周家变卖田地家产。祸不单行，父亲周福清随后一病不起。父亲体弱多病，未能中举，不过是在家秀才，已预示周家传统仕途的不振。为了给父亲治病，十三岁的鲁迅拿衣物到当铺去当，然后到药铺抓药。《呐喊·自序》里有这样的屈辱性回忆：

> 我有四年多，曾经常常，——几乎是每天，出入于质铺和药店里，年纪可是忘却了，总之是药店的柜台正和我一样高，质铺的是比我高一倍，我从一倍高的柜台外送上衣服或首饰去，在侮辱里接了钱，再到一样高的柜台上给我久病的父亲去买药。②

质铺中的屈辱感如此深刻，还可能与这样的背景相关：周家世营当铺，曾开有十余家店面，在家庭变故中都转让他人了，少年鲁迅去的当铺，有可能正是自家当年所有，如此，屈辱感当倍增。

虽然请了绍兴最有名的中医，父亲的病还是没有治好，家中财物也变卖得差不多了，这成了鲁迅惨痛的回忆，后来不喜欢中医，选择学习西医，与此相关。

祖父系狱与父亲病死后，鲁迅家这一房开始受到族人排挤，以至不得不避

---

① 鲁迅：《呐喊·自序》，《鲁迅全集》第1卷，第415页。
② 鲁迅：《呐喊·自序》，《鲁迅全集》第1卷，第415页。

祸至外地，在这一过程中，少年鲁迅过早体验了世态的炎凉与人情的冷暖。在《琐记》中，鲁迅写道：

> S城人的脸早经看熟，如此而已，连心肝也似乎也有些了然。总得寻别一类人们去，去寻为S城人所诟病的人们，无论其为畜生或魔鬼。①

家庭的系列打击，中断了鲁迅当时被视为读书人正道的科举之路，虽然曾经试考过县试且成绩不俗，但败落的家境已不能提供他走科举之路。晚清新式学堂开始创办，为吸引年轻人，减免学费，南京是维新开放之地，鲁迅有个远房叔祖父在江南水师学堂，投奔南京，成为最后的选择。1898年，十八岁的鲁迅开始出门远行，身上只带有八元的川资，母亲送他上船，颇有些"风萧萧兮易水寒"的意味。

对于传统中国士人来说，家与国的情感是一体的，青年读书人鲁迅早年"家道中落"的家庭创伤，伴随晚清中国的屈辱变局，家、国之变相互激发，加重了其忧愤的家国情怀。青年鲁迅无疑是一个有着强烈民族情结的青年，在南京求学时，曾在旧故宫前与旗人子弟比赛骑马。1902年负笈东瀛，1903年，鲁迅在发表于《浙江潮》的《中国地质略论》中，表达了激越的爱国情怀：

> 吾广漠美丽最可爱之中国兮！而实世界之天府，文明之鼻祖也。②
>
> 中国者，中国人之中国，可容外族之研究，不容外族之探检，可容外族之赞叹，不容外族之觊觎者也。③

该年，鲁迅毅然剪辫，并照了一张剪辫照寄给许寿裳，照片的背面题有著名的《无题》（后名《自题小像》）：

---

① 鲁迅：《朝花夕拾·琐记》，《鲁迅全集》第2卷，第293页。

② 鲁迅：《集外集拾遗补编·中国地质略论》，《鲁迅全集》第8卷，第3页。

③ 鲁迅：《集外集拾遗补编·中国地质略论》，《鲁迅全集》第8卷，第4页。

灵台无计逃神矢，

风雨如磐暗故园。

寄意寒星荃不察，

我以我血荐轩辕。

因最后一句，人们多将这首诗当作鲁迅表达爱国情怀的代表作，但细加分析，并非如此简单，这首著名爱国诗篇亦伴随着青年鲁迅个人生活的隐忧，换言之，其国族情怀与个人创伤经历是交织在一起的。

解读这首诗，论者多将重心放在最后一句的"我以我血荐轩辕"上，从这一句显赫的"爱国"含义出发，来阐释界定前三句的内涵。其实，第一句"灵台无计逃神矢"的"神矢"二字，就并非"无的之矢"，"灵台"是鲁迅喜爱的庄子语汇之一，意思是"心"，"神"之"矢"，应该指的是丘比特之箭，那么所谓"灵台无计逃神矢"，无非是说：我的心无法逃避爱神之箭。这一表述透露的，属于个人私事。

其实，早在赴南京求学的第二年，母亲就开始为鲁迅张罗婚事，对象就是后来的朱安。母亲喜欢门当户对的远房亲戚朱安小姐，鲁迅不答应，但又不好直接拒绝母亲，一直在消极抵抗，当鲁迅获得官费留日的资格时，无异于找到一个绝佳的抗婚机会。可以想象，鲁迅赴日是带着远走高飞的想法的，剪辫照后的题诗表明，来日第二年毅然剪辫，除了反清运动和弘文学院学潮的激励，未尝不是与个人婚事的纠缠相关，以表达决绝之意。

"风雨如磐暗故园"，这一句应该不仅指向难缠的婚事，应该还包含前述家道中落、祖父系狱和父亲的病等一系列个人创伤经历吧。"故园"已不堪回首，"异地"在召唤未来，将"故园"与"轩辕"放在一起，就是水到渠成的事。在"寄意"而"不察"的邈远"寒星"之下，忧愤青年的一腔热血在激越碰撞，个人创伤与国族忧愤，就这样交织在一起，前者加重了后者的深刻体验，后者则成为前者的升华与寄托。

二、维新氛围、救亡舆论及其对青年鲁迅的影响

鲁迅最早接受维新思潮和西学，始于南京。因家道中落而被迫放弃科举之路的周豫才离开家乡，投奔南京的远房叔祖父周庆蕃所在的新式学堂江南水师学堂。豫才先上江南水师学堂，后又转至江南陆师学堂附设的矿务铁路学堂。周豫才的不走"正路"，出于家族危机，但正如晚清时期许多被迫挤出传统正途的士人一样，正是这一末路经历，催生了"柳暗花明又一村"的局面。

清末，占据长江交通便利的南京，成为中国近代实业和维新思想的前沿，因救亡而触发的维新思想，在南京得到广泛传播，突破传统教育格局的新式学堂开始出现。

在水师学堂及后来的矿务铁路学堂，鲁迅学习了英语、德语、化学、地质学、矿物学、格致学（物理）、测算学（代数、几何、三角等）、熔炼学、绘图学等，"都非常新鲜"①。地质学用的教材名为《地学浅说》，是英国赖尔的经典著作《地质学纲要》的选译部分，他曾手抄一遍②，"这使他得着些关于古生物学的知识，于帮助他了解进化论很有关系"③。矿路学堂第二年的总办是个思想开明的新党俞明震，"他坐在马车上的时候大抵看着《时务报》，考汉文也自己出题目，和教员出的很不同。有一次是《华盛顿论》……"④。

鲁迅到南京的这一年，正是清末维新运动的高潮，课余接触了大量宣传维新思想的书报。"学堂里又设立了一个阅报处，《时务报》不待言，还有《译学汇编》，那书面上的张廉卿一流的四个字，就蓝得很可爱。"⑤《时务报》虽在戊戌政变后停刊，但仍有旧报出售；《译学汇编》应作《译书汇编》，留日学生1900年12月在日本创办，译载东西方各国政治法律著作。鲁迅还曾到夫

---

① 鲁迅：《朝花夕拾·琐记》，《鲁迅全集》第2卷，第295页。

② 周启明：《鲁迅的青年时代·关于鲁迅》，鲁迅博物馆鲁迅研究室《鲁迅研究月刊》选编：《鲁迅回忆录·专著》中册，北京出版社1999年版，第882—883页。

③ 周启明：《鲁迅的青年时代·鲁迅的中学知识》，鲁迅博物馆鲁迅研究室《鲁迅研究月刊》选编：《鲁迅回忆录·专著》中册，北京出版社1999年版，第824页。

④ 鲁迅：《朝花夕拾·琐记》，《鲁迅全集》第2卷，第295页。

⑤ 鲁迅：《朝花夕拾·琐记》，《鲁迅全集》第2卷，第296页。

鲁迅与20世纪中国研究丛书

子庙花五百文钱买了严复译述赫胥黎关于进化论的著作《天演论》，这本书对鲁迅的震动很大，"哦！原来世界上竟还有一个赫胥黎坐在书房里那么想，而且想得那么新鲜？"①严复、梁启超、林纾每出一书，鲁迅都设法买来看。

周树人当时是一个具有侠客情怀和民族情结的热血青年，1898年曾刻"戎马书生"印，并作"戛剑生杂记"四则②，课余好骑马，"每天总要跑它一两点钟的"③，常骑马到明故宫满人驻防兵驻地去示威："这里本是明的故宫，我做学生时骑马经过，曾很被顽童骂詈和投石，——犹言你们不配这样，听说向来是如此的。"④周作人回忆："鲁迅和几个同学可能受了陆师的影响，却喜欢骑马，有一回从马上摔了下来，碰断了一个门牙。他们又长跑马到明故宫一带去。那时明故宫是满洲人驻防兵的驻所，虽然在太平天国之后，气焰已经下去了不少，但是还存在很大的歧视，至少汉人骑马到那里去是很不平安，要遇着叫骂投石的。鲁迅他们冒了这个危险去访问明故宫，一部分也由于少年血气之勇，但大部分则出于民族思想，与革命精神的养成是很有关系的。"⑤许广平说："那时他最得意的是骑马，据说程度还不错，敢于和旗人子弟竞赛（清朝时旗人子弟是以善于骑射自豪的，对于汉人善骑马的不很满意）。有一回就因竞赛而吃旗人暗算（他们把腿搁在马颈上，很快地奔驰过来，用马鞍来迅速地刮别人的腿脚，有时甚至可以刮断的），几乎跌下马来。"⑥许寿裳也说："往往由马上坠落，皮破血流，却不以为意，常说：'落马一次，即增一次进步。'"⑦当时同学张协和后来亦回忆："课余之暇，喜欢作骑马之戏，曾因跑马跌伤一次，但他并未因此而惧怕骑马，相反的为了学会跑马，马骑得

---

① 鲁迅：《朝花夕拾·琐记》，《鲁迅全集》第2卷，第296页。

② 《周作人日记》之"辛丑年附录"载："戛剑生杂记四则从戊戌日录中录出。"

③ 鲁迅：《书信·350129致萧军、萧红》，《鲁迅全集》第13卷，第38页。

④ 鲁迅：《坟·杂忆》，《鲁迅全集》第1卷，第222页。

⑤ 周启明：《鲁迅的青年时代·鲁迅在南京学堂》，鲁迅博物馆鲁迅研究室《鲁迅研究月刊》选编：《鲁迅回忆录·专著》中册，第864—865页。

⑥ 许广平：《关于鲁迅的生活·鲁迅的生活之一》，鲁迅博物馆鲁迅研究室《鲁迅研究月刊》选编：《鲁迅回忆录·专著》中册，第690页。

⑦ 许寿裳：《我所认识的鲁迅》，鲁迅博物馆鲁迅研究室《鲁迅研究月刊》选编：《鲁迅回忆录·专著》上册，第456页。

更勤了。"①

三、弘文学院的国民性讨论与鲁迅的三个问题

1902年，鲁迅获得官费留学日本的资格，成为最早几批赴日留学的晚清留学生。鲁迅留日时期，正处于明治30年代，维新后的日本正在大量引进传播西方近现代思想，宣传新思想的报刊和书籍很多，文化思想界非常活跃，不断出现有关东西方文化比较的论战。处在这一全新的语境中，在日本的七年，青年鲁迅如饥似渴地吸收各种新信息，闲居阅读的时间比正规到学校读书的时间要长，据周作人回忆，他广泛阅读日本报刊，并大量购阅外国思想、文艺书籍。青年鲁迅思想的形成，离不开明治30年代的文化环境。

鲁迅思想中最重要的部分——国民性批判，就形成于日本。明治维新后日本向西方开放，在脱亚入欧的过程中，东西方文化的比较引起人们的关注，伴随东西文化的比较，有关东方人与西方人的民族性、国民性孰优孰劣的争论此起彼伏。明治维新初期，以"明六社"为代表的西化派提倡全盘欧化论，明治二十一年（1888），日本政教社创办《日本人》杂志，提倡日本人固有的"国粹"（nationality）。

弘文学院是日本教育家嘉纳治五郎（又译加纳治五郎）为中国留学生办的留日预备学校，鲁迅和许寿裳作为"南洋官费"留学生在此学习日语，据许寿裳回忆，在弘文学院期间，鲁迅和他之间曾经有过有关国民性问题的讨论：

> 我们又常常谈着三个相联的问题：（一）怎样才是理想的人性？（二）中国民族中最缺乏的是什么？（三）它的病根何在？ 对于（一），因为古今中外哲人所孜孜追求的，其说浩瀚，我们尽可择善而从，并不多说。对于（二）的探索，当时我们觉得我们民族最缺乏的东西是诚和爱，——换句话说：便是深中了诈伪无耻和猜疑相贼的毛病。口号

---

① 张协和：《忆鲁迅在南京矿路学堂》，鲁迅博物馆鲁迅研究室《鲁迅研究月刊》选编：《鲁迅回忆录·散篇》上册，第38页。

只管很好听，标语和宣言只管很好看，书本上只管说得冠冕堂皇，天花乱坠，但按之实际，却完全不是这回事。至于（三）的症结，当然要在历史上去探究，因缘虽多，而两次奴于异族，认为是最大最深的病根。做奴隶的人还有什么地方可以说诚说爱呢？[①]

国民性批判是鲁迅思想与文学的核心，许寿裳的回忆，是有关鲁迅与国民性问题的最早记载。如此看来，弘文学院的讨论，可能是鲁迅国民性思想的起点之一。

据日本学者北冈正子的考证，鲁迅与许寿裳有关国民性的讨论，与1902年下半年弘文学院院长嘉纳治五郎与时在弘文学院速成师范科旁听的杨度之间有关中国教育问题的争论，有着直接联系。

1902年10月，弘文学院举行了因等待嘉纳治五郎回国而延期了的第一次毕业典礼，毕业生是湖南省派遣来的速成师范科的学生。刚刚从中国考察回来，嘉纳治五郎先后为毕业生做了两次讲话，其中涉及中国教育的现状及其见解。在速成师范科旁听的杨度出席了典礼，对于嘉纳治五郎的讲话存在异议，此后在嘉纳治五郎的邀请下在其寓所展开了几次讨论。二人讨论如何在教育上促进国民程度的提高，以谋中国的进步，内容涉及中国摆脱危机的出路，教育在救亡中的作用，精神教育的重要，精神教育的要旨等等，最后达成了精神教育的要旨在于"公理主义"的共识。在讨论过程中，"从'种族上'、'学术上'（民族性和教育思想的观点）谈起了关于中国教育的想法。由此而引起了围绕着中国人国民性问题的讨论"[②]。

嘉纳治五郎和杨度将同为黄种人的日本、支那与满洲进行比较（编者按：日本、支那、满洲三者本不可并提，但因当时两人确曾将三者放在一起讨论，

———————————

① 许寿裳：《我所认识的鲁迅》，鲁迅博物馆鲁迅研究室《鲁迅研究月刊》选编：《鲁迅回忆录·专著》上册，第487—488页。

② ［日］北冈正子：《鲁迅改造国民性思想的由来——加纳治五郎给第一批毕业生讲话的波澜》，靳丛林译，《鲁迅研究月刊》2002年第3期，译自北冈正子《日本异文化中的鲁迅——从弘文学院的入学到退学事件》（日本关西大学出版社2001年3月31日）第六章《加纳治五郎给第一批毕业生讲话的波澜》，译文正题系译者所加。

故予保留），讨论到汉人的"善于服从"的根性，认为中国应消除满人之"压制"与汉人之"服从"的根性，施以精神教育，养成公德，服从公理。据北冈转述，杨度认为："这些劣根性的由来，实为'奴隶根性之幻想'（奴隶根性的幻影）使然。'奴隶性'重，惟之仰人以自存，不谋自立之道。不知自立，故不知'立人'（作为人而独立），一变而'为损人利己'之心。自己对先生所言服从公理不服从于强力尤为钦佩，诚可以医其'病根'，为中国今日教育的最大方针。"①

　　杨度与嘉纳讨论的要旨，《新民丛报》曾以《支那教育问题》为题加以刊载，不久后又有上海广智书局刊行的同名单行本问世。在1902年11月14日《游学译编》的创刊号上，杨度在"叙"中发表了类似的教育观。北冈据此认为，杨度与嘉纳的讨论，应在留学生中引起广泛关注，"杨度和加纳讨论之时，鲁迅和许寿裳是弘文学院的学生。两个人的国民性的讨论，受到杨度和加纳讨论诱发的可能性不容否定吧"②。

　　北冈的考证揭示了鲁迅国民性思想的形成与弘文学院嘉纳治五郎与杨度的讨论的联系。其实，在留日的青年周树人周围，明治30年代的日本已经形成了一个普遍的国民性话语的语境，从明治初年的欧化派到明治20年代后的提倡国粹，东西民族性的对比都成为热门话题，在《太阳》《日本人》《帝国文学》等杂志上，经常出现有关东西民族性问题的文章，有人称：世界上"再没有哪国国民像日本这样喜欢讨论自己的国民性"③，芳贺矢一的《国民性十论》明治四十年（1907）由东京富山房出版发行，"是在日本近代以来漫长丰富的'国民性'讨论史中占有重要地位的一本"④。自初版至1911年，短短四年就

　　① ［日］北冈正子：《鲁迅改造国民性思想的由来——加纳治五郎给第一批毕业生讲话的波澜》，靳丛林译，《鲁迅研究月刊》2002年第3期。

　　② ［日］北冈正子：《鲁迅改造国民性思想的由来——加纳治五郎给第一批毕业生讲话的波澜》，靳丛林译，《鲁迅研究月刊》2002年第3期。

　　③ ［日］南博：《〈日本人论——明治から今日まで〉まえがき》前言，岩波书店1994年版，转引自［日］李冬木：《芳贺矢一〈国民性十论〉与周氏兄弟》，《山东社会科学》2013年第7期。

　　④ ［日］李冬木：《芳贺矢一〈国民性十论〉与周氏兄弟》，《山东社会科学》2013年第7期。

鲁迅与20世纪中国研究丛书

再版过八次，①日本佛教大学教授李冬木先生近年致力于日本留学时期鲁迅所受明治思想文化语境影响的研究，对于《国民性十论》对鲁迅思想与文学的影响，有详尽的考证。②

就读于弘文学院期间，青年鲁迅还是一个满腔热血的爱国青年。1903年春留日中国学生组织拒俄义勇军之际，他撰写鼓吹尚武精神的《斯巴达之魂》，写于同年的《中国地质略论》中感叹："吾广漠美丽最可爱之中国兮！而实世界之天府，文明之鼻祖也。"③声称"中国者，中国人之中国"④。写于当年春夏之交的《自题小像》之中则有"寄意寒星荃不察，我以我血荐轩辕"的豪迈之辞。如果说鲁迅对嘉纳与杨度之间有关国民性的谈话有所关注，也应有这样的爱国情怀为基础吧。但不容忽视的是，青年鲁迅对国民性弊端与病根的敏感，更有源于早年家道中落创伤经历的切身体验，"S城人的脸早经看熟，如此而已，连心肝也似乎有些了然"⑤的背后，是对世态炎凉的洞察。国族情结、创伤体验与深刻洞察，形成了青年鲁迅非常复杂的国民国家意识，影响了此后的人生选择。

四、仙台体验、幻灯片事件与国民国家意识的觉醒

1904年9月，鲁迅离开东京，赴偏远的仙台医学专门学校学医。谈及仙台经历的名文《藤野先生》一开头就写道：

东京也无非是这样。上野的樱花烂熳的时节，望去确也像绯红的轻云，但花下也缺不了成群结队的"清国留学生"的速成班，头顶上盘着大

---

① ［日］李冬木：《芳贺矢一〈国民性十论〉与周氏兄弟》，《山东社会科学》2013年第7期。

② 参见［日］李冬木：《"国民性"一词在中国》，（日本）佛教大学《文学部论集》第91号，2007年；《"国民性"一词在日本》，（日本）佛教大学《文学部论集》第92号，2008年；《芳贺矢一〈国民性十论〉与周氏兄弟》，《山东社会科学》2013年第7期。

③ 鲁迅：《集外集拾遗补编·中国地质略论》，《鲁迅全集》第8卷，第3页。

④ 鲁迅：《集外集拾遗补编·中国地质略论》，《鲁迅全集》第8卷，第4页。

⑤ 鲁迅：《朝花夕拾·琐记》，《鲁迅全集》第2卷，第293页。

辫子，顶得学生制帽的顶上高高耸起，形成一座富士山。也有解散辫子，盘得平的，除下帽来，油光可鉴，宛如小姑娘的发髻一般，还要将脖子扭几扭。实在标致极了。

中国留学生会馆的门房里有几本书买，有时还值得去一转；倘在上午，里面的几间洋房里倒也还可以坐坐的。但到傍晚，有一间的地板便常不免要咚咚咚地响得震天，兼以满房烟尘斗乱；问问精通时事的人，答道，"那是在学跳舞。"

到别的地方去看看，如何呢？^①

反讽的笔调显露叙述者对于东京的失望，失望源于聚集于东京的大量清国留学生。甲午战败后，清政府开始向日本派遣留学生，逐年增多，鲁迅留学的1902年为五百七十多人，第二年就增至一千三百人左右，1904年两千四百多人，1905年八千多人，1906年多达一万二三千人，逐年翻倍增长。^②当时赴日留学生，主要以速成和普通科为主，速成分"速成师范"和"速成法政"，"普通科"相当于日本中小学水平，大半为专门预备科性质，但学成后具有大学入学资格的人屈指可数。清政府学部的上奏也可见当时留学生构成情况："在日本留学生人数虽已逾万，而习速成者居百分之六十，习普通者居百分之三十，中途退学转无成者居百分之五六，入高等及高等专门者居百分之三四，入大学者仅百分之一。"1906年，驻日公使杨枢在其报告中称"在东洋留学生多至八千余人，挟利禄功名之见而来，务为苟且，取一知半解之学而去，无补文明"。^③晚清留日学生"漫无限制，流品太杂"，总体上素质不高。鲁迅对留日同学的失望，与此背景有关。

如前所述，鲁迅对同胞的怀疑，有早年家庭变故的创伤经历的影响，赴日吸收新知后，其对同胞的看法，自然又加上新、旧观念的支撑。《范爱农》

---

① 鲁迅：《朝花夕拾·藤野先生》，《鲁迅全集》第2卷，第302页。

② 李喜所：《清末留日学生人数小考》，《文史哲》1982年第3期。

③ 参见丁相顺：《晚清赴日法政留学生与中国早期法制近代化》，《中外法学》2001年第5期。

鲁迅与20世纪中国研究丛书

中，写到"我"到横滨迎接刚到日本的留学生时，就对他们的行为颇为"摇头"：

　　那时是子英来约我的，说到横滨去接新来留学的同乡。汽船一到，看见一大堆，大概一共有十多人，一上岸便将行李放到税关上去候查检，关吏在衣箱中翻来翻去，忽然翻出一双绣花的弓鞋来，便放下公事，拿着子细地看。我很不满，心里想，这些鸟男人，怎么带这东西来呢。自己不注意，那时也许就摇了摇头。检验完毕，在客店小坐之后，即须上火车。不料这一群读书人又在客车上让起坐位来了，甲要乙坐在这位子，乙要丙去坐，做揖未终，火车已开，车身一摇，即刻跌倒了三四个。我那时也很不满，暗地里想：连火车上的坐位，他们也要分出尊卑来……。自己不注意，也许又摇了摇头。然而那群雍容揖让的人物中就有范爱农，却直到这一天才想到。①

可以看出，站在新的知识与思想立场上，青年鲁迅已与同胞拉开距离，在这样的自我认知中，与同胞共同的国民身份是被掩盖的。

　　"到别的地方去看看，如何呢？"鲁迅离开东京前往"还没有中国的学生"②的仙台，可以说又是一次"走异路，逃异地"式的逃离，逃离他所不满的同胞。但在仙台的短暂经历，却又造成他的又一次逃离。

　　《藤野先生》说仙台"还没有中国的学生"，遮蔽了同在仙台留学的另一名中国学生施霖③的存在。鲁迅为何在文章中将施霖排除在记忆之外，是有待探讨的问题，其中一个原因，大概是想在文章中造成与东京不同的仙台只有一个中国留学生的对比场景吧。只有一个中国留学生的仙台，会给青年周树人以怎样不同的体验呢？

①　鲁迅：《朝花夕拾·范爱农》，《鲁迅全集》第2卷，第312—313页。
②　鲁迅：《朝花夕拾·藤野先生》，《鲁迅全集》第2卷，第302页。
③　施霖大鲁迅一岁，同为浙江人，同年到日本留学，同为弘文学院浙江班学生。从弘文学院毕业之后又是同时去仙台，在同一校园内读书，并曾住在同一民间旅馆。

据《藤野先生》的记载，鲁迅在仙台获得"物以稀为贵"的优待，"同校相处尚善"[①]"不但学校不收学费，几个职员还为我的食宿操心"[②]。优待，尤其体现在老师藤野严九郎的格外关照上。"优待"感不仅排除了东京的喧闹，似乎也突出了作为中国人的存在感。

《藤野先生》主要怀念老师对自己的关爱之恩，但另一方面也写出了同为日本人的学生对"我"的歧视，可以说，仙台之行所获得的自我认知或者说存在感，一是通过"优待"，另一个是通过被歧视形成的。董炳月曾从《仙台书简》探讨鲁迅国民国家意识的形成，认为"表达了鲁迅当时所怀有的自觉而又复杂的国民意识"[③]。《仙台书简》指鲁迅到仙台大约一个月后写给蒋抑卮的信，其中有这样的片段：

〔前略〕尔来索居仙台，又复匝月，形不吊影，弥觉无聊。昨忽由任君克任寄至《黑奴吁天录》一部及所手录之《释人》一篇，乃大欢喜，穷日读之，竟毕。拳拳盛意，感莫可言。树人到仙台后，离中国主人翁颇遥，所恨尚有怪事奇闻由新闻纸以触我目。曼思故国，来日方长，载悲黑奴前车如是，弥益感喟。闻素民已东渡，此外浙人渐多，相隔非遥，竟不得会。惟日本同学来访者颇不寡，此阿利安人亦殊懒与酬对，所聊慰情者，虔我旧友之笔音耳。近数日间，深入彼学生社会间，略一相度，敢决言其思想行为决不居我震旦青年上，惟社交活泼，则彼辈为长。以乐观的思之，黄帝之灵或当不馁歆。[④]

董炳月据此分析："一个'形不吊影'的中国青年置身于日本学生群体之中，这种处境本身已经自然地强化了国籍的差异，而日本学生的傲慢则与对

① 鲁迅：《书信·041008致蒋抑卮》，《鲁迅全集》第11卷，第322页。
② 鲁迅：《朝花夕拾·藤野先生》，《鲁迅全集》第2卷，第303页。
③ 董炳月：《"仙台鲁迅"与国民国家想象——以〈仙台书简〉为中心》，《鲁迅研究月刊》2005年第10期。
④ 鲁迅：《书信·041008致蒋抑卮》，《鲁迅全集》第11卷，第321页。

《黑奴吁天录》的阅读一样成为刺激鲁迅国民意识的另一因素。"①

无疑，脱离中国同胞之后，青年鲁迅摆脱了东京时期身份认同的分裂状态，以单纯的中国人身份专心致志地与日本人交往，"我"与同胞的矛盾，被"我"与日本人的区别所取代。远离东京同胞群体而"形不吊影"的状态，强化了作为一个中国人的自我意识，遂敏感于与被称为"阿利安人"的日本同学的交往，对讲述黑人种族命运《黑奴吁天录》感慨良多。

此后"漏题风波"的发生，就更进一步加深了"我"与日本同学的身份认同的区别，日本同学的怀疑，使鲁迅敏感地认识到"中国是弱国，所以中国人当然是低能儿，分数在六十分以上，便不是自己的能力了：也无怪他们疑惑"②。对国家与国民之密切关系的发现，催生了其国民国家意识的苏醒。

在这样的背景下，"幻灯片事件"的发生就水到渠成。对"幻灯片事件"的叙述，分别见于写于1922年底的《呐喊·自序》和1926年的《藤野先生》。在《呐喊·自序》中，鲁迅叙述道：

> 其时正当日俄战争的时候，关于战事的画片自然也就比较的多了，我在这一个讲堂中，便须常常随喜我那同学们的拍手和喝采。有一回，我竟在画片上忽然会见我久违的许多中国人了，一个绑在中间，许多站在左右，一样是强壮的体格，而显出麻木的神情。据解说，则绑着的是替俄国做了军事上的侦探，正要被日军砍下头颅来示众，而围着的便是来赏鉴这示众的盛举的人们。③

《藤野先生》对于这一事件叙述，则紧接"漏题风波"之后：

> 但我接着便有参观枪毙中国人的命运了。第二年添教霉菌学，细菌的

① 董炳月：《"仙台鲁迅"与国民国家想象——以〈仙台书简〉为中心》，《鲁迅研究月刊》2005年第10期。
② 鲁迅：《朝花夕拾·藤野先生》，《鲁迅全集》第2卷，第306页。
③ 鲁迅：《呐喊·自序》，《鲁迅全集》第1卷，第416页。

形状是全用电影来显示的，一段落已完而还没有到下课的时候，便影几片时事的片子，自然都是日本战胜俄国的情形。但偏有中国人夹在里边：给俄国人做侦探，被日本军捕获，要枪毙了，围着看的也是一群中国人；在讲堂里的还有一个我。

"万岁！"他们都拍掌欢呼起来。

这种欢呼，是每看一片都有的，但在我，这一声却特别听得刺耳。此后回到中国来，我看见那些闲看枪毙犯人的人们，他们也何尝不酒醉似的喝彩，——呜呼，无法可想！但在那时那地，我的意见却变化了。[1]

这两段相隔四年的叙述，并非像有些论者说的那样有多大出入，基本的事件过程是一致的，所不同者：一、《藤野先生》所叙及的日本同学刺耳的呼声是《呐喊·自序》所没有的，这可能是因为《藤野先生》的叙述，正好紧接"漏题风波"之后，强调日本同学与"我"之间的矛盾；二、《呐喊·自序》在幻灯片事件之后，有对"弃医从文"理路的解释，《藤野先生》则没有，显然，其原因是前者重在阐述走向小说创作的经过。不同的叙述，给我们提供了更多可以研究的细节，"我在这一个讲堂中，便须常常随喜我那同学们的拍手和喝采"，说明如没有涉及国家国民意识的事件发生，"我"这唯一的中国人也可以和日本同学融为一体。如在日俄战争中，中国学生无疑是作为东亚人站在日本人一边，但中国人作为俄国人的奸细被日本人杀头的境况出现后，则立刻打破了这暂时的同一，东亚共同体意识被国民国家意识所取代。

"我"之离开东京，是因为不满同胞的行为，但中国人围观作为俄国奸细的中国人被日本人所杀，这一复杂的国际身份的呈现，一下子打破了共处一室的幻觉，刺中了深藏的国民国家意识，"围着看的也是一群中国人；在讲堂里的还有一个我"的别有意味的表述，意识到"我"虽与日本同学共处一室，但仍然作为中国人处于围观者的位置，而仙台日本同学"刺耳"的欢呼，更将

---

[1] 鲁迅：《朝花夕拾·藤野先生》，《鲁迅全集》第2卷，第306页。

"我"推回所不满的同胞的位置。"我"因此被定位在一个独特而尴尬的位置上："我"既不同于所失望的同胞，但也不同于共处一室的日本人。

"幻灯片事件"所呈现的"我看日本人看中国人看中国人被杀"的经典场景，确立了某种独特视角，继而形成了鲁迅此后复杂的批判视角：基于强烈的国民国家意识对国民国家的深刻批判。鲁迅终其一生的国民性批判，在这里可以找到某种"原型"。

五、文言论文与"兴国"动机的呈现

《呐喊·自序》在叙述幻灯片事件后，淡淡地写道：

> 这一学年没有完毕，我已经到了东京了……。[①]

《藤野先生》的记述也是一样轻描淡写：

> 到第二学年的终结，我便去寻藤野先生，告诉他我将不学医学，并且离开这仙台。[②]

轻描淡写的背后，依然感到"决断"的分量。好在《呐喊·自序》交代了其思路的变化：

> 因为从那一回以后，我便觉得医学并非一件紧要事，凡是愚弱的国民，即使体格如何健壮，如何茁壮，也只能做毫无意义的示众的材料和看客，病死多少是不必以为不幸的。所以我们的第一要著，是在改变他们的精神，而善于改变精神的是，我那时以为当然要推文艺，于是想提倡文艺

① 鲁迅：《呐喊·自序》，《鲁迅全集》第1卷，第416页。
② 鲁迅：《朝花夕拾·藤野先生》，《鲁迅全集》第2卷，第306页。

运动了。①

　　鲁迅回到东京，就展开自己的文学计划。首先是筹办《新生》杂志，接着是翻译《域外小说集》，撰写并发表五篇文言论文。后来在《呐喊·自序》中第一次回顾"弃医从文"的挫折经历时，鲁迅只提到《新生》的流产，这一叙述有所删减，其实，在杂志计划流产后，又有《域外小说集》的翻译和五篇文言论文的写作，他是在一系列的文学计划都遭遇失败后，才陷入"寂寞"的，五篇文言论文中的最后一篇《破恶声论》未完而终，可以视作弃医从文计划的戛然而止吧。

　　五篇文言论文是鲁迅生平第一次也是唯一一次以系列论文的方式表达自己的主张。学界对五篇论文的解读，多侧重于对"立人"的强调，但不容忽视的是，鲁迅之著文立言，出于时人面临的共同的时代问题意识，"立人"的提出，源于更为基本的动机——中国如何应对与摆脱近代危机。

　　因此可以发现，"兴国"，作为更基本的话语，潜在于"立人"的关键词之后。正是在《文化偏至论》中，鲁迅在批评洋务派、维新派转型理路时追问：

　　　　于兴国究何与焉。②

　　在提出"掊物质而张灵明，任个人而排众数"后，则进一步说：

　　　　人既发扬踔厉矣，则邦国亦以兴起。③

　　救亡图存，乃时人共同面对的时代问题，"兴国"，则是近代以来国人最基本的"情结"。年轻鲁迅的首次发言，自然也体现"国家兴亡，匹夫有责"

　　①　鲁迅：《呐喊·自序》，《鲁迅全集》第1卷，第417页。
　　②　鲁迅：《坟·文化偏至论》，《鲁迅全集》第1卷，第46页。
　　③　鲁迅：《坟·文化偏至论》，《鲁迅全集》第1卷，第46页。

之意识。从写作动机看，五篇文言论文，是出于对当时兴起的种种革新主张的不满，《文化偏至论》对洋务派的"黄金黑铁""兴业振兵"和维新派的"立宪国会"等救亡方案提出批判，《破恶声论》针对当时流行的种种"恶声"，将其归为二类："一曰汝其为国民，一曰汝其为世界人"[①]，"总计言议而举其大端，则甲之说曰，破迷信也，崇侵略也，尽义务也；乙之说曰，同文字也，弃祖国也，尚齐一也，非然者将不足生存于二十世纪"[②]。其中指向，就有洋务派、维新派和新兴的无政府主义革命派。

虽然还是一个二十岁出头的青年，但对于如何"兴国"，鲁迅已经有与当时流行的革新言论不同的见解，基于对已有变革理路的批判，系统提出自己的"兴国"主张。"人各有己，而群之大觉近矣"[③]"人各有己，不随风波，而中国亦以立"[④]，鲁迅看似超越深刻的"立人"构想，仍然可以回溯到"兴国"的出发点。"兴国"，诚然是青年鲁迅发言的原初动机。

第二节 "兴国""人国"到"立人"：救亡情结、文明溯源与文化洞察

一、问题意识的形成：近代危机的认知与判断

五篇文言论文的写作，面对的是共同的时代问题——近代危机及如何摆脱危机，因而首先表达了对近代危机的理解。

对于中国近代危机的实质的判断，不同的认知背景，判断自然不同。鲁迅对近代危机的洞察，基于对中国正在面对的空前文化转型的理解，其背后，是文明与文化的差异与挑战。在《文化偏至论》中，青年鲁迅对于中国传统固

---

① 鲁迅：《集外集拾遗补编·破恶声论》，《鲁迅全集》第8卷，第26页。
② 鲁迅：《集外集拾遗补编·破恶声论》，《鲁迅全集》第8卷，第26页。
③ 鲁迅：《集外集拾遗补编·破恶声论》，《鲁迅全集》第8卷，第24页。
④ 鲁迅：《集外集拾遗补编·破恶声论》，《鲁迅全集》第8卷，第25页。

有的国家形态有清醒的认识，认为中国自古"蠢蠢于四方者，胥蕞尔小蛮夷耳，厥种之所创成，无一足为中国法""诚足以相上下者，盖未之有也"①的独立发展的特点，"是故化成发达，咸出于己而无取乎人"②，"屹然出中央而无校雠，则其益自尊大，宝自有而傲睨万物"③，"文明先进，四邻莫之与伦，塞视高步，因益为特别之发达"④，虽然没有提出"文化国家"的概念，但在鲁迅的描述中，中国是作为"文化"而存在的，文化势力所及，则为"天下"。中国近代危机，源于因交通阻隔而各自发展的东西两大文明的开始碰撞，"海禁既开，皙人踵至"⑤，以扩张为特质的西方文明，拍岸东来，将中国纳入新世界中的民族国家体系，如何立于"新国林"，成为共同的时代问题。

在这一背景下，中国近代危机呈现出的，就不再是以前的异族的领土入侵，而是文化的挑战。如何应对异域文化的挑战？成为摆在每一个有责任感的中国人面前的问题。由文化碰撞带来的内在危机的实质及其症结，成为青年鲁迅执着追问的对象。

二、近代以来"兴国"理路的批判性考察

以鸦片战争为标志，国门被强行打开，面对裂岸而来的坚船利炮，国人开始寻找挽救危局的对策，从洋务派，到维新派，再到革命派，几代有识之士先后走上"救亡"之途。青年鲁迅面对的，正是他称为"扰攘世"的众声喧哗的晚清变革语境：

中国迩日，进化之语，几成常言，喜新者凭以丽其辞，而笃故者则病

---

① 鲁迅：《坟·文化偏至论》，《鲁迅全集》第1卷，第44页。
② 鲁迅：《坟·文化偏至论》，《鲁迅全集》第1卷，第44页。
③ 鲁迅：《坟·文化偏至论》，《鲁迅全集》第1卷，第44页。
④ 鲁迅：《坟·摩罗诗力说》，《鲁迅全集》第1卷，第99页。
⑤ 鲁迅：《坟·文化偏至论》，《鲁迅全集》第1卷，第44页。

侪人类于猕猴，辄沮遏以全力。①

近世人士，稍稍耳新学之语，则亦引以为愧，翻然思变，言非同西方之理弗道，事非合西方之术弗行，掊击旧物，惟恐不力，曰将以革前缪而图富强也。②

狂蛊中于人心，妄行者日昌炽，进毒操刀，若惟恐宗邦之不蚤崩裂，而举天下无违言，……。③

至所持为坚盾以自卫者，则有科学，有适用之事，有进化，有文明，其言尚矣，若不可以易。特于科学何物，适用何事，进化之状奈何，文明之谊何解，乃独函胡而不与之明言，甚或操利矛以自陷。④

若如是，则今之中国，其正一扰攘世哉！⑤

五篇文言论文之立论，正是基于对国门打开以来革新理路的批判。其中，《文化偏至论》是核心篇章，明确表达了对"兴业振兵""黄金黑铁""制造商估"的洋务派思路以及"国会立宪"的维新派思路的批判。作为一个整体，五篇论文都是建立在对已有变革思路的批评上的。

在这一理路中，《破恶声论》可以说是一个提纲性的论文，所欲"破"的"恶声"为何？作者总结说：

聚今人之所张主，理而察之，假名之曰类，则其为类之大较二：一曰汝其为国民，一曰汝其为世界人。前者慑以不如是则亡中国，后者慑以不如是则畔文明。……总计言议而举其大端，则甲之说曰，破迷信也，崇侵略也，尽义务也；乙之说曰，同文字也，弃祖国也，尚齐一也，非然者将

① 鲁迅：《坟·人之历史》，《鲁迅全集》第1卷，第8页。
② 鲁迅：《坟·文化偏至论》，《鲁迅全集》第1卷，第44页。
③ 鲁迅：《集外集拾遗补编·破恶声论》，《鲁迅全集》第8卷，第23页。
④ 鲁迅：《集外集拾遗补编·破恶声论》，《鲁迅全集》第8卷，第26页。
⑤ 鲁迅：《集外集拾遗补编·破恶声论》，《鲁迅全集》第8卷，第25页。

不足生存于二十世纪。①

可以看到，在"汝其为国民"的话语类别中，批判所指在"破迷信也，崇侵略也，尽义务"，在"汝其为世界人"的话语类别中，批判所指在"同文字也，弃祖国也，尚齐一也"。《破恶声论》是未完稿，对第一类话语的批判有所展开，第二类则未及论述。从对第一类话语的批判看，论文的批判涉及了当时的流行话语如"科学""进化""适用""文明"等（"尽义务"则未及阐述）。

"恶声"既然如此普遍，作者势必要对这些流行话语进行梳理和还原，以正视听。如果以"破恶声"为五篇论文的框架，则可以说，《人之历史》就是对"进化"话语的梳理还原，《科学史教篇》是对"科学"及"适用"话语的梳理还原，《文化偏至论》则是对19世纪"文明"的梳理还原。

因为《破恶声论》未来得及对"汝其为世界人"的话语作批判，我们不得而知其中细节，但是，从"同文字也，弃祖国也，尚齐一也"的内容界定来看，应该指向了当时影响甚巨的《新世纪》派的中国早期无政府主义思潮。

《人之历史》谓："中国迩日，进化之语，几成常言，喜新者凭以丽其辞，而笃故者则病侪人类于猕猴，辄沮遏以全力。"因而对西方"进化"学说进行了全面的梳理；《科学史教篇》认为"科学盛大，决不缘于一朝"，所以"第相科学历来发达之绳迹"，揭示"科学"发展背后的"精神"背景，对于"重有形应用科学而又其方术者""眩至显之实利，摹至肤之方术""仅眩于当前之物"的"适用"倾向，提出批判；《文化偏至论》鉴于时人"引文明之语，用以自文"，甚至"借新文明之名，以大遂其私欲"的种种现象，梳理西方19世纪文明的发展史，在"偏至论"的史观中揭示19世纪"物质""众数"文明的由来，并指出20世纪文明"新神思宗"的新方向。

---

① 鲁迅：《集外集拾遗补编·破恶声论》，《鲁迅全集》第8卷，第26页。

三、全球性视野的文明比较与对中国精神现状和现实人心的洞察

五篇论文是在全球性的中西文化的比较语境中展开的，其中交织着对西方文明的梳理、"偏至论"的历史发展观、对洋务派和维新派等近代救亡方案的批判、对种种言新话语背后动机的批判等等，多重思路交织，颇难把握。需要透过复杂的线索，深入把握其内在脉络。

在全球性文明比较的视野中，青年鲁迅透露了怎样的文明观？在这之后，又有怎样的深刻视点呢？

作为核心篇章，《文化偏至论》对"洋务"与"维新"的批判，诉诸对西方19世纪文明的梳理，认为中国革新派拿来的"物质"与"众数"，不过是西方文明"偏至"发展的产物。文章详细梳理世纪元年以来西方文明的发展史，溯源19世纪"物质"和"众数"的由来，然后指出：

> 然而大势如是者，盖如前言，文明无不根旧迹而演来，亦以矫往事而生偏至，缘督校量，其颇灼然，犹子与礕焉耳。特其见于欧洲也，为不得已，且亦不可去，去子与礕，斯失子与礕之德，而留者为空无。不安受宝重之者奈何？顾横被之不相系之中国而膜拜之，又宁见其有当也？[①]

鲁迅以"偏至论"的历史发展观阐释西方19世纪文明的发生，意在说明，"物质"与"众数"是西方历史自我发展中的产物，"为不得已"，虽然"偏至"，却也合理，但如果将其作为西方文明的本质，强行拿来仿效，则会出现问题。更为重要的是，在鲁迅看来，19世纪的"物质"与"众数"，不仅是西方文明"偏至"发展的产物，而且，它们的背后，其实有更为深隐的精神层面的支撑：

> 然欧美之强，莫不以是炫天下者，则根柢在人，而此特现象之末，本

---

① 鲁迅：《坟·文化偏至论》，《鲁迅全集》第1卷，第48—49页。

原深而难见，荣华昭而易识也。①

最后转向被称为"新神思宗"的"十九世纪末叶思潮"，并"以是为二十世纪文化始基"②：

> 然其根柢，乃远在十九世纪初叶神思一派；递夫后叶，受感化于其时现实之精神，已而更立新形，起以抗前时之现实，即所谓神思宗之至新者也。若夫影响，则眇眇来世，肊测殊难，特知此派之兴，决非突见而靡人心，亦不至突灭而归乌有，据地极固，函义甚深。以是为二十世纪文化始基，虽云早计，然其为将来新思想之朕兆，亦新生活之先驱，则按诸史实所昭垂，可不俟繁言而解者已。③

在"偏至论"的逻辑中，既然"物质"与"众数"是西方文明"偏至"发展的产物，那么，"新神思宗"的最新发展趋向是否走向另一种"偏至"呢？既然同是"偏至"，为何轻彼而重此呢？青年鲁迅并没有在逻辑上意识到这一问题的存在。意识不到或者不将这个作为问题，只可能有两个理解前提：一是认为文明的本质不是物质，而是精神，西方文明的本质在于从古希腊哲思到"19世纪末叶思潮"的精神传统，"新神思宗"的出现就是这一精神潜流的再现；二是认为，在文明的物质与精神两个方面，中国文明本来就重物质而轻精神，故而面对西方"偏至"发展的文明史，我们拿来的应该是偏向精神层面的东西。

以上两点推测，确乎成为五篇论文的两个隐而未彰的内在指向。就第一点来说，从《人之历史》对人的进化的"内的努力"与"人类之能"的叩问，到《科学史教篇》对西方科学成就背后的"神思""热力"等的寻找，再到《文化偏至论》中对19世纪"物质"与"众数"文明背后的精神谱系的历史梳理，

① 鲁迅：《坟·文化偏至论》，《鲁迅全集》第1卷，第56—57页。
② 鲁迅：《坟·文化偏至论》，《鲁迅全集》第1卷，第49页。
③ 鲁迅：《坟·文化偏至论》，《鲁迅全集》第1卷，第49页。

都将文明的本质指向精神的存在。鲁迅发现19世纪"文明"背后的精神存在，有点接近将"文明"与"文化"分属于物质与精神的德国理解模式，既然"文明"背后存在作为动力的"精神"，其对"文明真髓"的寻找，必然要落实到作为主体的"人"之上，对"人"的观察，势必成为五篇论文的潜在视点。这也就涉及第二点——对中国精神现状与现实人心的洞察。

鲁迅对当时中国的精神状况，大致有两个判断：

一是被奴役的民众沉溺于一己之生存的精神状态："人人之心，无不沏二大字曰实利，不获则劳，既获便睡。纵有激响，何能撄之？夫心不受撄，非槁死则缩朒耳，而况实利之念，复黏黏热于中，且其为利，又至陋劣不足道，则驯至卑懦俭啬，退让畏葸，无古民之朴野，有末世之浇漓"①，"创痛少去，即复营营于治生，活身是图，不恤污下"②，"劳劳独躯壳之事是图，而精神日就于荒落"③。

二是知识阶层价值沦丧，失去精神主导作用。或者是"诗人绝迹"④"众语俱沦"⑤，不见"独具我见"的"精神界战士"⑥发出"心声"；或者是"恶声""扰攘"，"伪士"横行，发出声音者不能"白心"，"狂蛊中于人心，妄行者日昌炽"⑦，"心声内曜，两不可期"⑧，形成"扰攘"而"寂漠"的精神局面。

值得注意的是，青年鲁迅在批评种种革新言论时，一方面指出其错误在于不识西方文明的本质，"考索未用（"用"，疑为"周"之笔误，笔者注），思虑粗疏，茫未识其所以然"⑨；另一方面，又不断揭示这些倡言革新者的私

① 鲁迅：《坟·摩罗诗力说》，《鲁迅全集》第1卷，第69页。
② 鲁迅：《坟·摩罗诗力说》，《鲁迅全集》第1卷，第69页。
③ 鲁迅：《坟·摩罗诗力说》，《鲁迅全集》第1卷，第100页。
④ 鲁迅：《坟·摩罗诗力说》，《鲁迅全集》第1卷，第65页。
⑤ 鲁迅：《坟·摩罗诗力说》，《鲁迅全集》第1卷，第65页。
⑥ 鲁迅：《坟·摩罗诗力说》，《鲁迅全集》第1卷，第99—100页。
⑦ 鲁迅：《集外集拾遗补编·破恶声论》，《鲁迅全集》第8卷，第23页。
⑧ 鲁迅：《集外集拾遗补编·破恶声论》，《鲁迅全集》第8卷，第26页。
⑨ 鲁迅：《坟·文化偏至论》，《鲁迅全集》第1卷，第45页。

利动机：

> 至尤下而居多数者，乃无过假是空名，遂其私欲，不顾见诸实事，将事权言议，悉归奔走干进之徒，或至愚屯之富人，否亦善垄断之市侩，特以自长营揖，当列其班，况复掩自利之恶名，以福群之令誉，捷径在目，斯不惮竭蹶以求之耳。呜呼，古之临民者，一独夫也；由今之道，则顿变而为千万无赖之尤，民不堪命矣，于兴国究何与焉。①
>
> 夫势利之念昌狂于中，则是非之辨为之昧，措置张主，辄失其宜，况乎志行污下，将借新文明之名，以大遂其私欲者乎？②
>
> 况乎凡造言任事者，又复有假改革公名，而阴以遂其私欲者哉？③
>
> 时势既迁，活身之术随变，人虑冻馁，则竞趋于异途，掣维新之衣，用蔽其自私之体，……。④

这种面对现实的直指其心的批判，成为五篇论文的重要组成部分和更深视点。这一视点，源于早年的创伤体验，进一步形成于其独到的文化洞察，在《文化偏至论》结尾之处，鲁迅突然写道："夫中国在昔，本尚物质而疾天才矣"⑤，这一判断无疑将中华文明与物质追求更紧地联系在一起，这与当时和其后对中华文明的自我判断——中华文明是精神的，西方文明是物质的，已经大异其趣。文化比较基于对现实的洞察，而现实洞察则直指人心——这大概就是鲁迅终其一生的国民性批判的最初表现吧。

可以说，基于全球性文明比较的对文明精神本质的重视，与基于早年创伤体验的对中国现实与传统的洞察，是五篇论文的两个最深视点。

---

① 鲁迅：《坟·文化偏至论》，《鲁迅全集》第1卷，第45—46页。
② 鲁迅：《坟·文化偏至论》，《鲁迅全集》第1卷，第46页。
③ 鲁迅：《坟·文化偏至论》，《鲁迅全集》第1卷，第56页。
④ 鲁迅：《集外集拾遗补编·破恶声论》，《鲁迅全集》第8卷，第25页。
⑤ 鲁迅：《坟·文化偏至论》，《鲁迅全集》第1卷，第57页。

四、西学背后的"精神"追问:"进化"之后的"人类之能";"科学"背后的"神思";"人国"背后的"精神"和"意力"

既然文明的本质是精神,而中国近代危机的症结是人心沦于私欲、精神沦亡,面对"言非同西方之理弗道,事非合西方之术弗行"的扰攘纷纭的言新言论,鲁迅势必要追问取法对象——西方文明的本质。于是系列论文中展开对西方文明背后的精神之源的探讨。

系列论文,展现了层层深入的西学背后的"精神"追问。

《人之历史》针对的是言新舆论中的"进化"之语,从古希腊到19世纪的海尔克,对西方"进化"学说进行了追根求源的梳理,但是,鲁迅的进化论梳理并非局限于学术史领域。

值得注意的是,论文的标题署为"人间之历史",并未出现作为关键词的"进化论",可见其最终主旨并非在进化论学术史本身,而是试图通过学术史梳理追问人类发生、发展的历史——"人之历史"。

将作为科学学说的19世纪进化论的历史,一直追溯到古希腊自然哲学家泰勒斯(Thales),可见鲁迅着意的不仅仅是对作为"科学"本身的实证材料和理论阐释的介绍,而是注意到了进化论学说的形而上学观念层次——宇宙演化观。鲁迅分别介绍了林耐(K.Von Linne)的动植物系统分类学说、居维叶(G.Cuvier)的古生物学及化石研究、拉马克(Jean de Lamarck)的生物进化学说、达尔文(Ch.Darwin)的物种起源和自然选择理论以及海克尔(E.Haeckel)的种族发生学,梳理了进化学说在推理("间接推理与批判反省二术")与归纳("经验荟萃之材")的科学方法推动下的进展,从而全面、准确地展现了一个进化论发展的知识谱系,鲁迅总结道:

> 故究进化论历史,当首德黎,继乃局脊于神造之论;比至兰麻克而一进;得达尔文而大成;迨黑格尔出,复总会前此之结果,建官品之种族发生学,于是人类演进之事,昭然无疑影矣。[①]

---

① 鲁迅:《坟·人之历史》,《鲁迅全集》第1卷,第14页。

鲁迅用较大篇幅介绍了拉马克的生物进化论，拉马克从生物与环境的相互关系方面探讨了生物进化的动力，对于生物进化提出两个法则：一是用进废退，一是获得性遗传，鲁迅将其表述为"适应"和"遗传"。拉马克认为，生物经常使用的器官会逐渐发达，不使用的器官会逐渐退化，这就是用进废退，生物就是在这两个力的作用下不断进化的，而且这种后天获得的性状可以遗传，生命诞生之后通过用进废退的获得性遗传促使生物从简单向复杂进化，一切生命都具有这种内禀的趋向高级（结构复杂）的进化趋势。由于强调后天获得的因素及其可遗传性，在自然环境与生物体之间，拉马克更多强调生物体的主体能动性，认为生物天生具有向上发展的趋向，甚至认为动物的意志和欲望也在进化中发生作用。鲁迅对拉马克的介绍篇幅之重，甚至超过之后的达尔文。拉氏对生物主体能动作用的强调，可能深深地吸引了鲁迅，这与其所强调的"人类之能"相通。

达尔文的自然选择学说被鲁迅视为进化论的集大成者加以着重介绍："达尔文治生学之术，不同兰麻克，主用内籀，集知识之大成，年二十二，即乘汽舰壁克耳，环世界一周，历审生物，因悟物种所由始，渐而搜集事实，融会贯通，立生物进化之大原，且晓形变之因，本于淘汰，而淘汰原理，乃在争存，建'淘汰论'，亦曰'达尔文说（Selektionstheorie od. Darwinismus），空前古者也。"[1] 其实，就进化理论本身来说，鲁迅更倾向于拉马克；达尔文引起鲁迅注意的，除了"主用内籀，集知识之大成"外，更重要的可能在于其不断重复"淘汰"和"争存"等字眼，当鲁迅转述"故强之种日昌，而弱之种日耗；时代既久，宜者遂留，而天择即行其中，使生物臻于极适"并紧接着强调"达尔文言此，征引信据，盖至繁博而坚实"[2]的时候，一定是惊心动魄。

海克尔在个体发生学的基础上进一步建立了种系发生学。鲁迅的进化论梳理最后以海格尔作结，一是因为，他将海氏种系发生学看成19世纪进化论的最

---

① 鲁迅：《坟·人之历史》，《鲁迅全集》第1卷，第13页。

② 鲁迅：《坟·人之历史》，《鲁迅全集》第1卷，第14页。

新成果；二是因为，海氏将人放在万物进化链条的最高级，追溯人的发生与发展史，与鲁迅对"人之历史"的关心是完全一致的，至海格尔，人类进化史得以昭明。还有一点值得注意，海氏将"遗传"和"进化"的作用力诉诸"生理作用"，并追溯至"根干细胞"，鲁迅复述其论点说："此细胞成，个人之存在遂始"[①]；十多年后，鲁迅在一次演讲中谈道："生命何以必需继续呢？就是因为要发展，要进化。个体既然免不了死亡，进化又毫无至境，所以只能延续着，在这进化的路上走。走这路须有一种内的努力，有如单细胞动物有内的努力，积久才会繁复，无脊椎动物有内的努力，积久才会发生脊椎。"[②]这一对生物进化过程中"内的努力"强调，与日本时期对海氏"根干细胞"的注意一脉相承。

从《人之历史》对生物进化原因的关注和梳理可以看出，鲁迅尤其看重生物进化过程中的主动因素，明显倾向于肯定：生物进化的动力就来自生物的主体内部，之所以"人"达到自然生物进化系列的最顶端，正因为"人"具有"自卑而高，日进无既"[③]的"超乎群动"的内在"人类之能"。

《科学史教篇》面对的是国人心中最大的西方文明成就——"科学"。所谓"科学史教"，以"科学史"为对象，而所重在"教"（科学发展史的教训）。"第相科学历来发达之绳迹"[④]"索其真源"[⑤]，针对当时人们对科学的功利主义理解，通过追溯西方科学发展史，以昭示科学发展背后的"真源"及其"精神"真谛。

鲁迅对"科学"的追溯一直延伸到古希腊柏拉图的宇宙生成论、政治哲学及其他自然科学成就，说明其理解中的"科学"，并非局限于近代自然科学的范畴，而是带有科学（science）一词本有的"知识"含义。鲁迅看到古希腊早

① 鲁迅：《坟·人之历史》，《鲁迅全集》第1卷，第14页。
② 鲁迅：《坟·我们现在怎样做父亲》，《鲁迅全集》第1卷，第131—132页。
③ 鲁迅：《坟·人之历史》，《鲁迅全集》第1卷，第8页。
④ 鲁迅：《坟·科学史教篇》，《鲁迅全集》第1卷，第25页。
⑤ 鲁迅：《坟·科学史教篇》，《鲁迅全集》第1卷，第25页。

期自然哲学"思想之伟妙，亦至足以铄金"①，"且运其思理，至于精微，冀直解宇宙之元质"②，称赞其勇于探索未知，不断追问的"精神"。延及古人之思维方式，有言："世有哂神话为迷信，斥古教为谫陋者，胥自迷之徒耳，足悯谏也。"③遂将古希腊探索未知的"精神"，与"神话""宗教"直接沟通。同时又作出"神思"与"学"的划分，与"学"相对的"神思"，应是指人类在知识起源处神话、宗教和哲学所共享的想象力，而"学"则为近代意义上的科学知识，"学"之"思"与前述"神思"相通。鲁迅对古希腊知识的描述，在"玄念"—"名学"和"验实"这几个科学要素之外，着重强调了"精神"—"神思"这一要素，突出其重要性。

鲁迅对中世纪阿拉伯世界科学成就的评述，强调其四分科中"理论科学居其三"④，并指出其与"重有形应用科学而又其方术"的"震旦谋新之士"⑤不同，可以看到他对理论科学的重视。中世纪是宗教压抑科学的时代，但鲁迅并未完全否定这一所谓的"黑暗时代"，而是肯定了中世纪转型的优点："惟此消长，论者亦无利害之可言，盖中世宗教暴起，压抑科学，事或足以震惊，而社会精神，乃于此不无洗涤，熏染陶冶，亦胎嘉芭。……此其成果，以偿沮遏科学之失，绰然有余裕也。盖无间教宗学术美艺文章，均人间蔓衍之要旨，定其孰要，今兹未能。"⑥将宗教、道德、艺术、文学等与科学一样视为人类文明发展不可或缺的精神要素。鲁迅引丁达尔对华惠尔"失学"四因之"热中之性"的不同理解，指出"热中之性"（狂热执着）作为"道德力"是科学发现不可缺少的原因，将宗教、道德、艺术等放在"科学"的源头位置上，明确指出："今更进究发见之深因，则犹有大于此者。盖科学发见，常受超科学之力，易语以释之，亦可曰非科学的理想之感动，古今知名之士，概如是矣。阐

① 鲁迅：《坟·科学史教篇》，《鲁迅全集》第1卷，第26页。

② 鲁迅：《坟·科学史教篇》，《鲁迅全集》第1卷，第26页。

③ 鲁迅：《坟·科学史教篇》，《鲁迅全集》第1卷，第26页。

④ 鲁迅：《坟·科学史教篇》，《鲁迅全集》第1卷，第27页。

⑤ 鲁迅：《坟·科学史教篇》，《鲁迅全集》第1卷，第27—28页。

⑥ 鲁迅：《坟·科学史教篇》，《鲁迅全集》第1卷，第29页。

喀曰，孰辅相人，而使得至真之知识乎？不为真者，不为可知者，盖理想耳。此足据为铁证也。英之赫胥黎，则谓发见本于圣觉，不与人之能力相关；如是圣觉，即名曰真理发见者。"① 鲁迅强调超"实利"的"理想"和"圣觉"，才是科学发现的深层动力，断言："故科学者，必常恬淡，常逊让，有理想，有圣觉，一切无有，而能贻业绩于后世者，未之有闻。"②

文艺复兴后，人类走进科学时代。鲁迅详细介绍16、17世纪培根（F.Bacon）和笛卡儿（R.Descartes）对于科学方法的论述，视培根之"内籀"（归纳法）和笛卡儿之"外籀"（演绎法）是近代科学的方法论基础，且更看重后者，讨论"内籀"的不足并强调"悬拟"的重要作用，与前面对理论科学的重视相同，看重的是人的主体作用。鲁迅强调，16、17世纪的科学发展并没有马上带来社会实利，到18世纪中叶以后才开始造福社会，至19世纪，终于带来物质文明的繁荣，科学之于实利，是"酝酿既久，实益乃昭"③，科学以探究真理为唯一目的，"实利"只是其非主观的结果，"顾治科学之桀士，则不以是婴心也，如前所言，盖仅以知真理为唯一之仪的，扩脑海之波澜，扫学区之荒秽，因举其身心时力，日探自然之大法而已。……试察所仪，岂在实利哉？"④

针对中国倡言"科学"的实利追逐之徒，鲁迅批评道：

　　故震他国之强大，栗然自危，兴业振兵之说，日腾于口者，外状固若成然觉矣，按其实则仅眩于当前之物，而未得其真谛。夫欧人之来，最眩人者，固莫前举二事若，然此亦非本柢而特蘤叶耳。寻其根源，深无底极，一隅之学，夫何力焉。⑤

① 鲁迅：《坟·科学史教篇》，《鲁迅全集》第1卷，第30页。
② 鲁迅：《坟·科学史教篇》，《鲁迅全集》第1卷，第30页。
③ 鲁迅：《坟·科学史教篇》，《鲁迅全集》第1卷，第32页。
④ 鲁迅：《坟·科学史教篇》，《鲁迅全集》第1卷，第32—33页。
⑤ 鲁迅：《坟·科学史教篇》，《鲁迅全集》第1卷，第33页。

科学者的"精神"，才是"科学"的支配性因素："故科学者，神圣之光，照世界者也，可以遏末流而生感动。时泰，则为人性之光；时危，则由其灵感，生整理者如加尔诺，生强者强于拿坡仑之战将云"①，将科学与"人性"直接联系起来，"人性"成为科学的终极依据。鲁迅说："今试总观前例，本根之要，洞然可知。盖末虽亦能灿烂于一时，而所宅不坚，顷刻可以蕉萃，储能于初始长久耳。"②此决定性之"本根""能"即在"所宅"——人心亦即人性的深处，言科学者，当从此根本处做起。

值得注意的是，论文的最后又加了一段逸出科学史内容的议论："顾犹有不可忽者，为当防社会入于偏，日趋而一极，精神渐失，则破灭亦随之。盖使举世惟知识是崇，人生必大归于枯寂，如是既久，则美善之感情漓，明敏之思想失，所谓科学，亦同趣于无有矣。……凡此者，皆所以致人性于全，不使之偏，因以见今日之文明者也。"③站在人类文明和人性健全发展的高度上，又强调科学知识只是人的精神的一个方面，即使它带来了文明发展的巨大实益，也不可偏此一极，而需均衡发展。

综之，《科学史教篇》强调科学超越"实利"的特征及科学中的精神作用，而此精神的根基，即来自人自身。

如果说《科学史教篇》是聚焦于"科学"的溯源和追问，则《文化偏至论》是视野更为广阔的对西方19世纪文明的溯源和追问。

19世纪西方文明，是当时国人面对的最直接的西方文明成就，既是中国近代遭遇文化挑战的直接对手，也是国人被迫仓皇变革的参照对象，近代以来的言新之语，莫不与此相关。针对这一西方文明的最近样式，《文化偏至论》进行了深入的梳理，试图揭示19世纪"物质"与"众数"文明的渊源及其实质，并昭示19世纪末西方文明的新方向。

鲁迅首先批判种种似是而非的言新之论，其一是"竟言武事"④者，其二

① 鲁迅：《坟·科学史教篇》，《鲁迅全集》第1卷，第35页。
② 鲁迅：《坟·科学史教篇》，《鲁迅全集》第1卷，第35页。
③ 鲁迅：《坟·科学史教篇》，《鲁迅全集》第1卷，第35页。
④ 鲁迅：《坟·科学史教篇》，《鲁迅全集》第1卷，第44页。

鲁迅与20世纪中国研究丛书

是"制造商估立宪国会之说"①。对于前者，鲁迅质问：

> 夫以力角盈绌者，于文野亦何关？远之则罗马之于东西戈尔，迩之则中国之于蒙古女真，此程度之离距为何如，决之不待智者。然其胜负之数，果奈何矣？苟曰是惟往古为然，今则机械其先，非以力取，故胜负所判，即文野之由分也。则曷弗启人智而开发其性灵，使知晋获戈矛，不过以御豺虎，而喋喋誉白人肉攫之心，以为极世界之文明者又何耶？且使如其言矣，而举国犹孱，授之巨兵，奚能胜任，仍有僵死而已矣。嗟夫，夫子盖以习兵事为生，故不根本之图，而仅提所学以干天下；虽兜牟深隐其面，威武若不可陵，而干禄之色，固灼然现于外矣！②

对于后者，鲁迅指出：

> 计其次者，乃复有制造商估立宪国会之说。前二者素见重于中国青年间，纵不主张，治之者亦将不可缕数。盖国若一日存，固足以假力图富强之名，博志士之誉，即有不幸，宗社为墟，而广有金资，大能温饱，即使怙恃既失，或被虐杀如犹太遗黎，然善自退藏，或不至于身受；纵大祸垂及矣，而幸免者非无人，其人又适为己，则能得温饱又如故也。若夫后二，可无论已。中较善者，或诚痛乎外侮迭来，不可终日，自既荒陋，则不得已，姑拾他人之绪余，思鸠大群以抗御，而又飞扬其性，善能攘扰，见异己者兴，必借众以陵寡，托言众治，压制乃尤烈于暴君。此非独于理至悖也，即缘救国是图，不惜以个人为供献，而考索未用，思虑粗疏，茫未识其所以然，辄皈依于众志，盖无殊痼疾之人，去药石摄卫之道弗讲，而乞灵于不知之力，拜祷稽首于祝由之门者哉。至尤下而居多数者，乃无过假是空名，遂其私欲，不顾见诸实事，将事权言议，悉归奔走干进之

---

① 鲁迅：《坟·科学史教篇》，《鲁迅全集》第1卷，第45页。
② 鲁迅：《坟·文化偏至论》，《鲁迅全集》第1卷，第45页。

徒，或至愚屯之富人，否亦善垄断之市侩，特以自长营撎，当列其班，况复掩自利之恶名，以福群之令誉，捷径在目，斯不惮竭蹶以求之耳。呜呼，古之临民者，一独夫也；由今之道，且顿变而为千万无赖之尤，民不堪命矣，于兴国究何与焉。①

在鲁迅看来，以上二者所看到的西方文明，只是19世纪文明的"物质"与"众数"，然而，"物质"与"众数"文明是偏颇的："物质也，众数也，19世纪末叶文明之一面或在兹，而论者不以为有当。"②鲁迅鲜明地指出："诚若为今立计，所当稽求既往，相度方来，掊物质而张灵明，任个人而排众数。人既发扬踔厉矣，则邦国亦以兴起。"③

鲁迅是如何批判西方19世纪的"物质"与"众数"文明的呢？综括其思路，主要有两个立足点：一是，对19世纪"物质"与"众数"文明的揭示，是放在一个长时段的"文化偏至论"的文明发展史观中来分析的，在这一历史观中，19世纪"物质"与"众数"文明，是自15、16世纪开始的对千年中世纪宗教文明反动的结果，由一个极端（精神与专制）走向了另一个极端（"物质"与"众数"的专制）；二是，崇奉"物质"与"众数"，恰恰又是中国文化传统与现实中存在的问题。

鲁迅如此阐述其"偏至论"的文明历史观："物质也，众数也，19世纪末叶文明之一面或在此兹，而论者不以为有当。盖今所成就，无一不绳前时之遗迹，则文明必日有其迁流，又或抗往代之大潮，则文明亦不能无偏至。"④基于这一"偏至论"文明发展史观，鲁迅以"世纪"为新的历史时间单位从世纪元年开始考察"众数"与"物质"文明的由来。对于"众数"，从西方历史上"教皇"—"君主"—"众数"的"权力"归属的争夺变更，来梳理其形成；对于"物质"，从"教力"控制—"思想自由""学术""兴起"—"学

---

① 鲁迅：《坟·文化偏至论》，《鲁迅全集》第1卷，第45—46页。
② 鲁迅：《坟·文化偏至论》，《鲁迅全集》第1卷，第46页。
③ 鲁迅：《坟·文化偏至论》，《鲁迅全集》第1卷，第46页。
④ 鲁迅：《坟·文化偏至论》，《鲁迅全集》第1卷，第46页。

理为用，实益遂生"的线索加以描述，与《科学史教篇》的描述相近。鲁迅追问的是："理若极于众庶矣，而众庶果足以极是非之端也耶？"[1]"事若尽于物质矣，而物质果足尽人生之本也耶？"[2]在人的终极意义的高度质疑19世纪的"物质"与"众数"文明。在"偏至论"的历史观中，鲁迅认为，19世纪的"物质"与"众数"文明，"特其见于欧洲也，为不得已，且亦不可去，去子与璧，斯失子与璧之德，而留者为空无。不安受宝重之者奈何？顾横被之不相系之中国而膜拜之，又宁见其有当也？"[3]表面上看，这是指中西文明不一样或发展阶段不同，不能简单模仿，但是，这背后是否有19世纪西方的"物质"与"众数"思维本来就是我们自己的传统的洞察在背后呢？

　　复杂的是，鲁迅又对倡言二说的革新者内在"私欲"动机进行了大量揭露："虽兜牟深隐其面，威武若不可陵，而干禄之色，固灼然现于外矣！"[4]"素见重于中国青年间，纵不主张，治之者亦将不可缕数。盖国若一日存，固足以假力图富强之名，博志士之誉；即有不幸，宗社为墟，而广有金资，大能温饱，即使怙恃既失，或被虐杀如犹太遗黎，然善自退藏，或不至于身受；纵大祸垂及矣，而幸免者非无人，其人又适为己，则能得温饱又如故也。"[5]"至尤下而居多数者，乃无过假是空名，遂其私欲，不顾见诸实事，将事权言议，悉归奔走干进之徒，或至愚屯之富人，否亦善垄断之市侩，特以自长营撢，当列其班，况复掩自利之恶名，以福群之令誉，捷径在目，斯不惮竭蹶以求之耳。呜呼，古之临民者，一独夫也；由今之道，则顿变而为千万无赖之尤，民不堪命矣，于兴国究何与焉。"[6]鲁迅的批判指向了一个判断："物质"与"众数"，既是西方文明发展中的问题，也是中国自身的问题，联系前面显得突兀的对倡言革新者内在"私欲"动机的大量揭露，鲁迅大概在内心中

① 鲁迅：《坟·文化偏至论》，《鲁迅全集》第1卷，第48页。
② 鲁迅：《坟·文化偏至论》，《鲁迅全集》第1卷，第48页。
③ 鲁迅：《坟·文化偏至论》，《鲁迅全集》第1卷，第49页。
④ 鲁迅：《坟·文化偏至论》，《鲁迅全集》第1卷，第45页。
⑤ 鲁迅：《坟·文化偏至论》，《鲁迅全集》第1卷，第45页。
⑥ 鲁迅：《坟·文化偏至论》，《鲁迅全集》第1卷，第45—46页。

有着"物质"与"众数"本来就是我们自己的东西的意思吧。在《文化偏至论》结尾之处，鲁迅突然写道："夫中国在昔，本尚物质而疾天才矣"[1]，这句话是突然降临的，大概是鲁迅心中不轻易说出的话，如果鲁迅对中国传统的判断是这样，那不是与当时在中西比较中对中华文明最常见的判断——西方文明是物质的，中华（或东方）文明是精神的大异其趣吗？

也许正是基于这样一个潜在视点，鲁迅才会别有意味地说："诚若为今立计，所当稽求既往，相度方来"，提出"掊物质而张灵明，任个人而排众数"[2]的正式主张。而其征引的资源，则在西方19世纪末之"新神思宗"：

> 然则19世纪末思想之为变也，其源安在，其实若何，其力之及于将来也又奚若？曰言其本质，即以矫19世纪文明而起者耳。盖五十年来，人智弥进，渐乃反观前此，得其通弊，察其黯暗，于是淳焉兴作，会为大潮，以反动破坏充其精神，以获新生为其希望，专想旧有之文明，而加以掊击扫荡。全欧人士，为之栗然震惊者有之，芒然自失者有之，其力之烈，盖深入于人之灵府矣。然其根柢，乃远在19世纪初叶神思一派；递夫后叶，受感于其时现实之精神，已而更立新形，起以抗前时之现实，即所谓神思宗之至新者也。若夫影响，则眇眇来世，肊测殊难，特知此派之兴，决非突见而靡人心，亦不至突灭而归乌有，据地极固，函义甚深。以是为二十世纪文化始基，虽云早计，然其为将来新思想之朕兆，以新生活之先驱，则按诸史实所昭垂，可不俟繁言而解者已。[3]

鲁迅对19世纪末思想家施蒂纳、叔本华、克尔恺郭尔、易卜生和尼采的思想进行了热情的推介。对施蒂纳的介绍着重在论证"个人"（"自我"）的绝对性，对叔本华、克尔恺郭尔、易卜生和尼采的介绍则集中在对"庸众"的鄙弃和对"天才"及其"个性"推崇，最终把"个人"的价值落实在"天才"

---

① 鲁迅：《坟·文化偏至论》，《鲁迅全集》第1卷，第57页。

② 鲁迅：《坟·文化偏至论》，《鲁迅全集》第1卷，第46页。

③ 鲁迅：《坟·文化偏至论》，《鲁迅全集》第1卷，第49—50页。

鲁迅与20世纪中国研究丛书

（"超人"）之上。对"非物质"的分析，延续了《科学史教篇》的思路，鲁迅指责物质主义的极端："递夫19世纪后叶，而其弊果亦昭，诸凡事物，无不质化，灵敏日以亏损，旨趣流于平庸，人惟客观之物质世界是趋，而主观之内面精神，乃舍置不之一省。重其外，放其内，取其质，遗其神，林林众生，物欲来弊，社会憔悴，进步以停，于是一切诈伪罪恶，蔑弗乘之以萌，使性灵之光，愈益就于黯淡：19世纪文明一面之通弊，盖如此矣。"①这里运用了一组与所批判的对象相对立的词："灵敏""旨趣""主观之内面精神""内""神"和"性灵"，这些文言词语的观念，皆属人的内在精神范畴。文章引出"新神思宗"："时乃有新神思宗徒出，或崇奉主观，或张皇意力"②，将批判19世纪物质文明的"新神思宗"归结为"主观"与"意力"，通过与19世纪初唯心主义及浪漫主义人格理想的比较，置重于19世纪末"主观主义"者人格理想中的"意力"因素。鲁迅用儒学术语"内省诸己""豁然贯通"来表达叔本华的意志主义哲学，是一个绝妙的嫁接，他无措意于叔本华的意志主义哲学中的形而上学旨趣，而看中了其中的"生命力"内涵，儒家关于"己"具有内在深度的依据被"意力"所替代，"意力"成为其所标举的"个人"价值的源泉和动力，鲁迅试图通过生命化的"意力"为精神委顿的国民性输入刚健动进的动力因素。

在追溯西方19世纪文明的流变，并发现19世纪末"新神思宗"的基础上，鲁迅开始展望中国变革的前景："此所为明哲之士，必洞达世界之大势，权衡较量，去其偏颇，得其神明，施之中国，翕合无间。外之既不后于世界之思潮，内之仍弗失固有之血脉，取今复古，别立新宗，人生意义，至之深邃，则国人之自觉至，个性张，沙聚之邦，于是转为人国。"③鲁迅的文明展望立于古今中外的综合资源之上，展示了一个空前开阔的视野，"取今复古，别立新宗"④，为20世纪中国向现代民族国家的转型，提出了"人国"的远大目标，

---

① 鲁迅：《坟·文化偏至论》，《鲁迅全集》第1卷，第53页。
② 鲁迅：《坟·文化偏至论》，《鲁迅全集》第1卷，第53页。
③ 鲁迅：《坟·文化偏至论》，《鲁迅全集》第1卷，第56页。
④ 鲁迅：《坟·文化偏至论》，《鲁迅全集》第1卷，第56页。

"人国"依赖于每一个"个人"的内在精神的自觉，这样的"个人"，是组成新型民族国家的国民，同时也是世界人，由这样的"人"组成的"人国"，也就超越了民族与国家，指向了世界和未来。

针对"黄金黑铁国会立宪"的改革主张，鲁迅最后提出了一连串质问："将以富有为文明软？""将以路矿为文明软？""将以众数为文明软？"[①]"若曰惟物质为文化之基也，则列机括，陈粮食，遂足以雄长天下软？曰惟多数得是非之正也，则以一人与众禺处，其亦将木居而芋食软？"[②]基于这些质问，鲁迅正式揭橥"立人"命题："是故将生存两间，角逐列国是务，其首在立人，人立而后凡事举；若其道术，乃必尊个性而张精神。"[③]"尊个性"，即相对于"众数"而提出的"个人"，"张精神"，即相对于"物质"而提出的"精神"—"意力"，相互涵涉的"个人"与"精神"—"意力"的，归于"首在立人"的命题下，所"立"之"人"即以"精神"—"意力"为内涵的"个人"。

通过对"进化""科学"与19世纪文明等时新话语的梳理，揭示其后的"人类之能""神思""圣觉""理想""精神"等内在性的精神存在，并诉诸"个人"的生命力与行动力，从而将内在性的精神与外显的"意力"结合起来，指向中国现代转型的终极目标——"人国"。"立人"方可"兴国"，"立人"，成为鲁迅民族国家话语的基石。

五、由"立人"到"心声""新声""内曜"与"诗力"

如果说《人之历史》《科学史教篇》《文化偏至论》确立了作为"立人"—"立国"基础的"精神"与"意力"，那么，这些"精神"与"意力"的源头又在哪里呢？"精神"，无疑要涉及"精神"的资源问题，人活在传统之中，"精神"是传统中的存在。当鲁迅在大举标榜"精神"的时候，他所说

① 鲁迅：《坟·文化偏至论》，《鲁迅全集》第1卷，第56页。
② 鲁迅：《坟·文化偏至论》，《鲁迅全集》第1卷，第56页。
③ 鲁迅：《坟·文化偏至论》，《鲁迅全集》第1卷，第57页。

的"精神"能有什么样的资源作为支撑呢？

当鲁迅追问并溯源"进化""科学""19世纪文明"等背后的"精神"时，是否能意识到文明是一个系统，诸多文明表象背后有着源远流长、自成一统的精神传统的支撑？这一点当不成问题，但是，当鲁迅冀望于19世纪末的"新神思宗"时，却并非以此为"精神"的皈依，而是借此昭示新文明发展的精神方向，换言之，警惕"言非同西方之理弗道，事非合西方之术弗行"[①]的鲁迅，大概不会陷入以西方最新思潮为马首是瞻的思维怪圈。

其实，当鲁迅焦虑地发现中国"精神沦亡"的危机症结并试图振臂一呼唤醒国人沉睡的灵魂之时，在"精神"资源上是无援的。鲁迅起来发言的时代，东西方传统都处在急剧坍塌的过程中，在他的背后，是一片传统的废墟。在中国自身方面，晚清，新的世界格局在古老帝国面前打开，近代的危机正一步步显露中国传统的弊病，在西方文明的强势冲击下，中华文明遭遇前所未有的文明挑战，面对传统的革故鼎新势在必行，开始艰难的现代转型。鲁迅所处的时代，正是中华文明危机积重难返、最为深重的时候，赴日求学，本来就是失望于自身的传统，"别求新声于异邦"。1918年，《狂人日记》发表，"吃人"的发现，宣告了他对中国文化危机的最深刻洞察，并由此成为中国有史以来最彻底的反传统主义者。同是在1918年，斯宾格勒（Oswald Arnold Gottfried Spengler，1880—1936）出版《西方的没落》，宣告西方文化已走出其文化创造期，正处于没落之中。如果将西方文化看成一种自足的精神体系，可以看到，西方精神确实已经走过其鼎盛时期。自文艺复兴始，主导西方精神世界的信仰体系开始松动，随着现实世界和人的发现，人的精神欲求投注于现实世界和人本身，导致延续千年的宗教秩序的崩溃。到19世纪，形而上学理性主义传统也开始没落，正是作为鲁迅大力推崇的"新神思宗"的代表人物尼采，开始正式揭示西方信仰和形而上学的整体危机。尼采宣告"上帝已死"，这里的"上帝"，不仅仅指信仰世界的上帝，它代表的是整个形而上学传统中确立的"最高价值"，尼采的破坏性不在于抛弃上帝信仰，而在于开始公开对西方几

---

① 鲁迅：《坟·文化偏至论》，《鲁迅全集》第1卷，第44页。

千年来的形而上学和理性主义传统进行无情解构。

在一片传统文明的废墟中，如何提倡"精神"？我们发现，鲁迅对于"精神"资源的寻找，并没有诉诸既定的传统和既定的精神样式如宗教、道德、哲学等等，而是转向了一个新的方向——"文学"。于是，"鲁迅文学"开始发生。

当鲁迅将对"精神"的寻找转向"文学"时，文学正在遭遇边缘化。鲁迅留学时代，中土正在掀起第一次崇尚"实学"的思潮，西学东渐，新学压倒旧学，冯桂芬、梁启超等都将中国近代衰败的学术上的原因，归于"文胜质"，呼吁年轻人趋向"实学"，以改变中华积弱的局面。这一点几乎成为当时共识，在晚清与民国初年的留学潮中，学子们选择的专业，几乎全是偏于工科、理科与医科的"实学"，学军事者更多。①在这样的背景下，"弃医从文"，确实逆时代潮流而动。

被视为鸡肋的"文学"，何以成为"精神"的源头？

1926年，鲁迅将日本时期五篇文言论文收入《坟》，编排的时候，将写作时间早于《文化偏至论》的《摩罗诗力说》放在其后，大概就有逻辑上的考虑吧。在《摩罗诗力说》中，由《人之历史》《科学史教篇》和《文化偏至论》中追问出的文明真谛——"精神"，开始与"诗"——文学发生联系。

《摩罗诗力说》始于申述"心声"的重要。文章大量列举诗人与民族振兴关系的史实，试图说明，"诗人"之"心声"与民族兴亡息息相关，然则何为"心声"？中国古语云"言为心声"，又云"诗言志"，"心声"与"诗"具有本然的联系，但在鲁迅这里，"古民神思，接天然之宫，冥契万有，与之灵会，道其能道，爰为诗歌。其声度时劫而入人心，不与口同绝；且复曼衍，视其种人"。"诗"所"言"者非来自"志"，而是直接来自原初之"神思"。"心声"发于"精神"，"精神"也有赖于"心声"的彰显与激发："自觉之声发，每响必中于人心，清晰昭明，不同凡响。"②鲁迅感叹："古民之心声

---

① 中国现代文人中，当初大多并非以文学为专业，鲁迅学矿、学医，胡适学农，郭沫若学医，成仿吾学军事，张资平学地质，郁达夫学经济。

② 鲁迅：《坟·摩罗诗力说》，《鲁迅全集》第1卷，第65页。

手泽，非不庄严，非不崇大，然呼吸不通于今，则取以供览古之人，使摩挲咏叹而外，更何物及其子孙？否亦仅自语其前此光荣，即以形迩来之寂寞，反不如新起之邦，纵文化未昌，而大有望于方来之足致敬也。"①"神思"不能依赖于古国曾经的辉煌，而有赖于当代人的创造。然而，中土现状是："诗人绝迹，事若甚微，而萧条之感，辄以来袭。"②"口舌一结，众语俱沦，沉默之来，倍于前此。盖魂意方梦，何能有言？"③鉴于古代与现状都无以激发"精神"，鲁迅决定"今且置古事不道，别求新声于异邦"，以异域之"新声"，激活沦亡之"心声"。

"新声之别，不可究详；至力足以振人，且语之较有生趣者，实莫如摩罗诗派。……今则举一切诗人中，凡立意在反抗，指归在动作，而为世所不甚愉悦者悉入之，为传其言行思维，流别影响，始宗主裴伦，终以摩迦（牙利）文士。凡是群人，外状至异，各禀自国之特色，发为光华；而要其大归，则趣于一：大都不为顺世和乐之音，动吭一呼，闻者兴起，争天拒俗，而精神复深感后世人心，绵延至于无已。"④"摩罗"，是梵文Mara的音译，指佛教所说的魔鬼。从鲁迅所列的"摩罗诗派"的谱系来看，所谓"新声"，是发源于西方浪漫主义运动并在19世纪蔚为大观的浪漫主义和民族主义相结合的诗潮，鲁迅悬置了摩罗诗人的历史特征，而垂青于"摩罗诗人"的"立意在反抗，指归在动作"、具有强烈感染力的和巨大号召力的特征。

鲁迅将"摩罗诗力"的价值，建立在生物进化论的生存竞争的基础上，因而与其民族国家的忧心隐秘相通，基于对民族国家"争存"事实的判断，鲁迅肯认："此人世所以可悲，而摩罗宗之为至伟也"⑤，并批判中国传统思想逆进化而行的"不撄人心"的退守倾向，希望借助"摩罗诗力"超越历史的惰性："人得是力，乃以发生，乃以曼衍，乃以上征，乃至于人所能至之极

---

① 鲁迅：《坟·摩罗诗力说》，《鲁迅全集》第1卷，第65页。
② 鲁迅：《坟·摩罗诗力说》，《鲁迅全集》第1卷，第65页。
③ 鲁迅：《坟·摩罗诗力说》，《鲁迅全集》第1卷，第65页。
④ 鲁迅：《坟·摩罗诗力说》，《鲁迅全集》第1卷，第65—66页。
⑤ 鲁迅：《坟·摩罗诗力说》，《鲁迅全集》第1卷，第68页。

点。"①

"摩罗诗人"之"诗"为何有如此大的"诗力"呢？鲁迅说："盖诗人者，撄人心者也。凡人之心，无不有诗，如诗人作诗，诗不为诗人独有，凡一读其诗，心即会解者，即无不自有诗人之诗。无之何以能解？惟有而未能言，诗人为之语，则握拨一弹，心弦立应，其声澈于灵府，令有情皆举其首，如睹晓日，益为之美伟强力高尚发扬，而污浊之平和，以之将破。平和之破，人道蒸也。"②在这里，"诗"成为人所共有的人性中的本然存在，也是人与人之间得以沟通的人性基础，"诗人"早感并能言之，成为能"撄人心"的人。鲁迅认为，中国之所以"诗人绝迹"，一是统治者的有意压制，二是"诗人"自身的沉溺"私欲"、价值沦丧而不能"白心"，三是民众之"诗心"自蔽于卑下之"实利之念"，"人人之心，无不泐二大字曰实利，不获则劳，既获便睡。纵有激响，何能撄之？……即间有之，受者亦不为之动，创痛少去，即复营营于治生，活身是图，不恤污下"③。鲁迅将民众的"诗心"与家国的兴亡密切联系起来，"国民皆诗，亦皆诗人之具"④，诗人只需振臂一呼，即可引起国民诗心的共振，发为不可摧折的反抗之力。

似乎忽然意识到过多强调"诗"与国家兴亡关系的不妥，文章突然申明："然此亦仅譬诗力于米盐"⑤，强调"此篇本意，固不在是也"⑥。于是转入对"文章"价值的讨论。这里所说的"文章"，沿用了自汉开始的"文章"与"文学"二分法，指向的是现代意义上的"文学"。

鲁迅对文章价值和用途的强调，运用的是否定法和排除法。"文章"的"本质"是使人"兴感怡悦"，"与个人暨邦国之存，无所系属，实利离尽，究理弗存。故其为效，益智不如史乘，诫人不如格言，致富不如工商，弋功

① 鲁迅：《坟·摩罗诗力说》，《鲁迅全集》第1卷，第68页。
② 鲁迅：《坟·摩罗诗力说》，《鲁迅全集》第1卷，第68页。
③ 鲁迅：《坟·摩罗诗力说》，《鲁迅全集》第1卷，第69页。
④ 鲁迅：《坟·摩罗诗力说》，《鲁迅全集》第1卷，第70页。
⑤ 鲁迅：《坟·摩罗诗力说》，《鲁迅全集》第1卷，第70页。
⑥ 鲁迅：《坟·摩罗诗力说》，《鲁迅全集》第1卷，第71页。

名不如卒业之券"①。然而，"特世有文章，而人乃以几于具足"②。鲁迅认为："盖缘人在两间，必有时自觉以勤劬，有时丧我而徜徉，时必致力于善生，时必忘其善生之事而入于醇乐，时或活动于现实之区，时或神驰于理想之域；苟致力于其偏，是谓之不具足。"③又借用庄子所谓"无（不）用之用"来说明"文章"之"用"。既然使人"具足"的功能发生于其他人生需要之后，那么，"文章"发挥的就不是与上述一般功能平行的"补白"功能，而是更高；"不用之用"，是在对整体的"用"的否定后才发生的，因而也就不是一般的具体效用。鲁迅最后说："涵养人之神思，即文章之职与用也"④，进而在"兴感怡悦"之外，明确"文章"之"职与用"在"神思"——精神与理想——之域。"文章"之用不是直接作用于知识（"益智"）、道德（"诚人"）和实利（"致富""功名"）等具体效用，而是作用于这些具体效用之外，与人生之情感（"醇乐"）和"理想"相关。

在此基础上，鲁迅进一步指出了"文章"优越于其他效用的"特殊之用"："此他丽于文章能事者，犹有特殊之用一。盖世界大文，无不能启人生之闳机，而直语其事实法则，为科学所不能言者。所谓闳机，即人生之诚理是已。此为诚理，微妙幽玄，不能假口于学子。"⑤并以比喻来说明："如热带人未见冰前，为直语冰，虽喻以物理生理二学，而不知水之能凝，冰之为冷如故；惟直视以冰，使之触之，则虽不言质力二性，而冰之为物，昭然在前，将直解无所疑沮。惟文章亦然，虽缕判条分，理密不如学术，而人生诚理，直笼其辞句中，使闻其声者，灵府朗然，与人生即会。如热带人既见冰后，曩之竭研究思索而弗能喻者，今宛在矣。"⑥"冰"之喻强调"文章"不涉理障，直抵人心，与"人生诚

① 鲁迅：《坟·摩罗诗力说》，《鲁迅全集》第1卷，第71页。
② 鲁迅：《坟·摩罗诗力说》，《鲁迅全集》第1卷，第71页。
③ 鲁迅：《坟·摩罗诗力说》，《鲁迅全集》第1卷，第71页。
④ 鲁迅：《坟·摩罗诗力说》，《鲁迅全集》第1卷，第71页。
⑤ 鲁迅：《坟·摩罗诗力说》，《鲁迅全集》第1卷，第71—72页。
⑥ 鲁迅：《坟·摩罗诗力说》，《鲁迅全集》第1卷，第72页。

理"直接相通，鲁迅引亚诺德（M.Arnold）之言，谓"诗为人生评骘"①，反复强调"文章"与人生的关系。

鲁迅对"文章"—"诗"的价值及其功用的辨析和伸张，可以说是鲁迅版的"为诗一辩"。对诗歌的辩护，在西方诗学史上并不鲜见，最著名的之一就是浪漫主义诗人雪莱的《诗辩》。雪莱的《诗辩》基于对想象力的神奇力量及其作用的阐释之上，他认为，想象力是人类及其社会保持生机的活力源泉，没有想象力，社会就会衰败和枯竭，而诗产生于人的想象力，并作用于人的想象力，使人保持一种活跃的、生动的和创造性的精神，这种精神之中包含着人的最高的善的道德，从而增进人类的福祉。在诗歌消失的地方，就是想象力枯竭的地方，在一个僵化停滞的社会中，需要诗歌激发想象力的源泉，以形成变革社会的力量。诗人，作为想象力的富有者和激发者，被雪莱授以"世界非公认的立法者"的空前崇高的地位。②鲁迅对"诗"的辩护也与其对"神思"——想象力的重要价值的强调相关，因而与其所钟爱的雪莱有相通之处。雪莱和鲁迅都是在"诗"的价值受到漠视的时代氛围中起而为其价值辩护的，雪莱面临的是理性在人类精神领域的全面统治以及社会体制僵化造成的对人类想象力和新的生机的压制，因而以"诗"为契机重唤人的精神潜力；鲁迅"诗辩"的背后，有着深厚的救亡动机，他试图通过"诗"——文学的力量激发国人的"心声"，发扬"精神"与"个性"，由"立人"而"兴国"。

在申说了"文章"之"不用之用"后，鲁迅介绍了"摩罗诗人"系谱的第一位诗人拜伦的"撒旦"称号的由来，由"撒旦"的释义转入对摩罗谱系的具体介绍，从拜伦始，中经雪莱，斯拉夫民族的普希金、莱蒙托夫、密茨凯维支、斯沃瓦茨基、克拉辛斯基，最后以匈牙利诗人裴多菲作结。据日本学者北冈正子考证，《摩罗诗力说》对诸多诗人的介绍，几乎都有材料来源，而且大部分是直接转译过来的，北冈对此有极为细密、严谨的爬疏和考证。《摩罗诗力说》带有晚清介绍新学客观转述和主观评价纠缠一起的普遍特征，鲁迅将诗

① 鲁迅：《坟·摩罗诗力说》，《鲁迅全集》第1卷，第72页。

② ［英］雪莱：《为诗辩护》，伍蠡甫、胡经之主编：《西方文艺理论名著选编》（中卷），北京大学出版社1986年版，第81页。

人的行状、作品、传播及叙事者的解释及评论结合在一起，整合进"摩罗诗力说"的宏大叙事中，整体上采取了六经注我的方式，北冈也断定："《摩罗诗力说》是在鲁迅的某种意图支配下，根据当时找得到的材料来源写成的。"[①]其考证的目的就是"将材料来源的文章脉络和鲁迅的文章脉络加以比较检查，弄清鲁迅文章的构成情况，就可以从中领会鲁迅的意图。"[②]所以，我们也不应局限于这些材料本身，而要看这些材料的"拿来"是如何服务于鲁迅主观意图的。

以拜伦为摩罗诗宗和精神线索，鲁迅逐一介绍了修黎（雪莱）、普式庚（普希金）、来尔孟多夫（莱蒙托夫）、密克威支（密茨凯维支）、斯洛伐支奇（斯沃瓦茨基）和裴象飞（裴多菲）等诗人，雪莱与拜伦同为英国人，后五者分别来自俄国、波兰和匈牙利，都属斯拉夫族，鲁迅就此把拜伦的精神线索引向别国（尤其是斯拉夫民族），展示并梳理一个摩罗诗人的精神谱系。最后他总结道："上述诸人，其为品性言行思维，虽以种族有殊，外缘多别，因现种种状，而实统于一宗：无不刚健不挠，抱诚守真；不取媚于群，以随顺旧俗；发为雄声，以起其国人之新生，而大其国于天下。"[③]并且发问："今索诸中国，为精神界战士者安在？"[④]大声疾呼："吾人所待，则有介绍新文化之士人。……而第二维新之声，亦将再举，盖可准前事而无疑者矣。"[⑤]"第二维新之声"在中国维新运动陷入困境中提出，具有强烈的现实针对性，"第二维新之声"超越业已陷入困境的"黄金黑铁"和"国会立宪"思路，将新的希望寄托于异域"新声"的引进，诉诸"诗力"，激发被世俗和实利蒙蔽的"心声"。

"心声"（"诗"），直接来自作为人的生命力和创造力的最终源泉的

①　[日]北冈正子：《摩罗诗力说材源考》，何乃英译，北京师范大学出版社1983年版，第2页。

②　[日]北冈正子：《摩罗诗力说材源考》，何乃英译，第2页。

③　鲁迅：《坟·摩罗诗力说》，《鲁迅全集》第1卷，第100页。

④　鲁迅：《坟·摩罗诗力说》，《鲁迅全集》第1卷，第100页。

⑤　鲁迅：《坟·摩罗诗力说》，《鲁迅全集》第1卷，第100页。

"神思"，由于"神思"是每个人的生命中所本有，因此人人都有潜在的"心声"（"诗"），这就是鲁迅说的"凡人之心，无不有诗"。中国的现状是"诗人绝迹"，"心声"遮蔽，"元气黮浊，性如沉垽，或灵明已亏，沉溺嗜欲"（《破恶声论》），终造成"苓落颓唐之邦"（《摩罗诗力说》）。为激发国民之"心声"，鲁迅引进摩罗诗人刚健有力的"心声"—"新声"。摩罗诗人具有不断超越世俗和自身的强大的意志力量，敢于反抗一切外来压迫。以此"诗力"，给萎靡、堕落的国民性注入新的活力，以生命力和精神力的重新振拔，带来邦国的复兴。以"诗"鼓动"力"，以"力"激发"精神"，"第二维新之声"抓住的是"精神"和"诗"—"心声"这两个契机，对"诗力"的推崇将中国变革的契机转向对文学领域的关注，"吾人所待，则有介绍新文化之士人"，这一超前而遭遇压抑的呼声，远接十年后"五四"的风雷。

六、民族主义与现代主义的并置

由救亡动机到对近代"兴国"理路的考察，由"兴国"到"立人"，由"立人"到"诗力"，鲁迅五篇文言论文的立论无疑出于民族救亡动机。《文化偏至论》通过对西方19世纪文明源流的梳理和对中国近代救亡理路的批判，揭示中国近代危机的本质，引介19世纪末西方"新神思宗"，提出"首在立人"——"尊个性而张精神"的救亡思路。《摩罗诗力说》大力推举拜伦、雪莱、裴多菲、普希金、莱蒙托夫、密茨凯维支等异域"摩罗诗人"，寄望于"介绍新文化之士人"和着力于新文艺的"第二维新之声"。其所援引的"摩罗诗人"，都是近代浪漫主义与民族主义色彩浓厚的诗人，属于积极浪漫主义的诗人谱系，对"摩罗诗人"的大力推举，皆基于他们以"诗力"参与民族建构的英雄情怀。鲁迅的介绍，典型地展现了浪漫主义与民族主义的天然联系，在某种程度上说，青年鲁迅与西方近代浪漫主义文学中的民族主义构成了深刻的认同。

但是，《文化偏至论》所罗列的施蒂纳、叔本华、尼采、易卜生、克尔恺郭尔等"新神思宗"，皆为20世纪现代主义的思想源头，已进入现代主义思想

鲁迅与20世纪中国研究丛书

谱系。"摩罗诗人"与"新神思宗"的并置说明，鲁迅20世纪初的初啼新声，在西方资源上同时连接浪漫主义的民族主义与现代主义两个资源，遂形成在逻辑上并非一致的浪漫主义的民族主义与现代主义两类不同资源取向的并置状态，展现了鲁迅思想和中国现代思想之复杂性的一面。

西方近代民族主义与浪漫主义具有发生学上的亲缘关系。三十年战争后，西方出现民族国家的独立诉求，18世纪末的浪漫主义以反理性姿态出现，与民族主义的现实诉求不谋而合，为其提供鼓动的激情。中世纪，个人归属于上帝，近代，世俗王权在与教会的争夺中试图分享上帝的权力，17、18世纪理性以两个面目出现，一是思维理性，一是王权理性。在反抗王权理性的过程中，浪漫主义的感性的、孤独的个人开始出现，个人必然要寻找寄托，新兴民族成为个人寄托的对象。罗素揭示，浪漫主义孤独自我对于同宗血缘的追求，导致民族原则的出现："民族原则是同一种'哲学'的推广，拜伦是它的一个主要倡导者。一个民族被假设成一个氏族，是共同祖先的后嗣，共有某种'血缘意识'。马志尼经常责备英国人没给拜伦以正当的评价，他把民族设想成具有一个神秘的个性，而将其他浪漫主义者在英雄人物身上寻求的无政府式的伟大归给了民族。民族的自由不仅被马志尼看成是一种绝对的东西，而且比较稳重的政治家们也这样看了。"[1]从西方个人主义观念的历史来说，浪漫主义式的绝对个人主义对个人主体的追求，最终走向对放大的自我——民族主体的诉求，民族被视为生命和文化的有机体，成为个人价值的寄托。

由于将浪漫主义激情投向民族主义，与民族主义相结合的浪漫主义就与纯粹沉溺于个人世界的消极浪漫主义不同，具有积极事功的反抗色彩，正如鲁迅对于其"摩罗"谱系的概括："立意在反抗，指归在动作"[2]。

今人多谈现代性，但聚讼纷纭，莫衷一是，如对现代与后现代的分期就歧义多多，有将现代主义看成"现代性"，有的则看成是"后现代"。有人受启发于卡林内斯库的两个现代性观点，所谓政治经济领域的现代性，与审美现代

① ［英］罗素：《西方哲学史》下卷，马元德译，商务印书馆1982年版，第223页。
② 鲁迅：《坟·摩罗诗力说》，《鲁迅全集》第1卷，第66页。

性的不同，后者是对前者的反动，于是将现代主义看成标准的"现代性"。其实，卡氏两个现代性的划分看到了艺术对现实的否定性，但没有看到，从更大的视野看，艺术与现实又共同处在一个更大的精神史逻辑中，在这一逻辑中，艺术与现实不完全是处在对抗状态中，有时又会取同一步调，如浪漫主义与民族主义的结合。

问题出在哪里呢？我认为，西方现代性可以分为两个时期：第一个时期是建构现代性时期，从启蒙运动到叔本华，寻找上帝之后新的确定性。从启蒙理性方案到康德对理性的划分和限定，再到叔本华以意志取代理性，都是在寻找人的主体的确定性；第二个时期是解构现代性时期，从尼采到现在，尼采承叔本华余绪，但开始解构理性形而上学传统，自他之后，西方几千年的思想传统开始解体，如果我们硬要说还有什么"后现代"，那么可以说，后现代是尼采的结果，后现代属于解构现代性范畴。

作出这样的划分后，我们就可以更为清晰地面对艺术史中的一些难以界定的问题。浪漫主义处于现代性的上升时期，虽然其中已经蕴含解构的因子——如情感对于理性、个人对于群体等等，这一点固然来自艺术先天的超前性和反抗性，但是，在浪漫主义与民族主义结合的过程中，我们又可以看到从上帝到王权，再从王权到民族的建构现代性线索，换言之，它是处在建构现代性的逻辑之中。今人据卡林内斯库两个现代性的二元划分，简单地将所谓"审美现代性"视为对政治、经济领域现代性的反动，并将其纳入"现代主义"范畴，就会无视19世纪浪漫主义及批判现实主义在现代性历史中的建构性。

如果说文艺的浪漫主义与现代性的逻辑基本上还是同步的，那么可以说，现代主义经由对传统真、善、美的怀疑，已经步入解构现代性的轨道。经过现代知识与学科的分化，艺术成为与其他知识分门别类的独立存在，获得自身的存在与发展逻辑，现代主义艺术的反抗性，渐由外向的反抗，陷入内在的自我否定。在艺术的封闭领域，已然放弃获得绝对真理的信念，安于通过形式的不断翻新来展现"真理"碎片，艺术的反抗由艺术对现实的反抗，遂演变成自身内部形式翻新的游戏。

浪漫主义具有浓郁的民族主义情绪，而现代主义已经了无民族情结。现代主义基于西方民族国家的既成局面，其对现实的反抗，已经超越了"民族"维度，展开的是对整个资本主义工业化社会的批判，后期现代主义更是将外向的批判，转入自我艺术逻辑内部不断淘汰更新的时尚游戏，失去现实的批判能力。鲁迅于世纪之交抓住的施蒂纳、叔本华、尼采、易卜生、克尔恺郭尔等，尚是现代主义思想的萌蘖，对现实尚保持强烈的批判性，但无疑，其批判逻辑已经远远超越于"民族"之上。鲁迅基于民族焦虑对"摩罗诗人"和"新神思宗"的同时引介，不会注意到其中暗藏的悖论。

鲁迅引介"摩罗诗人"基于对其民族情怀的欣赏，对"新神思宗"的推举亦是着眼于其对19世纪"物质"与"众数"文明的批判。后者虽如上述，已经超越了"民族"视角，但我们还要看到，鲁迅之接受"新神思宗"，依然是处在其原初的民族关怀之中。西方19世纪文明中的"物质"与"众数"问题，在鲁迅这里转换成中国现代转型过程中的"物质"与"众数"问题，甚至是中国精神传统中根深蒂固的"尚物质"与"疾天才"的问题，①"新神思宗"对西方19世纪文明的批判，在鲁迅这里成为寻找救亡方案过程中对中国言新人士盲目追求"物质"与"众数"的阻击。

但是，"新神思宗"所连带的现代主义意向的出现，给鲁迅世纪之交基于救亡焦虑的发言，提供了超越自我的可能性：一、"新神思宗"对整个西方文明的反思与批判，使鲁迅的"兴国"关怀深入到"立人"层面提供了不可或缺的资源，当鲁迅将"兴国"问题带入"立人"层面——对现代转型的精神基础的关注的时候，其思想深度和广度已经超越民族视角，获得了全球性的视野。"立人"所指向的，就不仅仅是"国民"之"立"，而是指向了作为20世纪的新的"个人"之"立"。这一世界主义取向，与十年后的"五四"由民族到世界的取径是一致的。二、鲁迅在世纪初所揭橥的现代主义苗头，让我们得以一窥其精神世界中宽博幽深的一角，其对"新神思宗"推介，在现实批判的思路之外，分明有内在精神的深度相契与同情，鲁迅后来对19世纪末文学的理解与

① 《文化偏至论》最后揭示："夫中国在昔，本尚物质而疾天才矣。"（《坟·文化偏至论》，《鲁迅全集》第1卷，第57页。）

独赏，就在这一延长线上。其文学世界中复杂的现代质素，甚至后人试图打捞的"现代主义"倾向，于此可以得到更为合理的解释。在某种程度上说，鲁迅19、20世纪之交对"新神思宗"的敏锐把握，是中国与西方现代主义思潮的最早碰撞。

海外华人学者有感于中国现代文学及其文学史叙述中的"感时忧国"传统，或立足于两个现代性的二元划分，试图挖掘潜在的现代主义流脉，或视其为顽固的中国传统和过时的西方影响而加以"后现代"的解构和翻案，然而，落实在鲁迅的个案，尤其诉诸中国现代历史的复杂性，此类主张可能显得所见未深。在鲁迅这里，以文学参与中国现代转型的外向现实动机，与个人内在的精神与审美体验，是复杂地结合在一起的。中国文学的现代性，是与20世纪中国社会的现代性一道生长的，对中国现代文学之"现代性"的理解，离不开对中国现代转型的复杂背景与历史过程的深入把握，如果仅从概念与理论切入，就会简化中国文学现代性的复杂性和丰富性。

第三章　"文学"与"救亡"：

鲁迅文学与民族国家的建构

第一节　文学与救亡思路的发轫

1905年，鲁迅"弃医从文"，这既是其个人志业的转折，也成为20世纪中国文学的公共事件。这一切，都在"弃医从文"的理路中，鲁迅将"救亡"诉诸"立人"，又将"立人"诉诸"诗力"，至此，"文学"与"救亡"发生了深刻的联系。

文学在鲁迅这里，成为民族国家建构的一个独特路径。

如果找一些关键词来把握波澜壮阔的中国20世纪，首先想到的关键词也许会有：救亡、启蒙、革命、解放、改革等等。但我要提醒和强调的，还有一个是"文学"，20世纪是文学的世纪。"五四"新文化运动的主要内容，是思想革命和文学革命，而其中最有声势最为见效者，为后者；在后来政治革命和社会革命的主潮中，文学或固守自己的方式，或主动、被动地成为政治革命的重要"一翼"，深度介入了整个20世纪的现代性建构。"五四"、文研会、创造社、新月社、左联、京派、延安文艺整风、"十七年"的文艺批判、"文革"、80年代文化热,拉开长时段的视角,不难看出文学在20世纪中国的重要作用及其与革命、政治之间的复杂纠缠。回眸世纪文学,我们越来越清晰地认识到20世纪中国文学的"国族"情结,海外华人学者将之视为"感时忧国"传统加以批判,有人直接称20世纪中国文学为"民族国家的文学",无论其褒贬意味如何,可以说明的是,20世纪"文学与救亡"的关系,是一个显见的问题。

如果说"救亡"成为20世纪中国文学发生的重要动机,那么,将"救亡"动机与"文学"联系在一起的,先有梁启超,后来是鲁迅。

戊戌变法失败以后,梁启超东走日本,其救亡思路由自上而下的维新变法,转向自下而上的"新民",梁相继在日本创办《清议报》《新民丛报》和《新小说》,发表《新民说》《论小说与群治之关系》等一系列文章,从事以"新民"为旨归的思想启蒙。

梁启超注意到报馆、图书馆、演讲、小说等对于明治维新的重要作用,欲借通俗小说的"熏、刺、浸、提"之力,宣传维新思想。1902年在《新小说》的创刊号上发表《论小说与群治的关系》,激昂宣称:"欲新一国之民,不可不先新一国之小说。故欲新道德,必新小说;欲新宗教,必新小说;欲新政治,必新小说;欲新风俗,必新小说;欲新学艺,必新小说;乃至欲新人心,欲新人格,必新小说。何以故?小说有不可思议之力支配人道故。"[①]视"新小说"为"新民"之利器。

虽然当时梁启超已遭遇新兴革命派的阻击,但毕竟是当时思想界无人能比的明星,梁氏言论一出,必受到时人尤其是青年的关注,郭沫若后来回忆:"二十年前的青少年——换句话说:就是当时的有产阶级的子弟——无论是赞成或反对,可以说没有一个没有受过他的思想或文字的洗礼的。"[②]夏晓虹认为,梁启超的"文学救国论""成为晚清文学改良运动的指导思想","因符

① 梁启超:《论小说与群治之关系》,《梁启超全集》第四卷,北京出版社1999年版(下同),第884页。

② 郭沫若:《沫若自传》,求真出版社2010年版,第64页。

合时代要求，产生了广泛的社会影响"。①

鲁迅到日本这一年，梁启超开始在《新民丛报》上连载《新民说》，并在《新小说》创刊号上发表《论小说与群治的关系》。青年鲁迅经常阅读梁氏主办的《清议报》《新民丛报》和《新小说》，对于思想明星梁启超的文章和思想，无疑是关注的。周作人曾说：

> ……梁任公所编刊的《新小说》、《清议报》与《新民丛报》的确都读过也很受影响，但是《新小说》的影响总是只有更大不会更小。梁任公的《论小说与群治之关系》当初读了的确很有影响，虽然对于小说的性质与种类后来意思稍稍改变，大抵由后来科学或政治小说渐转到更纯粹的文艺作品上去了。不过这只是不侧重文学之直接的教训作用，本意还没有什么变更，即仍主张以文学来感化社会，振兴民族精神，用后来的熟语来说，可说是属于为人生的艺术这一派的。②

可以说，在大的层面上，鲁迅日本时期的"立人"思想，对国民性问题的关注，对文学作用的强调等等，或多或少受到梁启超思想的启发。但如果我们仅仅将鲁迅看成梁启超思路的简单延伸，就难以发现现代观念在鲁迅这里发生的质变。

竹内好在《鲁迅》一书中，为了说明"文学家鲁迅"产生于绍兴县馆六年沉默之后这一中心论点，遂淡化日本时期"弃医从文"的重要性，试图怀疑幻灯片事件的真实性。同时，与此相关，对于梁启超的影响，竹内凭着自己的直觉，觉察到鲁迅与梁启超的文学理路，存在实质的不同，他说：

> 我最终想说的是以下一点：鲁迅虽或如周作人所说，受了梁启超的影响，但作为一种思考方法，认为他没受影响不是比认为他受影响更正确

---

① 夏晓虹：《觉世与传世——梁启超的文学道路》，中华书局2006年版，第36—38页。

② 周作人：《关于鲁迅之二》，鲁迅博物馆鲁迅研究室《鲁迅研究月刊》选编：《鲁迅回忆录·专著》中册，第887页。

吗？至少在他的本质面上，不是没受"影响"吗？即使说受了影响，其接受的方法不也是为了从中筛选出自己本质上的东西而把自己投身其中的方法吗？不是一种"挣扎"着去接受的方法吗？①

总之，在鲁迅和梁启超之间是有着决定性的对立面的。我想，由于这种对立可以认为是鲁迅本身矛盾的对象化，因此与其说是梁启超影响了鲁迅，倒不如说是鲁迅在梁启超身上看到了被对象化了的自己的矛盾。他们难道不是这样一种关系吗？换句话说，这种关系也可以叫做政治与文学的对立。我以为，鲁迅受梁启超的影响，后来又摆脱它，不是应该解释为他在梁启超身上破却了自己的影子，涤荡了自己吗？……我现在不打算详谈这些问题，我只想就政治与文学的关系补充一句想到的话，那就是除了气质、文体和业绩外，鲁迅是否和由于怀疑文学的功用而成为文学者的二叶亭有着更为深刻的本质上的类似呢？②

竹内一直想说明的是，在梁启超所开启的近代文学与政治的关系中，鲁迅既受了这一关系的影响，同时又经由对政治的狭义理解的拒绝，确立自己新的文学观。竹内将鲁迅与梁启超分开的动机，是直接通向他想要确立的文学家鲁迅产生于S会馆六年沉默的中心观点，也就是说，鲁迅文学产生于一种基于"无"的意义上的彻底自觉。

竹内在鲁迅与梁启超文学观念究竟如何不同的问题上没有进一步追问下去。在此我们可以就此展开进一步追问，以显现鲁迅在梁启超基础上究竟形成了怎样的新的文学观，这一文学观怎样贯穿于终其一生的文学行动中，在世纪文学的实践中又遭遇了怎样的遮蔽。

梁启超以传统士人身份走向现代政治，后又由政治走向文学。对于传统士人来说，"文"与"政"自然相关，没有严格的界限，梁启超在政治改良途中

---

① ［日］竹内好：《鲁迅》，竹内好著，李冬木、赵京华、孙歌译，孙歌编：《近代的超克》，生活·读书·新知三联书店2005年版（下同），第68页。

② ［日］竹内好：《鲁迅》，竹内好著，李冬木、赵京华、孙歌译，孙歌编：《近代的超克》，第69—70页。

鲁迅与20世纪中国研究丛书

发起诗界、文界、小说界三界"革命"，也是水到渠成的做法。传统的"文"与"政"的关系，也决定了梁氏文学观的传统特色。书生干政是中国政治的传统，"公车上书"意味着中国传统士人干预现代政治的开端。当梁氏等以举子身份上书皇帝的时候，"文"是走向"政"的条件，当他维新失败诉诸"文学"之时，所看重的依然是"文学"的"政治"功能，其所提倡的新"诗""文"和"小说"，与其政治上的"新民"直接相关，新"文学"的价值，在于"新民"的思想启蒙和政治动员功能。当然梁氏也可能接受了18世纪以来西方文学观念，即文学是弘扬民族文化的工具，是增强民族凝聚力、推进民族独立的手段的思想，但其文学观念更内在的还是与传统"载道"的大文学观念相关。

梁启超在看重新"文学"的"新民"功能的同时，对传统的纯粹的文人之文则多有不屑。晚清兴起一股否定"辞章之学"的思潮，梁是其中的代表，从王韬、严复到梁启超，都认为中国传统的崇尚"虚文"的辞章之学，是造成中国积弱的一个原因，更无益于挽救当下的危局，提倡用西方传来的声光化电的"实学"，取代"虚文"之辞章之学。梁氏否定科举试帖的"雕虫之技，兔园之业，狗曲之学，蛙鸣之文"①，也瞧不起"批风抹月，拈花弄草"②的纯为个人雅兴寄托的文字游戏，其所提倡的新"文学"，无论是在《变法通议》中宣扬的"爱国歌""戒鸦片歌""戒缠足歌"，《时务报》《新民丛报》中所宣扬的通俗晓畅的政论文和时务文体，还是《新小说》对于政治小说的译介和实验，都着意于文章的明白晓畅与易于感人，首先看重文学在新民族国家建构中的社会动员功能。1902年创作的小说《新中国未来记》成为宣传个人政治观点的文本，表达了他对于未来中国国家政治走向的展望。对作为个人旨趣的狭义的审美、缘情文学的否定，以及对文学经世致用功能的强调，说明梁氏新文学观中尚存传统儒家文学观念"劝喻讽谏"以及"经国之大业、不朽之盛事"的痕迹，还没有文学自觉意义上的现代文学观念的支撑。

---

① 梁启超：《论科举》，《梁启超全集》第一卷，第22页。
② 梁启超：《论女学》，《梁启超全集》第一卷，第33页。

鲁迅的文学观容后文详解，就目前来看，我们至少可以发现青年鲁迅与梁启超在文学观上的几个大的方面的差异：

一、梁启超的文学想象，背后是直接的启蒙与政治动员的动机；鲁迅的文学想象，远接深广的文明背景。

二、梁启超的文学动机，是直接的政治性；而鲁迅的文学"政治性"，是经由"文化"的中介。

因而在具体的文学倾向上显示出微妙的不同：

一、梁启超看重小说，"小说"贴近民众，便于启蒙、感化与普及；青年鲁迅则推举"摩罗诗"，"诗"是个人化、精神化的，冀望于"精神界之战士"，着意于精神的振拔与提升。

二、梁启超鼓吹"政治小说"，看重小说的"政治"功能；青年鲁迅则垂青东北欧及被压迫民族文学，注重反抗精神及其内在精神的异质性。

青年鲁迅的文学观，其实处在梁启超与王国维之间。

与梁启超由政治走向文学不同，王国维由哲学走向文学。王氏以"清室遗老"自居，以中国文化传人自命，将中国文化与王朝命运连接起来。清王朝的陨灭，葬送了王国维的理想，在文化和政治上都是失败者，遂将人生意义的寄托个人化，逃向佛教和哲学，以文学为"慰藉"："美术之慰藉中尤以文学为尤大。"[1]"近日之嗜好所以渐由哲学而移于文学。"[2]"余之性质，欲为哲学家则感情苦多，而知力苦寡；欲为诗人则又苦感情寡而理性多。"[3]徜徉于文学与哲学，王氏将哲学、文学与实际生存功用隔绝开来：

> 余谓一切学问皆能以利禄劝，独哲学与文学不然。何则？……若哲学家以政治及社会之兴味为兴味，而不顾真理之如何，则又决非真正之哲

---

① 王国维：《静安文集续编》，《王国维遗书（五）》，上海古籍出版社1983年版（下同），第45页。

② 王国维：《静安文集续编》，《王国维遗书（五）》，第21页。

③ 王国维：《静安文集续编》，《王国维遗书（五）》，第21—22页。

学。……文学亦然；餔餟的文学，决非真正之文学也。"①

王国维借鉴席勒、斯宾塞等的游戏说来说明文学的超越功利性：

　　文学者，游戏的事业也。人之势力，用于生存竞争而有余，于是发而为游戏。……唯精神上之势力独优，而不必以生事为急者，然后终身得保其游戏之性质。又不能以小儿之游戏为满足，于是对其自己之感情所观察之事物而摹写之，咏叹之，以发泄所储蓄之势力。故民族文化之发达，非达一定之程度，则不能有文学；而个人汲汲于争存者，决无文学家之资格也。②

王国维似乎已经敏锐地感到近代文学的功利倾向：

　　以文学为职业，餔餟的文学也。职业的文学家，以文学得生活；专门之文学家，为文学而生活。今餔餟的文学之途，盖已开矣。吾宁闻征夫思妇之声，而不屑使此等文学嚻然污吾耳也。③

王氏强调文学非交际应酬的"羔雁之具"④，文学作品的价值与实用性成反比，词人创作时，切忌以"政治家之眼"，而应以"诗人之眼"入之。
　　鲁迅在《摩罗诗力说》中，亦认可"纯文学"的非功利观：

鲁迅与20世纪中国民族国家话语

77

由纯文学上言之，则以一切美术之本质，皆在使观听之人，为之兴感怡悦。文章为美术之一，质当亦然，与个人暨邦国之存，无所系属，实利离尽，究理弗存。故其为效，益智不如史乘，诫人不如格言，致富不如工商，弋功名不如卒业之券。特世有文章，而人乃以几于具足。英人道覃（E.Dowden）有言曰，美术文章之桀出于世者，观诵而后，似无裨于人间者，往往有之。然吾人乐于观诵，如游巨浸，前临渺茫，浮游波际，游泳既已，神质悉移。而彼之大海，实仅波起涛飞，绝无情愫，未始以一教训一格言相授。顾游者之元气体力，则为之陡增也。故文章之于人生，其为用决不次于衣食，宫室，宗教，道德。盖缘人在两间，必有时自觉以勤勉，有时丧我而惝恍，时必致力于善生，时必并忘其善生之事而入于醇乐，时或活动于现实之区，时或神驰于理想之域；苟致力于其偏，是谓之不具足。严冬永留，春气不至，生其躯壳，死其精魂，其人虽生，而人生之道失。文章不用之用，其在斯乎？约翰穆黎曰，近世文明，无不以科学为术，合理为神，功利为鹄。大势如是，而文章之用益神。所以者何？以能涵养吾人之神思耳。涵养人之神思，即文章之职与用也。①

众所周知，鲁迅对王国维颇有好感，对其国学与文学研究多有褒赞，鲁迅非功利的文学观之受王国维的影响，也当在情理之中。鲁迅之受王国维影响还有一个证据，王国维受日本田冈岭云（1871—1912）《日本文学的新光彩》和笹川临风（1870—1949）的《汤临川》的影响，对传统小说戏曲"大团圆"结局多有批评，②佛雏对此大加称赞："抨击传统小说戏曲中最廉价的乐观主义、'大团圆'似的粉饰太平的结局，在我国文论史上，也似以王氏呼声最高，且最坚决。"③鲁迅也多次批评中国小说戏曲中的大团圆情节，与王国维的影响不无关系。

---

① 鲁迅：《坟·摩罗诗力说》，《鲁迅全集》第1卷，第71页。

② 祁晓明：《王国维与日本明治时期的文学批评——以〈红楼梦评论〉、〈宋元戏曲考〉为例》，《文学评论》2014年第3期。

③ 佛雏：《王国维诗学研究》，北京大学出版社1987年版，第71页。

从鲁迅早期文学观形成的国内语境看，梁启超对文学的启蒙功能的强调，以及王国维对文学超功利之特性的揭示，都对其产生过影响，从而在此基础上形成更为丰富的文学观。但是，与梁、王的影响相比，鲁迅新文学观的形成，"异域文术新宗"的影响更大。

第二节　新文学想象

"幻灯片事件"显示鲁迅对文学的选择，有着断念和决断的深思背景。弃医从文后得以实施的两件文学方案——一是在《河南》杂志发表的系列文言论文，一是兄弟二人翻译出版的《域外小说集》——皆能显示其对文学的全新想象。系列论文实际上构成了一个初步的思想体系，由对西方进化论、科学史和19世纪文明史的梳理，及对晚清以来救亡之路的检讨，彰显了"进化""科学"及整个"19世纪文明"背后的"人类之能""神思""精神""意力"等的重要；批判了"兴业振兵"和"国会立宪"等救亡方案的偏颇，从而提出"首在立人"——"尊个性而张精神"的新救亡方案；而"精神"寓于"心声"，鉴于国中"心声"蒙蔽、"诗人绝迹"、"元气黮浊"的精神状况，遂大声疾呼"吾人所待，则有新文化之士人"。①冀以刚健有力之"心声"——"新声"（"诗"），激起"精神"的振拔，此即其"第二维新之声"。"精神"与"诗"，诚是系列论文的核心，"诗"指向"精神"的振拔，即作为中国现代转型基础的人的精神的变革。"幻灯片事件"显现了以文学改变精神的原初动机，《文化偏至论》与《摩罗诗力说》说明，鲁迅的文学想象已经开始展现一个全新的理路，实乃20世纪文学范式的真正确立者。

周氏兄弟《域外小说集》的翻译，则是向异邦寻求"新声"的实践，兄弟二人倾心尽力，"收录至审慎"②，异于此前以林纾为代表的偏重英法美等

---

① 鲁迅：《坟·摩罗诗力说》，《鲁迅全集》第1卷，第100页。

② 鲁迅解释说："集中所录，以近世小品为多，后当渐及19世纪以前作品。又以近世文潮，北欧最盛，故采译自有偏至。惟累卷既多，则以次及南欧及泰东诸邦，使符域外一言之实。"（鲁迅：《译文序跋集·〈域外小说集〉序言》，《鲁迅全集》第10卷，第155页。）

主流国家及娱乐倾向的晚清翻译习气，侧重19世纪后之俄国及东欧、北欧短篇小说，故序文不无自信："异域文术新宗，自此始入华土"①。所选俄国及东欧、北欧小说，一多为被压迫民族国家的文学，二多为挖掘心灵、具有精神深度的作品，显示了与时人迥异的眼光和心思。其所寓于文学者，一冀以反抗之声激起国人之"内曜"，以助邦国的兴起，二以文学移入异质之精神，改造固有之国民性，即所谓"性解思维，实寓于此"，"籀读其心声，以相度神思之所在"。②在对俄及东欧、北欧文学的接触中，二人惊艳于其所显示人性的新异与深度，发现了以文学"转移性情，改造社会"的力量。鲁迅后来不无偏激地强调"新文艺"是"外来的"，与"古国"无关，③大概也就在于这源于异域的文学新质吧。值得一提的是，在"五四"之前的周氏文学方案中，文言还是白话，并非问题所在，五篇论文，皆出以文言，《域外小说集》在文言追求上，甚至意在与林琴南一比高下，此皆过于聚焦文学思想功能之故，周作人在五四白话文革命告一段落时提醒时人别忘了"思想革命"，亦是此一思路的显现。④

异域文学所显现的精神与人性的异质性，既使鲁迅看到精神变革的方向，也使他感到过于隔膜的悲哀。当时曾有一杂志，也翻译刊载显克微支的《乐人扬珂》，却加标识为"滑稽小说"，对此"误会"，鲁迅深感"空虚的苦痛"。⑤《域外小说集》十年后再版，还不无感慨："这三十多篇短篇里，所描写的事物，在中国大半免不得很隔膜；至于迦尔洵作中的人物，恐怕几于极

---

① 鲁迅：《译文序跋集·〈域外小说集〉序言》，《鲁迅全集》第10卷，第155页。

② 鲁迅：《译文序跋集·〈域外小说集〉序言》，《鲁迅全集》第10卷，第155页。

③ 鲁迅曾经说："现在的新文艺是外来的新兴的潮流，本不是古国的一般人们所能轻易了解的，尤其在这特别的中国。"（鲁迅：《集外集拾遗补编·关于〈小说世界〉》，《鲁迅全集》第8卷，第112页。）"新文学是在外国文学潮流的推动下发生的，从中国古代文学方面，几乎一点遗产也没摄取。"（鲁迅：《集外集拾遗补编·"中国杰作小说"小引》，《鲁迅全集》第8卷，第399页。）

④ 周作人强调思想革命的重要："表现思想的文字不良，固然足以阻碍文学的发达，若思想本质不良，徒有文字，也有什么用处呢？……所以我说，文学革命上，文字改革是第一步，思想改革是第二步，却比第一步更为重要。我们不可对于文字一方面过于乐观了，闲却了这一面的重大问题。"（周作人：《谈虎集》，北新书局1936年版，第5—8页。）

⑤ 鲁迅：《译文序跋集·〈域外小说集〉序》，《鲁迅全集》第10卷，第163页。

无，所以更不容易理会。"①正是苦于知音难觅，八年后，礼拜六作家周瘦鹃翻译《欧美名家短篇小说丛刊》，下卷专收英美法以外国家如俄、德、匈、丹麦、塞尔维亚、芬兰等国的作品，1917年8月上海中华书局出版，即得到时任教育部通俗教育研究会小说股审校干事的鲁迅的激赏，并以部名义拟褒状加以推介，誉之为"昏夜之微光，鸡群之鸣鹤"②。鲁迅一生最重翻译，所选也多在精神深异之作，可谓一以贯之。

由此可见，鲁迅文学的原初动机，是救亡图存的原始情结，而其深度指向，则是人的精神的现代转型，这就是救亡—精神—文学的转型理路；这一深度指向一经确立，也就越过民族国家的视域，指向人的精神的提升与沟通。在这两个层面上，可以说，鲁迅文学以其示范效应，开启了20世纪中国"严肃文学"的范式和传统。

肇始于周氏兄弟世纪初的想象与实践，十年后汇入"五四"文学革命，与胡适白话文运动结伴而行，修成正果。鲁迅文学的汇入，使内蕴不清的陈、胡文学革命方案，加入了深度精神内涵。鲁迅的每篇小说，都以"表现的深切"引起同人击节称赏，周作人《人的文学》一出，举座皆惊，后被胡适推为"当时关于改革文学内容的一篇最重要的宣言"③，皆因周氏兄弟实乃渊源有自，有备而来。

在一定程度上，鲁迅世纪初的文学想象，通过"五四"，融入了现实，其

---

① 鲁迅：《译文序跋集·〈域外小说集〉序》，《鲁迅全集》第10卷，第163页。

② 褒奖辞谓："凡欧美四十七家著作，国别计十有四。其中意、西、瑞典、荷兰、塞尔维亚，在中国皆属创见，所选亦多佳作。又每一篇属著者名氏并附小像略传，用心颇为恳挚，不仅志在娱悦俗人之耳目，足为近来译事之光。""当此淫佚文字充塞坊肆时，得此一书，俾读者知所谓哀情惨情之外，尚有更纯洁之作，则固亦昏夜之微光，鸡群之鸣鹤矣。"（1917年11月30日《教育公报》第四卷第十五期。）据周作人回忆："只有一回见到中华书局送到部里来请登记还是审定的《欧美小说丛刊》，大为高兴。这是周瘦鹃君所译，共有三册，里边一小部分是英美以外的作品，在那时的确是不易得的，虽然这与《域外小说集》并不完全一致，但他感觉到一位同调，很是欣慰，特地拟了一个很好的评语，用部的名义发了出去。"（周遐寿：《鲁迅的故家》，鲁迅博物馆鲁迅研究室《鲁迅研究月刊》选编：《鲁迅回忆录·专著》中册，第1069页。）鲁迅后来的翻译，一直贯穿着这样的宗旨。

③ 胡适：《〈中国新文学大系·建设理论集〉导言》，《胡适全集》第12卷，安徽教育出版社2003年版，第296页。

所确立的严肃文学范式，进入了20世纪中国文学史。这不仅体现在本人终其一生的文学实践中，而且体现在"五四"问题小说对社会和人生问题的关注中，体现在文研会"将文艺当作高兴时的游戏或失意时的消遣的时候，现在已经过去了。我们相信文学是一种工作，而且又是于人生很切要的一种工作"①的宣言，及其"为人生"文学的创作实践中，体现在20世纪文学与革命、政治的复杂纠缠中。拉开20世纪中国文学的主流线索，可以看到，文学作为一种行动，与启蒙、革命、政治一道，深刻参与了中国的现代进程。鲁迅之后来成为20世纪中国文学最有代表性的存在，乃有历史的必然。

然而，在与20世纪中国的摩擦、纠缠中，鲁迅文学被扭曲、变异或遮蔽的可能也在所难免。鲁迅文学想象的深度指向，蕴含着尚待挖掘和彰显的内涵。

在围绕"救亡"形成的晚清实学思潮中，周氏兄弟重揭文学大旗，似乎逆潮流而动，然所张主，为文学之新质。既以"精神"诉诸"诗"，故"立人"之外，还当"立诗"，《摩罗诗力说》可谓新语境下之"为诗一辩"，而周作人的《论文章之意义暨其使命》，更为文学之本质在世界语境中穷追猛索。周氏兄弟的文学立论，在世纪初驳杂纷呈的中西语境中展开，其必须面对的文学观念，一是晚清刚刚传入的西方纯文学观念，二是中国固有之文学观：其一为以文学为游戏、消遣的观念，晚清结合商业运作，此类文学正方兴未艾，与此相关，是文学无用论；其二是"文以载道"、以文章为"经国之大业"的文学功用观，晚近则是梁启超对小说与群治关系的揭示，以文学为治化之助。于是三者，周氏皆有不满，游戏观念，自所不齿，载道之言，视为祸始，梁氏之说，直趋实用，西方传来之近代纯文学观，又过于明哲保身。文学既关乎"救亡"，首先要排斥的，是本土之游戏、消遣观，舶来之纯文学观，亦须加以修正。文学是有所为的，然其有所为，非传统之载权威之"道"，经一姓之"国"，亦非直接以助治化，而又要有所不为。要从这有为与无为的悖论夹缝中挣脱而出，需追寻文学更坚实的基座，故二人由此出发，将文学上推，与"精神""神思"等原初性存在直接对接。《摩罗诗力说》论文学之"用"，

---

① 周作人起草：《文学研究会宣言》，《小说月报》第12卷第1号。

先以"纯文学"视角，承认文学"与个人暨邦国之存，无所系属，实利离尽，究理弗存"。其"为效"，"益智不如史乘，诚人不如格言，致富不如工商，弋功名不如卒业之券"。①但否定排除之后强调："特世有文章，而人乃以几于具足。"②最后，把这一"不用之用"的原因归结为二。一为"以能涵养吾人之神思耳。涵养人之神思，即文章之职与用也"③。二以"冰"为喻，强调文学涵"人生诚理"，使读者"与人生即会"的"教示"作用。④周作人则广集西方近世诸家之说，考索文学要义，最后采美国宏德（Hunt）文论，归为"形之墨""必非学术""人生思想之形现""具神思（ideal）、能感兴（impassioned）、有美致（aristic）""四义"，⑤于三、四者，尤所置重；论及文学之"使命"，亦采宏德之说归为四项："裁铸高义鸿思，汇合阐发之""阐释时代精神，的然无误也""阐释人情以示世""发扬神思，趣人生以进于高尚也"。⑥篇末，周氏直抒己见："夫文章者，国民精神之所寄也。精神而盛，文章即固以发皇，精神而衰，文章亦足以补救。故文章虽非实用，而有远功者也。……文章一科，后当别为孤宗，不为他物所统。"⑦

在周氏兄弟的文学想象中，文学与精神、神思等原初性存在直接相关，二者的直接对接，一方面使它得以超越知识、伦理、政教等"有形事物"的束缚而获独立，"别为孤宗"；另一方面，它又与政治、伦理、知识等力量一道，对社会、人生发挥作用和影响。这样，进者可使文学通过精神辐射万事万物，发挥其"不用之用"和"远功"；退者亦可使文学通过回归精神而独立，在有为与无为（独立）之间，文学找到了存在的基点。

---

① 鲁迅：《坟·摩罗诗力说》，《鲁迅全集》第1卷，第71页。

② 鲁迅：《坟·摩罗诗力说》，《鲁迅全集》第1卷，第71页。

③ 鲁迅：《坟·摩罗诗力说》，《鲁迅全集》第1卷，第71页。

④ 鲁迅：《坟·摩罗诗力说》，《鲁迅全集》第1卷，第71—72页。

⑤ 周作人：《论文章之意义暨其使命》，《周作人集外文》上集，海南国际新闻出版中心1995年版，第41—44页。

⑥ 周作人：《论文章之意义暨其使命》，《周作人集外文》上集，海南国际新闻出版中心1995年版，第46—49页。

⑦ 周作人：《论文章之意义暨其使命》，《周作人集外文》上集，海南国际新闻出版中心1995年版，第57—58页。

文学与知识、道德、宗教一道，分享了精神的领地，但文学又自有其超越性在。二人都强调文学与学术等有形之思想形态的不同："盖世界大文，无不能启人生之閟机，而直语其事实法则，为科学所不能言者。……此为诚理，微妙幽玄，不能假口于学子。"[①]"文章犹心灵之学"[②]"高义鸿思之作，自非思入神明，脱绝凡轨，不能有造。凡云义旨而不自此出，则区区教令之属，宁得入文章以留后世也……以有此思，而后意象化生，自入虚灵，不滞于物。"[③]文学自由原发、不拘形态，因而在精神领域亦占据制高点的位置，尤其在王纲解纽、道术废弛的世纪初语境中，文学更显出其推陈出新的精神功能。故此，在周氏兄弟那里，文学成为精神的发生地和真理的呈现所，它与知识、道德、伦理、政治等的关系，不是后者通过前者发挥作用，而是相反，文学作为精神的发生地，处在比后者更本原的位置，并有可能通过它们发挥作用。

这就是周氏兄弟在世纪初驳杂语境中确立的文学本体论，文学本体之确立，在中国文学史上第一次把文学确立在独立的位置上。而其独立，不是建立在纯文学观之审美属性上，而是建立在原创性精神根基上，随着与精神的直接对接，文学被推上了至高的位置。文学摆脱了历来作为政教附庸的位置，但并没有放弃文学的社会作用，相反，摆脱束缚后的文学以更为原创的力量发挥其影响。文学，既非"官的帮闲"，亦非"商的帮忙"，而是作为独立的行动，参与到社会与历史中去。周氏文学本体论的形成，固然来自救亡图存的动机，然已超越救亡方案的单一层面，成为一个终极性立场。文学不仅在救亡局面中超越了技术、知识、政制等有形事物，甚至在精神领域取代了僵化衰微的宗教、道德、政教、知识等的位置和作用，成为新精神的发生地和突破口。

在这个意义上，称之为"文学主义"，大概也不为过吧。不难看出，周氏文学主义背后，有着老庄精神哲学、儒家经世传统，以及西来浪漫主义文学观

---

① 鲁迅：《坟·摩罗诗力说》，《鲁迅全集》第1卷，第71—72页。

② 周作人：《论文章之意义暨其使命》，《周作人集外文》上集，海南国际新闻出版中心1995年版，第48页。

③ 周作人：《论文章之意义暨其使命》，《周作人集外文》上集，海南国际新闻出版中心1995年版，第49页。

鲁迅与20世纪中国研究丛书

的观念因子，[①]正是遭遇"三千年未有之大变局"，在周氏兄弟那儿，这些中西观念才得以相互碰撞并重新激活成崭新形态。

周氏兄弟后来以各自的方式对应现实的挑战，作为积极和消极回应现实的结果，二人的文学实践，划出了越来越分离甚至截然不同的轨迹，20世纪中国的剧烈动荡，由此可见一斑。在某种程度上说，世纪初的这一文学立场，主要是通过鲁迅的卓越文学实践，对世纪文学产生了深远影响。从这一终极立场出发，鲁迅以文学为独立的行动，积极参与和深度介入了中国的现代转型，并经历了多次绝望，切己的是，所有现代参与的不幸，都化为他个体的、心理的精神事件，作为副产品，在这一过程中，他以文学的形式表达了堪称现代中国最深刻的生命体验，留下了中国近现代文化转型最深刻的个人心理传记，这些，都成为文学家鲁迅的底色。

至此，可以把"鲁迅文学"的要义归结为两点：一、文学是一个终极性的精神立场；二、文学是一个独立的行动。

作为一种独立的行动，鲁迅文学与启蒙、革命和政治等20世纪的重要力量一起，在共同参与20世纪中国的现代转型中，曾发生复杂的姻缘和纠缠，这其中，也有着尚待清理和揭示的问题。

以文学启蒙民众，转移性情，改良社会，正是鲁迅文学救亡方案的题中应有之义。晚年谈到为什么做起小说，他仍然强调："说起'为什么'做小说罢，我仍抱着十多年前的'启蒙主义'，以为必需是'为人生'，而且要改良这人生。"[②]终极性文学立场决定了，文学，既是启蒙的有效方式，亦是启蒙的原发性领域，不是文学来自启蒙，而是启蒙来自文学，这大概就是竹内好所曾看到的"文学者鲁迅无限地生成出启蒙者鲁迅"[③]之意吧。

---

① 在老庄那儿，精神与道相通，是遍及客观与主观的创始性存在，是一种不拘于形的超越性力量；在西方，通过路德打通的个人与上帝的沟通渠道，浪漫主义文学中的个人凸现出来，作者凭借灵感，像神灵附体一般，成为最高存在的直接沟通者和表达者。文学，通过天才性的个人，成为精神的发生地和突破口。

② 鲁迅：《二心集·我怎么做起小说来》，《鲁迅全集》第4卷，第512页。

③ ［日］竹内好：《鲁迅》，竹内好著，李冬木、赵京华、孙歌译，孙歌编：《近代的超克》，生活·读书·新知三联书店2005年版，第143页。

如何处理在共同参与历史过程中与革命、政治的现实关系？对此，在20年代中期革命话语甚嚣尘上的纷繁语境中，鲁迅曾经历过并未明言的艰难思考。一方面他怀疑当下所谓革命文学的存在，讽刺那些貌似的革命文学者，同时又把文学与革命放在不满现状、要求变革的同一阵营，①但他又承认，政治性革命的现实功效，比文学更为快捷。②鲁迅此时期有关文学与革命的言述，常常欲言又止，话中有话。在《文艺与政治的歧途》中，他把文艺家与政治家分开，因为后者安于现状，前者永远不满现状。③另外，他似乎又对"文艺"和"革命"（政治革命）进行了分别，④这不仅在于笔杆和大炮的区别，也在于"政治革命家"最终会成为"政治家"，而"文艺家"终将遭遇现实与理想的

---

① "文艺和革命原不是相反的，两者之间，倒有不安于现状的同一。"（《集外集·文艺与政治的歧途》，《鲁迅全集》第7卷，第113页。）"所谓革命，那不安于现在，不满意于现状的都是。文艺催促旧的渐渐消灭的也是革命（旧的消灭，新的才能产生）……"（《集外集·文艺与政治的歧途》，《鲁迅全集》第7卷，第118—119页。）

② "一首诗吓不走孙传芳，一炮就把孙传芳轰走了。"（《而已集·革命时代的文学》，《鲁迅全集》第3卷，第423页。）"我是不相信文学有旋乾转坤的力量的。"（《三闲集·文艺与革命》，《鲁迅全集》第4卷，第83页。）"倘以为文艺可以改变环境，那是'唯心'之谈，事实的出现，并不如文学家所想象。"（《集外集·文艺与政治的歧途》，《鲁迅全集》第4卷，第134页。）"自然也有人以为文学于革命是有伟力的，但我个人总觉得怀疑，文学总是一种余裕的产物，可以表示一民族的文化，倒是真的。"（《而已集·革命时代的文学》，《鲁迅全集》第3卷，第423页。）

③ "我每每觉到文艺和政治时在冲突之中；文艺和革命原不是相反的，两者之间，倒有不安于现状的同一。惟政治是要维持现状，自然和不安于现状的文艺处在不同的方向。不过不满于现状的文艺，直到19世纪以后才兴起来，只有一段短短历史。"（《集外集·文艺与政治的歧途》，《鲁迅全集》第7卷，第113页。）"政治想维系现状使它统一，文艺催促社会进化使它渐渐分离；文艺虽使社会分裂，但是社会这样才进步起来。文艺既然是政治家的眼中钉，那就不免被挤出去。"（《集外集·文艺与政治的歧途》，《鲁迅全集》第7卷，第114页。）"从前文艺家的话，政治革命家原是赞同过；直到革命成功，政治家把从前所反对那些人用过的老法子重新采用起来，在文艺家仍不免于不满意，又非被排轧出去不可，或是割掉他的头。"（《集外集·文艺与政治的歧途》，《鲁迅全集》第7卷，第118页。）"而文学家的命运并不因自己参加过革命而有一样改变，还是处处碰钉子。……在革命的时候，文学家都在做一个梦，以为革命成功将有怎样怎样一个世界；革命以后，他看见现实全不是那么一回事，于是他又要吃苦了。"（《集外集·文艺与政治的歧途》，《鲁迅全集》第7卷，第119页。）

④ "我以为革命并不能和文学连在一块儿，虽然文学中也有文学革命。"（《集外集·文艺与政治的歧途》，《鲁迅全集》第7卷，第117页。）"革命文学家和革命家竟可说完全两件事。"（《集外集·文艺与政治的歧途》，《鲁迅全集》第7卷，第119页。）

冲突，永无满足之时，^①文艺——鲁迅既不说"文艺革命"，对"革命文艺"也审慎使用——与政治革命，既有方式的不同，还有彻底性的差别。二者同道而驱，然当各以自方为根本，以对方为"一翼"之时，冲突在所难免。

值得追问的是，在鲁迅的躲闪其辞中，是否也保留着从未明言的基于前述"文学主义"立场的革命想象？鲁迅文学之原初动机固起于救亡，但经由对救亡方案的终极求索，发现并确立了文学的终极立场。在这一终极立场上，文学指向的变革与转型的深远愿景，救亡远不能囊括。在这个意义上，鲁迅的文学想象，也就是鲁迅的革命想象，文学与革命，在这样的制高点上才能重合。故鲁迅对于政治革命，视为同道，当作契机，也应有所保留。羡慕大炮的功效，调侃文学的无用，是在两次绝望之后，其文学想象，愈到后来，愈益显现其世纪初所力排的迂阔，后来的人生选择，已见出文学立场的调整，最终有点"煞风景"的遗言，也透漏了盈虚之消息。但是，文学的终极立场，及其深度指向，应该未被抛弃，而是更深地藏纳于内心吧。

鲁迅文学，通过其示范效应，深刻影响了20世纪中国文学，并和世纪文学一道，形成了20世纪中国"严肃文学"的范式和传统，表现在以下几个层面：

一、20世纪中国文学深度介入了民族国家的救亡与现代转型，形成了参与历史和干预现实的积极品格，在某种意义上说，20世纪中国文学是"民族国家的文学"。

二、文学不再仅仅是政教的附庸或娱乐、消遣的工具，而是一种独立而深入的精神行动，并在参与历史和干预现实的过程中，与启蒙、革命、政治等20世纪重要力量，发生了复杂的姻缘与纠缠。

三、20世纪文学与中国现代性的复杂纠缠，使中国现代文学成为20世纪中国艰难转型的丰富见证或"痛苦的肉身"，并空前丰富了我们对文学性的理解。

四、文学之终极精神立场的确立，不知不觉地影响了现代中国人文知识分

---

① "理想和现实不一致，这是注定的运命；""以革命文学自命的，一定不是革命文学，世间哪有满意现状的革命文学？"（《集外集·文艺与政治的歧途》，《鲁迅全集》第7卷，第119页。）

子的文学认知与自我认知，形成了一种批判性的人文立场及其精神传承。

世纪回首，毋庸讳言，鲁迅文学及其世纪影响，亦存在值得反思的问题。
如：

一、文学与拯救

鲁迅文学背后，有着世纪末价值废墟的背景，19世纪末，中西精神规范
普遍遭遇解构，当鲁迅以人性的视角发现国民性的危机——这无疑是救亡理念
中的一个最深视点——后，如何拯救？他在资源上是无援的。鲁迅垂青于文学
的精神生发功能，转向新精神的生发地——文学，试图以文学的精神原创力和
感召力振拔沉沦私欲的国民，在这个意义上，鲁迅的文学救亡已深入人性拯救
的层面。文学与拯救并置，就会产生一个问题：文学能否承担人的拯救？"拯
救"一词来自宗教，在宗教中，拯救源自确定性和超越性的至高价值。鲁迅文
学终极立场的确立，使文学站到了比宗教、道德、知识等更本原的位置，在人
性拯救的意义上，取代了宗教、道德的功能，或者说，文学成为新的宗教和伦
理。但在鲁迅这里，文学作为精神的发源地，是以非确定形态出现的，其价值
就在不断否定、不断上征的超越功能，问题是，以非确定的否定性精神作为人
性拯救的资源，是否可能？

二、文学与启蒙

解构启蒙，已成为当下中国的时尚思潮，这个西方后现代话语与中国式
世俗聪明的混血儿，正在百年启蒙的沉重身躯前轻佻地舞蹈。其实，对于21
世纪的中国，启蒙远不是已经过时的话题，而是尚未完成的工程。面对世纪
启蒙的困境，吾人有必要作一番彻底的反思。当下需要追问的，一是我们拿
什么启蒙？与此相关的是，我们用什么方式启蒙？或者借用英文的启蒙问：
enlightenment，但"光源"何在？

启蒙是来自西方的近代观念，理性是启蒙的根本资源和绝对依据，是启蒙
主义的自明的前提。启蒙者普遍相信，理性是人的本性，依靠人所共有的普遍

鲁迅与20世纪中国研究丛书

理性，就可以摆脱此前的愚昧状态。康德的《答复这个问题："什么是启蒙运动？"》是对启蒙的经典阐释，在他的阐释中，"理智""勇气""自由"是三个关键词，"勇气"和"自由"，是启蒙的内在和外在条件，而"理智"或"理性"，则是康德启蒙的真正内核所在，它被预设为人的先验本性，康德启蒙要人们回到的自己，是具有自主理性的人。[①]

作为启蒙依据的理性，并非17、18世纪的发明，它的背后，有着源远流长的西方理性主义传统。理性的本质是普遍的、超越性的原则和秩序，被认为是人的先验本性。其实，与其说理性是与生俱来的先验本性，不如说理性来源于人们对理性的信仰——对宇宙秩序和自身思维秩序存在的相信，有什么样的信仰，就有什么样的本性，没有信仰，难以启蒙。

自然人性论和个人主义，是世纪启蒙的两个话语基石，就其内涵作进一步反思、检讨，宜其时矣。此处不赘。

三、文学的历史参与问题

文学的历史参与和现实干预，一方面形成了中国20世纪文学的可贵品格与优秀传统，丰富了我们对文学的理解，并为现代中国的思想运动和社会运动提供了丰富的想象资源和强大的鼓动力；另一方面，它又带来了诸多有待反思的问题。在文学自身方面，过强的使命意识和过重的历史承担，易使文学成为时代的弄潮儿或追随者。在思想影响和社会影响方面，表现为感性过多和理性欠缺。社会变革需要激情和感性，但更需要的是理性、是知识与经验的积累和操作的审慎。反观20世纪中国的现代变革，一方面应看到文学在其中的积极作用；另一方面，从社会变革本身来说，文学参与的尺度，也是一个有待反思的问题。

文学的世纪，已经过去，20世纪意义上的文学，正陷入四面楚歌的处境中。90年代经历了世纪文学的转型，市场化、世俗化带来了文学的边缘化。在政治之外，市场——媒体、畅销书、收视率等成为影响文学生态的新的强大力

鲁迅与20世纪中国民族国家话语

---

① 参阅康德：《历史理性批判文集》，何兆武译，商务印书馆1990年版。

量，在某种意义上，中国文学正经历着空前的转型，与此相关，"鲁迅文学"范式，正面临着危机。文学何为？已成为摆在我们面前的新的严峻问题。值此非常时刻，吾人之反思，在情感上就更为复杂：一方面，反思刚刚开始并有待深入；另一方面，在当下处境追问文学何为，为诗一辩，鲁迅文学，无疑又是我们在新语境下追问并确立文学意义和价值的值得呵护的宝贵资源。

鲁迅似乎对文学的处境早有预见。在《文艺与政治的歧途》中，鲁迅笑谈道："我每每觉到文艺和政治时时在冲突之中；文艺和革命原不是相反的，两者之间，倒有不安于现状的同一。惟政治是要维持现状，自然和不安于现状的文艺处在不同的方向"①，"从前文艺家的话，政治革命家原是赞同过；直到革命成功，政治家把从前所反对那些人用过的老法子重新采用起来，在文艺家仍不免于不满意，又非被排轧出去不可……"②鲁迅又说："等到有了文学，革命早成功了。革命成功以后，闲空了一点；有人恭维革命颂扬革命，就是颂扬有权力者，和革命有什么关系？"③

《野草》中有一篇《希望》，该篇围绕"希望"的可能性，层层设置终极悖论，不断设置，不断突围。借由"我只得由我来肉薄这空虚中的暗夜了"超越第二个悖论（"我"寄希望于"身外的青春"，然而"身外的青春"也消逝了）之后，裴多菲的绝望之诗又把文思退回到前一悖论中，就在这时，第三个也是最后一个悖论突兀出现："但暗夜又在那里呢？……而我的面前又竟至于并且没有真的暗夜！"④对"暗夜"的一笔勾销，终于釜底抽薪地取消了"反抗"的意义。

如果真的"暗夜"都不存在了（是否可能？），"文艺家"就灭绝了，或者反过来，"文艺家"灭绝了，"暗夜"也就不存在了。

问题是在何种意义上理解"治世"和"暗夜"？在鲁迅那里，"文艺家"总是不满现状，因而即使在所谓"治世"，"文艺家"恐怕还是有所不满，看

① 鲁迅：《集外集·文艺与政治的歧途》，《鲁迅全集》第7卷，第113页。
② 鲁迅：《集外集·文艺与政治的歧途》，《鲁迅全集》第7卷，第118页。
③ 鲁迅：《集外集·文艺与政治的歧途》，《鲁迅全集》第7卷，第118页。
④ 鲁迅：《野草·希望》，《鲁迅全集》第2卷，第178页。

到"暗夜"。

但若世人皆曰太平，文学该如何自处？

君不见现如今全民娱乐化的国学热和游戏文学热的景观。在新世纪的殷切心态中，以自我批判为内核的现代启蒙话语，已然不合时宜。解构启蒙，也已成为学术时尚，现在来谈鲁迅的国民性批判，不仅不识时务，无人喝彩，甚至会招来口水和笑声。

文学何为？诚是当下处境中需重新追问的问题。

鲁迅文学的深度指向，是国人精神的现代转型。贯穿整个20世纪的现代转型，并没有随着20世纪结束，而是正在艰难深入，被鲁迅视为现代转型基础的国民性，其"暗夜"尚在。故在自我认定的意义上，鲁迅文学，无疑仍有其存在的价值。

需进一步追问的是：若天下真的太平了，文学到底还有没有存在的价值？越过笼罩20世纪中国文学的民族国家层面，鲁迅的"文学主义"立场，是否仍可提供文学合法性的价值资源？

我想在此把"暗夜"作更普泛化地理解。即使不再是批判性立场上的政治的、社会的、国民性的甚至人性的"暗夜"，在人的存在意义上，存在的被遮蔽，也许是人类生存之永恒的"暗夜"吧。语言照亮暧昧的生存，在语言达不到的地方，存在处于晦暗之中。在终极意义上，文学作为一种非确定的言说方式，是在知识、体制、道德和宗教之外，展现被遮蔽的隐秘存在、使存在的"暗夜"得以敞亮的一种不可或缺的独特方式。上世纪初鲁迅为诗一辩，即把文学确立在独立性和终极性的精神立场上。《摩罗诗力说》论文学之"为效"，首先将其与知识（"益智"）、道德（"诚人"）和实利（"致富""功名"）等区别开来，强调"特世有文章，而人乃以几于具足"；[①]又以"冰"为喻，彰显文学优于知识之所在："盖世界大文，无不能启人生之阀机，而直语其事实法则，为科学所不能言者"。[②]《科学史教篇》篇末，

---

① 鲁迅：《坟·摩罗诗力说》，《鲁迅全集》第1卷，第71页。
② 鲁迅：《坟·摩罗诗力说》，《鲁迅全集》第1卷，第71—72页。

兀然加入一段逸出科学史内容的议论："顾犹有不可忽者，为当防社会入于偏，日趋而一极，精神渐失，则破灭亦随之。盖使举世惟知识是崇，人生必大归于枯寂，如是既久，则美善之感情漓，明敏之思想失，所谓科学，亦同趣于无有矣。故人群所当希冀要求者，不惟奈端已也，亦希诗人如狭斯丕尔（Shakespeare）；不惟波尔，亦希画师如洛菲罗（Raphaelo）；既有康德，亦必有乐人如培得诃芬（Beethoven）；既有达尔文，亦必有文人如嘉来勒（Garlyle）。凡此者，皆所以致人性于全，不使之偏，因以见今日之文明者也。"[1]鲁迅的文学立论，固然起于民族救亡的现实动机，但它始终建立在普遍性的人类需要与终极性的精神立场上。穿越民族救亡与现代转型的世纪图景，这一终极性"文学主义"立场，亦是吾人于新世纪困境中寻求文学新的合法性的唯一本土资源。

第三节　终其一生的文学行动

如果说"弃医从文"标志着鲁迅的"文学的自觉"，那么，它以什么样的文学行动来践履？又以什么样的文体来承担呢？

日本时期的文学自觉，应该在人生决断的意义上来理解。对于鲁迅，文学是一种行动，既是社会历史意义上的参与现代变革的独立行动，同时又是生命意义上的个人存在的选择。日本时期"文学的自觉"后，鲁迅先后经历了"小说的自觉"与"杂文的自觉"："小说的自觉"发生于隐默十年（第一次绝望）之后，其时间在1918—1922年；"杂文的自觉"则发生于1923年后，以1923年为标志的"第二次绝望"是其分水岭。

寄托于文学者，既有如此复杂的历史诉求，鲁迅最终找到的，可能只有杂文，只有杂文，才能在"仓皇变革"的现代语境中，将个人存在与社会存在紧紧纠缠在一起，并在相互映照中得到最充分的呈现。

《摩罗诗力说》所宣扬的摩罗精神的承担者，皆是诗人，小说并非关注

鲁迅与20世纪中国研究丛书

---

[1]　鲁迅：《坟·科学史教篇》，《鲁迅全集》第1卷，第35页。

的对象。①初上文学之途的鲁迅，所着意者是"诗"（文体），诗的主观性与鼓动性，与其对"个性"与"精神"的高扬正相合拍。"无不刚健不挠，报诚守真；不取媚于群，以随顺旧俗；发为雄声，以起其国人之新生，而大其国于天下。"②这是鲁迅对拜伦等摩罗诗人的评价，也正是鲁迅的自我期许吧。盖棺定论，在20世纪中国，可以说，鲁迅差不多实现了当初的期许，但其"雄声"，并非诗歌。

完全可以设想，设若主客观条件适合，青年周树人完全可能成为一个富有晚清主观精神、激越气息与英雄情结的诗人。终于没有成为"诗人"，诗之"别才"的局限？抑或文体的障碍？成为现实的是，作为文学家的鲁迅，十年后是凭小说而一炮打响。

鲁迅之走向小说，当然可以找到诸多切身的因缘，如近代对小说社会作用的认识，自小对小说的喜爱，长期以来在古代小说方面的学术积累，日本时期开始的对域外小说的译介，等等，但这些尚不足说明鲁迅之选择小说的内在原因。

伊藤虎丸曾以鲁迅的"出山"之作《狂人日记》为文本，探讨其成为"小说家"背后的秘密。他认为，通过"罪"的自觉，在《狂人日记》中，一种新的"现实主义"的亦即"科学"的态度和方法形成了，小说家的鲁迅于是产生，小说家鲁迅的产生，也是一个现实主义者甚至科学者的产生。③如果这里所谓小说的态度和方法，指向一种清醒的、客观的、展示的、批判性的态度，一种诉诸虚构的耐心，那么可以说，小说的自觉，与鲁迅绝望后现实感与批判意识的上升有内在关联。

谈到鲁迅的文学主义立场，不可离开处于其思想核心的国民性问题。至高精神立场的确立，基于对沦于私欲的国人精神状况的洞察，冀望于以文学振

---

① 如在说到摩罗精神的斯拉夫谱系时，作为小说家的"鄂戈理"（果戈理），鲁迅特强调排除在外："前二者以诗名世，均受影响于裴伦；惟鄂戈理以描写社会人生之黑暗著名，与二人异趣，不属于此焉。"（鲁迅：《坟·摩罗诗力说》，《鲁迅全集》第1卷，第87页。）

② 鲁迅：《坟·摩罗诗力说》，《鲁迅全集》第1卷，第99页。

③ ［日］伊藤虎丸：《鲁迅与日本人——亚洲的近代与"个"的思想》，李冬木译，河北教育出版社2001年版，第106—129页。

拔国人的精神沦丧。与中国固有的人性论相连，在鲁迅这里，精神首先诉诸人性——其近代形态为国民性——的状况，并要作为"个"的人格来承担。因此，文学的精神立场，又可转换为我们所熟知的"立人"与国民性问题。据许寿裳回忆，鲁迅留日时期关注三个问题：1.怎样才是最理想的人性？2.中国国民性中最缺乏的是什么？3.它的病根何在？[①]这三个问题，可以视为青年鲁迅"立人"工程的两个层面，前一个是正面的目标，后两者是反面的批判。

《文化偏至论》对"新神思宗"的热情绍介，《摩罗诗力说》对"摩罗诗人"的推崇有加，皆可视为第一个层面对"精神"和"意力"的正面寻找和激越呼唤。虽然这基于对时事和人性的洞察和批判，但后者毕竟还未成为论文的主旋律，指点江山、激扬文字的激情，遮蔽了潜隐而冷静的洞察。青年人的热情自信、晚清的激越氛围，这些相较于小说，更接近诗。

如果说"怎样才是理想的人性"是一个理想性的、颂扬性的、诗意的命题，那么，"中国国民性中最缺乏的是什么"和"它的病根何在"则需要现实的、批判的，甚至科学的态度去面对。正是对国民劣根性的认识，一种批判的使命感的产生，使鲁迅由一个诗性青年，变成一个冷静的中年小说家。国民性批判，确乎成为鲁迅终其一生的使命。

这一转换源于文学志业的一系列挫折，形成于十年隐默的第一次绝望。

"弃医从文"意味着鲁迅文学立场的形成，然而，文学计划刚刚展开，就接连遭遇挫折，"于浩歌狂热之际中寒"[②]，激情飞扬的青年岁月就此告一段落。"我决不是一个振臂一呼应者云集的英雄"[③]，不过是对年轻人自我期许的打击，而后来经历的每况愈下的社会乱象，则使鲁迅逐渐陷入一种隐默和沉潜状态，前后近十年时间，[④]这就是鲁迅的第一次绝望，S会馆的六年，是其

---

① 许寿裳：《我所认识的鲁迅》，鲁迅博物馆鲁迅研究室《鲁迅研究月刊》选编：《鲁迅回忆录·专著》上册，第487—488页。

② 鲁迅：《野草·墓碣文》，《鲁迅全集》第2卷，第202页。

③ 鲁迅：《呐喊·自序》，《鲁迅全集》第1卷，第419页。

④ 鲁迅后来回忆："见过辛亥革命，见过二次革命，见过袁世凯称帝，张勋复辟，看来看去，就看得怀疑起来，于是失望，颓唐得很了。"（鲁迅：《南腔北调集·〈自选集〉自序》，《鲁迅全集》第4卷，第455页。）

顶点，也是其标志。会馆的不动声色中，洞察的冷眼看得更深，纷纷乱象展现的，是近代危机进一步深入和危机症结进一步暴露的过程，并印证了他对国民性问题的思考。如果说日本时期国民性的问题框架没有改变，那么，他所关注的中心，应不再是第一个问题，而是国民性的弊端和根源。隐默的十年，对于鲁迅，是危机意识与批判意识不断上升的过程。不在沉默中爆发，就在沉默中灭亡，钱玄同的到来，终于引发《狂人日记》，小说家的鲁迅正式产生了。

《狂人日记》被视为鲁迅的，也是20世纪中国的第一篇现代小说。对于《狂人日记》的阐释可谓多矣，但在此须强调小说的基本几个特点：

一、《狂人日记》是鲁迅危机意识的总爆发，一种压抑不住的危机意识构成了小说创作的动机。在谈到写作动机时说："偶阅《通鉴》，乃悟中国人尚是食人民族，因此成篇。此种发现，关系亦甚大，而知者尚寥寥也。"① "尚是""食人民族"的发现，把中国的近代危机放到了进化论的视野中，突出的是中国在人类进化过程中被淘汰的危机及其紧迫性。"狂人"对"吃人的人"被淘汰的忧心，远远大于自身被吃的恐惧。"吃人"被描述成民族的原罪，也注定了民族的宿命。"救救孩子"，无异"救命"的呼声。

二、《狂人日记》通过"吃人"这样一个极为直观的概括，对中国危机的本质及其根源做出了总体性的揭示和批判。"吃人"，是隐默十年中对中国问题的洞察。何谓"吃人"？其意深切，所揭橥的"吃人"，极为抽象，也极为具体，极为宏深，也极为切近。"吃人"既在历史中，也在现实中，抽象的"吃人"，就在具体的日常经验中，在人与人之间的私欲中心、心怀鬼胎、尔虞我诈因而"面面相觑"的非正常关系中。"吃人"的现状，呈现为文化的状况，其根柢则是人性——国民性劣根性的存在。通过把中国近代危机的根源，溯源至人性层面，提供了中国现代性批判的一个深度取向。

三、"表现的深切"与"格式的特别"互为因果，隐默十年后的第一声"呐喊"，积蓄着作者十年中的深切体验与思考，必须通过特定的格式才能表达出来。《狂人日记》空前宏深的洞察与批判，诉诸一种极具整合性的小说构

① 鲁迅：《书信·180820致许寿裳》，《鲁迅全集》第11卷，第353页。

型。鲁迅意欲通过小说揭示十年中对中国危机的洞察和中国几千年社会与文化的真相，但他并非是自己直接说出，而是借"狂人"之口，但"狂人"的精神病患者身份，使我们首先以正常者自居，而将其纳入"不正常"的异类，难以真正进入"我怕得有理"的"狂人逻辑"，而且小说前面的文言小"识"，更加确凿地有意让我们站在所谓"正常人"的立场上。真知灼见，却假借"狂人"的"荒唐之言"，作者隐藏在狂人假面的背后，"狂人"，不是形象，而是作者的工具。

《狂人日记》的隐晦，正符合鲁迅此时"站在边缘呐喊几声"的姿态，打破"铁屋子"，重新开口了，但顾虑和绝望仍在。之前是怕惊醒"铁屋子"中熟睡的人们，现在开口，也无非是"聊以慰藉那在寂寞里奔驰的猛士"①，所谓"呐喊"，并没有和盘托出，既然"现在是已经并非一个切迫而不能已于言的人"②，那么所谓"呐喊"，已经不是说什么的问题，而是怎样说。小说的虚构性，给作者提供了隐藏自身的可能性，他可以躲避在叙述者之后，吞吞吐吐，唤醒可以唤醒的人，至于大多数，还是"熟睡"的好。

《呐喊》就在揭露与隐藏、批判与修饰之间曲折前行，不久之后，小说的批判就开始难以为继，启蒙主题逐渐受到本来试图压抑下去的个人意识的质疑。《阿Q正传》塑造的"不朽的典型"，一个"现代的我们国人的魂灵"③，却是这样一个可笑而可悲的阿Q。

《阿Q正传》后，鲁迅明显加快了《呐喊》创作的进度，想匆忙结束《呐喊》的创作。

1920年《新青年》团体解散，"我又经验了一回同一战阵中的伙伴还是会这么变化"④。鲁迅之加入《新青年》，是在钱玄同的劝说下，以"希望"的可能性为维系的，现在连这可能性也消失了。1922年12月深夜，鲁迅作了一

① 鲁迅：《呐喊·自序》，《鲁迅全集》第1卷，第419页。

② 鲁迅：《呐喊·自序》，《鲁迅全集》第1卷，第419页。

③ 鲁迅：《集外集·俄文译本〈阿Q正传〉序及著者自序传略》，《鲁迅全集》第7卷，第81页。

④ 鲁迅：《南腔北调集·〈自选集〉自序》，《鲁迅全集》第4卷，第456页。

篇《呐喊·自序》，在深深的绝望感中第一次以文字回顾了自己的经历。1923年，鲁迅又一次陷入了沉默。[①]这是两个创作高峰间的沉默的一年，这之前，是"五四"高潮时期的"一发而不可收"的《呐喊》的创作，其后，开始了《彷徨》和《野草》的创作。两个写作高峰正好衬托出这一年黑洞般的沉默。

1923年，发生了对于鲁迅的人生有着决定性影响的两件事。一是周氏兄弟失和，二是同月接到北京女子高等师范学校的聘书。如果说兄弟失和让鲁迅与前期的家庭生活告一段落，那么，接受北京女子师范学校的聘书，因为涉及女师大事件及许广平的到来，拉开了此后新的人生大幕。1923年对于鲁迅，也是琐事缠身的一年。兄弟失和之后，鲁迅频繁外出寻屋，至买定阜成门内三条胡同二十一号，短短两个多月，共出门看屋二十多次，其间生了一场大病。兄弟的分裂，发生于第一次绝望和《新青年》解体之后，几乎葬送了最后的意义寄托。1923年的沉默，是第二次绝望的标志。[②]

和第一次绝望期一样，鲁迅最终走了出来，1924年2月，开始《彷徨》的第一篇小说《祝福》的创作，该月一连写了四篇，在9月一个无人的"秋夜"，又走进了《野草》。

如果说"第二次绝望"意味着鲁迅"小说的自觉"的告一段落，该如何理解1923年后《彷徨》的出现呢？

《彷徨》和《野草》既标志着鲁迅打破了一年的沉默，又记录着鲁迅走出绝望的心路历程。如果说《呐喊》是为他人写的，在某种程度上说，《彷徨》是为自己写的。在《彷徨》中，鲁迅寄托了个人在绝望中的自我情绪，进行

---

① 除了没有间断的日记，现在所能见到的作品，是收入《鲁迅全集》中的《关于〈小说世界〉》（1月11日）、《看了魏建功君的〈不敢盲从〉以后的几句声明》（1月13日）、《"两个桃子杀了三个读书人"》（该文发表于1923年9月14日的《晨报副刊》，署名"雪之"）和《宋民间之所谓小说及其后来》（1923年11月）四篇，并撰《明以来小说年表》（据北京鲁迅博物馆鲁迅研究室编《鲁迅年谱》，手稿现存，未印），前二者是两篇声明性质的短文，后二者是学术性质的。此外还有致周建人、许寿裳、蔡元培、孙伏园、胡适、马幼渔、钱稻孙、李茂如、孙福熙几位熟人的信（1981年版《鲁迅全集》收入致许寿裳、蔡元培、孙伏园的四封信）。以上所列诸篇，除《宋民间之所谓小说及其后来》，皆为其生平所未亲自收集者。在翻译上，该年5月之前还翻译了爱罗先珂的三篇作品。

② 有关鲁迅"第二次绝望"的论述，详见笔者：《鲁迅的又一个"原点"：1923年的鲁迅》（《文学评论》2005年第1期）。

了深刻的自我反思，通过对自我结局的悲观预测，试图向旧我告别。《彷徨》和《野草》一样，是一次自我疗伤的过程。正如《野草》的写作只能有一次一样，《彷徨》也是一次性的。此后，小说难以为继。

杂文的自觉，于"第二次绝望"后正式发生。如果说"小说的自觉"依赖于现实感和批判意识的产生，那么，杂文的自觉，则依赖于对自我的进一步发现，这一发现过程，就在后来写的《彷徨》，尤其是《野草》中。在《野草》中，鲁迅把自身的矛盾全部袒露出来，通过穿越死亡，终于获得新生。

《野草》追问的结果，是对自我与时代的双重发现。这在最后写就的《野草·题辞》中有充分的体现：

> 过去的生命已经死亡。我对于这死亡有大欢喜，因为我借此知道它曾经存活。死亡的生命已经朽腐。我对于这朽腐有大欢喜，因为我借此知道它还非空虚。
>
> 生命的泥委弃在地面上，不生乔木，只生野草，这是我的罪过。
>
> ……
>
> 但我坦然，欣然。我将大笑，我将歌唱。
>
> ……
>
> ……我以这一丛野草，在明与暗，生与死，过去与未来之际，献于友与仇，人与兽，爱者与不爱者之前作证。
>
> 为我自己，为友与仇，人与兽，爱者与不爱者，我希望这野草的死亡与朽腐，火速到来。要不然，我先就未曾生存，这实在比死亡与朽腐更其不幸。①

生与死的辩证，意味着经过生死的历险，参透了生的真谛，并在这生死不明的时代，紧紧地抓住了即使并不显赫的当下生存。企图发现矛盾背后的真正自我，原来并不存在。生命具神性，生存在现实，首先要获得生存，才能领会

① 鲁迅：《野草·题辞》，《鲁迅全集》第2卷，第159—160页。

鲁迅与20世纪中国研究丛书

生的全部意义！

最终确认的自我，就是当下的反抗式生存，这是对自我与时代的双重发现，是自我与时代关系的重新确认。所谓当下性，不同于前述"小说的自觉"所赖以产生的现实感，现实感是打破自我想象之后一种面向现实的态度，一种危机意识的形成，当下性则是对现实本质的进一步确认，是对20世纪中国变乱与转型的"大时代"性的发现，这就是"明与暗，生与死，过去与未来之际"，是所谓"方生方死，方死方生"，是"可以由此得生，而也可以由此得死"的"大时代"。①

"大时代"处在生死未明的转换中，是由每一个转换中的"当下"组成的，大时代之生与死，取决于每一个当下的选择。大时代中的自我，与时代共存亡，只有投入对每个当下的生存的争夺——反抗，才有个人与时代的未来。

作为存在方式的反抗，是经过层层追问最后抵达的。"绝望之为虚妄，正如希望相同"，在最终定型的这句话中，既没有站在绝望一边，也没有站到希望一边，而是站到"虚妄"之上。这一虚妄，不再是"希望之为虚妄"的"虚妄"（否定希望），也不是"绝望之为虚妄"的"虚妄"（否定绝望），而是既否定了"希望"，也否定了"绝望"的"虚妄"。最后的"虚妄"，是对前面整个的"希望—虚妄—绝望"循环逻辑的全盘否定。否定之后，什么最终留了下来？不是希望，也不是绝望，而是行动——反抗本身！这样的反抗，不再需要任何前提，以自身为目的，以自身为意义，是一种为反抗而反抗的反抗。

为反抗而反抗的反抗也不同于促发"小说的自觉"的批判意识，批判意识虽具备了严峻的使命感，但尚未达到使命感与个体存在的真正融合。绝对的反抗作为个人存在的决断，既是一种参与历史、投身现实的行动，也是一种在生命体验与生存哲学层面上经得起拷问的生命姿态。在绝对的反抗中，长期困扰鲁迅的"为他人"和"为个人"的内在矛盾，才得以解决，个人与时代显得过于紧张的关系，也开始和解。自此之后，自我终于无需再隐藏于虚构之后，完全可以袒露出来，以真实的身份投入到文学与时代的互动中。

① 鲁迅：《而已集·〈尘影〉题辞》，《鲁迅全集》第3卷，第547页。

我们确实能把捉到鲁迅自我意识逐渐凸现的过程。"五四"时期，"站在边缘呐喊几声"和"听将令"的姿态，使他没有和盘托出自己的态度和主张，这表现在《呐喊》中，也表现在同时期的随感录的创作中。写于"五四"时期的杂感，是广泛的"社会批评"和"文明批评"，采取声援《新青年》的边缘姿态，属"五四"道德革命的范围，虽厚积薄发，论理透彻，但还没有找到真正属于自己的抗击目标，投入个人的人格力量，显得散兵游勇，不在状态。

第二次绝望，使鲁迅失去了以前所寄托的一切，只剩下孤独的个人，摆脱了启蒙的外在重负，心态反而较为自由。鲁迅与"五四"主将胡适的关系，可作为考察的凭借，二人之间的通信一直保持到1924年，也就在这一年结束。在复出后的演讲中，鲁迅开始公开对胡适的批评，①若在"五四"时期，这些都是不可能的吧。空前自由的心态使鲁迅迎来了又一个更加多产的创作高峰，并以自由个人的身份展开了与杨荫榆、章士钊和现代评论派的论争，论争中的思想和文章，开始淬发出真正属于自己的光彩。

《野草》追问的终点，就是杂文自觉的起点。《野草·题辞》，说的是《野草》，同时也就是杂文，它是不堪回首的《野草》的结束，同时也是鲁迅杂文时代真正来临的宣言。

20年代中期，在内向型《彷徨》和《野草》写作的同时，一种新的外向型写作已悄然开始，于是出现了两个不同文本中的鲁迅，一是《彷徨》《野草》中自我挣扎、自我疗伤的鲁迅，一是《华盖集》中叱咤风云、所向披靡的鲁迅。如果说《彷徨》尤其是《野草》的自我拷问和自我挣扎，标志着鲁迅通过对旧的自我的总结和清算，终于走出了第二次绝望，那么，在论战的文字中，一个行动者、反抗者和杂文家的鲁迅，已经产生。

小说创作的逐渐减少背后，是虚构热情和耐心的消失。前述催生小说的危机意识，表现为对现状的观察和对真相的揭示，使作家垂青于小说"虚构"的

鲁迅与20世纪中国研究丛书

① 在复出后的演讲中，鲁迅开始公开对胡适的批评，1923年12月的《娜拉走后怎样》对胡适"五四"时期所翻译易卜生名剧《玩偶之家》的主题作了颠覆式的重估，已透露此中消息；1924年1月的演讲《未有天才之前》又将胡适几年前的"整理国故"的主张列为"一面固然要求天才，一面却要他灭亡，连预备的土也想扫尽"的几种"论调"之首提出批评。

整体性。而"杂文的自觉"基于一种当下性的发现，和由当下性的发现所催生的行动（生存）的迫切感，由此产生时不我待，直接诉诸行动的强烈欲望，失去了对虚构的耐心。另外，对于鲁迅来说，变乱中国的现实，似乎比虚构更具有写作的意义，现实完全可以取代虚构，成为写作的对象。①

在《且介亭杂文·附记》中，鲁迅以意味深长的一句话作结："我们活在这样的地方，我们活在这样的时代。"②

鲁迅杂文的开始编集，始于1925年，该年编有《热风》和《华盖集》两个杂文集，两篇相隔不到一个月的"题记"，情感态度颇值得比较玩味，《热风》收的主要是"五四"时期的随感录，《华盖集》则是1925年一年杂感的结集，《热风·题记》有一种事不关己、立此存照式的淡定，《华盖集·题记》的感觉就大为不同，情有独钟，敝帚自珍，并在自我否定与辩解中，曲折地透露了对于杂文的自觉意识：

在一年的尽头的深夜中，整理了这一年所写的杂感，竟比收在《热风》里的整四年中所写的还要多。意见大部分还是那样，而态度却没有那么质直了，措辞也时常弯弯曲曲，议论又往往执滞在几件小事情上，很足以贻笑于大方之家。然而那又有什么法子呢。我今年偏遇到这些小事情，而偏有执滞于小事情的脾气。正如沾水小蜂，只在泥土上爬来爬去，万不敢比附洋楼中的通人，但也自有悲苦愤激，决非洋楼中的通人所能领会。

这病痛的根柢就在我活在人间，又是一个常人，能够交着"华盖运"。

……

鲁迅与20世纪中国民族国家话语

---

① 鲁迅曾说："中国现在的事，即使如实描写，在别国的人们，或将来的好中国的人们看来，也都会觉得grotesk。我常常假想一件事，自以为这是想得太奇怪了；但倘遇到相类的事实，却往往更奇怪。在这事实发生以前，以我的浅见寡识，是万万想不到的。"（鲁迅：《华盖集续编·〈阿Q正传〉的成因》，《鲁迅全集》第3卷，第380—381页。）"假如有一个天才，真感着时代的心搏，在十一月二十二日发表出记叙这样情景的小说来，我想，许多读者一定以为是说着包龙图爷爷时代的事，在西历十一世纪，和我们相差将有九百年。"（鲁迅：《华盖集续编·〈阿Q正传〉的成因》，《鲁迅全集》第3卷，第382页。）

② 鲁迅：《且介亭杂文·附记》，《鲁迅全集》第6卷，第213页。

然而只恨我的眼界小，单是中国，这一年的大事件也可以算是很多的了，我竟往往没有论及，似乎无所感触。……

现在是一年的尽头的深夜，深得这夜将尽了，我的生命，至少是一部分的生命，已经耗费在写这些无聊的东西中，而我所获得的，乃是我自己的灵魂的荒凉和粗糙。但是我并不惧惮这些，也不想遮盖这些，而且实在有些爱他们了，因为这是我转辗而生活于风沙中的瘢痕。凡有自己也觉得在风沙中转辗而生活着的，会知道这意思。①

"华盖运""小事情""耗费""无聊""灵魂的荒凉和粗糙"，这些说辞背后皆有反面的对应。"小事情"对"大事件"，自谦对"大事件""似乎无所感触"，潜台词是只能于"小事情"有所感；"耗费"云者，未尝不是一种生命的投入；"无聊""灵魂的荒凉和粗糙"等等，换来的反而是"有些爱"的感受。

这些关键词潜藏杂文自觉的密码：一、"小事情"。"小事情"是自我与大时代的直接碰撞，是个体存在与时代命运的扭结，是当下发生的历史。"大事件"历来是正史叙述的对象，而"小事情"才是亲身见证的"野史"，以小见大，"小事情"比"大事件"更能揭示时代的真相。这里所说的"小事情"，是因女师大风潮引起的与杨荫榆、章士钊、陈西滢等的一系列笔战，鲁迅的杂文由此开始与实际的人事产生关联。这些笔墨官司，看似纠缠于个人恩怨，不足挂齿，但对于鲁迅自己却有重要的意义，在笔战中，鲁迅第一次以真实的自我出击，并以整个的人格来承担。自我的突出，使鲁迅杂文真正变成一种行动，一种自我存在的方式。二、"执滞"。"执滞于小事情的脾气"，正是一种直面现实、不放过每一个当下的杂文态度，一种"纠缠如毒蛇，执着如怨鬼"②的韧性，一种"所遇常抗，所向必动"③的早年"摩罗诗人"理想的践履。三、"耗费"。从这时起，鲁迅杂文集的题记、引言或后记中，经常

① 鲁迅：《华盖集·题记》，《鲁迅全集》第3卷，第3、4、5页。
② 鲁迅：《华盖集·杂感》，《鲁迅全集》第3卷，第49页。
③ 鲁迅：《坟·摩罗诗力说》，《鲁迅全集》第1卷，第81页。

鲁迅与20世纪中国研究丛书

出现对生命消逝的感叹，这一感叹，既有正话反说的浪费时光的意思，同时也说明，杂文写作正是有限生命的全身心投入。四、"无聊""荒凉和粗糙"。这是杂文写作作为绝望的反抗的题中应有之义。鲁迅曾以"与黑暗捣乱"①来形容他的反抗，业已放弃一切前提的为反抗而反抗的反抗，就像西绪弗斯推石上山，未免"无聊""荒凉和粗糙"，但却是别无选择的当下生命的最真实状态。

《华盖集》成为鲁迅"杂文的自觉"标志。"华盖运"，不幸？还是有幸？

20世纪中国最杰出的文学家百分之八十的创作是杂文，使我们无法回避这样的问题：杂文是否属于文学？杂文的文学性到底是什么？

文学性（literariness），是20世纪上叶西方文学研究领域的核心问题，90年代又成为我国文学研究界的热议话题。20年代，文学性由俄国形式主义批评家、结构主义语言学家罗曼·雅柯布森提出，意指"那种使特定作品成为文学作品的东西"②，即文学的本质特征和属性。文学性是一个试图拿来代替文学从而方便给文学本质加以界定的概念，历来就此问题的争议，无论是本质主义倾向的分析与界定，还是具有解构倾向的历史主义描述，都深入并丰富了我们对文学的理解。对于文学性问题，需要确立一些基本态度，一是，人们无法穷尽对某一本质的追问，但本质追问又是理解的必然路径。我们可以谈论的本质，并非一种绝对的存在，而是人类的一种可贵的（并非谬误）认识模式，试图抵达文学本质的文学性，是一种意向性的存在，存在于我们对于文学的意向性建构中。二是，文学的本质规定性，是在与他者的区别和关系中建立起来的，在不同的历史语境中有不同的显现，所谓本质必须放在历史语境和与他者的关系中来理解。三是，文学是一种社会性的话语实践，文学性是在实践活动中呈现或者被指认出来的，文学的历史实践构成了文学性的要素，当下的文学实践又不断地改变并且开拓文学性的构成。

---

① 鲁迅：《两地书·二四》："你的反抗，是为了希望光明的到来吧，我想，一定是如此的。但我的反抗，却不过是与黑暗捣乱。"（《鲁迅全集》第11卷，第79页。）

② 转引自周小仪：《文学性》，《文艺学新周刊》2006年第13期。

鲁迅不是从某一既定的文学性出发，走向文学的。文学对于鲁迅，始终是一种行动，是参与民族国家现代转型的行动，同时也是个人存在的选择。"弃医从文"，是"志业"的选择，文学，并非是借以谋生的职业和社会身份的寄托，而是深度介入近代危机、促进现代转型的精神行动；文学，也不是坐在象牙塔中进行从容虚构的艺术品，而是与现实进行直接搏击的行动本身。对于生存的可能性、价值和意义来说，所谓文学性等等，都并不重要。

作为历史行动与个人存在方式的文学，不是规范文学性的产物，相反，文学性才是真诚的、原创的文学行动的产物。鲁迅一路走来，以其真诚、原创的文学实践，冲击并改变着固有的文学规则和秩序，同时带来和确立了新的文学性质素，丰富并深刻影响了现代中国的文学性建构。

在现代文学的文类秩序中，杂文只能勉强地被安放在较为边缘的"散文"里，它与想象性、创造性、情感性、形象性、总体性的现代文学性要求可能相距最远，但就是在这一边缘地带，杂文却构成了对固有文学秩序的最大挑战。通过对规范文学性的拒绝，杂文在更为阔大的版图上显现了文学性的要求，同时彰显了现代中国文学性的新质。

杂文的文学性，难以把它作为既有的、具有自然本质的中性客体，从对象性的观察与分析中提取出来。只有从文学行动入手，杂文作为一个整体的文学性才得以呈现。

在鲁迅自己的表述中，我们现在所言的杂文，一般称之为"杂感"或"短评"，这一称呼一直延续到30年代。在《写在〈坟〉后面》里，鲁迅第一次提到"杂文"，但却把"杂文"与"杂感"明确分开，这里的杂文，指收在《坟》中跨度达二十年的"体式上截然不同的"文章的总称，[①]而"杂感"，应是有感而发，随感随写的短文。到后期，鲁迅才渐渐将"杂感"与"杂文"称谓合一。

① 《写在〈坟〉后面》："所以几年以来，有人希望我动动笔的，只要意见不很相反，我的力量能够支撑，就总要勉力写几句东西，给来者一些极微末的欢喜。人生多苦辛，而人们有时却极容易得到安慰，又何必惜一点笔墨，给多尝些孤独的悲哀呢？于是除小说杂感之外，逐渐又有了长长短短的杂文十多篇。其间自然也有为卖钱而作的。这回就都混在一处。"（《鲁迅全集》第1卷，第282—283页。）

在晚年所写的《且介亭杂文·序言》中，鲁迅才道出"杂文"的原意：

> 其实"杂文"也不是现在的新货色，是"古已有之"的，凡有文章，
> 倘若分类，都有类可归，如果编年，那就只按作成的年月，不管文体，各
> 种都夹在一处，于是成了"杂"。分类有益于揣摩文章，编年有利于明白
> 时势，倘要知人论世，是非看编年的文集不可的，……况且现在是多么切
> 迫的时候，作者的任务，是在对于有害的事物，立刻给以反响或抗争，是
> 感应的神经，是攻守的手足。[①]

从最传统的编年编辑法中，一种全新的现代文学意义呈现出来。编年意义
上的"杂文"，不在于"揣摩文章"，而在于"知人论世"和"明白时势"，
"文章"——文学艺术不是最终寄托，而是让编年的"杂文"成为个人与民
族的历史写照。编年，正是展现文学行动的最合适方式，如果说每一篇"杂
感"是"攻守"当下、"感应"现实的"神经"和"手足"，作为整体的"杂
文"，则展现为人生的历史和行动的轨迹，是让当下变为历史，与现实一道成
长的力量，杂文写作，是于转型时代让每个有意义的当下成为现代史的行动。
鲁迅以杂文为武器，最充分地发挥了文学参与历史和干预现实的功能，展现了
其个人存在与中国20世纪历史的复杂纠缠。鲁迅杂文，不仅成为其本人最出色
的个人传记，也是20世纪中国的一份"野史"，成为中国现代性的丰富见证。

以杂文为核心的鲁迅文学，以其示范效应，深刻影响了20世纪中国文学，
并和世纪文学一道，形成了20世纪中国"严肃文学"的范式和传统，从而丰富
了我们对文学的理解。

以杂文为代表的鲁迅文学的"文学性"，还有尚待彰显的来源及其内涵。

一是对西方19世纪文学传统的借鉴。"弃医从文"的抉择，基于对新的文
学性的发现。鲁迅是在晚清实学潮流中赴日求学的，晚清实学倾向之后，是对
"文胜质"的中国传统学术的失望。鲁迅不久又"弃医从文"，此"文"已非

---

① 　鲁迅：《且介亭杂文·序言》，《鲁迅全集》第6卷，第3页。

彼"文"，日本时期与异域文学的广泛接触中，产生了新的触动，这就是对西方19世纪文学的发现。《域外小说集》所收，皆是19世纪俄国与东欧、北欧的短篇小说，以至《〈域外小说集〉略例》特作解释："集中所录，以近世小品为多，后当渐及19世纪以前名作。"①以俄国与东欧、北欧为代表的西方19世纪文学，将现实批判与主体精神挖掘结合在一起，融民族国家命运与个体精神反抗为一体，展现了一种与中国文学传统异质的精神世界。《域外小说集》鲁迅所译的安德烈耶夫的《谩》《默》以及迦尔洵的《四日》、20年代初钟情的阿尔志跋绥夫的小说、赞为"伟大"的陀思妥耶夫斯基的小说，皆探入人的精神深处，追问至无可退避的境地，以致小说中的人物，都有点神经质的倾向，迥异于中国传统的载道、愉悦、消遣、游戏文学。文学展现的精神世界，是人性的新异与深度，由此发现了以文学"转移性情，改造社会"的力量。因而，鲁迅后来不无偏激地说："现在的新文艺是外来的新兴的潮流，本不是古国的一般人们所能轻易了解的，尤其在这特别的中国。"②"新文学是在外国文学潮流的推动下发生的，从中国古代文学方面，几乎一点遗产也没摄取。"③

对于文学性问题，鲁迅并非全无考量。日本时期文学自觉之初，在追问"文章"（文学）之价值时，就曾直言："由纯文学上言之，则以一切美术之本质，皆在使观听之人，为之兴感怡悦。文章为美术之一，质当亦然，与个人暨邦国之存，无所系属，实利离尽，究理弗存。"④在"纯文学"立场上将"兴感怡悦"作为文学的"本质"。通过一系列否定，鲁迅最终将文学之"用"，寄托于价值中性的"兴感怡悦"上，相对于一切有形之"实利"与"究理"，"兴感怡悦"不指向某一具体的目标，它是一个否定性的"不是"，同时也是一个具有更大可能性的"是"，最终收获的是文学的"不用之用"。吾人皆知，鲁迅之追问，其实正是试图将文学与"个人暨邦国之存"的救亡使命联系起来，但是这一联系，不是二者之间的直接对接，而是以原

① 鲁迅：《译文序跋集·〈域外小说集〉略例》，《鲁迅全集》第10卷，第157页。
② 鲁迅：《集外集拾遗补编·关于〈小说世界〉》，《鲁迅全集》第8卷，第112页。
③ 鲁迅：《集外集拾遗补编·"中国杰作小说"小引》，《鲁迅全集》第8卷，第399页。
④ 鲁迅：《坟·摩罗诗力说》，《鲁迅全集》第1卷，第71页。

发的、创造性的、具有无穷可能性的精神世界为中介，因此将文学价值归结为——"涵养人之神思，即文章之职与用也"①。

"兴感怡悦"只是没有能指的所指，为何"兴感"？为何"怡悦"？"兴感"什么？"怡悦"什么？仍是需要进一步落实的问题。鲁迅不可能满足于文学内涵的空洞状态，更不可能满足于为"皇帝鬼神"而"兴感"，为"才子佳人"而"怡悦"。文以载道、游戏消遣、为艺术而艺术，皆非鲁迅文学的最终目的地，文学必然要面向人生，有所关怀，"兴感怡悦"必然要被填以更具价值的内容，指向更高更广的精神空间。

如果非要追问文学性何在，则惯常所想象的文学性似乎都被"蔓延"了。文学性是审美？则从艺术到日常生活，审美无处不在；文学性是虚构和形象性？则影视剧目、电脑游戏等等皆具此特征；文学性是乔纳森·卡勒（Jonathan Culler）所谓的"语言的突出"？则无处不在的广告语未尝不擅此道；文学性是创造性？则这一浪漫主义时期的文学专利现如今已经不为文学所独具。文学，我们需要寻找它得以存在的更坚实的基座。

俄国形式主义曾将文学的本质归结为语言的陌生化，落脚点依然是语言本身。对语言的关注显示了形式化的倾向，也难免走向能指的游戏。语言即存在的符号化，若要打开文学面向众生的怀抱，则不如说，文学的本质是存在的陌生化。在终极意义上，文学，作为一种非确定的话语方式，是在知识、体制、道德和宗教之外，展现被遮蔽的存在，通过揭示存在使存在陌生化，使存在的可能性得以展现的一种不可或缺的独特力量。真正的文学始终面向人生，揭示存在的真实，"官的帮闲"和"商的帮忙"的文学则只会为了某种利益去重复人生、简化生命和粉饰现实。

存在最终是精神性的，文学揭示的存在，本质上是精神的存在。面向人生、揭示存在的文学，不可能满足于物质世界的展示，无疑要进入更高的精神空间，反过来，如果没有更高的精神存在，如何面向和揭示人生？

"三千年未有之大变局"的20世纪中国的现代转型，将现代民族国家的

---

① 鲁迅：《坟·摩罗诗力说》，《鲁迅全集》第1卷，第71页。

命运和现代文学的命运紧紧联系在一起，现代中国文学积极参与了民族国家的现代转型。在20世纪中国艰难转型的历史语境和精神场域中，现代转型最深处的人的精神转型，无疑是最核心的精神命题，也是文学介入的最深点，20世纪中国的文学性，必须放在这一精神场域中才能得到恰切的判断。鲁迅文学以终其一生的国民性批判，击中了现代中国文学的精神命脉，鲁迅文学，无论是小说、《野草》还是杂文，皆是对他人与自我内在真实（精神存在）的深度展示。放弃虚构、直面现实的杂感，所指摘的一人一事，并不局限于人、事本身，无不上升到精神的反思，一篇篇杂感，就是一个个精神现场，这些杂感合在一起——杂文，更是以整体的方式，展示了20世纪中国的精神生态，揭示了中国现代生存中被遮蔽的精神难题。鲁迅杂文每能于平常中见真相，于现象中见本质，不断刷新我们对现实与自我的认知，使沉溺于传统惯性的存在变为陌生，同时展开现代生存的新的可能性，无论是在现代文学使命，还是在所谓文学性本身，鲁迅文学都是20世纪中国文学最有深度、最具代表性的所在。

第四章 从"立人"到国民性批判：

鲁迅中期民族国家话语的转换

第一节 十年"隐默"与危机意识

1908年，《河南》杂志上发表的《破恶声论》未完而终，1909年，鲁迅提前中断了留学生活回国，广采博收、激扬文字的日本时期结束了。从是年回国到发表《狂人日记》的1918年，约十年时间，鲁迅在国内辗转于杭州、绍兴、南京和北京，经历了从教员、中学堂监督到教育部官员的频繁转换的生涯。其间1912至1918的六年，鲁迅只身寄居于北京的绍兴会馆。这就是我们所熟知的寂寞的S会馆时期。

与频繁转换的生活轨迹相比，这十年，鲁迅的笔述生涯则暂显停顿，比较于其前的慷慨激昂的日本时期和其后的"一发而不可收"的"五四"时期，显然独自构成了一个"心声"隐默的十年。《鲁迅全集》所收这期间鲁迅所著文字，仅见1912年的《〈越铎〉出世辞》《辛亥游录》《怀旧》、1913年的《儗播布美术意见书》，1915年一篇、1916年一篇、1917年四篇、1918年两篇（据手稿编入，写作时间不详，权且算上），除了1916年者为文牍"签注"，其他皆为据手稿编入的短篇金石、文献考订手记。通观这些文字，1915至1918年者多为学术札记，是作者思想论战和文学创作之外的学术研究及个人爱好的文字遗留；1913年的一篇为发表于教育部部刊的带有行政呈文性质的文章；1912年之《辛亥游录》是日记性质的生物考察的记录，署名"会稽周建人乔峰"，《〈越铎〉出世辞》为《越铎日报》创刊绪言，《怀旧》为文言小说。显然，这些大约都不能算是所谓"迫切而不能已于言的"[①]主动积极的文字。因而可以说，言说者鲁迅的确进入了一个沉默时期。细加辨别，其中较能见出思想状态及其价值的文章主要为1912年的《〈越铎〉出世辞》《怀旧》和1913年的《儗播布美术意见书》，不过，整个看来，1912至1918年，此类文章呈逐年减少趋势。文章的减少与事务的繁忙确有常见的关联，但对于以"心声"为"志业"的鲁迅，"心声"之消失该与心情（"内曜"之状况）有关。

无论对于人生还是社会来说，十年都不算短，揪心于中国之命运的鲁迅，即使在隐默状态中，也该有伴随近代中国的"仓皇变革"而波动的心情和思想的曲线。也就是说，所谓隐默，对于鲁迅并非完全静止状态，也经历了一个过程。这十年，是急剧变革的十年，中国经历了辛亥革命、中华民国建立、袁世凯篡权、二次革命及其失败、袁世凯称帝及其失败以及围绕它的种种闹剧、北洋军阀统治和张勋复辟、护法运动等一系列大事，应该说是中国近代变革达到它的最高峰又开始急剧回落的关键历史时期。辛亥革命爆发并迅速成功的1911年，鲁迅刚辞去在绍兴府中学堂的教职，此时已三十一岁，是回国的第三年。鲁迅对辛亥革命的态度应该是复杂的。我们知道，日本时期的青年鲁迅已形成"立人"思路，同时，也在日本开始经历其人生中的第一次绝望，这在后来写的《呐喊·自序》中，被描述成《新生》事件的挫折，这一事件是对鲁迅精心选择的文学道路的一次重大打击。"立人"思路形成于围绕中国之前途而激烈纷争的言论背景——主要是反清革命派和立宪保皇派之间的论战，在现实的政治立场上，应该说鲁迅偏向于前者，这从鲁迅与章太炎及同乡革命党的关系可以看出。但是，青年鲁迅的"立人"主张，在对洋务派和立宪派进行批判的同时，其"重个人"而"张精神"的思路，对于当时注重行动而忽视思想启蒙的

---

① 鲁迅：《呐喊·自序》，《鲁迅全集》第1卷，第419页。

鲁迅与20世纪中国研究丛书

革命派也应是一个批判性的超越。因而，由革命派领导的辛亥革命的成功，对于鲁迅，其含义也许是复杂的：一者，从他的"立人"设计看，辛亥革命大概不是他理想中的革命；二者，辛亥革命颠覆清王朝的实际成效，对于"立人"设计陷入困境中的鲁迅来说，无疑也是一次巨大契机。身在绍兴的鲁迅听到辛亥革命成功的消息，反应还是颇为积极的，但是，在现实层面对辛亥革命的呼应，并非意味着其对辛亥革命的完全认同。辛亥革命对于鲁迅，是在理念上并非完全认同，但却因带来巨变而被视为难得契机的一次革命。

鲁迅一生对民国有着很深的感情，并实际参与了辛亥革命胜利后的建国实践。1912年2月，鲁迅受时任民国教育部总长的同乡蔡元培之邀，赴南京任职于新建立的临时政府教育部，5月初又随部北迁至北京。从南京到北京的为宦历程，伴随着革命成果一步步被侵蚀的过程——二次革命失败、袁世凯称帝、张勋复辟、护法运动失败、军阀篡权……身为袁氏政府的一名职员，这些几乎是发生在身边的事情，但是，在他当时的文字中，很难找到对这些事件的记录，仅在1916年6月28日袁世凯出殡日的日记中记下："袁项城出殡，停止办事。"①鲁迅不作文字记录，一方面是因为当时暂停了笔述的事业，另一方面伴随着的应是内心中深深的失望，一场他虽不完全认同但曾经寄予很大希望的革命，终于在身边流产了，内心肯定经历了一个逐渐冷却的过程，如后来回忆："见过辛亥革命，见过二次革命，见过袁世凯称帝，张勋复辟，看来看去，就看得怀疑起来，于是失望，颓唐得很了。"②这段时期，正是鲁迅寄居北京绍兴会馆的隐默的六年（1912—1918）。

鲁迅一个人寄居在宣武门外南半截胡同的绍兴会馆，从1912年5月到1919年11月，住了七年多。会馆长年失修，多人杂居，鲁迅初住藤花馆，因藤花馆人多喧嚣，1916年5月迁入了同在绍兴会馆院中的"补树书屋"，位于会馆南部第二进院落的西头，偏僻幽静，有一个小院落，院内最初长着一株大棟树，被大风刮倒后补种了槐树，故名"补树书屋"。在《呐喊·自序》中，鲁迅曾

---

① 鲁迅：《日记·一九一六年》，《鲁迅全集》第14卷，第224页。

② 鲁迅：《南腔北调集·〈自选集〉自序》，《鲁迅全集》第4卷，第455页。

对此段经历有过神秘而恐怖的描述：

> S会馆里有三间屋，相传是往昔曾在院子里的槐树上缢死过一个女人的，现在槐树已经高不可攀了，而这屋还没有人住；许多年，我便寓在这屋里钞古碑。客中少有人来，古碑中也遇不到什么问题和主义，而我的生命却居然暗暗的消去了，这也就是我惟一的愿望。夏夜，蚊子多了，便摇着蒲扇坐在槐树下，从密叶缝里看那一点一点的青天，晚出的槐蚕又每每冰冷的落在头颈上。①

充满权力争夺的民初政府还未走上正轨，教育部公务不多，为排除"寂寞"，鲁迅于公余荟集和研究中国古代的造像及墓志等金石拓本，还从事古籍纂辑和校勘工作，前者后来辑成《六朝造像目录》和《六朝墓志目录》（未完成），后者成书有谢承的《后汉书》与《嵇康集》的校勘等。

"钞古碑"未尝不是鲁迅的个人学术计划之一，但在这里，室内抄写的"古碑"与室外缢死过女人的槐树放在一起，不禁让人感受到神秘而恐怖的死亡气息。可以想象，经过家道中落、婚姻不幸、弃医从文计划的挫折，再加上自知身患肺病，时日无多，青灯古卷下的这个寂寞的中年人，大概已经在内心提前结束了自己的生命，现在不过是苟延残喘而已。不过，槐树下的悠闲，似乎又是未来大爆发前的宁静，人的一生中能有多少这样"无聊"的时光？

当鲁迅深陷S会馆的隐默之时，中国思想文化界正在酝酿巨大的转型。

1915年左右，民国初年的文化思想界，几乎不约而同地在酝酿一个转向。1914年，陈独秀致章士钊私函在《甲寅》杂志第1卷第2号发表，语气痛绝："自国会解散以来，百政俱废，失业者盈天下。又复繁刑苛税，惠及农商。此时全国人民，除官吏、兵匪、侦探之外，无不重足而立，生机断绝，不独党人为然也。国人唯一之希望，外人之分割耳。……仆急欲习世界语，为后日谋

---

① 鲁迅：《呐喊·自序》，《鲁迅全集》第1卷，第418页。

生之计。"①1915年，记者黄远庸也致函《甲寅》，痛陈："愚见以为居今论政，实不知从何说起。……至根本救济，远意当从提倡新文学入手，综之，当使吾辈思潮如何能与现代思潮相接触，而促其猛醒。而其要义须一般之人，生出交涉。法须以浅近文艺普遍四周。史家以文艺复兴为中世改革之根本，足下当能语其消息盈虚之理也。"②《甲寅》是章士钊创办的偏重于讨论政制法理的杂志，黄远庸痛绝之言在《甲寅》终刊号上出现，意味着某种言论的转向。胡适后来说："民国五年（一九一六年）以后，国中几乎没有一个政论机关，也没有一个政论家；连那些日报上的时评也都退到纸角上去了，或者竟完全取消了。这种政论文学的忽然消灭，我至今还说不出一个所以然来。"③1915年9月，陈独秀创刊《青年杂志》，标志着"五四"一代的崛起，思想文化变革的呼声开始兴起。

经历了从维新到民国政治建构的复杂人生历程的梁启超，这一年的思想也开始发生相似的变化。1915年，身陷政治旋涡的梁启超在上海创办《大中华》杂志，亲笔题写发刊词："中国之前途，国民之自觉心，本报之天职。"④并在该杂志上发表一系列文章，反思变革的新途径，发表于《大中华》杂志第1卷第2号的《政治之基础与言论家之指针》回顾从政以来种种经历，反思以前专注于政治的不足："试思吾侪十年以来，苟非专以政治热鼓动国人，而导之使专从社会上某立基础，则国中现象，其或有异于今日，亦未可知。"⑤认为良好政治的基础在于良好的社会，要从社会的根本源头入手。梁氏还发表《伤心之言》，将时局积弊的原因归结为"良心麻木之国民"⑥。《吾今后所以报国者》宣称："吾思之，吾重思之，吾忧有一莫大之天职焉。夫吾固人也，吾

① 陈独秀：《致〈甲寅〉记者函（生机）》，《陈独秀文章选编》，生活·读书·新知三联书店1984年版，第66页。

② 《甲寅》月刊1卷10号（1915年10月）"通信"栏。

③ 胡适：《五十年来中国之文学》，《胡适全集》第2卷，安徽教育出版社2003年版，第308—309页。

④ 梁启超：《发刊词》，《大中华》1915年第1卷第1期。

⑤ 梁启超：《政治之基础与言论家之指针》，《梁启超全集》第九卷，第2797页。

⑥ 梁启超：《伤心之言》，《梁启超全集》第九卷，第2807页。

将讲求人之所以为人者而与吾人商榷之。吾固中国国民也,吾将讲求国民之所以为国民者而与吾国国民商榷之。"①后来在《五十年中国进化概论》中回顾说:"革命成功将近十年,所希望的渐渐都落空,渐渐有点废然思返。觉得社会文化是整套的,要拿旧心理运用新制度,决计不可能,渐渐要求全人格的觉醒。"②

同样是在1915年,陈独秀在《青年杂志》上发表《抵抗力》和《东西民族根本思想之差异》,痛斥"退缩苟安"之国民性,并将对中国国民性的勘查纳入东西文化对比的结构中。

1915年的思想之变背后,到底发生了什么? 让我们大致梳理一下该年的大事记:1月18日,日本驻华公使日置益向袁世凯当面提交"二十一条"密约;20日复递于外交部;26日,日本外相电令日置益,要求中国政府对全部条件作原则上明确答复;2月2日,中日就"二十一条"开始谈判;17日,中国报界披露"二十一条"全文;3月10日,日本内阁会议决定向中国出兵;次日,颁布南满驻军出发令;13日,日本派兵3万来华,外交部提出抗议;3月18日,日军入据奉天省城;5月7日,日本向袁世凯政府发出"二十一条"的最后通牒,限48小时内答复;9日,袁世凯被迫承认"二十一条";5月14日,袁世凯密谕全国:发奋自强,毋忘"五九"国耻;6月2日,袁批准中日条约;8月14日,筹安会成立,宣扬君主制度,推动帝制复辟;12月12日,袁世凯通电全国,正式宣布接受帝位,改国号为"中华帝国",以1916年为洪宪元年。

有"二十一条"的签订和袁世凯称帝,1915年果然是多事之年。袁政府为了借用社会舆论对抗日本,有意泄露谈判内容,激起社会舆论的极大关注,最后的被迫签署与"国耻"日的宣布,让上下舆论都陷入亡国的焦虑与激愤中,无意中成了救亡意识的全民动员;在这一背景下,袁世凯在党派、社会与国际的非议中一意孤行复辟帝制,并靦颜就位,让长期积累的资本和世人的期望消失殆尽。内外交患,催生了知识分子对时局的绝望,并开始思想的转向,时代

---

① 梁启超:《吾今后所以报国者》,《梁启超全集》第九卷,第2806页。

② 梁启超:《五十年中国进化概论》,《饮冰室合集·文集之三十九》,中华书局1989年版,第44—45页。

鲁迅与20世纪中国研究丛书

思潮开始由民国初年的政制法理，悄悄转向文化思想层面。"五四"新文化运动与文学革命，代表着近代危机以来现代转型理路中新的范式的出现，借此，新一代知识分子开始走向历史舞台。

在教育部任职的鲁迅，可以说正处于事件的中心，他是怎样想的？隐默中的鲁迅当时没有留下任何心灵的记录，只是后来有寥寥几次追叙。在《两地书》中，鲁迅回忆说：

> 说起民元的事来，那时确是光明得多，当时我也在南京教育部，觉得中国将来很有希望。自然，那时恶劣分子固然也有的，然而他总失败。一到二年二次革命失败之后，即渐渐坏下去，坏而又坏，遂成了现在的情形。其实这也不是新添的坏，乃是涂饰的新漆剥落已尽，于是旧相又显了出来。使奴才主持家政，那里会有好样子。最初的革命是排满，容易做到的，其次的改革是要国民改革自己的坏根性，于是就不肯了。所以此后最要紧的是改革国民性，否则，无论是专制，是共和，是什么什么，招牌虽换，货色照旧，全不行的。[①]

在30年代的《〈自选集〉自序》中又说：

> 然而我那时对于"文学革命"，其实并没有怎样的热情。见过辛亥革命，见过二次革命，见过袁世凯称帝，张勋复辟，看来看去，就怀疑起来，于是失望，颓唐得很了。[②]

可见这些事件带给鲁迅的，是一步步加深的绝望。社会思想文化界在绝望之后开始酝酿新的转向，展现新的生机，而鲁迅却在一步步加深的绝望中延续其隐默。

---

① 鲁迅：《两地书·八》，《鲁迅全集》第11卷，第31页。
② 鲁迅：《南腔北调集·〈自选集〉自序》，《鲁迅全集》第4卷，第455页。

当《新青年》在北大沙滩红楼方兴未艾时，鲁迅还蛰伏于宣武门的绍兴县馆。据周作人回忆，在与"金心异"争论前，"鲁迅早知道了《新青年》的了，可是他并不怎么看得它起"。"对于《新青年》总是态度很冷淡的"。①

1918年初，在致老友许寿裳的信中还这样说："来论谓当灌输诚爱二字，甚当；第其法则难，思之至今，乃无可报。吾辈诊同胞病颇得七八，而治之有二难焉：未知下药，一也；牙关紧闭，二也。……若问鄙意，则不如先自作官，至整顿一层，不如待天气清明以后，或官已做稳，行有余力时耳。"②

鲁迅当时给自己取了"俟堂"的别号，"俟"者，待也，等待什么？是希望，还是死亡？

鲁迅能延续其隐默，自有其思想的背景，由政制法理到思想、文化和文学，这本来正是十年前青年周树人的"第二维新"③思路，虽然经过十年隐默中的洞察，他可能更加确认十年前的抉择，但绝没有新发现的激动，作为"已经并非一个切迫而不能已于言的人"④，也没有再说的冲动。随着危机洞察的加深，绝望感越来越重，逐渐掩埋了自己。

另一方面，"于浩歌狂热之计中寒；于天上看见深渊"⑤，在十年隐默中，鲁迅对中国危机的本质无疑有更为深的洞察。民国初年的一系列事件，对于他来说，不过是危机本质的表现，都在其预料之中，这些事件，只是进一步证明了其对危机的洞察，绝望感就进一步加深了。

---

① 周遐寿：《鲁迅的故家》，鲁迅博物馆鲁迅研究室《鲁迅研究月刊》选编：《鲁迅回忆录·专著》中册，北京出版社1999年版，第1067页。

② 鲁迅：《书信·180104致许寿裳》，《鲁迅全集》第11卷，第345页。

③ 《摩罗诗力说》推介"摩罗诗人"，最后展望："吾人所待，则有介绍新文化之士人"，"而第二维新之声，亦将再举，盖可准前事而无疑者矣。"（鲁迅：《坟·摩罗诗力说》，《鲁迅全集》第1卷，第100页。）

④ 鲁迅：《呐喊·自序》，《鲁迅全集》第1卷，第419页。

⑤ 鲁迅：《野草·墓碣文》，《鲁迅全集》第2卷，第202页。

第二节　文化批判与小说意识

打破隐默重新出山的经过，在《呐喊·自序》中有著名的记载：

> 　　那时偶或来谈的是一个老朋友金心异，将手提的大皮夹放在破桌上，脱下长衫，对面坐下了，因为怕狗，似乎心房还在怦怦的跳动。
>
> 　　"你钞了这些有什么用？"有一夜，他翻着我那古碑的钞本，发了研究的质问了。
>
> 　　"没有什么用。"
>
> 　　"那么，你钞他是什么意思呢？"
>
> 　　"没有什么意思。"
>
> 　　"我想，你可以做点文章……"我懂得他的意思了，他们正办《新青年》，然而那时仿佛不特没有人来赞同，并且也还没有人来反对，我想，他们许是感到寂寞了，但是说：
>
> 　　"假如一间铁屋子，是绝无窗户而万难破毁的，里面有许多熟睡的人们，不久都要闷死了，然而是从昏睡入死灭，并不感到就死的悲哀。现在你大嚷起来，惊起了较为清醒的几个人，使这不幸的少数者来受无可挽救的临终的苦楚，你倒以为对得起他们么？"①

"铁屋"理论所表达的无非是绝望，与前文所说的"荒原"同，不过，这一次采取了彻底放弃的姿态。然而，钱玄同随口说出一句其实是极普通的话：

> 　　"然而几个人既然起来，你不能说决没有毁坏这铁屋的希望。"②

由好辩的钱玄同随口说出的这句话，却使鲁迅马上改变了立场，并意识到自己的问题所在：

---

① 鲁迅：《呐喊·自序》，《鲁迅全集》第1卷，第419页。
② 鲁迅：《呐喊·自序》，《鲁迅全集》第1卷，第419页。

是的，我虽然自有我的确信，然而说到希望，却是不能抹杀的，因为希望是在于将来，决不能以我之必无的证明，来折服了他之所谓可有，于是我终于答应他也做文章了，这便是最初的一篇《狂人日记》。从此以后，便一发而不可收，每写些小说模样的文章，以敷衍朋友们的嘱托，积久了就有了十余篇。[①]

"我之确信"无疑指自己所体验的绝望，对绝望的"证明"来自过去的经验，而所谓"希望"，却指向"将来"，"过去"无法否定"将来"，因而"希望"也不能被"绝望"所否定。这是理性的推理，本来，"希望"与其说是存在，不如说是一种信念，相信它，就要以它为未来的必然性，但是，在鲁迅这里，作为信念的希望被进行了理性的处理，它以"可有"为希望的维系。钱玄同的话其实卑之无甚高论，它之所以对鲁迅产生顿悟效应的原因，恐怕还在鲁迅自己。换言之，鲁、钱的对话其实早已在前者心里，只不过这一次通过后者口中说出，因而产生了偏斜效应，确认了另一方。然而，信念和理性之间的摇摆，使确认的"可有"岌岌可危，很难经得住现实的考验。

这样看来，似乎"希望之可有"成为此次写作行为的动机，然而鲁迅又强调：

在我自己，本以为现在是已经并非一个切迫而不能已于言的人了，但或者也还未能忘怀于当日自己的寂寞的悲哀罢，所以有时候仍不免呐喊几声，聊以慰籍那在寂寞里奔驰的猛士，使他们不惮于前驱。[②]

"在我自己"的强调，无非是说，同意出来写文章的直接动机并非上面所说的"希望"，而是对"如我那年青时候似的正做着好梦的青年"的"同

---

① 鲁迅：《呐喊·自序》，《鲁迅全集》第1卷，第419页。
② 鲁迅：《呐喊·自序》，《鲁迅全集》第1卷，第419页。

情"。而本来应作为文学启蒙的首要动机的所谓启蒙主义希望，这次被放到了第二位，更准确地说，是作为由外在"同情"所启动的行为的可能性结果而出现的。无论如何，鲁迅承认了，外在因素是这次写作行为的主要动机，在这个意义上，鲁迅无异承认了"呐喊"并不是完全发自内心。在说到小说中的"曲笔"时，鲁迅指出有两个原因：一是"须听将令"；二是"至于自己，却也并不愿意将自以为苦的寂寞，再传染给也如我那年青时候似的正做着好梦的青年"，都是为了他人。所谓"曲笔"，在鲁迅的意思是不如实去写，也就是说，"寂寞"是真实的，"好梦"是虚幻的，那么，对真实的保留，其目的就是不唤醒他们，免得遭受"寂寞"之苦。这似乎又回到"铁屋"理论中的立场，同是不唤醒，"铁屋"理论指的是不把民众从"昏睡"中唤醒，而这里指的是不把"五四"一代启蒙者从"好梦"中唤醒，两者都肯定了绝望的事实。

日本学者竹内好在他的小册子《鲁迅》中，对于S会馆的六年沉默表示强烈的兴趣，认为其中蕴藏作为文学家的鲁迅产生的秘密，对此进行了引人入胜的阐释，其后，这一问题成为日本鲁迅研究界的兴趣点，接着竹内的思路，研究者纷纷展开进一步的阐释。

竹内好认为，S会馆（北京绍兴会馆）的六年，是"不明了的时期"[①]，是鲁迅传记中"最弄不懂"[②]的部分，"对鲁迅来说，这个时期是最重要的时期"[③]，竹内想问的是："鲁迅是否在这沉默中抓到了对他的一生来说都具有决定意义，可以叫做回心的那种东西。"[④]竹内所谓"回心"，就是通过内在的自我反思和否定达到彻底自觉形成新的转化的意思，也就是说，鲁迅在这一时期的沉默中，通过某种自觉，形成了对于他一生具有决定性的东西，这一决定性，竹内用了不同的词去描述，如"骨骼""根干""一种生命的、原理的

---

①　[日]竹内好：《鲁迅》，竹内好著，李冬木、赵京华、孙歌译，孙歌编：《近代的超克》，生活·读书·新知三联书店2005年版，第46页。

②　[日]竹内好：《鲁迅》，《近代的超克》，李冬木、赵京华、孙歌译，第45页。

③　[日]竹内好：《鲁迅》，《近代的超克》，李冬木、赵京华、孙歌译，第45页。

④　[日]竹内好：《鲁迅》，《近代的超克》，李冬木、赵京华、孙歌译，第45页。

鲁迅"①"某个决定性时机""终生都绕不出去的一根回归轴"②，竹内将这种决定性的东西，说成是"获得罪的自觉"③"赎罪的文学"④；凭着日本人对"无"的敏感，竹内认为，在这一时期的隐默中，鲁迅孕育了某种可以称之为"无"的东西："鲁迅的文学，在其根源上是应该称作'无'的某种东西。因为是获得了根本上的自觉，才使他成为文学者的，所以如果没有了这根柢上的东西，民族主义者的鲁迅，爱国主义者的鲁迅，也就都成了空话。我是站在把鲁迅称为赎罪文学的体系上发出自己的抗议的。"⑤在竹内眼中，这个"无"就是文学家鲁迅产生的原点。

这种"罪的自觉""赎罪"和"无"的感觉有何凭据呢？竹内聚焦于《狂人日记》，换言之，他试图在打破沉默的《狂人日记》中，探究其打破沉默的原因，竹内说："赋予这种态度的是《狂人日记》。《狂人日记》之所以开辟了近代文学的道路，并不是因为这篇作品为白话争得了自由，也并不是因为它使作品世界成为可能，更不是因为它具有打破封建思想的意义。我认为，这篇稚拙作品的价值就在于，作者通过它把握到了某种根柢上的态度。"⑥"这篇作品包含着所有倾向的萌芽。"⑦

接着竹内的思路，伊藤虎丸也试图在S会馆的沉默和《狂人日记》中寻找"'小说家'鲁迅诞生的秘密"⑧，伊藤认为："通过'觉醒的狂人'的眼睛，来彻底暴露旧社会黑暗的《狂人日记》，从反面来看，也是一个迫害狂的治愈经过，即作者鲁迅告别青春和获得自我的记录。"⑨但伊藤观点的提出，

---

① ［日］竹内好：《鲁迅》，《近代的超克》，李冬木、赵京华、孙歌译，第45页。

② ［日］竹内好：《鲁迅》，《近代的超克》，李冬木、赵京华、孙歌译，第46页。

③ ［日］竹内好：《鲁迅》，《近代的超克》，李冬木、赵京华、孙歌译，第46页。

④ ［日］竹内好：《鲁迅》，《近代的超克》，李冬木、赵京华、孙歌译，第46页。

⑤ ［日］竹内好：《鲁迅》，《近代的超克》，李冬木、赵京华、孙歌译，第58页。

⑥ ［日］竹内好：《鲁迅》，《近代的超克》，李冬木、赵京华、孙歌译，第79页。

⑦ ［日］竹内好：《鲁迅》，《近代的超克》，李冬木、赵京华、孙歌译，第85页。

⑧ ［日］伊藤虎丸：《鲁迅与日本人——亚洲的近代与"个"的思想》，李冬木译，第105页。

⑨ ［日］伊藤虎丸：《鲁迅与日本人——亚洲的近代与"个"的思想》，李冬木译，第120页。

鲁迅与20世纪中国研究丛书

即基于对竹内鲁迅的潜在修正，含蓄地表露了与竹内的不同观点，他认为，"鲁迅的'绝望'，并不只是对'政治'的绝望。"[①] 伊藤一方面认可竹内好的"罪的自觉"，他自己的理解是"打破了他的指导者意识和被害者意识的'罪的自觉'"[②]；同时，他又认为《狂人日记》表明，作者获得了某种"个的自觉"："《狂人日记》确立了'真正的个人主义'，并使现实主义小说，即科学性方法成为可能。换句话说，竹内好在《狂人日记》的背后，发现了鲁迅'文学上的自觉'（'罪的自觉'），而我则把这种'自觉'同时也看成是'科学者的自觉'（即现实主义小说家的诞生）。"[③] 在竹内的"文学者"之外，伊藤加上了"科学者"的定位："和四十年前竹内提出的'文学者'鲁迅相反，如不妨取名的话，则是应该叫做'科学者'鲁迅的鲁迅形象。"[④] 伊藤这样说，指向的是竹内的一个基本判断，即鲁迅选择文学，是在对文学之外的一切绝望即"无"的基础上产生的，伊藤的看法恰恰相反：鲁迅"并没把科学、文学、伦理割裂开来，分别对待，而是把它们都作为同一的人的精神态度问题来把握"[⑤]，所以，伊藤的公式是："科学者"＝"真正的个人主义者"鲁迅。[⑥]

竹内和伊藤都试图通过《狂人日记》在S会馆中找到文学家鲁迅产生的秘密，他们关心的是大的"文学"立场问题。我的问题同样是从十年隐默中来的，但更为具体，我想问的是，鲁迅为什么会打破沉默重新开口？由十年前崇

---

① ［日］伊藤虎丸：《鲁迅与日本人——亚洲的近代与"个"的思想》，李冬木译，第105页。

② ［日］伊藤虎丸：《鲁迅与日本人——亚洲的近代与"个"的思想》，李冬木译，第123页。

③ ［日］伊藤虎丸：《鲁迅与日本人——亚洲的近代与"个"的思想》，李冬木译，第123页。

④ ［日］伊藤虎丸：《鲁迅与日本人——亚洲的近代与"个"的思想》，李冬木译，第126页。

⑤ ［日］伊藤虎丸：《鲁迅与日本人——亚洲的近代与"个"的思想》，李冬木译，第126页。

⑥ ［日］伊藤虎丸：《鲁迅与日本人——亚洲的近代与"个"的思想》，李冬木译，第126页。

尚主观、张扬理想的激越诗性青年，成为面向现实的冷静的中年小说家，鲁迅为什么采用小说的方式？其小说意识是怎样形成的？小说文体的选择对他意味着什么？

在前引鲁迅自己的表述中，似乎是对"希望"态度的调整，成为重新开口的直接动机，鲁迅的自述自然不会有什么问题。但是，我们如换一个视角去看，可以说，正是前面已经揭示的迫切的危机意识，使鲁迅重启文学启蒙的行动。

S会馆的十年隐默，是洞察的过程，同时也是危机意识逐渐加剧的过程，个人挫折与时局动荡相结合，鲁迅逐渐印证了对中国危机症结的思考，并形成对中国危机的深刻的与整体的认识。我们已经考察了1915年中国时局与思想界的变动，可以说，1915年的变动，是一个促进因素，时代思考与鲁迅的思考形成共振点，虽然鲁迅不可能有新发现的激动，但他对中国危机的态度，会随着对危机性质的进一步确认而发生改变。

我们可以通过比较十年前后鲁迅对待传统文化的态度察见一斑。

十年前的日本时期，青年鲁迅虽然已有基于切身体验的对中国文化与国民性的洞察，但晚清激越的革命气氛与青年人的激情，掩盖了潜隐的体验与洞察，而且，与当时的舆论氛围相关，鲁迅的发言还表现出一定的文化本位色彩：

> 近世人士，稍稍耳新学之语，则亦引以为愧，翻然思变，言非同西方之理弗道，事非合西方之术弗行，挖击旧物，惟恐不力，日将以革前缪而图富强也。[1]
>
> 第不知彼所谓文明者，将已立准则，慎施去取，指善美而可行诸中国之文明乎，抑成事旧章，咸弃捐不顾，独指西方文化而为言乎？[2]
>
> 此所为明哲之士，必洞达世界之大势，权衡校量，去其偏颇，得其神

---

① 鲁迅：《坟·文化偏至论》，《鲁迅全集》第1卷，第44页。
② 鲁迅：《坟·文化偏至论》，《鲁迅全集》第1卷，第46页。

明，施之国中，翕合无间。外之既不后于世界之思潮，内之仍弗失固有之血脉，取今复古，别立新宗……①

《破恶声论》中，有对佛教、文物进行庇护，对"同文字""弃祖国"和"尚齐一"的批评，则因文章未完而终尚未展开，观其理路，当又有对汉字的呵护和中国本位意识的呈现，这些，与十年后的激进态度与世界主义立场究竟不同。

可以看到，当年，青年周树人并非像后来那样是一个激进的反传统主义者，在文化选择上本来并不偏激，而是相当中和，甚至具有《东方杂志》式的中西调和色彩。后来与旧文化毫不妥协的鲁迅，是十年隐默后呈现的，这是十年前后最大的变化。

从打破沉默后的言行看，鲁迅的危机感已经非常强烈。《狂人日记》发表后，许寿裳来函问是否为其所作，鲁迅答道："《狂人日记》实为拙作，……前曾言中国根柢全在道教，此说近颇广行。以此读史，有多种问题可以迎刃而解。后以偶阅《通鉴》，乃悟中国人尚是食人民族，因此成篇。此种发现，关系亦甚大，而知者尚寥寥也。"②对中国人"尚是食人民族"的新发现，无疑把中国的危机放到了进化论的视野中来，进化视野的介入，突出的是中国在世界范围内的人类进化过程中被淘汰的危机及其紧迫性。《狂人日记》渲染了一个整体性的"吃人"氛围，在其中，人和人处在"吃人"和"被吃"的非人关系中，"狂人"所恐惧的，不仅是自己的可能"被吃"，更怕的是"我是吃人的人的兄弟"以及"我未必无意之中，不吃了我妹子的几片肉"，由此"狂人"一再呼告："你们要晓得将来容不得吃人的人，活在世上。"这是"吃人"者必将被消灭的紧急呼号。只要与"吃人"有关，就不配活在这个世界上，"我"如果于"无意之中"吃了人，甚至只不过是"吃人的人的兄弟"，那都与"吃人"脱不了干系，即使侥幸不被人吃，也最终逃脱不了被淘汰的命

---

① 鲁迅：《坟·文化偏至论》，《鲁迅全集》第1卷，第56页。
② 鲁迅：《书信·180820致许寿裳》，《鲁迅全集》第11卷，第353页。

运——这是一个民族整体的命运。在这里，"吃人"被描述成这个民族的原罪，因此也注定了这个民族的宿命。可以看到，"狂人"对"吃人的人"被淘汰的忧心，远远大于自身被吃的恐惧，这第一声"呐喊"，源于对民族危亡的忧心，是发向民族的紧急呼告。

而所谓第一声的"呐喊"，其实并没有完全喊出来。呐喊者最好直接喊出自己的声音，但《狂人日记》却采取了一个非直接的表达方式，这从小说的形式即可看出：一、小说采取了象征主义的格式，通过"狂人"对外在客观世界的变形与扭曲，试图通向隐藏在"狂人"内心的真实。"象征"，本质上是以此物指彼物，本身就是非直接的表达方式。二、《狂人日记》和一般象征小说不同的是，变形的"狂人日记"本身，又是我们这个客观世界中可能真实存在的，它首先隶属于外在真实世界，如果读者以为这是真的疯子的日记，小说的象征世界就无法达成，而且，鲁迅有意在文言小引中申述其存在的真实性，无疑又给小说盖上了一个确凿的现实之章。这样看来，鲁迅的第一声呐喊确实是隐晦曲折，吞吐再三。十年隐默中的沉思与洞察，使他发现了几千年的"吃人"秘密，但隐藏在温情脉脉的宗法伦理秩序中，如果说出来，受害者也难以相信，而且反说你是疯子，只有首先佯装疯子，才能说出真实。鲁迅开口了，但并没有和盘托出，他所能够暗示的，只是后果的严重性——"给真的人除灭了"！最后的"救救孩子"，无异于救命的呼声。

危机意识和紧迫感确是鲁迅复出后文章的中心意识。在1918年8月20日给老友许寿裳的信中，鲁迅表白道："历观国内无一佳象，而仆则思想颇变迁，毫不悲观。盖国之观念，其愚亦与省界相类。若以人类为着眼点，则中国若改良，固足为人类进步之验（以如此国而尚能改良故）；若其灭亡，亦是人类向上之验，缘如此国人竟不能生存，正是人类进步之故也。大约将来人道主义终当胜利，中国虽不改进，欲为奴隶，而他人更不欲用奴隶；则虽渴想请安，亦是不得主顾，止能侘傺而死。如是数代，则请安磕头之瘾渐淡，终必难免于进步矣。此仆之所为乐也。"① 在1919年1月16日给许的信中又一次说："仆年

① 鲁迅：《书信·180820致许寿裳》，《鲁迅全集》第11卷，第354页。

来仍事嬉游，一无善状，但思想似颇变迁。"①可以看到，绝望的事实没有改变，改变的是面对它的态度，但无论如何，这都是鲁迅的一次自我调整。其实，进化论视野中对中国灭亡的旷达只是表象，在同时期写的《热风·随感录三十六》中鲁迅说：

> 现在许多人有大恐惧；我也有大恐惧。
> 许多人所怕的，是"中国人"这名目要消灭；我所怕的，是"中国人"要从"世界人"中挤出。②

生物进化论在此时提供给他的，是中国人的"生命"及其"生存"的真理性和紧迫性，因此不难理解，"生命"和"生存"，成为鲁迅"五四"时期言说的一个主题。

迫切的危机意识，使鲁迅由十年前较为稳妥中和的文化姿态，转向十年后坚定不移的文化批判立场，使十年前以"立人"为中心的肯定性建构，转向十年后否定性的国民性批判。

正是文化批判立场的出现，催生小说意识的形成。

鲁迅之走向小说，小说这一文体所能提供的新的表现力是一个至关重要的因素。一、十年隐默中对中国历史与现实的洞察，已经形成了一个确定性和整体性的文化观，需要通过一个强大而自由的文体容纳和展现出来。小说的寓言性，提供了在现实世界之上再造一个象征性世界的可能；"虚构"，则提供了自由的构型能力和面向历史与时代的强大整合力。借由虚构和寓言性，鲁迅可以将十年隐默中对中国文化危机的整体洞察，以小说的形式极为浓缩地、整体性地表现出来。二、小说的叙事性也满足了鲁迅当时的自我定位，作为一个"站在边缘呐喊几声"的人，还不愿和盘托出，亮出所有的声音。小说的叙事性，使作者本人可以隐藏在叙事者之后，借着故事的外壳说话，满足了鲁迅的

① 鲁迅：《书信·190116致许寿裳》，《鲁迅全集》第11卷，第358页。
② 鲁迅：《热风·随感录三十六》，《鲁迅全集》第1卷，第307页。

折中姿态，提供了隐藏自身的屏障。

鲁迅自谓《狂人日记》的特点是"表现的深切"与"格式的特别"，其实二者互为因果，隐默十年后的第一声"呐喊"，积蓄着作者十年中的深切体验与思考，必须通过特定的格式才能表达出来。空前宏深的洞察与批判，诉诸一种极为"深文周纳"的小说构型。

通过一个精心设计的构型，狂语被放置在"假作真时真亦假"的语境中，极尽曲折地表达出来。小说在结构上接近西方的象征小说，但和一般的象征小说的不同在于，小说文本作为狂人的意识，具备了荒诞的因素，但"狂人日记"作为一种客观存在，在现实世界中完全是有可能的，而且作者特地以小序证实它的现实存在性。"日记"的客观存在性，使小说文本虽然具备了荒诞、扭曲的因素，但如果读者执着于它的客观存在性，则就无法识破现实世界的真中之假，以达到象征世界的假中见真，在狂语中领悟"吃人"的本质。小说由文本世界向象征世界的跳跃显得尤为艰难。

"正常"与"不正常"是相对的，如果处于小说的写实层面，即站在客观外在世界的立场来评价"狂人"，那只能是：世界正常，狂人不正常。反之，如果进入狂人的内心世界，站到狂人的价值立场，得出的评价则完全相反：狂人正常，世界不正常。这是两个完全不同的价值世界！当我们循着"我怕得有理"进入狂人的逻辑，并因小说中的细节暗示和不时浮现的杂文式警句的直接提示，突然发现：狂人确实"有理"！这时，两个价值世界就会突然翻转，最后的结论必然是：狂人正常，而我们不正常。"狂人"不是形象，而是手段、策略和工具，其荒诞和实在的双重性，使之成为小说中两个世界分离和翻转的绝妙中介，正是"狂人"内心世界的设立，为我们习以为常的现实秩序设立了一个"他者"，从而为价值的置换提供了可能，真正是"翻天妙手"。

"呐喊"者最好是直接吼出自己的声音，但小说无形中设置了三重障碍：象征使呐喊者的声音必须借助他物隐曲传出；外在整体写实，又为象征的完成设置障碍；作者特地在小说之前加上一个小序，申明日记的真实存在，阻碍象征世界的达成。《狂人日记》为何欲言又止，吞吐再三？

一方面，小说揭示的真相，极为隐蔽，也是极具危险性的。鲁迅答应出

鲁迅与20世纪中国研究丛书

山，却没有和盘托出，小说精心结构，将真意隐含心中，意在"铁屋子"一样的中国，唤醒能够唤醒的人，"呐喊"仍然是有所保留的。

另一方面，《狂人日记》的复杂构型虽然为作者展示世界提供了充分自由，使短短篇幅浓缩了巨大的概括性和批判性，但是，它同时又具备复杂的隐藏功能。小说构型使"呐喊"的声音突出来，而"呐喊"者自己是模糊的。文言小序有意突出"余"作为日记发现者的身份，从而与声音保持充分的距离。隐藏自己，正是鲁迅在五四时期的自我愿望。深深的绝望如一根伏线，潜藏于其出击身影的背后，站在边缘"呐喊几声"，正是他近乎折中的姿态。

《阿Q正传》意在塑造一个"现代的我们国人的魂灵"[①]，这无疑又是一个极具寓言功能的小说。

无论是"国民劣根性"的典型，还是"中国一切的谱"，还是"辛亥革命时期一个落后的农民的典型"，《阿Q正传》，都以其强大的浓缩性和概括性，映照了中国的历史与现实。

小说一共九章，第一章是一个篇幅很长的"序"。"序"的来由，据鲁迅自己说，是因为在《晨报副刊》"开心话"栏目连载，为了符合栏目的轻松搞笑的氛围，所以用了诙谐的谈话风格。"序"的不紧不慢的闲扯风格，常被人以为无关紧要而遭忽视，国内节选本常删节此章，翻译到国外时，也常常因为涉及繁难的"传"名的翻译与理解，而感到棘手。

序想说的，无非是命名之难。

给"阿Q"作传，首先遇到的是"名不正则言不顺"的问题。命名之难，一在于取何"传"名，二在于传主"阿Q"连姓甚名谁都不知道。

中国是世界上最注重"传"的民族，传之名目繁多，作者列出"列传、自传、内传、外传、别传、家传、小传……"这些名目，逐一进行极尽幽默之能事的对号比附，发现无一合适，最后只能从"不入三教九流的小说家"所谓"闲话休提言归正传"的套话里，取出"正传"之名目，聊作传名。

---

① 鲁迅：《集外集·俄文译本〈阿Q正传〉序及著者自序传略》，《鲁迅全集》第7卷，第81页。

但更难处理的问题是，传主的姓名也难搞定，作传通例的"某，字某，某地人也"的第一句话，就难以实施。阿Q曾经似乎说自己姓赵，但被赵太爷打了一个嘴巴后，也就不敢再姓赵了。人们都叫他为阿Quei，只有"阿"字是确凿的，但也不知究竟是阿"贵"呢，还是阿"桂"，所以只好用了"洋字"，照英国流行的拼法写他为"阿Quei"，略作"阿Q"。因为无姓，因而传主的籍贯也难定夺，阿Q"虽然多住未庄，然而也常常宿在别处"，难说就是"未庄人"。

在中国，给一个普通人作传，本来就难找到名目体例，何况要给一个无名之人作传。人与文的名目都不清，作者笑称"仿佛思想里有鬼似的"。

序所强调的命名之难，有几个潜在的指向：

一、传主之名目不清，虚化了确切的所指，却扩大了其涵盖的范围，增强了概括力，使"阿Q"有可能抽象出来，指向"现代的我们国人的魂灵"。

二、给"阿Q"这样一个"现代国人"命名，却找不到合适的"传"之名目，这一难题背后，涉及一个更大的言说系统的问题。为阿Q作传却找不到传名，说明他难以被纳入传统的命名体系，换言之，作为传统宗法等级社会的边缘人，阿Q是不可能被正统的命名体系所接纳的；但是，阿Q又一直以传统"圣经贤传"的价值观要求自己，试图皈依到正统的意义系统与符号系统中去。阿Q存在与语言的悖论揭示了，其悲剧不仅在于物质的贫困，而更在于：现存意义系统没有阿Q存在的位置，而他却反过来自以为这个意义系统是属于他的，反认他乡是故乡。

三、现有的表意符号系统难以表述"阿Q"这样一个"现代国人"，同时也说明了，在仓皇转型的现代中国，传统的表意系统与符号系统已然失效，难以具备阐释现实的能力。作者别有深意地"照英国流行的拼法写他为阿Quei，略作阿Q"，阿Q的名字中，不得不很不协调地嵌进流行的英语字母，但问题是，"照英国流行的拼法"能否真正能揭示作为"现代的我们国人的魂灵"的阿Q的存在？是否因此深深陷入"被描写"的困境？但这也许是目前最佳的权宜之计，面对急剧转型的现代中国，传统的表意系统已经失效，我们自己新的表意系统还远远没有建立起来，就只能用这不中不西、半中半西的"阿+Q"

鲁迅与20世纪中国研究丛书

的语言形式来命名和描述。

四、由再三斟酌"传"名，一无所获之后归结到"小说"的套语"言归正传"的"正传"二字，似乎显示了中国小说的源流轨迹。

中国小说源于"史"。中国具有深远的史传传统，历朝历代注重修史，以正名立统，鉴往知来，官修正史是权威的史书；同时，民间私家撰史的冲动也历来不绝，官史之外，野史更多。中国无史诗，叙事文学的源头就在史。野史基于个人立场，一是无多隐讳，可以秉笔直书，可补官史之缺，且可能比官史更加真实，鲁迅向来重视野史；二是，野史的个人性也有助于记录逸闻和杜撰异说，展开个人的想象。私家撰史遂由民间对正史的模仿，演变成"小说"，稗官记录"街谈巷语"和"道听途说"，小说家者流收集"残丛小语"和杜撰异说，就都是的。野史到小说的演变之路，说明小说是从野史演变而来的，鲁迅在谈到小说起源与神话、传说的关系时也说："由此再演进，则正事归为史，逸史即变为小说了。"①

鲁迅不信官史，对于野史杂记则多有兴味，从小看了不少野史杂记，其对中国历史的了解与观察，很多就是从野史杂记中来的。在他看来，中国的历史真实不在官史中，而是在野史中。

鲁迅为阿Q作传，首先进入"史"之系统，无效之后，最后归结到"小说"，说明要写出"现代的我们国人的魂灵"，只能诉诸源于野史的小说，反过来说，只有小说，才能为现代中国及中国人的灵魂写照。这无异于宣告，处于急剧转型的现代中国，如果要为现代中国写照，以史传为代表的传统表意系统已然失效，小说代替以前的正史，成为更具有整合功能的表意文本。

这样来看，《阿Q正传》的"序"，实际上道出了鲁迅小说的由来，它源于"史"，是历史与现实的写照，但不同于正史的官方立场，而是"野史"的私家言述，终成为"小说家言"。在现代转型的当下，"史"已然丧失了其整合时代的功能，在鲁迅这里，内接中国野史传统，外接西方19世纪精神传统的新的小说，成为写照转型中国的最佳方式。序一再言说的命名之难，否决了

---

① 鲁迅：《中国小说的历史的变迁》，《鲁迅全集》第9卷，第302页。

"传"的可能性，为中国现代小说的出场提供了说明。

张旭东称："在鲁迅乃至所有新文学作品里面，《阿Q正传》是唯一一部达到或接近高峰现代派作品所心向往之的那种'纪念碑式的'、'自足的象征宇宙般的'、'源头性的'、'涵盖一切、解释一切'的高度，以至于能以其形象的独一无二性（singularity）同历史对峙、以自身形式的力量确立某种形而上的'世界图景'的作品。不管是否经由'现代主义'的形式中介，《阿Q正传》通过自身的阅读史已经把自己牢牢地放置在一个民族寓言的顶端，在这里，阿Q就是中国。"①可以说，通过"阿Q"这样一个"现代国人"的"魂灵"的展示，《阿Q正传》为现代转型中的中国提出了三个最基本的问题："我是谁？""我在哪里？""我向何处去？"

鲁迅小说，是转型中国的现代寓言。

第三节　进化论与民族命运的焦虑

由《狂人日记》的"吃人"和"救救孩子"的发端，生与死，成为"五四"时期鲁迅言说的一个主题。

《孔乙己》《药》《明天》《阿Q正传》《白光》《兔和猫》和《鸭的喜剧》，都涉及生死问题：孔乙己在生者的视线中默默地死去；为别人而死者的鲜血却成为这活着的别人治病的"药"；在亲生孩子生与死的内心煎熬中，单四嫂子最后把希望寄托于梦中的再见；《阿Q正传》记录的就是阿Q的苟活的生与不明不白的死；《白光》详细展现了陈士成最后的疯狂之夜与天明发现的出奇之死；《兔和猫》《鸭的喜剧》记录了大自然中弱者生命的毁灭，并迁怒于造物主创造生命的太滥。在这一片"生死场"中，生与死是如此地纠缠在一起，生者与死者的心又是如此地难以沟通。生与死，是人生的终极问题，它发自存在的深渊，只有当存在者真正面临深渊，即生存的依据出现问题的时候，

① 张旭东：《中国现代主义起源的"名""言"之辩：重读〈阿Q正传〉》，《鲁迅研究月刊》2009年第1期。

才有这样的终极问题出现。生死之为主题，该与鲁迅十年沉默时期的绝望有关吧，愈是深陷绝望之中，愈是感到生的存在，生死互见，应是情理之中的事。

这一主题也贯穿于同时期的杂文和随感录中。从发表于《新青年》的杂文和随感录看，鲁迅复出后把家庭伦理的改革作为了一个相对来说比较集中的论题，而这一论题又与人的生命及其保存这一迫切问题紧密地结合起来。载于1918年8月《新青年》月刊第5卷第2号的《我之节烈观》和载于1919年11月《新青年》第6卷第6号的《我们现在怎样做父亲》，以及作于同时期的随感录二十五、四十、四十九，都是关于家庭改革问题。《我之节烈观》涉及的是家庭和社会中的夫妻关系及男女关系，《我们现在怎样做父亲》涉及的是家庭中的父子关系。这一主题倾向当然可以见出"五四"时期普遍的"问题"思潮和道德革命的主张，但鲁迅沉默后的发言首先对准家庭伦理的改革，应有其深刻的思考背景，也就是说与他对人的思考内在相关。鲁迅对家庭问题的关注，一定是因为他意识到了，现代中国人的生存，首先必须从决定中国人生存的家庭开始，而作为弱者的妇女和孩子，是他所关注的具体的"人"。

《我之节烈观》对中国传统的节烈道德进行了全面的道德重估，对这一中国人信奉已久的道德信条发出了一连串的质问。在鲁迅的揭示下，"节烈"是专门针对女子的血淋淋的道德压迫，是中国女性的生死场。鲁迅的道德重估，呼唤的是放弃无谓的、死亡的道德而谋求正当的、生存的道德，寄望于家庭和社会中男女平等地位的实现。随感录二十五和《我们现在怎样做父亲》，针对的是父子问题，前者感慨于中国社会中生孩子之多而又不给以适当的做人的教育，呼吁中国少一些"只会生，不会教"的"孩子之父"，而多一些"生了孩子，还要想怎样教育，才能使这生下来的孩子，将来成一个完全的人"的"人之父"；后者其实是前者基础上的进一步发挥，文章从生物学的原理出发，对传统的父子道德进行重估，并提出了自己的新道德的理想。与《我们现在怎样做父亲》写于同一年的随感录四十九，有感于中国长者本位的"生物界的怪现象"，提倡幼者本位的"生物界正当开阔的路"，涉及的其实也是父子问题。随感录四十，借一个因包办婚姻而失去爱情的青年之口，喊出了旧的家庭制度所制造的"没有爱的悲哀"和"无所可爱的悲哀"。应指出的是，鲁迅这时期关于家庭道德改革的文章，其实着眼于生命的保存、延续和发展，生命束缚于重重僵化的旧家庭道德，已经委顿、颓靡和消亡，只有重整家庭伦理关系，才能将人解放出来，获得生存、延续和发展的正当权利。在上举有关这一主题的文章中，《我们现在怎样做父亲》是分量最重的一篇长文，显示了鲁迅"五四"时期道德重估文章的清晰和彻底的自我要求，下面就以该文为中心，解读其有关思想。

《我们现在怎样做父亲》对父子道德的重估，采取了原理—阐释的结构。首先确定了这样一个命题：

> 我现在心以为然的道理，极其简单。便是依据生物界的现象，一，要保存生命；二，要延续这生命；三，要发展这生命（就是进化）。生物都这样做，父亲也就是这样做。[1]

"生物界的现象"有着近代自然科学的背景，后文又称之为"生物学的真理"，鲁迅把"生物界的现象"作为父子道德的基础，反映了"五四"时期以科学之"真"为道德基础的普遍努力。但鲁迅以科学的合法性试图来说明的，是生命保存、延续和发展的迫切性。保存生命、延续生命和发展生命的三步骤，在20年代被鲁迅强调为"我们目下的当务之急，是：一要生存，二要温饱，三要发展。"[2]说明这是他此时一直关注的中心问题。鲁迅首先谈的是生命的保存和延续：

> 生命的价值和生命价值的高下，现在可以不论。单照常识判断，便知道既是生物，第一要紧的自然是生命。因为生物之所以是生物，全在有这生命，否则失了生物的意义。生物为保存生命起见，具有种种本能，最显著的食欲。因有食欲才摄取食品，因有食品才发生温热，保存了生命。但

---

① 鲁迅：《坟·我们现在怎样做父亲》，《鲁迅全集》第1卷，第130页。
② 鲁迅：《华盖集·忽然想到（6）》，《鲁迅全集》第3卷，第45页。

生物的个体，总免不了老衰和死亡，为继续生命起见，又有一种本能，便是性欲。因性欲才有性交，因性交才发生苗裔，继续了生命。所以食欲是保存自己，保存现在生命的事；性欲是保存后代，保存永久生命的事。[①]

生命的保存和延续分别基于人的先天本能——食欲和性欲，这种父子伦理的生物学还原，去除了附在家庭关系上的伦理道德说教，说明鲁迅的道德想象以预设的自然状态为标准。生物学真理对虚伪道德的解构，是因为固有道德已构成对生命生存和发展的障碍，因而其目的是让生命获得存在和延续的合法性权利。基于此，鲁迅进入生命发展的生物学原理的阐述：

> 生命何以必需继续呢？就是因为要发展，要进化。个体既然免不了死亡，进化又毫无止境，所以只能延续着，在这进化的路上走。走这路须有一种内的努力，有如单细胞动物有内的努力，积久才会繁复，无脊椎动物有内的努力，积久才会发生脊椎。所以后起的生命，总比以前的更有意义，更近完全，因此也更有价值，更可宝贵；前者的生命，应该牺牲于他。[②]

在鲁迅的阐释中，进化似乎成为自然对于生命的必然性要求或生命难以逃脱的自然宿命，而进化之得以实现的动力，则来自进化中的每一个生物的"内的努力"。可以看到，鲁迅得出"后起的生命，总比以前的更有意义，更近完全，因此也更有价值，更可宝贵；前者的生命，应该牺牲于他"这一结论，是基于两个论点：一是，个体生命的存在既以生命的进化为目的，则个体生命的价值需要在时间性的整体生命进化中来加以衡量，进化既然指向了无穷趋近的善的目标，则在进化的路上，必然推出在时间上后出者即为善的执拗逻辑；二是，进化既然完全取决于进化中生物自身的能力，则越后出的生物其能力就越

① 鲁迅：《坟·我们现在怎样做父亲》，《鲁迅全集》第1卷，第130—131页。
② 鲁迅：《坟·我们现在怎样做父亲》，《鲁迅全集》第1卷，第131—132页。

强，其价值就越高。从文本的理路来看，鲁迅进化目的论的阐释，是针对中国以父对子有"恩"的父权心理，为"子"的合理生存和发展提供价值的依据。但是，这一阐释蕴含着把个体生命的价值放在整体生命价值之下的取向，并且带来了个体价值的不平等，这一点与他日本时期对"个人"之天才的价值的强调，其实内在地相通。当鲁迅基于这一判断，认为价值低的生命应该牺牲于价值高的生命时，他需要进一步把"应该"的应然要求转换成"是"的实然存在，才能使他的新道德避开超乎人力之上的旧道德的覆辙，从而建立生物学的科学基础。他把这一点归之于自然之"爱"：

> 自然界的安排，虽不免也有缺点，但结合长幼的方法，却并无错误。他并不用"恩"，却给与生物以一种天性，我们称他为"爱"。动物界中除了生子数目太多——爱不周到的如鱼类之外，总是挚爱他的幼子，不但绝无利益心情，甚或至于牺牲了自己，让他的将来的生命，去上那发展的长途。①

"爱"是普遍生物界的自然天性，与人为的"恩"相对，它成为自然界"结合长幼"的通则，鲁迅又称之为"人伦的索子，便是所谓'纲'"。正是长者对幼者的"绝无利益"的"爱"，使前者对后者的牺牲得以自然完成。从其阐释可以看出，他以"爱"代替"恩"，其所强调的，是"爱"之道德是自发的，"离绝了交换关系利害关系"，而"恩"之道德强调长辈对下辈的给予，并"责望报偿"，使之成为幼者对长者的强迫性义务，成为人为的外在制约和规则。鲁迅极力强调"爱"出自人的"天性"的自发性："便在中国，只要心思纯白，未曾经过'圣人之徒'作践的人，也都自然而然的能发现这一种天性。例如一个村妇哺乳婴儿的时候，决不想到自己正在施恩；一个农夫娶妻的时候，也决不以为将要放债。只是有了子女，即天然相爱，愿他生存；

鲁迅与20世纪中国研究丛书

---

① 鲁迅：《坟·我们现在怎样做父亲》，《鲁迅全集》第1卷，第132—133页。

更进一步的，便还要愿他比自己更好，就是进化。"①"没有读过'圣贤书'的人，还能将这天性在名教的斧钺底下，时时流露，时时萌蘖；这便是中国人虽然凋落萎缩，却未灭绝的原因。"②颇有以庄子式的"自然"对抗名教的意味。"恩"的道德强调子女对长辈的报答，而"爱"是相互的自发性的给予，对此，鲁迅甚至使用了"爱力"的说法。"爱力"，曾是康有为宇宙构成论的一个概念，意指构成宇宙的一种精神性原质，如果鲁迅借用了康氏的概念，则无疑表达的是"爱"的宇宙本然性。但需要指出的是，鲁迅在作出这些分别的时候，没有意识到"爱"和"恩"有一个根本的共同点，就是它们都是以血缘的自然事实为基础，鲁迅所欲取代的"恩"，其实就是传统儒家道德以血缘为基础的"孝"，而鲁迅所强调的长者对幼者的自发之"爱"，亦是发生于血缘关系的感性之爱。中国道德思想的特征，正是将道德诉诸人所感同身受的切身感受性，孟子即把仁义礼智建立在情感范畴的心之"四端"基础之上，在这个意义上，鲁迅的道德思维结构并没有超出传统的范围，他所做的，只不过是对已僵化成外在规范的儒家伦理进行激活和还原，使他重新回到人的切身感受性中，使之成为一种自发性的感性力量。但问题是，任何出诸自然的道德到最后都难免成为一种道德规范和要求，幼者本位的进化立场对长者之"爱"的置重，尽管被鲁迅一再强调为应出于一种自发之天性，实际上已颇接近一种道德的要求。因而可以说，鲁迅之"爱"对传统之"恩"的取代，其实际达到的是幼者本位取代长者本位，而其最终目的则是为生命的保存和进化扫清障碍。

在鲁迅那里，"爱"成为维系其新道德的主要扭结，他认为："这离绝了交换关系利害关系的爱，便是人伦的索子，便是所谓'纲'。"他一再强调："所以我心以为然的，便只是'爱'。"③"独有'爱'是真的"④，因此，他希望父母首先"爱己"："无论何国何人，大都承认'爱己'是一件应当的事。这便是保存生命的要义，也就是继续生命的根基。因为将来的运命，早

① 鲁迅：《坟·我们现在怎样做父亲》，《鲁迅全集》第1卷，第133页。
② 鲁迅：《坟·我们现在怎样做父亲》，《鲁迅全集》第1卷，第135页。
③ 鲁迅：《坟·我们现在怎样做父亲》，《鲁迅全集》第1卷，第137页。
④ 鲁迅：《坟·我们现在怎样做父亲》，《鲁迅全集》第1卷，第133页。

在现在决定，故父母的缺点，便是子孙灭亡的伏线，生命的危机。"① 这里的"爱己"并非"利己"，而是为将来的生命打下健康的基础做好充分的准备，其实质还是"利他"。在此基础上，他呼吁："所以觉醒的人，此后应将这天性的爱，更加扩张，更加醇化；用无我的爱，自己牺牲于后起的新人。"②"总而言之，觉醒的父母，完全应该是义务的，利他的，牺牲的，很不易做；在中国尤不易做。中国觉醒的人，为想随顺长者解放幼者，便须一面清结旧帐，一面开辟新路。就是开首所说的'自己背着因袭的重担，肩住了黑暗的闸门，放他们到宽阔明朗的地方去；此后幸福的度日，合理的做人。'"③

在写了《我们现在怎样做父亲》后两天，鲁迅看到日本作家有岛武郎的《与幼者》，被其中表达的对幼者之爱的深厚感情深深地打动，特地写下一篇《"与幼者"》，并大段摘录推荐有岛氏的真情自白，并认为"有岛氏是白桦派，是一个觉醒的，所以有这等话；但里面也免不了带些眷念凄怆的气息。这也是时代的关系。将来便不特没有解放的话，并且不起解放的心，更没有什么眷念和凄怆；只有爱依然存在。——但是对于一切幼者的爱。"④

在"爱"的维系下，生命的延续和进化成为一个和平的过程：

> 我想种族的延长，——便是生命的继续，——的确是生物界事业里的一大部分。何以要延长呢？不消说是想进化了。但进化的途中总须新陈代谢。所以新的应该欢天喜地的向前走去，这便是壮，旧的也应该欢天喜地的向前走去，这便是死；各各如此走去，便是进化的路。
>
> 老的让开道，催促着，奖励着，让他们走去。路上有深渊，便用那个死填平了，让他们走去。
>
> 少的感谢他们填了深渊，给自己走去；老的也感谢他们从我填平的深渊上走去。——远了远了。

① 鲁迅：《坟·我们现在怎样做父亲》，《鲁迅全集》第1卷，第134页。
② 鲁迅：《坟·我们现在怎样做父亲》，《鲁迅全集》第1卷，第135页。
③ 鲁迅：《坟·我们现在怎样做父亲》，《鲁迅全集》第1卷，第140页。
④ 鲁迅：《热风·"与幼者"》，《鲁迅全集》第1卷，第363页。

鲁迅与20世纪中国研究丛书

明白这事，便从幼到壮到老到死，都欢欢喜喜的过去；而且一步一步，多是超过祖先的新人。

这是生物界正当开阔的路！人类的祖先，都已这样做了。[①]

"生命的继续"的目的明确地指向"进化"，而且，进化之路不是达尔文自然选择理论所描述的生存竞争和优胜劣汰，而是非常平和的合作与"禅让"的过程。这里的复杂性在于，如果按照社会达尔文主义的"适者生存"原则，则"老的"和"少的"的孰为优胜，取决于其"适应"的程度，"老的"对"少的"的压迫与阻碍，正是社会竞争的结果。鲁迅对人的进化的和平式描述，似乎接近赫胥黎的区分了自然进化和人的进化，然而，鲁迅又认为这是"生物界"的"正当开阔的路"，将人类的和平进化建立在自然状态的基础上。鲁迅的进化描述是一个近乎理想化的描述，自然进化的残酷竞争，展现为大家"欢天喜地"走上前路的过程，而这一状态的最终依据就是"爱"。

在此基础上，鲁迅对整体的生命的进化形成了一种乐观主义的态度，在随感录六十六《生命的路》中，他说：

想到人类的灭亡是一件大寂寞大悲哀的事；然而若干人们的灭亡，却并非寂寞悲哀的事。

生命的路是进步的，总是沿着无限的精神三角形的斜面向上走，什么都阻止他不得。

自然赋予人们的不调和还很多，人们自己萎缩堕落退步的也还很多，然而生命决不因此回头。无论什么黑暗来防范思潮，什么悲惨来袭击社会，什么罪恶来亵渎人道，人类的渴仰完全的努力，总是踏了这些铁蒺藜向前进。

生命不怕死，在死的面前笑着跳着，跨过了灭亡的人们向前进。

什么是路？就是从没路的地方践踏出来的，从只有荆棘的地方开辟出

① 鲁迅：《热风·随感录四十九》，《鲁迅全集》第1卷，第339页。

来的。以前早有路了，以后也该永远有路。

人类总不会寂寞，因为生命是进步的，是乐天的。①

生命的自我保存、延续和进化，都是出自生物的自然天性，因而也无异于自然的必然性，因此，他对生命本身持一种乐观主义态度，相信无论有什么艰难险阻，人类整体是不会灭亡的；在生命整体的进化之途中，"若干人们的灭亡"不足挂齿，生命将跨过这些死亡，继续向前进。鲁迅将"生命的路"描述成"从没路的地方践踏出来的，从只有荆棘的地方开辟出来的"，颇接近于存在主义的"存在先于本质"的解释，说明鲁迅视生命的本质为存在本身，只要生命存在，它就必然要延续、发展和壮大，开出生命的通衢，1921年，鲁迅又把这一命题表达为著名的"其实地上本没有路，走的人多了，也便成了路"②。生命本质的如此理解，实际意味着，只要中国人能珍视其自身生命的存在，也必能获得发展壮大的生存机会。生命的乐观主义使鲁迅似乎暂时克服了对一己民族灭亡的恐惧，站在人类主义立场，获得了超越的乐观心态，表现得颇为洒脱。在同时期给好友许寿裳的信中，他也表达了同样的情怀："历观国内无一佳象，而仆则思想颇变迁，毫不悲观。盖国之观念，其愚亦与省界相类。若以人类为着眼点，则中国若改良，固足为人类进步之验（以如此国而尚能改良之故）；若其灭亡，亦是人类向上之验，缘如此国人竟不能生存，正是人类进步之故也。大约将来人道主义终将胜利，中国虽不改进，欲为奴隶，而他人更不欲用奴隶；则虽渴想请安，一是不得主顾，止能侘傺而死。如是数代，则请安磕头之瘾渐淡，终必难免于进步矣。此仆之所为乐也。"③但在表达乐观主义的同时，仍难以切断民族存亡的原始情结，《生命的路》的最后，突然转入与上文相反的论调：

昨天，我对我的朋友L说，"一个人死了，在死者自身和他的眷属是

① 鲁迅：《热风·生命的路》，《鲁迅全集》第1卷，第368页。
② 鲁迅：《呐喊·故乡》，《鲁迅全集》第1卷，第485页。
③ 鲁迅：《书信·180820致许寿裳》，《鲁迅全集》第11卷，第354页。

悲惨的事，但在一村一镇的人看起来不算什么；就是一省一国一种……"

L很不高兴，说，"这是Nature（自然）的话，不是人们的话。你应该小心些。"

我想，他的话也不错。①

"我"所说的话，其实重复了该文开始的"想到人类的灭亡是一件大寂寞大悲哀的事；然而若干人们的灭亡，却并非寂寞悲哀的事"。但与上文的乐观主义判断不同，这里否定了这一说法；所谓"这是Nature（自然）的话，不是人们的话"，意思是强调，生命的乐观主义是站在自然的立场面对人类整体的态度，而作为某一具体的人，却无资格作此高论，他所能做的，只能是为自身的现实生存而奋斗。下文对上文的主题纠正，说明在鲁迅那里，生命的乐观主义与民族生存的绝望意识，并没有达到内在的统一，前者毋宁说是一种基于暂时的超越立场而形成的绝望中的达观，后者作为一条深深的隐线，不可能在内心深处消失。

对生命的置重也见于鲁迅这时期反对国粹的文章中，随感录三十五、三十六专门抨击保存国粹者。鲁迅回顾说："从清朝末年，直到现在，常常听人说'保存国粹'这句话。前清末年说这话的人，大约有两种：一是爱国志士，一是出洋游历的大官。他们在这题目的背后，各各藏着别的意思。志士说保存国粹，是光复旧物的意思；大官说保存国粹，是教留学生不要去剪辫子意思。"②鲁迅对国粹派的评论，尚是平心而论，只不过认为现在的提倡国粹已失去了正面的意义，在鲁迅看来，国粹已成为民族生存的巨大包袱，国粹的保存与民族的生存已形成了尖锐的冲突，在这一冲突中，"我们"的生存被放在了第一位："我有一位朋友说得好：'要我们保存国粹，也须国粹能保存我们。'保存我们，的确是第一义。只要问他有无保存我们的力量，不管他是否国粹。"③在随感录三十六中，这一强调上升为民族灭亡的"大恐惧"：

①　鲁迅：《热风·生命的路》，《鲁迅全集》第1卷，第368—369页。
②　鲁迅：《热风·随感录三十五》，《鲁迅全集》第1卷，第305页。
③　鲁迅：《热风·随感录三十五》，《鲁迅全集》第1卷，第306页。

"现在许多人有大恐惧；我也有大恐怖惧。许多人所怕的，是'中国人'这名目要消灭；我所怕的，是中国人要从'世界人'挤出。"① "国粹"成了生存的障碍，因为"'国粹'多的国民，尤为劳力费心，因为他的'粹'太多。粹太多，便太特别。太特别，便难与种种人协同生长，争得地位。……于是乎要从'世界人'中挤出。于是乎中国人失去了世界，却暂时仍要在这世界上住！——这便是我的大恐惧"②。鲁迅否定国粹所要保存的是人的最基本的"生命"，"生命"成为他所强调的生存的最起码基础。

综观上述，可以看到，鲁迅在此时期首先感到最迫切的，是生命的保存、延续和发展的问题，对这一问题之迫切性的认识，产生于他十年隐默时期的绝望感受。鲁迅对家庭道德问题的关注，所要做的，就是解放被家庭道德禁锢的"生命"，因此首先解构的是家庭道德中不合理的人际关系，呼唤妇女和子女在家庭中的解放。其尤所关注者，是改变传统家庭道德中的长者本位，而确立幼者本位的新道德，目的是给新的生命提供生存和发展的机会。从鲁迅的表述可以看出，他认为道德应不离生物的自然状态，越是符合自然的就越是道德的，违反自然的道德是不道德的，长者本位的传统道德是违反自然的，幼者本位才符合自然的本来状态；鲁迅质疑传统道德的依据是生物进化论，后者在他那里，就是自然本来的状态，亦即是"生物学的真理"，生物进化论所昭示的生物向未来的进化、发展，就是道德的真正内涵，长者本位的传统道德阻碍了生命的正常延续和发展，因而是不道德的。鲁迅的这一处理，经过了两次内在理路的转换：一是以自然反对道德，自然才是合理的，道德违反自然，因而是不合理的，这一思路颇接近"越名教而任自然"的魏晋做派，与老庄思想内在地相通；二是视生物进化论为自然的真理——"生物学的真理"。在"五四"的思维逻辑中，科学为真理，生物进化论作为近代最有影响的科学发现之一，无疑获得了不可置疑的真理性；科学以自然为对象，科学即自然的真理，科学即能代表自然。这样，老庄的自然主义与近代科学主义的嫁接，使生物进化论

① 鲁迅：《热风·随感录三十六》，《鲁迅全集》第1卷，第322页。
② 鲁迅：《热风·随感录三十六》，《鲁迅全集》第1卷，第307页。

以自然的名义获得对传统道德的审判权。在以"孝"为核心的儒家伦理中，没有普遍的"人"的观念，而只有在重重关系中被具体化的"君""臣""父""子"之"名"，鲁迅首先把儒家伦理关系网络中的"名"还原成"人"："我们中国所多的是孩子之父，所以以后是只要'人'之父！"[①]"可是东方发白，人类向各民族所要的是'人'，——自然也是'人之子'——我们所有的是单是人之子，是儿媳妇与儿媳之夫，不能献出于人类之前。"[②]同时又进一步通过生物进化论，将"人"还原成更为基本的"生命"，前者以"人"的平等权利取代不平等的伦理道德，后者以进化中的"生命"给"幼者"以更具有价值的生存。鲁迅拿出"生命"概念，以"生命"为生物展开进化的场所，并以"内的努力"解释生命的进化，这一"内的努力"与其日本时期的"人类之能"及"意力"概念相通。在日本时期的论文中，"意力"来自叔本华和尼采的意志哲学，由此，鲁迅的"生命"与叔本华和尼采生命哲学中的"意志"遥相呼应。叔本华和尼采认为支配世界万事万物的最终依据是作为世界本质的意志，不同类事物的状态取决于其背后的意志的强弱。鲁迅援叔本华和尼采的意志哲学入达尔文的生物进化论，进行了创造性的改造，其结果，使生物在进化中获得了内在主动性。既然生命本然具有进化发展的内在潜能，则只要提供生命正常发展的机会，它就能实现其自身的潜能甚至超越自身。这大概就是鲁迅一再强调生命的保存的真正含义，而长者对幼者的牺牲，即以生命的保存为目的。

鲁迅对长者提出牺牲的道德之要求，基于"后起的生命，总比以前的更有意义，更接近于完全，因此也更有价值，更可宝贵"的基本判断。可以看出，这一判断有两个理论基础。一是达尔文进化论所昭示的生物不断进化趋向未来的完善的生物界的史实，这一进化论提供了判断事物价值的时间标准，并把这一时间标准绝对化；换言之，按照在时间中出现的先后判断事物的优劣，越是后出的事物，较以前的事物，由于越接近处于时间之未来的完善目标，就越具

① 鲁迅：《热风·随感录三十六》，《鲁迅全集》第1卷，第307页。
② 鲁迅：《热风·随感录二十五》，《鲁迅全集》第1卷，第296页。

有价值，但很明显，这一解释没有进一步说明物质之所以有价值的内在根据的问题。因此，鲁迅又明确以进化中生命的"内的努力"来解释这一问题，从文本中可以看到，鲁迅的上述判断正是在提出"内的努力"说之后提出来的；这一解释的理论基础不再是达尔文的进化论，因为达尔文还没有明确从生物自身原因中寻找进化的动力，如前所述，这是来自叔本华和尼采的生命意志哲学，此其二。由此可以看到，鲁迅的论证，结合了不同的理论渊源。来自达尔文进化论的绝对化的时间标准使鲁迅形成了旧与新、老的与少的、长者与幼者的二元对立的人的观念，称之为二元对立，并不是没有看到鲁迅在二者之间所持有的"在进化的链子上，一切都是中间物"①的辩证意识，而是发现鲁迅在两者之间作静止判断的时候，总是认为后者比前者具有更高的存在价值，因而在道德判断上，形成了前者必须牺牲于后者之发展的道德律令，这一律令最终来自作为自然规律的进化论。这一人的观念与牺牲道德，与鲁迅此时期的自我意识密切相关。鲁迅走出绍兴会馆时，已是一个接近四十岁的人，在年龄上，他与"五四"的代际群体已不是同一辈的人，具有自知之明的他，无疑把自己划在了与时代青年相对的"旧""老的"和"长者"的行列。这从同时期文章中被暂时压抑而在后来的文章表露出来的自卑意识、绝望感等自我意识，可以感受得到。当他说"自己背着因袭的重担，肩住了黑暗的闸门，放他们到宽阔光明的地方去；此后幸福的度日，合理的做人"时，正隐含着对自我的清醒界定和要求。来自进化论观念的对自我存在位置的界定，使鲁迅明确遵循牺牲的道德。"生命"作为整体是进步的、乐天的，而"生命的路"中的个体，是进化中的一个环节，要牺牲于后来的更杰出的个体，这样才能保证"生命的路"的生生不息，这在后来被他表述为："以为一切事物，在转变中，是总有多少中间物的。动植之间，无脊椎和脊椎动物之间，都有中间物；或者简直可以说，在进化的链子上，一切都是中间物。"②鲁迅无我的、利他的道德倾向——他后来所反思的"人道主义"意识——的一个重要来源，就是作为中间物的自我

---

① 鲁迅：《坟·写在〈坟〉后面》，《鲁迅全集》第1卷，第286页。
② 鲁迅：《坟·写在〈坟〉后面》，《鲁迅全集》第1卷，第285—286页。

体认。

但应指出的是，上述来自不同理论渊源的解释并没有达到真正的一致，前者可以给出时间的先后的标准，但后者在这一问题上却不能绝对，这与叔本华和尼采的意志形而上学的特征有关。达尔文的生物进化论只不过证实了生物的历史是来自同一物种的不断由低级向高级进化的历程，进化中的每一生物都是进化链条中的一个环节，而不能成为目的本身，进化指向未来的未定的完善方向。而叔本华的意志形而上学强调的是世界——从无机物到有机物——都是作为世界本体的意志的表象，意志如康德的物自体不能被认识，但可以通过时间和空间的个体化形式显现于经验世界，借此为人所把握。意志以不同的客观化形态显现于现象世界中，由此形成事物的不同等级，如无机物、植物、动物和人，只是在生命这里，意志才达到了其完善的客观化形态。而人是意志的最完善的客观化形态，在这一等级链中，低级的客观化形态服从于高级的客观化形态。但是，事物的等级链作为意志在时间和空间中显现的表象，虽然也遵循着因果规律，却并不是如达尔文进化论那样展现为一个在时间中的先后进化顺序，而是依赖于形而上的意志在不同类事物身上表现的意志的强弱和不同的表现方式。如人的崇高地位不是低级生物进化而成的结果，而是因为他就是意志的最完善的直接显现，其最终依据是世界背后的形而上的意志。尼采把叔本华的生存意志改造为权力意志，世界的秩序完全取决于权力意志的强弱，一个人的存在价值是根据他"体现生命的上升路线还是下降路线而得到评价"①；由此可以推出，仅凭自身意志的强弱来判断事物的价值，则一个老者完全可以比幼者更有生存价值。当鲁迅糅合达尔文的进化论与叔本华、尼采的意志学说来论证长者牺牲、幼者本位的新道德的时候，并没有顾及二者之间的理论差异与逻辑矛盾。他的这一理论处理，固然从内、外两个方面说明生命的保存、延续和发展——长者牺牲于幼者——的意义所在，但也潜伏下不可忽视的思想矛盾，并成为导致他后来思想危机的重要引线：来自达尔文进化论的把进化时间

① ［德］尼采：《偶像的黄昏》，《尼采文集·查拉斯图拉卷》，周国平译，青海人民出版社1995年版，第368页。

绝对化的新—旧、幼者—长者二元对立的人的观念，导致了鲁迅此时期对人的理解的机械论倾向，这一倾向与他的来自叔本华和尼采意志形而上学的、视"意力"为人的根本的潜在倾向，形成了难以调解的内在矛盾；建立在前者基础之上的利他主义道德和牺牲精神（"人道主义"），与建立在后者基础之上的以个人为本位的个人主义冲动，亦在后来深深地交战于内心。其所谓中期"思路的轰毁"，当在这一思想线索中找到起因。

第五章 小说中国：鲁迅小说与中国寓言

第一节 鲁迅小说的寓言性

鲁迅对中国文化与国民性的本质洞察，是历史与现实世界的浓缩与提升，因而当他重新开始文学行动的时候，西方近代小说文体，成为最适合的选择。近代小说的一个主要特点，是小说的寓言性，小说的本质固然是故事，但故事本身还不是小说的全部。作家通过"故事"重述这个世界，同时将对这个世界的意义理解寄寓于小说中，这就产生了"寓言"，在近代小说中，寓意甚至比故事更为重要。

米兰·昆德拉谈到欧洲小说的起源时说："一直统治着宇宙、为其划分各种价值的秩序、区分善与恶、为每件事物赋予意义的上帝，渐渐离开了他的位置。此时，堂吉诃德从家中出发，发现世界已变得认不出来了。在最高审判官缺席的情况下，世界突然显得具有某种可怕的暧昧性；唯一的、神圣的真理被分解为由人类分享的成百上千个相对真理。就这样，现代世界诞生了，作为它的映像和表现模式的小说，也随之诞生。"[①]西方近代小说是"上帝"离去之后的产物，唯一的世界创造者和意义给予者不在了，世界意义成为每个人必须自己来面对的对象。在小说中，小说家代替了上帝的职能，他可以自由地创造一个世界，并将意义赋予他所创造的世界，小说的世界是在现实世界之上再

① ［捷克］米兰·昆德拉：《小说的艺术》，上海译文出版社2004年版，第7页。

鲁迅与20世纪中国民族国家话语

造的意义世界，这就是寓言。

鲁迅的小说，通过对中国文化与国民性的本质性的展示，成为现代中国的寓言。

王富仁在论及《呐喊》《彷徨》"封建思想舆论界人物形象的塑造"时，曾指出小说中存在一个"混混沌沌、模模糊糊一片"的"群体"形象："它没有眼耳口鼻舌，没有颜面发肤，没有衣饰穿着，没有形状体积，只有一些声音，像旷野发出的鬼魂的号叫，闻声不见人。"[①]"有的时候，在这个模糊混沌的背景上，没有声音，只有一些不分明的形体，杂沓的动态。忽而伸出一个头，忽而张开一张嘴，这里有一双闪光的眼睛，那里有一团活动的躯体。……只有零散的人物动作，个别的外貌，特殊的表情，它们分属于不同的个体，构不成一个统一的人物。"[②]"人物语言与人物行动描写对他们还是主要的刻画手段，在形体描写上极为简单，'借代'以及近于'借代'的方式在这里得到了广泛的应用。"[③]王富仁的描述在另一方面揭示了鲁迅小说的寓言特征。

在鲁迅小说中，较多运用了虚化的借代手法，借代手法的运用，不仅仅是一般的文学修辞，而且更是借此营构一个具有普遍性和代表性的文化环境，越是虚化和符号化，这些名词的普遍性和代表性就更强。"未庄""鲁镇""临河广场""吉光屯"等近似"无何有之乡"的地方，都是中国的缩影，它们以有限的区域构成的群体生态，其实都代表着中国文化的整体生态；在鲁迅小说世界中活动的人物，大多采用不确切的命名方式，如"狂人""阿Q""孔乙己""祥林嫂"，还有《阿Q正传》中的"长衫人物""光头的老头子"，《药》中的"花白胡子""驼背五少爷""红眼睛阿义"和"二十多岁的人"，《明天》里的"红鼻子老拱""蓝皮阿五""何小仙""王九妈"，《离婚》中的"蟹壳脸""八三"，《长明灯》中的"阔亭""三角脸""方头""郭老娃""四爷""庄七光"和"灰五婶"，《示众》中的"胖孩子"

① 王富仁：《中国反封建思想革命的一面镜子：〈呐喊〉〈彷徨〉综论》，北京师范大学出版社1986年版，第334页。

② 王富仁：《中国反封建思想革命的一面镜子：〈呐喊〉〈彷徨〉综论》，第335页。

③ 王富仁：《中国反封建思想革命的一面镜子：〈呐喊〉〈彷徨〉综论》，第337页。

"秃头""红鼻子胖大汉""挟洋伞的长子""白背心""死鲈鱼"和"猫脸"，《伤逝》中的"鲇鱼须的老东西""穿着新皮鞋的邻院的搽雪花膏的小东西"和"穿布底鞋的长班的儿子"，等等。

这里有两种情况。一是那些活在最低层的人，在固有文化命名体系中，他们本来是不被命名的。如"狂人"既然发疯，他原有的名字就失去社会效用，人们皆称之为"疯子"；阿Q的名字曾被作传者考究半天，但最终可考的也只能是"阿"＋"Q"；孔乙己是"因为他姓孔，别人便从描红纸上的'上大人孔乙己'这半懂不懂的话里，替他取下一个绰号，叫作孔乙己"①。祥林嫂是"大家都叫她祥林嫂：没问她姓什么，但中人是卫山人，既说是邻居，那大概也就姓卫了"②。二是，对于那些构成被迫害者周边文化环境的人物，就像"某甲""某乙"一样，鲁迅通过无名化的处理，消除他们的个性，将其融入整体的文化环境中，以群体的面目出现，成为"无主名无意识的杀人团"③。

文化赋予原质世界以秩序和意义，最后都归结为命名，因而，所谓文化，本质上就是一个意义系统和命名系统。"有人说中国是'文字国'，有些像，却还不充足，中国倒该说是最不看重文字的'文字游戏国'，一切都爱玩些实际以上花样，把字和词的界说闹得一团糟"④，由于名与实的脱节，中国文化的命名系统已经扭曲和失效，这个扭曲、失效的"命名系统"成了"吃人"者的凭借和屏障，又成了被"吃"而不知觉者的悲剧根源。

高远东解读《祝福》时提炼出儒、道、释兼具的"鲁镇文化"，指出"鲁镇文化"为中国文化的缩影，称祥林嫂的悲剧为"儒释道'吃人'的寓言"。⑤如果我们落实到文化命名系统的层面，则可以看到，"鲁镇文化"是一个具有一套严整而复杂的文化命名的地方，"讲理学的老监生"鲁四老爷是

① 鲁迅：《呐喊·孔乙己》，《鲁迅全集》第1卷，第435页。
② 鲁迅：《彷徨·祝福》，《鲁迅全集》第2卷，第11页。
③ 鲁迅：《坟·我之节烈观》，《鲁迅全集》第1卷，第124页。
④ 鲁迅：《且介亭杂文二集·逃名》，《鲁迅全集》第6卷，第396页。
⑤ 高远东：《〈祝福〉：儒释道"吃人"的寓言》，《鲁迅研究动态》1989年第2期。

这一文化系统的代表，他书房里挂着陈抟老祖写的"朱拓的大'寿'字"①，两边则悬着出自朱熹《论语集注》的"品节详明德性坚定，事理通达心气和平"的对联，案上摆着一部《近思录》和一部《四书衬》，这些都说明他是一个典型的崇尚理学的乡绅。儒教发展到宋代理学，吸纳道、禅思想因素，三教合流，已成为儒、道、释兼具的理学意识形态。四叔书房里陈抟老祖与朱熹的并列，是典型的儒道互补场面，年关祝福，祭祀祖先，是几千年不变的儒教风俗，柳妈等底层人的地狱信仰，则是佛教的民间意识形态。可以说，在儒、道、释文化的并存与合作中，中国人的生存秩序与由生到死的意义阐释，已经严丝合缝，无处不在。然而不幸的是，祥林嫂一生的艰苦求生在这样的文化系统中找不到生存的意义，最后被意义系统陆续抛弃，她面临死亡深渊的最后发问，终于穿越层层设置的意义系统，直指意义根基的信仰维度。

未庄也处在这样一个文化命名系统之中，赵太爷、钱太爷等构成了这个命名秩序的维护者。但小说不是通过赵、钱等统治者的角度，而是通过阿Q这样一位处于未庄最下层，也就是处在文化命名系统边缘甚至之外的人，来展现这个强大的命名系统的存在。

阿Q生活在未庄的最底层，没有家，没有屋，没有固定的职业，甚至连姓甚名谁也不清楚。小说第一章序谈论为阿Q作传之难——既没有传主的确切姓名，也找不到传的合适名目，说明了阿Q在固有的文化命名系统中，已找不到自己的位置，他是已经被抛弃到命名系统之外的人。但有意思的是，阿Q毫不自知"无名"的境况，在苟活式的生存中，他始终自觉地以固有的命名系统要求自己，拼命向这一命名系统靠拢。阿Q具有与生俱来的秩序感，甚至很有陈见：

> 阿Q又很自尊，所有未庄的居民，全不在他眼神里，甚而至于对于两位"文童"也有以为不值一笑的神情。夫文童者，将来恐怕要变秀才者也；赵太爷钱太爷大受居民的尊敬，除有钱之外，就因为都是文童的爹

---

① 鲁迅：《彷徨·祝福》，《鲁迅全集》第2卷，第6页。

爹，而阿Q在精神上独不表格外的崇奉，他想：我的儿子会阔得多啦！加以进了几回城，阿Q自然更自负，然而他又很鄙薄城里人，譬如用三尺三寸宽的木板做成的凳子，未庄人叫"长凳"，他也叫"长凳"，城里人却叫"条凳"，他想：这是错的，可笑！油煎大头鱼，未庄都加上半寸长的葱叶，城里却加上切细的葱丝，他想：这也是错的，可笑！然而未庄人真是不见世面的可笑的乡下人呵，他们没有见过城里的煎鱼！①

阿Q本来也是正人，我们虽然不知道他曾蒙什么明师指授过，但他对于"男女之大防"却历来非常严；也很有排斥异端——如小尼姑及假洋鬼子之类——的正气。他的学说是：凡尼姑，一定与和尚私通；一个女人在外面走，一定想引诱野男人；一男一女在那里讲话，一定要有勾当了。为惩治他们起见，所以他往往怒目而视，或者大声说几句"诛心"话，或者在冷僻处，便从后面掷一块小石头。②

虽然阿Q是个不折不扣的文盲，没有拿过笔，连画押的"圆圈"也画不圆，但是，他的思想却"其实是样样合于圣经贤传的"，向吴妈求爱时，阿Q首先想的不是别的，而是：

> 他想：不错，应该有一个女人，断子绝孙便没有人供一碗饭，……应该有一个女人。夫"不孝有三无后为大"，而"若敖之鬼馁而"，也是一件人生的大哀，所以他那思想，其实是样样合于圣经贤传的，只可惜后来有些"不能收其放心"了。③

小说第二章是"恋爱的悲剧"，第三、四章是"生计问题"和"从中兴到末路"，其实是继"优胜纪略"的展示之后，开始进入其人生历程，展示"食、色，性也"的两大基本欲望。本来，"食"无论如何是比"色"更为基

---

① 鲁迅：《呐喊·阿Q正传》，《鲁迅全集》第1卷，第490—491页。
② 鲁迅：《呐喊·阿Q正传》，《鲁迅全集》第1卷，第499—500页。
③ 鲁迅：《呐喊·阿Q正传》，《鲁迅全集》第1卷，第499页。

本的"大欲"，鲁迅也曾笑言人在饥饿的时候会首先选择馒头而不是美女，但是，"恋爱的悲剧"——"色"——却放到了三、四两章的"食"之先，难道"色"比"食"更为重要？我想，这样的处理背后，也许有这样的文化玄机：在中国生存中，"色"绝不仅仅是自然原欲本身，而是首先关乎在中国文化伦理秩序中至关重要的"传宗接代"和"孝"的问题，这与命名秩序中的"名"更为攸关；因而，对于特别"自尊"的阿Q，"色"涉及中国生存秩序中更为基本的"名"问题，自然比"食"更为重要。

孔乙己是鲁镇潦倒读书人，生活在最下层，尽力维持着读书人身上最后的一点身份上的自尊，所以在鲁镇的饮酒文化中，他成了"站着喝酒而穿长衫的唯一的人"[1]，"他对人说话，总是满口之乎者也，教人半懂不懂的"[2]。乐意教孩子们茴香豆的"茴"字有四种写法；虽因生活所迫，"免不了偶然做些偷窃的事"，但"他在我们店里，品行却比别人都好，就是从不拖欠；虽然间或没有现钱，暂时记在粉板上，但不出一月，定然还清"[3]。

但是，这样一点最起码的脸面，最后终于因被人打断腿而维持不下去了，他终于连站着喝酒也不能。在孔乙己以近乎恳求的眼色要求掌柜不要取笑后，永远地失踪于人们冷漠的视线。

鲁迅小说对文化弊端的揭示，很少聚焦于文化系统中的统治者，而是更多地聚焦于被统治者和弱者，在"病态社会中不幸的人们"那里寻找突破口。在巨大的文化命名系统的控制下，弱者的悲剧在于，这个文化系统不是为他们设置的，他们不仅在其中寻找不到命名的意义，而且也找不到生存的可能性。更为悲剧的是，他们又自觉不自觉地以这样的命名系统来界定自己和他人，意识不到自身的生命价值所在。在鲁迅这里，中国封建文化是为统治者设计的，是"阔人"和"聪明人"的文化，它是等级制的，上层人具有"吃"下层人的权利，下层人"被吃"，但又不能知晓自己的命运。

鲁迅曾经说："我的小说，也是论文，不过采用了短篇小说的体裁罢

① 鲁迅：《呐喊·孔乙己》，《鲁迅全集》第1卷，第435页。
② 鲁迅：《呐喊·孔乙己》，《鲁迅全集》第1卷，第435页。
③ 鲁迅：《呐喊·孔乙己》，《鲁迅全集》第1卷，第435页。

鲁迅与20世纪中国研究丛书

了"①，这句话道出了其小说通过虚构对中国现实与历史、社会与文化深刻而强大的构型能力，鲜明体现了一个思想家型小说家的特色。

第二节　《狂人日记》："吃人"文化生态的揭示

鲁迅的第一篇白话小说《狂人日记》，就是通过"吃人"的寓言，揭示了中国封建文化系统的隐秘本质。

从开始发表到现在，将近一个世纪，《狂人日记》在中国，始终是一个最熟悉的陌生文本，一个尚未开掘的话语矿藏，一颗尚未引发的思想炸弹。因为，"呐喊"没有直接亮开嗓子，直达听众，而是戴上疯狂的面具，借"狂人"之口说出，人为设置了障碍。

《狂人日记》的奇妙之处，是一篇小说，两个文本。所谓两个文本，不仅仅指人们常说的"日记"的白话文和"小序"的文言文，而且是指两个不同的价值世界。造成这两个世界的"翻天妙手"（《狂人日记》语），就是"狂人"。

所谓"狂人"，就是不正常的人，正常与不正常，并无确定的标准，终极意义上取决于人数的多少，多数为正常，少数为不正常。作为不正常的人，"狂人"，对于我们自视为正常的传统秩序，是一个另类的"他者"，"他者"的存在，在密不透风的"正常"秩序中，打开了一个窗口，在逻辑上出现了两种可能性：一是我们正常，"狂人"不正常；还有一个是"狂人"正常，我们不正常，这是两个不同的价值世界。

小说每一个细节，每一句话，都关联着这样两种截然不同的判断，形成相互对立的两个价值世界。试看"日记"第一段：

今天晚上，很好的月光。

①　冯雪峰：《鲁迅先生计划而未完成的著作》，《雪峰文集》第4卷，人民文学出版社1985年版，第18页。

我不见他，已是三十多年；今天见了，精神分外爽快。才知道以前的三十多年，全是发昏。不然，那赵家的狗，何以看我两眼呢？[①]

见到"月亮"，狂人觉醒了，感觉"爽快"，发现以前"全是发昏"。反过来即是，以前不见月色的三十多年病情稳定，现在见到月亮，发疯或旧病复发了，"爽快"，正是疯狂的自我感受。那神经质的"不然，那赵家的狗，何以看我两眼呢？"即是证据，人多看狗两眼，狗会警觉，狗多看人两眼，通常人是不会注意的。

大哥请医生来看病，老中医眼神不好，在狂人看来是"满眼凶光"、鬼鬼祟祟；把脉诊断，却是"揣一揣肥瘠"；"静静地养几天，就好了"，却是"养肥了，他们自然可以多吃"；医生对大哥说"赶紧吃（药）罢"，却成就了狂人的大发现："合伙吃我的人，便是我的哥哥！"

狂人劝转大哥时说：

我只有几句话，可是说不出来。大哥，大约当初野蛮的人，都吃过一点人。后来因为心思不同，有的不吃人了，一味要好，便变了人，变了真的人。有的却还吃，——也同虫子一样，有的变了鱼鸟猴子，一直变到人。有的不要好，至今还是虫子。这吃人的人比不吃人的人，何等惭愧。怕比虫子的惭愧猴子，还差得很远很远。

易牙蒸了他儿子，给桀纣吃，还是一直从前的事。谁晓得从盘古开辟天地以后，一直吃到易牙的儿子；从易牙的儿子，一直吃到徐锡林；从徐锡林，又一直吃到狼子村捉住的人。去年城里杀了犯人，还有一个生痨病的人，用馒头蘸血舐。

两大段话，乍听起来，难道不是不知所云的疯话？但其实又有根有据，

———————————
① 本节《狂人日记》引文，皆引自《鲁迅全集》第1卷，人民文学出版社1981年版，第422—433页。

第一段来自尼采的人性进化论，尼采将达尔文自然进化论提高至人性领域，认为人远远没有进化完成，人性中还遗留虫、鱼、鸟、野兽、猴子等性，即使进化为人，还不是最终目的，人还需要进一步自我超越，做超人。第二段来自史实，只不过小说有意张冠李戴，将齐桓公说成桀纣，但是易牙蒸子与徐锡麟被杀，却是实有其事。进入狂人的内心追问及其相关知识背景，就会知道"狂语"并未离谱。

每一细节在两个自成系统的世界都具有逻辑的合理性，同时为两个世界做证。

我们正常，"狂人"不正常，面对小说，这是每一个读者以自我为中心对"狂人"所作的首先的、自发的判断；而"狂人"正常，我们不正常，这一立场只是一种逻辑的存在，只具有潜在的可能性。

当读者站在第一个立场来看小说，《狂人日记》就是真正疯子的日记，日记文本显示的狂人恐惧、敏感、多疑的心理，强烈、执拗的强迫观念，幻觉、错觉和白日梦式的意识形式，简单、武断的判断方式，乖张、诡异的行为举止，以至"语颇错杂无伦次，又多荒唐之言"的行文特点，无不符合迫害狂的病理特征，无处不在地对"正常"世界的"不正常"理解，带来颇为搞笑的阅读趣味。同时，日记通过"嘴""怪眼睛""毒""刀""牙齿""白厉厉""心肝""人油""青面獠牙""食肉寝皮""通红斩新""狼子村""海乙那""呜呜咽咽的笑"等语象层面的渲染，展示了一个极其恐怖的"吃人"氛围。恐怖，也许是站在第一立场的读者的另一个较为明显的阅读感受。

要真正读懂小说，阅读者势必要站到第二个立场——"狂人正常，我们不正常"，其前提是，要进入"狂人"的内心，了解其自身的逻辑。

漫长的中国历史中，曾有过多少"狂人"？他们发狂了，也在世人的冷眼和笑语中默默消失了，谁也不想也不会真正了解疯子的内心世界。通过日记，鲁迅第一次替中国狂人展开了内心。更为重要的是，写日记的狂人，还是一个讲道理、好研究、有追问癖的疯子，日记第一则即强调：

我怕得有理。

疯子也有疯子的道理！他一再强调"凡事须得研究，才会明白"，反复追问"吃人的事，对么？"狂人的认真与执着，为我们走进其内心，从而理解他提供了可能。

小说暗暗地预设了走进"狂人"内心的可能性，然而，又亲手扼杀了这种可能性。正文之前的文言小序，交代日记的来历，宣称日记来自"余"中学时的同学兄弟，病者是其弟，日记由哥哥转交给我，并且说弟弟已经"早愈"，赴某地"候补"了。煞有介事，言之凿凿，目的只有一个，就是向读者强调：下面这十三册日记，真的是一个迫害狂病人的日记，有意让读者站到"我们正常，'狂人'不正常"的价值立场，将日记理解成真的狂人的日记。

本来，篇幅不长的小序文言文本，引出后面大面积的白话日记，白话文本具有蔓延生长之势，给两个世界的颠覆提供了可能。然而，小序提供的日记的确凿证明与狂人"候补"的重要信息，确立了于"呐喊"不利的叙事立场，四两拨千斤，使小序文言文本重新凌驾于日记白话文本之上。

虚假的文本袒露着，真实的文本却隐藏起来。在表达与遮蔽之间，《狂人日记》真是欲言又止，吞吐再三！

遥想"五四"时期的青年读者，面对《狂人日记》，大多将其读成搞笑或恐怖小说的吧。今天的读者，冲着"鲁迅"的鼎鼎大名，谁也不会产生这样的误读，"'狂人'正常"，这一判断先天就达到了，然而，我们就因此进入"狂人"的内心，理解"狂人"的闪烁言辞了吗？

今天对《狂人日记》的解读，可谓多矣，并新见迭出，然删繁就简，追问小说创作的原初动机，不能不认为就是对"吃人"的发现，以及由此产生的强烈危机感。《狂人日记》刚发表，无人问津，好友许寿裳来信探问真正作者，鲁迅在回信中谈到了写作的动机：

> 《狂人日记》实为拙作，又有白话诗署"唐俟"者，亦仆所为。前曾言中国根柢全在道教，此说近颇广行。以此读史，有许多问题可以迎刃而解。后以偶阅《通鉴》，乃悟中国人尚是食人民族，因此成篇。此种发

鲁迅与20世纪中国研究丛书

现，关系亦甚大，而知者尚寥寥也。①

对中国人"尚是食人民族"的新发现，将中国近代危机放入进化论视野，突出的是中国人在人类进化过程中被淘汰的危机及其紧迫性。因此"狂人"一再呼告：

> 你们可以改了，从真心改起！要晓得将来容不得吃人的人，活在世上。
>
> 你们要不改，自己也会吃尽。即使生得多，也会给真的人除灭了，同猎人打完狼子一样！——同虫子一样！

这是"吃人"者必将被消灭的紧急呼号。只要与"吃人"有关，就不配活在这个世界上，"我"如果于"无意之中"吃了人，甚至只不过是"吃人的人的兄弟"，那都与"吃人"脱不了干系，最终逃脱不了被淘汰的命运——这是一个民族整体的命运。"吃人"，被描述成这个民族的原罪，因而也注定了这个民族的宿命。"狂人"对"吃人的人"被淘汰的忧心，远远大于自身被吃的恐惧，这第一声"呐喊"，是发向整个民族的呼吁。

发现"吃人"，既然是小说的核心，"吃人"在小说中又是如何被发现的呢？

总览"日记"，"狂人"经历了以下的心路历程：

发疯（觉醒）—发现—探究—发现—劝转—呼吁—再发现—呼救

这是一个不断发现的过程。狂人见"月色"而发疯（觉醒），遂有对周围"吃人"现象的发现：赵家的狗、赵贵翁奇怪的"眼色"、人们甚至小孩子"交头接耳的议论"。由此，引发相信"凡事须得研究，才会明白"的狂人的

---

① 鲁迅：《书信·180820致许寿裳》，《鲁迅全集》第11卷，第353页。

探究，于是有进一步的发现："女人"的指桑骂槐、村子里"大恶人"被杀之后心肝被"用油煎炒了吃"，及至这样的发现：

> 我翻开历史一查，这历史没有年代，歪歪斜斜的每叶上都写着"仁义道德"几个字。我横竖睡不着，仔细看了半夜，才从字缝里看出字来，满本都写着两个字是"吃人"！

由此推出"他们会吃人，就未必不会吃我""我也是人，他们想要吃我了！"。

大哥请中医来诊治，狂人又有了新的发现：

> ……原来也有你！这一件大发见，虽似意外，也在意中：合伙吃我的人，便是我的哥哥！
> 吃人的是我哥哥！
> 我是吃人的人的兄弟！
> 我自己被人吃了，可仍然是吃人的人的兄弟！

在狂人的探究中，发现《本草纲目》的"人肉可以煎吃""易子而食""食肉寝皮""海乙那"等等，都是"吃人"的证据。与此同时，还发现了他们吃人的方法：

> 我晓得他们的方法，直捷杀了，是不肯的，而且也不敢，怕有祸祟。
> 所以他们大家连络，布满了罗网，逼我自戕。

狂人尤其痛心的是大哥，决定"我诅咒吃人的人，先从他起头；要劝转吃人的人，也先从他下手"。于是开始了"劝转"的行动。

第一个"劝转"的对象是一个年轻人，狂人劈头就问："吃人的事，对么？"无论对方怎样躲闪其辞，一再追问——"对么？""从来如此，便对么？"对于狂人的追问，对方最后的答复是："我不同你讲这些道理；总之你不该说，你说便是你错！"

第二个"劝转"对象就是大哥，在这次清晨的对话中，面对大哥，狂人将内心的纠结几乎和盘托出，可谓苦口婆心：

> 他们要吃我，你一个人，原也无法可想；然而又何必去入伙。吃人的人，什么事做不出；他们会吃我，也会吃你，一伙里面，也会自吃。但只要转一步，只要立刻改了，也就是人人太平。虽然从来如此，我们今天也可以格外要好，说是不能！大哥，我相信你能说，前天佃户要减租，你说过不能。

大哥恼羞成怒，公开称弟弟为"疯子"。狂人因此又有了新的发现：

> 这时候，我又懂得一件他们的巧妙了。他们岂但不肯改，而且早已布置；预备下一个疯子的名目罩上我。将来吃了，不但太平无事，怕还会有人见情。佃户说的大家吃了一个恶人，正是这方法。这是他们的老谱！

家丁陈老五拖狂人回家，狂人一边挣扎，一边大声呼吁：

> 你们可以改了，从真心改起！要晓得将来容不得吃人的人，活在世上。
>
> 你们要不改，自己也会吃尽。即使生得多，也会给真的人除灭了，同猎人打完狼子一样！——同虫子一样！
>
> ……

狂人对"吃人"的洞察、研究、发现和揭露，层层深入、触目惊心，其呼吁义正词严，振聋发聩。本来，小说若在此戛然而止，也已经忧愤深广，不同凡响。但是，像抖包袱一样，《狂人日记》突然亮出了最后的也是最大的一个发现——

　　　　我未必无意之中，不吃了我妹子的几片肉，现在也轮到我自己，……

　　一直深处被"吃"恐惧中的"我"，最终发现自己也无意中"吃"过人，即使没"吃"过，也因共同的历史，具有"四千年吃人履历"！被吃者无意中也成为吃人者，本来几乎站在审判者位置的"狂人"，一下子落入被审判的位置。这是"狂人"的最终自觉，达到这一步，小说的深度才真正显示出来。

　　在这一"吃人"世界中，谁也难逃干系，都有意或无意地吃过人，连孩子也不干净，日记一开始不就对孩子们的交头接耳产生怀疑？事已至此，最后发出的"救救孩子……"，与其说是振臂一呼的"呐喊"，不如说是绝望的呼救！

　　狂人对"吃人"的发现，步步紧逼，层层深入，然则，究竟何谓"吃人"？

　　按照文本的字面意思及惯常思路，对"吃人"大致可以归纳出这样两种理解思路：一是事实性的吃人，即吃人肉；二是抽象的吃人。

　　事实性吃人，在文本层面随处可见，如"打死大恶人""人肉可以煎吃""易子而食""食肉寝皮""海乙那""易牙蒸了他儿子，给桀纣吃""徐锡林""去年城里杀了犯人，还有一个生痨病的人，用馒头蘸血舐"。还有"嘴""怪眼睛""毒""刀""牙齿""白厉厉""青面獠牙""狼子村""通红斩新""海乙那""心肝""人油"等语象层面的渲染。

　　鲁迅回答许寿裳时说："偶阅《通鉴》，乃悟中国人尚是食人民族，""狂人"也于深夜发现："我翻开历史一查，……满本都写着两个字是'吃人'！"在中国历史中，事实性的吃人所在多是。史书记载，每到荒年，就会发生吃人惨剧；一治一乱，兵荒马乱中，常会发生以吃人充饥和泄愤的事件；甚至还有专门以食人为乐的怪癖。事实性的吃人，写出来触目惊心，事实中又司空见惯。

　　抽象的吃人，常见的理解有：一、吃人的旧社会。这是阶级论的理解模式，只有万恶的旧社会才吃人，吃人是封建剥削制度的产物。二、"家族制度与礼教"吃人。这是按鲁迅的原话来理解，但所指为何，却言不及义，最后往往还是归结到阶级论的批判。遥想鲁迅当年说"揭露家族制度与礼教的弊害"时，一定会包含母亲包办、婚姻失败的惨痛体验吧，但若仅将小说主题归结为个人经历，则未免因一叶而障目。三、传统文化吃人。这是文化批判眼光下看似更为深刻的认识，然而，何谓"文化"？如没有具体所指，笼统的对传统文化的否定，极易招致热爱传统文化者的反感，上世纪90年代，《狂人日记》开始遭遇义正词严的指摘：将四千年中国文化说成"吃人"，简直是数典忘祖、大逆不道！在今天的语境下，将"吃人"笼统地指向传统文化，也更加不合时宜。

何谓"吃人"？其意深切。鲁迅所揭示的"吃人"，极为抽象，也极为具体；极为宏深，也极为切近。"吃人"，不能由任何抽象名词来承担，"吃人"既在观念中，也在现实中；既在过去，也可能在现在。抽象的"吃人"，就在具体的日常经验中。

文化，不仅指《论语》《老子》、唐诗宋词、甲骨青铜、故宫长城等成就态的存在，更是一种鲜活的生存方式，文化不仅在过去，更是在现在，真正的文化传统，就在当下正在进行的群体生存方式中。因此，与其将《狂人日记》所揭示的"吃人"，指向"封建""礼教""文化"等抽象名词，不如指向现实的群体生存方式，一种群体"生态"。这一群体生态，表现在隐在的生存秩序中。

在人类文明中，最高的智慧不是个人的智慧，而是群体生存的智慧。动物世界依从弱肉强食的丛林原则，尚未文明的民族依赖武力压制，文明的制度设计，以个人的利益诉求为出发点，最终诉诸超越个人私利的正义原则，落实在合理的制度设计中。如果人们相信并奉守合理的秩序，则社会良性发展。如果没有合理的制度设计，或者即使有，却形同虚设，群体生存就会陷入无序状态，最终依赖的是变动无形的一己私利，形成以个人生存智慧为依靠的新的"丛林原则"——不是"食肉"，而是侵犯别人的利益；不是依靠体力，而是依靠阴谋。这一群体生态，就是"吃人"生态。

我们再回头看看《狂人日记》对"吃人"的描述：

> 自己想吃人，又怕被别人吃了，都用着疑心极深的眼光，面面相觑。……

这难道不是对"吃人"生态的最经典描述？争存于"吃人"生态的人们，一方面不择手段，巧取豪夺；一方面相互怀疑，胆战心惊。

无秩序的生存方式，最终必然会自发形成不成文的"秩序"，"潜规则"一词可以概括，潜规则依据的不是白纸黑字的纸上条文，而是变动不居的一己私利；奉行的不是不损害他人基本利益的公平和正义原则，而是不择手段的巧取豪夺。因而，"吃"，完全可以换成"潜"，你被"吃"过吗？就是你被"潜"过吗？你"吃"过别人吗？就是你"潜"过别人吗？自己想"潜"人，又怕被别人"潜"了，都用着疑心极深的眼光，面面相觑——盛行潜规则的群体，不就是处在这样的"生态"中吗？生活在潜规则生态中的人们，都是私欲中心、心怀叵测的人，他们聪明伶俐，闪展腾挪，随时想获得"潜"别人的机会；同时又疑心重重，惴惴不安，随时处在被别人"潜"的恐惧之中，形成尔虞我诈、"面面相觑"的人际关系，社会诚信尽失。

因而狂人苦口婆心地劝告：

> 去了这心思，放心做事走路吃饭睡觉，何等舒服。这只是一条门槛，一个关头。他们可是父子兄弟夫妇朋友师生仇敌和各不相识的人，都结成一伙，互相劝勉，互相牵掣，死也不肯跨过这一步。

生活本来可以很明朗、很简单，也很舒服，人们本来不必生活在如此复杂、恐惧的人际环境中，改变也并不是那么艰难，只要跨过"一条门槛""一个关头"！但是，"吃人"的生态一旦形成，就尤难改变。

在小说揭示的"吃人"生态中，"吃人"极为普遍、极为平常，因而也极为隐蔽。诸多揭示，就在小说的字里行间。

鲁迅与20世纪中国研究丛书

（一）"吃人"不是某个孤立的事件，而是最基本的生存秩序和生态系统

在狂人觉醒后的双眼中，展现的是普遍的"吃人"现状："自己想吃人，又怕被别人吃了，都用着疑心极深的眼光，面面相觑。……"每个人可能被吃，又会自觉或不自觉地"吃人"。"我"不仅"被吃"，而且，"吃人"的就是"我"的哥哥，"我自己被人吃了，可仍然是吃人的人的兄弟。""我未必无意之中，不吃了我妹子的几片肉！"

1925年，有感于"赞颂中国固有文明的人们多起来了"，在《灯下漫笔》中，鲁迅引鹤见祐辅《北京的魅力》，将中国文明吸引力归于"生活的魅力"，"中国人的耐劳，中国人的多子，都就是办酒的材料，到现在还为我们的爱国者所自诩的"①。并由此揭示了"吃人"生态的内在秩序：

> 但我们自己是早已布置妥帖了，有贵贱，有大小，有上下。自己被人凌虐，但也可以凌虐别人；自己被人吃，但也可以吃别人。一级一级的制驭着，不能动弹，也不想动弹了。因为倘一动弹，虽或有利，然而也有弊。②

鲁迅指出：

> 所谓中国的文明者，其实不过是安排给阔人享用的人肉的筵宴。所谓中国者，其实不过是安排这人肉的筵宴的厨房。③

（二）"吃人"生态中，只有固定的"吃"与"被吃"的位置，没有固定的"吃人者"与"被吃者"，"被吃者"只要处在可以"吃人"的位置，也会有意或无意地成为"吃人者"

"吃"狂人者，不仅有权势者赵贵翁，而且，"也有给知县打枷过的，

---

① 鲁迅：《坟·灯下漫笔》，《鲁迅全集》第1卷，第215页。
② 鲁迅：《坟·灯下漫笔》，《鲁迅全集》第1卷，第215页。
③ 鲁迅：《坟·灯下漫笔》，《鲁迅全集》第1卷，第216页。

也有给绅士掌过嘴的，也有衙役占了他妻子的，也有老子娘被债主逼死的"，这些人，不正是常处在"被吃"的位置而任人宰割的吗？但是，他们也有意无意参与"吃人"。"大哥"也加入了吃"我"的一伙，处于"被吃"恐惧中的"狂人"，最后发现自己也于无意中吃了妹子的肉。

在"吃人"生态中，被吃者为了获得补偿，一有机会也就会吃人，但不是去吃他的人，而是去吃可以吃到的人，并对此视为当然，毫无纠结。"自己被人凌虐，但也可以凌虐别人；自己被人吃，但也可以吃别人。"对于吃他的人，被吃者可能义愤填膺，但决不会反抗，更不会反思，他们所能做的，就是转嫁损失。一边骂"吃人者"，一边去吃其他更弱者，这是"吃人"生态中的常有的现象，看似双重人格，其实不然，因为他们愤恨的，是他被别人吃了，而不是吃人行为本身。20年代中期，鲁迅说："现在常有人骂议员，说他们受贿，无特操，趋炎附势，自私自利，但大多数的国民，岂非正是如此的么？这类的议员，其实确是国民的代表。"[1]

（三）"吃人"生态一旦形成，就尤难改变

狂人苦口婆心，又无可奈何：

> 去了这心思，放心做事走路吃饭睡觉，何等舒服。这只是一条门槛，一个关头。他们可是父子兄弟夫妇朋友师生仇敌和各不相识的人，都结成一伙，互相劝勉，互相牵掣，死也不肯跨过这一步。

为什么？因为，"吃人"生态的核心，是一己私利，在"吃人"生态中游刃有余的人，都是私欲中心的人，都是"阔人"和"聪明人"，他们是不会打破已经形成的于己有利的利益关系的。"自己被人凌虐，但也可以凌虐别人；自己被人吃，但也可以吃别人。一级一级的制驭着，不能动弹，也不想动弹了。因为倘一动弹，虽或有利，然而也有弊。"

改变的看似是秩序，其实是本性，秩序不难改变，最难改变的是本性。

---

[1]　鲁迅：《华盖集·通讯》，《鲁迅全集》第3卷，第22页。

鲁迅与20世纪中国研究丛书

（四）"吃人"往往隐藏在道德、伦理、大义、历史等冠冕堂皇的说辞之后

"我"不仅"被吃"，而且，"吃人"的就是"我"的哥哥，"我自己被人吃了，可仍然是吃人的人的兄弟""我未必无意之中，不吃了我妹子的几片肉"！"吃人"，就发生在温情脉脉的人伦情谊的核心——家庭之中，在父兄姊妹的血缘关系中。

"我翻开历史一查，这历史没有年代，歪歪斜斜的每叶上都写着'仁义道德'几个字。我横竖睡不着，仔细看了半夜，才从字缝里看出字来，满本都写着两个字是'吃人'"！这是"狂人"经过研究后的一大发现。历朝历代，字面上大多信奉"仁道""仁义""仁政"，实际上实行的却是以基于武力的"霸道"和基于阴谋的"厚黑"之道。春秋时代，笃信仁义礼信、将"仁义"绣上大旗的宋襄公，最后不是落得惨败的下场，为后人耻笑？

1925年，针对当时的读经风气，鲁迅说："……诚心诚意主张读经的笨牛，则决无钻营，取巧，献媚的手段可知，一定不会阔气；他的主张，自然也决不会发生什么效力的。""我总相信现在的阔人都是聪明人；反过来说，就是倘使老实，必不能阔是也。至于所挂的是佛学，是孔道，那倒没有什么关系。"[1]在另一篇文章中，鲁迅指出："孔夫子之在中国，是权势者们捧起来的，是那些权势者或想做权势者们的圣人，和一般民众并无什么关系。"[2]

（五）在"吃人"生态中，"被吃者"找不到真正的凶手

对于"吃人"的方法，狂人有两个发现：

> 我晓得他们的方法，直捷杀了，是不肯的，而且也不敢，怕有祸祟。所以他们大家连络，布满了罗网，逼我自戕。
>
> ……
>
> 这时候，我又懂得一件他们的巧妙了。他们岂但不肯改，而且早已布

---

① 鲁迅：《华盖集·十四年的"读经"》，《鲁迅全集》第3卷，第128页。

② 鲁迅：《且介亭杂文二集·在现在中国的孔夫子》，《鲁迅全集》第6卷，第316页。

置；预备下一个疯子的名目罩上我。将来吃了，不但太平无事，怕还会有人见情。佃户说的大家吃了一个恶人，正是这方法。这是他们的老谱！

对于"被吃者"，"吃人者"往往首先加上某一罪名，或者逼其自尽。这样不仅使"吃人者"摆脱干系，长此以往，也真的以为与己无关，泰然自若。而对于"被吃者"，也被吃得不明不白，找不到凶手。

更为隐秘的是，"吃人"是普遍的生态，吃与被吃是一个网络，每个人都有可能吃你一口。鲁迅小说写了那么多被吃者，孔乙己死了，阿Q死了，魏连殳死了，陈士成死了，被谁吃了？祥林嫂死了，凶手是谁？鲁四老爷？柳妈？甚或是"我"？吃人，往往是以"无主名无意识的杀人团"的方式，使"被吃者"不知凶手是谁，甚至"吃人者"也不知自己是凶手，在这里，人人不仅可能被吃，而且同时又去吃人，悲剧在发生着，却都是"无事的悲剧"①，"杀人如草不闻声"。

（六）在"吃人"生态中，"吃人者"对自己的"吃人"是不自觉的

"吃人"生态中的人们，可以感受到自己的"被吃"，却绝难觉悟自己的"吃人"，因而，人人都有被迫害感，人人牢骚满腹，把自己当作受害者，而不知自己也在有意无意地参与了"吃人"。倾诉、抱怨、指责、批判，人们作为受害者发泄自己的不满，动人、感人，甚至洞若观火、振聋发聩，然而，绝少有人自觉：自己也许正是这"吃人"生态中的中坚。"吃人"生态中不缺少愤青、抱怨者、批判者，缺少的是真正超越性的批判资源，对自己也有罪的自觉。

真正的批判，必须超越"吃人"生态中的循环。如果《狂人日记》对"吃人"的发现，到"吃人的是我哥哥！"为止，小说仍然属于"吃人"生态中常见的批判文本，但是到了"我是吃人的人的兄弟！我自己被人吃了，可仍然是吃人的人的兄弟！"，尤其是最后的发现——"我未必无意之中，不吃了我妹子的几片肉"，这真正的自觉，才使小说的批判得以超越固有的模式，上升到一个全新的高度。

① 鲁迅：《且介亭杂文二集·几乎无事的悲剧》，《鲁迅全集》第6卷，第370页。

（七）不仅"吃人者"不自觉吃人，最底层的"被吃者"也常常感觉不到自己被吃

对于"吃人"现象，人们如此淡定，狂人对此苦思不解：

> 还是历来惯了，不以为非呢？还是丧了良心，明知故犯呢？

面对第一个"劝转"对象，狂人追问："吃人的事，对么？"年轻人回答：

> "有许有的，这是从来如此……"
> "从来如此，便对么？"

"历来惯了，不以为非""从来如此"，这正是"吃人"生态之普遍、平常与隐蔽性所在，"吃人"者习惯之，悲剧的是，"被吃者"也习以为常，不以为非，安之若素。不仅如此，如果有人揭示真相，不仅不受"被吃者"的欢迎，而且还会招致他们的仇恨。小说刚开始，面对周围人仇视的眼光，"狂人"曾大惑不解：

> 他们——也有给知县打枷过的，也有给绅士掌过嘴的，也有衙役占了他妻子的，也有老子娘被债主逼死的；他们那时候的脸色，全没有昨天这么怕，也没有这么凶。

这些处在被吃位置的人，平时积累的怨愤够多了吧，为何唯独对狂人如此深仇大恨、不依不饶？因为，他们讨厌狂人说出的话，狂人揭示的真相，也许会重新唤起他们用遗忘掩盖的痛苦，打破费尽周折好不容易建立起来的"幸福感"。我们活得好好的，哪里有吃人？

（八）在"吃人"生态中，有些事可以做，但不可以说

在狂人穷追不舍的追问下，年轻人最后终于说：

我不同你讲这些道理；总之你不该说，你说便是你错！

这正道出"吃人"生态中一个公开的秘密：有些事可以做，但不可以说，"你说便是你错！"。"吃人"见不得人，但可以心照不宣，不必天知地知你知我知，即使人所共知，只要不公开指出，就不会打破默契，伤了和气。虽然各自心知肚明，但仍然可以光明正大地做人，还会被认为聪明、老练、识大体、好相处、能力强、会办事；如果有人把做的说出来，就会被视为搅局、坏事、不懂事、不识趣、不合作、不讲大局。错不在做，而是在说，"说"既坏了"吃人者"的大事，也会损害"被吃者"的利益，对于"被吃"者来说，被说的损失，比不说的更大，"因为倘一动弹，虽或有利，然而也有弊"。权其轻重，不如不说或不被说。"被吃者"的出发点，与"吃人者"一样，不在正义，而在私利。鲁迅曾感叹："不厌事实而厌写出，实在是一件万分古怪的事。"①

"吃人"生态何以会产生？它形成的基础是什么？

如前文所揭，"吃人"生态作为群体的生存方式，其结构形态，显在的秩序设计如制度固然重要，但是，潜在的、内在的、自发的、约定俗成的群体秩序，更为要害。自发秩序形成的基础，就在人性之中。

"吃人"生态，就是人性的状态。以民族国家为单位、以文化传统为基础的人性，就是国民性。国民性，是"吃人"生态的基础。

《狂人日记》第六则写道：

> 黑漆漆的，不知是日是夜。赵家的狗又叫起来了。
>
> 狮子似的凶心，兔子的怯弱，狐狸的狡猾，……

还要加上海乙那的"贪婪"。凶险、狡猾、怯弱、贪婪，这是"吃人"生态中的国民性，"黑漆漆的，不知是日是夜""自己想吃人，又怕被别人吃

---

① 鲁迅：《〈幸福〉译者附记》，《鲁迅全集》第10卷，第173页。

了，都用着疑心极深的眼光，面面相觑。……"这就是"吃人"生态中的国民性状况。

先有秩序，后有国民性？还是先有国民性，后有秩序？这似乎是一个鸡生蛋，还是蛋生鸡的问题。

我们知道，鲁迅一生批判国民性，而对制度层面较少涉及。早在日本时期的文言论文中，青年周树人第一次发言，就将激越的批判，指向当时"黄金黑铁"与"国会立宪"的改革思路，面对"国会立宪"的指摘，今天看起来未免令人失望，受师傅章太炎的影响？[①]还是思考中缺少制度之维？其实，只需细读文本，就会发现，青年鲁迅指摘的，主要还不是"国会立宪"本身的设计（论文中有受"新神思宗"影响对民主制度本身的怀疑[②]），而是"倡言改革者"的"假是空名，遂起私欲！"[③]。其后来对倡言"革命"者的怀疑，亦是同一思路。辛亥事起，民国成立，宪政初建，鲁迅也曾充满向往，然而，民初宪政每况愈下，终至不可收拾。制度建设的挫败，似乎证明了其对国民性的怀疑。

有什么样的秩序，就有什么样的国民；有什么样的国民，也就有什么样的秩序。我们需要制度层面的批判与建设，也不可缺少鲁迅式的国民性洞察与持久批判，在中国，后者更为艰巨，也更为重要。终其一生，鲁迅的焦虑，是对国民性的焦虑；鲁迅的批判，是对国民性的批判；鲁迅的绝望，是对国民性的绝望。

《狂人日记》，是对"吃人"生态的大发现，更是对国民劣根性的深刻揭示！

"吃人"秩序与国民劣根性的关系，《狂人日记》既已揭示，然而，吾人

---

① 章太炎有关言论如："代议者，封建之变形耳。""无故建置议士，使废官豪民梗塞其间，以相陵铄，斯乃挫抑民权，非伸之也。"（《与马良书》）"徒令豪民得志，苞苴横流，朝有党援，吏依门户，士习嚣竞，民苦骚烦。"（《政闻社员大会破坏状》）"议院者，受贿之奸府，……选充议士者，大抵出于豪家；名为代表人民，其实依附政党，与官吏相朋比，持门户之见。则所计不在民生利病，惟便于私党之为。""有议院而无平民鞭箠于后，得实行其解散废黜之权，则设议院者，不过分官吏之脏以与豪民而已。"（《五无论》）。

② 见《文化偏至论》中对施蒂纳、尼采、易卜生等"重个人"观点的介绍。

③ 鲁迅：《坟·文化偏至论》，《鲁迅全集》第1卷，第45页。

要进一步追问下去，尚需进入鲁迅尚未涉及的论域。

笔者以为，所谓国民性，基于一个民族国家中的人们对自我、他人与世界秩序的基本认知，这一基本认知，形成于约定俗成的生活实践，并凝结、塑形为在这个实践基础上形成的思想文化传统。自"轴心时代"始，在中国，所谓"天人合一"的思维模式就已成形，殷商尚言"天""帝"，周公"以德配天"，"德"者"得"也，"天"与"人"始趋同，孔子"从周"，故一部《论语》，不语"怪力乱神"，亦不问"天"，所重者乃在"仁"——人人之间，由"仁"到"礼"——体制性伦理规范，正是内在逻辑使然。"天人合一"模式成为中国人理解群体与自我的深层思想传统，在中国人的世界图式中，只存在一元的世俗秩序：以血缘伦理为基础的家国同构秩序。何谓"天"？何谓"人"？"天"，是人类通过超越性追问建构的普遍性的价值理性世界；"人"，就是历史的、现实的世俗世界。"天"与"人"合一的结果，不是"人"合于"天"，只会是"天"合于"人"。所谓"天人合一"，最后剩下的就是"人"的一元世俗秩序，这既是生存的世界，也是价值的世界，历史即价值，现实即合理。如果这个一元秩序是良性的秩序，则皆大欢喜，但如果一元秩序出了问题，就会缺少自我更新的价值资源，因为，修正"人"的秩序的资源，只能在超越性、合理性的普遍理性中寻找。一元秩序中的核心，不是超越性的普遍理性，而是为历史和现实验证的"私欲"，一元秩序中的所谓自我更新，往往堕入以私欲为中心的恶性循环，一元秩序，最终就是"吃人"秩序。所以鲁迅指出：

> 任凭你爱排场的学者们怎样铺张，修史时候设些什么"汉族发祥时代""汉族发达时代""汉族中兴时代"的好题目，好意诚然是可感的，但措辞太绕湾子了。有更其直捷了当的说法在这里——
>
> 一，想做奴隶而不得的时代；
>
> 二，暂时做稳了奴隶的时代。

这一种循环，也就是"先儒"之所谓"一治一乱"；……①

　　所谓"奴隶"，不是"奴隶主—奴隶"对立关系中的绝对位置，而是"—奴隶主（奴隶）—奴隶（奴隶主）—"可以无限延长的等级秩序中可以变动的角色，对于在你上面的人来说，你是"奴隶"，但对于你下面的人，你同时也可为"奴隶主"。"奴隶主"是吃"奴隶"者，"奴隶"是"被吃者"，但同时又作为"奴隶主"吃属于他的"奴隶"，每个人都有可能兼备两个角色。"奴隶"或"奴隶主"角色是可变的，永恒的是既可作"奴隶主"也可作"奴隶"的"奴隶性"。所谓"暂时做稳了"，就是自身获得在"自己被人吃，但也可以吃别人"的秩序中暂时稳定的位置；所谓"想做而不得"，就是秩序中的利益关系被打破，打破的不是"吃人"秩序，而是"吃人"秩序中的自我利益。于是，一元秩序的历史，也就成为—"治"（"吃人"生态暂时稳定）—"乱"（"吃人"生态的暂时平衡被打破）的循环。一元秩序的历史所呈现的，也只能是这样的循环。

　　最后"救救孩子……"的呼救，就在狂人发现自己也吃过人之后，也就是说，"被吃者"狂人也不可救，狂人失去的是被救的资格。那么，值得追问的是："吃人"生态中，谁是拯救者？

　　连被救资格也丧失了，狂人怎么可能是拯救者？

　　《狂人日记》被视为启蒙文学的代表作。在今人对"启蒙"的想象中，启蒙是一种以己之昭昭启人之昏昏的先觉者行为，一种众人皆醉我独醒的自许，因而，今人对启蒙的指摘，直指启蒙者自身，谁比谁优越？谁要谁启蒙？

　　在解构启蒙的热潮中，鲁迅不正是被视作这样的启蒙者的代表吗？

　　在日记的前十则，狂人清醒后不断发现：周围人要"吃人"，甚至小孩，甚至"大哥"，"我自己被人吃了，可仍然是吃人的人的兄弟！"。于是去"研究"真相，"劝转"他人，发出呼吁。小说至此，已经相当忧愤深广，称得上是比一般小说更深刻的启蒙文本。作为先觉者，"狂人"的批判，近乎义

---

① 鲁迅：《坟·灯下漫笔》，《鲁迅全集》第1卷，第213页。

正词严的审判。

但是，出乎意料的是，小说最后三则日记，又推出一个新发现——"我"也无意中吃过人！

这最后的也是最大的发现，将小说推至一个全新的高度。

"我"也吃过人！这是先觉者身上发生的彻底的自觉，一种近乎"原罪"意识的形成，自此，"狂人"，不再是之前看上去高高在上、独善其身的先觉者和审判者，而是有罪者和被审判的对象。启蒙文学，成为赎罪文学！

敏感的日本学者，曾在《狂人日记》中感悟到某种"自觉"的产生。竹内好认为，小说表明作者有了"罪的自觉"，并由此产生"文学上的自觉"。[①]伊藤虎丸认为，《狂人日记》是"作者的告别青春，获得自我的记录"[②]，是"个的自觉"和"科学者的自觉（即现实主义小说家的诞生）"。[③]罪的自觉—个的自觉—文学的自觉，这一自觉的内在逻辑，说明由周树人到鲁迅的产生，基于近乎"原罪"的自觉之上。

如果再回到前文所论"正常"与"不正常"的对立判断，可以看到，阅读至此，这一判断发生了奇妙的转换：第一层次，是我们正常，狂人不正常；第二层次，是狂人正常，我们不正常；第三层次，则是狂人认为自己和周围人一样不正常。第三层次的判断才是狂人的自我视角。

在一元秩序中，觉醒者是痛苦的，一方面，他发现了自身的孤独；另一方面，它无法在一元秩序中找到拯救的资源，就如同《风筝》里的"我"，终于找到机会向"弟弟"道歉，希望得到宽恕，然而，对方却全然忘却！谁来拯救？在一元秩序中，不可能有拯救者，但无论如何，发现自己不正常，对自身有罪的自觉，才有可能打破"吃人"的循环。

《狂人日记》写作的两百多年前，在"吃人"生态中尝尽炎凉的曹雪芹，

① ［日］竹内好：《鲁迅》，李心峰译，浙江文艺出版社1986年版，第44、46、81页。

② ［日］伊藤虎丸：《鲁迅与日本人：亚洲的近代与"个"的思想》，李冬木译，河北教育出版社2000年版，第120—121页。

③ ［日］伊藤虎丸：《鲁迅与日本人：亚洲的近代与"个"的思想》，李冬木译，河北教育出版社2000年版，第122—123页。

以"辛酸泪",托于"荒唐言",成一部《红楼梦》。雪芹绝望于人情世态,然在彼时,无以找到"新的生路"①,于是复堕于固有文明的生活魅力,使《红楼梦》成为绝望与贪恋并至的文本,终至"泪尽而逝"。两个多世纪后,又一个在固有生态中绝望的人出发了,时代在他的面前呈现了新的地平线,他不再流连于固有文明的生活之美,坚定地向前方逃亡。

但洞见后的焦灼与绝望,依然托于"狂人"的"荒唐之言",就像《皇帝的新装》里说真话的孩子,不合时宜地说出了真相,更像一个偶然发现杀人小屋的小孩,在大街上奔走相告,但熙熙攘攘的人群中没有一个人相信他。

对于一元秩序中的人们,唯一合理的秩序,就是当下的秩序,每个人首先选择的,就是适应这个秩序。争存于一元秩序中的人,视自己与秩序为唯一,故正常,如果说他们不正常,一定绝对无法相信,反过来说你不正常。"不正常"的"狂人日记",在这个密不透风的"正常"秩序中,撕开了一个缺口,树起了一个"他者",为反思这个秩序,埋伏下一个可能。穿越世纪的隧道,我们听到了"狂人"的话外之音吗?

第三节　《阿Q正传》:国民性批判的小说形态

作为"写出我们现代的国人魂灵来"的力作,《阿Q正传》则是对这一文化所决定的国民人格系统——国民劣根性的展示。

对于阿Q是国民劣根性的典型这一点,学界已基本达成共识,但是,在何种意义上阿Q是国民劣根性的典型?这一典型的真正内涵是什么?又是如何体现在阿Q形象的塑造上的?典型论的分析存在什么限度?这些问题还存在进一步追问的空间。对阿Q典型内涵的分析,大多围绕"精神胜利法"展开,曾有诸多学者在研究方法上进行了创新的努力,或者围绕"精神胜利法",对阿Q的性格要素进行新的排列与组合,或者就"精神胜利法",尽量扩大其阐释的意义空间。但问题仍然存在:我们是否真正进入了阿Q作为国民劣根性典型的内在世

① 语见《彷徨·伤逝》,《鲁迅全集》第2卷,第129—130页。

界？一个明显的疑问是：小说一共九章，所谓"精神胜利法"，集中展现在第二章"优胜记略"和第三章"续优胜记略"，如果"精神胜利法"是阿Q典型的核心，则小说只需第二章和第三章就可以了，后面的六章到底何用呢？

《阿Q正传》是鲁迅国民性批判的小说形态，阿Q，不是对国民劣根性的一般表现，而是整体表现，即鲁迅在小说中全方位地展开了对国民劣根性的批判。因此，对阿Q典型的认识深度，取决于对鲁迅国民性批判整体把握的深度，重新审视鲁迅的国民性批判，应是小说解读的关键所在。

首先的问题是，我们该如何把握鲁迅的国民性批判？

鲁迅思想有多方面的展开，都展现了一定的魅力和深度，笔者认为，国民性批判，是鲁迅奉献给我们民族的最宝贵思想财富。处于现代转型最深处的精神转型，是鲁迅关注的重点，与中国固有的人性论相连。在鲁迅这里，精神，首先诉诸人性——其近代形态为国民性——的状况，并要作为"个"的人格来承担，因而国民性批判成为鲁迅毕其一生的事业。作为鲁迅研究的重点，对鲁迅国民性批判的内涵、社会背景、思想文化渊源及其现实批判性，诸多学者都做出过杰出的研究。对于国民性批判本身，已有研究大多是依据鲁迅的文学式表述，加以分类和描述，还没有将其真正作为思想形态的对象给以整合。当然，作为文学家，鲁迅的国民性批判散见于他的文学创作尤其是杂文中，这一批判不是诉诸严格的概念、定义与推理等逻辑方法，而是通过其惯用的体验—本质直观—例证的途径展开的；然而还要看到，作为鲁迅毕其一生的事业，作为他奉献给我们民族最宝贵的思想财富，国民性批判在他那里，不会仅仅是简单并置的现象描述，应该存在一个内在的思想系统。所以，如若我们把鲁迅的国民性批判真正当作思想形态的对象进行研究，就应穿透文学性描述，深入到其背后的思想系统中去。

鉴于此，笔者曾在1999年第7期《鲁迅研究月刊》上，发表了《鲁迅国民性批判的内在逻辑系统》一文，试图通过逻辑整合，使鲁迅国民性批判的内在逻辑系统彰显出来。拙文的论述理路是：首先，依据鲁迅的文本，对其国民性批判作初步分类描述和整理。通过文本梳理可以看到，鲁迅所着重描述并批判的中国国民劣根性，主要有"退守""惰性""巧滑""虚伪""麻木""健忘""自欺欺人""卑怯""奴性"和"无特操"等等，初步分析可以发现，这些描述在现象上具有两个特点：一是国民劣根性在鲁迅的描述中不是完全分类独立的，而是彼此渗透、相互发明；二是鲁迅对国民劣根性的批判性考察，始终是放在近现代中国人"苟活"的历史处境中，来具体考察的。由此可以说，鲁迅所描述的种种，与其说是他抽象出的中国国民劣根性，不如说是劣根性在民族危机中的诸表现，即"苟活"的种种状态，亦是"苟活"之方及其必备之素质。在此基础上，拙文进一步追问"苟活"是否就是鲁迅批判国民劣根性背后的"原点"？如果鲁迅的国民性批判完全着眼于民族危机的"苟活"处境展开，则无疑是一种存在论模式，存在论分析会得出这样的结论：民族处境先于国民性存在，先验抽象的国民性是不存在的。这似乎不符合鲁迅思想的深度模式，因为一个难以回避的问题是：苟活的生存困境为什么必然导致"卑怯"等劣根性，而不能相反激发反抗和奋进的积极品格呢？如果仅仅停留于存在论分析，岂不等于给中国人的劣根性寻找推脱责任的解释吗？鲁迅对国民性的考察，应该穿透"苟活"层面，在更深层挖掘"它的病根何在"。这一"病根"，即是在"苟活"处境中表现出的诸种国民性表现的劣根性根本，也就是鲁迅国民性批判的内在逻辑系统的逻辑原点。由于鲁迅本人没有指明这一"原点"的存在，严格上讲，从其国民性批判中逻辑地推出这一"原点"是存在困难的。在某种程度上，这一寻找"原点"的工作，既是演绎，更是阐释、揭示和印证，但这一揭示，必须既能逻辑整合鲁迅的考察，又能符合鲁迅思想的实际。拙文在此预设的基础上，对鲁迅所揭示的诸种劣根性进行了分析，揭示了这些劣根性表现的两面性、变通性和可操作性，这些都直指一个原初的动机或不变的出发点，诉诸鲁迅对这些劣根性表现的具体描述，可以用"私欲中心"四个字概括之。"私欲中心"，并非否定"私欲"的合理性，而是指出只有"私欲"的可悲性。抓住这个"原点"，则所谓"卑怯""虚伪""巧滑""无特操"等就可以统摄起来并得到解释，即它们都是民族近代危机中"苟活"式生存的国民劣根性表现，或者说是"苟活"之方和必备之素质，而其人性源头或逻辑"原点"，就是"私欲中心"。拙文又把此"私欲中心"的揭示，印证于鲁迅思想和文学的诸方面：在其最早的发言——日本时期的文言论文中，青年鲁迅一再怀疑和指责的不是别的，正是倡言改革者的"假是空名，遂其私欲"；五四时期的随感录《五十九·"圣武"》，正是一篇揭示中国人"私欲中心"的典型文本；"私欲中心"，实际上成为鲁迅贯穿一生的洞察视野，成为其"冷眼"所在，分布在杂文与小说中。拙文还着重通过中西文化"自我"的详细比较，试图彰显"私欲中心"说的深度所在，并以"私欲中心"作为逻辑原点，重新审视、整合鲁迅对儒、道文化的批判，从而进一步印证这一论述的有效性。通过逻辑整合揭示的鲁迅国民性批判的内在逻辑系统，可以图示如下：

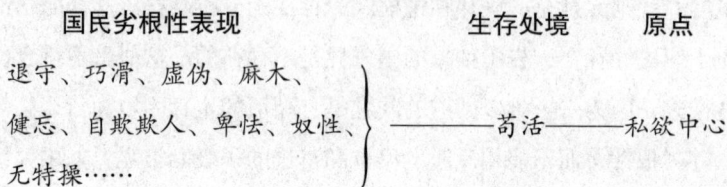

国民劣根性表现　　　　　　　　　　**生存处境**　　　**原点**

退守、巧滑、虚伪、麻木、

健忘、自欺欺人、卑怯、奴性、　　————苟活————私欲中心

无特操……

拙文发表后，引起了学界的争鸣。2002年4月，北京鲁迅博物馆专门为此次争鸣召开学术研讨会，[①]进行深入的讨论。结合学界对拙文提出的质疑及笔者个人的反思，我觉得需要斟酌的有两点：一是逻辑原点的追问是否有本质主义倾向；二是"私欲中心"的概括是否合理。第一个问题如果指的是理论的理解方式是否符合鲁迅国民性批判的思想实际，则首先应该承认，"国民性"在鲁迅那里，作为被"拿来"的历史性观念，并非一个本质性的概念。拙文对逻辑原点的追问，固然出于理论形态的逻辑整合，但"私欲中心"的得出，并非纯粹逻辑的推演，而是从鲁迅文本的批判意向中分析、阐释和揭示出的，并能印证于鲁迅思想和文学诸方面，所以与其说是本质论的，不如说也是历史论的。如果对于任何理论性追求，都名之以"本质主义"加以否定，则人类的研究思维就只能放弃。对"本质"的解构，固然是当下的理论时尚，但其实，解构思维本身如果离开了所谓深度模式，也会一筹莫展。第二个质疑，针对的是"私欲中心"的总结是不是又否定了"人欲"。固然，"灭人欲"是礼教传统

① 《鲁迅研究月刊》2002年第5期辟专栏刊发了会议论文，详细情况请参阅。

鲁迅与20世纪中国研究丛书

的一大弊害，反传统的鲁迅怎么会也否定"人欲"？鲁迅的文章从来不否定而是强调人的合理的生命欲望。所以"私欲中心"说是最容易受到质疑的。但笔者要阐明的是，把鲁迅对国民劣根性的批判指向"私欲中心"，并非指向一个中性的"私欲"本身（谁都不能否定，个人欲望，恰恰是文明创造的动力），而是指向了，国人的人格自我的文化建构，在人的感性欲望之上，并没有真正建构起对于感性欲望的超越之维。如果只以个人的感性欲望为中心，则这样的文化人格建构，最终是不健全的，所谓劣根性等等，其根源恐怕还要在这里来找。对此，拙文通过中、西文化自我的比较，作了充分的阐述。有论者指出，"私欲中心"之说来自90年代以来中国物欲横流的现实的刺激。然而可以反问的是，对物欲的肯定，难道不正是在今天的现实面前才"开窍"的吗？总之，对"私欲"这个问题，不能只就两个字本身来作或褒或贬的判断，而应放在一定的阐述语境中来具体把握。在此再次强调拙文的观点，并非意在这一研究全无问题。比如说，虽然通过逻辑整合的方式，试图推动对鲁迅国民性批判的研究的进一步深入，但面对国民性这样一个复杂的论题，逻辑整合还是不够的。"国民性"话语作为"拿来"的历史性观念，其在传播、旅行过程中的历史复杂性，如何和鲁迅的生活世界和文学世界产生关联，又如何成为鲁迅思想的重要组成部分，这些，都需要更为细密的历史梳理和考察。

但在拙文的论域范围内，笔者还是相信"私欲中心"说对鲁迅思想和文学的阐释有效性。拙文已经就这一观点，印证于鲁迅对儒家、道家文化的批判，进行了新的阐释，并呈现一个新的整合性视野。在此想进一步强调的是，以"鲁迅国民性批判的内在逻辑系统"解读鲁迅代表作《阿Q正传》，不仅许多难题得以迎刃而解，而且可以由此彰显一个统一的文本世界。

以国民性批判的内在逻辑系统整合《阿Q正传》，会发现小说的国民劣根性批判，并不是以"精神胜利法"为代表的阿Q性格的现象罗列，应有其相应的深层结构系统。

小说共九章，第一章是"序"，第二章、第三章是"优胜记略"和"续优胜记略"，第四章是"恋爱的悲剧"，第五章、第六章是"生计问题"和"从中兴到末路"，第七章、第八章是"革命"和"不准革命"，第九章是"大团圆"。这样的安排，是有一定的意图的：第二章和第三章，首先以空间形态展示阿Q的"精神胜利法"，目的是通过对"精神胜利法"的描述，集中展示鲁迅所批判的国民劣根性诸表现；后面的六章，作者让阿Q进入时间，动态展示阿Q的生存。第四章写的是"色"，第五、六章写的是"食"，"食色，性也""饮食男女，人之大欲存焉"。[1]最基本的生存得不到满足，只有诉诸"革命"，最后的结局是"大团圆"——阿Q之死。后六章绝不是多余的，而是展示了阿Q——一个普通中国人的一生，通过阿Q式的"活着"，揭示了鲁迅所批判的国民劣根性表现背后的原点——"私欲中心"式的人格系统及其生存。

第二、三章的"精神胜利法"的展示，不能完全理解为国民劣根性本身，把它当作矛盾人格或二重人格系统作静态的分析，而应看成是"这一个"阿Q在小说提供的特定"苟活"处境中的劣根性的表现，把它作为阿Q的弱势生存策略进行动态的展示。阿Q处于未庄的最下层，"阿Q没有家，住在未庄的土谷祠里；也没有固定的职业，只给人家做短工，割麦便割麦，舂米便舂米，撑船便撑船"。阿Q甚至连姓什名谁都不知道，有一回，他似乎是姓赵，但赵太爷的一个嘴巴，便剥夺了他姓赵的权利；他连名字也不清楚，只能照"洋字"的拼法略作"阿Q"。虽处于如此境地，阿Q却很"自尊"。"自尊"，在马斯洛现代心理学中，是人仅高于"食欲"和"性欲"的最基本生存需求。阿Q的"自尊"，正是基本生存要求的反映。但阿Q的"自尊"，由于得不到满足，竟至变态的"自大"，"所有未庄的居民，全不在他眼睛里"，"我们先前——比你阔的多啦！你算是什么东西！"。赵太爷、钱太爷家的"文童"，别人都格外崇奉，独阿Q不以为然，"我的儿子会阔的多啦！"。进了几回城，就很自负，但又鄙薄城里人的生活习惯。阿Q的自尊自大，最典型地表现在他对癞疮疤的忌讳上，"讳"在中国传统中，是尊者、长者和权势者的特权。但阿Q也讲究"讳"，不仅讳说"癞"，而且连"光""亮""灯""烛"一并都"讳"，别人一犯讳，他便骂、打或"怒目而视"，阿Q毕竟不

---

[1] 《孟子·告子上》："食色，性也。仁，内也，非外也；义，外也，非内也。"《礼记》："饮食男女，人之大欲存焉。"

是人家的对手，往往以失败告终。处于未庄最底层，想自尊而不得，这就是小说提供的阿Q在未庄的"苟活"处境。阿Q要在不能生存的地方苟活下去，作为自尊不能实现的补偿，他形成了三种对策，即他的弱势生存策略：自轻自贱、自慰自欺和怕强凌弱。

"优胜记略"和"续优胜记略"两章，着重写的就是阿Q的弱势生存策略。"优胜记略"主要写了两个故事，一是阿Q自尊忌讳而被打，一是阿Q聚赌而被打。前一个故事中，阿Q由于忌讳自己的癞疮疤而经常被打，为了满足自尊，常以"儿子打老子"来获得补偿。别人打的时候，有意叫他说"这不是儿子打老子，是人打畜生"。但阿Q索性等而下之，说"打虫豸"，然后觉得自己"是第一个能自轻自贱的人……状元不也是'第一个'么？"。于是心满意足了。这写出了阿Q的第一个生存策略——自轻自贱。第二个故事讲的是，阿Q好赌，但平时总是输，好容易鬼使神差地赢了一次，白花花的洋钱却被人抢了，身上还很挨了几下拳脚。这是很切实的失败，说"儿子打老子""打虫豸"都不顶用了，最后，阿Q索性用力抽了自己几个耳光，似乎被打的是别人，立刻转败为胜了。这是典型的自慰自欺，属于阿Q的第二个生存策略。"续优胜记略"，主要写的是阿Q是如何转嫁失败的痛苦的。阿Q自被赵太爷打，名声反而高了，但不想因"比捉虱子"，而被平时瞧不起的王胡打了。阿Q正在空前的屈辱中无可适从的时候，看见假洋鬼子远远地来了，这是他最厌恶的人，心里正有气，于是不觉骂出了声。假洋鬼子听到，拿起手里的文明棍打来，这时的阿Q赶紧指着近旁的一个孩子分辩道："我说他！"但文明棍还是狠狠地落在自己的头上，这是阿Q一天内的第二次屈辱。这时，对面走来了静修庵的小尼姑，阿Q心想："我不知道我今天为什么这样晦气，原来是因为见了你！"于是在众人的喝彩声中调戏小尼姑，在得意中"报了仇"。向孩子和小尼姑转嫁失败的痛苦，典型地展现了阿Q应对失败的第三个策略——怕强凌弱。

通过对阿Q的三个弱势生存策略的描述，小说动态地集中展示了鲁迅在杂文中所揭示的诸种国民劣根性的表现：身为下贱而又自尊自大是为"自欺"，自轻自贱是为"退守"，既能自尊自大又能自轻自贱则体现为"巧滑""奴性"和"无特操"；而自慰自欺必须具备"虚伪""麻木""健忘"的素质，怕强凌弱则为典型的"卑怯"，亦是"奴性"和"无特操"的典型表现。

如果鲁迅的国民性批判所指就是这些劣根性表现，则小说到此已完成了任务。但如果以拙文所揭示的鲁迅国民性批判的内在逻辑系统来解读小说，则小说到此只展示了现象，国民劣根性的深层次存在还有待进一步展开，而这，正是后面几章的任务。后六章，既进一步展现了阿Q的"苟活"处境，更重要的是揭示了"私欲中心"这个劣根性本质。

第四章"恋爱的悲剧"，阿Q因拧小尼姑而生"恋爱"之心，遂向吴妈求爱，"我和你困觉"式的"求爱"方式吓坏了吴妈，阿Q人生之一大欲，遂以"悲剧"告终。如果第四章写的是"色"，则第五、六章写的是"食"，从"生计问题"到"从中兴到末路"，虽一波三折，但此一"欲"终于也遇上危机。"食色，性也"，既然无法实现，则只有诉诸"革命"，第七章"革命"和第八章"不准革命"，展现的就是阿Q式"革命"。"革命"对于走投无路的阿Q，起于"革命也好罢"的朦胧向往，在他亢奋而跳跃的想象中，"革命"不是别的，而就是报复、"东西"和女人。可以说，"生计""恋爱"和"革命"，就是阿Q人生的欲望三部曲，其实质，在"五四"时期的随感录五十九《"圣武"》中，鲁迅已一语道破："简单地说，便只是纯粹兽性方面欲望的满足——威福，子女，玉帛，——罢了。"①这才是国民劣根性之根本所在——私欲中心。这一点还通过小说中的其他细节展现出来。后六章展示了阿Q这个普通中国人的一生，并揭示了国民劣根性之根本所在——私欲中心的人格系统。

总之，以鲁迅国民性批判的内在逻辑系统解读阿Q典型的内涵，获得了一个新的整合性视野和一个统一的文本世界。阿Q，不是对国民劣根性的一般表现，而是整体表现。作为鲁迅国民性批判的小说形态，小说也具有内在的结构系统，在此系统内，阿Q作为国民劣根性典型的内涵，得以真正展现。同样可以图示如下：

鲁迅与20世纪中国研究丛书

---

① 鲁迅：《热风·"圣武"》，《鲁迅全集》第1卷，第355页。

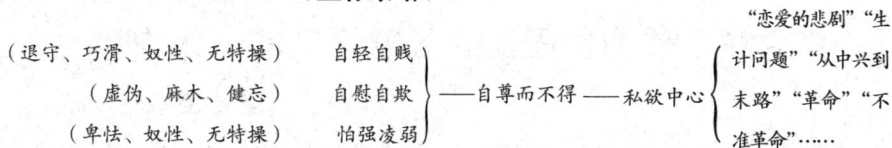

国民劣根性表现　　精神胜利法　　苟活处境　　原点
（生存策略）

（退守、巧滑、奴性、无特操）　自轻自贱 ⎫　　　　　　　　　　　 ⎧"恋爱的悲剧""生
　　（虚伪、麻木、健忘）　　　自慰自欺 ⎬——自尊而不得——私欲中心⎨计问题""从中兴到
　　（卑怯、奴性、无特操）　　怕强凌弱 ⎭　　　　　　　　　　　 ⎩末路""革命""不
　　　　　　　　　　　　　　　　　　　　　　　　　　　　　　　　准革命"……

第六章　作为中国民族国家话语的进化论

第一节　进化论与中国近代危机

源自西方的进化论，堪称现代世界影响最大、成分最为复杂的知识谱系之一。

进化论最初的思想萌芽在古希腊，早在前苏格拉底时期，泰勒斯和阿那克西曼德就表达了朴素的进化论思想，鲁迅在《人之历史》中说："进化之说，黏灼于希腊智者德黎（Thales），至达尔文（Ch.Darwin）而大定。"[①]中世纪神学观念取代希腊思想，但基督教思想中也蕴藏通向进化与退化观念的因素。"原罪""末日审判"隐喻着人类的"退化"，同时，正如现代性研究中所指出的，"末日审判"所指向的未来时间观念，也蕴藏现代时间意识与历史观念的萌芽。随着古代经典的发现，文艺复兴时期的人文意识取代宗教意识，在17世纪的古今之争中，形成以"现在"为中心的，并指向"未来"的世俗时间观，"进化"和"进步"的意识，在这一时间观中滋长形成。经过18、19世纪的科学发展的支撑，到达尔文（1809—1882）的《物种起源》，进化论学说正式形成。

布封（Georges Louis Leclere de Buffon，1707—1788）、拉马克和赖尔（Charles Lyell，1797—1875）是达尔文之前的进化论前驱。18世纪法国博物

[①]　鲁迅：《坟·人之历史》，《鲁迅全集》第1卷，第8页。

鲁迅与20世纪中国研究丛书

学家布封的巨著《自然史》在有关物种起源的问题上，倡导生物转变论，注意到物种因环境、气候、营养的影响而变异，对后来的进化论有直接的影响，达尔文在《物种起源·导言》中称其为"现代以科学眼光看待这个问题的第一人"拉马克早在达尔文诞生的1809年就在《动物学哲学》里提出了生物进化学说，拉氏"用尽废退"和"获得性遗传"的生物学思想启发了达尔文有关自然选择和人工选择的观念，为达尔文的进化论提供了理论基础。拉氏"后天获得了的新性状能够被遗传"学说容易导致高估生物体的意志和欲望在进化中的作用，这一点对后世的"社会进化论"和"进步"观有潜在影响。1830年至1833年，赖尔的《地质学原理》分成三卷先后出版，赖尔阐述了均变论的观点，认为山川河流的形成都是长时间积累的结果，尤其是第三卷论述有机界在自然选择、地理分布和移徙，以及在人工驯养、培植等条件下所引起的变化，已含有进化论思想，达尔文不止一次地提到赖尔对自己的影响。

1859年，达尔文发表《物种起源》，首次通过科学考察证实物种的演化是通过自然选择和人工选择两种方式进行，被恩格斯誉为西方19世纪三大发明之一。达尔文从生物与环境相互作用的观点出发，认为生物的变异、遗传和自然选择作用能导致生物的适应性改变。围绕"自然选择"，达尔文提出"生存竞争"和"适者生存"的思想，生存竞争包括生物同无机界的斗争、物种间和物种内的斗争，自然选择使不适应环境的个体被淘汰，适应环境的会保存并繁衍下去。达尔文的物种起源论以近代科学考察的方式证明了进化在自然界的存在，源自古希腊的进化思想与科学结合，想象变成科学，思想成为现实，这对于相信上帝创造万物的西方信仰世界，无疑是一次巨大的思想地震。

德国海克尔1899年出版的《宇宙之谜》，将进化论发展为种系发生学，为生物学建立"一元论"哲学基础，认为人类个体胚胎的发育过程是物种进化过程的反映，个体的发展过程就是种系发展过程的重演。鲁迅在《人之历史》中介绍西方进化论知识谱系，以海氏为进化论的最新发展，尤为看重。

虽然达尔文曾在《物种起源》的结尾处写道："人类的起源及其历史也将

由此得到大量说明"①，但是，他却无意将自然科学领域的理论直接拓展到对人类社会的研究。1858年斯宾塞将自己的论文寄给正在准备发表《物种起源》的达尔文，提出将同质性向异质性转化的理论用于人类社会。达尔文回信说："目前我正在准备一本关于物种变化的长篇著作的概要；但我仅仅是作为一个博物学家而不是从更一般化的观点来处理这个主题"②，表示无意将自己的自然研究拓展到人类社会领域。

但是，携新兴科学之力，达尔文进化论还是迅速渗透到其他领域，演变成极富影响力的社会意识形态。由自然科学领域的物种进化学说，到社会科学领域的社会进化论，再到因此形成的近现代一系列的物质的与精神的进步观念，进化论在西方已经形成一个具有复杂家族谱系的学说，由此产生了社会达尔文主义、互助论、优生学、创造进化论、新达尔文主义等一系列学说思潮，产生广泛深远的影响。

达尔文对种内竞争残酷性的强调对后来斯宾塞的思想产生了一定影响。斯宾塞将"进化"观念引入对人类社会历史进程的解释，视人类社会的历史过程为自然演化过程的一个部分。历史与社会的进化与自然界的进化是等同的，文明和社会的进化就是不断的进步，生物进化论遂演变成影响更为巨大的19世纪"进步"意识形态。"进步的信念以及与之相联的乐观主义精神在赫伯特·斯宾塞身上体现得异常鲜明。工程师出身的斯宾塞很容易把英国近代的工业社会视为进步的排头兵。他的文明进步观是进化式的，即个性自由与社会团结一步一步地逐渐融合为一个完美的自由社会。"③

科林伍德（或译柯林武德）在《历史的观念》中分析19世纪的欧洲进步观念与时代语境之间的关系：

---

① ［英］达尔文：《物种起源》，周建人等译，商务印书馆1997年版，第556页。

② 转引自［英］彼得·狄肯斯：《社会达尔文主义——将进化思想和社会理论联系起来》，涂骏译，吉林人民出版社2005年版，第26页。

③ ［美］阿瑟·赫尔曼：《文明衰落论——西方文化悲观主义的形成与演变》，张爱平、许先春、蒲国良等译，上海人民出版社2007年版，第37页。

19世纪的后期，进步的观念几乎变成了一种信条。这一概念是一种十足的形而上学，它得自进化的自然主义，并被时代的倾向所强加给了历史学。它无疑地在18世纪把历史作为人类在合理性中前进并朝着合理性前进这一概念之中有着他的根源；但是在19世纪，理论的理性已经是指掌握自然（认为知识就等于自然科学，而自然科学按流行的观点则等于技术），而实践的理性则已经是指追求快乐（认为道德等于促进最大多数的最大幸福，而幸福则等于快乐的数量）。从19世纪的观点看来，人道的进步就意味着变得越来越富足和享受越来越美好。而且斯宾塞的进化哲学似乎是在证明这样一个过程必然会要继续下去，而且无限地继续下去；而且当时的英国经济状况似乎也证实了那种学说。①

　　可见，伴随人类理性的自信、科学的发展、社会经济的繁荣和道德快乐原则的确立，诸多因素结合起来，"进化"的自然"科学真理"演变成崇尚"进步"的社会意识形态。

　　这一浪潮席卷了19世纪，并波及20世纪的非西方世界。

　　在西学东渐的过程中，进化学说是产生最重要影响的西方学说之一。从晚清到"五四"，中国几代知识分子几乎都受到了进化论的深刻影响，甚至到了"进化之语，几成常言"②的地步。

　　进化论对中国的影响，可以追溯到1873年的《地学浅释》一书的翻译。《地学浅释》原名为：Elements of Geology，今通译为《地质学原理》。原作者是Charles Lyell，当时译为"雷侠儿"，今通译为赖尔或莱伊尔。1873年，该书由美国传教士玛高温口译、著名学者华蘅芳笔述出版。《地学浅释》充任了中国进化论传播的先锋，康有为、梁启超、谭嗣同等都受到了该书的影响。该

　　①　［英］R.G.柯林武德：《历史的观念》，何兆武、张文杰译，商务印书馆1997年版，第211—212页。

　　②　鲁迅：《坟·人之历史》，《鲁迅全集》第1卷，第8页。

书的一部分曾经成为鲁迅在南京矿路学堂时的教科书，鲁迅还手抄过此书。[①]

1872年，达尔文出版《人类起源和性选择》。次年，上海《申报》即对该书的出版做了报道，称该书为《人本》，称达尔文为"西博士"。1877年，英国在华传教士傅兰雅创办《格致汇编》，发表《混浊说》一文，阐述动物由虫、鱼、鸟、兽、猿到人的进化过程，提出"人猿同祖论"。1881年，美国传教士丁韪良出版《西方考略》一书，介绍了拉马克、达尔文的进化学说，阐述物种起源一元论的进化思想，北京同文馆1884年将该书翻译出版。1891年《格致汇编》介绍了《物种起源》，美国传教士林乐知主编的《万国公报》等刊物也不同程度地介绍了达尔文的进化学说。

进化论的快速传播与中国近代的救亡语境密切相关。甲午海战，"天朝上国"败于日本，救亡图存成为迫在眉睫的问题，1895年，严复在天津《直报》《国闻报》上先后发表《论世变之亟》《原强》《救亡决论》等系列文章，以进化论思想阐释当前危机。在《原强》中，严复首先介绍了达尔文和斯宾塞的学说，他将达尔文生物进化概括为"物竞"和"天择"："物竞者，物争自存也；天择者，存其宜种也"[②]，认为"动植如此，民人亦然"[③]，进而信奉斯宾塞的"群学"。1896到1909年，严复翻译了大量西学著作，为中国进化论的传播起到了重要作用，《天演论》出版后十年间有三十多种版本，仅商务印书馆1905—1927年就再版了二十四次。[④] 1902—1903年，马君武翻译了《物种起源》中的"生存竞争""自然选择"两章，以《达尔文物竞篇》《达尔文天择篇》为题出版单行本。1903年，李郁翻译了《达尔文自传》第3卷。

进化论思想适时地提供了对中国近代危机的解释，同时也提供了"自强"的可能出路，因而深受有识之士的欢迎，得到进一步传播，成为近代以来重要

---

① 参见周启明：《鲁迅的青年时代·关于鲁迅》，鲁迅博物馆鲁迅研究室《鲁迅研究月刊》选编：《鲁迅回忆录·专著》中册，第882—883页。

② 严复：《原强（修订稿）》，王栻编：《严复集》第1册，中华书局1986年版，第16页。

③ 严复：《原强（修订稿）》，王栻编：《严复集》第1册，中华书局1986年版，第16页。

④ 李难主编：《生物学史》，海洋出版社1990年版，第337页。

鲁迅与20世纪中国研究丛书

的救亡与革命意识形态。严复、康有为、梁启超、孙中山等人积极传播进化论，试图将它作为变法和革命的理论根据。

如上文介绍，严复在甲午战败后发表系列文章分析当时的危机，是第一个用进化论解释中国近代危机的人。他用中国化的"天演"来翻译"Evolution"，强调物竞天择，生存斗争和优胜劣败。康有为将进化论学说与中国传统的"公羊三世"变异思想有机结合起来，创立人类社会由"据乱世""升平世"到"太平世"依次进化发展的公羊三世历史进化论。在《天演论》还未公开出版时，梁启超就读到严复的译稿，服膺进化学说；1902年，梁启超在《新民丛报》第1期发表《天演学初祖达尔文之学说及其传略》一文，介绍达尔文的生平和思想，认同"竞争者，进化之母也；战争者，文明之媒也"[①]；《新民说》第四节是"以优胜劣败之理以证新民之结果而论及取法之所宜"，按人的肤色之异，将"全球民族之大势"列为一表，分为"黑色民族""红色民族""棕色民族""黄色民族"和"白色民族"，"五色人相比较，白人最优。以白人相比较，条顿人最优。以条顿人相比较，盎格鲁撒克逊人最优。此非吾趋势利之言也。天演界无可逃避之公例实如是也"。是"天演物竞之公例"[②]，梁启超谈"进化"的文章所在多是。[③]章太炎深谙进化论思想，但不满单线进化说，提出"俱分进化论"，认为人类社会在道德方面是善亦进化、恶亦进化，在生活方面是苦乐并进。[④]孙中山也对进化论尤为关注，认为严复将Evolution译为"天演"不妥，还是译为"进化"合适，[⑤]认为"自达尔文之书出后，则进化之学，一旦豁然开朗，大放光明，而世界思想为之一

---

① 梁启超：《饮冰室合集·文集之四》，中华书局1989年版，第57页。

② 梁启超：《新民说》，《梁启超全集》第三卷，第658页。

③ 梁启超有关进化论的文章有：《论近世民民竞争之大势及中国前途》，载《清议报》，第11号，1899；《史学之界说》，载《新民丛报》，第3号，1902；《天演学初祖达尔文之学说及其传略》，载《新民丛报》，第3号，1902；《论进步》，载《新民丛报》，第10—11号，1902；《进化论革命者颉德之学说》（介绍英国Benjamin Kidd的《泰西文明原理》和《人群进化论》），载《新民丛报》，第18号，1902。（参考张法：《中国现代性以来思想史上的五大观念》，《学术月刊》2008年第6期。）

④ 章太炎：《俱分进化论》，1906年9月5日《民报》第7号。

⑤ 孙中山：《孙中山全集》第10卷，中华书局1981年版，第385页。

变。从此各种学术，皆依归于进化矣。夫进化者，自然之道也；而物竞天择，适者生存，不适者淘汰，此物种进化之原则也"[①]，并根据进化原理，对世界与人类社会作了多种进化阶段划分。[②]孙中山的革命理想是建立在对于进化的乐观之上的，"三民主义"就体现了进化论的影响。另外，革命派的邹容、陈天华、朱执信等都奉进化论为革命与进步的意识形态。

进化论及其附带产生的一系列学说在西方提供了工业革命时代的对"进步"的乐观信念，对落后的中国来说，则提供了两个方面的理解：一是，对中国遭遇的近代危机提供了"科学"解释，整个世界处在"适者生存"的规律支配下，被动挨打是因为没有适应世界潮流；二是，给我们摆脱危机提供了某种出路，只有自强，才能摆脱危机，并成为强者。进化论之在中国近代备受青睐，是民族危机集体焦虑的体现，进化论提供了摆脱民族危机的信念和面向未来的进步理念，也提供了革命与变革的意识形态。因而可以说，进化论是中国现代民族国家话语的一个必要组成部分。

第二节　日本：进化论进入中国的桥梁

日本是近代中国接受进化思想的一个重要桥梁。清政府派遣大批留学生赴日，正当西方进化论在日本流行之时，晚清留日学生自然受到在日本传播的西方进化论的影响。

明治十年（1877），进化论的坚定拥护者、美国生物学家莫斯（Edward Sylvester Morse，1838—1925）开始在东京大学讲授生物学，宣传进化论学说。明治十六年（1883），伊泽修二将赫胥黎的讲演集译成日文，题名《生物原始论》，1889年改名《进化原论》再版。明治十四年（1881），神津专三

① 孙中山：《孙中山选集》，人民出版社1963年版，第141页。

② 如将世界进化史分为"物质""物种"和"人类"三个时期，将人类历史分为"人同兽争""人同天争""人同人争"和"人同君主争"四个时期，将人类社会发展史分为"草昧""文明""科学"三个时期和"太古吃果""渔猎""游牧""农业""游牧""工商"六个时代。

郎将达尔文1871年的《人的由来》译成日文，题名《人组论》，明治十六年（1883），莫斯的学生石川千代松将听讲莫斯进化论的笔记手稿译成日文，并以《动物进化论》之名在日本刊出，东京大学生物学教授矢田部良吉为该书撰写了序言，石川千代松自己的著作《进化新论》则于明治二十四年（1891）由东京敬业社出版。达尔文的著作译为日文的首先是《人类的由来》，《物种起源》以《生物始源》（又名《种源论》）于明治二十九年（1896）由立花铣三郎翻译出版。1893年，加藤弘之的《强者的权利竞争》（《强者ノ权利ノ竞争》，后中译本名改为《物竞论》）由日本哲学书院出版，成为斯宾塞社会进化主义的热心宣传者。明治二十九年（1896），达尔文《物种起源》第一次由立花铣三郎译成日文，题名《生物原始》，由东京开成馆出版。明治三十七年（1904），丘浅次郎的《进化论讲话》由东京开成馆发行，获得很大影响。明治三十九年（1906），鲁迅《人之历史》所着重引用的海克尔的《宇宙之谜》，由冈上梁、高桥正熊翻译，东京本乡有朋馆发行，书前有加藤弘之、元良勇次郎、石川千代松和渡濑庄三郎的序，附录有《生物学说沿革略史》《海克尔小传》《日语·德语对照表》。

严复的《天演论》并没有完全满足中国知识分子的胃口，他们渴望着读到更多的关于进化论的著述，留日学生将日本与西方的很多有关进化学说的著述介绍到中国。据统计，日文汉译以"进化"为名的著作有：斯宾塞《政治进化论》，译者不详；伊耶陵《权利竞争论》，译者不详；加藤弘之《物竞论》，杨荫杭译，东京译书汇编发行所，1901；《加藤弘之讲演集》，作新社译，作新社，1902；加藤弘之《天择百话》，吴建常译，上海，广智书局，1902；加藤弘之《人权新说》，陈尚素译，上海，开明书店，1903；加藤弘之《道德法律进化之理》，金寿庚译，广智书局，1903；加藤弘之《政教进化论》，杨廷栋译，广智书局，1911；有贺长雄《族制进化论》，译者不详，广智书局，1902；有贺长雄《社会进化论》，麦鼎华译，广智书局，1903；石川千代松《进化新论》，译者不详。[1]可以看到，加藤弘之对中国进化论思想的影响尤大。

① 参阅张法：《中国现代性以来思想史上的五大观念》，《学术月刊》2008年第6期。

早在80年代，刘柏青先生就曾指出："中国人早年认识并掌握进化论思想，严译《天演论》是一条重要渠道，但不是唯一的渠道；日本有关进化论的论述，也是一条渠道。"[1]"进化论思想的来源，又不止赫胥黎和严复，同时也有日本的进化论。"[2]这一论述提示我们，在赫胥黎和严复之外，明治时期日本人对西方进化论翻译和介绍，以及日本人自己的进化论著述，是中国近代进化论话语的重要来源。这一点，我们可以从鲁迅的个案中充分认识到。

第三节　鲁迅的进化论接受

鲁迅在南京第一次接触进化论，是读到严复翻译的赫胥黎的《天演论》，严氏以古雅文言翻译进化论，在形式与内容两方面都深深吸引了时人。鲁迅曾回忆初读《天演论》的状况：

看新书的风气便流行起来，我也知道了中国有一部书叫《天演论》。星期日跑到城南去买了来，白纸石印的一厚本，价五百文正。翻开一看，是写得很好的字，开首便道：

"赫胥黎独处一室之中，在英伦之南，背山而面野，槛外诸境，历历如在机下。乃悬想二千年前，当罗马大将恺彻未到时，此间有何景物？计惟有天造草昧……"

哦！原来世界上竟还有一个赫胥黎坐在书房里那么想，而且想得那么新鲜？一口气读下去，"物竞""天择"也出来了，苏格拉底、柏拉图也出来了，斯多噶也出来了。

……

一有闲空，就照例地吃侉饼，花生米，辣椒，看《天演论》。[3]

---

① 刘柏青：《鲁迅与日本文学》，吉林大学出版社1985年版，第49页。

② 刘柏青：《鲁迅与日本文学》，第48—49页。

③ 鲁迅：《朝花夕拾·琐记》，《鲁迅全集》第2卷，第295—296页。

《天演论》带来的，无疑是一次震撼体验，这里既有异域新学的新鲜感，更有对自然与社会的"进化"真理的发现。

据周作人日记，1902年2月2日的星期日下午："晚饭后大哥忽至，携来赫胥黎《天演论》一本，译笔甚好。"可见鲁迅阅后奔走相告的心情。

对《天演论》的喜好一直延续到日本留学期间，许寿裳回忆说：

> 有一天，我们谈到《天演论》，鲁迅有好几篇能够背诵，我呢，老实说，也有几篇能背的，于是二人忽然把第一篇《察变》背诵起来了……①

到仙台后，鲁迅给许寿裳写信，谈及日本男女浴室之间只隔一道矮的木壁的构造，戏言："同学阳狂，或登高而窥裸女。"并自注道："昨夜读《天演论》，故有此神来之笔。"②

在南京，继《天演论》之后，鲁迅又购读了加藤弘之的《物竞论》。据周作人日记，1902年3月9日，鲁迅回南京托堂叔祖椒生和叔父伯升带给周作人书若干本，其中有新买到的加藤弘之的《物竞论》译本。李冬木曾提示鲁迅对进化论的阅读，就处在从《天演论》到《物竞论》的方向上。③

青年鲁迅的第一次正式发言，是1907—1908年发表于留日学生杂志《河南》的五篇文言论文，其第一篇就是《人之历史》。在《人之历史》中，鲁迅全面地梳理了西方进化学说的历史，溯源至古希腊，下迄19世纪进化论思潮，涉及林耐（K.Von Linne）的动植物系统分类学说、居维叶（G.Cuvier）的古生物学及化石研究、拉马克（Jean de Lamarck）的生物进化学说、达尔文（Ch.Darwin）的物种起源论和自然选择论以及海克尔（E.Haeckel）的种族发生学，

---

① 许寿裳：《亡友鲁迅印象记》，鲁迅博物馆鲁迅研究室《鲁迅研究月刊》选编：《鲁迅回忆录·专著》上册，北京出版社1999年版，第217页。

② 许寿裳：《亡友鲁迅印象记》，鲁迅博物馆鲁迅研究室《鲁迅研究月刊》选编：《鲁迅回忆录·专著》上册，北京出版社1999年版，第217页。

③ ［日］李冬木：《关于〈物竞论〉》，《鲁迅研究月刊》2003年第3期。

可谓全面系统，可见鲁迅在日本更系统地了解了西方进化论的历史。

　　《天演论》是严复根据赫胥黎1895年出版的《进化论与伦理学》翻译的。严复之介绍进化论，不选择达尔文和斯宾塞而选择赫胥黎，原因可能是《物种起源》纯属自然科学领域，与当下的社会关心存在距离，真正打动中国人的，实际上是斯宾塞的社会达尔文主义，但斯宾塞的著作又卷帙浩繁，读者缺少耐心，因此，赫胥黎的这本有关进化论的小册子自然成为首选。其实，赫胥黎的《天演论》意在反对斯宾塞将自然界的进化规律应用到对社会领域的阐释，他认为自然界存在"物竞天择"和"弱肉强食"，但人类社会奉行的是超越自然界的道德、伦理原则。严复的在翻译过程中，还加入了自己根据传统易学循环观的理解。因而，通过严复的翻译，《天演论》成为一部集合众多交叉视点的译本，它涉及达尔文、斯宾塞、赫胥黎、易学、老庄等，达尔文的存在从自然科学纬度提供了科学性和真理性，斯宾塞则是读者真正的阅读期待。《天演论》是反社会达尔文主义的，但打动中国人的，恰恰是将进化规律纳入民族国家间竞争的社会达尔文主义。

　　周作人曾回忆："鲁迅看了赫胥黎的《天演论》，是在南京，但是一直到了东京，学了日本文之后，这才懂得了达尔文的进化论。因为鲁迅看到丘浅治郎的《进化论讲话》，于是明白了进化学说到底是怎么一回事。"[①]李冬木据此认为："真正使鲁迅理解达尔文进化论的，却并不是《天演论》，而是丘浅次郎的《进化论讲话》。"[②]就日本进化论资源对于鲁迅的影响，日本学者中岛长文在《蓝本〈人之历史〉》（上、下）[③]进行过考证，他列举了明治20年代中期到30年代后期在日本出版的三本有关进化论的著作，一是明治三十九年（1906）东京本乡有朋馆发行的海克尔的《宇宙之谜》（冈上梁、高桥正熊共译，书前有加藤弘之、元良勇次郎、石川千代松和渡濑庄三郎的序，附录有

　　① 周启明（周作人）：《鲁迅的青年时代》，鲁迅博物馆鲁迅研究室《鲁迅研究月刊》选编：《鲁迅回忆录·专著》上册，第821页。

　　② ［日］李冬木：《鲁迅与丘浅次郎》（上、下），《东岳论丛》2012年第4、5期。

　　③ ［日］中岛长文：《蓝本〈人之历史〉》（上、下），《滋贺大国文》第十六、十七号，滋贺大国文滋会，1978年、1979年。（转引自［日］李冬木：《鲁迅与丘浅次郎》（上、下），《东岳论丛》2012年第4、5期。）

《生物学说沿革略史》《海克尔小传》《日语·德语对照表》）；一是石川千代松的著作《进化新论》，明治二十四年（1891）东京敬业社出版；还有一本是明治三十七年（1904）由东京开成馆发行的丘浅次郎的《进化论讲话》。中岛认为，鲁迅最早介绍进化学说的《人之历史》，"近百分之九十"的内容取材于这三本书，来自《宇宙之谜》的近三十处，其中"从第五章'人的种族发生学'引用的部分占原文全部的将近40%，从全书引用的占43%—44%"，来自《进化新论》的十五处，[①]而来自《进化论讲话》的，李冬木的阅读统计有十二处[②]。李冬木认为："鲁迅和当时的绝大多数留学生一样，在接受进化论的顺序上，是先严复而后其他的，具体地说，是在《天演论》的影响的前提下，才关注和接受来自日本的进化论的。"[③]具体顺序就是，先《天演论》《物竞论》，然后是《进化论讲话》《进化新论》和《宇宙之谜》等。[④]

刘柏青说："鲁迅到东京弘文学院学习时，还听过丘浅次郎讲授的进化论课。"[⑤]北冈正子在《在独逸语专修学校学习的鲁迅》一文中，对独逸语学校的教师队伍注释道："德语之外的科目中，也可以看到芳贺矢一（国语）、津田左右吉（历史）、东仪铁笛（音乐）、丘浅次郎（生物）、木元平太郎（美术）等人的名字"[⑥]，印证了刘柏青的说法，说明鲁迅与丘浅次郎的缘分不浅。就鲁迅所受丘浅次郎进化论思想的影响，李冬木在《鲁迅与丘浅次郎》（上、下）一文中对此有详尽的考证，此处不赘。

从前述中国对日本进化论思想的翻译看，加藤弘之的《物竞论》被翻译介绍得最多，可见其对中国近代进化论话语的影响更大。"《物竞论》可以说

① ［日］中岛长文：《蓝本〈人之历史〉》（上、下），《滋贺大国文》第十六、十七号，滋贺大国文滋会，1978年、1979年。（转引自［日］李冬木：《鲁迅与丘浅次郎》（上），《东岳论丛》2012年第4期。）

② ［日］李冬木：《鲁迅与丘浅次郎》（上），《东岳论丛》2012年第4期。

③ ［日］李冬木：《鲁迅与丘浅次郎》（上），《东岳论丛》2012年第4期。

④ ［日］李冬木：《鲁迅与丘浅次郎》（上），《东岳论丛》2012年第4期。

⑤ 刘柏青：《鲁迅与日本文学》，第50页。

⑥ ［日］北冈正子：《鲁迅研究的现在》，汲古书院1992年版，第39页。

是鲁迅接触到的第二本有关进化论的书"①，鲁迅在去东京留学之前已经购买并阅读了加藤弘之的《物竞论》。李冬木先生提示，从《天演论》到《物竞论》，是《物竞论》的译者杨荫杭阅读进化论的顺序，这也正是鲁迅阅读的顺序，"明确这一点非常重要，它可以使人意识到《物竞论》很可能正好处在一个把《天演论》的读者进一步朝着某个方向上导读的位置"②。从《天演论》到《物竞论》，表现着后发展国家急迫的危机感，"如果说《天演论》还是用自然界的'物竞'和'天择'来对现实世界进行一种'文学性'的暗示的话，那么《物竞论》就以'天则'或'公法'的形式赤裸裸地告诉人们，人类社会本身正是这样一个弱肉强食，优胜劣败的'强者权利=权力'的世界"③。

在鲁迅与加藤弘之之间，有一个值得注意的分歧。加藤倾向于斯宾塞的社会达尔文主义，又结合德国的国家有机体理论，将进化论扩大为国家间的优胜劣汰、适者生存的原则。民族、国家之间的竞争是不可避免的，而个人只有把国家与民族放在第一位才能赢得国与国、民族与民族之间的竞争，主张国家对个人的至上权利。他在《人权新说》中一反自由民权运动的人权观，认为："我们的遗传和变化的优劣差等，既然长久不灭，永无尽期，那么，由这个优劣差等所生的竞争胜败，也就可以保有其长不灭，永无尽期。由此观之，我们人类既各有其优劣等差，因而也就发生无数的优胜劣败的作用，这实在是万物法的一大定规，永久不易不变的原理，所以说我们人类每一个人决不是一生下来就具有自由、自治、平等、均一的权利，岂不是昭然若揭吗？"④而鲁迅则与此有异，从日本时期的文言论文看，他并没有因进化的焦虑而将国家放在个人之上，相反，他视个人为国家的基础。《文化偏至论》强调中国若"将生存两间，角逐列国是务"，则"首在立人，人立而后凡事举；若其道术，乃

① ［日］李冬木：《鲁迅与丘浅次郎》（上），《东岳论丛》2012年第4期。
② ［日］李冬木：《关于〈物竞论〉》，《鲁迅研究月刊》2003年第3期。
③ ［日］李冬木：《关于〈物竞论〉》，《鲁迅研究月刊》2003年第3期。
④ 近代日本思想史研究会编：《近代日本思想史》第一卷，商务印书馆1992年版，第114页。

必尊个性而张精神"①，将"个人"与"精神"放在首要位置。五篇文言论文展现的，就是确立"个人"与"精神"至高价值的系统思考，因而在《人之历史》中，通过西方进化论的梳理所要追问的，正是人类"超越群动"的"进化之能"和"内的努力"。这与《科学史教篇》对"科学"背后"神思"与"圣觉"的追问，《文化偏至论》中对19世纪末"新神思宗"的瞩望，都是一脉相承的。这一潜在的差异，使鲁迅的进化论思考，向被其视为"新神思宗"代表的尼采的"超人"学说与人性进化论延伸。

第四节　五篇文言论文中的进化论

基于进化论思想的影响，在留日期间的五篇文言论文中，鲁迅初步表达了其对进化论的思考。

《人之历史》在西方生物进化论的学术史梳理中强调进化中生物自身的能动性，人在这一自然图景中处在自然进化的高级阶段，人之所以进化形成，正是因为其"超乎群动"的"人类之能"。鲁迅的梳理一方面把人的源头追溯至生物界甚至无生物界，在生物学视野中肯认了人类的自然性，同时通过对"人类之能"的强调，彰显了人类超越于一般生物的"能"。

以此为基础，五篇论文形成了一个内在一致的理路：《人之历史》追问人类"超出群动"的进化之"能"；《科学史教篇》彰显"科学"发展背后的"理想""神思""圣觉"等人性和精神力量，与《人之历史》中所谓"人类之能"相通；《破恶声论》通过"人性""兽性"和"奴性"的划分，提出了以"人性"为鹄的的人性进化观；《文化偏至论》通过"个人"与"众数"的对举，强调"个人"所承担的精神价值，人与人在精神进化的水平上是不平等的，人性的进化总是由"个人"的超前进化为先驱，这些精神上的超前者，接近叔本华的"天才"和尼采的"超人"。

在《破恶声论》中，通过剖击"崇侵略"，鲁迅进一步区分了"人性"

———————————
①　鲁迅：《坟·文化偏至论》，《鲁迅全集》第1卷，第57页。

"兽性"与"奴性"。

鲁迅认为,"平和"为人类初始的理想状况,"古民惟群,后乃成国,分画疆界,生长于斯,使其用天之宜,食地之利,借自力以善生事,揖睦而不相攻,此盖至善,亦非不能也"。对于中国人固有的"平和"之性,鲁迅甚至趋于理想化的描述,中国自古"宝爱平和,天下鲜有""凡所自诩,乃在文明之光华美大""恶喋血,恶杀人,不忍别离,安于劳作,人之性则如是",并认为"人之性则如是",为人性之自然。这里对"平和"之性的推崇,与《摩罗诗力说》中对"平和"之性的否定,似乎构成了矛盾,《摩罗诗力说》认为"平和"不能实现于人间,于是"生民"之"战斗"得到肯定,"文明人"之"平和"被视为"新懦"。但鲁迅在指出对未来"平和"之境的想象是对"战场"的逃避的同时,也不否定它是对"人间进化之一因子"。可以这样来理解,鲁迅在直面生物进化的"战斗"事实时,否定了"平和"的现实性,在反"侵略"之"兽性"和"奴性"的同时,则给出了"平和"之"人性"的重要性,前者是在生物进化论层面来谈的,后者则超越了生物进化论。后来,鲁迅说:"人类尚未长成,人道自然也尚未长成。"[1]说明他寄望于人性在生物进化基础上的进一步进化,寄望于真正"人性"的形成。

对于"孤尊自国,蔑视异方,执进化留良之言,攻小弱以逞欲,非混一寰宇,异种悉为其臣仆不慊也"的表现,鲁迅悉视之为"兽性的遗留"。在自然进化的层面,鲁迅并不完全否定"人性"所经由的"兽性","兽性"只是"人性"进化的尚未完全;鲁迅这样解释"兽性"的由来:"人类顾由昉,乃在微生,自虫蛆虎豹猿以至今日,古性伏中,时复显露,于是有嗜杀戮侵略之事,夺土地子女玉帛以厌野心。"这无疑表达了其人类进化的谱系,即人是经由"微生""虫蛆""虎豹""猿"进化而来。所谓"古性",亦即"微生"性、"虫蛆"性、"虎豹"性和"猿狙"性,"兽性"的来源即在此"古性"之中。这里,仍然如《人之历史》把人放在生物进化论的视野之中。但是,在生物进化论视野中将人放在生物进化的谱系中后,鲁迅并没有停止于人

① 鲁迅:《热风·不满》,《鲁迅全集》第1卷,第358页。

鲁迅与20世纪中国研究丛书

是进化的顶端这一生物学事实，而是进一步认为，人虽然进化为人，由于进化的不完全，仍遗留为人之前的"古性"，因而说："夫人历进化之道途，其度则大有差等，或留蛆虫性，或猿狙性，纵越万祀，不能大同。"这一表述已经超越了生物进化论，似乎别有渊源。

当下中国之"崇侵略者"，不仅"崇强国"，而且"侮胜民"，这就不仅是"兽性"的遗留，而且堕落为"奴性"。中国人本属"平和之民"，中国"崇侵略"之"志士"却"旧性失，同情漓"，"自反于兽性"，是从"平和之性"的退化。奴性的本质是等级体制中的二重人格，"崇强国，侮胜民"表现的就是典型的奴性的二重人格。"兽性"是进化过程中的初级阶段，"人性"是由"兽性"进化而来，"奴性"则为"人性"的扭曲、退化和堕落，鲁迅将"奴性"放在"兽性"之下，施以最激烈的批判。同时，鲁迅的分析也暗含了这样的指向：在"人性"之外，"兽性"与"奴性"是相关的，"兽性"之民同时具有"奴性"，而"奴性"也极易变为"兽性"。

既把人放在生物进化的自然论中来考察，同时又充分彰显人之精神的价值，寄望于人的进一步进化。由此可以看出，鲁迅的进化论，有生物进化和文明（人性、精神）进化的两个层面，形成了他的生物进化论和文明进化论：生物进化论主要表现在《人之历史》中，人处在从无生物到有生物的自然进化的系列中，生物进化取决于进化中生物主动的生存竞争，在此意义上，人类作为生物也无时不处于人与人之间、国与国之间"争存"的现实中，其进化的"能"表现为"力"与"战斗"，正是通过这一视野，鲁迅在《摩罗诗力说》中否定"平和"而赞扬"战斗"；文明进化论则基于鲁迅对文明本质的认识，鲁迅认为，"文明真髓""文明之神旨"是人的"主观之内面精神"，文明的本质是人的精神，因而质问"竞言武事"之徒："夫以力角盈绌者，与文野亦何关？"可见，不是武力，而是精神，才是文野之分，文明进化是精神的进化，虽然同样取决于"争存"，但其"争"不复是"武力"的角斗，而是精神的较量，指向人类精神不断发展的方向。文明进化即是以个人为单位的人格与精神的进化。

第五节　尼采的人性进化与鲁迅的进化论

　　鲁迅的文明（人性、精神）进化论与其说是来自赫胥黎和达尔文，不如说是与尼采更为接近。

　　《人之历史》对进化论的梳理，虽然仅限于拉马克、达尔文和海格尔等自然科学家范围并以海格尔结束，但是，其对进化之后"内的努力"及进化中"人类之能"的强调，已遥指超越自然进化和人类现状的尼采方向。这一指向在紧接其后的诸篇文言论文对"神思新宗""精神""个性""心声"和"内曜"的阐述中可以见到。

　　周作人如是回忆外国文艺思想对鲁迅的影响："德国则于海涅之外只取尼采一人，《札拉图斯忒拉如是说》一册常在案头，曾将序说一篇译出登杂志上，这大约是《新潮》吧，那已是'五四'以后了。"[1]从早年两次翻译《查拉图斯特拉如是说》序言，到晚年张罗翻译出版《查拉图斯特拉如是说》和《尼采自传》，终其一生，鲁迅对尼采可谓情有独钟。在《破恶声论》中，鲁迅指出，"至尼伕氏，则刺取达尔文进化之学说，掊击景教，别说超人"[2]，揭示了尼采与达尔文的联系和差别。

　　尼采本人对达尔文不以为是，反对别人视自己为达尔文主义者，对于英国式的"达尔文主义"多有批判：

　　　　关于著名的"生存竞争"，我目前认为，与其说它已被证明，不如说它是一种武断。它发生过，却是作为例外；生命的总体方面不是匮乏和饥饿，而是丰富。奢华乃至荒唐的浪费，——凡是竞争之处，都是为强力而竞争……不应当把马尔萨斯与自然混为一谈。——不过，假定真有生存竞争——事实上它发生着——那么，可惜其结果和达尔文学派的愿望相反，和人们或许可以同他们一起愿望的相反，也就是说，对强者、优秀

---

　　① 周启明：《关于鲁迅之二》，鲁迅博物馆鲁迅研究室《鲁迅研究月刊》选编：《鲁迅回忆录·专著》中册，第891页。

　　② 鲁迅：《集外集拾遗补编·破恶声论》，《鲁迅全集》第8卷，第28—29页。

者、幸运的例外者不利。物种并不走向完善：弱者总是统治强者，——因为他们是多数，他们也更精明……达尔文忘记了精神！（——这是英国式的！）①

　　在整个英国的进化论当中，一种窒息的气氛时刻笼罩着过分拥挤的英国，贫贱之人因穷困而散发出来的气味处处可闻，但身为一个自然的研究者，他应当从那可卑的人性角落里挣脱出来；然而，即使看遍各种愚行，我们会发现，在自然中困扰苦恼的状态也并不普及，只是多余之物罢了。为生存而挣扎仅仅是一种例外，一种为了生活而暂时抑制着意志；这种挣扎无论大小，在各处都会造成优势，会增加扩张，会形成与权力意志一致的力量，而这正是生存的意志。②

　　"生存竞争"是一种自我保存，而"权力意志"则是一种自我扩张。在尼采的思想中，"自我扩张"是一种比"自我保存"更为本能的意志，人的进化的超越之处不是"生存竞争"，而是"权力意志"。

　　如果说尼采也有属于自己的进化论的话，则尼采的进化论与生物进化论以及社会进化论都不同：一、生物进化论将人看作进化的顶点，尼采的进化论则建立在"人尚未进化完成"的基础上，其进化的起点就是作为精神现状的人，目标则指向"改进人类"；二、生物进化论强调生物界适者生存的生物进化规律，社会进化论将生物界的适者生存原则移入人类社会，强调社会竞争中的物质性力量，而尼采则强调人的进化过程中的精神力量。因而尼采的进化论，是精神进化或人性进化。

　　在尼采看来，理性形而上学思维传统和基督教道德造成了人的堕落，需要对理性形而上学和基督教道德进行质疑和重估。在《查拉图斯特拉如是说》

----

①　［德］尼采：《偶像的黄昏》，《尼采文集·查拉斯图拉卷》，周国平等译，青海人民出版社1995年版，第357页。

②　［德］尼采：《快乐的科学》，《尼采文集·悲剧的诞生卷》，周国平等译，青海人民出版社1995年版，第347页。

中，尼采借异教先驱查拉图斯特拉之口道出了"植物"—"虫"—"猴"—"人"—"超人"这一人性进化的精神谱系，这不是生物进化意义上的物种谱系，而是精神进化意义上的精神谱系，人性的堕落就在于人虽在外形上成为人，但精神却没有进化成功，仍处于人之下。

> 猿猴于人类是什么？可笑的对象或痛苦底羞辱。人于超人亦复如是，可笑的对象或痛苦底羞辱。①
> 你们从爬虫进到人类，你们内里许多地方还是爬虫。有个时期你们是猿猴，但至今人比任何猿猴还仍其为猴类。②

安内马丽·彼珀认为，在尼采看来，进化的各个阶段各有自己的特征，虫子的特征是寄生（吞食），猿猴的特征是模仿，而人不同于前者的特征是对自己独特性的关注，"应该强调的是：这种动物行为不应像具有这种行为的人而受鄙视。虫子在虫子这个阶段同猴子在猴子这个阶段一样举止完全得体。只有作出像虫子或者猴子一样举止的人才是可鄙的，因为那不是人的行为"③。

但即使精神上已进化为人，还是不够的，人还远不是进化的终点，上帝已死，再也没有谁能拯救我们，人只有自己拯救自己。借查拉图斯特拉之口，尼采正式宣扬"超人"学说：

> 一切天神皆已死去；如今我们希望超人长生。④
> 我教你们超人的道理。人是一样应该超过的东西。你们作了什么以超过他呢？⑤

---

① ［德］尼采：《苏鲁支语录》，徐梵澄译，商务印书馆1992年版，第6页。
② ［德］尼采：《苏鲁支语录》，徐梵澄译，商务印书馆1992年版，第6页。
③ ［德］安内马丽·彼珀：《动物与超人之维》，李洁译，华夏出版社2001年版，第43页。
④ ［德］尼采：《苏鲁支语录》，徐梵澄译，商务印书馆1992年版，第76页。
⑤ ［德］尼采：《苏鲁支语录》，徐梵澄译，商务印书馆1992年版，第6页。

鲁迅与20世纪中国研究丛书

李石岑认为"尼采之超人说，固多受达尔文进化说之影响，然与达尔文着眼之点乃大异。达尔文注重生物学的事实，尼采则注重象征的表现。故达尔文之进化，为生命保存而进化；尼采之进化，为进化而进化。尼采以为进化所以暗示吾人者，为在进化时所起之距离之感，超人为距离之感之最富者，故超人为进化之象征，非由人种进化之新种之动物也"[1]。A.麦瑟尔评论尼采的进化论"并不涉及根据达尔文的观念有关一种必要的自然发展，而是取决人的意志的一种精神——道德向更高境界的追求"[2]。

基于上述，可以这样总结尼采进化论的特点：一、尼采的进化论背后，是对基督教道德和理性形而上学支配下人类精神危机的洞察和隐忧；二、尼采的进化论指向的是人性与精神层面，是人性进化和精神进化；三、人性与精神进化取决于自我的"意志"，在其晚年进一步明确为"权力意志"。

因而我们不难看出鲁迅的进化论与尼采的相似之处：一、二人的进化观都指向对人的精神现状的不满。尼采认为人还不是进化的终极目标，人还需要不断进化超越自己；而如上节所述，鲁迅的进化观有生物进化论与文明（人性、精神）进化论两个层面，在生物进化论的基础上，又进一步寄望于人性的进一步进化与发展。二、二人的都着眼于人的精神的进化。尼采的进化观是人性进化和精神进化，鲁迅的进化观也具有文明（人性、精神）进化的层面。三、二人都强调人的进化背后"意志"的作用。尼采哲学建立在"意志"的基础上，晚年更明确为"权力意志"；鲁迅也强调精神进化的动力，在于个人"意志"，正如北冈正子所言："（鲁迅）在承认'自然规律'的时候，他又在进化论中增加了尼采的'凭意志摆脱命运'这样一个观点。于是人类历史就不再是被'自然规律'决定的被动物，而成为'意志'不断与'规律'抗争并实现

---

① 李石岑：《李石岑论文集》，转引自王中江：《进化主义在中国》，首都师范大学出版社2011年版，第25页。

② 转引自［德］安内马丽·彼珀：《动物与超人之维》，李洁译，华夏出版社2001年版，第362页。

自我的过程。"①四、二人都认为人性的进化总是由"个人"的超前进化为先驱。尼采诉诸"超人",鲁迅则呼吁"精神界战士""独具我见之士""摩罗诗人"和"英哲"。

这些相似处,都含有尼采对鲁迅的影响。

但在这些影响之中,鲁迅与尼采又存在内在差异:一、尼采面对的对象,是西方文化和人性的现状,其关心是超越国族意识的;鲁迅面对的,是处于艰难转型的近代中国,具有强烈的国族动机。二、尼采寄望于"超人"的出现;鲁迅于具有宗教气息的"超人"不见得欣赏,后来指出其"渺茫"。三、鲁迅对进化过程中"意志"作用的强调,与尼采有所不同:尼采称颂强者——具有权力意志的人;而鲁迅着眼于弱者,对弱者的命运看得更为深切,对弱者的关注背后,无疑是鲁迅思想和行为的最初动机——摆脱危机与振兴国族。"物竞天择"的进化论一方面解释了中国积弱挨打的局面,但同时也暗示走向灭亡的可怕趋势。站在弱者的立场,鲁迅不能仅仅服膺进化规律,而是必须唤起自身的意志,去反抗和改变作为弱者的命运。徐麟对此有精彩的论述:

> 进化论虽然承认自由意志,但一旦它由自然走进历史,那么它的'物竞天择'、'适者生存'在生存论上,就变成一种为强权意志开绿灯的历史理想主义。人类历史在进化论的乐观主义描述下,一切弱者的痛苦连同他们的生命,都注定要被铁的必然性所无情碾碎,成为历史进化的代价。所以作为历史观和社会观的进化论,走向社会达尔文主义,是一种不可避免的趋向。而就是从这里开始,鲁迅中止了进化论而走向了'意力主义'。因为在命运与意志的关系中,出于民族的积弱和生存危机感,他强调的是弱者意志,以为弱者同样有权利为自己的生存而战和决定自己的命运。②

---

① [日]北冈正子:《鲁迅和进化论》,转引自[日]伊藤虎丸:《鲁迅、创造社与日本文学》,孙猛等译,北京大学出版社1995年版,第310页。

② 徐麟:《鲁迅:在言说与生存的边缘》,山东文艺出版社1997年版,第88页。

在日本时期的五篇文言论文中，鲁迅已基本形成自己的进化观，后来的进化思想，是处在这一时期思想的延长线上。"五四"时期，是鲁迅进化论表达的相对集中的时期，经过第一次绝望的十年隐默，强烈的危机感使他将中国的未来命运与进化论紧紧维系在一起。一方面通过进化论发出如不改进就会被"真的人"除灭的警告；另一方面，也将中国的新生希望，寄托在从进化论归结出的"青年必胜于老年"的信念之上。因而，与日本时期将希望寄托于带有"超人"色彩的"摩罗诗人""精神界战士"和"独具我见之士"不同，"五四"后，鲁迅开始将希望寄托在代表未来的"新青年"上，青年，成为其进化论的新的寄托。后来在现实事变中对青年的观察，使他发出自身进化论"开始轰毁"的感叹，但是，进化信念，以及由其维系的未来信念，一直是鲁迅参与中国现代转型的文学行动的最坚强支撑。

第六节　进化论与退化论

在自然"进化论"出现之前，"进步"已是启蒙主义的核心理念。17世纪"古今"之争后开始确认"今天"的重要性，"今天"通向"未来"，"进步"在18世纪启蒙时代成为普遍的信念，从18世纪的孔多塞的人类进步史纲，到19世纪的孔德实证主义的直线进步阶段论，进步论在理性和科学的支持下不断坚定。自然进化论的出现，不过是又为人类历史的进步提供了自然界的科学佐证，社会达尔文主义应运而生，成为更为激进的进步主义形态。其实，达尔文生物进化论的形成也与当时的"进步"观念息息相关，达尔文之前，有马尔萨斯的人口理论，达尔文承认受到马氏的启发，将其学说运用于动植物界；1852年，斯宾塞在《威敏士评论》上发表《论人口理论》，讨论生长的极限及适者生存的原则，达尔文的"生存竞争"论受到过斯宾塞的启发。达尔文也曾经在《物种起源》的结尾处写道："人类的起源及其历史也将由此得到大量说明。"[①]

进化论验证和表达了进步的观念，但在另一方向上，则又打开了退化论的

---

① ［英］达尔文：《物种起源》，周建人等译，商务印书馆1997年版，第556页。

大门。在达尔文进化论之前，布封和拉马克就表达了退化论思想。博物学家布封提出"美洲退化"理论，表达了"种族退化"观点。拉马克的进化学说已经包含有自然界的退化现象，他认为生物进化存在两个法则：一是获得性遗传，即生物为适应环境而后天所获体质和器官的进化是可以遗传给后代的；二是用进废退，即生物体的器官用得较多的会进化，而不用的或者少用的会逐渐退化。布封的"退化"说与拉马克的"用尽废退"说是早期关于生物退化的重要观点，或多或少影响到了达尔文的进化论，"退化"在达尔文的"自然选择"之下就成了"生物淘汰机制"的一种，在残酷的同种和异种竞争中，败者可能会被终止"进化"而遭淘汰。

拉马克学说既能说明生物进化的后天因素，同时也为种族退化理论（racial degeneration）提供了可能性。从退化论中得到启示，达尔文的表弟弗朗西斯·高尔顿（Francis Galton，1822—1911）通过对人类才能差异及其遗传的研究，首倡优生学。高尔顿对进化过程中的"衰退"前景感到忧虑，认为人口的增长并没有按照自然选择的"优胜劣汰"来进行，成为一种消极的自然选择形式，处于社会下层的那些贫穷者、无用者、患病者与懒惰者反而繁殖了较多的子嗣，但是属于上层阶级的社会精英们却相反。这种现象可能导致人种和社会的退化，优生学试图通过人工与自然选择相结合的方式来施行优生，提出了一种用于鉴别最智者与最无才能者的复杂体系，通过统计人口优点的规律绘制出不同地区的人口得分图谱。同时，19世纪的生物学家们还发现了"隔代遗传"和返祖现象，已经消失的上代特性会隔代遗传给后代。凯萨尔·隆布罗梭（Cesare Lombroso，1836—1909）认为现代犯罪便是人类的退化现象，即人类返回到祖先的野性状态下。通过对几百名囚犯的调查，隆布罗梭得出了犯罪者共同的头部、面部和身体特征，比如说前额低而倾斜，耳朵巨大并且轮廓突出，鼻子扁平而上翻，似乎具备原始人和野蛮人的面部特征。

进步与衰败"这两种思想其实不过是一枚铜钱的两面。每一种进步理论中都包含着衰落思想，因为历史的'必然性'再向前跨一步便很容易作出相反的推论"①。与生物进化论与历史进步论如影随形相仿，生物学的种族退化论与西方存在已久的文明衰败论一拍即合。对文明衰落的关注与"现代"意识几乎同时发生，文艺复兴后期即开始对罗马文明衰落的关注。随着17世纪以后的地理大发现，文明衰败的讨论开始转向美洲玛雅文明、中华文明等对象身上。在19世纪末和20世纪初，西方文明衰败的想象终于转向自身。卢梭早就在启蒙运动后期发出文明违反自然的警示，18世纪末的法国人开始将文明与疯狂联系起来，19世纪初，西方浪漫主义思潮进一步质疑启蒙现代性的理性和进步观念，19世纪中期发芽的现代主义开始渲染颓废情调，19世纪后期，尼采将基督教两千年的历史视为颓废的历史。"医生、生物学家、动物学家、人类学家这些新的科学界精英，第一次向人类提出了警告。到1890年，人们日益形成共识：衰退的趋势正在横扫工业化的欧洲，欧洲在它的激发下出现了一系列混乱状态，包括日益增加的贫困、犯罪、酗酒、道德扭曲和政治暴力。"②在20世纪初年欧洲一战后，文明衰败的叹息更是此起彼伏，斯宾格勒（Oswald Spengle，1880—1936）发表著名的《西方的没落》，将"文化的发展"看成生物过程，宣告西方文化正逐步走向不可避免的没落；稍后，汤因比（Arnold Joseph Toynbee，1889—1975）的《历史研究》以"文明形态史观"强调不同文明之间的竞争，比较不同"文明形态"的存亡。而生物学领域的种族退化论及物理学领域的热力学第二定律（"熵原理"），则为文明衰败论提供了来自科学的支持。

美籍学者孙隆基在其颇富洞察力的关于鲁迅与世纪末思潮的研究中，对于鲁迅思想形成的"更广义的'世纪末'"语境进行还原，旁涉哲学、心理学、社会思想、生物学各领域，涉及颓废、象征主义、文明没落论、人种退化论、社会心理学、个人无政府主义、社会本能学说等领域，展现了构成"世纪末"整体氛围的"知识系统"（episteme）。其中谈及"至世纪末，文明没落论与

① ［美］阿瑟·赫尔曼：《文明衰落论——西方文化悲观主义的形成与演变》，张爱平、许先春、蒲国良等译，上海人民出版社2007年版，第13页。

② ［美］阿瑟·赫尔曼：《文明衰落论——西方文化悲观主义的形成与演变》，张爱平、许先春、蒲国良等译，上海人民出版社2007年版，第118页。

人种退化说遂成为风尚"①：

> 自19世纪末以来，西方大量出现文明没落论的历史哲学。1895年，美国人亚当斯（Brook Adams）根据热力学第二定律的原理，写成《文明与衰败的定律》（Law of Civilization and Decay）。同年，英国作家威尔斯（H.G.Wells）受到同一个"熵"原理的启发，创作了描写人类途穷、地球死亡的科幻小说《时间机器》（The Time Machine）。1918年，德国人斯宾格勒（Oswald Spengler）发表《西方的没落》（The Decline of the West）。1921年，威尔斯发表《文明的拯救》（The Savlvaging of Civilization）。同时期，英国历史学家汤因比（Arnold J. Toynbee）开始构思其历史哲学大体系，诊断西方文明已经崩溃，并沉思拯救之道，虽然他要到30年代才开始发表这个庞大的计划。也在同一个年代，俄国人索罗金（Pitirim A.Sorokin）发表他的宏观社会学研究，同样地得出西方文明已走到尽头的结论。
>
> ……
>
> 在当时，没落论和退化论想必是如此地风行，以致列宁也有革命成功后的"工人国家"仍会出现"退化"之说，退化即堕落，后来托洛茨基就以"堕落工人国家"（the degenerate workers'state）称呼斯大林的苏联。显然，当时马克思主义的论述也被有机体的话语所渗透，虽然它只有蛛丝马迹可寻。②

与此退化论思潮相伴随的，是随着近代殖民扩张而出现的种族主义意识形态。19世纪中叶出现的种族主义思潮，将种族理论与社会历史进步联系起来。戈宾诺（Joseph Arthur Comte de Gobineau，1816—1882）在《论人种之不平等》中按肤色将人种分为黑、白、黄三种，认为雅利安白人是种族优

---

① ［美］孙隆基：《历史学家的经线》，广西师范大学出版社2004年版，第165页。
② ［美］孙隆基：《历史学家的经线》，广西师范大学出版社2004年版，第165—166页。

越者，充满活力和冒险精神。欧洲的文明源于雅利安人，他们不断地向外进行扩张，从东向西一路播撒文明的种子，但正是这种对外扩张弱化了雅利安种族的"质量"——种族间的通婚让雅利安种族的血液不断被"污染"。欧洲文明的发展过程，也正是雅利安种族的衰落过程。德国政治学家伯伦知理（J.K.Bluntschli，1808—1881）《邦国理论》认为，不同种族的素质造成了他们在历史发展中的不同位置，白种人最优，黄种人次之，然后才是黑种人和红种人。[①]英国人类学家H.S.张伯伦（Chamberlain，Houston Stewart）认为，种族的优胜劣败，是历史进化的结果；约翰·布鲁克（John brook）说："人类的全部历史表明，强者、进步者在数量上增长，并逐出弱者、低等的种族"[②]。

退化论与人种理论结合在一起，首先引起中国知识分子焦虑的，是对中国人作为有色人种的未来命运，人种视角成为思考中国危机的一条惯性思路。1899年，梁启超应日本某政党机关报《大帝国》之约，著文宣扬中国人的传统优势，预言中国人在20世纪必将摆脱被其他有色人种奴役的命运，题目为《中国人种之将来》，可以说是反西方人种理论之道而行之。[③]1902年发表《新民说》，在第四节《就优胜劣败之理以证新民之结果而论及取法之所宜》中，按人的肤色之异，将"全球民族之大势"列为一表，分为"黑色民族""红色民族""棕色民族""黄色民族"和"白色民族"，认为"五色人相比较，白人最优。以白人相比较，条顿人最优。以条顿人相比较，盎格鲁撒克逊人最优。此非吾趋势利之言也。天演界无可逃避之公例实如是也。"[④]梁启超认为："黑红棕之人与白人相遇，如汤沃雪，瞬即消灭，夫人而知矣。今黄人与之遇，又著著失败矣。"[⑤]

退化论更进一步引起对于中国文化与人种已经退化的焦虑。斯宾格勒的

---

① J.K.Bluntschli.*Theory of the state*,Oxford University Press,1901,pp81—85.

② ［英］彼得·狄肯斯：《社会达尔文主义——将进化思想和社会理论联系起来》，涂骏译，吉林人民出版社2005年版，第12页。

③ 梁启超：《新民说》，《梁启超全集》第三卷，第658页。

④ 梁启超：《新民说》，《梁启超全集》第三卷，第659页。

⑤ 梁启超：《新民说》，《梁启超全集》第三卷，第658页。

《西方的没落》德文版初刊于1918年，五年后的1923年，留法学生李思纯就在《学衡》杂志上介绍过此书，宗白华、张君劢、吴宓、张荫麟、雷海宗、林同济、黄文山等人都曾积极引介。30年代，雷海宗和宗白华还在大学开设过有关斯宾格勒的课程。[①] 在此一语境中，近代中国的进化论思潮，必然伴随退化的危机意识，孙隆基认为："从清末起流行的进化论可视作进步观，也可作退化论解。"[②] 更何况"中国身为老大帝国，复积弱于当世，是不太可能免于这类思潮影响的"[③]。因而与"进化"成为近代中国的热门词相随，"退化"也成为报刊杂志的热门词语。[④] 章太炎、严复、梁启超都在张扬进步的同时承认退化的存在，陈独秀及周氏三兄弟，更是以"退化"的眼光批判老大中国的积弱。

第七节　退化论与国民性批判

谈到鲁迅的思想，我们首先想到的两大板块：进化论与国民性批判。进化论是鲁迅的信念，国民性批判是鲁迅终其一生的文化批判工作，但这两大思想板块之间的关系是什么？之间有什么有机联系？对此一问题，关注者并不多。与此相关的问题是：具有进化论信念的鲁迅为何常常表露对民族衰败与历史循环的忧虑？鲁迅的进化论完全等同于进步论吗？鲁迅的国民性批判如何归属于现实批判、历史批判与文化批判？国民劣根性是历史问题还是文化问题？鲁迅的国民性批判为何具有强烈的文化色彩？目前我们对这些问题的揭示还远远不够。

---

① 参见李孝迁：《"思想界怪杰"：再论斯宾格勒在民国的影响》，《学术研究》2012年第4期。

② ［美］孙隆基：《历史学家的经线》，第212页。

③ ［美］孙隆基：《历史学家的经线》，第211页。

④ 如谷音：《退化论》，《东方杂志》第11期（1904）；《论中国人的退化》，《警钟日报》第330期（1905）"社说"；吴钧：《进化与退化》，《庸言》第2卷第5期（1914）；健孟：《民族之衰退》，《东方杂志》第18卷第21期（1921）；周建人：《个体与种族的衰老》，《东方杂志》第19卷第10期（1922）；化鲁：《民族已老了吗》，《东方杂志》第19卷第23期（1922）；虚生：《进化呢？退化呢？》，《语丝》第10期（1925）等。（参见［美］孙隆基：《历史学家的经线》，第212页注4。）。

对鲁迅进化论背后的退化论的揭示，有助于我们理解以上问题。

进化论的反面，就是退化论，鲁迅进化论思想的背后，有退化论隐忧，要了解其进化论思想，从退化论入手是个捷径。也可以说，如果不了解鲁迅进化论背后的退化论的存在，就不可能真正理解其进化论思想。

沉浸于"世纪末"思潮的鲁迅，难免受退化论的影响。鲁迅对退化的关心及其背后的资源，在三弟周建人那里可以找到线索，周建人是在大哥鲁迅的引导下走向生物学之路的，以翻译、研究生物学为终生志业，在进化论和善种学等领域颇有造诣。可以说，周建人在生物学方向上专业性的翻译和研究，是鲁迅进化论思想的延伸，周建人与退化论的学术联系，也可以视作鲁迅退化论思想的或一面。

鲁迅激励和引导周建人自学植物学。周建人回忆："他以为学文字学，学进化论，都是好的，但植物学更适合于这样的目的，除却容易采集和保存（只是相比较而言，它也自有它的难处），闲暇的日子到山里去采集的时候，不特可以游览风景，还可以观察生物的生态；采集到奇异的草木、使人高兴，就是对于身体，也是很有益处的。"①九十四岁时，周建老还回忆道："那时鲁迅在日本，鼓励我自学植物学。因为他说，学习别的科学，都需要一定的实验设备，自学是比较困难的。但植物随处都有，可以自己采集标本，进行分类研究。他先后寄给我四本书：一本是德国Strusborger等四人合著的《植物学》，这是世界上最有名的第一本植物学，他寄给我的是英译本；另一本是英国人（著者名字已忘了）写的《野花时节》，是一本精装本，图文并茂，印刷得很精致；第三本是Jackson编的《植物学辞典》；第四本是《植物的故事》。"②据《鲁迅日记》记载，鲁迅寄给周建人的有关生物学的书籍还有《埤雅》一部四册、《尔雅翼》一部六册、《植物标本制作法》（德文）一册、《岩石学》一部二册、《矿物学》一册、《物种变化论》一册、《互助论》一册、《自然史》一册等。定居上海后，鲁迅曾在内山书店为周建人买了《生物学讲座》

① 周建人口述、周晔编：《鲁迅故家的败落》，湖南人民出版社1984年版，第289页。

② 周建人：《达尔文进化论是怎样吸引我的——早年学科学追忆》，见周建人著、周蘽选编：《花鸟虫鱼及其他——周建人科学小品选读·代序》，湖南教育出版社1999年版。

（十三至十八）近五十本。①1909年，鲁迅"曾带周建人、王鹤照去禹陵拓碑，采集植物标本，归后撰《会稽山采植物记》"，并"带建人等去镇塘殿观海潮，归后撰《镇塘殿前观潮记》"②。鲁迅对弟弟大力提携，其所作《会稽山采植物记》和《镇塘殿前观潮记》，以《辛亥游录》为题发表在1912年出版的《越社丛刊》第一辑上，署名"会稽周建人乔峰"。

在鲁迅的鼓励和引导下，周建人在植物学领域成果颇丰。20年代，周建人开始在《新青年》上发表有关生物学的文章，目前可见最早的可能是发表在《新青年》第六卷第四号的《生物的起源》，在《新青年》上还有1920年10月发表的《生存竞争与互助》和1921年1月发表的《达尔文主义》；1923年，周建人与陈长蘅合著的《进化论与善种学》一书由商务印书馆发行，该书将高尔顿的优生学翻译成"善种学"，成为中国优生学领域的开拓者；1929年，周建人翻译出版《生物进化论》；1930年辑译的《进化与退化》一书由上海光华书局出版，内容有进化论、孟德尔的豌豆杂交实验，与善种学有关的生育节制以及对动物结群性的研究等，鲁迅为这本书作了"小引"；1947年翻译出版了《种的起源》（生活书店），第二年又出版著作《生物进化浅说》（生活书店）。

如果说鲁迅是周建人走向生物学的引路人，那么，周建人的生物学翻译和研究则反过来成为鲁迅进化论思考的触须和延伸，尤其是在周建人所关注和介绍的退化论思想，可能成为鲁迅进化论思考的一个反面的重要资源，为我们打开了其进化论思想的另一面。

1930年，周建人辑译的《进化与退化》出版，"退化"与"进化"在该书中成为并列的主题，书中指出"实际上，退化在植物和动物是极普遍的现象"③。鲁迅为这本书作了"小引"，阐发其价值：

这是译者从十年来所译的将近百篇的文字中，选出不很专门，大家可

① 参见《鲁迅全集》第14、15卷的《日记》。
② 谢德铣：《周建人评传》，重庆出版社1991年版，第358页。
③ 周建人辑译：《进化与退化》，上海光华书局1930年版，第129页。

看之作，集在一处，希望流传较广的本子。一，以见最近的进化学说的情形，二，以见中国人将来的运命。[①]

无疑，鲁迅特别关注以中国为对象的最后两篇文章《沙漠的起源，长大，及其侵入华北》与《中国营养和代谢作用的情形》：

> 但最要紧的是末两篇。沙漠之逐渐南徙，营养之已难支持，都是中国人极重要，极切身的问题，倘不解决，所得的将是一个灭亡的结局。可以解中国古史难以探索的原因，可以破中国人最能耐苦的谬说，还不过是副次的收获罢了。林木伐尽，水泽湮枯，将来的一滴水，将和血液等价，倘这事能为现在和将来的青年所记忆，那么，这书所得的酬报，也就非常之大了。[②]

《沙漠的起源，长大，及其侵入华北》一文以土耳其人、巴克替人和条尔格人等为例，论述这些文明与民族的衰亡与沙漠的关系，描述这些远古的文明慢慢消失于沙漠之中：

> 农民慢慢的饿死；废地多于住所。今日尚保存的东西，如半废的城，也将慢慢的消灭。他们的废墟盖着浮沙，他们的艺术及工业慢慢逝去，到后来并这些文化的名称及记载也都消灭而被遗忘，如数千年前建设和居住于中央亚洲的人民，皇帝及文明的被遗忘一般……一般的说，文明愈古，地方愈荒废。[③]

中华文明同样历史悠久，其北部也面临着被沙漠不断侵入的危险，鲁迅对这两篇文章的关注，同是出于退化的隐忧，但有了更多的现实性。

---

① 鲁迅：《二心集·〈进化和退化〉小引》，《鲁迅全集》第4卷，第250页。
② 鲁迅：《二心集·〈进化和退化〉小引》，《鲁迅全集》第4卷，第250页。
③ 周建人辑译：《进化与退化》，上海光华书局1930年版，第184页。

鲁迅文章中经常有对沙漠袭来的恐惧，他写下了俄国盲诗人爱罗先珂对北京的沙漠感受，他曾以"活埋庵"描述死气沉沉的中国，《求乞者》不断渲染"灰土、灰土、灰土……"的寂寞环境。

《进化与退化》中还有戈尔登（高尔顿）的《结群性与奴隶性》一文，从自然选择入手解释动物的结群性的形成。文章认为，牛群可以通过"优胜劣汰"选择出"领头牛"，人类社会也存在"结群性"与"领头牛"。虽然鲁迅在"小引"中未提及该文，但与"领头牛"相似，鲁迅笔下也曾出现"领头羊"形象：

> 这样的山羊我只见过一回，确是走在一群胡羊的前面，脖子上还挂着一个小玲铎，作为智识阶级的徽章。通常，领的赶的却多是牧人，胡羊们便成了一长串，挨挨挤挤，浩浩荡荡，凝着温顺有余的眼色，跟定他匆匆地竞奔他们的前程。我看见这种认真的忙迫的情形时，心里总想开口向他们发一句愚不可及的疑问——
>
> "往那里去？！"
>
> 人群中也很有这样的山羊，能领了群众稳妥平静地走去，直到他们应该走到的所在。①

鲁迅的"领头羊"描述意在讽刺论辩对手陈西滢等，但是，"胡羊们""温顺有余"的神色，正是鲁迅所批判的"结群性"与"奴隶性"的表现。

虽然上举鲁迅文例大多写于20年代后期，早于1930年《进化与退化》的出版，但不排除周建人所收集的文章可以被鲁迅提前了解的可能。

文明的衰败与种族退化，确实成为鲁迅进化论背后的隐忧。鲁迅在其最早期的著述《中国地质略论》中，就警告：中国如不进取，未来将会有外国人在中国土地上发现中国人化石，"必殆将化为僵石，供后人摩挲叹息，谥曰绝种

① 鲁迅：《华盖集续编·一点比喻》，《鲁迅全集》第3卷，第217页。

Extract species之样也。"①

《摩罗诗力说》感叹古国的衰微: "人有读古国文化史者, 循代而下, 至于卷末, 必凄以有所觉, 如脱春温而入于秋肃, 勾萌绝朕, 枯槁在前, 吾无以名, 姑谓之萧条而止。"② "故所谓古文明国者, 悲凉之语耳, 嘲讽之辞耳! "③鲁迅痛言:

> 递文事式微, 则种人之运命亦尽, 群生辍响, 荣华收光; 读史者萧条之感, 即以怒起, 而此文明史记, 亦渐临末页矣。凡负令誉于史初, 开文化之曙色, 而今日转为影国者, 无不如斯。④

故引尼采之言 "求古源尽者将求方来之泉, 将求新源"⑤, "别求新声于异邦"⑥。

《破恶声论》亦感叹: "本根剥丧, 神气旁皇"⑦, 日本学者北冈正子指出:

> 他在清末中国社会中所看的不正是作为一个整体的三千年传统文明的崩溃吗? "精神虚位" 带来了种种 "主义" 的杂居。"本根剥丧" 的中国社会, 充满了各种 "恶声", 彼此 "攻伐", 喧嚣至极。⑧

尼采曾认为, "中国这样一个国家, 大规模的不满以及做出改变的能

---

① 鲁迅: 《集外集拾遗补编·中国地质略论》, 《鲁迅全集》第8卷, 第3页。
② 鲁迅: 《坟·摩罗诗力说》, 《鲁迅全集》第1卷, 第63页。
③ 鲁迅: 《坟·摩罗诗力说》, 《鲁迅全集》第1卷, 第65页。
④ 鲁迅: 《坟·摩罗诗力说》, 《鲁迅全集》第1卷, 第63页。
⑤ 鲁迅: 《坟·摩罗诗力说》, 《鲁迅全集》第1卷, 第63页。
⑥ 鲁迅: 《坟·摩罗诗力说》, 《鲁迅全集》第1卷, 第65页。
⑦ 鲁迅: 《集外集拾遗补编·破恶声论》, 《鲁迅全集》第8卷, 第3页。
⑧ 转引自 [日] 伊藤虎丸: 《鲁迅与终末论——近代现实主义的成立》, 李冬木译, 生活·读书·新知三联书店2008年版, 第57页。

力早已在数世纪前绝迹"，中国文化已经到了晚期，其特征是萎缩衰退，缺乏活力，临近生命的"最后耗竭"。①鲁迅也在《我们现在怎样做父亲》中说："我们从古以来，逆天行事，于是人的能力，十分萎缩，社会的进步，也就跟着停顿。我们虽不能说停顿便要灭亡，但较之进步，总是停顿与灭亡的路相近。"②"中国的男女，大抵未老先衰，甚至不到二十岁，早已老态可掬。"③"未老先衰"正是"逆天行事"的结果，是衰退的征兆，证明国人的退化。"奴性"就是人性退化的表现，"在这路上，就证明着国民性的怯弱，懒惰，而又巧滑。一天一天的满足着，即一天一天的堕落着，但却又觉得日见其光荣"④。鲁迅说："尼采式的超人，虽然太觉渺茫，但就世界现有人种的事实看来，却可以确信将来总有尤为高尚尤近圆满的人类出现。到那时候，类人猿上面，怕要添出'类猿人'这一个名词。"⑤"类猿人"是未进化完全的人，或者是退化的人。鲁迅批评京戏的"男人扮女人"的艺术，调侃"我们中国的最伟大最永久的艺术是男人扮女人"⑥，似乎也有退化论的背景，他引用过多次⑦的奥地利学者奥拓·华宁该尔（Otto Weininger）就将退化论应用于两性研究，认为女人是退化了的男人。⑧《风波》中的九斤老太也一直重复着"一代不如一代"这句话。

鲁迅的小说集《故事新编》作为对"历史"的重叙，隐含着"退化论"的理解线索。《补天》由女娲补天的神性创造，突然堕入凡人的历史，定下了"历史退化"的基调；《奔月》写了英雄时代的没落；《理水》则让"跋扈

---

① 参见［澳］张钊贻：《鲁迅：中国"温和"的尼采》，北京大学出版社2011年版，第209页。

② 鲁迅：《坟·我们现在怎样做父亲》，《鲁迅全集》第1卷，第132页。

③ 鲁迅：《坟·我们现在怎样做父亲》，《鲁迅全集》第1卷，第138页。

④ 鲁迅：《坟·论睁了眼看》，《鲁迅全集》第1卷，第240页。

⑤ 鲁迅：《热风·随感录四十一》，《鲁迅全集》第1卷，第325页。

⑥ 鲁迅：《坟·论照相之类》，《鲁迅全集》第1卷，第187页。

⑦ 鲁迅曾在《热风·随感录二十五》（《鲁迅全集》第1卷，第296页）、《华盖集·"碰壁"之余》（《鲁迅全集》第3卷，第117页）和《花边文学·女人未必多说谎》（《鲁迅全集》第5卷，第426页）中提到华宁该尔的女性研究。

⑧ 参见［美］孙隆基：《历史学家的经线》，第231页。

鲁迅与20世纪中国研究丛书

的"庸众取代禹的庄严事迹，禹也难免平庸的下场；《采薇》《出关》与《起死》中，圣贤魅力不在，斯文扫地，不断遭遇凡俗的嘲弄。一幅幅的景象无不证实了"人心在坏下去"。从神话时代、英雄时代，到庸众时代，历史一步步在沦落，后者终于成为历史的主体，隐含着的是一部退化的历史。

退化论与进化论如影随形，一体两面。对于鲁迅，退化论始终是进化论的一个深度背景，鲁迅激进的进化思考背后，是退化的隐忧。退化论，是鲁迅思想的两大板块——进化论与国民性批判之间的桥梁，而其中最为关键的转换因素，则是"精神"。

我们在前面已经充分论述了，早期的五篇文言论文表明，鲁迅的文明观，是将"精神"视为文明的本质，落实在人身上，则为"人性"，落实在民族国家，则为"国民性"，落实在具体人身上，则为"个性"。文明的进化，是"精神"和"人性"—"个性"的进化，而"科学""物质""众数"等等，还只是文明的表象。与此相关，鲁迅的进化论，是精神进化与人性的进化。

当鲁迅接受西方进化论的时候，世纪末的退化论思潮也裹挟而来，民族救亡的危机，更加剧了其对退化论的敏感。因为他关注的是精神和人性的进化，所以，其对退化的隐忧，也是关注于精神与人性的层面。在鲁迅这里，所谓文明衰落和人种退化，本质上是精神与人性的退化，因而在早期论文中，就针对中国危机现状作了不同于当时流行言论的更深入的诊断——中国危机的本质在于精神，落实在国民身上则为个性的沉沦。五篇文言论文中，对精神现状的忧心随处可见。基于此，鲁迅发出"立人"——"尊个性而张精神"的呼吁。

留日时期的青年鲁迅虽然对国民性已经有过人的洞察，但他此时的兴趣点是正面的"立人"。经过文学救亡的挫折和十年隐默的洞察，鲁迅对中国危机的本质有更深入的认识，进一步确认了精神危机的实质，因而，复出后开始将启蒙的重心落在国民性批判之上。精神退化的危机，以国民劣根性的形式展现出来，其精神进化的想象，终于落实到国民性批判。积极肯定的正面的进化论，转向否定性的反面的文化批判和国民劣根性的批判，后者，成为终其一生也未完成的志业。

可以看到，在退化论与鲁迅的关系上，尼采的影响依然不可忽视。基于对在基督教道德与理性形而上学支配下西方精神危机的洞察，尼采的进化论也是精神与人性的进化，其进化论背后，同样是对精神与人性退化的隐忧。不过，尼采面向的是整个西方世界，超越了民族国家意识，而对于身怀国族危机的鲁迅来说，面向的是现代转型中的中国，其所正面伸张的"精神""人性"与"个性"虽然与尼采遥遥相通，但其国民性批判则直接指向民族文化传统与国民性。鲁迅广阔的思想视野，终归于深厚的国族情怀。

第七章　国民性批判：现代转型中的中国民族国家话语

从19、20世纪之交的《清议报》《新民丛报》，到20世纪第一个十年的《东方杂志》和《新青年》，中国国民性讨论持续了近二十年。近代中国国民性话语有一个复杂的生成过程，西方的中国知识谱系，传教士的中国观察，日本明治30年代的东西民族性比较，梁启超、严复等先驱者的国民性讨论，鲁迅终其一生的国民性批判，都层累地构成中国近、现代国民性话语的组成部分。由"建国"到"新民"，由"新民"到"立人"，由"新民""立人"到对国民性的反思和批判，反面的国民性批判深刻地进入中国现代转型的内在逻辑中，成为中国民族国家话语建构的前提，成为最富中国特色的中国现代民族国家话语。国民性批判是鲁迅思想遗产中最重要的部分，终其一生的文明批评和社会批评，都具有国民性批判的深刻视野。通过鲁迅的巨大影响力，国民性批判已经成为现代中国人的自觉意识，成为现代中国民族国家话语中的重要组成部分。

第一节　"国民性"话语的由来

"国民性"一词并非中国原有，而是近代西学东渐过程中从日本引进的源自西方的外来词，属于高名凯所谓"先由日本人以汉字的配合去'意译'或部分的'音译'欧美语言的词，再由汉族人民搬进现代汉语里面来，加以改造而成的现代汉语外来词"①，与此相关的词还有"民族性""民族精神""国民精神"等，日语中，其对应的英语单词是nationality。②在英语中，nationality和national character、national characteristic、nationalism，可以互释，③有趣的是，"国粹"一词也是日语对英语nationality的翻译。④因而仅从语词本身上，国民性一词由西方经日本再到中国的，涉及跨文化旅行的复杂过程。

"国民性"，及与其相关的"民族性""民族精神""国民精神"等话语，首先是随着近代西方民族国家的兴起而出现的。

15至17世纪东罗马帝国的覆灭开启了西欧近代民族国家的时代；17世纪初西欧"三十年战争"签订的《威斯特伐利亚和约》成为西方民族国家建立的里程碑；18世纪英、法之间的长期战争推进了两国作为现代民族国家制度建构和民族意识形成的进程；18世纪末、19世纪初，有关民族地理、环境、气候和民族性格的研究，逐渐为西方人文、社会科学所关注。孟德斯鸠（1689—1755）的《论法的精神》（1754）可以说是最早涉及"国民性""民族性"话语的著作。该书论述符合人类理性的"法的精神"，提出了影响深远的政治自由、法治和三权分立的国家政治原则。第三卷探讨法的精神的实现与地理环境（气候、土壤类型等因素）及民族精神和风俗习惯的关系，认为自然地理环境及受

① 高名凯、刘正埮：《现代汉语外来词研究》，文字改革出版社1958年版，第88页。

② 《广辞苑》（株式会社岩波书店，1998年11月第5版），《日本语大辞典》（株式会社讲谈社，1996年第2版），《哲学事典》（株式会社平凡社，1990年初版）对"国民性"词条的英语释词都是nationality（第489页、第762页、第489页）；《新英和大辞典》（株式会社研究社，1980年第5版）对nationality一词的日语译义是"国民性"（第1407页）。

③ The Qxford English Dictionary（Second Edition Volume X）[《牛津英语词典》第二版第X卷]对nationality词条的解释是：1、a.National quality or character，b.With p1. A national trait，characteristic or peculiarity；2、Nationalism，attachment to one's country or nation；national feeling.（p.234）。

④ 参见松本三之介：《明治维新の构造》，第126页，1981年日文版，转引自郑师渠：《晚清国粹派——文化思想研究》，北京师范大学出版社1993年版，第2页。另据《明治用语辞典》（株式会社东京堂，1989年版，第163—164页）介绍，明治三十七年（1904）《和法大辞典》和大正四年（1915）《罗马字及国语辞典》对"国粹"词条的解释分别是nationalite-ron和nationality。

鲁迅与20世纪中国研究丛书

其影响的民族精神和风俗习惯对社会政治法律具有制约性，立法者应该认真研究这些特点，制定出相应的法律。孟德斯鸠揭示了人的生理、心理、性格、嗜好、品德等与环境和气候的关系，不同地域和环境的民族有不同的精神风貌和性格特点。北方寒冷地带与南方炎热地带的人在体格、性格和品质上有很大不同：北方人身材高大，意志坚定，富有勇气，但感觉迟钝；南方人身材纤细，感觉敏锐，较为懒惰，缺少好奇心。在这一比较中，孟德斯鸠不仅提到了西方的北欧和南欧，还提到了东方印度和中国（关于中国的材料参考自杜亚尔德《中华帝国志》）。孟德斯鸠说："人类受各种事物的支配，这就是说：气候、宗教、法律、施政的准则、先例、风俗、习惯。结果就这样形成一种一般的精神。"[①]这一"一般的精神"似乎与我们今天所谓的"国民性"基本相同。斯达尔夫人（1766—1817）的《从社会制度与文学的关系论文学》（简称《论文学》）和《论德国与德国人的风俗》（简称《论德国》）写于19世纪初，前者对欧洲南方文学和北方文学的特点进行了比较，后者对德国人的性格、才能、文学艺术成就、哲学及其思维特点、宗教等进行论述，尤其是对德、法两国人的气质和性格进行了对比，这是较早涉及不同民族之性比较的文本。

西方民族国家话语的出现有这样几个背景：一是启蒙语境，孟德斯鸠等启蒙学者的发言是在"启蒙"意识中展开的，启蒙学者具有世界主义眼光，他们以理性的眼光看待世界，既使他们看到了未来世界的统一性，又使他们得以在整体人类的视野中展开对不同文化的比较；二是启蒙运动后期欧洲民族国家的兴起，民族国家形成自然的族群单位，民族的比较成为受关注的话题，而新航路的开辟，全球视野的进一步打开，更为不同文明类型的比较提供了广阔的视野；[②]三是中世纪神义论的解体和近代自然理念（自然神论、世俗化自然法和自然人性论）的形成，为西方近代民族国家理论的形成提供了理论意识的前提，有关人的界定的统一的神性基础被与神性无关的近代自然理念所偷换，属

---

① ［法］孟德斯鸠：《论法的精神》（上），商务印书馆1982年版，第7页。

② 参见徐迅：《民族主义》，中国社会科学出版社1998年版，第12—22页。

于"自然"范畴的血缘种族、地域、语言、风俗以及区域性宗教信仰成为人们寻找现代认同的基础。

西方近代民族国家理论的另一个重要理论资源是18世纪末、19世纪初与德国浪漫主义相伴而行的德国民族主义思潮。18世纪的德国处于封建割据局面，在西方民族国家的现代化历程中处于落后位置，当英、法两强作为统一民族国家主宰欧洲的时候，德国尚未统一，且被视为落后和未开化。法国多次发动对德战争，1807年普鲁士败于拿破仑，最终刺激了德意志民族意识的觉醒。德国作为后进国以弱抗强、要求摆脱外国控制而独立的历史动因，形成了德国民族主义不同于西欧民族主义发轫期英、法民族主义——其历史动因主要是资本主义生产关系发展而带来的对封建专制的反叛和对民族共同市场的诉求——的新特征。在德国民族主义看来，国家不是在自然状态下人们出于自我利益契约性设计的结果，而是在一个民族的血缘、语言、习俗、历史和文化中约定俗成而形成的。国家存在的命脉是一种民族精神，而这一民族精神的根基就在该民族的文化传统及其特性中，由此，国家成为一种世俗性的精神宗教——国民情感、精神的寄托对象。德国近代民族国家理论强调一个民族、一个国家、一种精神的民族原则，强调德意志民族血统、语言、风俗尤其是精神传统的独特性，强调民族精神在动员和整合民族力量过程中的作用，强调民族精神（民族个性）是组成民族的每个个体的个性（精神）的有机融合。这一思想在18世纪后期至19世纪上叶的弗里德里希·卡尔·冯·莫泽尔（Friedrich Carl von Mosel）、赫尔德（Johann Gottfried Herder，1744—1803）、费希特（Johann Gottlieb Fichte，1762—1814）、谢林（Friedrich Wilhelm Joseph Schelling，1775—1854）、施莱尔马赫（Friedrich Daniel Ernst Schleiermacher，1768—1834）以至黑格尔（Georg Wilhelm Friedrich Hegel，1770—1831）等德国思想家那里都有体现。莫泽尔在《论德意志民族精神》中第一次提出民族精神（national geist）概念，赫尔德未写完的《人类历史哲学的概念》提出民族有机体理论和"民族魂"概念，认为"不同种族首先由于地理气候的特点开始分化，其后各自建立了不同的语言、文学、风习等等；乃至于保有了个别的

‘民族魂’”①。赫尔德曾用一系列名词表示“民族魂”的概念，如Genius des Volks，Volksgeist，Geist der Nation，Seele des Volks，②将各民族在历史进化过程中形成的文化特色与精神风貌视为“民族魂”，强调其在民族演变发展的决定作用。艾恺认为：“在赫得（即赫尔德——引者）的思想上我们首次遇到了几乎所有文化民族主义意理——无论东方或西方——所共有的中心概念：‘国民精神’（Spirit of the people），德文为‘Volkgeist’”③。拿破仑入侵导致德意志联盟溃败，费希特发表《对德意志人的演讲》，从新教育、民族语言（本原的德意志语）、形而上学（精神的世界才是真实的）和民族（纯洁的民族就是德意志的）等方面，为德意志民族招魂，谈到德意志民族与其他日耳曼民族的主要差别及其造成的结果、德意志人的特点在历史中的表现、民族的本原性和德意志精神等问题，呼吁德意志人严肃生活，退回到本原的精神世界，为德国精神的复苏做准备。④弗里德里希·路德维希·雅恩（Friedrich Ludwig Jahn，1778—1852）出版著名的《德意志民族性》，鼓吹爱国主义，为了使“民族性”德国化，提出Volkstum（民族性）这个词，成为德语Volkstum（民族性）——“一个民族共同的内在生命的特性”——的发明人；⑤施莱尔马赫和亚当·马勒则提出Volksgemeinschaft（民族联盟）；在黑格尔那里，Volktsgeist即各民族固有的独特精神。作为德国浪漫主义的核心概念，“民族精神”通过德国浪漫主义的“内向化”处理，成为一个民族的共有的内在精神，它源于民族的历史和文化，因而极为看重民族语言和文学在形成民族精神过程中的作用。

---

① 转引自［美］艾恺：《世界范围内的反现代化思潮：论文化守成主义》，贵州人民出版社1991年版，第22页。

② 李宏图：《西欧近代民族主义思潮研究——从启蒙运动到拿破仑时代》，上海社会科学院出版社1997年版，第125页。

③ ［美］艾恺：《世界范围内的反现代化思潮：论文化守成主义》，贵州人民出版社1991年版，第22页。

④ ［美］科佩尔·S.平森：《德国近现代史：它的历史和文化》（上册），范德一译，商务印书馆1987年版，第57页。

⑤ 李宏图：《西欧近代民族主义思潮研究——从启蒙运动到拿破仑时代》，上海社会科学院出版社1997年版，第119、205、79页。

通过德国民族主义，民族主义获得了作为民族整合动力的民族精神的内涵，成为后进民族争取民族独立而进行民族动员的民族国家意识形态。同时，其对传统文化资源的重视，为有着深厚文化传统的被压迫民族所取法，在日本和中国的近代国粹主义中，正可以找到它的影响。德国民族主义深刻影响了19至20世纪的世界民族主义。它是一把双刃剑，在谋求民族独立、自主的同时，它又带来了民族的自大意识，在近代产生了种族优越论和民族扩张主义。

通过梳理可以看到，西方与"国民性"有关的民族国家话语具有两个主要背景，一个是法国启蒙主义，一个是德国浪漫主义的民族主义。启蒙主义与民族主义，是"国民性"话语先天具备的两个要素，这两者在逻辑上存在内在冲突。启蒙主义视角下的"国民性"带有审视与批判的色彩，而民族主义动机下的"国民性"则具有强烈的自我诉求，这一本来具有内在矛盾的两个层面，在中国近代国民性话语中同时兼备。

东方在被动近代化的过程中，日本首先触及民族主义和国民性话题。以"明六社"为代表，明治维新初期崇尚全盘欧化论，明治初期的日本从一开始便注意到西方的精神文明，考察西方文化的精神、意识、思想、气质、风气等问题，对东西文明精神及民族性格进行比较。《明六杂志》（1873年3月—1874年4月）就发表了大量讨论"人民""国民"的"性质""气风"和"精神"的文章。明治维新初期提出"日本人种劣等"论，但到20年代，则转而提倡日本民族的优势，明治二十一年（1888），日本政教社成员志贺重昂（1863—1927）、三宅雪岭（1860—1945）和杉浦重岗（1885—1924）等创办《日本人》杂志，第二年，陆羯南（1857—1907）等将《东京电报》改名为《日本》，开始提倡"国粹主义"，到明治三、四十年代发展为"国家主义"。①

"国粹"和"国民性"在日语中同样都对应于英语nationality的词源，这一点是耐人寻味的。一般来说，政教社所谓的"国粹"是指：1.一种无形的民

---

① 参见卞崇道等：《跳跃与沉重：二十世纪日本文化》，东方出版社1999年版，第2—10页。

族精神；2.一个国家特有的遗产；3.一种无法为其他国家模仿的特性。①可以看到，强调一个民族固有的精神上的特长，以本民族的文化精髓而自耀，其源头在德国民族主义。作为后进国，日本民族主义承续了德国民族主义传统，明治30年代，日本掀起学习德国思想学术的高潮。

日本佛教大学李冬木教授近年致力于研究鲁迅早期思想的日本渊源，其周密翔实的考察，为我们探讨鲁迅思想观念的形成与日本明治时期思想语境的关系提供了扎实的背景资料。李冬木2008年3月发表在佛教大学《文学部论集》第92号的长文《"国民性"一词在日本》，详尽地梳理了作为词语的"国民性"一词及作为思想（问题意识）的"国民性"在日本的形成过程，并将"思想与词汇问题"看成"一个有机整体的两个侧面"②，深入探讨了二者之间的互动关系。李的研究，对于我们这里探讨中国近代国民性话语及鲁迅国民性思想的日本渊源，提供了极大的便利。

李冬木通过遍查明治时代出版的各类辞书，发现并无"国民性"这一词条，并未如有学者所论断的那样——"'国民性'一词""最早来自日本明治维新时期"。据其调查，首次出现"国民性"一词的辞典是大正七年（1918）发行的时代研究会编的《现代新语辞典》，"事实上，在这本辞典中该词条除了'こくみせい国民性'这一平假名+汉字形态外，还有以片假名标注的'外来语'形态，即'ナショナリティー'。后者是英语nationality的日语音译，其词条解释是'国民性'"③。通过《近代用语の辞典集成》中"国民性"与ナショナリティー的调查，李冬木认为："词汇的衍生顺序似可推定为英语［nationality］→日语外来词［ナショナリティー］→日语汉语词汇

---

① ［美］Hartin Bernal：《刘师培与国粹运动》，见《近代中国思想人物论——保守主义》，台湾《时报》文化出版有限公司1980年版，第95页。

② ［日］李冬木：《"国民性"一词在日本》，日本佛教大学《文学部论集》第92号（2008年3月）。

③ ［日］李冬木：《"国民性"一词在日本》，日本佛教大学《文学部论集》第92号（2008年3月）。

［‘国民性’］。即体现为一个从音译到意译的过程。"①

但"‘国民性’在日语当中作为一个词语的出现，要大大滞后于这个词语所表达的意识（概念）"②，一个词条收入辞典与该词的实际使用无疑有一个时间差。据李冬木查检，"国民性"一词实际使用的最早时间可能是明治二十八年（1895）《太阳》杂志1卷2号续载的坪内雄藏（坪内逍遥）的论说《戦争と文学（承前）》（《战争与文学》）。而高山樗牛（1871—1902）是催生"国民性"一词出现的重要人物，明治三十年五月（1897年5月），高山在《太阳》杂志三卷二号发表《我邦现今の文藝界に於ける批評家の本務》（署名高山林次郎），主张文艺表现"国民性情"，要求文艺批评家"据国民性之见地，批评一国之文艺"。高山的论敌纲岛梁川（1873—1907）不同意此一论点，发表反驳高山的文章《国民性と文学》（明治三十一年五月三日在《早稻田文学》第七年第八号），该文包括标题在内一共使用了48次"国民性"一词。此后，高山在《论沃尔特·惠特曼》（明治三十一年六月五日《太阳》杂志四卷十二号）称惠特曼是"最明晰，最忠实地讴歌其国民性的诗人"，说明他本人已经接受了论敌所提炼出的"国民性"一词。其实，从1895年到1902年，高山在《太阳》杂志上发表了大量文章，成为舆论界的明星，"把‘国民’一词同‘性情’、‘性质’、‘特性’或者‘意识’相组合并反复加以强调的却无人局高山樗牛之上"③。高山当之无愧是催生"国民性"一词在日本出现的重要人物。

李冬木列举了明治后半期到大正结束三十年间《太阳》杂志所见文章标题中"国民"和"国民性"出现的轨迹，"使用‘国民’一词的文章，几乎在所

① ［日］李冬木：《"国民性"一词在日本》，日本佛教大学《文学部论集》第92号（2008年3月）。

② ［日］李冬木：《"国民性"一词在日本》，日本佛教大学《文学部论集》第92号（2008年3月）。

③ ［日］李冬木：《"国民性"一词在日本》，日本佛教大学《文学部论集》第92号（2008年3月）。

鲁迅与20世纪中国研究丛书

有期号中都有，而相关的表述‘国民性’意思的词汇是渐次出现的”①。因而判断：“从‘高山樗牛’到‘纲岛川梁’的过程，实际上又在《太阳》杂志上重复了一回，只不过规模更大，时间更长而已。我认为，正是在这一过程中，‘国民性’才逐渐演变为一个普通的词汇。”②

明治四十年（1907）十二月东京富山房出版芳贺矢一（1867—1927）的《国民性十论》。该书堪称明治时期国民性话语的集大成之作，在短短四年里再版八次，成为畅销书，《国民性十论》“是在日本近代以来漫长丰富的‘国民性’讨论史中占有重要地位的一本，历来受到很高评价，影响至今”③。该书的畅销，说明“国民性”在日本已成为普遍关注的问题。

鲁迅国民性思想形成于世界上“还没有哪国国民像日本这样喜欢讨论自己的国民性”④的明治时代日本，其受明治时代日本国民性话语的影响，正在情理之中。我们在第二章已经讨论过弘文学院时期嘉纳治五郎与杨度有关国民性问题的讨论对青年鲁迅的启发，关于鲁迅国民性思想与芳贺矢一《国民性十论》的影响关系，李冬木在《芳贺矢一〈国民性十论〉与周氏兄弟》（《山东社会科学》2013年第7期）和《明治时代的“食人”言说与鲁迅的〈狂人日记〉》（《文学评论》2012年第1期）中有详细的论述，说明了二者的联系。另外，鲁迅国民性思想形成的另一个外来影响源是史密斯（Arthur Henderson Smith，1845—1932）的《中国人的性格》（Chinese Characteristics），鲁迅最早的接触该书也是在日本，通过涩江保的译本《支那人气质》阅读到的，⑤这

---

① ［日］李冬木：《“国民性”一词在日本》，日本佛教大学《文学部论集》第92号（2008年3月）。

② ［日］李冬木：《“国民性”一词在日本》，日本佛教大学《文学部论集》第92号（2008年3月）。

③ ［日］李冬木：《芳贺矢一〈国民性十论〉与周氏兄弟》，《山东社会科学》2013年第7期。

④ ［日］南博：《〈日本人论——明治カら今日まで〉まえがき》前言，岩波书店1994年版，转引自［日］李冬木：《芳贺矢一〈国民性十论〉与周氏兄弟》，《山东社会科学》2013年第7期。

⑤ 详见［日］李冬木：《关于羽化涩江保译〈支那人气质〉》（上、下），《鲁迅研究月刊》1999年第4、5期。

典型地说明了日本是鲁迅接受国民性话语的一个桥梁。当青年鲁迅在日本同时读到肯定日本国民性的《国民性十论》和批评中国国民性的《支那人气质》时，其对比效果就更加强烈了。

第二节　建国与新民：近代中国国民性话语的兴起

中国近代国民性话语也是伴随近代国民国家意识而兴起的。

传统中国久以天下中心自居，在相对封闭的环境中养成了自尊自大的民族性格，自我中心意识和文化优越感，自然有碍自我反思意识的形成。在鸦片战争以来的近代变局中，中国被强行纳入以现代民族国家为单位的全球性世界体系，传统天下世界观坍塌，民族国家意识方始生成。

甲午一役，宣告洋务运动的失败，维新运动继而兴起。维新一代将思路由器物层面，转向与人有关的政制层面，近代民族国家意识由此缓慢形成。

中国近代意义上的"国家"意识与"国民"意识是同时形成的，相较而言，由于晚清王朝的存在，在晚清士人那里，近代"国民"是比"国家"更早正式表述出来的术语。据目前的研究，最早提到"国民"的有梁启超、康有为和严复等维新派人士。梁景和考证，在1898年上呈光绪皇帝的《请开学校折》中，康有为首次使用"国民"一词。①杨联芬认为"但最先表达国民意识的，是严复"，"最早为'国民'作界定的，应当是梁启超"②。康有为在皇上面前公开提到"国民"，言"国民"必先有"国家"观念，说明在空前的危机面前，"国家"渐渐成为共识。严复在甲午战败后发表一系列文章，强调救亡的迫切性，而救亡的根底，在于国民素质的提高。梁启超是中国近代国民国家意识最主要的表述者，据李冬木考证，梁启超早在1896年的《学校总论》中就提到"国民"一词："夫人才者，国民之本。学校者人才之本，兴学所以安国长

---

① 梁景和：《清末国民意识与参政意识研究》，湖南教育出版社1999年版，第9页。

② 杨联芬：《晚清与五四文学的国民性焦虑（一）——梁启超及晚清启蒙论者的国民性批判》，《鲁迅研究月刊》2003年第10期。

民也。"①据此，梁可能是"国民"一词最早的表述者。日本学者狭江直树认为："'国民'的用法在《时务报》时期的《变法通议》中只出现过一次，而在到日本后经常使用。"②1899年，梁启超在《论近世国民竞争之大势及中国前途》之文中说："中国人不知有国民也，数千年来通行之语，只有以国家二字并称者，未闻有以国民二字并称者。"③"国民者，以国为人民公产之称也。"④梁对"国民"的解释是与"国家"互释的，双向地规定了国民与国家的关系，即国民构成国家，国家是属于国民的，"国也者，积民而成"成为梁启超日本时期文章的惯用表达。⑤

在先觉者那里，"民"的问题意识比国家问题意识形成更早。甲午惨败后，严复最早意识到改革主体的"民"的重要性，在天津《直报》上接连发表《论世变之亟》《原强》《救亡决论》和《辟韩》等文，以其学贯中西的卓越见识，痛陈中国积弱之原因，指出中西差距之所在，强调中国的变革，不仅在富强本身，而且更在于"民智、民德与民力"。对这一重要性的强调，无疑基于其对中国"民"之素质低下的发现，因而这可以说是近代以来中国国民性话语的最早表述。

严复引达尔文、斯宾塞学说，推究兴亡之源，认为："盖生民之大要三，而强弱存亡莫不视此：一曰血气体力之强，二曰聪明智虑之强，三曰德行仁义之强。是以西洋观化言治之家，莫不以民力、民智、民德三者断种之高下，未有三者备而民生不优，亦未有三者备而国威不奋者也。"⑥甲午一战之所以失败的根源在："苟民力已荼，民智已卑，民德已薄，虽有富强之政，莫之能行。"⑦并沉痛指出："所可悲者，民智之已下，民德之已衰，与民气之已困

① 梁启超：《时务报》第三册，1896年8月29日。
② ［日］狭间直树：《〈新民说〉略论》，狭间直树编：《梁启超·明治日本·西方——日本京都大学人文科学研究所共同研究报告》，社会科学文献出版社2001年版，第71页。
③ 梁启超：《论近世国民竞争之大势及中国前途》，《梁启超全集》第二卷，第309页。
④ 梁启超：《论近世国民竞争之大势及中国前途》，《梁启超全集》第二卷，第309页。
⑤ 如《中国积弱溯源论》《新民说》等。
⑥ 严复：《原强（修订稿）》，王栻编：《严复集》第1册，中华书局1986年版，第18页。
⑦ 严复：《原强（修订稿）》，王栻编：《严复集》第1册，中华书局1986年版，第26页。

耳，虽有圣人用事，非数十百年薄海知亡，上下同德，痛刮除而鼓舞之，终不足以有立。"①在严复认为当今的治本之法在于："至于其本，则亦于民智、民力、民德三者加之意而已。果使民智日开，民力日奋，民德日和，则上虽不治其标，而标将自立。"②严复用斯宾塞"社会有机体"学说阐明"国民"对于现代民族国家的重要意义，认为"一群一国之成之立也，其间体用功能，实无异于生物之一体，大小虽殊，而官治相准"③，生物体的性质取决于细胞的质量，一国一群的整体状况决定于组成国群的社会成员的个体素质："凡群者皆一之积也，所以为群之德，自其一之德已定，群者谓之拓都（Aggregate），一者谓之幺匿（unit）。拓都之性情形制，幺匿为之。"④"今夫群者人之拓都也，而人者群之幺匿也，拓都之性情变化，积幺匿之性情变化以为之。"⑤"是以今日政要，统于三端：一曰鼓民力，二曰开民智，三曰新民德。"⑥

　　严复于变乱之际对"民"的关注，转移了传统政治意识中以"朝廷"为中心的思维模式，几千年被隐匿的"民"浮出水面，成为摆脱近代危局的重要方面，在一定意义上，潜在地打破了传统政治意识结构，成为近代国民国家意识兴起的先兆。同时，严复对"民"的问题的发现，将近代危机的根本放在"民"之上，也开启了中国近代国民性话语。值得一提的是，会通中西的严复具有天然的文化比较的眼光，使他看到了"民"之素质欠缺背后的文化因素，已经开始从中西两类文化比较的意义上来探讨这一问题。

　　面对甲午战败，维新派试图联合朝廷内部的改革派，推行自上而下的制度改革，康、梁不是没有注意到改革中民众素质的问题，其变革主张中就包含教

---

① 严复：《原强（修订稿）》，王栻编：《严复集》第1册，中华书局1986年版，第9页。

② 严复：《原强（修订稿）》，王栻编：《严复集》第1册，中华书局1986年版，第14页。

③ 严复：《原强（修订稿）》，王栻编：《严复集》第1册，中华书局1986年版，第7页。

④ 严复：《群学肄言·喻术》，欧阳哲生编校：《中国现代学术经典·严复卷》，河北教育出版社1996年版，第154—155页。

⑤ 严复：《群学肄言·喻术》，欧阳哲生编校：《中国现代学术经典·严复卷》，河北教育出版社1996年版，第367页。

⑥ 严复：《原强（修订稿）》，王栻编：《严复集》第1册，中华书局1986年版，第27页。

育制度的变革，但自上而下的改革径路使他们致力于通过颁布法令的方式推行制度的变革，"民"的问题的复杂性和严峻性还没有呈现出来。

百日维新失败后，康、梁东走日本。康有为继续在海外宣传保皇立宪的思路，而梁启超则失望于"朝廷"，另辟新路。维新失败的教训，使梁氏开始反思自上而下改革的局限性："夫吾国言新法数十年而效不睹者，何也？则于新民之道未有留意焉者也。"开始思考民众启蒙的问题，在日本创办《清议报》《新民丛报》和《新小说》，倡导"新民"主张，并将小说的革新作为"新民"的重要渠道。在日本全新的舆论环境下，梁意识到唯有迅速养成民族主义，中国才有可能争存于现代民族国家之林。他发表大量报刊文章，宣传国民国家意识，认为只有民族主义才能救中国："自十六世纪以来（约四百年前），欧洲所以发达，世界所以进步，皆由民族主义（Nationalism）所磅礴冲击而成。"① "近四百年来，民族主义，日渐发生，日渐发达，遂至磅礴郁积，为近世史之中心点。顺兹者兴，逆兹者亡。""民族主义者，实制造近世国家之源动力也。"② "故近日欲救中国，无他术焉，亦先建设以民族主义之国家而已"③，在《国家思想变迁异同论》中，梁氏引德国政治学者伯伦知理的国家学说，比较中西古今国家思想的异同，阐明当下世界民族主义与民族帝国主义的大势，最后确认中国要以民族主义抵抗列强民族帝国主义的威逼："知他人以帝国主义来侵之可谓，而速养成我所固有之民族主义以抵制之。斯今日我国民所当汲汲者也。"④要兴起民族主义，首先是国家和国民意识的形成，1899年梁启超在《论爱国》中说："我支那人，非无爱国之性质也，其不知爱国者，由不自知其为国也。""其不知爱国者，由不自知其为国也"⑤，在《论中国人种之将来》中强调："凡一国之存亡，必由其国民之自存自

---

① 梁启超：《新民说》，《梁启超全集》第三卷，第656页。

② 梁启超：《论民族竞争之大势》，《梁启超全集》第四卷，第887页。

③ 梁启超：《论民族竞争之大势》，《梁启超全集》第四卷，第899页。

④ 梁启超：《国家思想变迁异同论》，《梁启超全集》第二卷，第460页。

⑤ 梁启超：《国民十大元气论》，《梁启超全集》第二卷，第270页。

亡"①，1900年发表《少年中国说》："欲断今日之中国为老大耶？为少年耶？则不可不先明'国'字之意义。夫国也者，何物也？有土地，有人民，以居于其土地之人民，而治其所居之土地之事，自制法律而自守之；有主权，有服从，人人皆主权者，人人皆服从者。夫如是，斯谓之完全成立之国。""且我中国畴昔，岂尝有国家哉？不过有朝廷耳！我黄帝子孙，聚族而居，立于此地球之上者既数千年，而问其国之为何名，则无有也。夫所谓唐、虞、夏、商、周、秦、汉、魏、晋、宋、齐、梁、陈、隋、唐、宋、元、明、清者，则皆朝名耳。朝也者，一家之私产也。国也者，人民之公产也。"②在《中国积弱溯源论》中，梁氏推究"中国积弱发源于理想之误者"有三："不知国家与天下之差别也，中国人向来不自知其国之为国也。""不知国家与朝廷之界限也。""不知国家与国民之关系也。"③1902年的《新民说》则宣称："在民族主义立国之今日，民弱者国弱，民强者国强，殆如影之随形，响之应声，有丝毫不容假借者"。④"必其使四万万人之民德、民智、民力，皆可与彼符与彼相埒，则外自不能为患，吾何为而患之！"⑤

　　民族主义议题成为时论热议的焦点，如《近世欧人之三大主义》即认为意大利的统一，希腊、罗马尼亚的独立，德意志联邦的形成，"推其中心，无不发于民族主义之动力"，"故19世纪，实为民族国家发生最盛之时代也"。⑥更有人将20世纪初菲律宾抗美、布尔人抗英进而实现民族独立的壮举看成是民族主义蓬勃发展的结果："菲律宾、脱兰斯不过地球上之一撮土，然敢与威势炎炎、炙手可热之英美二强国开衅，血战数年，卒使民族倔强之名誉远播于地球之上者，非菲律宾、脱兰斯政府之力，而其国民独立不屈、爱国爱种之热诚

①　梁启超：《论中国人种之将来》，《梁启超全集》第二卷，第259页。
②　梁启超：《少年中国说》，《梁启超全集》第二卷，第410页。
③　梁启超：《中国积弱溯源论》，《梁启超全集》第二卷，第413—414页。
④　梁启超：《新民说》，《梁启超全集》第三卷，第658页。
⑤　梁启超：《新民说》，《梁启超全集》第三卷，第657页。
⑥　雨尘子：《新民丛报》第28期，1903年3月27日。

为之也。"提倡"举国之人皆有我即国、国即我之理想"。①余一的《民族主义论》表达更为直接："今日者，民族主义发达之时代也，而中国当其冲，故今日而不再以民族主义提倡于吾中国，则吾中国乃真亡也"②，"凡立于竞争世界之民族而欲自存者，则当以建立民族的国家为独一无二义"③。此后，留日学生刊物《游学译篇》《江苏》等杂志也相继刊出了宣传与讨论民族主义的文章。④

　　"民族精神""国魂""民魂"等表述，成为中国近代民族主义话语值得关注的关键词。对于"民族精神"的内涵，近代中国最早引进"民族精神"这一概念的《民族精神论》一文并未给出明确说法，文章批评评论西方者"第知其军舰之雄，兵甲之富，财政之丰，至于精神实质之所在则多略而不详"，西方民族兴盛的原因在于"则以彼有一种如痴如狂不可思议之民族精神在也"，认为民族精神起于两种根源："其一曰由历史而发生者也，其二曰由土地而发生者也。"⑤梁启超对于民族主义的阐释，也多少见出民族精神的内涵，如在《新民说》中说：

　　　　凡一国之能立于世界，必有其国民独具之特质，上自道德法律，下至风俗习惯、文学美术，皆有一种独立之精神，祖父传之，子孙继之，然后群乃结，国乃成。斯实民族主义之根柢源泉也。我同胞能数千年立国于亚洲大陆，必其所具特质，有宏大高尚完美，厘然异于群族者，吾人所当保存之而勿失坠也。⑥

---

① 佚名：《论中国之前途及国民应尽之责任》，《湖北学生界》第3期，1903年3月29日。

② 余一：《民族主义论》，《浙江潮》第1、2期，见张枬、王忍之编：《辛亥革命前十年间时论选集》第一卷，生活·读书·新知三联书店1960年版，第485页。

③ 余一：《民族主义论》，《浙江潮》第1、2期，见张枬、王忍之编：《辛亥革命前十年间时论选集》第一卷，生活·读书·新知三联书店1960年版，第486页。

④ 如《民族主义之教育》，未署名，载《游学译篇》第10册，1903年9月6日；《民族主义》，未署名，载《江苏》第7期，1903年10月20日；等等。

⑤ 未署名：《民族精神论》，载《江苏》第7、8期，1903年10月20日、1904年1月17日。

⑥ 梁启超：《新民说》，《梁启超全集》第三卷，第657页。

在梁启超看来，一民族"独立之精神"是该民族民族主义发生的源头，而这种异于他族的"独立之精神"也就是"民族精神"。其后，梁氏在《政治学大家伯伦知理之学说》中借伯伦知理的话说："民族之立国"，"当以保存族粹为第一义"，"必须尽吸纳其本族中所固有之精神势力，而统一之于国家"。①

也许是受日本"大和魂"的影响，"国魂""民魂"等等，成为"民族精神"更多的表达方式。梁启超早在1899年就发表了题为《中国魂安在乎》的文章，认为日本立国与维新的基础就在于所谓"武士道"的"日本魂"，然而反身"吾因之以求我所谓中国魂者，皇皇然大索之于四百余州，而杳不可得。吁嗟乎伤哉！天下岂有无魂之国哉？""近日所最要者，则制造中国魂是也"②。虽然说的是与兵士精神的培养，但也指向了"国魂"。1903年前后，在东京留学生创办的杂志上，出现了探讨"民族魂"的文章。有人认为，"吾闻日本立国之元素，由人人抱有所谓'太和魂'者，吾中国之士民，相安于不识不知之中，其灵魂之丧失也久矣"，因此主张招魂："……乃为楚言以招之曰：魂兮归来！"③《浙江潮》刊载有《国魂篇》，《江苏》刊载有《国民新灵魂》，后者认为，国魂即精神，是决定一切的："灵魂弱则人弱，灵魂强则人强；灵魂垢则人垢，灵魂高尚则人高尚，灵魂神圣则人神圣。"今日中国之所以遭受欺凌，就是因为"真魂失舍，寻性改常"，如欲使我中华"文明之花，先世界大地而扬芳，后世界大地而结果"，不仅要招复旧魂："方将求李少君之术摄之使来，学湘累大夫之吟招之使复。升屋以呼，焚符以降，曰：中国魂兮归来乎！"还须"上九天下九渊，旁求泰东西国民之粹，囊之以归，化分吾旧质而更铸吾新质"，以造就"国民之新灵魂"。④此外，发表于1907年

① 梁启超：《政治学大家伯伦知理之学说》，《梁启超全集》第四卷，第1068页。

② 梁启超：《中国魂安在乎》，《梁启超全集》第二卷，第357页。

③ 程明超：《湖北调查部纪事叙例》，载《湖北学生界》第1期，1903年1月29日。

④ 壮游：《国民新灵魂》，《江苏》第5期，见张枬、王忍之编：《辛亥革命前十年间时论选集》第一卷下册，第571—576页。

《中国女报》上的一篇文章虽然论说的是女权，但也同样鼓吹灵魂的巨大作用："国民者国家之要素也，国魂者国民之生源也。国丧其魂，则民气不生，民之不生，国将焉存。……以今日已死之民心，有可以拨死灰于复燃者，是曰国魂；有可以生国魂为国魂之由来者，是曰大魂。"[①]章太炎等国粹派人士也从历史文化维度来诠释"国魂"的，在他那里，"国魂"与"国粹"同义。[②]值得注意的是，与鲁迅同时在日本的周作人、许寿裳该时期的文章中，"国魂"一词更是常见。

由民族国家意识的觉醒，到对形成民族国家基础的国民的发现，再到对"民族精神"和"国魂""民魂"的重视，"国民性"话语逐渐成形。可以看到，国民性话语刚开始是从正面和肯定意义上说的，由正面倡导，到负面批判，是在"五四"前夕形成的，决定性的因素是民初政治的失败。

中国近代"国民性"观念的生成，与梁启超有密切关联。1899年梁氏在《国民十大元气论·叙论》中说："国于天地，必有与立。国所与立者何？曰民而已。民所以立者何？曰气而已。"[③]1912年，梁启超在《国性篇》一文中将"元气"概念明确为"国性"："国于天地，必有所立。国之所以与立者何？吾无以名之，名之曰国性。"[④]将具体的国性指向国语、国教和国俗三个层面，认为其与国家的兴亡攸关，可以看到，梁氏的"国性"不是批判的对象，而是作为立国的精神基础，需要加以呵护和发扬。五年后的1917年，《新青年》发表署名光升的文章《中国国民性及其弱点》，也提出"国性"概念，其对"国性"的界定与梁启超相似："国于大地，必有与立，所与立者，即国性是也。"[⑤]而且也将国民性问题分为种性、国性、宗教性三个层面，几乎可以肯定是在梁启超文章的启发下写的，但是，"国性"的色彩已发生变化，

① 黄公：《大魂篇》，《中国女报》第1期，见张枬、王忍之编：《辛亥革命前十年间时论选集》第二卷下册，第842页。

② 参见郑师渠：《近代中国的文化民族主义》，见氏著《思潮与学派：中国近代思想文化研究》，北京师范大学出版社2005年版。

③ 梁启超：《国民十大元气论》，《梁启超全集》第二卷，第267页。

④ 梁启超：《国性篇》，《梁启超全集》第九卷，第2554页。

⑤ 光升：《中国国民性及其弱点》，《新青年》1917年第2卷第6号。

虽定义如出一辙，但从"中国国民性及其弱点"的标题可以看到，作者的关心已经转向对"国性"负面因素的警惕和批判，这与"五四"前后的由失望于"政治"到文化启蒙的共同思路有关，正如文章所说："一国之政治状态，一国人民精神之摄影也。"[1]由此可以看到"国民性"观念由早期的正面色彩向"五四"时期的负面色彩转化的轨迹，当"国民性"由正面转向负面，国民性批判就成为题中应有之义。

虽然"五四"之前梁启超对国民性是乐观的，其国民性言论基本上是从正面阐述的，但在"新民"建构中也已经开始负面的批判。新旧世纪之交，梁氏先后发表了《国民十大元气论》（1899）、《中国积弱溯源论》（1900）、《十种德性相反相成义》（1900）、《新民说》（1902）等文章，在提倡国民精神的同时，揭示了国民劣根性的存在。《国民十大元气论》首论"独立论"，指出"人而不独立，时曰奴隶。于民法上不认为公民。国而不独立，时曰附庸，于公法上不认为公国"[2]，直指国民的奴隶根性："仰人之庇者，真奴隶也。不可言也，呜呼！吾一语及此，而不禁太息痛恨于我中国奴隶根性之人何其多也！"[3]在《中国积弱溯源论》中，梁氏将"积弱之源于风俗者"提炼为六个方面——"奴性""愚昧""为我""好伪""怯懦""无动"，这成为此后中国国民性批判话语的重要维度；[4]《十种德性相反相成义》（1900）、《新民说》（1902—1906）则从建设角度提出国民道德建构的目标，前者列出"独立与合群""自由与制裁""自信与虚心""利己与爱他""破坏与成立"十种相反相成的"德性"；而连载于《新民丛报》近10万字的《新民说》更为系统，罗列论述"新民"所需现代民德，分为"公德""国家思想""进取冒险""权利思想""自由""自治""进步""自尊""合群""生利分利""毅力""义务思想""尚武""私德""民气""政治能力"诸章逐层展开；《新民说》对于现代民德不能形成的原因，也进行了详细

---

① 光升：《中国国民性及其弱点》，《新青年》1917年第2卷第6号。

② 梁启超：《国民十大元气论》，《梁启超全集》第二卷，第268页。

③ 梁启超：《国民十大元气论》，《梁启超全集》第二卷，第268页。

④ 梁启超：《中国积弱溯源论》，《梁启超全集》第二卷，第415—420页。

的分析，"论进步"讨论不能"进步"之因为"大一统而竞争绝也""环蛮夷而交通难也""言文分而人治局也""专制久而民性漓也""学说隘而思想窒也"五点；[1] "论私德"讨论私德堕落之原因，概括为"无端"："由于专制政体的陶铸也""由于近代霸主之摧锄也""由于屡次战败之挫沮也""由于生机憔悴之逼迫也""由于学术匡救之无力也"。[2] 这些都是对国民劣根性形成原因的分析，不能不说是非常全面的。

一代舆论巨子梁启超的《新民说》等文章在当时影响甚巨，在当时思想文化界产生重要影响，胡适于梁氏去世后，在日记中写道："他一生著作最可传世不朽者，颇难指名一篇一书。后来我的结论是他的《新民说》可以算是他一生的最大贡献。"[3] 在梁启超与当时日本思想文化界有关国民性、民族性舆论的影响下，留日学术刊物《湖北学生界》《江苏》《浙江潮》等纷纷发表有关国民性方面的文章，一时蔚为壮观。鲁迅尊为业师的章太炎也对国民性的弱点有洞察，倡议用革命祛除"畏死心""拜金心"和"退却心"；在《印度中兴之望》中，章太炎将印度与中国加以比较，指出中国人患有诈伪无耻、缩胸畏死、贪叨图利、偷惰废学、浮华相竞和猜疑相贼六种精神痼疾。[4]

可以说，近代国民性批判大多是在立论建构中附带提出的，这些都是鲁迅国民性批判的可能资源，到鲁迅手里，国民性批判成为终其一生的专门工作。鲁迅以其深切的生活体验、开阔的文化视野和不可多得的洞察力，为国民性批判提供了前人难及的深度，并以小说和杂文的形式，获得更为广泛深入的影响。

---

① 梁启超：《新民说》，《梁启超全集》第三卷，第683—685页。

② 梁启超：《新民说》，《梁启超全集》第三卷，第714—718页。

③ 胡适：《胡适全集》第31卷，安徽教育出版社2003年版，第323页。

④ 章太炎：《印度中兴之望》，载明治四十年（1907）十月二十五日在东京出版的《民报》第十七号。

第三节　继承与超越：鲁迅国民性批判与晚清思想资源

1907—1908年，青年周树人在日本提出自己的"立人"思路："首在立人"①"根柢在人"②"人立而后凡事举"③"若其道术，乃必尊个性而张精神"④"人各有己，而群之大觉近矣"⑤，这是鲁迅国民性批判思想的起点。"立人"是个极其宏大的工程，当时一直萦绕青年鲁迅的三个问题可以视为其三个层面：1.怎样才是最理想的人性？2.中国国民性中最缺乏的是什么？3.它的病根何在？⑥当然，鲁迅的终极目的是在中国建立"理想的人性"，但其首要步骤是2和3——对中国国民性的考察和批判。然而，即使这第一步即如此艰难，以至鲁迅付出毕生的精力亦难完成，因此，宏大的"立人"工程在鲁迅有涯之生的现实践履，成为毕其一生的批判国民性的工作。我们在前文已经论述过，鲁迅日本时期正面的"立人"，经过十年隐默后的洞察，在强烈的危机感中，成为贯穿其一生的国民批判工作。

就整体思路而言，鲁迅"立人"话语对于严复"鼓民力""开民智""新民德"⑦的"三民"主张，尤其是梁启超的"新民"思想的继承是显而易见的，在问题意识上，都来自对中国近代危机与未来命运的强烈关切。其最终目的，都指向的是民族国家的摆脱危机与重新振兴，而且都显现为由部分到群体的思理逻辑。

青年周树人无疑深受过严复尤其是梁启超的影响。严复翻译的《天演论》曾开启了他的眼界，让其激动不已，严复甲午后的一系列迫切之言，鲁迅应该

---

① 鲁迅：《坟·文化偏至论》，《鲁迅全集》第1卷，第57页。

② 鲁迅：《坟·文化偏至论》，《鲁迅全集》第1卷，第56—57页。

③ 鲁迅：《坟·文化偏至论》，《鲁迅全集》第1卷，第57页。

④ 鲁迅：《坟·文化偏至论》，《鲁迅全集》第1卷，第57页。

⑤ 鲁迅：《集外集拾遗补编·破恶声论》，《鲁迅全集》第8卷，第24页。

⑥ 许寿裳：《我所认识的鲁迅》，鲁迅博物馆鲁迅研究室《鲁迅研究月刊》选编：《鲁迅回忆录·专著》上册，第487—488页。

⑦ 严复：《原强（修订稿）》，《严复集》第1册，中华书局1986年版，第27页。

也不会陌生。据周作人回忆，鲁迅早年是梁启超的热心读者，[1]鲁迅早期思想中保留着诸多源于梁氏的思想因子，譬如对尚武精神的宣扬，对国民性中冷淡、麻木的旁观者的批判等等。鲁迅早年的"立人"主张及其对文学作用的重视，与梁启超的"新民"主张和对"新小说"作用的强调也隐隐相通，在某种意义上，鲁迅的"立人"方案正是对梁启超"新民"思想的一种承继和发展。

但是，在看似大致相同的理路中，鲁迅与严复、梁启超又存在着深刻的内在差异。

严复于甲午危机后在新兴报刊发出的迫切之言，不再是传统的臣子向皇上的进谏上书，而是以新兴的报章文体向新的舆论界发出的危机信号，对于危机的本质进行了空前透彻的分析，指出危机的症结在于"民"的素质，提醒统治者在应对现代危机中发挥"民"的作用。会通中西的学养，已使严复的发言初步具有全球性的视野和中西文化比较的深刻视点，但其发言的前提是承认朝廷的合法性，在身份意识上不过是一个具有西学背景的传统士人，这些都难免构成其思考的限度。

梁启超对"新民"的鼓与呼，是在对晚清政府失望之后，结合了自身深切的政治失败的体验，故其在立场与体验上，超出了严复。梁启超所言之"民"，是紧紧与"群"——民族国家——相对待而设立的，"民"即是新的"国民"与"公民"。梁氏始终在如何建立现代的新国家、新政府、新制度的意义上谈"群"，立国——建立新国家——的迫切性，使他还很难意识到"群"是否有国家与社会层面的分化，因而在新民与新国之间建立直接联系。梁启超既是启蒙思想家，也是政治家，其对国民元气、德行、新民公德的强调，无不是在为未来新的民族国家培养新民，其"新民"主张始终带有公民教

① 周作人曾说："……梁任公所编刊的《新小说》《清议报》与《新民丛报》的确都读过也很受影响，但是《新小说》的影响总是只有更大不会更小。梁任公的《论小说与群治之关系》当初读了的确很有影响，虽然对于小说的性质与种类后来意思稍稍改变，大抵由后来科学或政治小说渐转到更纯粹的文艺作品上去了。不过这只是不侧重文学之直接的教训作用，本意还没有什么变更，即仍主张以文学来感化社会，振兴民族精神，用后来的熟语来说，可说是属于为人生的艺术这一派的。"（周作人：《关于鲁迅之二》，鲁迅博物馆鲁迅研究室《鲁迅研究月刊》选编：《鲁迅回忆录·专著》中册，北京出版社1999年版，第887页。）

育与政治动员的意味，目标明确，且具体可行。与其关心相关，梁氏经常征引的思想资源，是18、19和20世纪的民族主义与国家思想，主要人物有孟德斯鸠、卢梭、伯伦知理等。

如前所述，鲁迅的"立人"动机，和梁启超一样是以"兴国"为目的，但是，其"立人"设计的思想触须已超越民族国家层面。梁启超的"新民"是作为民族国家一员的"国民"；鲁迅的所立的"人"则是"个人"，它首先是一个排除一切归属的原点式的存在，在其表述中，"个人"甚至是以梁启超意义上的作为"群"的"国民"为对立面的。

《文化偏至论》论证"个人"针对的一个背景，就是19纪西方"众数"文明："而物反于穷，民意遂动，革命于是见于英，继起于美，复次则大起于法朗西，扫荡门第，平一尊卑，政治之权，主以百姓，平等自由之念，社会民主之思，弥漫于人心。流风至今，则凡社会政治经济上一切权利，义必悉公诸众人，而风俗习惯道德宗教趣味好尚言语暨其他为作，俱欲去上下贤不肖之闲，以大归乎无差别。同是者是，独是者非，以多数临天下而暴独特者，实19世纪大潮之一派，且曼衍入今而未有既者也。"①鲁迅问的是："理若极于众庶矣，而众庶果足以极是非之端也耶？"②关于"个人"对"众庶"的反动，鲁迅所引西方资源，是19世纪末、20世纪初的叔本华、尼采、施蒂纳、克尔恺郭尔、易卜生等"神思新宗"，在西方思想史中，属于19世纪末现代主义思潮对社会民主思潮的反思，与梁启超所征引的孟德斯鸠等西方18世纪以来的启蒙主义思潮有别，这两个思想资源在逻辑上存在内在的冲突。

鲁迅在20世纪初就瞩目引进西方19世纪末20世纪初的"神思新宗"，固然敏锐，但无疑也有脱离时代的倾向。如果承认中西文明有可以共享的人类普遍发展经验，中国如要取法西方，就必须意识到，中西在文化背景与发展阶段上是有巨大差异的，如果以西方当下最新思潮作为最好的资源，是否有过急的嫌疑？舍孟德斯鸠而取尼采，是否显得有些迂阔？鲁迅的敏锐，难免存在思想的

① 鲁迅：《坟·文化偏至论》，《鲁迅全集》第1卷，第48页。
② 鲁迅：《坟·文化偏至论》，《鲁迅全集》第1卷，第48页。

盲区。

但这些可能存在的问题还只是表象，我们还要看到，鲁迅之穿越"国民"而直抵"个人"，背后有他真切的生存实感——对文化传统与国民性的深刻洞察。《文化偏至论》结尾，突兀地出现这样一句话："夫中国在昔，本尚物质而疾天才矣。"[①]由此可以看到，鲁迅对"个人"的强调，对西方19世纪"物质"与"众数"文明的批判，有一个更深的视点，是基于对中国重物质而轻个人的文化特质的洞察。换言之，在他看来，"物质"与"众数"，恰恰是中国文化中所固有的弊端。如果我们只看到西方19世纪文明表面的"物质"与"众数"，而看不到其文明系统背后深厚的精神动力，则只不过是狗咬尾巴式的自我追逐，"往者为本体自发之偏枯，今则获以交通传来之新疫，二患交伐，而中国之沉沦遂以益速矣"[②]。鲁迅担心的首先是自古以来就遭扼杀的"个人"生机，担心"重杀之以物质而囿之以多数，个人之性，剥夺无余"[③]，因而坚定不移地将"个人"立为中国现代性最为确定性的起点。

鲁迅的立言，基于个人的生存实感，建立在对中国文化隐秘痼疾的洞察之上，始终不离对文化与国民性的洞察，同时又有广阔的中西文化比较的参照系。其对西方19世纪末"新神思宗"的敏锐发现，与对固有文化传统的洞察相辅相成，两面的深度是成正比的。鲁迅对"新神思宗"的阐述，散发出浓烈的文化反思气息，叔本华、尼采、施蒂纳、克尔恺郭尔、易卜生等"神思新宗"，以及拜伦、雪莱、裴多菲、普希金、莱蒙托夫等"摩罗诗人"所展现的言行，无不是相对于中国固有文化和国民性的"卓异之性"，彰显出全新的文化与人性的光彩。

让我们再回到鲁迅与严复、梁启超的比较。现在可以看到，鲁迅"立人"思路与国民性洞察，在中西比较的文化视野上，继承并发扬了严复见闻广博和会通中西的特点。严复对危机的洞察和分析，已显现中西文化对比的广阔视野，凭英文水平、异国游历及对西方社会科学的了解，严复在知识层面比鲁迅

---

① 鲁迅：《坟·文化偏至论》，《鲁迅全集》第1卷，第57页。

② 鲁迅：《坟·文化偏至论》，《鲁迅全集》第1卷，第57页。

③ 鲁迅：《坟·文化偏至论》，《鲁迅全集》第1卷，第57页。

更为系统，但是，其士人身份与政治立场，尤其是感性体验的不足，限制了其感受与观察的深度；而鲁迅以其不可多得的挫折经历、敏锐的感性体验及空前的洞察力，本质直观地把握了从知识和经验层面难以体悟的中西文化之别，将晚清以来的中西文化的比较勘查，推进到空前深刻的层面。这一点，严复无疑有不及之处。

在立场与思路上，鲁迅与梁启超有更直接的承续关系。梁启超以政治实践者身份从维新运动中反思自上而下改革的失败，深味民族国家建立与国民素质的关系，力倡"新民"。"新民"伴随思想启蒙的路径，并借重文学之力，这一点无疑对鲁迅"立人"思路有极大的启发性。但不同的是：一、梁启超提出建立现代国家的基础——"新民"问题，本质上是政治层面的问题，其"新民"具有国民教育与政治动员的意义。鲁迅"立人"方案中的"个人"，一开始就超越政治层面，其对中国文化弊端和现实人心的深刻洞察，对19世纪西方文明源流的梳理，对19世纪末西方"新神思宗"的引介，展现了空前开阔的全球文化视野和深厚的文化比较背景，将中国现代转型的基点，放到基于彻底文化反思的"个人"之上。换言之，与梁启超关注现代国家的"国民"基础不同，鲁迅将关注的眼光，一开始就投向文化层面——中国现代转型的精神基础问题。二、鲁迅由"立人"开启的国民性批判，与梁启超围绕"新民"的国民性话语，也由此形成差异，鲁迅对国民性的描述如奴性、愚昧、麻木、示众等，与梁启超有一定的继承关系。但是，对于同样的国民性现象，梁启超的分析视点主要在建设现代国家的国民素质上，故正面提倡多而批判少，而鲁迅的观察和分析经常诉诸切身体验并深入到文化心理层面，故终其一生从事国民性的批判工作。

作为中国近代国民性话语的首倡者，梁启超在立足于现代国家政治层面提出"新民"的同时，也似乎意识到"新民"背后的文化问题。1902年梁启超发表著名的《新民说》，主论"公德"，其所列举之"国家思想""进取冒险""权利思想""自由""自治""进步""自尊""合群""生利分利""毅力""义务思想""尚武""民气""政治能力"等，皆为"公德"之要素。梁启超看到："吾中国道德之发达，不可谓不早。虽然，偏于私德，而公德殆阙如。试观《论语》《孟子》诸书，吾国民之木铎，而道德之所从出者也。其中所教，私德居十之九，而公德不及其一焉。……关于私德者，发挥几无余蕴，于养成私人（私人者对于公人言，谓一个人不能与他人交涉之时也。）之资格，庶乎备矣。虽然，仅有私人之资格，遂足为完全人格乎？是固不能。"①"知有公德，而新道德出焉矣。"②"是故公德者，诸德之源也，有益于群者为善，无益于群者为恶，（无益而有害，为大恶，无害亦无益者为小恶。）此理放诸四海而准，俟诸百世而而不惑者也。"③梁氏对"公德"的看重，无疑是从"群"的政治目的出发的。

但是，游美观旧金山华人素质劣于美国人。梁启超回国后开始反思，同在现代民主政体下，为何华人品德较弱，遂在《新民说》中加入《论私德》一节，在"序"中他说："吾自去年著《新民说》，其胸中所怀抱欲发表者，条目不下数十，以公德篇托始焉。论德而别举起公焉者，非谓私德之可以已。谓夫私德者，当久已为尽人所能解悟能践履，抑且先圣昔贤之既已圆满纤悉，而无待末学小子之哓哓词费也。乃今年以来，举国嚣嚣靡靡，所谓尽国利群之事业一二未睹，而末流所趋，反贻顽钝者以口实，而曰新理想之责人子而毒天下。噫！余又可以无言乎。作论私德。"④转而重新强调"私德"："若是乎今之学者日言公德，而公德之效弗睹者，亦曰国民之私德有大缺点云尔。"⑤并以其固有的强调句式说："是故欲铸国民，必以培养个人之私德为第一义；欲从事于铸国民者，必以自培养其个人之私德为第一义。"⑥

梁启超意识到将道德分为公私二德的不妥，道德是在群体中存在的，没有群体就没有道德："德之所由起，起于人与人之有交涉。（使如鲁敏逊漂流所以孑身独立于荒岛，则无所谓德，亦无所谓不德。）而对于少数之交涉与对于

① 梁启超：《新民说》，《梁启超全集》第三卷，第661页。
② 梁启超：《新民说》，《梁启超全集》第三卷，第662页。
③ 梁启超：《新民说》，《梁启超全集》第三卷，第662页。
④ 梁启超：《新民说》，《梁启超全集》第三卷，第714页。
⑤ 梁启超：《新民说》，《梁启超全集》第三卷，第714页。
⑥ 梁启超：《新民说》，《梁启超全集》第三卷，第714页。

多数之交涉，对于私人之交涉与对于公人之交涉，其客体虽异，其主体则同。故无论泰东泰西之所谓道德，皆谓其有赞于公安公益者云尔，其所谓不德，皆谓其有戕于公安公益者云尔。公云私云，不过假立之一名词，以为体验践履之法门。就泛义言之，则德一而已，无所谓公私，就析义言之，则容有私德醇美，而公德尚多未完者，断无私德浊下，而公德可以袭取者。"[1]但他又以传统之言说明公私二者的关系并强调后者的重要："孟子曰：'古之人所以大过人者无他焉，善推其所为而已矣。'公德者私德之推也，知私德而不知公德，所缺者只在一推；蔑私德而谬托公德，则并所以推之具而不存也。故养成私德，而德育之事思过半焉矣。"[2]

问题不在"公德"与"私德"何者更为重要，而是在于，正如梁启超后来意识到的，"公德"与"私德"，二者实为一。《新民说》始认为中国私德教诲没问题，最后又认为中国"私德"有问题，难免自相矛盾，问题出在梁氏从建国新民的动机出发，为"新民"重建道德基础——基于"群"的"公德"，故强分道德为"公德"与"私德"而强调前者。根据梁启超后来意识到的"断无私德浊下，而公德可以袭取者"，则"公德"的问题，就是"私德"本身的问题，既然不分二德，就是"道德"本身有问题。现在，梁氏既然已经意识到"公云私云，不过假立之一名词"，为何又反过来强调"私德"？我想，这不仅在于他说的"以为体验践履之法门"，而且更在于他开始意识到"私德"——道德的个人性甚至文化性层面，推延下去，他的结论只能是，建立现代国家，必须对文化传统进行反思。

进入"个人"层面的道德反思，无疑需要更为深厚的文化反思的资源，但是，梁启超在这一层面难以为继。在"新民"的"公德"层面，梁启超掌握丰富而准确的西方政治学资源，但是，进入与"私德"有关的更深层的文化层面，在中西文化比较问题上，梁缺少必要的资源支撑。因而，梁氏的资源征用，往往只能回到中国固有的道德言论，例如在《新民说》之"论公德"中论

①　梁启超：《新民说》，《梁启超全集》第三卷，第714页。
②　梁启超：《新民说》，《梁启超全集》第三卷，第714页。

证公德的重要性：

> 父母之于子也，生之育之，保之教之，故为子者有报父母恩之义务。人人尽此义务，则子愈多者，父母愈顺，家族愈昌；反是则为家之索也。①

> 明乎此义，则凡独善其身以自足者，实与不孝同科。案公德以审判之，虽谓其对于本群而犯大逆不道之罪，亦不为过。②

又在"论义务思想"中举例道：

> 中国人民对国家之权利不患其轻，而惟欲逃应尽之义务以求自逸，是何异顽劣之童，不服庭训，乃曰吾不求父母之养我，但求父母之勿劳我也。夫无父母之养不能自存，而既养则不能勿劳，此不可避之数也。惟养且劳，然后吾与父母之关系日益切密，而相爱之心乃起。③

梁氏所拿出来论证的道德前提，离不开传统的孝道，其所言"私德"，也不外"正本""慎独""谨小"④三条具有儒家心学色彩的条目。

可以看到，梁氏的道德论证，中国"先圣昔贤"的传统言说还是其主要资源，这一点决定梁氏的道德反思达到近乎"个人"的"私德"层面时，无法进行资源更新，进入更深层的文化反思。

前文已经论述，鲁迅的"立人"背后，有宏阔深厚的中西文化比较的背景。五篇文言论文对"进化""科学""物质""众数"等西方19世纪文明成果进行梳理，对西方19世纪文明的进行溯源，在梳理考察的过程中，始终与对中国固有传统的反思结合在一起，因而敏锐地发现了19世纪末最新思潮"新神

---

① 梁启超：《新民说》，《梁启超全集》第三卷，第661页。
② 梁启超：《新民说》，《梁启超全集》第三卷，第661页。
③ 梁启超：《新民说》，《梁启超全集》第三卷，第708页。
④ 梁启超：《新民说》，《梁启超全集》第三卷，第722—725页。

思宗"的可能性。在改革国民性问题上，鲁迅坚定地将资源取向，指向了向异域新文化的吸取。

梁启超"新民"论述之资源的传统取向，在今天的语境中，可能被认为更具有合理性，但是，在晚清民初的转型语境中，当异域资源还未完全打开时，向传统取法在转型思路的逻辑中，还没有进入问题的深层。对异域资源的敏锐，以及取法异域资源的坚定，这一点是鲁迅超越梁启超的地方。这一超越固然有代际差异的原因，但我们还要看到，鲁迅的立场背后，有他个人不可多得的生存体验和过人的文化洞察的支撑。

梁启超的取法传统，说明他还没有达到鲁迅所说的中国传统思想"较西方思理，忧水火然"[1]的深刻认识，要达到这个认识，必须有更多现实经验的参与。善于"以今日之我与昨日之我战"的梁启超对国民性的态度，也经历过较多变化，流亡日本后转向对国民意识的启蒙，虽对国民性的弊端有所揭示，但对国民性是乐观的，从正面的、建设的态度面对国民性。值得注意的是，民初政治经历失败后，梁氏对国民性的批判开始比以前更为激烈，这一变化除了"五四"前后共同的时代语境外，其从宦经历的切身感受应该是更切己的原因。

第四节　传教士的中国观与中国近代国民性话语

一、国民性与传教士话题的兴起

在中西文化交流史上，西方来华传教士发挥着重要的媒介作用。自利玛窦以降，早期来华耶稣会传教士就致力于沟通中西文化。传教的使命使他们致力于文化的沟通，传教士的身份也使他们惯于从文化和价值的立场来打量对象。早期传教士来华及其对中国的观感记录，是两个文化接触过程中自然发生的事件，是中国最早的外来观察，为中国人反思自己提供了"他者"的视角。

---

[1]　鲁迅：《坟·摩罗诗力说》，《鲁迅全集》第1卷，第67页。

鲁迅与20世纪中国研究丛书

关于中国现代国民性话语与来华传教士的关系，新世纪以来成为颇受关注的话题。2000年，作家冯骥才在《收获》发表《鲁迅的功与"过"》，认为鲁迅的国民性批判"源自1840年以来西方传教士"的"西方人的东方观"，这些传教士对中国"国民性的分析，不仅是片面的，还是贬义的或非难的"，隐含着"传教士们陈旧又高傲的面孔"，"鲁迅在他那个时代，并没有看到西方人的国民性分析里所埋伏着的西方霸权的话语"，"却不自觉地把国民性话语中所包藏的西方中心主义严严实实地遮盖了"，"多年来，我们把西方传统教士骂得狗血喷头，但对他们那个真正问题的'东方主义'却避开了。传教士们居然也沾了鲁迅的光！"。①

留美学者刘禾讨论鲁迅国民性批判与传教士话语的长文获得更大影响。刘文有两个版本：一是最早载于《文学史》第一辑（陈平原、陈国球主编，北京大学出版社1993年4月出版）的《一个现代性神话的由来：国民性话语质疑》；一是收入作者著《语际书写——现代思想史写作批判纲要》（上海三联书店1999年10月出版）一书作为第三章的"国民性理论质疑"，后者是以前者为基础（删掉了一些语气较为激烈的言论），与另一篇文章合并而成。②两文对鲁迅的质疑基本相同：鲁迅的国民性思想来自西方传教士话语——西方中心主义立场对中国的歪曲，刘文有较为显赫的理论背景——西方后殖民主义理论和爱德华·萨义德（Edward Said）的"东方学"理论，以及在此基础上刘禾自己提出的"跨语实践"论，在具体论述中还运用了叙事学、巴赫金对话理论等，发表后引起本土学界的关注。

2006年，本土学者周宁的大部头著作《天朝遥远——西方的中国形象研究》（上、下册）由北京大学出版社出版，这是一部分量厚重的专著，对于西方人的中国观作了系统的历史梳理与考察，代表其中心观点的书中一部分，以《"被别人表述"：国民性批判的西方话语谱系》为题提前发表于《文艺理论

---

① 冯骥才：《鲁迅的功与"过"》，《收获》2000年第2期。

② 另一篇文章是刘禾用英语写作的"Translating National Character：Lu Xun and Arthur Smith"，参见刘禾：《语际书写——现代思想史写作批判纲要》，上海三联书店1999年版，第98页"注释"。

与批判》2003年第5期。周宁的基本立场和观点与上述两者基本相同，即基于萨义德的"东方主义"理论批判传教士话语，从而对近代的中国国民性批判话语提出质疑。不过，周宁以两卷本的巨著对马可波罗以来"西方的中国形象"进行梳理和批评，提供了丰富翔实的历史背景，因而使其批判立场显得更具学理性。

三位作者来自不同领域，前者是著名作家，80年代文化热中，以其"文化小说"颇受读者欢迎；后两者一是留美新锐学者，一是本土资深教授，对国民性话语的质疑不约而同，颇具影响。

中国现代国民性话语与传教士的关系，作为一个客观思想史问题，当然是值得研究的。但是，上述作家和学者对此一问题的关注，与一个更基本的价值立场相关：传教士的中国观，是从西方中心的立场出发对中国的丑化，以鲁迅为代表的中国现代国民性批判话语深受西方传教士的中国观的影响，中了西方中心主义霸权话语的毒，实际上成为其代言。

上述所谓"发现"，与其说源于历史的考察，不如说是来自西方当代流行的后殖民主义思潮的代表爱德华·萨义德的"东方主义"的激发，认为西方对东方的描述，都是西方中心主义对东方"他者"的歪曲和丑化，是霸权主义话语。冯骥才已提到"东方主义"，刘禾更是凭借海外"近水楼台"的理论优势，围绕萨义德立论，周宁梳理"西方的中国形象"的知识谱系，但其历史判断则完全依赖萨义德的"东方主义"。

无论是点到为止、文本解构还是历史梳理，三人的逻辑与观点大致相同，梳理出来即是：1.中国现代国民性话语来自传教士话语；2.传教士话语是西方殖民主义和西方中心主义的霸权话语；3.因而受传教士话语影响的中国国民性话语就中了西方霸权话语的圈套，成为被殖民者表达的殖民话语。

要认识中国近代国民性话语与传教士话语之间的关系，涉及西方的中国知识谱系、传教士的中国观、中国近代国民性话语所受传教士话语的影响等知识和历史的梳理，最后还要取决于我们该如何认识中国近代国民性话语与传教士话语之间的关系这一核心问题。

二、西方的中国知识谱系

周宁对中国形象在西方的传播有非常详细的考察，初步展现了西方有关中国的知识谱系，这对于我们理解传教士的中国观提供了历史知识背景。

西方有关"丝人国"的传说，可能是最早有关中国的信息。有案可查的西方对于中国的描述，始于1250年前后。成吉思汗横扫欧亚大陆，推进了欧亚大陆文明一体化的进程。1250年前后，柏朗嘉宾与鲁布鲁克出使蒙古，并写有《柏朗嘉宾蒙古行记》与《鲁布鲁克东行记》，其中有关"契丹"的介绍，可以说是有关中国的记载在中世纪晚期欧洲的最初出现。此后，有关中国的"游记"开始出现，"中世纪晚期西方有关中国的文本中，最著名的有三大'游记'：《马可·波罗游记》《曼德维尔游记》《鄂多立克东游录》"①。

据周宁总结，"中国形象进入西方现代文化，先后出现三种形象类型：'大汗的大陆'、'大中华帝国'、'孔夫子的中国'"②，"这三种形象类型决定着1250—1450、1450—1650、1650—1750年三个时段西方不同类型的文本对中国的表述策略"③，大致经历了"从器物到制度到思想"的三个阶段，分别对应三种对中国想象的不同层次和不同意义：

（一）以1298年前后问世的《马可·波罗游记》为代表，"'大汗的大陆'地大物博、城市繁荣、商贸发达、交通便利、君权强盛、政治安定，中国形象是人间乐园，是世俗财富与君权的象征，表现西方现代文化萌芽中的世俗资本主义商业精神与绝对主义王权政治期望"④。

（二）1585年出版的"门多萨神父的《大中华帝国志》塑造一种新的、完美优越的中华帝国形象，隐喻着一种帝国秩序的理想，其中对统一和平、合法制度与社会公正、历史与文明的关注，远大于财富与君权的热情。从'大中华帝国'的中国形象类型中，我们感受到地理大发现与文艺复兴时代西方对国

---

① 周宁：《天朝遥远：西方的中国形象研究》，北京大学出版社2006年版，第4页。

② 周宁：《天朝遥远：西方的中国形象研究》，第5页。

③ 周宁：《天朝遥远：西方的中国形象研究》，第9页。

④ 周宁：《天朝遥远：西方的中国形象研究》，第3页。

家—教会—统性社会秩序的向往"①。"这种形象类型有两方面的明显特征：一是中国形象的意义有所变化，制度文明的意义突显出来，成为大中华帝国形象最优秀、最有启示性的侧面；二是中国形象开始了一个新的、或者说再次传奇化的过程，人们在社会制度变革的塑造中国形象。"②

（三）到17世纪，莱布尼茨、伏尔泰等启蒙思想家笔下的中国，是由孔夫子的道德哲学所开启的具有开明君主政体、人民知书识礼的伟大国家。"'孔夫子的中国'形象同样在表述一个伟大的中国，但伟大中国之伟大，已经不在器物，也不仅在制度，更重要的是思想文化……孔夫子的道德哲学在中国培育了一种开明仁慈的君主政体、一个知书达理的民族，一种吟诗作画尚美多礼的文化。"③

周宁认为，西方的中国形象在1750年左右发生了转折，正值西方启蒙运动时期：

> 启蒙运动高潮时期，西方现代性确立，中国形象也相应出现彻底的转型，从社会文化想象的乌托邦变成意识形态，另外三种话语类型出现了。中国成为停滞衰败的帝国、东方专制的帝国、野蛮或半野蛮的帝国。这三种话语类型同样意味着三种表述策略，相互关联，又相互包容，共同构成意识形态化的中国形象原型。④

周宁认为，这种"从美化中国到丑化中国，从爱慕中国到憎恶中国"的西方中国形象的转变，是因为"西方现代精神确立了，不再需要自我否定自我超越的乌托邦，而需要自我肯定自我巩固的意识形态性'他者'。西方现代文化史上否定的、意识形态性的中国形象的文化功能，是整合、巩固西方现代文化

---

① 周宁：《天朝遥远：西方的中国形象研究》，第5页。
② 周宁：《天朝遥远：西方的中国形象研究》，第59页。
③ 周宁：《天朝遥远：西方的中国形象研究》，第6页。
④ 周宁：《天朝遥远：西方的中国形象研究》，第9页。

鲁迅与20世纪中国研究丛书

权力，维护西方中心主义的现代世界秩序"①。

三、传教士的中国观

早期西方有关中国的形象，来自商人、水手、探险家、使节、传教士、旅行者在中国的游历、报告、笔记和书信，其中，"只有传教士的书简的内容最丰富、最全面具体、最具有人文精神"②。传教士从事宗教事务，负有传播"福音"的重任，他们中的绝大多数来中国后一辈子都没有回去，对于中国的生活和文化有着切身的体会，又能带着异域文化的陌生眼光来打量、比较和思考；他们都受过良好的教育，具有丰厚的文化修养，关注人的精神世界，对东西文化的差异尤其敏感，因而他们的观察，表面上虽然是从生活习俗等现象层面入手，但多显示文化比较的深度眼光，他们将亲身观察和思考写入书简、报告寄回本国，经过教士的翻译后正式出版，成为当时西方了解中国的主要渠道。可以说，西方来华传教士的观察及其中国观，是中西两大文明碰撞后最早的中西文化比较的观察和思考，对于西方有关中国的知识谱系的形成，有着至关重要的影响。

西方来华传教士有天主教和基督教（新教）两大系统。天主教修会最早派来传教士，1540年，教皇保罗三世派遣耶稣会教士圣方济各·沙勿略到东方传教，1552年，沙勿略来到广东沿海的一个小岛，这是西方传教士来到中国的最早记录。沙勿略未能进入大陆，死在小岛，但随着1557年后葡萄牙人获得在澳门居住许可后，传教士纷纷东来。1581年，耶稣会又派来意大利籍传教士罗明坚和利玛窦，后者学习中文，广交士人，深入内地，直达朝廷，在中国传教一生，是最成功的传教士之一。天主教修会方面，先后有耶稣会、奥斯定会、多明我会、方济各会、法国巴黎外方传教会和遣使会等派遣的传教士接踵而来，19世纪中下旬，圣言圣心会、圣言会及诸多女修会也纷纷派员来华。③

鲁迅与20世纪中国民族国家话语

---

① 周宁：《天朝遥远：西方的中国形象研究》，第7页。
② 周宁：《天朝遥远：西方的中国形象研究》，第50页。
③ 参见顾长声：《传教士与近代中国》，上海人民出版社2004年版，第98—100页。

到19世纪，基督教（新教）差会开始派遣传教士来华。1807年，罗伯特·马礼逊由英国伦敦会派遣来华，成为基督教（新教）派遣到中国的第一个传教士，马礼逊学习中文，翻译《圣经》，成为基督教差会在中国传教士的先驱；1829年，美国基督教差会派遣美国传教士裨治文来华，随后来华的还有美国传教士卫三畏、伯架和德国传教士郭实腊等，从马礼逊到司徒雷登，基督教（新教）差会派遣的传教士很多，成为西方来华传教士的主流。

最初的天主教系统的耶稣会传教士就确立了书信、报告制度，17世纪初在欧洲中等以上城市都不难找到耶稣会士结集出版的东方书简，影响很大，后来的欧洲思想家对中国的论述，第一手资料大多来自传教士的书简报告。早期主要是天主教修会传教士作的书简和报告，对中国的观感和描述大多属于正面甚至美化的，这与西方18世纪中期之前对中国的想象有关。由于天主教传教士来华较早，而基督教（新教）传教士则19世纪才开始来华，所以，如果说传教士的中国观在1750年前后发生转折，那么，传教士对中国的负面描述，应该集中在基督教（新教）传教士之中。

1840年鸦片战争前后，随着中西矛盾的加剧，在华传教士对中国的评价进一步趋向反面，如郭士立在1833年6月25日为《东西洋考每月统记传》所写的《创刊计划书》中说："当文明几乎在全球各处战胜愚昧和邪恶，并取得广泛进展之时……只有中国人还同过去千百年来一样停滞不前……出版这份月刊的目的，是让中国人了解文明的技艺、科学和准则之后，可以消除他们高傲的排外思想。"[①]在郭士立心目中，中华帝国已经丧失了曾经的诸多光环，变成一个愚昧、停滞、高傲、排外的负面形象。鸦片战争前夕，美国传教士伯驾在一份通信中表达了对中国骄傲、倔强和无知的无奈："中国和大不列颠的战争，看来是无法避免的了，而且在不远的日子就会爆发。我已经施加了我一点小小的影响，让中国能预见和避免这次不幸，但是他们太骄傲，不肯屈从，而且是深深地陷在无知之中，对已经被他们从兽穴里弄醒的狮子（英国）的

鲁迅与20世纪中国研究丛书

---

① 转引自顾长声：《从马礼逊到司徒雷登——来华新教传教士评传》，上海书店出版社2005年版，第51页。

力量，仍然毫无感觉。"①杨格非在1856年6月30日写给伦敦的报告中指责："中国人似乎是我见到了解到的最漠不关心、最冷淡、最无情、最不要宗教的民族。""中国人还沉浸于可以感触到的唯物主义，世界和可见之物就是一切。要他们用片刻功夫考虑一下世俗以外的、看不见的永恒的东西，那是难上加难的……"②。古伯察则看出中国人骨子里的"软弱"："傲慢、尊大的、看上去颇具刚毅的中国人，一旦遇到态度坚决、意志不挠的人，马上就会变得软弱，象患了癔病。"③雅裨理也说过类似的话："同中国人打交道有一条准则，即中国人难得答应一项要求，但如果下点决心，表示点勇敢，去夺取的话，中国人也难得会反对，或固执地反对下去。"他感叹中国人一直"处在极端黑暗之中"，"天天在坠入坟墓"，"是可怜复可悲的人民"。④

19世纪中、下叶，作为在华传教士团体广学会的会刊，《万国公报》周围聚集了一批较为稳定的传教士作者队伍，发表了很多传教士的文章，"总共出版的时间，长达十八年又九个月"⑤，在当时的中国舆论界发挥了很大影响。《万国公报》一方面刊载宣扬教义信仰的文章，同时，作为意在宣传新思想的刊物，也介绍了更多的西方历史、文化、科学知识和社会现实情况。当然，《万国公报》还刊载了很多在华传教士在中国的观感和批评，内容涉及文化、习俗、社会、政治、教育等方方面面。广学会和《万国公报》系统的传教士对中国的评价，可谓19世纪中、下叶在华传教士中国观的集中体现。

《万国公报》发表的传教士对中国的观察，多是对于中国的批评，主要表现在两个方面：

一是传教士在传教过程中对中国民众的保守、排外和自大心理感触尤深，他们想"打破中国人的傲慢和除去中国人的惰性"⑥，传播"福音"，故多撰

---

① 转引自顾长声：《从马礼逊到司徒雷登——来华新教传教士评传》，第73页。

② 转引自顾长声：《从马礼逊到司徒雷登——来华新教传教士评传》，第175—176页。

③ 转引自沙莲香主编：《中国民族性》（一），中国人民大学出版社1989年版，第3页。

④ 转引自顾长声：《从马礼逊到司徒雷登——来华新教传教士评传》，第57、56页。

⑤ 朱维铮：《求索真文明：晚清学术史论》，上海古籍出版社1996年版，第67页。

⑥ 转引自顾长声：《从马礼逊到司徒雷登——来华新教传教士评传》，第258页。

文谈到中国人的保守、排外和惰性。李佳白撰文指出："西人事事翻新，华人事事习旧。"[①]中国"因循苟且，泥于古法而不知变通"，并认为这是造成中国积弱的原因："盖既有泥古之心，则出于其心必至害于其事。害于其事必至害于其政。无惑乎国家之时势，日邻于贫弱矣。"[②]林乐知则批评中国士人的"食古不化"："中国则以率由旧章，为不违先王之道。而不知先王之道宜于古，未必宜于今。今之时势，非先王之时势也。"[③]狄考文认为，这种保守倾向形成的思想根源，在于传统教育中的崇古观念，指出"华友惟知重古而薄今"，缺乏"必改古人之错""必补古人之缺""必求古人所未知"[④]的创新精神。另一方面就表现为排外心理："若士则自入学就傅以来，读圣贤书，行圣贤事，故每遇同道之中有习西学者，辄鄙薄非笑，以为是攻乎异端也，是崇奉西人而不知气节也。"[⑤]杨格非在谈到中国人之所以不接受外来宗教时也说，"他们有自己的圣人，自己的哲人，自己的学者。他们以拥有这些人而自豪。他们对这些人抱有好感，把这些人当做神明崇拜。……他们可以承认上帝是一位外国的哲人，但比起孔子和其他中国哲人，则远远不如"[⑥]。

二是批评风俗习惯方面的陋习，尤其是溺婴、殉节、裹足、纳妾等在他们看来几近野蛮的行径。陋习的受害者往往是女性，所以他们的同情对象多为女性，责备"华人待其妇女如罪犯"[⑦]，指出中国的闺房制度是把女性"定罪

---

① 李佳白：《中国宜广新学以辅旧学说》，原载《万国公报》第一百零二册，李天纲编校：《万国公报文选》，中西书局2012年版，第584页。

② 赘翁（沈毓桂）：《泥古变今论》，原载《万国公报》六百四十卷，李天纲编校：《万国公报文选》，第230、229页。

③ 林乐知：《中西关系略论》，原载《万国公报》三百五十八卷，李天纲编校：《万国公报文选》，第179—180页。

④ 狄考文：《振兴学校论》，原载《万国公报》六百五十三卷，引自高瑞泉主编：《中国近代社会思潮》，华东师范大学出版社1996年版，第482页。

⑤ 稍识时务者：《劝士习当今有用之学论》，原载《万国公报》五百三十三卷，李天纲编校：《万国公报文选》，第219页。

⑥ 转引自顾长声：《从马礼逊到司徒雷登——来华新教传教士评传》，第258页。

⑦ 《中国女学》，原载《万国公报》第五百卷，引自高瑞泉主编：《中国近代社会思潮》，第486页。

监禁牢内"①，使她们对外部世界一无所知，只能沦为繁衍后代的工具和男人的玩物。花之安则从人道主义和男女平等的现代观念出发，严厉批评溺女行为："世间最重者性命，天下最惨者杀伤……而愚夫愚妇，不明斯义，竟有生女即溺杀之者，上既负天地好生之德，下并没父母慈爱之怀，害理忍心，殊堪浩叹！"②西方传教士最反对的还是裹足："夫裹足之事，斯乎天质，逆乎天理，斯为最酷者也"，"使数千年来海内多少女子同受苦楚"。并以现代视角指出这种陋习的审美误区，"美者不因乎裹足而愈美，丑者不因乎裹足而不丑"③。此外，传教士还批评了纳妾制度，认为这一制度不利于儒家一贯主张的"和"与"安"的传统精神；批评中国上、下的"愚拙"导致"中国矿产之煤铁，实多于欧洲，特上之人愚而不明，狃于风水之邪说，坐令弃于地中，甘失富强"④。

文化上的自大、排外、保守，和风俗习惯方面的种种陋习和愚昧，即为国民性弱点的表现，《万国公报》上谈及中国国民性的文字络绎不绝。赫德指出："如律例本极允当，而用法多属因循"，外省臣工"尽职者少，营私者多"，官兵平日怠惰，"对敌之时，贼退始皆前进，贼如不退，兵必先退，带兵官且以胜仗具报矣"，"执法者惟利是视，理财者自便身家，在上者即有所见亦如无见"。⑤《万国公报》第四百九十五卷有篇文章以土耳其之遭遇反观中国，"大约土与中官员均相似。怠惰骄矜，因循贪鄙，悉无忠君爱国之心。……二国中

---

① 《中国女学》，原载《万国公报》第五百卷，引自高瑞泉主编：《中国近代社会思潮》，第486页。

② 花之安：《自西徂东》，引自熊月之：《西学东渐与晚清社会》，中国人民大学出版社2011年版，第316页。

③ 佚名：《裹足论》，原载《万国公报》五百零三卷，李天纲编校：《万国公报文选》，第192—193页。

④ 林乐知：《基督教有益于中国说》，原载《万国公报》第八十三册，李天纲编校：《万国公报文选》，第116页。

⑤ 赫德：《局外旁观论》，原载《万国公报》三百六十卷，李天纲编校：《万国公报文选》，第184、185页。

虽间有胜负之员，大概局量狭窄，贪受贿赂"①。第五百零一卷题为《推原贫富强弱论》的文章认为，英国之所以能够创造出比中国强的国力，是因为英人尚简，华人尚奢靡，"英人冬不裘夏不葛，毡衣、布裳安之若素，即有富可敌国者，其服不过如此"，华人"夏则纱幔轻鲜，羽扇宫执，所费不赀；冬则重裘华服，炫耀人目"。不仅如此，在文章作者看来，中、英国民性尚有疏懒与勤敏之别，"英人之为事，限以时刻，必躬必亲。即或有假手于人者，必亲自督率不敢一息苟安。而详慎周至，算无遗策，虽事之小，亦未尝忽焉"，相比之下，中国人"晓起则九点十点钟，犹且搔首伸欠不已，天时偶热，则畏暑不敢出也；稍寒，则又畏寒不敢出也，甘于误事，而不敢振作自奋，甚且事事假手于人。无论为官为商为绅为士，莫不相习成风，因循坐误"②。华人作者沈毓桂也意识到"中国之病，正在倨傲因循，苟且偷安，明知其故，而不能振作耳"③。由此可见，在《万国公报》作者群心目中，因循、自私、怯懦、欺骗、怠惰、缺乏爱国心、苟且偷安等所谓的民族劣根性已经成为中国人摆脱不掉的标签。

中日甲午战争更激发《万国公报》对中国问题的剖析。傅兰雅写道："外国的武器，外国的操练，外国的兵舰都已试用过了，可是并没有用处，因为没有现成的、合适的人员来使用它们。这种人是无法用金钱购买的，它们必须先接受训练和进行教育。……不难看出，中国最大的需要，是道德或精神的复兴，智力的复兴倒在其次。"④林乐知也著文分析中日战争失利的原因，详见下文。

议论较多并产生较大影响的当属《万国公报》主编林乐知。林乐知早在论述鸦片之害时，就是从中西国民性之异同入手的："夫天下引人入迷者。非

① 隐名氏：《关爱中华三书》，原载《万国公报》四百九十五卷，李天纲编校：《万国公报文选》，第209页。

② 《推原贫富强弱论》，未署名，原载《万国公报》第五百零一卷，1878年8月10日。

③ 南溪赘叟（沈毓桂）：《救时策》，原载《万国公报》第七十五册，李天纲编校：《万国公报文选》，第334页。

④ 转引自熊月之：《西学东渐与晚清社会》，中国人民大学出版社2011年版，第458页。

止鸦片一物也，而华人第知鸦片迷人，不知迷人者犹有他物。盖人性所好，不外动静两端。""东人好静不好动，故所嗜者，以静为缘，而收敛尚焉。……西人好动不好静，故所嗜者以动为主，而发扬尚焉。"在林氏看来，鸦片与酒恰好有"主乎静"与"主乎动"的差别，"是以东人性近于静，迷于鸦片者恒多，……西人性近于动，迷于酒者恒多"。不仅如此，林氏认为，镇静无为、四大皆空的"佛教盛于东方"，而恻隐心动、四海一家的"耶稣教盛于西国"也是出于同样的原因。①林乐知对于中国人好静而恶动的看法，很容易让人想起"五四"前后杜亚泉、李大钊等人在东西文化论争中所持的观点，梁启超、鲁迅等对尚武精神的弘扬，某种意义上也是针对国人好静、柔弱之病症的一剂良药。

甲午战后，林乐知在《万国公报》发表《险语对》，将战争的失利归结于"灵明""人材""人心"等人的因素，在他看来，战争的失败并不在于"战具"方面，"非新枪大炮之不克致远也，非铁砚石台之不克攻坚而守隘也，且亦非将之寡兵之微，不克建威而锁萌也"，并敏锐指出："中国缺憾之处，不在于迹象，而在于灵明，不在于物品之楛良，而在于人材之消长。""不能胜他国者，则以有形之规模矩度，可凭而实无凭，无象之血气心知，欲恃而实不足恃也。"林氏得出结论说："总之，心术即坏，如本实之先拔。是以招募军士，铸造枪炮，修筑台垒者皆犹饰枝叶而缀花蕊也。人心隐种乎祸根，险象遂显结乎恶果。"②正是在此基础上，林乐知提出了他所认为的中国国民性八个方面的不足。一曰"骄傲"。尊己轻人，对他国善政不屑一顾，"以为戎狄而已，中华不尚也"。二曰"愚蠢"。既不关心世界，安肯就学远人，徒潜心于诗文，"识见终于不广"。三曰"惬怯"。不知科学，唯尚迷信，久成怯懦之性，于人于物皆然。四曰"欺诳"。虚文应事，不知实事求是之道；祈天求福，妄听妄信而已。五曰"暴虐"。官府腐败，不问民间疾苦，重刑讯，草菅

① 林乐知：《中西关系略论》，转引自熊月之：《西学东渐与晚清社会》，中国人民大学出版社2011年版，第496页。

② 林乐知：《险语对》上，原载《万国公报》第八十二册，李天纲编校：《万国公报文选》，第338—341页。

人命。六曰"贪私"。人各顾己，不顾国家，无论事之大小，经手先欲自肥。七曰"因循"。做任何事情，只知拘守旧章，不愿因时变通。八曰"游惰"。空费光阴，虚度日月。这八大积习，"其祸延于国是，其病先中于人心"①。林氏分析的中国国民性的八个缺陷，与后来出现的诸多对中国国民性弱点的分类性分析，具有一定的影响关系。更值得注意的是，林氏（以及前述傅兰雅）对中国问题之精神层面的揭示。

近代传教士中国观的集大成者当推美国传教士亚瑟·亨·史密斯（Λ.H.Smith，1845—1932；中国名字叫明恩溥）的《中国人的性格》（Chinese Characteristics，书名亦有译作《支那人气质》《中国人的气质》《中国人的素质》《中国人的德行》《中国人的脸谱》等），史密斯1845年7月生于美国康涅狄格州，毕业于罗耶特大学，美国公理会教士，1872年来天津传教，后到山东枣庄从事传教与救灾等工作，兼任《字林西报》（North China Daily News）通讯员，1880年后定居山东恩县庞家庄从事农村布道、医药、慈善、教育等达二十五年，1905年辞去教职，移居河北通州，1906年返美，为教会募捐活动，后又不断来到中国。从1872年到1926年，他前后在华工作生活五十多年，1932年8月去世，享年87岁。史密斯著有《中国的格言与谚语》（The Proverbs and Common Sayings of the Chinese）、《中国文化》《中国的农村生活》（Village Life in China，1899年）、《骚动的中国》（China in Convulsion，1902年）、《中国的振拔》（The Uplift of China）、《今日的中国和美国》等，是西方人了解中国的重要文献。

《中国人的性格》原为史密斯为上海《字林西报》撰写的对于中国人的观感，初版于1892年。该书从二十六个方面描述了中国人的品性：1.面子要紧；2.省吃俭用；3.辛勤劳作；4.恪守礼节；5.漠视时间；6.漠视精确；7.天性误解；8.拐弯抹角；9.柔顺固执；10.心智混乱；11.麻木不仁；12.轻蔑外国人；13.缺乏公共精神；14.因循守旧；15.漠视舒适方便；16.生命活力；17.遇事忍

① 林乐知：《险语对》上，原载《万国公报》第八十二册，李天纲编校：《万国公报文选》，第339—342页。

耐；18.知足常乐；19.孝行当先；20.仁慈行善；21.缺乏同情；22.社会风暴；23.共担责任与尊重律法；24.互相猜疑；25.言而无信；26.多神论，泛神论，无神论。其中对中国人性格的不足方面如"面子""没有时间观念""柔顺固执""缺乏公共精神""轻视外国""因循守旧""没有同情心""互相猜忌""不诚实"等的揭示，比此前传教士的观察更为细致和系统，引起很大关注。"明氏的书是根据农村社会生活写的，是他多年与农民接触所得的印象，所以都是第一手的材料。"①他之所以选择从探讨国民性入手，是因为坚信"要改造中国，就要找到中国人性格的根源"，他开出的药方是：中国需要的是正义，为了获得正义，只有基督教文明可以满足。这当然是他的一家之言，但是这一理论前提是认识深刻的，而且在某种程度上启发了近代中国国民性话语的思维模式。

《中国人气质》出版以来，获得广泛影响，先后被译成法、德、日、中等多国文字，成为西方世界了解甚至研究中国的入门书，被认为"的确总括了与他同时代人们和他自己的经历和感情，而且他的这本书不仅作为即将进入这一领域的新研究者准备工作中的必要书目，还作为关于中国人本性的一些最广泛地持有的观念的来源，在许多年中一直是一部标准的著作"②。

从马礼逊等早期新教传教士到广学会系统传教士再到史密斯，在西方的中国认知发生转换的大背景下，基督教传教士的中国观形成了一个带有批判性的中国观谱系，到史密斯则成为一种更为系统更有影响力的话语形态，周宁甚至认为："20世纪相当长的一段时间里，西方人讨论中国国民性，在理论假设上不出黑格尔，在特征范畴上不出明恩溥"③。

① 李景汉：《评〈中国人的素质〉》，潘光旦：《民族特性与民族卫生·序》，商务印书馆1937年版。

② ［美］伊罗生：《美国的中国形象》，于殿利、陆日宇译，中华书局2006年版，第187—188页。

③ 周宁：《"被别人表述"：国民性批判的西方话语谱系》，《文艺理论与批判》2003年第5期。

四、传教士中国观与近代国民性话语的影响关系

维新运动前后，西学的介绍已形成相当的规模，除了极个别通西书的知识分子如严复的翻译介绍外，西学资源主要由来华传教士提供，他们通过翻译出版书籍和创办报刊的方式宣传西学，当时出版西学书刊的出版机构主要有三家。一是江南制造局，由英国传教士傅兰雅主持，主要出版科技类西书。二是北京同文馆，主要翻译出版有关洋务知识的西书，由美国传教士丁韪良主持。这两个出版机构都是官府主办的。第三个是广学会，它没有官府背景，由传教士独立主办，创办人是英国长老会传教士韦廉臣，赫德为董事会会长，在出版西书之规模、数量与影响上，远远超过前两家。

这些"新学问"自然成为维新人士追逐的对象，梁启超当时著文介绍西学书刊：

> 欲知各国近今情况，则制造局所译《西国近事汇编》最可读；
>
> 癸未、甲申间，西人教会始创《万国公报》；
>
> 通论中国时局之书，最先者林乐知之《东方时局略论》、《中西关系略论》。近李提摩太之《时事新论》、《西铎》、《新政策》；
>
> 西史之属，其专史有《大英国志》、《俄史辑佚》、《米利坚志》、《联邦志略》等；
>
> 通史有《万国史记》、《万国通鉴》等；
>
> 《泰西新史揽要》述百年以来欧美各国变法自强之迹，西史中最佳之书也。①

这些与传统典籍迥异的书目，大都是来自上述翻译出版机构和传教士刊物，《泰西新史揽要》是广学会的。梁氏如数家珍，可见其应接不暇之态。

这里值得强调的，是上面提到的广学会及其机关刊物《万国公报》。

广学会是基督教传教士在中国设立的最大的出版机构，其最初叫"同文书

---

① 梁启超：《读西学书法》，上海《时务报》光绪二十二年石印本。

会"，1881年11月1日在上海成立，1892年改称"广学会"，创办人是英国长老会传教士韦廉臣，赫德为董事会会长。韦廉臣于1890年去世后，李提摩太接任担任督办（后改称总干事），在任二十五年之久。

《万国公报》前身是《教会公报》（周刊），1868年9月5日创刊于上海，由美国监理公会传教士林乐知主办。1874年9月，该刊自第301卷起改名为《万国公报》（周刊），由原来的教会事务为主的刊物，成为以时事为主兼及介绍西学的综合性刊物，发行量进一步增加，1883年7月出到第750卷时停刊。同文书会成立后，《万国公报》于1889年2月复刊，改为月刊，由同文书会负责发行，仍由林乐知主编。发行量节节攀升，至1898年维新运动期间已达三万八千多份，可见当时的影响力；1907年因林乐知病逝而停刊。《万国公报》"总共出版的时间，长达十八年又九个月"①，可谓广学会最具影响的出版物。

同文书会（广学会）和《万国公报》的创立，虽然来自传教的根本动机，但都意在打破中国的封闭局面，传入新思想。韦廉臣在《同文书会发起书》中说："只有等到我们把中国人的思想开放起来，我们才能最终对中国的开放感到满意。……我们认为凡是对中国昌盛感兴趣的人，最重要的莫过于设立这样一个协会。"②李提摩太希望《万国公报》成为促进中国维新的刊物："我们认为一个彻底的中国维新运动，只能在一个新的道德和新的宗教基础上进行。除非有一个道德的基础，任何维新运动都不能够牢靠和持久。……每一个与广学会有关的人士，他的最大目标就是推广基督教文明，只有耶稣基督才能提供给中国所需要的这个新道德的动力。"③"争取中国士大夫中有势力的集团，启开皇帝和政治家们的思想，是李提摩太的格言和指导原则"④，李氏将高级文武官员、府学以上礼部官员和举人以上在职及在家士大夫为设定为目

---

①　朱维铮：《求索真文明：晚清学术史论》，上海古籍出版社1996年版，第67页。

②　《同文书会章程、职员名单、发起书和司库报告》（1887），转引自顾长声：《传教士与近代中国》，第157页。

③　《广学会五十周年纪念特刊》，第85页，转引自顾长声：《传教士与近代中国》，第99页。

④　《广学会五十周年纪念特刊》，第12—18页，转引自顾长声：《传教士与近代中国》，第161页。

标读者，据李提摩太调查统计，约有四万四千名，①他不无自信地说："我们提议，要把这批人作为我们的学生，我们将把有关对中国最重要的知识系统地教育他们，直到教他们懂得有必要为他们的苦难的国家采用更好的方法时为止。"②

《万国公报》的发行及各种著述的出版，不仅使得传教士获得了更多表达自己观点的机会，更借助于现代传播媒体将他们的种种观感和批评传达给正在为救亡图存而孜孜以求的中国先觉者。康有为、梁启超等维新人士与广学会系统的李提摩太、李佳白等传教士过从甚密，他们在变法的大旗下获得了很多共识，广学会的西书和报刊，自然会成为康、梁等维新派的读物，《万国公报》等书刊一度成为康、梁变法的重要参照物。李提摩太在看了康有为的变法奏折后评价说："我以前所有的建议，几乎都被归纳提炼，成一惊奇的指针。"③据李提摩太回忆，康有为曾对他说："他希望在革新中国的事业上同我们合作。"逗留北京期间，李氏便带"李佳白、白礼仁等经常同维新派一起吃饭，一起讨论进行的计划和办法"。④梁启超还一度担任过李的私人秘书。可以说，广学会系统出版物所发表的中国观催生了中国近代国民性话语。

早在1883年，康有为就"购《万国公报》，大攻西学书"，谭嗣同在谈到如何开算学馆时亦指出"除购读译出诸西书外，宜广阅各种新闻纸，如《申报》《沪报》《汉报》《万国公报》之属"⑤。梁启超在《西学书目表》中对《万国公报》作了重点介绍："癸未甲申间，西人教会创《万国公报》，后因

①　《中国基督教差会手册》1896年版，第306页，转引自顾长声：《传教士与近代中国》，第159页。

②　《广学会五十周年纪念特刊》，第85页，转引自顾长声：《传教士与近代中国》，第159页。

③　［美］W. E. Soothill：*Timothy Richard of china*，第219页，转引自丁守和主编：《辛亥革命时期期刊介绍》第1集，人民出版社1982年版，第628页。

④　苏慧廉：《李提摩太》，第218—220页，转引自顾长声：《传教士与近代中国》，第152页。

⑤　蔡尚思、方行编：《谭嗣同全集》（上册），中华书局1981年版，第166页。

事中止，至乙丑后复开至今，亦每月一本，中译西报颇多，欲觇时事者，必读焉。"①

对于以《万国公报》为主要阵地的西方传教士的中国观，梁启超并不陌生，传教士对中国的批评，无疑对梁启超有很大的启发。变法失败后，梁启超流亡日本，抚今追昔，对于国民性弱点的认识进一步加深，对于《万国公报》的批评当有进一步的认同，当他着手开始国民性检讨的工作时，《万国公报》的观点无疑会成为其潜在的资源。

新旧世纪之交，梁启超先后发表了《国民十大元气论》（1899）、《中国积弱溯源论》（1900）、《十种德性相反相成义》（1900）、《新民说》（1902）等文章，揭示国民性的弊端。《国民十大元气论》直指国民的奴隶根性："仰人之庇者，真奴隶也。不可言也，呜呼！吾一语及此，而不禁太息痛恨于我中国奴隶根性之人何其多也！"②在《中国积弱溯源论》中，梁氏将"积弱之源于风俗者"提炼为六个方面："奴性""愚昧""为我""好伪""怯懦""无动"。这成为此后中国国民性批判话语的重要维度。③《十种德性相反相成义》（1900）则从建设角度提出国民道德建构的目标，列出"独立与合群""自由与制裁""自信与虚心""利己与爱他""破坏与成立"十种相反相成的"德性"，而连载于《新民丛报》近十万字的《新民说》更为系统，所论涉及"公德""国家思想""进取冒险""权利思想""自由""自治""进步""自尊""合群""生利分利""毅力""义务思想""尚武""私德""民气""政治能力"十六方面。对于现代民德不能形成的原因，梁启超也进行了详细的分析，《新民说》"论进步"讨论不能"进步"之因："大一统而竞争绝也""环蛮夷而交通难也""言文分而人治局也""专制久而民性漓也""学说隘而思想窒也"五点；④"论私德"讨论私德堕落之原因，概括为"五端"："由于专制政体之陶铸也""由于近代霸主之摧锄也"

---

① 梁启超：《西学书目表》，中华书局1982年版，第14页。
② 梁启超：《国民十大元气论》，《梁启超全集》第二卷，第268页。
③ 梁启超：《中国积弱溯源论》，《梁启超全集》第二卷，第415—420页。
④ 梁启超：《新民说》，《梁启超全集》第三卷，第683—685页。

"由于屡次战败之挫沮也""由于生机憔悴之逼迫也""由于学术匡救之无力也"①。可以看到，梁启超所指摘的国民性中的"奴性""愚昧""为我""好伪""怯懦""无动"，以及对国民缺少"公德"的批评，与《万国公报》对中国国民性的分析，有着一定的影响关系。

梁启超对六大弊端（奴性、愚昧、为我、好伪、怯懦、无动）的分析，与史密斯《支那人的气质》中的中国国民性描述，也有一些重合之处（如"柔顺固执""缺乏公共精神""互相猜忌""不诚实"等）。虽然限于目前掌握的资料，无法确定二者之间的直接影响关系，但据黄兴涛的研究，曾一度代理梁启超编辑工作的马君武与《中国人的气质》一书关系甚深，马不仅撰文介绍过该书，并曾引述其中"中国人无公共心"的相关内容批判"中国人无爱国心"，断言："中国人固决无国粹之感情national feeling也"。马氏在《论赋权》一文中，特别介绍了史密斯的有关看法，揭示中国人缺乏权利思想的毛病和危害，马文发表于《新民丛报》，同期刊登有梁启超的《论中国国民之品格》。因而黄兴涛指出："梁文中痛陈中国国民性的四大缺点：爱国心之薄弱；独立性之柔脆；公共心之缺乏；治力之欠阙。其所论之第一条和第三条，同马君武所引用明恩溥的论调若合符节。"②梁启超流亡日本期间，史密斯的《中国人的气质》已经出了涩江保的日译本，在日本广搜西书的梁启超错过的可能性不大。

鲁迅与史密斯的影响关系，更是人们经常谈论的话题。鲁迅很早就读过史密斯的著作，1894年，*Chinese Characteristics*一书在美国纽约出版，两年之后，日本就有了涩江保的译本《中国人气质》，风行一时，鲁迅1902年赴日留学，阅读过这本书的可能性较大。

鲁迅对这本书的关注，几乎贯穿了他的一生。

1926年7月2日，鲁迅先生在《马上支日记》中谈及日本作家安冈秀夫所著

---

① 梁启超：《新民说》，《梁启超全集》第三卷，第714—718页。

② 黄兴涛：《美国传教士明恩溥及其〈中国人的气质〉——一部"他者"之书的传播史与清末民国的"国民性改造"话语》，明恩溥（Arthur H. Smith）：《中国人的气质》"前言"，中华书局2006年版。

《从小说看来的支那民族性》一书时说：

> 他似乎很相信Smith的《Chinese Characteristies》，常常引为典据。这书在他们，二十年前就有译本，叫作《支那人气质》；但支那人的我们却不大有人留心它。第一章就是Smith说，以为支那人是颇有点做戏气味的民族，精神略有亢奋，就成了戏子样，一字一句，一举手一投足，都装模装样，出于本心的分量，倒还是撑场面的分量多。这就是因为太重体面了，总想将自己的体面弄得十足，所以敢于做出这样的言语动作来。总而言之，支那人的重要的国民性所成的复合关键，便是这"体面"。
>
> 我们试来博观和内省，便可以知道这话并不过于刻毒。相传为戏台上的好对联，是"戏场小天地，天地大戏场"。大家本来看的一切事不过是一出戏，有谁认真的，就是蠢物。但这也并非专由积极的体面，心有不平而怯于报复，也便以万事是戏的思想了之。万事既然是戏，则不平也非真，而不报也非怯了。所以即使路见不平，不能拔刀相助，也还不失其为一个老牌的正人君子。
>
> 我所遇见的外国人，不知道可是受了Smith的影响，还是自己实验出来的，就很有几个留心研究着中国人之所谓"体面"或"面子"。……①

1933年10月27日，鲁迅先生在致陶亢德的信中说：

> 《从小说看来的支那民族性》，还是在北京时买得，看过就抛在家里，无从查考，所以出版所也不能答复了，恐怕在日本也未必有得卖。这种小册子，历来他们出得不少，大抵旋生旋灭，没有较永久的。其中虽然有几点还中肯，然而穿凿附会者多，阅之令人失笑。后藤朝太郎有"支那通"之名，实则肤浅，现在在日本似已失去读者。要之，日本方在发生新的"支那通"，而尚无真"通"者，至于攻击中国弱点，则至今为止，大

① 鲁迅：《华盖集续编·马上支日记》，《鲁迅全集》第3卷，第326—327页。

概以斯密司之《中国人气质》为蓝本，此书在四十年前，他们已有译本，亦较日本人所作者为佳，似尚值得译给中国人一看（虽然错误亦多），但不知英文本尚在通行否耳。①

1935年3月5日，鲁迅为日本友人内山完造的著作《活中国的姿态》作序，又提到史密斯的书，不过把"美国"误作了"英国"：

> 明治时代的支那研究的结论，似乎大抵受着英国的什么人做的《支那人气质》的影响，但到近来，却也有了面目一新的结论了。一个旅行者走进了下野的有钱的大官的书斋，看见有许多很贵的砚石，便说中国是"文雅的国度"；一个观察者到上海来一下，买几种猥亵的书和图画，再去寻寻奇怪的观览物事，便说中国是"色情的国度"。连江苏和浙江方面，大吃竹笋的事，也算作色情心理的表现的一个证据。然而广东和北京等处，因为竹少，所以并不怎么吃竹笋，倘到穷文人的家里或者寓里去，不但无所谓书斋，连砚石也不过用着两角钱一块的家伙。一看见这样的事，先前的结论就通不过去了，所以观察者也就有些窘，不得不另外摘出什么适当的结论来。于是这一回，是说支那很难懂得，支那是"谜的国度"了。②

1936年10月5日，在离世前的十四日，鲁迅还发表了如下言论：

> 我至今还在希望有人翻出斯密斯的《支那人气质》来。看了这些，而自省，分析，明白那几点说得对，变革，挣扎，自做工夫，却不求别人的原谅和称赞，来证明究竟怎样的是中国人。③

---

① 鲁迅：《书信·331027致陶亢德》，《鲁迅全集》第12卷，第246页。

② 鲁迅：《且介亭杂文二集·内山完造作〈活中国的姿态〉序》，《鲁迅全集》第6卷，第266页。

③ 鲁迅：《且介亭杂文末编·"立此存照"（三）》，《鲁迅全集》第6卷，第626页。

鲁迅与20世纪中国研究丛书

张梦阳在《〈中国人气质〉译后评析》（上、下）一文中，对于鲁迅可能受到该书的影响，进行过详细的辨析。[1]如史密斯在谈到中国人的"勤劳"时，指出中国人之所以没有成为地球上最兴盛的民族之一，就是因为中国人的道德意识中缺少"诚"和"爱"。据许寿裳回忆，鲁迅在日本期间就和他讨论"中华民族中最缺乏的是什么？"当时他们觉得："中华民族最缺乏的东西就是'诚'与'爱'"。[2]史密斯书中第一个谈的就是中国人的"爱面子"，喜欢做戏，鲁迅多次谈到"面子"问题，[3]对于中国人的"做戏"与"瞒和骗"，也多有论及。[4]

　　上文已经提到，据许寿裳回忆，鲁迅留日时期和他讨论"中华民族中最缺乏的是什么？"当时他们觉得："中华民族最缺乏的东西就是'诚'与'爱'——换句话说就是深中了诈伪无耻和猜忌相贼的毛病。"[5]"诈伪无耻"和"猜忌相贼"与史密斯说中国人相互欺骗、相互怀疑的弱点也相似。

　　甲午海战后，传教士对中国问题的观察，多集中到人的问题，而人的问题的根本，在于精神和文化问题。傅兰雅认为："中国最大的需要，是道德或精神的复兴，智力的复兴倒在其次。"[6]林乐知也将战争的失利归结于"灵明""人材""人心"等属人因素。[7]值得注意的是，在谈到中国国民性弊端的原因时，多指向传统教育，知非子认为："学《诗》之失而为愚，学《书》之失而为诬，学乐之失而为奢，学《易》之失而为贼，学礼之失而为烦，学《春

---

　　①　张梦阳：《〈中国人气质〉译后评析》（上、下），《鲁迅研究月刊》1995年第11、12期。

　　②　许寿裳：《我所认识的鲁迅》，鲁迅博物馆鲁迅研究室《鲁迅研究月刊》选编：《鲁迅回忆录·专著》上册，第487—488页。

　　③　如《阿Q正传》对阿Q"自尊"的描写、1934年的《说"面子"》、1936年10月的《"立此存照"（三）》都对"面子"问题有精彩的揭示。

　　④　如1925年的《论睁了眼看》、1931年的《宣传和做戏》等文的揭示。

　　⑤　许寿裳：《我所认识的鲁迅》，鲁迅博物馆鲁迅研究室《鲁迅研究月刊》选编：《鲁迅回忆录·专著》上册，第487—488页。

　　⑥　转引自熊月之：《西学东渐与晚清社会》，中国人民大学出版社2011年版，第458页。

　　⑦　参阅林乐知：《险语对》上，原载《万国公报》第八十二册，李天纲编校：《万国公报文选》。

秋》之失而为乱。"①傅兰雅、林乐知等的判断固然带有基督教的背景，但其试图从道德或精神入手改造现状的内在逻辑，不仅启发了晚清国民性批判话语的内在理路，甚至可以说与五四思想革命的理路遥遥相通。

第五节　如何看待传教士中国观与中国国民性话语的影响关系

我们已经对西方有关中国的知识谱系、传教士的中国观、中国近代国民性话语所受传教士话语的影响等进行了知识与历史的梳理，最后的问题是，该如何认识中国近代国民性话语与传教士话语之间的关系？

前文已经指出，强调中国近代国民性批判来自西方传教士话语的观点，逻辑大致相同，即：1.中国现代国民性话语来自传教士话语；2.传教士话语是西方殖民主义和西方中心主义的霸权话语；3.因而受传教士话语影响的中国国民性话语就中了西方霸权话语的圈套，成为被殖民者表达的殖民话语。

这里不仅存在1和2两个前提理解的错误，而且，在逻辑推理3上也存在问题，我们需要针对性地反问的是：1.中国国民性话语仅仅是来自传教士话语吗？2.传教士话语完全是西方殖民主义的霸权话语吗？3.中国现代国民性话语曾经受到来华传教士的中国观察的影响和启发，它就中了西方殖民主义的霸权话语的圈套吗？

中国近代国民性批判话语或多或少受到了传教士中国观的影响，这是事实，我们在前文的大量梳理，就是为了说明这一点。但是，一个更明显的事实是，中国近代国民性批判不仅仅来自西方传教士话语。不说我们在前面已经揭示中国近代国民性话语与日本明治时期国民性话语的联系，一个值得强调的一点是，中国近代国民性话语的形成，与批判者自身历史与现实的切身体验、生存实感尤其是急迫的危机感具有更为直接的联系。

我们可以以梁启超和鲁迅为例来说明这一点。

---

① 知非子：《儒教辩谬》，原载《万国公报》五百十五卷，李天纲编校：《万国公报文选》，第38页。

梁启超的国民性观点，与广学会和《万国公报》的启发有一定联系，这一点我们已经揭示，但需要强调的是，梁的国民性观察与其自身的体验和思考有更密切的关系。梁启超开始思考国民性问题，是在维新失败、东走日本之后，他先后发表《国民十大元气论》（1899）、《中国积弱溯源论》（1900）、《十种德性相反相成义》（1900）、《新民说》（1902）等文章，揭示国民性的弊端，其思想转向背后，有着痛切的为政体验，与其说他是受传教士观点影响而谈国民性，不如说是惨痛的失败教训让他印证了《万国公报》对中国问题的观察。

梁启超第二次重谈国民性，是在1915年之后，经历了从维新到民国政治建构的复杂人生历程，尤其是经历民国初年政治经历的挫折，梁又一次深切认识到国民性问题是中国危机的关键。1915年，梁氏在上海创办《大中华》杂志，亲笔题写发刊词："中国之前途，国民之自觉心，本报之天职。"[1]并在该杂志上发表一系列文章，反思变革的新途径。发表于《大中华》杂志第1卷第2号的《政治之基础与言论家之指针》回顾从政以来种种经历，反思以前专注于政治的不足："试思吾侪十年以来，苟非专以政治热鼓动国人，而导之使专从社会上某立基础，则国中现象，其或有异于今日，亦未可知。"[2]认为良好政治的基础在于良好的社会，要从社会的根本源头入手。梁氏还发表《伤心之言》，将时局积弊的原因归结为"良心麻木之国民"[3]。《吾今后所以报国者》宣称："吾思之，吾重思之，吾忧有一莫大之天职焉。夫吾固人也，吾将讲求人之所以为人者而与吾人商榷之。吾固中国国民也，吾将讲求国民之所以为国民者而与吾国国民商榷之"[4]。

从梁启超两次启动国民性话题的时间点看，都发生在他政治参与受挫之后，这说明，梁的国民性问题意识的形成，传教士话语至多也只是一个参考，其真正动机来自他对中国近代危机的洞察和强烈的危机感。

---

① 梁启超：《发刊词》，《大中华》1915年第1卷第1期。

② 梁启超：《政治之基础与言论家之指针》，《梁启超全集》第九卷，第2797页。

③ 梁启超：《伤心之言》，《梁启超全集》第九卷，第2807页。

④ 梁启超：《吾今后所以报国者》，《梁启超全集》第九卷，第2806页。

与其说鲁迅的国民性批判来自传教士话语，不如说是来自自身生存的实感。"有谁从小康人家而坠入困顿的么，我以为在这途路中，大概可以看见世人的真面目"①，家道中落，使鲁迅过早地体会了世态的炎凉与人情的冷暖，"S城人的脸早经看熟，如此而已，连心肝也似乎有些了然。总得寻别一类人们去，去寻为S城人所诟病的人们，无论其为畜生或魔鬼"②。这些话里，有太多绝望的洞察和体验！

早年的洞察和体验，成了鲁迅思想的底色，其思想的深刻性，与早年挫折经历中形成的冷静之眼分不开。日本时期，当他指点江山、激扬文字之时，诗兴青年勃发的热情暂时遮蔽了潜隐的洞察，但是，在五篇文言论文中，我们仍不难发现其对国民性的深刻洞察。在介绍拜伦援助希腊而未果时说："裴伦大愤，极诋彼国民性之陋劣"③，这句愤激之言说明鲁迅的国民性情结在此时已经形成。也许就是在国民性的眼光下，日本时期论文不断揭示倡言革新者的私利动机：

> 至尤下而居多数者，乃无过假是空名，遂其私欲，不顾见诸实事，将事权言议，悉归奔走干进之徒，或至愚屯之富人，否亦善垄断之市侩，特以自长营撸，当列其班，况复掩自利之恶名，以福群之令誉，捷径在目，斯不惮竭蹶以求之耳。呜呼，古之临民者，一独夫也；由今之道，则顿变而为千万无赖之尤，民不堪命矣，于兴国究何与焉。④

> 夫势利之念昌狂于中，则是非之辨为之昧，措置张主，辄失其宜，况乎志行污下，将借新文明之名，以大遂其私欲者乎？⑤

> 况乎凡造言任事者，又复有假改革公名，而阴以遂其私欲哉？⑥

---

① 鲁迅：《呐喊·自序》，《鲁迅全集》第1卷，第415页。
② 鲁迅：《朝花夕拾·琐记》，《鲁迅全集》第2卷，第293页。
③ 鲁迅：《坟·摩罗诗力说》，《鲁迅全集》第1卷，第81页。
④ 鲁迅：《坟·文化偏至论》，《鲁迅全集》第1卷，第45—46页。
⑤ 鲁迅：《坟·文化偏至论》，《鲁迅全集》第1卷，第46页。
⑥ 鲁迅：《坟·文化偏至论》，《鲁迅全集》第1卷，第56页。

鲁迅与20世纪中国研究丛书

时势既迁，活身之术随变，人虑冻馁，则竟趋于异途，掣维新之衣，用蔽其自私之体，……①

　　在《文化偏至论》结尾之处，鲁迅突然写下这样有悖于我们习惯认知的话："夫中国在昔，本尚物质而疾天才矣。"②

　　这一面对现实、直指其心的批判，成为五篇论文批判话语的最深视点。正是有这样的对现实人心的洞察，青年周树人面对时局的发言，就在晚清的众声喧哗中，形成了一个独有的深度视点。

　　虽然在日本时期的发言中，鲁迅已经具备了国民性的眼光，但当时思考的重心，还在正面的提倡，负面的批判还没有占上风。鲁迅真正成为国民性的批判者，那是在"五四"之后。

　　鲁迅接受"金心异"（钱玄同）的劝告重新出山后，开始正式以小说的方式展开国民性批判。《呐喊》是以小说形式批判国民性的经典之作，此后终其一生以杂文的方式，对国民性弊端进行揭示。如果"五四"是鲁迅转向国民性批判的时间点，那么值得探究的是，是什么促成了这一转向？

　　重新开口的第一声"呐喊"——《狂人日记》已经告诉我们，是空前强烈的危机感，使鲁迅重启第二次文学行动，而且将第二次行动的重心，放在以小说进行国民性批判的工作。《狂人日记》发表后，许寿裳来函问是否为其所作，鲁迅答道："《狂人日记》实为拙作，……前曾言中国根柢全在道教，此说近颇广行。以此读史，有许多问题可以迎刃而解。后以偶阅《通鉴》，乃悟中国人尚是食人民族，因此成篇。此种发现，关系亦甚大，而知者尚寥寥也。"③对中国人"尚是食人民族"的新发现，无疑把中国的危机放到了进化论的视野中来，进化视野的介入，突出的是中国在世界范围内的人类进化过程中被淘汰的危机及其紧迫性。《狂人日记》渲染了一个整体性的"吃人"氛围，在其中，人和人处在"吃人"和"被吃"的非人关系中；"狂人"发现

---

①　鲁迅：《集外集拾遗补编·破恶声论》，《鲁迅全集》第8卷，第25页。
②　鲁迅：《坟·文化偏至论》，《鲁迅全集》第1卷，第57页。
③　鲁迅：《书信·180820致许寿裳》，《鲁迅全集》第11卷，第353页。

的，不仅是自己的被吃，而且是自己也吃过人，不仅是"吃人者"不能得救，而且是"被吃者"也失去被拯救的资格；"狂人"对"吃人的人"被淘汰的忧心，远远大于自身被吃的恐惧，由此一再呼告："你们要晓得将来容不得吃人的人，活在世上"。在这里，"吃人"被描述成这个民族的原罪，因而也注定了这个民族的宿命。可以看到，这第一声"呐喊"，源于对民族危亡的忧心，是发向全民族的紧急呼告。《阿Q正传》意在写"现代的我们国人的魂灵"，展现的却是国民劣根性。阿Q一辈子活在没有自觉的虚假意义世界中，将自己并不属于其中的价值体系作为自己的存在依据，其一生中唯一一次生命自觉的可能性，发生在赴刑场的路上，突然涌现的恐惧感，是其回到自身生命感觉的开始，但可惜已经迟了。阿Q的悲剧，显露了国民性的深重危机。

过重的危机感终于使鲁迅陷入1923年的第二次沉默，通过《彷徨》尤其是《野草》的写作，终于走出绝望。后期的鲁迅，不再试图通过小说来追究中国危机的本质——这是其小说已经发现并带来致命绝望的，而是将文学行动集中于杂文写作，杂文的最终选择，是对自我与时代关系的重新调整。他终于发现，自我与时代的本质，就在当下的生存中，以杂文的方式与现实直接碰撞，阻击随处可见的现实弊端，是国民性批判的更有效的方式。

鲁迅对国民性的洞察，离不开其惨痛的历史记忆，其国民性批判的另一个来源，就是对历史的考察。鲁迅的文化批判往往采取解构历史的方式，他喜读野史杂记，以野史杂记质疑正史，是从边缘解构中心的方式。"我翻开历史一查，这历史没有年代，歪歪斜斜的每叶上都写着'仁义道德'几个字。我横竖睡不着，仔细看了半夜，才从字缝里看出字来，满本都写着两个字是'吃人'！"①鲁迅的很多洞察，来自野史，具有野史的智慧，可以说，鲁迅小说，是向"正史"发难的现代"野史"。而鲁迅杂文，是以个人史的方式书写现代野史，在其杂文中，我们可以看到现代个人历史与古代野史的融合。他的国民性批判，与历史洞察结合在一起，达到了更加自由的境界，晚年大病间隙，还在《病后杂谈》等文中不断揭发历史的暴行。

---

① 鲁迅：《呐喊·狂人日记》，《鲁迅全集》第1卷，第425页。

鲁迅与20世纪中国研究丛书

与所谓的西方传教士话语的影响相比，生存的实感与历史的记忆，无疑才是中国国民性话语的最本质的根源，其导火索，则是强烈的危机感。

传教士话语是否就等于西方殖民主义话语？

新世纪以来，学者们不约而同地将近代以来的中国国民性批判与传教士话语联系起来，主要来自爱德华·萨义德"东方学"和"后殖民主义"理论的刺激。

刘禾《国民性理论质疑》一文的理论武器，就是萨义德的"东方学"理论，背后还有福柯的权力理论。受萨义德启发，刘禾在《语际书写——现代思想史写作批判纲要》一书中试图提出自己的"跨语实践"理论，有接着萨义德往下讲的意思，《国民性理论质疑》一文，可能是试验其"跨语实践"想象的一个精心选择的案例。

刘禾的质疑果然带有强烈的"后殖民主义"色彩，她首先问的是："'国民性'究竟是一个什么样的知识范畴？它的神话在中国的'现代性'理论中负载了怎样的历史意义？"[1]接着就给出了一个回答：

> "国民性"一词（或译为民族性或国民的品格等），最早来自日本明治维新时期的现代民族国家理论，是英语national character或national characteristic的日译，正如现代汉语中的其他许多复合词来自明治维新之后的日语一样。19世纪的欧洲种族主义国家理论中，国民性的概念一度极为盛行。这个理论的特点是，它把种族和民族国家的范畴作为理解人类差异的首要准则（其影响一直持续到冷战后的今天），以帮助欧洲建立其种族和文化优势，为西方征服东方提供了进化论的理论依据，这种做法在一定条件下剥夺了那些被征服者的发言权，使其他的与之不同的世界观丧失存在的合法性，或根本得不到阐说的机会。[2]

---

① 刘禾：《语际书写——现代思想史写作批判纲要》，上海三联书店1999年版，第67—68页。

② 刘禾：《语际书写——现代思想史写作批判纲要》，第68页。

刘禾梳理"国民性"的渊源，只提到"19世纪的欧洲种族主义国家理论"，没有顾及国民性观念在西方复杂的形成演变的历史，这样简化的处理，意在突出"国民性"是一种霸权理论。其实在欧洲民族国家形成过程中，民族性与国民性观念首先运用于欧洲民族国家文化特性的相互比较，当此一观念转向对非西方的中国的考察时，也不是首先就出于征服的目的，西方对中国的评价刚开始甚至是美化的。

从此命题出发，她非常果断地把从梁启超到孙中山等人用来建构中国现代民族国家理论的国民性话语归结为"不得不屈从于欧洲人本来用来维系自己种族优势的话语——国民性理论"[1]，而鲁迅的国民性理论来源即是亚瑟·史密斯的《中国人的气质》——传教士话语，"在他（鲁迅，笔者注）的影响下。将近一世纪的中国知识分子都对国民性问题有一种集体情结"[2]。刘禾显然觉得在鲁迅身上找到了一个有力的证据，所以着重考察鲁迅与史密斯的关系，强调二人的思想联系，然后只要能证明后者的片面性，前者也就不攻自破了。刘禾认为《中国人的气质》是站在西方中心主义立场对中国的歪曲，为证明这一点，特以书中关于中国人的睡眠习俗的一段为例，认为史氏对中国人睡眠习惯的描述，"在语法上使用现在的时态和'中国人'这个全称来表达'真理'，描述中国人与西方人之间的本质差异。睡眠，一个人们共同的生理状态，在这儿被用来描述文化差异，而其意义早已被西方人优越的前提决定。这儿要紧的，不是描写错误的问题，而是语言所包含的权力问题"[3]。其实，文化的差异总是表现在具体的行为习惯等细节上的，西方人对中国的认识确实往往从细节开始，除非我们绝对怀疑任何抽象和概括的可能性，否则，具体的细节愈多，我们认识的普遍性就愈具有可靠性。但刘禾紧紧抓住她所发现的"语言所包含的权力"——"种族歧视"和"阶级差异"，索性把传教士和侵略中国的列强混为一谈："事实上，他的动词可以轻易翻译成帝国主义行动：伸人即侵

① 刘禾：《语际书写——现代思想史写作批判纲要》，第69页。
② 刘禾：《语际书写——现代思想史写作批判纲要》，第72页。
③ 刘禾：《语际书写——现代思想史写作批判纲要》，第76—77页。

入，净化即征服，登上宝座即夺取主权"。①

　　刘禾的批评不仅仅是发向史密斯本人，其实指向的是整个西方人的中国观及其Sinology（中国学），其背后是萨义德的理论背景。刘禾不否认史密斯笔下的中国，就是萨义德所批评的东方主义所构筑的神话，但她还要进一步质问："但是这样的分析是不够的，特别是当我们考虑到中国国民性的理论被翻译而流传在中国境内的情形。传教士话语被翻译成当地文字且被利用，这种翻译创造了什么样的现实？"②这一问题即是其"跨语实践"理论的运用，驾驭着这一理论快车，刘禾顺利进入自己的论述轨道："在跨语实践的过程中，斯密思传递的意义被他意想不到的读者（先是日文读者，然后是中文读者）中途拦截，在译体语言中被重新诠释和利用。鲁迅即属于第一代这样的读者，而且是一个不平常的读者。他根据斯密思著作的日译本，将传教士的中国国民性理论'翻译'成自己的文学创作，成为现代中国文学最重要的设计师。"③

　　应该说，刘禾的"跨语实践"理论把关注点放在译体语言使用者的实践需要上，充分估计到了思想史中理论旅行过程的复杂性。但是，在鲁迅这一个案中，由于她过于注意自己理论设计的有效性和理论运用结果的颠覆效应，而无意于鲁迅国民性思想的实际。为了理论需要，她勾画了这样一个鲁迅形象：

　　　　从一开始，鲁迅就对国民性理论充满复杂矛盾的情绪。一方面，国民
　　性理论吸引他，因为它似乎帮助他解释中国自鸦片战争（1839—1842）以
　　来的惨痛经验。但另一方面，西方传教士观点对中国人的轻蔑又使作为中
　　国人的鲁迅无法认同。④

　　这里勾画出一个尴尬的主体：鲁迅在国民性问题上存在理论与立场的分裂。分裂的鲁迅对于刘文具有一石二鸟的功能：一是为自己的国民性预设提供

————————————————

　①　刘禾：《语际书写——现代思想史写作批判纲要》，第78页。

　②　刘禾：《语际书写——现代思想史写作批判纲要》，第81页。

　③　刘禾：《语际书写——现代思想史写作批判纲要》，第81—82页。

　④　刘禾：《语际书写——现代思想史写作批判纲要》，第82页。

了一个强有力的证据，二是又避开了全盘否定鲁迅之嫌。且看她是如何勾画的。

刘禾通过对《呐喊·自序》中"幻灯片事件"和《阿Q正传》的叙事学分析，提炼出一个分裂的叙事人形象。在她看来，"幻灯片事件"的叙事人"既与看客又和被观看者重合（因为都是中国人），但又拒绝与他们任何一者认同"，处于"两难处境"。《阿Q正传》是刘禾的分析重点，她将阿Q的重体面与《中国人的气质》对中国人重体面的描写区分开，理由有二："首先，鲁迅构思阿Q的故事是在他熟稔斯密思的理论之后，因此他的写作有可能不单单在证实斯密思所言，而是有它意的。第二，斯密思笔下的县官身着官服，而阿Q穿的是一件'洋布的白背心。'"[①]这里的第一个理由逻辑上不是必然的，为什么鲁迅写作阿Q故事是在知悉史密斯理论之后，就必然要避开后者另立它意呢？似乎尚待证明。第二个理由借偶然发现的"洋布"立论，并接连发问："这两者之间（指"官服"与"洋布"，笔者注）有何关联？穿着洋布白背心的阿Q代表的是中国国民性，还是别的什么？中国国民性的理论是否也如白背心一样，是洋布编织出来的？"[②]但是，如果"洋布"不代表什么怎么办呢？将主要论点建立在一个偶然发现的"文眼"之上，未免惊险。刘禾又引鲁迅《马上支日记》中的一段话："他们（指外国人，笔者注）实在是已经早有心得，而且应用了，倘若更加精深圆熟起来，则不但外交上一定胜利，还要取得上等'支那人'的好感情。"[③]以此作为论据认为："鲁迅此处的讽刺有更深的含义，他准确地指出，上层中国人和帝国主义之间存在某种利益交易，他们对'体面'的研究出于其共同利益者多，为合理解释中国种族者少。"但无论从鲁迅国民性思想看，还是从该文的语境看，鲁迅在这里表达的意思似乎并不如其所言。为了创造鲁迅的分裂，刘禾有意强调鲁迅与史密斯的距离，而不顾鲁迅终其一生对史氏《中国人的气质》一书的关注与推崇。

刘禾对《阿Q正传》的叙事分析，要处理的是"叙事人和阿Q，以及和未

---

① 刘禾：《语际书写——现代思想史写作批判纲要》，第88页。
② 刘禾：《语际书写——现代思想史写作批判纲要》，第88页。
③ 刘禾：《语际书写——现代思想史写作批判纲要》，第88页。

庄居民之间的关系是怎样的？"①。通过对叙事人的详细分析，刘禾尽力把叙事人限制在未庄之内——叙事人并不是未庄的局外人，于是，她就可以质问："（叙事人）也列身于未庄社会中。要是他完全属于那个社会，他又为何能够同时置身事外，嘲讽阿Q的愚蠢以及村民的残忍呢？"②刘禾自己的回答是非常巧妙的："写作使叙事人获得权势，不识字使阿Q丧失地位。"这里的逻辑是，既然同在未庄，叙事人就应和阿Q相同，而之所以不同，即在于一个识字，一个不识字。围绕阿Q临终画押的典型场景，她作了进一步的发挥：

> 假如阿Q把圈画圆了，看起来会像英文字母O，离Q不远。但既然书写的权力掌握在叙事者手里，阿Q画不圆并不奇怪。他只能跪伏在文字面前，在书写符号所代表的中国文化巨大象征权威面前颤抖。相对而言，叙事人的文化地位则使他避免作出阿Q的某些劣行，并且占有阿Q所不能触及的某些主体位置。叙事人处于与阿Q相反，使我们省悟到横亘在他们各自代表的"上等人"和"下等人"之间的鸿沟。叙事人无论批评、宽容或同情阿Q，前提都是他自己高高在上的作者和知识地位。③

刘禾这一"翻天妙手"确实精彩。我们知道，在叙事学中，叙事人虽不同于作者，但直接与"隐含作者"相通，而"隐含作者"即是作者在该小说中的现身侧面，因为叙事人在价值立场上最终是来自作者的。在刘禾的策略中，叙事人即是鲁迅。在她的揭示下，鲁迅的分裂就在于他拥有了知识（当然是指来自西方的）及其知识者身份。不是阿Q，而是鲁迅成为尴尬的角色。刘禾由对知识的合法性的怀疑，走向对鲁迅式知识者存在本身的怀疑，然而，没有鲁迅式知识者存在的中国近代社会将会是怎样的呢？

刘禾最终还是把颠覆国民性理论的发明权授予鲁迅："《阿Q正传》呈现的叙述人主体位置出人意料地颠覆了有关中国国民性的理论，那个尤其是斯

---

① 刘禾：《语际书写——现代思想史写作批判纲要》，第95页。
② 刘禾：《语际书写——现代思想史写作批判纲要》，第95—96页。
③ 刘禾：《语际书写——现代思想史写作批判纲要》，第96—97页。

密思的一网打尽的理论。""鲁迅的小说不仅创造了阿Q，也创造了一个有能力分析批评阿Q的中国叙事人。由于他在叙述中注入这样的主体意识，作品深刻地超越了斯密思的支那人气质理论，在中国现代文学中大幅改写了传教士话语。"①这样做似乎是捍卫了鲁迅，但让鲁迅最重要的思想财富在他自己的手里变成空头支票，是不是让他自己打了自己的耳光？

现在可以看到，刘文的写作有两个相互联系的动机，一是对西方中心主义的批判，一是为自己的"跨语实践"理论寻求精彩个案。因而该文首先就有国民性是西方中心主义话语的价值预设，其"跨语实践"理论实际上受到这一价值预设的潜在制约，因而看似客观的理论就变成一个历史叙事。鲁迅的国民性思想在这一历史叙事中，被虚构成完全不同的一个"故事"。其实，刘文对鲁迅的潜在指责无非两个：一是其国民性概念有本质主义倾向，二是其国民性理论来自西方传教士话语——西方中心主义对中国的歪曲，总之，是一个内含知识权力的话语。这恰恰有悖于鲁迅国民性思想的实际：鲁迅的国民性观念是一个历史性范畴，主要来自自己的生存实感和历史考察。刘禾的理论渊源是福柯的知识权力理论，她在运用这一理论指责鲁迅国民性的本质主义倾向时，是否也陷入了"知识即权力"的另一本质主义陷阱呢？作为一篇精彩的翻案文章，它固然显示了作者的机智，也颇能发泄国人的民族感情，但由于离开了鲁迅的思想实际，就只能说是制造了一个"国民性神话"的神话，离真正的质疑还有距离。

周宁的《天朝遥远——西方的中国形象研究》（上、下）系统梳理西方的中国形象，资料翔实，论述系统。但是，作者的意图是"在西方现代性精神结构中研究西方的中国形象，关注其生成演变的意义及其参与构建西方现代性经验的过程与方式"，"将中国形象研究发掘到西方现代性自我深处"，②因而在资料翔实的显见优点之外，还涉及价值立场的深层寄托。在提供了充实的西方的中国形象文本并进行细致的历史梳理之后，周宁以萨义德"东方主义"的

鲁迅与20世纪中国研究丛书

---

① 刘禾：《语际书写——现代思想史写作批判纲要》，第97页。

② 周宁：《天朝遥远：西方的中国形象研究》，北京大学出版社2006年版，第861页。

后殖民主义理论为依据，将西方的中国形象建构解读为西方现代性自我建构过程中对东方"他者"的自我中心的想象，是一种西方中心主义的霸权话语，背后是话语"权力"的规训运作。这样，在周宁的研究中，西方传教士的中国观察无疑属于典型的西方殖民主义霸权话语，梁启超、鲁迅等的近代国民性批判是中了西方霸权话语的毒。

周宁与刘禾属于同一个价值立场，都是依据萨义德—福柯的理论谱系，但由于后者对于研究对象——西方的中国形象谱系——提供了详细周密的历史梳理，似乎更具有说服力，而且，作者对于自己的理论立场更为坦白，在"前言"中就加以声明：

> 西方的中国形象是西方现代历史中生成的有关现代性的"他者"的一整套规训知识，发挥权力的话语系统，其中语言与行为，观念与实践是密不可分的。[①]
>
> 在西方现代性观念纵深研究中国形象，还涉及权力方面的问题。福柯提出话语理论，萨义德将话语理论用于后殖民主义文化批判……。[②]

从"规训""权力"的频繁表述中，我们明显看到周宁的理论渊源。萨义德与福柯的理论传承关系，萨氏自己在《东方学》"绪论"中直白："我发现，米歇尔·福柯（*Michel Foucault*）在其《知识考古学》（*The Archaeology of Knowledge*）和《规训与惩罚》（*Discipline and punishment*）中所描述的话语（*discourse*）观念对我们确认东方学的身份很有用。我的意思是，如果不将东方学作为一种话语来考察的话，我们就不能很好地理解这一具有庞大体系的学科，而在后启蒙（Post-Enlightment）时期，欧洲文化正是通过这一学科以政治的、社会学的、军事的、意识形态的、科学的以及想象的方式来处理——甚至创造——

---

① 周宁：《天朝遥远：西方的中国形象研究》，第14页。
② 周宁：《天朝遥远：西方的中国形象研究》，第14—15页。

东方的。"①周宁对运用萨—福理论立场的论述指向，有充分的自觉：

> 研究西方的中国形象，有两种知识立场：一是现代的、经验的知识立场，二是后现代的、批判的知识立场。这两种立场的差别不仅表现在研究对象、方法上，还表现在理论前提上。现代的、经验的知识立场，假设西方的中国形象是中国现实的反映，有理解与有曲解，有真理或错误；后现代、批判的知识立场，假设西方的中国形象是西方文化的表述，自身构成或创造着意义，无所谓客观的知识，也无所谓真实或虚构。在后现代的、批判的理论前提下研究西方的中国形象，就不必困扰于西方的中国想象是否"真实"或"失实"，而是去追索西方的中国想象，作为一种知识与想象体系，在西方文化语境中的生成、传播、延续的过程与方式。②

> 分析中国历史形象在西方现代性话语体系中运作的方式，不仅要关注中国历史形象如何构筑西方现代性历史观念与世界整体性想象，还应该注意现代性多元结构中中国形象的规训化再生产，参与构筑世界现代化进程中西方中心主义的文化霸权的过程。③

> 我们在形象构成、类型与原型、话语的知识与权力关系等不同层次上研究西方的中国形象，逐步展开逐步深入，最终关心的问题不是西方的中国形象如何，是错是对，是好是坏，而是西方现代性在二元对立原则下想象"他者"的方式与构筑中国形象的结构原则。④

> 研究西方的中国形象，不是研究中国，而是研究西方，研究西方的文化观念。⑤

> 我们在此讨论的不是中国的现实，而是西方文化中的中国形象。我们

---

① ［美］爱德华·W.萨义德：《东方学》，王宇根译，生活·读书·新知三联书店1999年版，第4—5页。

② 周宁：《天朝遥远：西方的中国形象研究》，第4页。

③ 周宁：《天朝遥远：西方的中国形象研究》，第421页。

④ 周宁：《天朝遥远：西方的中国形象研究》，第14页。

⑤ 周宁：《天朝遥远：西方的中国形象研究》，第13页。

鲁迅与20世纪中国研究丛书

关心的不是这种形象是否"反映"了中国的现实，而是这种形象在西方文化或观念史上是如何形成、变异、发展的；如何表现西方文化关于世界、关于自我与他者的看法，如何在观念中规划世界，并进一步建立知识与权力"合谋"的文化机制。①

虽然作者对于自己的理论立场可能造成的论述盲区似乎有所自觉，然而，在其论述过程却没有成功避开这些盲区。

周宁的梳理范围从1250年前后到20世纪，将1750年前后看成西方的中国形象从肯定的"乌托邦化"向"否定的、意识形态性"的转折。1750年之前乌托邦化的中国形象建构出三种形象类型：1250—1450年的繁荣富庶的"大汗的大陆"、1450—1650年的制度完美的"大中华帝国"和1650—1750年的道德深厚的"孔夫子的中国"。随着后启蒙时代西方现代性的确立，1750年前后，西方的中国形象开始向负面转型，另外三种话语类型出现：停滞衰败的帝国、东方专制的帝国和野蛮、半野蛮的帝国。当然，在周宁看来，这些形象类型的出现，都是出于西方现代性自我建构的需要，尤其是1750年后负面的中国形象，实质上是西方中心主义、霸权主义和殖民主义话语的"权力"运作。

对于"停滞的帝国"形象，周宁认为："西方现代性自我确认需要一个'停滞的帝国'，作为进步大叙事的'他者'。"②是"西方现代性为确立以进步为中心的价值与权利秩序并认同西方现代文明，必须塑造的一个与自身进步对立并低劣的文化他者。"③"'停滞的中华帝国'形象出现，成为西方现代文化表述中国的套话，与它所指涉的中国没有多少必然关系"④"在进步与停滞、西方与东方的二元对立模式下构筑的西方现代性叙事，不仅是一种知识体系，还是一种权力体制，具有明显的意识形态性。"⑤

---

① 周宁：《天朝遥远：西方的中国形象研究》，第545—546页。
② 周宁：《天朝遥远：西方的中国形象研究》，第417页。
③ 周宁：《天朝遥远：西方的中国形象研究》，第420页。
④ 周宁：《天朝遥远：西方的中国形象研究》，第420页。
⑤ 周宁：《天朝遥远：西方的中国形象研究》，第421页。

对于"东方专制的帝国"和"野蛮与半野蛮的帝国"形象，周宁认为："西方文化中有关东方专制主义的知识，表面上看是以自然地理、政治哲学与政治经济学为依据的科学知识，实际上却是无法有效证实的叙事。"[①]"西方现代性世界想象将中国形象纳入野蛮与文明二元对立秩序中，不仅是一个知识问题，更重要的是权力，是在文明征服野蛮的旗号下进行帝国主义殖民主义扩张的权力。……文明与野蛮的二元对立模式，是西方帝国主义殖民主义意识形态的核心，进而也成为帝国主义时代西方现代性的核心。"[②]"中华帝国的野蛮东方形象具有明显的帝国主义殖民主义意识形态特征，其中知识与权力的共谋机制耐人寻味，也令人生畏"[③]。

这样，在周宁的后现代分析视野中，西方对中国的批评，都是别有用心的权力话语有意建构出来的"低劣的文化他者"，"与它所指涉的中国没有多少必然关系"，"是无法有效证实的叙事"，而我们的任务，就是解构这些霸权主义话语。这一观点，自然有一定道理，但如此斩钉截铁，不诉诸辩证分析，是单一和片面的。

由于周宁的观点紧紧维系于后殖民主义立场，因而往往在丰富翔实的文本资料之后，加上一个依据后殖民主义立场的重复、单一的评价，造成材料与评价的机械相加，难以形成有机的统一。材料的丰富与评价的单一，形成不协调的对比，往往让人感觉，材料本身提供的判断与著者附设的评价形成了矛盾。

周宁在《文艺理论与研究》2003年第5期发表的《"被别人表述"：国民性批判的西方话语谱系》，是专门针对中国国民性批判的西方话语谱系的长文。

该文开宗明义："'他们无法表述自己，他们必须被别人表述。'马克思《路易·波拿巴的雾月十八日》中的这句话，被萨义德引作《东方学》的题记。萨义德和他的后殖民主义批评同道们想说明的是，东方学不仅为西方构筑了一个作为文化他者的'东方'和言说该'东方'的知识体系，而且作为话语

① 周宁：《天朝遥远：西方的中国形象研究》，第548页。
② 周宁：《天朝遥远：西方的中国形象研究》，第703页。
③ 周宁：《天朝遥远：西方的中国形象研究》，第703页。

支配着世界现代化进程中东方文化或殖民地文化对自身的反思。跨文化交流的知识霸权理论，提醒我们重新思考中国现代的国民性批判问题。"①该文对国民性的西方话语谱系批判，依然完全依赖于萨义德的后殖民主义理论。

周宁的公开问题意识是："中国现代知识分子将国民性批判当作中国现代化起点，体现在这个起点上的西方话语霸权，不仅使国民性批判本身的思想与行动的自由主体性受到怀疑，还可能威胁到中国现代化的文化认同。""西方启蒙运动以来有关中国国民性的理论，已由多种文本共同构成一个话语系统，有其自身的主题、思维方式、价值评判体系、意象和词汇以及修辞传统。中国现代国民性批判是在西方的中国国民性话语传统影响下进行的。"②

该文梳理的国民性话语谱系是：孟德斯鸠《论法的精神》试图探讨世界上不同地区不同民族的自然条件、精神条件与组织制度的关系，为世界各国的国民性格分类，强调自然环境决定国民的性格；休谟则强调制度与习俗塑造民族的性格；在国民性形成的地理环境、气候条件、社会制度文化因素之外，赫尔德的《人类历史哲学的观念》又加上了种族遗传。至此，西方关于民族性格形成的基本思想就已经奠定了。西方的中国国民性话语，经过启蒙时代近半个世纪不同文本的磨合表述，最终在浪漫主义时代早期确定下来。在黑格尔那里，自由精神体现在人类社会世界历史中不同的民族国家主体上，就成为所谓的"民族精神"。中国的国民性话语的四个条件已经齐备于黑格尔的相关论述中。首先他在自由精神展开的世界秩序中将中国的国民性本质确定为奴性，然后论述这种本质的奴性在中国社会各个方面的表现，最后依据人类历史的进步与自由的绝对原则，断言被欧洲人征服是各东方帝国的必然命运，中国也将屈服于这种命运。"从孟德斯鸠开始，西方思想界试图在现代世界观念秩序中确立中国的国民性，在后启蒙时代的东方学背景下，相关主题的不同文本，逐渐构筑起一个知识体系，经过赫尔德的发展，最后完成于黑格尔的历史哲学中。

---

① 周宁：《"被别人表述"：国民性批判的西方话语谱系》，《文艺理论与研究》2003年第5期。

② 周宁：《"被别人表述"：国民性批判的西方话语谱系》，《文艺理论与研究》2003年第5期。

此时，中国的国民性话语，作为殖民主义帝国主义意识形态语境中生产与组织'中国意义'的表述系统，已经具有一个统一的主题，即中国国民的奴性；已经形成一套相对稳定的概念，如中国的自然环境、政治专制、道德堕落、愚昧迷信、历史停滞如何塑造并表现这种奴性；已经表现出一种既定的陈述方式，如首先在与西方对立比较的东方化语境中确定中国国民性的精神核心并历数其多种特征，尤其是道德范畴内的反面例证；已经以学术建制的方式沟通了知识与权力，为西方扩张提供了启蒙与自由大叙事下的正义理由。"①西方关于中国国民性的探讨，在19世纪达到高潮，大量传教士来华，他们对中国的观察和思考，成为西方人看中国的重要依据。周宁认为，黑格尔的理论标志着中国国民性话语精英层面的完成，明恩溥的《中国人的性格》则标志着大众舆论层面的完成。

关于近代中国国民性话语的思想资源，周宁说道："鲁迅、陈独秀、梁启超代表的中国现代国民性批判，思想来源也不仅限于明恩溥或黑格尔。西方启蒙运动以来有关中国国民性的理论，已由多种文本共同构成一个话语系统，有其自身的主题、思维方式、价值评判体系、意象和词汇以及修辞传统。中国现代国民性批判是在西方的中国国民性话语传统影响下进行的。"②因而在"由多种文本共同构成"的"西方的中国国民性话语传统"中，传教士对于中国国民性的认知应该是一个不可或缺的重要组成部分，"中国的国民性是在西方特定的解读语境中构筑的，在现实中找不到对应物。所谓真实不过是文本制造的幻象，只是人们忘记它的幻象本质"③。

周宁的基本观点既如此，然而，在《天朝遥远：西方的中国形象研究》最后一编的引言中，又突然表达了这样的观点：

① 周宁：《"被别人表述"：国民性批判的西方话语谱系》，《文艺理论与研究》2003年第5期。

② 周宁：《"被别人表述"：国民性批判的西方话语谱系》，《文艺理论与批判》2003年第5期。

③ 周宁：《"被别人表述"：国民性批判的西方话语谱系》，《文艺理论与研究》2003年第5期。

　　　　我们在警惕西方后殖民文化令人生畏的霸权结构的同时，也应该警惕自我东方化的民族主义与极权主义可怕的陷阱。后殖民主义文化批判的意义是捍卫自由和民主、科学与进步、理性与文明，不是将这些价值不负责任地推让给西方，在狭隘的民族主义怨恨与迷狂中出卖自身，浑然不知地继续沦落在古老的极权奴役中，万劫不复。本书第六编将西方意识形态化中国形象的批判进行到极限，在结尾处留下的，不是答案，而是问题，我们在什么文化立场上进行后殖民主义文化批判？①

　　这可以说是此书的一个不谐和音。这一突兀表达，流露了这样一个内在矛盾：从其评述的斩钉截铁的语气看，周宁依据后殖民主义立场对西方的中国形象的内在霸权的揭示，是确凿无疑的，但同时，他又似乎对这一立场选择后留下的盲区有所自觉。也就是说他感觉到自己的立场既对又不对。

　　为什么会形成这样的矛盾呢？我以为，这背后存在一些尚待清理的问题。

　　如果梳理一下，删繁就简，周宁的批判逻辑如下：一、西方的中国形象对我们来说是别人的表述；二、对别人的表述是从自己的需要出发的，启蒙后期西方对中国的负面描述，是西方现代性的自我建构，因而是西方霸权主义中心话语；三、中国国民性话语受西方传教士中国观察的影响，因而中了西方霸权话语的圈套。

　　西方对中国的描述是别人的表述，这一点是事实，对别人的表述是从自己的需要出发的，这一点也基本上成立，但这两个前提并不必然推出这样的结论：别人的表述就一定是出自"权力"和"霸权"意识，因而是扭曲或恶意的丑化，"为西方中心主义意识形态虚构的文化他者的幻象"②。

　　因而应对周宁的观点，需要依次处理三个问题：一、启蒙后期西方对中国的负面描述，是否就是西方霸权主义中心话语？二、中国国民性话语受西方传教士中国观察的影响，因而就中了西方霸权话语的圈套吗？三、我们该如何面

────────────────

　　①　周宁：《天朝遥远：西方的中国形象研究》，第705—706页。

　　②　周宁：《"被别人表述"：国民性批判的西方话语谱系》，《文艺理论与研究》2003年第5期。

对西方对中国的描述？

先说第一个问题。周宁一直强调，西方对中国的描述，与中国的现实无关，源于西方自我想象和自我确认的需要，意思是说：西方的中国描述是为了确认自己的中心地位，将中国边缘化，是一种霸权话语。周宁强调自己研究目的不在于讨论表述的对与错，而是探讨这样的表述背后西方是如何从自己的需要出发想象中国，有怎样的霸权话语。看似首先超越了是否真实的问题，但最终判断终归是，从自我确认需要出发的西方中国观，与中国现实无关，其描述是片面的、歪曲的，既然是霸权话语，西方的中国观也就不可能是真实与善意的。

我们可以从其预设前提出发来展开讨论。

周宁说任何对"他者"的表述，都源于自我认识的需要，并由此推出西方从自己需要出发的中国表述不可能真实反映中国；但是，从同样的前提出发，我们也可以说：自我认识需要"他者"的参照，相互表述是正常的，并不必然怀有排他的恶意。

就像个人一样，民族和国家的自我认识是在"他者"的"镜像"效应下形成的，对"他者"的认识同时就是对"自我"的认识，没有"他者"就没有"自我"。人类在走向现代的过程中，相互认识是必由之路，现代性就是在不同文化的碰撞和交融中形成的。现代性的过程，也就是前现代时期不同地域性文明相互交融的过程，各民族、各个区域文明是在相互交往中走向成熟的，从而形成现代的世界。

中国近代自我意识的产生，离不开晚明以降中西文化开始碰撞交会的背景。随着近代危机的出现，中国被迫现代转型，学习对手成为共识，认识世界的过程，也就是认识自己的过程，伴随着转型的一步步挫折，学习的深度一步步加深，由器物到制度，再到思想文化。没有近代以来中西文明的碰撞交融，就没有涅槃更生的现代中国。

如果说任何对"他者"的认识，都源于自我认识的需要，那么，他人的表述，至少在动机上就不能说必然是恶意的，就如同1750年之前，西方对中国的表述，甚至有美化的成分；如果说不同文明的相互认识是走向现代的必由之路，那么，对于被表述者来说，更不能首先怀疑对方的认识是恶意的。

不同文化的相互认识总是难以摆脱自身固有文化眼光的限制，因而认识的不准确是难免的，但如果说西方人是有意歪曲、丑化中国形象，则不尽符合事实，难道他们早期对中国文化的赞赏和推崇也是丑化吗？欧洲中国观在19世纪虽有西方中心主义倾向，这源于西方近代化成功的优越感和德国"日耳曼精神"优越论。但总的来说，西方对中国的认识和评价经历了一个逐渐深入的过程，对中国的批评有相当准确的地方，值得我们反省。平心而论，西方的中国观对中国观察的范围之广、层次之多、内容之细、态度之客观，非同时期中国人对西方的认识可比，看看当时中国人的西方观，就知道我们恰恰显露出以自我为中心、藐视一切的自大毛病。

西方在走向现代过程中对中国的认识，不仅仅是从狭隘的民族的或国家的利益出发的，而且是在人类理性和普遍价值的角度展开的，至少在启蒙思想家的想象中是如此的。西方现代性理念是西方自我认识的进一步加深，又是西方文明在更为广阔的视野中的进一步融合，它不仅仅来自某个单一的文化，而且是在中世纪基督教文明基础上，融合了古希腊文明、东方文明和欧洲各地域、民族文化的基础上形成的；同时，现代性观念既形成于历史，也开始展望全球化文明的未来，在自由理性的基础上为人类的未来展开现代性设计。启蒙前后西方对自然、人类和社会发展规律的知识探索，代表着的不仅仅是西方文明自我意识的觉醒，也是人类自我意识的觉醒。孟德斯鸠、孔多塞、赫尔德、黑格尔等对中国的认识，包括传教士们对中国的观感，虽然有被西方政治霸权和资本霸权利用的可能，但他们的初衷，是从普遍知识和理性原则出发的评价，不能说首先是从狭隘的权力意识出发的。在知识探索和认识真理的道路上，别人比我们先走一步，不好就说人家是霸权，现代自然科学知识，大部分是西方人首先探索和发现的，不能因为是别人发现的，就说是知识霸权而加以拒绝吧。

周宁说自己研究目的不在于讨论表述的对与错，而是探讨这样的表述背后西方是如何从自己需要出发想象中国，有怎样的霸权话语。对此一判断，我们也可以换一个逻辑来思考："别人的表述"，无论对错，关键的是我们该如何面对。如果对别人的表述是自我认识的需要，那么，他人如何表述我们，是好是坏，是对是错，我们不必过分计较。既然我们还不能自我表述，那么，在自我觉醒的道路上，别人的表述，也是一个必要参照。换个角度说，认识"别人的表述"，也是认识"他者"，是自我认识的绝好的"镜子"，照一照，借鉴和反省，有助于自我意识的进一步形成。如果我们首先拒绝别人的"镜子"，关闭对"他者"的关注，故步自封，夜郎自大，那么，我们不仅不能认识"他者"，也不会认识自己，更难以形成健全的自我意识。

史密斯的《中国人的性格》被视为"别人的表述"的代表作，是被集中批判的传教士中国观的代表，那么，我们看看他的表述究竟如何"失实"。

有人把史密斯列举的中国人性格的二十六个特征归结为五大方面：一、勤劳、节俭、知足、忍耐，具有顽强的生命力；二、注重礼仪、讲究面子和孝道，做事拐弯抹角；三、保守、固执，因循守旧而且麻木不仁；四、具有共担责任的品行和方便管理与统治的特点；五、中国人缺乏真诚的爱心、社会信用和公共精神。可以看到，首先，其描述不是一味否定，也有肯定；其次，其否定部分对中国的描述还是比较客观准确的，虽然"表述"的对象是晚清时期的中国人，但绝大部分性格特征在今天依稀可见。史密斯写作该书时，四十七岁，在华传教已达二十年，长期在中国核心地区的农村观察、体验，阅读过大量中国典籍书报，并接触过中国各阶层人士，历时四年才告完成，其写作态度是认真、严肃的，虽然难免有误解，基本上还是客观的。中国社会学的先驱李景汉先生在为潘光旦先生所著《民族特性与民族卫生》（商务印书馆，1937年7月版）一书作的"序"中说：

> 明氏的书是根据农村社会生活写的，是他多年与农民接触所得的印象，所以都是第一手的材料。[1]
> 明氏所指出的十五种品性（该书"第二篇·中国人的特性"，节译和归纳了明恩溥此书中的十五条"中国人的素质"，笔者按），当然绝不是

---

[1] 李景汉：《评〈中国人的素质〉》，潘光旦：《民族特性与民族卫生·序》，商务印书馆1937年版。

鲁迅与20世纪中国研究丛书

为中国民族所独有，但这些品性在中国民族的生活中在量的方面表现得特别普遍，在质的方面也表现得特别深刻，因此才成为民族的特性。[①]

一回国就开始我的都市社会调查研究的工作，与民众接触的机会一天比一天多，遂渐感觉到此部书（指史密斯《中国人的性格》，笔者按）的意义。后来不久就转入农村，从事于实地调查的工作。我就把这部书和他的《中国农村生活》（Villaae Life in China）都带到乡间去。说也奇怪，因为农村开荒的工作过于紧张，我就好久把它们留在箱子里，没得闲空理会它们。直到过了足有几年的时间，才又忽然想起这部书来。及至再打开一读，就觉得此书的意义与从前大不相同了。明氏毕竟是过来人。他对中国农村社会的现象，可谓观察精密、独具慧眼，而且他那描摹入微、写实逼肖的能力，岂但在西洋人中没有几个可以与他比拟的，就是在我们自己的国人中间恐怕也是少如凤毛麟角吧。[②]

潘光旦因此说："明氏以传教师的地位随意观察中国农民，李先生以社会学家的资格研究中国农民，而所见吻合如此，可见明氏这本作品，也决不能和一班走马看花、捕风捉影的西人著述等量齐观了。"[③]

西方人认识中国的动机，不能一概归之于殖民扩张的需要，就史密斯的个案来说，他并非对中国有恶意的人，在华时间达五十年，对中国有很深的感情。1906年回国，西奥多·罗斯福总统（Theodore Roosevelt）邀请他在白宫午宴，他借机建议美国退还中国庚款，并最后实现，因而被人称为"确是一个胸襟阔大、动机纯正的人；是一个悲天悯人、救世为怀的人；也是一个对于中国有热烈感情的人"[④]。

---

① 李景汉：《评〈中国人的素质〉》，潘光旦：《民族特性与民族卫生·序》，商务印书馆1937年版。

② 李景汉：《评〈中国人的素质〉》，潘光旦：《民族特性与民族卫生·序》，商务印书馆1937年版。

③ 潘光旦：《民族特性与民族卫生·自序》，商务印书馆1937年版。

④ 李景汉：《评〈中国人的素质〉》，潘光旦：《民族特性与民族卫生·序》，商务印书馆1937年版。

历史本身是复杂的，中国文化本身的魅力及西方人对中国文化的憧憬和求知热情也是他们走近中国的不必遮蔽的因素。欧洲人中国观出自殖民扩张需要的学说，始自苏联东方学者对十月革命前西方中国学的本质界定，现在又在西方后殖民主义理论中得到强化。我们在认识这一论说的合理性同时，也要避免走向极端，视东西方文明的交流史为你死我活的斗争史。

中国自古在周边弱小民族环绕中形成了自己的"天下"意识，近代西方的逼近，引起自我认同的危机，新的自我认识在冲突、交融中孕育。在这一过程中，西方的中国观——尤其是对中国的批评——恰恰启发了我们的反思并帮助我们调校形成新的自我。西方人的中国观好比一面镜子，照一照这镜子，可以了解自我意识之外的人对自己的看法，这会有利于我们在比较中反省和完善自己的民族性，在"争存天下"的新格局中进行新的自我定位。鲁迅对西方人赞赏中国的言论并不表示好感，反而关注西方人批评中国的言论，正是出于这一动机。所以在这一问题上，理应采取审慎态度，正如有学者说："认识一个民族及其文化是一件复杂而长期的事情。无论是认识者还是被认识的对象，都会受到历史和现实因素种种制约，且自身也并非一成不变"①，但如果一听到别人的指责就还以指责，只会走向自我封闭的老路。

下面谈第二个问题。中国现代国民性话语曾经受到来华传教士的中国观的影响和启发，对于这一点，我们已经在前几节通过充分论述提供了支持。但是，这并不能由此断言它就中了西方殖民主义的霸权话语的圈套，且不说西方的中国话语不一定就是霸权话语，即使假设传教士话语是西方殖民主义的霸权话语，也不能就此判断。在基本的事实性层面，梁启超、鲁迅、陈独秀们的国民性话语与传教士中国观的不同也是显而易见的：一、我们已经论述过，中国近代国民性话语源自自身深刻的历史思考与切切的现实体验。二、虽然中国近代国民性话语对传教士的中国观有所借鉴，但是，在动机上是明显不同的，传教士是以一个不同的文明视角对中国的观察、对比和评价，其动机是为了传播

---

① 黄兴涛、杨念群：《"西方视野里的中国形象"主编前言》，见［英］约·罗伯茨编著：《19世纪西方人眼中的中国》，时事出版社1999年版，第6—7页。

福音；而梁启超、鲁迅们批判国民性的动机，来自救亡图存的近代情结，目的则是为了文化反省，找出积弱的深层原因，促进国人的自省，尽早摆脱近代危机。三、因而在对中国国民性的诊断上，侧重点亦有所不同。传教士在传教过程中遭遇重重阻碍，因而多指摘中国人的保守、排外、自大、懒惰、安于现状等国民性特质；而中国国民性批判话语因批判者关注中心的不同，各有自己的侧重，如梁启超从政治改革的目的出发，多指摘国人公共意识与公德的缺失，鲁迅从深切的体验和深刻的文化洞察出发，对于国人的私欲中心的劣根性和奴性有深刻的揭示。四、对于解决问题的方案，自然也形成区别。传教士信仰基督，当然认为中国弊端的解决方案是奉行基督教义，史密斯认为，中国需要的是正义，为了获得正义，只有基督教文明可以满足，林乐知也说"今为中国计，惟有基督之道足以救人"[1]；中国的国民性批判者在此一问题上，当然不会与传教士同一思路。

最后一个问题：我们该如何面对"他人的描述"。

对于这一问题，我想首先引用30年代中期李景汉在《评〈中国人的素质〉》中的几段话：

> 近几年来，国人都感觉到，无论是为促进中国社会科学的进步，或是为求得中国社会改革的方案，必先求尽量认识中国现代社会的真相和全相。至于我们如何才能对于中国现代社会得到深刻的认识与了解呢？这非得采用历史法和观察法不可，尤应重视从实地观察法下手。我们必须对于中国各部不同的社会现象，加以精密观察，再将观察的结果与其他民族的社会现象来比较。这样对于中国社会的本来面目，便可得到真正的认识。至于什么人才真能认识中国民族的特性，或谁是最适当的中国的解释者呢？是我们自己的人，还是外国人呢？关于这一点，人们的看法不同。有人以为惟有本国人才真能了解本国人。一个外国人要了解一个与自己不同

① 林乐知：《基督教有益于中国说》，原载《万国公报》第八十三册，李天纲编校：《万国公报文选》，第130页。

的民族，尤其是像中国这样一个极不同的民族，是不可能的事，因为在他观察的时候，总免不了戴上有色的眼镜。但反过来看，无论是个人或一个民族要认清自己也是一件不容易的事，尤其是公平的、健康的、神志清明的认识。即按普通常识来说，不是有"当局者迷"和"医不自医"等种种的说法吗？不也是有"知人易，知己难"和"旁观者清"等谚语吗？再说，肯承认自己的缺点是颇需勇气的，并且往往有种种顾忌，或不好意思说出来。当然，一个外国人观察我们的时候，他免不了有一个自己的标准度量我们。但也就因为他有了一个不同的标准，才能把我们的特性格外看得清楚。他在有意识或无意识中总是将我们的现象和他们自己的现象作一个比较。比如说，他断定我们是有节俭的特性，那就是他理会我们民族的一般人比较他自己民族的一般人节俭得多或至少是相当节俭。而且外人对于我们的短处也比较我们自己便于直言不讳地和盘托出。因此我们真要认清自己，深刻地了解自己，一方面自然是要靠我们自己来研究自己，分析自己；另一方面对于外人论断我们的话，尤其是依据精密观察的结果，我们不但不应当忽视，尤当加以重视，引为借鉴才对。这不是说一切外人的观察都是对的，也不是说遇到外人对于我们发表无理的言论时，我们也不作声。向来国人对于外人的意见，抱着种种不同的态度。有的只喜欢外人说我们民族如何如何的优秀，而遇到指出我们的缺点时，即生反感，而替自己辩护；至于说得对与不对，往往不加深思的。因为我们是一个比较最讲面子的民族，遇到别人直白地指出我们的弱点时，我们少有受得住的。民族到了受着严酷自然淘汰的今日，我们实在有急于认清我们自身的必要。我们再不能夜郎自大、一如往昔，仍然模模糊糊地因循敷衍下去。……现在是我们需要压住情感、多用理智的时候了。我们不可随波逐流、人云亦云，也不可固执己见、闭目不看。我们要平心静气，对于别人观察我们民族的论断。以冷静的头脑，作一番思索的工夫，也最好与我们目下的社会现象审慎地仔细对照一下，再判断别人见解的得失。我们自然不可让人随便有意地颠倒是非，但也不要讳疾护短。因为了解与承认自己的弱点，不是耻辱，惟有不努力从事民族的改造，不看清民族的出路，才

鲁迅与20世纪中国研究丛书

真正是耻辱。①

　　大段引用是想说明，我们说了许多，还不如前人客观冷静的几段话，在面对他人评价的问题上，还得好好取法前人。

　　我以为，鲁迅曾经说过的两段话，依然是到目前为止对这一问题最为健全的态度：

　　一、1934年初，鲁迅写《未来的光荣》，指出1933年底被其称之为"法国礼拜六派"的小说家德哥派拉来华，不过是来搜寻"奇特的""色情的"素材，"去给他们的主顾满足"，②而且中国人"在这类文学家的作品里，是要和各种所谓'土人'一同登场的"③。文章最后说道：

　　　　我们要觉悟着被描写，还要觉悟着被描写的光荣还要多起来，还要觉悟着将来会有人以有这样的事为有趣。④

　　鲁迅首先明确指出了我们所处的"被描写"的处境，并且希望我们能够"觉悟"这一处境。鲁迅讽刺一种以"被描写"为"光荣"和"有趣"的态度，这一态度，在那些引外国的肯定性评价而自荣，或自我陌生化以迎合他人的异域想象的诸多现象中，皆能看到，鲁迅的观察可谓锐利。

　　联系我们正在批驳的观点：传教士的中国描述是西方霸权话语，中国国民性话语是中了传教士话语的圈套，这无疑是另一个面对"被描写"的不正常态度——以为"被描写"就是被他人别有用心的丑化和诬蔑，走向了另外一个极端。鲁迅虽然没有指出这一态度，但显然，他对此也持批判态度。

　　二、1936年10月5日，在逝世前十四日，鲁迅在杂文中谈到拍摄过"辱华

　　① 李景汉：《评〈中国人的素质〉》，潘光旦：《民族特性与民族卫生·序》，商务印书馆1937年版。

　　② 鲁迅：《花边文学·未来的光荣》，《鲁迅全集》第5卷，第423页。

　　③ 鲁迅：《花边文学·未来的光荣》，《鲁迅全集》第5卷，第424页。

　　④ 鲁迅：《花边文学·未来的光荣》，《鲁迅全集》第5卷，第424页。

影片"《电影快车》的美国电影导演冯史丹堡的来华，由所谓"辱华影片"，突然最后又提到史密斯：

　　　　不看"辱华影片"，于自己是并无益处的，不过自己看不见，闭了眼睛浮肿着而已。但看了而不反省，却也并无益处。我至今还在希望有人翻出斯密斯的《支那人气质》来，看了这些，而自省，分析，明白那几点说的对，变革，挣扎，自做工夫，却不求别人的原谅和称赞，来证明究竟怎样的是中国人。①

　　对于所谓"辱华影片"，鲁迅并没有首先表示愤怒和谴责，也没有建议抵制不看，而是认为，"不看"和"看了而不反省"都是一样的，大胆面对——"看"而且"反省"才是应取的态度。说明面对"被描写"和"他人的表述"，鲁迅在乎的，不是别人的动机，而是我们自己的态度。所以，虽然曾经指出《中国人气质》"错误亦多"，但鲁迅一生多次主张将这本书翻译成中文。

　　由此，我们可以归纳出鲁迅面对"他人的表述"——"被描写"的态度：

　　（一）觉悟我们"被描写"的处境。

　　（二）不以肯定的"被描写"为荣，也不因否定的"被描写"而产生抵触，而是面对、参照、反省和改进。

　　（三）力争摆脱"被描写"的处境，改变"被描写"的命运，自我觉醒，自我认识，自己发声，自己表述。从日本时期弃医从文、呼吁"心声"，到"五四"时期提倡白话文学，再到30年代支持大众语和汉字拉丁化，鲁迅的初衷都是在希望我们每个人能自己发声，自己表达，打破"无声的中国"。因为，"只有真的声音，才能感动中国的人和世界的人；必须有了真的声音，才能和世界的人同在世界上生活"②。

---

　　① 鲁迅：《且介亭杂文末编·"立此存照"（三）》，《鲁迅全集》第6卷，第626页。
　　② 鲁迅：《三闲集·无声的中国》，《鲁迅全集》第4卷，第15页。

鲁迅与20世纪中国研究丛书

鲁迅终其一生的国民性批判，难道不是以富有勇气的自我批判，将"被描写"的权力从他人手里夺过来，开展了前无古人的"自我表述"？只不过，鲁迅的"自我表述"首先是对文化弊端和国民劣根性的深刻反省。

第六节　鲁迅国民性批判的内在逻辑系统

一、作为思想形态的鲁迅国民性批判

前文已经揭示，鲁迅在日本时期的文言论文中，提出了"首在立人"的转型思路。"立人"是个极其宏大的工程，当时一直萦绕青年鲁迅的三个问题可以视为其三个层面：1.怎样才是最理想的人性？2.中国国民性中最缺乏的是什么？3.它的病根何在？[①]当然，鲁迅的终极目的是在中国建立"理想的人性"，但其首要步骤是2和3，——对中国国民性的考察和批判，但这第一步如此艰难，以至宏大的"立人"工程在鲁迅有涯之生的现实践履，成为毕其一生的批判国民性的工作。可以说，国民性批判是鲁迅最重要的思想，是作为思想家的鲁迅奉献给我们民族的最宝贵思想财富。

作为文学家，鲁迅的国民性批判散见于他的文学创作尤其是杂文中，而且，这一批判往往不是诉诸严格的概念、推理等逻辑方法，而是通过其惯用的体验—本质直观—例证的途径展开的。然而还应看到的是，作为思想家鲁迅毕其一生的事业，作为他奉献给我们民族的最宝贵思想财富，国民性批判决不仅仅是简单并置的现象描述，而应有其内在逻辑系统。即使鲁迅本人尚未明言甚至没有明确意识到，我们也应从他直观式真知灼见出发，深入其意识的深层结构中，通过逻辑整合使其内在逻辑系统彰显出来，从而发现其对中国国民性的根本认识。笔者认为，鲁迅的国民性批判中蕴含着解读其思想的重要"密码"，对其进行逻辑整合，可以带来鲁迅思想的一系列新的整合，更为重要的

[①] 许寿裳：《我所认识的鲁迅》，鲁迅博物馆鲁迅研究室《鲁迅研究月刊》选编：《鲁迅回忆录·专著》上册，第487—488页。

是，在依然谋求现代生存的当代中国，鲁迅的国民性批判具有重要的现实意义！

二、鲁迅对国民劣根性的现象描述

首先，有必要依据鲁迅的作品对其国民性批判作初步分类描述和整理：

纵观其一生的创作，鲁迅所着重提到并加以批判的国民劣根性有：退守、惰性、卑怯、奴性、自欺欺人、麻木、健忘、巧滑、无特操等。

鲁迅在谈到国民性弱点的时候，这样说道："中国人的不敢正视各方面，用瞒和骗，造出奇妙的逃路来，而自以为正路。在这路上，就证明着国民性的怯弱，懒惰，而又巧滑。一天一天的满足着，即一天一天的堕落着，但却又觉得日见其光荣"。[①]"最大的病根，是眼光不远，加以'卑怯'与'贪婪'。但这是历久养成的，一时不容易去掉。"[②]

早在日本时期的论文中，他就谈到中国人的退守和惰性："中国之治，理想在不撄，……宁蜷伏堕落而恶进取""心神所注，辽远在于唐虞……为无希望，为无上征，为无努力"。[③]"五四"时期，他更是对以国粹派为代表的保守势力施以直接的抨击。

其实鲁迅谈得最多的是"卑怯"。他还把上述"惰性"和"退守"归之为"卑怯"。1925年在与友人讨论国民性的信中，鲁迅指出："先生的信上说：惰性表现的形式不一，而最普遍的，第一就是听天任命，第二就是中庸。我以为这两种态度的根柢，怕不可仅以惰性了之，其实乃是卑怯。遇见强者，不敢反抗，便以'中庸'这些话来粉饰，聊以自慰。所以中国人倘有权力，看见别人奈何他不得，或者有'多数'作他护符的时候，多是凶残横恣，宛然一个暴君，做事并不中庸；待到满口'中庸'时，乃是势力已失，早非'中庸'不可的时候了"[④]；在另一处，鲁迅又指出："中国人不但'不为戎首'，'不

① 鲁迅：《坟·论睁了眼看》，《鲁迅全集》第1卷，第240页。
② 鲁迅：《两地书·一〇》，《鲁迅全集》第11卷，第40页。
③ 鲁迅：《坟·摩罗诗力说》，《鲁迅全集》第1卷，第68页。
④ 鲁迅：《华盖集·通讯》，《鲁迅全集》第3卷，第26页。

为祸始'甚至于'不为福先'。所以凡事都不容易有改革；前驱和闯将，大抵是谁也怕得做。然而人性岂真能如道家所说的那样恬淡；欲得的却多。既然不敢径取，就只好用阴谋和手段。从此，人们也就日见其卑怯了……"[1]。卑怯最显著的表现是欺软怕硬，"怯者愤怒，却抽刃向更弱者"[2]，"卑怯的人，即使有万丈的愤火，除弱草以外，又能烧掉甚么呢？"[3]。他们是"羊样的凶兽"或"凶兽样的羊"，"对于羊显凶兽相，而对于凶兽则显羊相"，[4]所以"中国人对外国人是爱和平的"，却"国内连年打仗"，[5]在中国这个"吃人的厨房"，人人不仅被吃，却又同时吃人，被强者所吃，同时又去吃更弱者。如此"卑怯"，鲁迅有时称之为"奴性"。

"自欺欺人"是一种清醒的虚伪。中国人"万事闭眼睛，聊以自欺，而且欺人，那方法是：瞒和骗"，"其实，中国人是并非没有'自知之明'的，缺点只在有些人安于'自欺'，由此并想'欺人'"，他们大都是"做戏的虚无党"，"什么保存国故，什么振兴道德，什么维持公理，什么整顿学风……心里可真是这样想？一做戏，则前台的架子，总与在后台的面目不相同。但看客虽然明知是戏，只要做得像，也仍然能够为它悲喜，于是这出戏就做下去了；有谁来揭穿的，他们反以为扫兴"。[6]长期"自欺"下去，并成为本能，就是"愚昧""麻木"和"健忘"，这尤其体现在下层民众身上。鲁迅把民众喻为在"铁屋子"中昏睡的人们，他常以"示众"作为中国民众愚昧、麻木的典型场景。"群众，——尤其是中国的，——永远是戏剧的看客。……北京的羊肉铺前常有几个人张着嘴看剥羊，仿佛颇愉快，人的牺牲能给与他们的益处，也不过如此。而况事后走不几步，他们并这一点愉快也就忘却了。"[7]"再进一

①　鲁迅：《华盖集·这个与那个》，《鲁迅全集》第3卷，第142页。

②　鲁迅：《华盖集·杂感》，《鲁迅全集》第3卷，第49页。

③　鲁迅：《坟·杂忆》，《鲁迅全集》第1卷，第225页。

④　鲁迅：《华盖集·忽然想到（七至九）》，《鲁迅全集》第3卷，第60页。

⑤　鲁迅：《华盖集·补白》，《鲁迅全集》第3卷，第101页。

⑥　鲁迅：《华盖集续编·马上支日记》，《鲁迅全集》第3卷，第327页。

⑦　鲁迅：《坟·娜拉走后怎样》，《鲁迅全集》第1卷，第163页。

步，并可以悟出中国人是健忘的，无论怎样言行不符，名实不副，前后矛盾，撒诳造谣，蝇营狗苟，都不要紧，经过若干时候，自然被忘得干干净净"①。

虚伪的另一面即"巧滑"。鲁迅认为中国人"将心力大抵用到玄虚漂渺平稳圆滑上去"②，他称所谓"道德家""国粹家"为"聪明人""伶俐人"和"巧人"，因为只有他们才深知"得阔之道"。因而又大多是"阔人"，他们"也都明白，中国虽完，自己的精神是不会苦的，——因为都能变出合式的态度来"。③他们是那样的善于改变，"每一新的事物进来，起初虽然排斥，但看到有些可靠，就自然会改变。不过并非将自己变得合于新事物，乃是将新事物变得合于自己而已"④。而中国人之要"面子"，正是一种"圆机活法"，"于是就和'不要脸'混起来了"。⑤

虚伪和巧滑，正证明着中国人的"无特操"，即没有精神上的执着操守。"中国人自然有迷信，也有'信'，但好像很少'坚信'……崇孔的名儒，一面拜佛，信甲的战士，明天信丁。宗教战争是向来没有的，从北魏到唐末的佛道二教的此仆彼起，是只靠几个人在皇帝耳朵边的甘言蜜语。"⑥"佛教初来时便大被排斥，一到理学先生谈禅，和尚做诗的时候，'三教同源'的机运就成熟了。听说现在悟善社里的神主已经有了五块，孔子，老子，释迦牟尼，耶稣基督，谟哈默德"⑦，"他们的对于神，宗教，传统的权威，是'信'和'从'呢，还是'怕'和'利用'？只要看他们的善于变化，毫无特操，是什么也不信从的，但总要摆出和内心两样的架子来，要寻虚无党，在中国实在很不少"⑧。

鲁迅有关国民劣根性的言论很多，只能举其大者分类陈列于此。必须指

<hr>

① 鲁迅：《华盖集·十四年的"读经"》，《鲁迅全集》第3卷，第129页。

② 鲁迅：《华盖集·忽然想到（十至十一）》，《鲁迅全集》第3卷，第90页。

③ 鲁迅：《华盖集·忽然想到（一至四）》，《鲁迅全集》第3卷，第18页。

④ 鲁迅：《华盖集·补白》，《鲁迅全集》第3卷，第102页。

⑤ 鲁迅：《且介亭杂文·说"面子"》，《鲁迅全集》第6卷，第126页。

⑥ 鲁迅：《且介亭杂文·运命》，《鲁迅全集》第6卷，第131页。

⑦ 鲁迅：《华盖集·补白》，《鲁迅全集》第3卷，第102页。

⑧ 鲁迅：《华盖集续编·马上支日记》，《鲁迅全集》第3卷，第328页。

出的是，鲁迅对国民劣根性的描述有这样两个特点：1.国民劣根性在鲁迅的描述中不是完全分类独立的，而是彼此渗透、相互发明的，如卑怯的两面性正表现为虚伪和巧滑，卑怯者亦必备虚伪和巧滑的素质，卑怯、虚伪和巧滑的共同特点是两面性和多变性，其实质即无特操，无特操者必表现为卑怯、虚伪和巧滑。2.作为密切关注中国危机及其出路的知识分子，鲁迅对国民劣根性的批判性考察始终不离民族近代危机的历史背景和救亡图存的近代情结，即他的国民性批判首先是放在近现代中国人"苟活"的历史情境中来具体考察的。直到晚年，在谈到国民性的时候，他仍然不忘民族两次沦于异族的屈辱历史。因此可以说，鲁迅所描述的卑怯、虚伪、巧滑、无特操等，与其说是抽象出的中国国民劣根性，不如说是劣根性在民族危机中的诸表现，即"苟活"的种种形状，亦是"苟活"之方及其必备之素质。

三、鲁迅国民性批判的内在逻辑系统

如果鲁迅的国民性批判完全着眼于民族危机的"苟活"情境而展开，则无疑是一种存在论模式，存在论分析会得出这样的结论：民族处境先于国民性存在，先验抽象的国民性是不存在的。这一分析有一定合理性，但如果认为鲁迅国民性批判仅仅停留于此层面，显然不符其思想固有的深度模式，他应走得更远。事实上，在探讨国民劣根性的根源时，鲁迅一方面念念不忘民族历史的屈辱经历并着重强调近、现代民族生存危机；另一方面，作为思想革命者的他，其历史哲学和文化哲学的深度，显然把他对国民性根源的探讨推到民族文化传统的深处。一个难以回避的问题是：苟活的存在困境为什么必然导致卑怯等劣根性而不能相反激发反抗和奋进的积极品格呢？如果鲁迅仅仅停留于存在论的分析，岂不等于给中国人的劣根性寻找解释并推脱责任吗？事实上鲁迅决不满足于"苟活"的生存，他一方面强调"一要生存，二要温饱，三要发展"，但同时又强调："我之所谓生存，并不是苟活；所谓温饱，并不是奢侈；所谓发展，也不是放纵。"[1]因而可以断定，鲁迅对中国国民性的考察决

① 鲁迅：《华盖集·北京通信》，《鲁迅全集》第3卷，第52页。

不仅仅停留于存在论层面，而肯定深入中国传统文化的深层，试图进一步发现"它的病根何在"。所谓国民性是一个民族区别于其他民族的品性的结合，其形成的根源应有多种层次，如民族的生存环境和生存方式（生产方式、文化等），而对于从事思想革命的鲁迅来说，民族劣根性的"文化根源"无疑是其最终关注点和探索的深度所在，而且，这一考察是在中西文化比较的语境中展开的。如果如前所述，卑怯等国民性弱点是国民劣根性在民族危机的"苟活"情境中之诸表现，则在它们背后，应该有一个抽象、概括的根本之"性"，即劣根性根本，它是派生出这些国民性表现的源泉，是使它们融贯成一个整体的那种渗透到一切的东西。换言之，鲁迅之国民性考察既然是一个具有内在逻辑系统的思想体系，那么，我们能不能找到其逻辑原点？正是通过它，这些国民性表现得以统摄起来，成为具有内在联系的有机统一体并得到合理的解释呢！

由于鲁迅本人没有指明这一"原点"的存在并说明它是什么，所以严格上讲，要从他的国民性考察中逻辑推出这一原点是存在困难的。在某种程度上，这一寻找"原点"的工作，既是演绎，更是阐释、揭示和印证，但这一原点的揭示必须既能逻辑整合鲁迅的考察，又能符合鲁迅思想的实际。下面试作分析。

鲁迅所述的国民劣根性表现总的看来有这样两个共同特性：一是它们都具有"术"的可操作性和技巧性；二是它们都具有两面性和变通性。要找到国民性批判的逻辑原点，则找到这些可操作的技巧性"术"的动机和出发点，发现这些变动不居的表象后唯一不变的因素，无疑是重要的。当然还是首先让我们诉诸前述鲁迅本人的描述：谈到老庄思想的"不撄人心"时，鲁迅说："中国之治，理想在不撄，而意异于前说（着重号为笔者所加，下同）。有人撄人，或有人得撄者，为帝大禁，其意在保位，使子孙王千万世，无有底止，故性解（Genius）之出，必竭全力死之；有人撄我，或有能撄人者，为民大禁，其意在安生，宁蜷伏堕落而恶进取，故性解之出，亦竭全力死之。"[1]如前所述，鲁迅在分析卑怯时就指出，所谓"中庸"和"听天任命"乃是出于苟活保命的

---

① 鲁迅：《坟·摩罗诗力说》，《鲁迅全集》第1卷，第68页。

卑怯，既想退守，而"欲得的却多"，因此就日见其卑怯。中国人的"无特操"，其实是实用主义态度，"要做事的时候可以援引孔丘墨翟，不做事的时候另外有老聃，要被杀的时候我是关龙逄，要杀人的时候他是少正卯，有些力气的时候看看达尔文赫胥黎的书，要人帮忙就有克鲁巴金的《互助论》"[①]。"耶稣教传入中国，教徒自以为信教，而教外的小百姓却都叫他们是'吃教'的。这两个字，真是提出了教徒的'精神'，也可以包括大多数的儒释道教之流的信者，也可以移用于许多'吃革命饭'的老英雄。"[②]

从以上鲁迅本人对国民劣根性的表述可以看出，它们直指一个原初动机或不变的出发点，如果加以总结命名，笔者以为"私欲中心"几个字庶几近之。"私欲中心"，即中国人的个人感性欲望中心，它的另一面即无特操，即唯独缺少超越个人感性存在及其欲求的精神上的原则和信念、执着和坚韧，精神上无特定追求和操守即无精神，与黑格尔老人所诊断之中国"无宗教—无精神"同。如果"特操"亦能包括物质范畴，则中国人最终不可动摇的唯一"特操"即个人物欲，只此不够，其他则无往而不宜。抓住这个逻辑原点，则所谓卑怯、虚伪、巧滑等就可统摄起来并得到解释，即它们都是民族近代危机中的"苟活"式生存的国民劣根性表现，或者说是"苟活"之方，而其逻辑原点则是"私欲中心"，这也就是抽象概括的根本之"性"——国民劣根性。

一个思想家最早的思想材料往往能透露其人思想理路的真正源头和潜在信息。"立人"时期的文言论文作为思想家鲁迅最早的思想材料，就潜藏着鲁迅国民性批判的重要信息。《文化偏至论》这篇重要论文对于当时改革者只重器物和体制层面改革的偏颇提出严厉的批评，固然，鲁迅的批判首先是以"文化偏至论"的文明发展模式为其理论基础的，指出了西方19世纪"物质"和"公数"文明的偏颇。然而，在具体的文本运作中，我们发现，年青的鲁迅一再怀疑和指责的不是别的，而是倡言改革者的"干禄之色""温饱之图"和"私利"之实，无论"黄金黑铁"或"国会立宪"，都不过是"假是空名，遂其私

① 鲁迅：《华盖集续编·有趣的消息》，《鲁迅全集》第3卷，第199页。
② 鲁迅：《准风月谈·吃教》，《鲁迅全集》第5卷，第310页。

欲"，而无"确固之崇信"。由于重要，请允着重引出：他揭露"竟言武事"者："虽兜牟深隐其面，威武若不可陵，而干禄之色，固灼然现于外矣！"揭露倡言"制造商估立宪国会"者："前二者素见重于中国青年间，纵不主张，治之者亦将不可缕数。盖国若一日存，固足以假力图富强之名，博志士之誉；即有不幸，宗社为墟，而广有金资，大能温饱，即使怙恃既失，或被虐杀如犹太遗黎，然善自退藏，或不至于身受；纵大祸垂及矣，而幸免者非无人，其人又适为己，则能得温饱又如故也"。"至尤下而居多数者，乃无过假是空名，遂其私欲，不顾见诸实事，将事权言议，悉归奔走干进之徒，或至愚屯之富人，否亦善垄断之市侩，特以自长营掍，当列其班，况复掩自利之恶名，以福群之令誉，捷径在目，斯不惮竭蹶以求之耳"。而后又一再担忧："夫势利之念昌狂于中，则是非之辨为之昧，措置张主，辄失其宜，况乎志行污下，将借新文明之名，以大遂其私欲乎？""况乎凡造言任事者，又复有假改革公名，而阴以遂其私欲者哉？"，并不引人注目却应引起我们注意的是，论文的结尾出现这样一句结论性的话："夫中国在昔，本尚物质而疾天才矣"。概观该文，鲁迅实际上在这里提出了中国改革的三个误区：1.中国人所借鉴之西方19世纪"物质"和"众数"文明是偏颇的，而且只是西方文明的表象，此为"交通传来之新疫"；2."夫中国在昔，本尚物质而疾天才"，此为"本体自发之偏枯"；3.在具体操作中，改革往往被个人私利所利用，即所谓"假是空名，遂其私欲"。三者之间，后二者应是危机的根本所在。选择是主体的选择，有这样的文化与个人，必然只能看到"物质的闪光"，而不知"此特现象之末，本原深而难见"，因而不能深入西方文化的本原，作"立人"的"根本之图"；不是技术和体制不必改革，问题是以这样的人承担的任何改革，最终不过是一句空话。由是观之，鲁迅实际上深刻地指出了中国现代化的根本难题是文化与人，二者互为因果，其症结就是所谓"私欲""自利""尚物质"等，而"疾天才"在逻辑上实乃前者的后果。鲁迅"五四"时期的随感录五十九《"圣武"》是一篇更明确触及中国人"私欲中心"的典型文本：

中国历史的整数里面，实在没有什么思想主义在内。这整数只是两种物质，——是刀与火，"来了"便是他的总名。

……

　　古时候，秦始皇帝很阔气，刘邦和项羽都看见了；邦说，"嗟乎：大丈夫当如此也！"羽说，"彼可取而代也！"羽要"取"什么呢？便是取邦所说的"如此"。"如此"的程度，虽有不同，可是谁也想取；被取的是"彼"，取的是"丈夫"。所有"彼"与"丈夫"的心中，便都是这"圣武"的产生所，受纳所。

　　何谓"如此"？说来话长；简单地说，便只是纯粹兽性方面欲望的满足——威福，子女，玉帛，——罢了。然而在一切大小丈夫，却要算最高理想（？）了。我怕现在的人，还被这理想支配着。

　　大丈夫"如此"之后，欲望没有衰，身体却疲敝了；而且觉得暗中有一个黑影——死——到了身边了。于是无法，只好求神仙。这在中国，也要算最高理想了。我怕现在的人，也还被这理想支配着。

　　求了一通神仙，终于没有见，忽然有些疑惑了。于是要造坟，来保存死尸，想用自己的尸体，永远占据着一块地面。这在中国，也要算一种没奈何的最高理想了。我怕现在的人，也还被这理想支配着。

　　现在的外来思想，无论如何，总不免有些自由平等的气息，互助共存的气息，在我们这单有"我"，单想"取彼"，单要由我喝尽了一切空间时间的酒的思想界上，实没有插足的余地。"

"私欲中心"实际上成为贯穿鲁迅一生的洞察视点，成为鲁迅式洞察一切的"冷眼"所在。从对世纪初倡言改革者的怀疑，到20年代中期对当代青年运动"有许多巧人，反利用机会，来猎取自己目前的利益"的担忧，以及20、30年代革命文学论争中对"我以为根本问题是在作者可是一个'革命人'"的强调，从对现实弊端的无情针砭，到对儒道传统的深入批判，"私欲中心"一直是其最深视点。这一视点亦潜藏分布于他的小说创作中：孔乙己被打折的腿换来的不是最起码的人道同情，而是掌柜"还欠十九个钱"的心病和看客与己无关的旁观；夏瑜的肉体被杀于敌手的屠刀，其精神复又被夏三爷、康大叔和华老栓诸人的"私欲"所扼杀；葵绿色的肥皂闪现的不是四铭口头的仁义道德，却是其心里的男盗女娼；陈士成读书进举的失败则讽刺地即刻转入对地下银钱的疯狂刨掘。其代表作《阿Q正传》可以说是国民性批判的小说形态，阿Q的所有存在即其"生计""恋爱"和"革命"的欲望三部曲，其"革命"的目的不为别的，只为报复、"女人"和"东西"。

综上所述，通过逻辑整合揭示的鲁迅国民性批判的内在逻辑系统，可以图示如下：

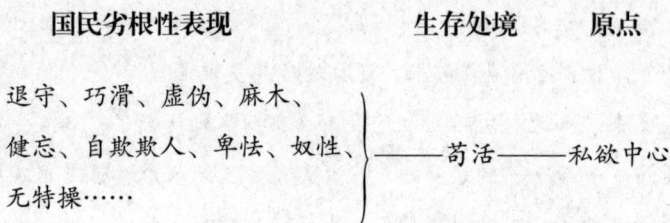

国民劣根性表现　　　　　　　**生存处境**　　**原点**

退守、巧滑、虚伪、麻木、

健忘、自欺欺人、卑怯、奴性、　　————苟活————私欲中心

无特操……

四、国民性与人格系统

自近代中国人开始文化自觉并反思自己的文化传统以来，已形成了一系列对本民族文化的自我认知模式。为我们所熟知的概括起来有重道轻器、重义轻利、以道制欲、意欲持中、内在超越、静定自足、理欲调融、趋善求治等等，应该说这些在一定程度上表达了中国文化的品格和特征，但带有一定的褒扬色彩。然而，鲁迅的批判性反思却给我们带来了一个截然不同甚至相反的结果——私欲中心，这不是夜莺的歌唱，却是鸱鸮的恶音，令人振聋发聩，触目惊心！鲁迅的考察决不是纯粹学理意义的观照，而是几千年中国历史上第一次对本位文化的"本质直观"，他悬置了一切已有的对中国文化的定性评说和自我粉饰，直接从在中国历史和现实中形成的深切生命体验出发，对中国文化及中国人的国民性进行无所顾忌的直观，从而洞察出"私欲中心"这个劣根性本质。一个人洞察人生的深度与其所受苦难的程度成正比，鲁迅承受了太多个人的和民族的苦难，在漫长的黑暗中积淀成难以言传的深切生命体验，在某种程

度上说，其历史哲学和文化哲学的深度正是以其生命哲学的深度为基础的。苦难如同炼丹的炉火，终于炼就了鲁迅的"火眼金睛"，它"于一切眼中看见无所有"，于一切"无所有"中看见"私欲中心"，真正洞察出中国问题的"病根"。这是前所未有的大发现，是亘古未闻的"呐喊"！对于"身在庐山"的国人来说，其真理性深隐难见，下面通过对中西文化"自我"设定的比较，试彰显其深度所在。

文化取决于对"自我"的设定。自我，作为纯粹生物性的自我，只有自然原欲本身，作为寻求意义生存的人类的自我，需要一定的人格建构，自我的人格建构一般包含生物自我、社会自我和精神自我这三个层次。不同文化类型对"自我"的设定不同，在某种程度上说，文化的高下取决于文化"自我"设定的高下。可以说，中西在其文化"轴心时代"（西方之"两希"、中国之先秦）对"自我"的设定就形成了根本差异。西方对"自我"的设定，首先是把"自我"当作独立的个体，在个体与外在绝对超越性存在（如古希腊之"绝对实在"、希伯来之"神"或"上帝"）的关系中来进行的。在这种设定中，个人由于分有了绝对超越存在的本质，从而上升到精神自我的高度，形成了自我的普遍性。文艺复兴与启蒙运动后，西方近代文化又进一步把"自我"定位于个人理性上，超越的普遍性背景依然在场。到此，西方文化对自我的设定实际上已历史地建构成一个健全的人格结构，在这一结构中，既突显个人主体存在的独特性，即其主体性，又内含从超越性存在中分有的超越性本质，从而形成主体间得以沟通的主体间性。即既具备了我之作为我的规定，又具备人之作为人的规定，且后者是前者的前提。

中国传统文化以儒、道两家为代表。首先要指出的是，道家在中国的文化建构中并不是积极主动的，它悬置了儒家所关心的人的社会关系和伦理关系，把人还原成独立的自我，但却并未给这个独立自我提供具有确定性的超越性和普遍性背景。虽然道家显露出形上兴趣，但其形上玄思并没有价值建构的意义，其智慧闪光匆匆闪现即归覆灭，堕入带有术数色彩的辩证思维中。因此说在道家体系中，既没有儒家对"自我"的社会规定，更没有形成超越性人格机制，最后收缩为"重生贵命""求真保性""适性得意"等个体感性。道家之后被道教迅速世俗化，实有其必然。真正主动地对中国文化进行积极建构的是儒家，但同样也没有给自我设定带来创造性人格机制。儒家以血缘伦理为出发点，首先把"自我"放在"君君、臣臣、父父、子子"的伦理等级关系中来进行设定，即孔子所谓"正名"。这样的伦理等级关系中难以形成真正意义上的人格结构，因为处在这一关系中的"自我"，不可能有真正独立的人的意识，而只有关系中的角色意识。这个"自我"，尚未形成人格意识，只有"名格"，即所谓"君格""臣格""父格""子格"。

实际上人格与"名格"存在本质的区别：一、人格建构具有超越性之维，达到了精神自我的高度；而"名格"设定首先是从血缘伦理的经验事实出发的，因而名格规定的自我最多只达到社会自我的层面。二、人格的自我规定是整体的、唯一的和内在的，诉诸人的真正自觉（古希腊理性传统诉诸人的理性自觉，古希伯来的信仰传统诉诸人的信仰、意志和情感的一体性，同样需要内在自觉）；相反，"名格"的自我规定则是片面的、多样的和外在的（儒家虽具有实践理性，但其"名格"设定非诉诸人的主动自觉，而是被动确认）。三、人格规定的自我在与绝对超越性存在的预设关系中确立了价值意向上的确定性和稳固性，同时又在个体向超越性存在的无穷趋近中具备了历时性的动态特征。在古希腊的理性传统中，作为自我对象的绝对存在的预设在位格上虽然是一定的，然而对自我本质的确认还必须不断经过理性的审察，因而在严格的理性考问中，自我的本质始终向未来开放，不断更新。源自希伯来的宗教教义虽然给自我以严格的外在规定，但在人的不完满和上帝的绝对完满的预设中，形成了前者向后者无穷趋近的动态关系。"名格"规定来自经验事实，它一经确定便具体化、定型化，自我也在对这种片面、外在规定的被动确认中被束缚和僵化；另一方面，在共时的关系状态中，"名格"规定又不是唯一不变的，人既可为子，亦可为父，既可为臣，亦可为君，因而又不是稳固和确定的。也许可以这样总结：人格化自我具有共时的稳定性和历时的开放性，"名格"化自我则相反，在历时性上是僵化的，在共时性上却是多变的。四、落实到笔者想要强调的方面：自我的人格结构包容了自我的生物性欲望和社会性需求，并由于精神自我的存在形成创造性转化、超越和升华前者的内在机制；而自我的

"名格"规定却不具备这一机制，在"名格"规定中，人的欲望和需求不是被包容并进而转化升华，而是被抵制和压抑，二者始终处于紧张的对立关系中。不知是否当时"礼崩乐坏"的历史情境使然，中国圣人们似乎对"人欲"格外害怕和反感，孔子"正名"的目的就是为了"克己复礼"，顶多也是"安分守己"，以此维系社会的伦常秩序和政治秩序，此可谓"以名制欲"。然而"名格"设定的先天不足却使孔子的理想不仅无法实现，而且去之更远。一者，由于"名格"的自我规定是从经验事实的历史原则出发的，缺少超验的终极源头，所以，一旦它在现实操作中被证明难以实行或遭到怀疑，就不能像人格化自我那样因有超越性意向的维系而可以返本开新，在结构内部重新塑造自我，而是往往被彻底解构，堕入无原则无秩序的失范状态。在这一混乱状态中，真正切实可行的还是人的欲望机制，"人欲"最终浮出海面并泛滥成灾。二者，由于"名格"的自我规定是外在和片面的，而欲望作为自我的本能更内在于人的本性，"名格"的自我规定是可变的，而欲望存在本身却是不可变的，因而它实际上并不能抵制欲望，反而往往被欲望哗变而颠覆。这时，"名格"规定不仅徒有虚名，而且往往被利用为欲望操作的机制。欲望为了实现自我，既可充分利用其"名位"四周的关系网络，亦可通过直接改变"名位"而巧取豪夺。从"克己复礼"到"存天理灭人欲"，"义利"之争一直紧张，恰恰说明在中国文化的自我设定中，欲望一直是个难题，不仅未被克服，反而被偷袭而占据中心。因此说，中国文化对自我的"名格"规定没有达到"仁德"中心，却堕入低下的"私欲中心"！它可以随实现可能性之大小而伸缩自如，即既可为暴君的自我膨胀，亦可为奴隶的苟且偷生，但其作为最初出发点及其中心地位却是确定不移的。

五、"私欲中心"：文化批判与小说批判

抓住"私欲中心"这个逻辑原点，不仅使鲁迅的国民性批判得以逻辑整合，而且，其思想和创作的其他重要方面亦得以展现新的整合性视野。这里仅择其较为重要的两个方面试加阐释。

（一）鲁迅对传统文化的代表儒、道文化的审视

这是鲁迅文化批判的重要部分，亦正是其探究国民劣根性文化根源的关键所在。反之亦可说，"私欲中心"这个文化视点，使他对儒、道传统的审视呈现出新颖独特的文化视野。鲁迅对儒家的态度是复杂的。一方面，作为具有历史使命感的中国知识分子，他对儒家积极干预现实的参与意识，"知其不可而为之"的进取精神，"为民请命"的社会责任感无疑是肯定的，他自己身上正有着儒家精神的积极遗传。而另一方面，鲁迅"本质直观"的深刻性和独特性，使他在明确表达的看法中，儒家被去掉固有的光环，还原到实践形态的实用目的及其操作效果中，成为"为治民众者，即权势者设想的方法"①，成为统治者维护统治的"儒术"，成为"士人"谋生的"儒业"和进科取士的"敲门砖"，成为"道德家""做戏"的"前台的架子"；就是孔圣人也被他还原成"世故的老头"，其"瞰亡往拜""出疆载质""厄于陈蔡"等都"滑得可观"。鲁迅对道家的批判则更为决绝，日本时期批判老庄"不撄人心"的退守倾向，后来，对其身上的道家影响也一再表示深有顾忌，避之唯恐不及。而鲁迅最激烈的批判其实是发向道教，他曾说过这样两段话："中国的根柢全在道教"②，"人往往憎和尚，憎尼姑，憎回教徒，憎耶教徒，而不憎道士。懂得此理者，懂得中国大半"③。此处大有深意，但因鲁迅本人从未对此加以阐释，其深意尚不为人所知，但如今既获得"私欲中心"这个视点，解读就成为可能：1.道教继承了道家思想追求个体精神超越的价值意向，却在仙道神话中改变了其心性追求的精神特性，而是补以民间巫术、方术等手段，发展成为具有极强操作性的、支派繁多的行为体系。其个体本位的价值指向和注重操作的物化特征，使它成为最重个体欲求及其满足的"宗教"。2.儒、道两家的直接影响严格上讲限于士大夫阶层，而道教则彻底民间化、世俗化和大众化，其影响最为普遍（当然，士人也包含在内），同时也最深。真正表达了普通中国人的"理想""愿望"和"抱负"，是中国真正土生土长的"宗教"。作为世

① 鲁迅：《且介亭杂文二集·在现代中国的孔夫子》，《鲁迅全集》第6卷，第318页。

② 鲁迅：《书信·180820致许寿裳》，《鲁迅全集》第11卷，第353页。

③ 鲁迅：《而已集·小杂感》，《鲁迅全集》第3卷，第532页。

俗信仰的道教在中国已非儒家和道家意义上的文化存在，而成为"风俗"和"心惯"力量，已深入骨髓，改革犹难。"中国根柢全在道教"，即在道教所代表的"私欲中心"，中国人的"私欲中心"完全体现在道教信仰中，反过来说，"私欲中心"的中国人必产生这样的"宗教"。虽然道家作为具有形上背景和哲学形态的思想体系，并不同于道教，但由于二者在思维方法和价值意向的继承关系以及发生学上的渊源关系，实际上可视为逻辑一体。以此视之，则被普遍认可的"儒道互补"的认识模式就不能真正揭示中国文化的实质，而应建立"儒道表里"的认识模式，即中国文化是这样一个深层结构：道家和道教一体所代表的"私欲中心"的价值意向和"应物变化"的生存策略处于结构的深层，而所谓中国文化代表的正统儒家思想只是表层。实际上儒、道对中国文化的历史影响循了两条不同的路向。道家在显露形上智慧并提供给士人遁逸空间后，马上堕入民间，成为中国人最普遍的世俗信仰和最深层的意识。儒家虽是具有自己的道德理想和社会理想的思想体系，但逐渐与封建政统结合，一方面走上庙堂成为官方教化哲学和政治意识形态，一方面成为士人们垄断的特权，成为谋生求仕的"饭碗"。价值理性终于蜕变为工具理性，而其"利用"的动机和技巧依然来自"道"。因此可以说，中国文化是一个两面体，儒只是体面的、堂皇的正面，反面则是道。《红楼梦》可视为"儒道表里"的象征文本，小说首先呈现给读者的是中国文化堂皇、博大和美丽的一面，而小说到后半部，每况愈下，其"下人世界"展现的私欲角斗，让人"如脱春温而入于秋肃"，真是不忍卒读。在这个意义上，《红楼梦》实在是中国文化的集大成之作。

（二）阿Q典型的真正内涵

对于阿Q是国民劣根性的典型这一点上，学界已基本达成共识，但这一典型内涵的阐释一般停留于："精神胜利法"是阿Q典型的核心。无论是典型论还是系统论，都把焦点集中于"精神胜利法"，试图通过解读"精神胜利法"揭示阿Q典型的内涵。一个明显的疑问是，如果"精神胜利法"是阿Q典型的核心，则小说有第二章"优胜记略"和第三章"续优胜记略"就够了，后面的第四、五、六、七、八、九章到底有何用呢？笔者以为，《阿Q正传》是鲁迅国民性批判的小说形态，阿Q典型不是对国民劣根性的一般反映，而是整体反映，即鲁迅在小说中全方位展开了对国民劣根性的批判，因此说，对阿Q典型的认识深度取决于对鲁迅国民性批判整体把握的深度。以鲁迅国民性批判的内在逻辑系统整合阿Q典型的内涵，应是小说解读的关键所在。

以鲁迅国民性批判的内在逻辑系统整合《阿Q正传》，会发现小说的国民性批判并不是以"精神胜利法"为代表的阿Q性格的现象罗列，应有相应的深层结构系统。

首先，"精神胜利法"不能完全理解为国民劣根性本身，不能把它当作矛盾性格或二重人格系统作静态的分析，而应看成是这一个"阿Q"在小说提供的特定的苟活情境中国民劣根性的表现，把它作为阿Q的弱势生存策略进行动态的展示：阿Q处于未庄的最下层，他要在不能生存的地方苟活下去。人要活得像个人，必须满足起码的自尊要求，阿Q的"自尊自大"正是他基本生存要求的反映，然而，这一要求是不可能得到实现的，作为补偿，他形成了三种对策，即自轻自贱、自慰自欺和怕强凌弱。正是在阿Q的苟活要求及其策略中，全面展现了他身上的国民劣根性：身为下贱而自尊自大是"自欺欺人"，自轻自贱则为"退守"，既能自尊自大又能自轻自贱体现为"巧滑"和"无特操"，自慰自欺必须具备"虚伪""麻木""健忘"的素质，怕强凌弱则为典型的"卑怯"，亦是"无特操"的表现。应该说，第二、三章通过"精神胜利法"集中展示了鲁迅批判过的劣根性诸表现，但只此是不够的。第四章"恋爱的悲剧"、第五章"生计问题"、第六章"从中兴到末路"和第七章'"革命"，既充分展现了阿Q的苟活处境，更重要的是，揭示了"私欲中心"这个劣根性根本。"生计"和"恋爱"，乃"食、色，性也，人之大欲存焉"，无法实现而诉诸"革命"时，"革命"就只为报复、"东西"和"女人"，即"作威作福"。因此，阿Q"革命"的实质不是别的，正是"私欲中心"，这才是国民劣根性之根本所在！这一劣根性在小说中还通过阿Q之外的许多细节表现出来，如赵府的怜惜蜡烛、索要赔款，举人藏箱子，宣德炉事件，"咸与维新"等，总之，也提供了一个国民劣根性的典型环境。

总之，阿Q典型作为国民劣根性的整体反映，实际上是一个具有内在深度的结构系统，只有在这一系统中，其内涵才能真正展现。

六、国民性批判与现代转型

"立人"，是我们民族的先知者上世纪初留给现代中国人的根本启示，今天我们重新考察其第一步骤——国民性批判，其意义不仅在于对鲁迅思想的整合及其深度的揭示，而且更在于对仍在进行的转型道路的反思。国民性批判是鲁迅毕生未竟的事业，在我们苦苦谋求现代生存而不时陷入重重困境中的时候，思绪，又油然回到世纪初的起点。

现代转型是在知识、技术、体制、价值、审美各方面全方位展开的过程，而且各方面有着相互影响和促成的关系。中国现代化是场根本意义上的文化变革，而人，作为文化变革的最小单位，作为任何变革的始基和最终承担者，应是其中最具可塑性和决定性的因素，故而"根柢在人""首在立人"，不然，任何改革都不免被"染缸"所染。"私欲中心"的人殊难承担现代化工程，其问题在于：一是眼光不远，"仅眩当前之物，而未得其真谛"，一是"有许多巧人，反利用机会，来猎取自己目前的利益"。鲁迅曾谓在中国的思想里没有阶层的差别，如果此言当真，则作为文化精英的中国知识分子亦难辞其咎。最后，还是让我们把鲁迅这样的话记在后头："真的知识阶级是不顾利害的，如想到种种利害，就是假的，冒充的知识阶级。"[1]

---

[1] 鲁迅：《集外集拾遗补编·关于知识阶级》，《鲁迅全集》第8卷，第190页。

第八章 "有声"的中国：新语言与新国家的想象

　　语言是在群体交往中发生的，有群体就有政治，因而对语言的致思，难免暗含政治性的考量。在现代民族国家形成过程中，语言是国族想象的基础之一。作为现代汉语文学语言的创建者之一，鲁迅对汉语语言文字的改革进行过很多思考，从留日时期言为"心声"的文学语言观，到"五四"时期坚定的白话文立场及其卓越的白话文学语言的实践，再到30年代对拉丁化新文字的热情支持，其语言关心和实践，也成为中国现代民族国家建设的一个必要组成部分。鲁迅对现代汉语语言文字的思考，来源于现代民族国家的动机，但又交织着超越国族的世界主义的动向，显示了20世纪中国语言思想的复杂的政治性，也可从其中勘查鲁迅国族想象的复杂性。

　　本章试图探讨鲁迅对于现代汉语语言与文字改革的致思，及其如何参与和影响了20世纪中国民族国家话语的建构，其中涉及其新文学想象、翻译、文言与白话、汉字改革等相关论题。

　　探讨鲁迅的语言与文字论述，有几个潜在的悖论问题值得追问：作为"五四"白话文学的杰出代表，在留日"弃医从文"时期却不大瞧得起白话，鲁迅的白话意识到底怎样？"五四"后强烈拥护白话的立场是如何形成的？创造了最为幽深迷人之现代汉语言文学世界的鲁迅，为何义无反顾地提倡汉字的拼音化？书法达到相当造诣、一生用毛笔小楷写作的鲁迅，为何力倡拉丁化新文字？感叹汉字的繁难造成百姓与文化的隔绝，因而强调语言与文字的大众化，为何在翻译问题上又坚持"不顺"的"硬译"？这些问题的澄清，不是如

鲁迅与20世纪中国研究丛书

语言、文字、翻译等某一方面的具体细节问题，而是需要将鲁迅的思想、文学、语言、文字、翻译等等结合起来，在原初与整体的视野中来加以探讨。

第一节　"心声"诉求与新文学想象

鲁迅的语言致思与其新文学想象直接相关，而其新文学想象，又连接其最初的文学动机——中国现代转型的精神基础的建立。

《呐喊·自序》在叙述"幻灯片事件"后，略为交代了"弃医从文"的思路：

> 因为从那一回以后，我便觉得医学并非一件紧要事，凡是愚弱的国民，即使体格如何健全，如何茁壮，也只能做毫无意义的示众的材料和看客，病死多少是不必以为不幸的。所以我们的第一要著，是在改变他们的精神，而善于改变精神的是，我那时以为当然要推文艺，于是想提倡文艺运动了。[①]

但这里的交代，显然是不够深入的，鲁迅的简化，与写《〈呐喊〉自序》时重新陷入新的精神危机的状态有关，文学救亡行动已遭遇两次危机，当年的想象已不堪回首。

其实，"弃医从文"的思路，就在后来的五篇文言论文中。

《人之历史》梳理西方进化论学说的历史，追问的是人类"超越群动"背后的"进化之能"。《科学史教篇》追溯西方科学发展的历史，彰显的是"科学"背后超越"实利"的"神思"与"圣觉"。《文化偏至论》审视西方19世纪"物质"与"众数"文明，探究其来源轨迹与未来方向，显示了西方19世纪文明背后几千年延绵不绝的"精神"传统，强调"个人"与"精神"的重要，并推举20世纪末之"神思新宗"为未来文明的方向。可以看到，面对近代中国

[①]　鲁迅：《呐喊·自序》，《鲁迅全集》第1卷，第417页。

危机，通过对西方文明史的梳理，以及对中国精神现状的切身洞察，鲁迅将中国摆脱近代危机的出路，诉诸国人精神的现代转型；五篇论文探讨的，就是精神现代转型的原动力问题，但其所面对的，是中西固有精神传统都已经遭遇危机的局面，难以找到足以依赖的传统资源，因而，受启发于"新神思宗"的取向，鲁迅将对精神动力的寻找，直接诉诸基于生命本身的原创的生命力；痛感精神委顿、沉溺私欲的国民精神现状，鲁迅意欲通过对西方19世纪初"摩罗诗力"和19世纪末"新神思宗"的引介，激发国人生命与精神的振发。

进入《摩罗诗力说》，对"精神"的求索开始转向"诗"，而《破恶声论》通过对诸种"恶声"的批判，指出"白心"的重要。这两篇文章在"精神"与"个人"之外，力举"心声"，鲁迅以"心声"为基础的语言观与文学观开始正式提出。

《破恶声论》开篇慨叹中国的"寂漠之境"："本根剥丧，神气旁皇，华国将自槁于子孙之攻伐，而举天下无违言，寂漠为政，天地闭矣。狂蛊中于人心，妄行者日昌炽，进毒操刀，若惟恐宗邦之不蚤崩裂，而举天下无违言，寂漠为政，天地闭矣。"① "阢阢华土，凄如荒原，黄神啸吟，种性放失，心声内曜，两不可期已。"② "而今之中国，则正一寂漠境哉。"③ 吊诡的是，鲁迅又指出："今之中国，其正一扰攘世哉！"④

既为"扰攘"之世，为何又倍感"寂漠"？因为"狂蛊中于人心，妄行者日昌炽，进毒操刀，若惟恐宗邦之不蚤崩裂，而举天下无违言"⑤，"世之言何言，人之事何事乎。心声也，内曜也，不可见也"⑥。"若其靡然合趣，万喙同鸣，鸣又不揆诸心，仅从人而发若机栝；林籁也，鸟声也，恶浊扰攘，不

---

① 鲁迅：《集外集拾遗补编·破恶声论》，《鲁迅全集》第8卷，第23页。
② 鲁迅：《集外集拾遗补编·破恶声论》，《鲁迅全集》第8卷，第26页。
③ 鲁迅：《集外集拾遗补编·破恶声论》，《鲁迅全集》第8卷，第24页。
④ 鲁迅：《集外集拾遗补编·破恶声论》，《鲁迅全集》第8卷，第25页。
⑤ 鲁迅：《集外集拾遗补编·破恶声论》，《鲁迅全集》第8卷，第23页。
⑥ 鲁迅：《集外集拾遗补编·破恶声论》，《鲁迅全集》第8卷，第25页。

若此也，此其增悲，盖视寂漠且愈甚矣。"①"寂漠"，不是因为无声，嘈杂的声音到处都是，而是"莫能闻渊深之心声"，无"心"之"声"，不仅不能驱赶寂寞，而且徒增"扰攘"，比无声更其寂寞。

鲁迅说："吾未绝大冀于方来，则思聆知者之心声而相观其内曜。内曜者，破黮暗者也；心声者，离伪诈者也。"②而对于那些"本无有物，徒附丽是宗"的"扰攘"之声，鲁迅直言："吾愿先闻其白心！"③

在鲁迅的文明史梳理中，可以看到，他将文明与文化的本质归结为"精神"，"心声"发源于精神，是精神的外显，因而，"心声"的有无，就与文明命运及国族存亡攸关。《摩罗诗力说》开篇言及文明古国的衰落与"心声"消失的关系："人有读古国文化史者，循代而下，至于卷末，必凄以有所觉，如脱春温而入于秋肃"④，声音的消失，为古国衰落的表征，"盖人文之留遗后世者，最有力莫如心声"⑤。鲁迅甚至直接将"心声"与邦国的存系直接关联："英人加勒尔（Th.Carlyle）曰，得昭明之声，洋洋乎歌心意而生者，为国民之首义。意太利分崩矣，然实一统也，彼生但丁（Dante Alighieri），彼有意语。大俄罗斯之札尔，有兵刃炮火，政治之上，能辖大区，行大业。然奈何无声？中或有大物，而其为大也暗。（中略）迨兵刃炮火，无不腐蚀，而但丁之声依然。有但丁者统一，而无声兆之俄人，终支离而已。"⑥而中国则"诗人绝迹，事若甚微，而萧条之感，辄以来袭"⑦。鲁迅所揪心的中国的现状则是："本根剥丧，神气旁皇"⑧，"黄神啸吟，种性放失，心声内曜，两不可期"⑨，"口舌一结，众语俱沦，沉默之来，倍于前此。盖魂意方梦，何能有

---

① 鲁迅：《集外集拾遗补编·破恶声论》，《鲁迅全集》第8卷，第24页。
② 鲁迅：《集外集拾遗补编·破恶声论》，《鲁迅全集》第8卷，第23页。
③ 鲁迅：《集外集拾遗补编·破恶声论》，《鲁迅全集》第8卷，第27页。
④ 鲁迅：《坟·摩罗诗力说》，《鲁迅全集》第1卷，第63页。
⑤ 鲁迅：《坟·摩罗诗力说》，《鲁迅全集》第1卷，第63页。
⑥ 鲁迅：《坟·摩罗诗力说》，《鲁迅全集》第1卷，第64页。
⑦ 鲁迅：《坟·摩罗诗力说》，《鲁迅全集》第1卷，第65页。
⑧ 鲁迅：《集外集拾遗补编·破恶声论》，《鲁迅全集》第8卷，第23页。
⑨ 鲁迅：《集外集拾遗补编·破恶声论》，《鲁迅全集》第8卷，第26页。

言？"①。

"心声"的论述直接与前述《人之历史》《科学史教篇》和《文化偏至论》中对"能""神思""精神"和"个人"的追索相通，鲁迅说："惟声发自心，朕归于我，而人始自有己；人各有己，而群之大觉近矣。"②"人各有己，不随风波，而中国亦以立。"③"人各有己"的"己"，是每个人的精神主体，中国现代转型的精神基础，就在于每个人能形成自己的精神主体，"心"是"精神"的代称，也就是"己"的代称，"心声"即是发自"己"的声音。

鲁迅对"心声"的强调让我们想到中国古语"言为心声"。发于口的语言，与被视为精神之所的"心"直接相关，真正的"言"，来自"心"，有言有声，说明"心"——精神的存在与强盛。"寂漠"之为可怕，就在于"声"的消失意味着"心"的消失，即使众语纷纭，如果不是"声发自心"，终究还不是"心声"之"言"。

由此，我们可以钩稽出鲁迅早期思想中的语言观与文学观："兴国"—"立人"—"己"（精神主体）—"心声"—"诗"（文学），救亡与"兴国"，必先"立人"，"立人"就是形成每个人自己的精神主体"己"，有了精神主体，必然发为"心声"，而"心声"最为洋溢者，则为"诗人"之"诗"——文学。"声"基于"心"，有"心"必发为"声"。

在20年代末《无声的中国》的演讲中，鲁迅依然呼吁：

> 青年们先可以将中国变成一个有声的中国。大胆地说话，勇敢地进行，忘掉了一切利害，推开了古人，将自己的真心的话发表出来。——真，自然是不容易的。……——但总可以说些较真的话，发些较真的声音。只有真的声音，才能感动中国的人和世界的人；必须有了真的声音，

---

① 鲁迅：《坟·摩罗诗力说》，《鲁迅全集》第1卷，第65页。

② 鲁迅：《集外集拾遗补编·破恶声论》，《鲁迅全集》第8卷，第24页。

③ 鲁迅：《集外集拾遗补编·破恶声论》，《鲁迅全集》第8卷，第25页。

才能和世界的人同在世界上生活。①

"言为心声"的语言观，成为鲁迅文学观的基础。《摩罗诗力说》通过排除法追问"文章"的价值，最后落实为"涵养人之神思，即文章之职与用也"②。在鲁迅那里，"文学"的价值在于激发人的"神思"，"神思"是形成超越性精神主体的基础，"文学"召唤"神思"，同时又表达、交流和分享"神思"，在这个意义上，与"心"直接相通的语言（"声"），本质上就是文学"，言为"心声"，亦即"文学"。"心声"来自"己"——精神主体，鲁迅文学，本质上是召唤主体的文学。

第二节　文言与"新声"

鲁迅留日期间对"心声"的呼唤，诉诸对"新声"的寻求。《摩罗诗力说》，"今且置古事不道，别求新声于异邦"③，"新声之别，不可究详；至力足以振人，且语之较有深趣者，实莫如摩罗诗派"④。

由"心声"到"新声"，鲁迅的文学指向，无疑展现了新的、现代的面向。但是，在语言层面，此时期的鲁迅仍然在文言中努力，换言之，他是通过文言来寻求"心声"—"新声"。

鲁迅日本时期的著述大多是译述，除科学小说的译述略用通俗小说白话体外，所用语言都是文言。从五篇文言论文与《域外小说集》的语言，可以看到试图在文言中推陈出新的努力，取法魏晋之文，笔锋饱蘸感情，以传统文言表达现代感情，虽呈现现代内质，但毕竟用的还是文言。

在"五四"之前，鲁迅已开始新文学的实践，但还没有白话意识，换言之，"文言"还是"白话"，对于他还不是一个问题。其时鲁迅所致力的，是

---

① 鲁迅：《三闲集·无声的中国》，《鲁迅全集》第4卷，第15页。
② 鲁迅：《坟·摩罗诗力说》，《鲁迅全集》第1卷，第71页。
③ 鲁迅：《坟·摩罗诗力说》，《鲁迅全集》第1卷，第65页。
④ 鲁迅：《坟·摩罗诗力说》，《鲁迅全集》第1卷，第65—66页。

对异域文学现代精神的发现，现代与非现代之分，不在文言与白话之分，而在其所承载的精神含量。鲁迅试图用文言承载在异域文学中发现的现代精神，《域外小说集》用语古雅，甚至意在与林琴南之桐城文章一比高下，是用文言传译现代精神的一次极致的实验。

有意思的是，在《域外小说集》之前，鲁迅译述凡尔纳科幻小说《月界旅行》《地底旅行》用的是白话章回体。从事科学小说翻译，目的是宣传科学知识与思想，《月界旅行·辨言》说："苟欲弥今日译界之缺点，导中国人群以进行，必自科学小说始"[1]，思路尚处在梁启超式的借小说之力启发民智的思路中。在某种意义上，《月界旅行》与《地底旅行》对于译者鲁迅，与其说是文学文本，不如说是知识文本，意在"假小说之能力，被优孟之衣冠……掇取学理"[2]，"去庄而谐，使读者触目会心，不劳思索，则必能于不知不觉间，获一斑之智识，破遗传之迷信，改良思想，补助文明"[3]。

可见鲁迅翻译用语选择文言还是白话，有明确的目的之分，事关科学，启迪民智，运用白话，反映社会，传达精神，则用文言。

对于留日时期的鲁迅，文言与白话，尚非传统与现代之分，而是雅言与俗语之别。中国传统，士大夫操作文言，白话则面向大众，文言作为士大夫书面语，历来是正统和高雅思想交汇的场所。在宋以后话本小说中，白话作为说话的记录成为半书写语言，话本小说的白话语体，充斥着已经固化的民间意识形态，也许对于鲁迅，白话相较于文言，更难承载"精理微言"——具有精神深度的文本。

鲁迅在固有语言体系中植入新的精神，选择的是作为传统书写语言的文言，而非白话。其留日时期的语言努力，是在固有的文言书面语系统中尝试进行突破，在从八大家到桐城派的古文统系之外，另辟魏晋文章为取法对象。在五篇文言论文尤其是《域外小说集》中，似乎可以看到一种以新文言嫁接新精神的努力。有学者认为："在周氏兄弟手里，对汉语书写语言的改造在文言时

鲁迅与20世纪中国研究丛书

---

① 鲁迅：《月界旅行·辨言》，《鲁迅全集》第10卷，第152页。

② 鲁迅：《月界旅行·辨言》，《鲁迅全集》第10卷，第152页。

③ 鲁迅：《月界旅行·辨言》，《鲁迅全集》第10卷，第152页。

期就已经进行，因而进入白话时期，这种改造被照搬过来，或者可以说，改造过了的文言被'转写'成白话。"[①]说明鲁迅寻找新的文学语言的努力，是在书写语言层面上展开的。

直到1914年，在谈到小说革新时，周作人还说："若在方来，当别辟道涂，以雅正为归，易俗语而为文言"[②]。

周氏兄弟的不愿降低身段而就现成的白话，固然或一方面可能受乃师章太炎的影响，更重要的内因可能在于：一、如前所述，在传达新精神方面，承载太多民间传统思想的白话无法容纳新精神的植入，且长期处于言语层面的白话，也难具有传达深度精神的精密语法，相对来说，虽然文言也长期是"载道"的工具，但作为书写语言，其工具性反而可以有助于人工的改造；二、对于周氏兄弟尤其是鲁迅来说，当时言说新思想的对象，还不是一般的民众，而是"英哲""明哲之士""独具我见之士""硕士""精神界战士"等精英知识者。鲁迅明确说："惟此亦不大众之祈，而属望止一二士。"[③]在此期待视野中，文言，自然是唯一可以交流的渠道。

《域外小说集》的语言，本来是以更为古雅的文言与林纾一比高下，但在"移徙具足"[④]的努力下，域外小说的新语体反向地影响并改造了周氏兄弟尤其是鲁迅的译用文言语体。可以说，经由"直译"，《域外小说集》的文言语体已然传染了某些现代质素。在民元时期的文言小说《怀旧》中，文言的外表下，已经差不多是一篇现代小说，只差将文言换成白话。

日本时期以固有文言承载新精神的试验，既获得一定的可能性，同时也遇到了自己的限度，不得不重新寻找出路。"弃医从文"计划的挫败，同时也终结了鲁迅在固有文言系统中孕育新文学的试验。加入《新青年》后，鲁迅开始

① 王风：《周氏兄弟的早期著译与汉语现代书写语言（下）》，《鲁迅研究月刊》2010年第2期。

② 启明（周作人）：《小说与社会》，1914年2月20日《绍兴县教育会月刊》第5号，张铁荣、陈子善编：《周作人集外文》上集，海南国际新闻出版中心1995年版，第157页。

③ 鲁迅：《集外集拾遗补编·破恶声论》，《鲁迅全集》第8卷，第23页。

④ 鲁迅：《译文序跋集·域外小说集〈略例〉》，《鲁迅全集》第10卷，第157页。

坚定地站到白话立场，而且自此终其一生捍卫白话。无可否认，鲁迅的白话文立场，最终是在"五四"确立的，"五四"给鲁迅带来了白话意识，并由此成为现代中国白话文学的大师，没有《新青年》，也就没有后来的"鲁迅"。

鲁迅意识中的白话，与"五四"白话文运动的旗手胡适所想象的白话，应该有所不同。胡适为"白话文学"作史，试图替作为"文学的国语"的白话，建构历史的延续性，宋、明以来的白话小说，是其"白话"所取法的对象。然则鲁迅的白话取法何方？如果说胡适的"白话"强调延续性，则鲁迅基于对固有白话的失望，其"白话"想象几乎是着意于从头再造，这从他一直坚持的"直译"甚至是"硬译"试验可以找到端倪。"直译"和"硬译"的目的，除了"求诚之志"①和"以期于信"②之外，是为语法不够精密的汉语注入"欧化文法"，在新的世界语境下再造新的现代汉语规范语言。在与梁实秋、赵景深甚至瞿秋白的有关翻译的争论中，鲁迅最后坚持的还是"宁信而不顺"，或谓鲁迅在严复的"信、达、雅"之中，执"信、达"而弃"雅"，然而殊不知，在为现代汉语植入欧化文法的"直译"中，正有创建新的"雅"——世界语境下新的现代汉语规范语言的努力。

第三节 汇入"五四"与白话意识的形成

鲁迅的白话文立场，最终是在"五四"确立的，因而也可以说，没有《新青年》，也就没有后来的鲁迅。鲁迅被世人所认识，始于白话小说《狂人日记》，没有白话，就没有《狂人日记》。加入《新青年》后，鲁迅开始坚定地站到白话立场，而且自此终其一生捍卫白话。不可否认，"五四"给鲁迅带来了白话意识，并由此成为现代中国白话文学的大师。

鲁迅捍卫白话的立场可谓坚定，多次站在反对文言复辟的最前线，在20年

鲁迅与20世纪中国研究丛书

---

① 鲁迅：《集外集拾遗补编·〈劲草〉译本序（残稿）》，《鲁迅全集》第8卷，第405页。

② 原载《时报》宣统元年（1909）闰2月27日，转引自郭长海：《新发现的鲁迅逸文〈域外小说集〉（第一册）广告》，《鲁迅研究月刊》1992年第1期。

代后期写的《朝花夕拾》中，在谈到儿童读物时，鲁迅写道：

> 我总要上下四方寻求，得到一种最黑，最黑，最黑的咒文，先来诅咒一切反对白话，妨害白话者。即使人死了真有灵魂，因这最恶的心，应该堕入地狱，也将绝不改悔，总要先来诅咒一切反对白话，妨害白话者。
>
> ……
>
> 只要对于白话加以谋害者，都应该灭亡！[①]

曾经没有白话意识的鲁迅，为何加入《新青年》后如此坚定地转移到白话的立场？

一个原因是，日本时期以固有文言承载新精神的试验，既获得一定的可能性，同时也遇到不可克服的限度，不得不重新寻找出路。加入"五四"，无论是改弦易辙，还是"听将令"，白话都成为其必然的选择。从留日到"五四"，经过十年，白话越来越成为时代的共识，"五四"白话文运动的强大声势，势必使鲁迅认同白话。

第二个原因，我们可以还原到其"言为心声"的文学观中来理解。换言之，留日时期，鲁迅基于"心声"—"新声"的文学，诉诸对固有文言的改造，那么到"五四"时期，其"心声"—"新声"的诉求，开始与白话产生了联系。这背后，有着鲁迅言说对象的调整。

我们已经知道，留日时期鲁迅的言说对象，还不是一般的民众，而是如"英哲""明哲之士""独具我见之士""硕士""精神界战士"等精英知识者，他甚至明确说"惟此亦不大众之祈，而属望止一二士"[②]。在这样的期待视野中，鲁迅"心声"文学的实行，自然诉诸当时属于精英语言的文言。

如果说十年前在日本慷慨激昂的青年周树人还是舍我其谁地以"精神界战士"自许，那么，十年后打破隐默复出的鲁迅，已经是一个患难深重的中年

---

① 鲁迅：《朝花夕拾·二十四孝图》，《鲁迅全集》第2卷，第251页。

② 鲁迅：《集外集拾遗补编·破恶声论》，《鲁迅全集》第8卷，第23页。

人。虽然加入了"五四"，但在年龄意识上与"五四"一代自然保持距离，加入"五四"后，鲁迅不再将希望放在自己身上，而是寄托在"新青年"身上，其言说对象，是充满希望的"新青年"。"五四"是与白话文运动一道诞生的，"白话"与新时代、新青年产生了新的自然联系，鲁迅自然择善而从，并坚持捍卫白话的立场。

另外，"五四"时期开始垂青白话的鲁迅，开始将"心声"与民众联系在一起，这背后似乎有平民意识的觉醒。1924年的演讲《未有天才之前》中对"泥土"和"民众"的强调，与日本时期显著的"天才"意识确实已经有所不同，对比留日时期的《摩罗诗力说》和1927年初在香港的讲演《无声的中国》，更能看到，同样强调"心声"，前后两者的立意已大有差别。鲁迅在20年代末的《无声的中国》中说：

> 发表自己的思想，感情给大家知道的是要用文章的，然而拿文章来达意，现在一般的中国人还做不到。这也怪不得我们；因为那文字，先就是我们的祖先留传给我们的可怕的遗产。人们费了多年的工夫，还是难于运用。因为难，许多人便不理它了，甚至于连自己的姓也写不清是张还是章，或者简直不会写，或者说道：Chang。虽然能说话，而只有几个人听到，远处的人们便不知道，结果也等于无声。①

世纪初的《摩罗诗力说》和《破恶声论》认为"诗人绝迹"、不能"白心"，造成"众语沉沦"的"寂漠"局面。《摩罗诗力说》虽然谈到了人人都有"诗"心，但首先寄望于"精神界战士"和"诗人"，发出"内曜"、亮出"心声"，以激发民众本有的"诗"心；三十多年后的《无声的中国》则强调的是，语言文字与百姓的距离造成中国的"无声"，注目于民众自己的获得语言文字，发出声音。从这里可以察觉鲁迅"五四"后民众意识的觉醒。

总之，鲁迅"五四"后白话意识的形成，既有"听将令"的成分，同时

---

① 鲁迅：《三闲集·无声的中国》，《鲁迅全集》第4卷，第11页。

也有自己内在意识的支撑，这内在意识不仅仅来自语言本身，更来自启蒙意识的调整，早期的天才期许与精英观念，渐渐被青年寄托和民众意识所取代，这一过程最初可能发生于日本时期的第一次绝望中对"我决不是一个振臂一呼应者云集的英雄"①的自觉。虽然20年代中期的第二次绝望中对"庸众"的不可启蒙性有更切身的体验，但经过对第二次绝望的冲决，鲁迅开始与变乱中的中国现实更加紧密地结合在一起，后期阶级意识的形成，克服了长期纠缠他的对"庸众"的绝望，换一种眼光看"民众"，发现了一种新的可能性。阶级意识中"民众"意识的形成，坚定了鲁迅的白话立场和更加彻底的语言文字改革意识。

"心声"与白话产生了联系，造就了"五四"后的鲁迅。

虽然"五四"后认同了白话，但鉴于前文所揭示的留日时期语言改造的努力，可以想象，"五四"之后鲁迅意识中的白话，与白话文运动的旗手胡适所想象的白话，应该有所不同。胡适的白话在他的《白话文学史》的描述中，来自传统，与时下流行的通俗小说中的白话没有区别；而鲁迅心目中的白话的资源，绝不是旧小说的白话，也不完全是其后来支持过的大众语（这一点可以参见后文要展开的鲁迅有关争论）。因而值得进一步探讨的是：鲁迅心目中的"白话"，究竟是以什么作为资源？

第四节　翻译："硬译"与"欧化"

可以说，鲁迅"五四"后形成的白话意识中的"白话"，一个重要的资源是他一直坚持的翻译。对这一问题的阐述，需进入对鲁迅翻译的考察。

正如"文学"对于鲁迅不仅仅是文艺门类之一的所谓"文学"一样，翻译对于鲁迅，也不是一般的所谓"翻译"，要澄清鲁迅有关翻译的争议，我们首先要问，"翻译"对于鲁迅意味着什么？

作为当时中国首屈一指的创作家，鲁迅却轻创作而重翻译，多次强调翻

---

① 鲁迅：《呐喊·自序》，《鲁迅全集》第1卷，第417—418页。

译比创作更为重要。其对翻译的重视，与其深刻的文学动机相关，鲁迅文学，是建立在为中国现代转型确立精神基础的想象上的，"文学"是最内在的"心声"，在"诗人绝迹"的现状下，只有引入异域"新声"，"别求新声于异邦"①，才能重振"心声"。在这一思路中，翻译，无疑处在比创作更为重要的位置上。

因而，"硬译"问题，不仅仅是翻译的具体策略问题，而是与鲁迅整个的文化策略相关。

鲁迅有关"硬译"的表述，可能最早见于翻译卢拉卡尔斯基《托尔斯泰之死与少年欧罗巴》后写的"译者附记"："但因为译者的能力不够和中国文本来的缺点，译完一看，晦涩，甚至而于难解之处也真多；倘将仂句拆下来呢，又失了原来的精悍的语气。在我，是除了还是这样的硬译之外，只有'束手'这一条路——就是所谓'没有出路'——了。所余的惟一希望，只在读者还肯硬着头皮看下去而已。"②

30年代，围绕"硬译"，在鲁迅、梁实秋、赵景深、杨晋豪等之间，展开了一个具有一定规模的论战，使"硬译"之争成为20世纪中国翻译史和翻译理论史中的重要论争。

但这一论战，绝不仅仅属于翻译的问题，在鲁迅这里，它已经超越翻译的具体策略，而与其整个的启蒙思想、文化意识与语言观念密切相关。

"硬译"是鲁迅对于自己一直坚持的"直译"的自谦，同时也是对于"直译"之弊的自知之明的说法。"直译"最早形成于留日时期《域外小说集》的早期实验，鲁迅撰《域外小说集》序言说："《域外小说集》为书，词致朴讷，不足方近世名人译本。特收录至审慎，迻译亦期弗失文情。"③主动与当时流行的林纾意译风格拉开距离，《略例》亦强调："故宁拂戾时人，迻徙具

---

① 鲁迅：《坟·摩罗诗力说》，《鲁迅全集》第1卷，第65页。

② 初刊于1929年2月15日《春潮》月刊第1卷第3期，后收入鲁迅：《〈文艺与批评〉译者附记》，《鲁迅全集》第10卷，第299页。

③ 鲁迅：《译文序跋集·〈域外小说集〉序言》，《鲁迅全集》第10卷，第155页。

鲁迅与20世纪中国研究丛书

足耳。"①1921年再版时，鲁迅又作《序》："我看这书的译文，不仅句子生硬，'诘诎聱牙'，而且也有极不行的地方，委实配不上再印。只是他的本质，却在现在还有存在的价值，便在将来也该有存在的价值。"②再版的序，和他20年代初写的回顾文章一样，交织着复杂的情思，自谦译文"生硬"，又强调小说的"价值"，似乎是贬前褒后，殊不知当年"拂戾时人"的有意"生硬"（即"硬译"），与对小说的"价值"的认可与保存是并行不悖的。《域外小说集》是周氏兄弟第一次也是中国近代翻译史上第一次的"直译"行为，鲁迅不满当时流行的"归化"式的以人就我的晚清意译风尚，试图通过"迻徙具足"的"硬译"，传达其所看重的19世纪东欧、北欧及俄国被压迫民族的文学。这些短篇小说展现了异质的精神世界和中国所急需的反抗精神，因而初版《序言》不无自负地宣称"异域文术新宗，自此始入华土"③，而"籀读其心声，以相度神思之所在"④"性解思维，实寓于此"⑤，则直接披露了其"拂戾时人""迻徙具足""词致朴讷""句子生硬，'诘诎聱牙'"的意图所在："硬译"的尝试，与五篇论文中的"诗人"—"神思"和"寂漠"—"心声"—"新声"的内在理路密切相关，"硬译"是为了最大可能没有损失地传入异域"新声"！

　　鲁迅20年代的翻译其实也一直坚持"硬译"，《工人绥惠略夫》"除了几处不得已的地方，几乎是逐字译"⑥，《苦闷的象征》"文句大概是直译的，也极愿意一并保存原文的口吻"⑦，"我的译《苦闷的象征》，也和现在一样，是按板规逐句，甚而至于逐字译的"⑧，而《出了象牙之塔》则是："文

---

① 鲁迅：《译文序跋集·〈域外小说集〉略例》，《鲁迅全集》第10卷，第157页。

② 鲁迅：《译文序跋集·〈域外小说集〉序》，《鲁迅全集》第10卷，第162页。

③ 鲁迅：《译文序跋集·〈域外小说集〉序言》，《鲁迅全集》第10卷，第155页。

④ 鲁迅：《译文序跋集·〈域外小说集〉序言》，《鲁迅全集》第10卷，第155页。

⑤ 鲁迅：《译文序跋集·〈域外小说集〉序言》，《鲁迅全集》第10卷，第155页。

⑥ 鲁迅：《译文序跋集·译了〈工人绥惠略夫〉之后》，《鲁迅全集》第10卷，第169页。

⑦ 鲁迅：《译文序跋集·〈苦闷的象征〉引言》，《鲁迅全集》第10卷，第232页。

⑧ 鲁迅：《二心集·"硬译"与"文学的阶级性"》，《鲁迅全集》第4卷，第200页。

句仍然是直译，和我历来所取的方法一样；也竭力想保存原书的口吻，大抵连语句的前后次序也不甚颠倒"①。

20年代末，围绕与创造社的论争，鲁迅翻译了普列汉诺夫、卢拉查尔斯基和托洛茨基的无产阶级文艺论，为了尽量客观忠实地传达原著思想，采取了更为直接的"硬译"方式。与创造社的论争告一段落后，鲁迅30年代初的论争主要对象是新月派的梁实秋。30年代初，伴随双方文艺见解的分歧，鲁迅的"硬译"首先受到梁实秋的批评，在《文学是有阶级性的吗？》中，梁实秋批评鲁迅的"直译"道："但是不幸得很，没有一本这类的书能被我看懂。……最使我感得困难的是文字。其文法之艰涩，句法之繁复，简直读起来比天书还难。宣传无产文学理论的书而竟这样的令人难懂，恐怕连宣传品的资格都还欠缺，现在还没有一个中国人，用中国人所能看得懂的文字，写一篇文章告诉我们无产文学的理论究竟是怎么一回事。"②在《论鲁迅先生的"硬译"》中，梁又比较了"曲译"与"死译"的不同，认为鲁迅的翻译是"死译"："部分的曲译即使是错误，究竟也还给你一个错误，这个错误也许真是害人无穷的，而你读的时候究竟还落个爽快。死译就不同了：死译一定是从头至尾的死译，读了等于不读，枉费时间精力。况且犯曲译的毛病的同时决不会犯死译的毛病，而死译者却同时正不妨同时是曲译。所以我以为，曲译固是我们深恶痛绝的，而死译之风也断不可长。"③

梁实秋的立论，基于"中国文和外国文是不同的"："翻译之难即在这个地方。假如两种文中的文法句法词法完全一样，那么翻译还能成为一件工作吗？……我们不妨把句法变换一下，以使读者能懂为第一要义，因为'硬着头皮'不是一件愉快的事，并且'硬译'也不见得能保存'原来的精悍的语气'。假如'硬译'而还能保存'原来的精悍的语气'，那真是一件奇迹，

① 鲁迅：《译文序跋集·〈出了象牙之塔〉后记》，《鲁迅全集》第10卷，第245页。

② 梁实秋：《文学是有阶级性的吗？》，转引自鲁迅：《二心集·"硬译"与"文学的阶级性"》注21，《鲁迅全集》第4卷，第215页。

③ 梁实秋：《论鲁迅先生的"硬译"》，1929年9月《新月》月刊第2卷第6、7号合刊。

还能说中国文是有'缺点'吗？"①为使中文读者易懂，要迎合中文读者的习惯，将原文的句法变换成中文的句法。

时为复旦大学教授、北新书局编辑的赵景深发表《论翻译》一文呼应道："我以为译书应为读者打算；换一句话说，首先我们应该注重于读者方面。译得错不错是第二个问题，最要紧的是译得顺不顺。倘若译得一点也不错，而文字格里格达，吉里吉八，拖拖拉拉一长串，要折断人家的嗓子，其害处当甚于误译。……所以严复的'信''达''雅'三个条件，我以为其次序应该是'达''信''雅'。"②

时为南京中央大学学生的杨晋豪也参与了论战，发表《从"翻译论战"说开去》一文，认为"普罗"文学理论的译文"生硬"，"为许多人所不满，看了喊头痛，嘲之为天书"。又说："翻译要'信'是不成问题的，而第一要件是要'达'！"③

鲁迅幽默地称："在这一个多年之中，拼死命攻击'硬译'的名人，已经有三代：首先是祖师梁实秋教授，其次是徒弟赵景深教授，最近就来了徒孙杨晋豪大学生。"④并分别作了针锋相对的反击，鲁迅的回应固然具有其"嬉笑怒骂皆成文章"的固有风格，但对这一问题的重视，使其应对颇为认真，因而使这场讨论达到一定的深度：

> 中国的文法，比日本的古文还要不完备，然而也曾有些变迁，例如《史》《汉》不同于《书经》，现在的白话文又不同于《史》《汉》；有添造，例如唐译佛经，元译上谕，当时很有些'文法句法词法'是生造的，一经习用，便不必伸出手指，就懂得了。现在又来了'外国文'，许多句子，即也须新造，——说得坏点，就是硬造。据我的经验，这样译来，较之化为几句，更能保存原来的精悍的语气，但因为有待于新造，所

① 梁实秋：《论鲁迅先生的"硬译"》，1929年9月《新月》月刊第2卷第6、7号合刊。
② 赵景深：《论翻译》，1931年3月《读书月刊》第1卷第6期。
③ 杨晋豪：《从"翻译论战"说开去》，1931年9月《社会与教育》第2卷第22期。
④ 鲁迅：《二心集·几条"顺"的翻译》，《鲁迅全集》第4卷，第342页。

以原先的中国文是有缺点的。有什么'奇迹'，干什么'吗'呢？"①

欧化文法的侵入中国白话中的大原因，并非因为好奇，乃是为了必要。国粹学家痛恨鬼子气，但他住在租界里，便会写些"霞飞路"，"麦特赫司脱路"那样的怪地名；评论者何尝要好奇，但他要说得精密，固有的白话不够用，便只得采些外国的句法。比较的难懂，不像茶淘饭似的可以一口吞下去是真的，但补这缺点的是精密。胡适先生登在《新青年》上的《易卜生主义》，比起近时的有些文艺论文来，的确容易懂，但我们不觉得它却又粗浅，笼统吗？

如果嘲笑欧化式白话的人，除嘲笑之外，再去试一试绍介外国的精密的论著，又不随意改变，删削，我想，他一定还能够给我们更好的箴规。②

中国语法的欧化并不就是改学外国话，但这些粗浅的道理不想和先生多谈了。我不怕热，倒是因为无聊。不过还要说一回：我主张中国语法上有加些欧化的必要。这主张，是由事实而来的。中国人"话总是会说的"，一点不错，但要前进，全照老样却不够。眼前的例，就如先生这几百个字的信里面，就用了两回"对于"，这和古文无关，是后来起于直译的欧化语法，而且连"欧化"这两个字也是欧化字；还用着一个"取消"，这是纯粹日本词；一个"瓦斯"，是德国字的原封不动的日本人的音译。都用得很惬当，而且"必要"的。③

可以看到，鲁迅的应对，并没有和盘托出自己的理由，而是随对方的观点而随机反驳。对于鲁迅"硬译"的深度文化策略——尽量原汁原味地引进介绍异域文化，梁实秋等没有深刻的观察，对此层面少有涉及，而是更多地集中于翻译本身具体策略——语言等问题，因而鲁迅的回应，也就较多集中于翻译的

---

① 鲁迅：《二心集·"硬译"与"文学的阶级性"》，《鲁迅全集》第4卷，第199—200页。

② 鲁迅：《花边文学·玩笑只当它玩笑（上）》，《鲁迅全集》第5卷，第521页。

③ 鲁迅：《花边文学·玩笑只当它玩笑（上）附录：康伯度答文公直》，《鲁迅全集》第5卷，第522—523页。

鲁迅与20世纪中国研究丛书

具体层面。

其实，梁实秋强调"中国文和外国文是不同的"，鲁迅对此应该没有分歧，分歧在于从这一前提出发如何从事翻译。梁实秋以"能懂"——"达"为第一义，因而要求"不妨把句法变换一下"[①]迁就中文读者；鲁迅则以忠实于原文——"信"为第一要义，尽量保持原文的句式，不损害原文的语气。鲁迅的深层动机，自然在于"别求新声于异邦"的启蒙。

鲁迅为"硬译"辩护，没有亮出底牌，而是聚焦于"欧化"的语言层面的具体问题，将"欧化"的必要诉诸三个理由：一、中国文法并不完备，要引入与借鉴，通过译体语言尽量迁就译源语言的"硬译"，不断改进汉语的文法结构；二、语言文法不是固定不变的，而是随历史变迁，中国语言发展的历史已经证明，唐、元以来的佛经翻译，就促进了汉语语法的改造；三、中国语言之走向现代，"欧化"是一个有益的借鉴，通过翻译植入欧化语法，使现代汉语的表达更为精密。

可以看到，在"直译"的问题上，鲁迅与反对者的潜在不同有两点：一是鲁迅具有对方没有的最深层的引进外来思想的启蒙动机；二是对方将译体语言——现代汉语视为既成的固定的存在，而鲁迅则视之为正在生成、成长中的语言，需要通过翻译借鉴外来语言的长处。

其实，现代汉语之取法域外，是中西文化碰撞交融以来的一个趋势。晚清梁启超的"文界革命"和"诗界革命"离不开外语言的启发，吴组缃认为梁氏"新文体"是"'欧、和文化'与中国文化化合的产儿"[②]。叶德辉评其道："论其语，则翻译而成词；按其文，则拼音而得字；非文非质，不中不西"[③]，从反面说明了其欧化影响。但在"五四"一代看来，梁启超的语言革新还远远不够，钱玄同认为："梁任公的文章，颇为一班笃旧者所不喜；据我看来，任公文章不好的地

① 梁实秋：《论鲁迅先生的"硬译"》，1929年9月《新月》月刊第2卷第6、7号合刊。

② 吴组缃：《中国近代文学历史轨迹》，《近代文学大系·总序》，上海书店出版社1999年版，第14页。

③ 转引自陈子展：《中国近代文学之变迁》，上海古籍出版社2000年版，第206页。

方，正是旧气未尽涤除，八股调太多，理想欠清晰耳。"[①]国语的欧化，是"五四"新文学提倡者普遍坚持的观点，钱玄同、胡适、傅斯年、陈独秀等都表达过相似的立场。钱玄同认为："我以为国语文欧化，正是时代的要求，不但不应该阻止，而且应该提倡。"[②]"五四"时期，傅斯年就在《怎样做白话文》一文中提出白话文要"直用西洋词法"的主张："直用西洋文的款式、文法、词法、句法、章法、词枝（Figure of speech）……一切修辞学上的方法，造成一种超于现在的国语，因而成就一种欧化国语的文学。"[③]胡适支持傅的观点，认为："白话文必不能避免'欧化'，只有欧化的白话方才能够应付新时代的新需要。欧化的白话文就是充分吸收西洋语言的细密的结构，使我们的文字能够传达复杂的思想，曲折的理论。……旧小说的白话实在太简单了，在实际应用上，大家早已感觉有改变的必要了。初期的白话作家，有些是受过西洋语言文字的训练的，他们的作风早已带有不少的'欧化'成分。虽然欧化的程度有多少的不同，技术也有巧拙的不同，但明眼的人都能看出，凡具有充分吸收西洋文学法度的技巧的作家，他们的成绩往往特别好，他们的作风往往特别可爱。所以欧化白话文的趋势可以说是在白话文学的初期就已开始了。"[④]沈雁冰强调"文法的欧化"："我所谓的'欧化的语体文法'是指直译原文句子的文法构造底中国字的西洋句调。"[⑤]朱自清这样描述"五四"时期语文现代化的主要特征："用欧化的语言表现个人主义，顺带着人道主义。"[⑥]在沈雁冰、郑振铎等主持下，《小说月报》1921年前后特辟语体文"欧化"专栏，1921年第12卷第6、

---

① 钱玄同：《新文学与今韵问题》，《钱玄同文集》（一），中国人民大学出版社1999年版，第60页。

② 钱玄同：《关于魏、杜二君的言论》，1925年9月13日《国语周刊》第14期。

③ 傅斯年：《怎样做白话文？》，《新潮》杂志第一卷第二号，1919年2月1日，引自《傅斯年全集》第一卷，湖南教育出版社2003年版，第123页。

④ 胡适：《中国新文学大系第一集导言》，《胡适全集》第12卷，第289页。

⑤ 雁冰：《"语体文欧化"答冻花君》，《时事新报·文学旬刊》第7期，1921年7月10日。

⑥ 朱自清：《文学的标准与尺度》，《朱自清全集》（三），江苏教育出版社1988年版，第136页。

9、12号，1922年第13卷第1、2、3、4号共推出七个专题，对中国固有文法的缺点和如何欧化问题进行了非常具体的讨论。①

可见，"欧化"——现代汉语在文法上取法西方，已成一部分新文学者的共识。

鲁迅有关"硬译"与欧化问题的更为深入的讨论，则发生在与瞿秋白之间。

1931年，刚到上海从事文艺领导工作的瞿秋白给鲁迅写了第一封信，写信的起因是鲁迅翻译的法捷耶夫《毁灭》的出版。长信谈到了不久之前的"硬译"论争及欧化问题，因而是处在鲁迅与梁实秋等翻译论争的延长线上。

瞿秋白此时尚未与鲁迅谋面，但他以同道者的坦诚与鲁迅进行交流（瞿称鲁迅为"敬爱的同志"②"我们是这样亲密的人，没有见面的时候就这样亲密的人"③），并公开提出自己的批评意见。对于对方的批评，鲁迅也罕见地毫不介怀，并展开了虚心而深入的对话。但可以看到，在这场非常合作的对话中，对于对方的批评，鲁迅还是保留了自己的意见。

瞿秋白首先祝贺鲁迅翻译《毁灭》的出版，但瞿信的真正意图，还是提出自己的建议。瞿秋白果然不愧鲁迅的"知己"，他提及翻译意义的一句话——"翻译——除出能够介绍原本的内容给中国读者之外——还有一个很重要的作用：就是帮助我们创造出新的中国的现代语言。"④——就与鲁迅的翻译意图心心相印。但瞿秋白想要讨论的，是翻译如何"帮助我们创造出新的中国的现

① 如《小说月报》读者来信说："中国语之幼稚贫弱不安全，真是出人'意表之外'，文也如此。别国一句平常的话，我们却说不清楚，或者非常含混，所以非'欧化'不可。对于国语欧化一节，现在有人噜苏反对，实在是躲在缸子里发议论，没有讨论的必要，但我以为这样四角方方不能变化的字恐怕终于欧化不来，无论如何改革，也免不掉拙笨含糊，这实在是我们祖宗遗留给我们的一个致命伤。"（《小说月报》读者来信，1921年《小说月报》第12卷第9号。）《小说月报》"记者附言"认为："记者以为中国文法的构造，很少用'子句'，形容词与助动词有时不能区别。"（《小说月报》"记者附言"，1921年2月《小说月报》第12卷第12号。）

② 鲁迅、瞿秋白：《二心集·关于翻译的通信》，《鲁迅全集》第4卷，第370页。

③ 鲁迅、瞿秋白：《二心集·关于翻译的通信》，《鲁迅全集》第4卷，第378页。

④ 鲁迅、瞿秋白：《二心集·关于翻译的通信》，《鲁迅全集》第4卷，第371页。

代言语"，他的讨论主要围绕这一问题展开：

> 中国的言语（文字）是那么穷乏，甚至于日常用品都是无名氏的。中国的言语简直没有完全脱离所谓"姿势语"的程度——普通的日常谈话几乎还离不开"手势戏"。自然，一切表现细腻的分别和复杂的关系的形容词，动词，前置词，几乎没有。宗法封建的中世纪的余孽，还紧紧的束缚着中国人的活的言语，（不但是工农群众！）这种情形之下，创造新的言语是非常重大的任务。欧洲先进的国家，在二三百年四五百年以前已经一般的完成了这个任务。就是历史上比较落后的俄国，也在一百五六十年以前就相当的结束了"教堂斯拉夫文"。他们那里，是资产阶级的文艺复兴运动和启蒙运动做了这件事。例如俄国的洛莫洛莎夫……普希金。中国的资产阶级可没有这个能力。固然，中国的欧化的绅商，例如胡适之之流，开始了这个运动。但是，这个运动的结果等于它的政治上的主人。因此，无产阶级必须继续去彻底完成这个任务，领导这个运动。翻译，的确可以帮助我们造出许多新的字眼，新的句法，丰富的字汇和细腻的精密的正确的表现。因此，我们既然进行着创造中国现代的新的言语的斗争，我们对于翻译，就不能够不要求：绝对的正确和绝对的中国白话文。这是要把新的文化的言语介绍给大众。①

针对《毁灭》的翻译，瞿秋白在这里向鲁迅提出了一个更高的要求——翻译不仅要促进欧化，而且要用"绝对的正确和绝对的中国白话文"。

接着，瞿秋白认为："普罗文学的中文书籍之中，的确有许多翻译是不'顺'的。这是我们自己的弱点，敌人乘这个弱点来进攻。"②——这话当然指向不久前的"硬译"之争，瞿要求："我们的胜利的道路当然不仅要迎头痛打，打击敌人的军队，而且要更加整顿自己的队伍。我们的自己批评的勇敢，

① 鲁迅、瞿秋白：《二心集·关于翻译的通信》，《鲁迅全集》第4卷，第371—372页。
② 鲁迅、瞿秋白：《二心集·关于翻译的通信》，《鲁迅全集》第4卷，第373页。

常常可以解除敌人的武装。现在，所谓翻译论战的结论，我们的同志却提出了这样的结语：'翻译绝对不容许错误。可是，有时候，依照译品内容的性质，为着保存原作精神，多少的不顺，倒可以容忍。'"①瞿的引文不知出自何处，但分明就是鲁迅与梁实秋等论战中的观点，瞿自己的意见自然有所不同，他说：

> 第一，当然我们首先要说明：我们所认识的所谓"顺"，和赵景深等所说的不同。第二，我们所要求的是：绝对的正确和绝对的白话。所谓绝对的白话，就是朗诵起来可以懂得的。第三，我们承认：一直到现在，普罗文学的翻译还没有做到这个程度，我们要继续努力。第四，我们揭穿赵景深等自己的翻译，指出他们认为是"顺"的翻译，其实只是梁启超和胡适之交媾出来的杂种——半文不白，半死不活的言语，对于大众仍旧是不"顺"的。
>
> 这里，讲到你最近出版的《毁灭》，可以说：这是做到了"正确"，还没有做到"绝对的白话"。②

瞿秋白试图从鲁迅的"不顺"的立场出发，进一步建立理想的现代汉语——"绝对的正确与绝对的白话"，而建立"绝对的正确与绝对的白话"的依据，就是"中国白话的文法公律"："要遵照着中国白话的文法公律。凡是'白话文'里面，违反这些公律的新字眼，新句法，——就是说不上口的——自然淘汰出去，不能够存在。"③"如果不注意中国白话的文法公律，如果不就着中国白话原来有的公律去创造新的，那就很容易走到所谓'不顺'的方面去。"④

瞿秋白倡议："我觉得对于这个问题，我们要有勇敢的自己批评的精神，

---

① 鲁迅、瞿秋白：《二心集·关于翻译的通信》，《鲁迅全集》第4卷，第373页。
② 鲁迅、瞿秋白：《二心集·关于翻译的通信》，《鲁迅全集》第4卷，第373页。
③ 鲁迅、瞿秋白：《二心集·关于翻译的通信》，《鲁迅全集》第4卷，第374页。
④ 鲁迅、瞿秋白：《二心集·关于翻译的通信》，《鲁迅全集》第4卷，第375页。

我们应当开始一个新的斗争。你以为怎么样？"①希望鲁迅能够自我批评，在语言上更进一步接近"普通群众口头上说话的习惯"②。瞿秋白最后的意见是："翻译应当把原文的本意，完全正确的介绍给中国读者，使中国读者所得到的概念等于英俄日德法……读者从原文得来的概念，这样的直译，应当用中国人口头上的可以讲得出来的白话来写。为着保存原作的精神，并用不着容忍'多少的不顺'。相反的，容忍着'多少的不顺'（就是不用口头上的白话），反而要多少的丧失原作的精神。"③

瞿秋白的见解背后，分明有在现代汉语语言与文字建设方面更大的雄心的支撑。30年代初，退出党的核心领导岗位的瞿秋白来到上海，负责左翼文艺理论战线的工作，发表了一系列文章，掀起一场颇富雄心的被视为"第三次文学革命"的"文腔革命"。胡明曾对瞿秋白"第三次文学革命"的核心内涵进行精准的概括："大抵来说，瞿秋白的文字革命——从文腔革命演进而来的第三次文学革命，其核心意见也只是三条：一、旧文言、新文言、旧白话、'五四'的新白话，均是濒临僵死的语言，都是文学革命的对象；二、语言文字的核心问题是对应一致，一切不符合'言文一致'的文化传统都必须革除；三、中国文化要生存发展必须废除汉字，必须由罗马拼音制度来替代。——三条关键只是一点：夹杂文言，便是死路。"④

瞿秋白认为，中国近代以来有两次"新文学革命"，"新文学革命"不仅应体现在内容上，更关键地要体现在语言上。第一次文学革命是以"老新党"梁启超等为代表，在古代文言基础上形成现代文言，同时还有以礼拜六派为代表的旧式白话。第二次文学革命是"五四"文学革命，提出"国语的文学，文学的国语"的口号，提倡现代白话。但是，这两次文学革命在语言上都不成功，现代文言是死的语言，旧式白话是明清时代的口语，也是死的，"五四"

---

① 鲁迅、瞿秋白：《二心集·关于翻译的通信》，《鲁迅全集》第4卷，第375页。
② 鲁迅、瞿秋白：《二心集·关于翻译的通信》，《鲁迅全集》第4卷，第375页。
③ 鲁迅、瞿秋白：《二心集·关于翻译的通信》，《鲁迅全集》第4卷，第375页。
④ 胡明：《从文学革命、文腔革命到文字革命——瞿秋白文化革命路线图诠解》，《中国文化研究》2008年秋之卷。

现代白话文虽然有很大进步，但是还不是中国大多数普通人能"听"得懂的普通话，所以，有必要掀起"第三次文学革命"，开展"文腔革命"，建立现代普通话的中国文。①

　　要提出"第三次文学革命"，势必要对最近的"五四"文学革命提出批判，瞿秋白认为："现在的新文学，还说不上是'国语'的文学，现在的'国语'，也说不上是文学的'国语'。现在没有国语的文学！而只有种种式式半人化半鬼话的文学，——既不是人话也不是鬼话的文学。亦没有文学的国语！而只有种种式式文言白话混合的不成话的文腔。"②"新文学的任务本来应当顺便建立现代中国文——表现现代中国普通话的一种文字。然而他现在所形成的，却还并不是现代中国文，而是'非驴非马'的一种言语。"③"中国的文学革命，产生了一个怪胎——像马和驴子交媾，生出一匹骡子一样，命里注定是要绝种的了。"④在他看来，"五四"文学革命的目标"国语的文学，文学的国语"至今还没有达到，"差不多等于白革"⑤。瞿秋白突出"五四"文学革命和白话文运动的"中间性"，以揭示其不彻底性："既然不是对于旧文学宣战，又已经不敢对于旧文学讲和；既然不是完全讲'人话'，又已经不会真正讲'鬼话'；既然创造不出现代普通话的'新中国文'，又已经不能够运用汉字的'旧中国文'。这叫做'不战不和，不人不鬼，不古不今，——非驴非马'的骡子文学。"⑥"五四"文学革命的不彻底性，说明"第三次文学革命"和"文腔革命"的必要，瞿秋白的最终目标，是建立言文一致的以听为本位的"现代普通话的中国文"。

　　如果说"五四"文学革命的主要功绩在白话文与新文学，瞿秋白的再一次革命则除了在语言（当然包括文学）层面通过"文腔革命"进一步建立真正

　　① 参见瞿秋白：《鬼门关以外的战争》，《瞿秋白文集·文学编》第三卷，人民文学出版社1989年版，第137—173页。

　　② 瞿秋白：《鬼门关以外的战争》，《瞿秋白文集·文学编》第三卷，第138页。

　　③ 瞿秋白：《鬼门关以外的战争》，《瞿秋白文集·文学编》第三卷，第147页。

　　④ 瞿秋白：《学阀万岁！》，《瞿秋白文集·文学编》第三卷，第176页。

　　⑤ 瞿秋白：《学阀万岁！》，《瞿秋白文集·文学编》第三卷，第176页。

　　⑥ 瞿秋白：《学阀万岁！》，《瞿秋白文集·文学编》第三卷，第176页。

的"国语"——现代普通话的新中国文，而且还将"五四"时期没有形成声势的"汉字革命"（在钱玄同那里形成讨论）纳入自己的革命计划，成为一个必要组成部分，从而将晚清以来的汉字拼音化运动和白话文运动重新汇流，因而"文腔革命"后面，还有汉字的拉丁化的提倡。瞿秋白的逻辑是："文学革命本来首先是要用文学上的新主义推翻旧主义，用新的艺术推翻旧的艺术。但是，在二十世纪的中国，要实行这种'文艺革命'，就不能够不实行所谓'文腔革命'——就是用现代人说话的腔调，来推翻古代鬼说话的腔调，专用白话写文章，不用文言写文章。而且，要彻底的用'人腔'白话来代替'鬼腔'文言，还必须废除汉字，改用拼音文字，就是实行'文字革命'。"①瞿秋白认为："现代普通话的新中国文必须罗马化。罗马化或者拉丁化，就是改用罗马字母的意思。这是要根本废除汉字。"②20年代末，瞿受苏联拉丁化文字的启发，开始起草"拉丁化中国字"草稿，1929年与吴玉章一起推出"中国拉丁化字母"（草案），1931年回国大力推行"拉丁化新文字"。不满赵元任的罗马字拼音，瞿试图以更为简化的拉丁化新文字取代之。

对于"欧化"问题，瞿秋白认为，"现代普通话的中国文，应当用正确的方法实行欧洲化。中国言语的欧化是可以的，是需要的，是不可避免的。现在的普通话里面，事实上也有些欧化的成分。但是，必须有正确的方法"③，"现代普通话的中国文"也就是"欧化的大众语"，所以不排除"正确的欧化"，但反对"不化"的欧化。在他看来，"硬译"就是"'不化'的欧化"，早在1931年5月的《鬼门关以外的战争》中，瞿秋白就将"外国文法的'硬译'"视为"不人不鬼"的"新式白话"。④

瞿秋白的语言革命具有国际主义情怀、无产阶级革命的文化意识与革命者的彻底性，但又明显带有语言乌托邦的激进色彩和超越"五四"的急迫心态。他对"五四"文学革命的批评，遵循着"长江后浪推前浪"的革命逻辑，

---

① 瞿秋白：《学阀万岁！》，《瞿秋白文集·文学编》第三卷，第179页。
② 瞿秋白：《鬼门关以外的战争》，《瞿秋白文集·文学编》第三卷，第168页。
③ 瞿秋白：《鬼门关以外的战争》，《瞿秋白文集·文学编》第三卷，第166页。
④ 瞿秋白：《鬼门关以外的战争》，《瞿秋白文集·文学编》第三卷，第162页。

虽不无卓见，但未免过激。瞿秋白对于"五四"文学革命的批判逻辑，其实和"五四"文学革命者批判文言的逻辑是一致的，如瞿以"鬼话"来形容文言和半文半白的"五四"白话文，"五四"文学革命者也惯称古文为"鬼话文"，白话为"人话文"，在批判逻辑甚至口气上何其相似。

鲁迅与瞿秋白之间，既有基于共同信念的同道认同，也建立了深厚的私人友谊。对于瞿的语言文字观，鲁迅是认同和支持的，晚年一直大力支持其拉丁化新文字方案。反过来，被鲁迅视为"知己"的瞿秋白，对于鲁迅确实有非常深入的理解，不说《〈鲁迅杂感选集〉序言》对鲁迅的准确评论，就是讨论翻译的长信中的一句话"翻译——除出能够介绍原本的内容给中国读者之外——还有一个很重要的作用：就是帮助我们创造出新的中国的现代言语"，就比梁实秋等看得更深。可以说，在30年代有关语言文字改革的诸多立场中，鲁迅与瞿秋白基本是站在同一阵营的。

但是，二者的同一性下面也存在内在的分歧。瞿秋白对于"五四"文学革命的绝对超越的革命姿态，鲁迅是不可能具备的，也不会完全认同。具体到有关翻译问题，二者的分歧就可从长信中见出。

瞿秋白认为鲁迅的翻译"容忍不顺"，还没有做到"绝对的白话"，是因为他心中首先树立了"绝对的正确与绝对的白话"和"中国白话的文法公律"的标准，并不断提到这一标准；对于这些，鲁迅在回信中虽然没有直接反驳，但是，在语言文字改革上树立绝对目标的做法，其实是不会获得鲁迅的认同的。

在鲁迅的表述中，可以分明看出，他对永恒、绝对、圆满、完美、至善等是不相信而且拒绝的，他说过：

> 倘使世上真有什么"止于至善"，这人间世便同时变了凝固的东西了。①

> 我想，普遍，永久，完全，这三件宝贝，自然是了不得的，不过也是

---

① 鲁迅：《而已集·黄花节的杂感》，《鲁迅全集》第3卷，第410页。

作家的棺材钉，会将他钉死。①

凡论文艺，虚悬了一个"极境"，是要陷入"绝境"的……②

现在只要有人做一点事，总就另有人拿了大道理来非难的，例如问"木刻的最后的目的与价值"就是。这问题之不能答复，和不能答复"人的最后目的和价值"一样。③

我要借了阿尔志跋绥夫的话问你们：你们将黄金时代的出现豫约给这些人们的子孙了，但有什么给这些人们自己呢？你们将黄金世界预约给他们的子孙了，可是有什么给他们自己呢？④

我看一切理想家，不是怀念"过去"，就是希望"将来"，而对于"现在"这一个题目，都缴了白卷，因为谁也开不出药方。所有最好的药方，即所谓"希望将来"的就是。⑤

我疑心将来的黄金世界里，也会有将叛徒处死刑……⑥

有我所不乐意的在天堂里，我不愿去；有我所不乐意的在地狱里，我不愿去；有我所不乐意的在你们将来的黄金世界里，我不愿去。⑦

因此钱理群、王乾坤在总结鲁迅思想时如是说："这样，鲁迅就彻底地摒弃（拒绝）了一切关于绝对、关于至善至美、关于全面而无弊端、关于永恒的乌托邦的深化与幻觉世界——那通常是出于现实苦难中的人们的精神避难所，鲁迅却要杜绝（堵塞）一切精神逃避（退路），只给人们（以及自己）留下唯一的选择：正视（直面）现实、人生的不完美、不圆满、缺陷、偏颇、有弊及

① 鲁迅：《且介亭杂文·答〈戏〉周刊编者信》，《鲁迅全集》第6卷，第147页。

② 鲁迅：《且介亭杂文二集·"题未定"草（七）》，《鲁迅全集》第6卷，第428页。

③ 鲁迅：《书信·350629致唐英伟》，《鲁迅全集》第13卷，第163页。

④ 鲁迅：《呐喊·头发的故事》，《鲁迅全集》第1卷，第465页。

⑤ 鲁迅：《两地书·四》，《鲁迅全集》第11卷，第20页。

⑥ 鲁迅：《两地书·四》，《鲁迅全集》第11卷，第20页。

⑦ 鲁迅：《野草·影的告别》，《鲁迅全集》第2卷，第165页。

短暂、速朽，并从这种正视（直面）中，杀出一条生路。"①诚哉斯言。

瞿秋白为现代汉语言革命树立了一个"绝对的正确与绝对的白话"和"中国白话的文法公律"的标准，对于鲁迅来说，难道不是"虚悬了一个'极境'"？

瞿秋白虽然理解鲁迅"硬译"的"能够介绍原本的内容给中国读者之外""保存原作的精神"的初衷，但在"硬译"与促进现代汉语的欧化的问题上，从自己更为理想的目标出发，他希望鲁迅能更进一步，接近大众的口语，因而认为："为着保存原作的精神，并用不着容忍'多少的不顺'。相反的，容忍着'多少的不顺'（就是不用口头上的白话），反而要多少的丧失原作的精神。"②

其实，鲁迅在语言改革问题上，一直抱着"中间物"的态度。为我们所熟知的"中间物"言论，就是为《坟》作后记谈到自己文章的语言时说的：

　　新近看见一种上海出版的期刊，也说起要做好白话须读好古文，而举例为证的人名中，其一却是我。这实在使我打了个寒噤。别人我不论，若是自己，则曾经看过很多旧书，是的确的，为了教书，至今也还在看。因此耳濡目染，影响到所做的白话上，常不免露出它的字句，体格来。但自己却正苦于背了这古老的鬼魂，摆脱不开，时常感到一种使人气闷的沉重。就是思想上，也何尝不中些庄周韩非的毒，时而随便，时而很峻急。孔孟的书我读得最早，最熟，然而到似乎和我不相干。大半也因为懒惰罢，往往自己宽解，以为一切事物，在转变中，是总有多少中间物的。动植之间，无脊椎和脊椎动物之间，都有中间物；或者简直可以说，在进化的链子上，一切都是中间物。当开首改革文章的时候，有几个不三不四的作者，是当然的，只能这样，也需要这样。他的任务，是在有些警觉之后，喊出一种新声；又因为从旧垒中来，情形看得较分明，反戈一击，易

　　① 钱理群、王乾坤：《鲁迅语萃·序》，钱理群、王乾坤编：《鲁迅语萃》，华夏出版社1993年版，第4页。

　　② 鲁迅、瞿秋白：《二心集·关于翻译的通信》，《鲁迅全集》第4卷，第375页。

制强敌的死命。但仍应该和光阴偕逝，逐渐消亡，至多不过是桥梁中的一木一石，并非什么前途的目标，范本。跟着起来便该不同了，倘非天纵之圣，积习自然不能顿然荡除，但总得更有新气象。以文字论，就不必更在旧书里讨生活，却将活人的唇舌作为源泉，使文章更加接近语言，更加有生气。至于对于现在的人民的语言的穷乏欠缺，如何救济，使他丰富起来，那也是一个极大的问题，或者也须在旧文中取得若干材料，以供使役，但这并不在我所要说的范围以内，姑且不论。①

　　大段摘引，就是为了表明鲁迅"中间物"的表述与其语言观之间的原初联系。可以说，"中间物"观念一直是鲁迅语言文字改革的基本思想，除了"言为心声"、言文一致的大致方向，他并没有树立一个终极的目标，而是将当下的改革与自己的努力看作进化过程中的"桥梁"和"一木一石"："只将所说所写，作为改革道中的桥梁，或者竟并不想到作为改革道中的桥梁。"②"古文已经死掉了；白话文还是改革道上的桥梁，因为人类还在进化。便是文章，也未必独有万古不磨的典则。"③这与鲁迅的进化论对"中间物"的理解是一致的。

　　有这样的背景，鲁迅在回信中对于瞿秋白的批评虽有罕见的虚心接受，但也委婉地保留了意见。如瞿秋白批评严复的翻译："他是用一个'雅'字打消了'信'和'达'。最近商务还翻印'严译名著'，我不知道这是'是何居心'！这简直是拿中国的民众和青年来开玩笑。古文的文言怎么能够译得'信'，对于现在的将来的大众读者，怎么能够'达'！"④鲁迅却反过来为严氏说话：

　　　　赵老爷评论翻译，拉了严又陵，并且替他叫屈，于是累得他在你的

---

① 鲁迅：《坟·写在〈坟〉后面》，《鲁迅全集》第1卷，第285—286页。
② 鲁迅：《华盖集续编·古书与白话》，《鲁迅全集》第3卷，第214页。
③ 鲁迅：《华盖集续编·古书与白话》，《鲁迅全集》第3卷，第214页。
④ 鲁迅、瞿秋白：《二心集·关于翻译的通信》，《鲁迅全集》第4卷，第372页。

信里也挨了一顿骂。但由我看来，这是冤枉的，严老爷和赵老爷，在实际上，有虎狗之差。极明显的例子，是严又陵为要译书，曾经查过汉晋六朝翻译佛经的方法，赵老爷引严又陵为地下知己，却没有看这严又陵所译的书。现在严译的书都出版了，虽然没有什么意义，但他所用的工夫，却从中可以查考。据我所记得，译得最费力，也令人看起来最吃力的，是《穆勒名学》和《群己权界论》的一篇作者自序，其次就是这论，后来不知怎地又改称为《权界》，连书名也很费解了。最好懂的自然是《天演论》，桐城气息十足，连字的平仄也都留心，摇头晃脑的读起来，真是音调铿锵，使人不自觉其头晕。这一点竟感动了桐城派老头子吴汝纶，不禁说是"足与周秦诸子相上下"了。然而严又陵自己却知道这太"达"的译法是不对的，所以他不称为"翻译"，而写作"侯官严复达恉"；序例上发了一通"信达雅"之类的议论之后，结末却声明道："什法师云，'学我者病'。来者方多，慎勿以是书为口实也！"好像他在四十年前，便料到会有赵老爷来谬托知己，早已毛骨悚然一样。仅仅这一点，我就要说，严赵两大师，实有虎狗之差，不能相提并论的。①

对于翻译策略的选择，鲁迅公开了自己的标准：

　　但我想，我们的译书，还不能这样简单，首先要决定译给大众中的怎样的读者。将这些大众，粗粗的分起来：甲，有很受了教育的；乙，有略能识字的；丙，有识字无几的。而其中的丙，则在"读者"的范围之外，启发他们是图画，演讲，戏剧，电影的任务，在这里可以不论。但就是甲乙两种，也不能用同样的书籍，应该各有供给阅读的相当的书。供给乙的，还不能用翻译，至少是改作，最好还是创作，而这创作又必须并不只在配合读者的胃口，讨好了，读的多就够。至于供给甲类的读者的译本，无论什么，我是至今主张"宁信而不顺"的。自然，这所谓"不顺"，决

---

① 鲁迅、瞿秋白：《二心集·关于翻译的通信》，《鲁迅全集》第4卷，第380—381页。

不是说"跪下"要译作"跪在膝之上"，"天河"要译作"牛奶路"的意思，乃是说，不妨不像吃茶淘饭一样几口可以咽完，却必须费牙来嚼一嚼。这里就来了一个问题：为什么不完全中国化，给读者省些力气呢？这样费解，怎样还可以称为翻译呢？我的答案是：这也是译本。这样的译本，不但在输入新的内容，也在输入新的表现法。中国的文或话，法子实在太不精密了，作文的秘诀，是在避去熟字，删掉虚字，就是好文章，讲话的时候，也时时要辞不达意，这就是话不够用，所以教员讲书，也必须借助于粉笔。这语法的不精密，就在证明思路的不精密，换一句话，就是脑筋有些胡涂。倘若永远用着胡涂话，即使读的时候，滔滔而下，但归根结蒂，所得的还是一个胡涂的影子。要医这病，我以为只好陆续吃一点苦，装进异样的句法去，古的，外省外府的，外国的，后来便可以据为己有。这并不是空想的事情。远的例子，如日本，他们的文章里，欧化的语法是极平常的了，和梁启超做《和文汉读法》时代，大不相同；近的例子，就如来信所说，一九二五年曾给群众造出过"罢工"这一个字眼，这字眼虽然未曾有过，然而大众已都懂得了。

我还以为即便为乙类读者而译的书，也应该时常加些新的字眼，新的语法在里面，但自然不宜太多，以偶尔遇见，而想一想，或问一问就能懂得为度。必须这样，群众的言语才能够丰富起来。[1]

可见，鲁迅的"硬译"策略，具有更为明确的读者意识，将读者分为三类，而"硬译"针对的是"有很受了教育的"。对于这一类的读者，坚持"宁信而不顺"，原因就在于"不但在输入新的内容，也在输入新的表现法"，说明通过欧化的"硬译"使现代汉语更加精密的想法，是智识阶级的任务。方便读者的"意译"，也未尝不可，但那是面对文化水平较低的读者。因而，在"硬译"之外，我们也不难发现鲁迅提倡"意译"的言论，20年代末，鲁迅为教许广平日语，通过林房雄的日译本两人共译妙伦的《小彼得》，在《小彼

① 鲁迅、瞿秋白：《二心集·关于翻译的通信》，《鲁迅全集》第4卷，第381—382页。

得》中译本序中，鲁迅就说："凡学习外国文字的，开手不久就选读童话，我以为不能算不对，然而开手就翻译童话，却很有些不相宜的地方，因为每容易拘泥原文，不敢意译，令读者看得费力。"[1]同是20年代末，一位年轻译者翻译了契诃夫的剧本《粗人》投递给《奔流》杂志，鲁迅回信指出来稿的问题："不过觉得直译之处还太多，因为剧本对话，究以流利为是。"[2]可见鲁迅并非一味主张"硬译"，选择"硬译"与"意译"，是有具体对象的差别，依据读者与译本的不同而有自己的选择。

鲁迅幽默地说："什么人全都懂得的书，现在是不会有的，只有佛教徒的'唵'字，据说是'人人能解'，但可惜又是'解各不同'。"[3]这无疑是对瞿秋白"绝对的正确与绝对的白话"和"中国白话的文法公律"的说法的回应。鲁迅最后明确表达了自己的态度："倘以甲类读者为对象，我是也主张直译的。"[4]"所以在现在容忍'多少的不顺'，倒并不能算'防守'，其实也还是一种的'进攻'。……因此我也是主张容忍'不顺'的一个。"[5]

瞿秋白在回信中措辞更加激烈，说鲁迅如将"宁信而不顺"作为自己坚持的原则，就"无形之中和赵老爷站在同一个水平线上去了"，"'信'和'顺'不应当对立起来，不应当说：要'顺'就不能够'信'，要'信'就不能够顺，或者：要'顺'就不能够不容忍些'不信'，要'信'就不能够不容忍些'不顺'"。[6]

瞿秋白确实抓住了争论中的问题所在，但问题是，"信"和"顺"为何在鲁迅这儿成为一对矛盾呢？

瞿秋白的质疑，在于他相信现在就可以做到既"顺"又"信"的翻译，而在鲁迅看来，既"顺"又"信"的翻译在目前是不可能存在的。鲁迅对"顺"

① 鲁迅：《三闲集·〈小彼得〉译本序》，《鲁迅全集》第4卷，第151页。
② 鲁迅：《书信·290621致陈君涵》，《鲁迅全集》第11卷，第669页。
③ 鲁迅、瞿秋白：《二心集·关于翻译的通信》，《鲁迅全集》第4卷，第375页。
④ 鲁迅、瞿秋白：《二心集·关于翻译的通信》，《鲁迅全集》第4卷，第383页。
⑤ 鲁迅、瞿秋白：《二心集·关于翻译的通信》，《鲁迅全集》第4卷，第383页。
⑥ 瞿秋白：《再论翻译——答鲁迅》，《瞿秋白文集·文学编》第一卷，第507页。

的担心，无疑深入到对语言本质的洞察。在一个语言系统中，表达的内容受制于表达的习惯，在翻译过程中，如果以译体语言为主体归化式地翻译译源语言，所要传达的内涵就会无意中受到译体语言的支配，不仅不能传达鲁迅所强调的"口吻"与"语气"，而且更为重要的，甚至曲解原文的含义，偏离了鲁迅通过翻译输入新思想的初衷。另外，对于鲁迅来说，翻译还是一个通过汉语与别种语言的对话吸收外来语种语法精密的长处以改进汉语文法不精密的弱点的尝试过程，迁就译源语言的有意"不顺"，有助于汉语自身的变革与改进。换言之，鲁迅认为现在"信"和"顺"还是一对矛盾，面对着一对矛盾，宁取"信"而不是"顺"。

1935年6月10日写的《"题未定"草（二）》谈到《死魂灵》的翻译时，鲁迅提及翻译的"归化"问题：

> 动笔之前，就先得解决一个问题：竭力使它归化，还是尽量保存洋气呢？日本文的译者上田进君，是主张用前一法的。……我的意见却两样的。只求易懂，不如创作，或者改作，将事改为中国事，人也化为中国人。如果还是翻译，那么，首先的目的，就在博览外国的作品，不但移情，也要益智，至少是知道何时何地，有这等事，和旅行外国，是很相像的：它必须有异国情调，就是所谓洋气。其实世界上也不会有完全归化的译文，倘有，就是貌合神离，从严辨别起来，它算不得翻译。凡是翻译，必须兼顾两面，一当然力求其易解，一则保存着原作的丰姿，但这保存，却又常常和易懂相矛盾：看不惯了。不过它原是洋鬼子，当然谁也看不惯，为比较的顺眼起见，只能改换他的衣裳，却不该削低他的鼻子，剜掉他的眼睛。我是不主张削鼻剜眼的，所以有些地方，仍然宁可译得不顺口。[1]

---

① 鲁迅：《且介亭杂文二集·"题未定"草（二）》，《鲁迅全集》第6卷，第352—353页。

晚清翻译，就是采取"归化"的策略，向国外寻找"故事"，"传奇"不够，进口小说，以中国固有的言情、武侠类型来比附外国小说。这些皆为鲁迅所不取。翻译态度背后，是文化的态度。中国自古自大无外，面对外来事物，历来主张"归化"，以彼就我，对于这一现象，鲁迅具有明确的批判意识，"酱缸"之谓，即其能指。翻译中的"归化"意识，在鲁迅看来，就是传统"归化"意识的显现。翻译是一个跨文化与语言的交际过程，"归化"的反面，是尊重和保留翻译对象的主体性，在相互主体性中保留向对方取法的渠道。"归化"的翻译在于以彼就我，非"归化"的翻译重在取法对方，鲁迅之主张"硬译"与"欧化"，与其深层文化态度密切相关。

通过对鲁迅"硬译"问题的探讨，我们获得了鲁迅对于现代汉语言文字改革问题的三个基本态度：

一、语言文字处在变化（进化）的途中，只有大致的方向，没有终极的、确定的目标。每个人及每一个改革措施的努力，都是实践中的摸索和积累，都不过是进化过程中的"中间物"和"桥梁"中的"一木一石"。

二、"硬译"的目的，一是为了尽量忠实地输入新的内容，二是为了输入新的表现法，以欧化语法弥补汉语表达的不严密。

三、翻译策略的选择，具有具体的针对性，以读者为依据，可以分成三个类别："甲，有很受了教育的；乙，有略能识字的；丙，有识字无几的。""硬译"针对的是有一定知识水平和文化教养的智识分子，寄希望于他们能通过接受"硬译"，不仅能接触新的内容，也能接触新的表现法；而对于知识水平不高或者初识文字的读者，则不妨"意译"。

了解了鲁迅的三个基本态度，我们就会对于鲁迅在语言文字改革问题上的复杂性有个基本的理解。

第五节　新文字与新语言

中国近现代语言文字改革运动，在内容上有语文运动和汉字改革两个方面。我们前面谈的白话文与翻译问题，属于语文运动层面，而近现代文字改革运动，与语文运动并驾齐驱，密切相关，谈鲁迅与语文运动的关系，不可不谈鲁迅与汉字改革之间的关系，两者放在一起，更能考察鲁迅的语言文字观。

甲午之败后，先觉之士首先意识到国家强弱与"民智"的关系，晚清洋务派与维新派为了普及教育，开启民智，也开始尝试从事语言文字改革。早期的改革受基督教传教士以土话字母翻译《新约圣经》，以及日本通过五十假名文字改革普及教育的启示，即开始从事汉字拼音化的尝试。胡适曾在《中国新文学大系·建设理论集导言》中列举介绍了晚清语言文字改革的先驱者，如厦门卢戆章的"切音新法"、福建龙溪蔡锡勇的"传音快字"、广东香山王炳耀的"拼音字谱"、直隶宁河王照"专拼白话"的"官话字母"、浙江桐乡劳乃宣的"简字全谱"等；[1]当然还有1906年春剑桥大学教授威妥玛（Thomas Francis Wade）和传教士翟理斯（Herbert Allen Giles）推出"威妥玛—翟理斯拼音方案"。其实，除了以上尝试者之外，当时有识见的权重人士如吴汝纶、严复、张謇、张元济、傅增湘、周馥甚至袁世凯等人，都是汉字拼音化改革的支持者。晚清中央教育会议通过了《统一国语办法案》，政府在汉语拼音化上也发挥了积极作用。

晚清革命派提出了两个方向上的改革主张。以章太炎为代表的国粹派，从排满的民族主义立场出发，坚持文化本位主义立场，"以国粹激励种性"，将汉文汉字视为"种性"之所寄，认为"语言文字亡则种性失"[2]。章氏考察方言，从语音入手，探求"夏声之源"，寻求"本字"，试图在"本字"基础上正本清源，统一语言，以臻言文合一的境界。晚清无政府主义"新世纪"派则提出更为激进的文字革命主张，从"世界大同"理想出发，站在"人类祖国"的立场，提出"废除汉字"，推行"万国新语"，"万国新语"是"新世纪"派对Esperanto（世界语）的汉译。"新世纪"派是中国最早的世界语的倡导者，其倡导"万国新语"，除了"世界大同"的人类理想之外，还有现代

① 胡适：《中国新文学大系·建设理论集导言》，《胡适全集》第12卷，第260—270页。
② 章念驰编：《章太炎生平与学术》，生活·读书·新知三联书店1988年版，第37页。

性的"科学""进化"等信念的支撑。吴稚晖认为，汉字为"非科学世界之文字"，不能表达"科学世界之思想与事物"，因此"必应由吾人而自行废灭"。①而"万国新语"吸收了西方各国文字的长处，容易被大范围地使用，满足现代科学超越国界的交流趋势；文字演变符合"天演公理"，"适者生存，其不适者，澌灭随之，固非一二人之力所能挽回"。②李石曾则总结出文字演化的象形—表意—合声的进化规律，根据优胜劣汰的进化原理，认为"象形表意之字，必代之于合声之字，此之谓文字革命。"③

　　随着"五四"文学革命的发生，近现代以"言文一致"为目标的白话文运动与汉字革命也达到高潮。"五四"思想革命是自晚清以来中国现代转型逻辑的进一步深入，作为思想革命之有机组成部分的文学革命自然也带有其彻底性。"最后的觉悟"是"伦理的觉悟"，"五四"开始全方位地对中国传统伦理道德进行检讨和批判，而文言和汉字，被视为传统伦理道德的载体，要加以革新。在陈独秀、胡适揭橥的"文学革命"大纛的指引下，白话文运动在短期内取得显著的成效，白话文学风起云涌，中小学课本、报刊纷纷改用白话。在胡适领衔的"五四"白话文运动同时，还有钱玄同领衔的"汉字革命"，陈独秀、傅斯年等都是支持者。1916年，陈独秀在《新青年》一卷六号发表《吾人最后之觉悟》，最后说："吾敢断言曰：伦理的觉悟，为吾人最后觉悟之最后觉悟。"④钱玄同依循陈氏逻辑延伸到汉文汉字："玄同对于先生这个主张，认为救现在中国的唯一办法，然因此又想到一事：则欲废孔学，不可不先废汉文；欲驱除一般人之幼稚的野蛮的顽固的思想，又不可不先废汉文。"⑤

　　① 吴稚晖：《个数应用之不备》，《吴稚晖先生全集》（五），（台湾）中国国民党中央委员会党史史料编纂委员会1969年版，第61—63页。

　　② 吴稚晖：《辟谬》，《吴稚晖先生全集》（五），第66页。

　　③ 李石曾：《进化与革命表征之一》，《李石曾先生文集（上）》，（台湾）中国国民党中央委员会党史史料编纂委员会1970年版，第69页。

　　④ 陈独秀：《吾人最后之觉悟》，《陈独秀文章选编》，生活·读书·新知三联书店1984年版，第109页。

　　⑤ 钱玄同：《中国今后之文字问题》，1918年4月15日《新青年》4卷4号，引自《钱玄同文集》第一卷，中国人民大学出版社1999年版，第162页。

"我再大胆宣言道：欲使中国不亡，欲使中国民族为二十世纪文明之民族，必以废孔学，灭道教为根本之解决，而废记载孔门学说及道德妖言之汉文，尤为根本解决之根本解决。"[①]陈独秀则回信附和道："然中国文字，既难传新事新理，且为腐毒思想之巢窟，废之诚不足惜。"[②]钱氏提出"汉字之根本改革的根本改革"，"什么是'汉字之根本改革'？就是将汉字改用字母拼音，像现在的注音字母就是了。什么是'汉字之根本改革的根本改革'？就是拼音字母应该采用世界的字母——罗马字母式的字母"[③]。钱玄同说："我敢大胆宣言：汉字不革命，则教育决不能普及，国语决不能统一，国语的文学决不能充分的发展，全世界的人们公有的新道理、新学问、新知识决不能很便利、很自由地用国语写出。"[④]

"五四"一代多从"进化""科学"等现代性观念出发来强调废除汉字的必要性，在具体论述逻辑上其实与十多年前的"新世纪"派并无不同，所不同者在于二者的历史动机："新世纪"更多是从无政府主义的信念出发去提倡"万国新语"，而"五四"一代则是从历史与现实中深切感受到中国传统的根深蒂固，才提出激进的革命主张。由汉文到汉字，无论背景有何差异，在变革传统、面向现代的价值取向上是基本一致的。"五四"文学革命者的激进言论，是一种针对历史沉疴的姿态，并非如今人所想象的那样简单化，对于具体的问题，其实又是非常理性的，他们中的很多人参加了政府组织的语言改革方案的制定，为汉语改革做出了具体的贡献。1913年，北洋政府教育部召开的"读音统一会"审定国音，采定字母，制定了三十九个"注音字母"。五年后，"标准国音"与注音字母由教育部正式公布。1926年，教育部国语统一筹备会发表了赵元任、钱玄同、刘复等制定的"国语罗马字"，后二年国民政府

---

① 钱玄同：《中国今后之文字问题》，1918年4月15日《新青年》4卷4号，引自《钱玄同文集》第一卷，第166—167页。

② 陈独秀：《陈独秀的信》，《钱玄同文集》第一卷，第169页。

③ 钱玄同：《汉字革命》，1923年《国语月刊》第1卷7号"汉字改革专号"，引自《钱玄同文集》第三卷，第76页。

④ 钱玄同：《汉字革命》，1923年《国语月刊》第1卷7号"汉字改革专号"，引自《钱玄同文集》第三卷，第62页。

大学院又颁布"国语罗马字拼音法式",作为"注音字母"之后的"国音字母第二式"。

随着中国共产党在文艺战线上提出无产阶级革命文学的口号,30年代,左翼文艺界发动大众语和汉字拉丁化运动。受启发于苏联统一少数民族语言的拉丁文字运动,汉字的拉丁化由左翼文化界首先提出,它不仅针对文言和汉字,还针对之前汉字改革中提出的注音字母和国语罗马字方案。1921年,瞿秋白来苏联,受苏联拉丁化文字的启发,起草了"拉丁化中国字"草稿。大革命失败后,瞿再次来苏,与吴玉章一起于1929年推出"中国拉丁化字母"(草案)。1930年在苏联出版《中国拉丁话的字母》(莫斯科KYTY出版社),内容包括《新拉丁化字母的一览表》和《汉字拼音表》,在留苏中国工人中进行推广。1931年瞿秋白回国,发动"第三次的文学革命",大力推行"拉丁化新文字",又推出《中国拉丁化的字母(草案)》的改良版《新中国文草案》,其中的《新中国文字母表》比以前的《新拉丁化字母的一览表》更为科学,书写体、印刷体采用统一的世界语标准。瞿秋白还制定了《新中国文声母表》《新中国文韵母表》《新中国文拼音表》及其拼音规则、书法大纲、文法规则等。撰写了《普通中国话的字眼的研究》《中国文和中国话的关系》《汉字和中国的言语》《中国文和中国话的现状》《新中国的文字革命》等文章。

鲁迅与汉字改革运动,可以说相伴始终。

留日时期的鲁迅似乎是一个汉字捍卫者,1908年作《破恶声论》指摘流行的"恶声","恶声"所指为:"一曰汝其为国民,一曰汝其为世界人"[1],而"总计言议而举其大端,则甲之说曰,破迷信也,崇侵略也,尽义务也;乙之说曰,同文字也,弃祖国也,尚齐一也,非然者将不足生存于二十世纪"[2]。《破恶声论》未完,对"同文字""弃祖国"和"尚齐一"的批评尚未展开,观其理路,当又有对汉文汉字的呵护。鲁迅此时对汉文汉字的捍卫立场与章太炎有关。1908年夏,居于东京"伍舍"的鲁迅曾与许寿裳、周作人、

---

[1] 鲁迅:《集外集拾遗补编·破恶声论》,《鲁迅全集》第8卷,第26页。
[2] 鲁迅:《集外集拾遗补编·破恶声论》,《鲁迅全集》第8卷,第26页。

钱玄同等一同赴民报社听章太炎讲《说文解字》和《尔雅》，章氏此时倡导"以国粹激励种性"，在《东京留学生欢迎会演说辞》中就宣称："为甚提倡国粹？不是要人尊信孔教，只是要人珍惜我们汉种的历史。这个历史，是就广义说的，其中可分为三项：一是语言文字，而是典章制度，三是人物事迹。"①章氏认为"小学"乃"国故之本"②，希望通过"提倡小学"，达到"文学复古"，来"爱国保种"，③在为国学讲习会做的带有"招生广告"性质的《国学讲习会序》中说："吾闻处竞争之世，徒恃国学固不足以立国矣，而吾未闻国学不兴而国能自立者也。吾闻有国亡而国学不无者也，而未闻国学先亡而国仍立者也。"④后来参加讲习会的鲁迅可能有所耳闻。直至晚年，章氏仍坚持"文字亡则种性失"⑤的观点。1907年6月，中国早期无政府主义杂志《新世纪》在巴黎创刊，1907、1908两年，大肆宣扬废除汉文，推行"万国新语"。对此，章太炎先后发表《驳中国宜用万国新语说》（1908年《国粹学报》第41、42期，后再发于1908年6月10日《民报》第21号）、《规〈新世纪〉》（1908年10月10日《民报》第24号）加以反驳。对于章太炎当时发表的文章，鲁迅当不会错过，其日本时期的立场无疑深受乃师影响。

作为民国教育部部员，鲁迅参加过1913年教育部组织的"读音统一会"，对于国音标准和使用何种注音字母，会议在南北立场之间曾发生激烈争论。在标准音问题上尊重了北方立场，而在使用何种注音字母上南方立场获胜，"朱希祖在其师章太炎由古文、籀、篆径省之形所制定的36个纽文（声母）、22个韵文（韵母）中选出39个，作为标音符号，写出议案，联络马幼渔、周豫才、许寿裳、钱稻孙、陈浚共同具名"⑥。具名者皆浙江会员，多为章氏弟子，时

① 章太炎：《东京留学生欢迎会演说辞》，汤志钧编：《章太炎政论选集》，中华书局1977年版，第276页。

② 章太炎：《小学略说》，《国故论衡》，上海古籍出版社2003年版，第10页。

③ 参见章太炎：《东京留学生欢迎会演说辞》，汤志钧编：《章太炎政论选集》，中华书局1977年版，第276页。

④ 章太炎：《国学讲习会序》，《民报》第7号，1906年9月5日。

⑤ 章念驰编：《章太炎生平与学术》，生活·读书·新知三联书店1988年版，第37页。

⑥ 崔明海：《制定"国音"尝试：1913年的读音统一会》，《历史档案》2012年第4期。

在教育部任职的鲁迅列名其中。鲁迅后来有生动的回忆："民国初年，教育部要制字母，他们俩（即劳乃宣、王照，笔者注）都是会员，劳先生派了一位代表，王先生是亲到的，为了入声存废问题，曾和吴稚晖先生大战，战得吴先生肚子一凹，棉裤也落了下来。"[①]

"五四"时期，白话文运动和汉字改革运动同时进行，前者由胡适领衔，后者则由钱玄同鼓动，是为所谓"汉字革命"，只不过，前者的声势远远盖过后者。相比较前者，钱玄同鼓噪的"汉字革命"更为激进，他连罗马字拼音方案都不赞成，建议直接废止汉字，采用世界语，这种激进主张不是一般人所能接受的。钱玄同鼓动"汉字革命"时，鲁迅当时没有公开表示过意见，这与他那时尚处在"边缘"姿态有关，在当时《新青年》展开的围绕白话文与文字改革的一系列的论争中，几乎看不到鲁迅的身影，其边缘角色意识相当自觉。但是，鲁迅尚且对胡适"听将令"，凭他与钱玄同的私交，对于平时无话不谈的钱玄同，认同应该是没有问题的。钱玄同在与人讨论世界语时，就曾引同道为支援："如刘半农、唐俟、周启明、沈尹默诸先生，我平日听他们的言论，对于Esperanto，都不反对。"[②]唐俟者，鲁迅也。鲁迅见钱玄同的文章后回信道：

> 两日前看见《新青年》五卷二号通信里面，兄有唐俟也不反对Esperanto，以及可以一齐讨论的话；我于Esperanto固不反对，但也不愿讨论：因为我的赞成Esperanto的理由，十分简单，还不能开口讨论。
>
> 要问赞成的理由，便只是依我看来，人类将来总当有一种共同的言语；所以赞成Esperanto。
>
> 至于将来通用的是否Esperanto，却无从断定。大约或者便从Esperanto改良，更加圆满；或者别有一种更好的出现；都未可知。但现在既是只有这Esperanto，便只能先学这Esperanto。现在不过草创时代，正如未有汽

---

① 鲁迅：《且介亭杂文·门外文谈》，《鲁迅全集》第6卷，第95页。

② 钱玄同：《关于Esperanto讨论的两个附言》，1918年8月15日《新青年》5卷2号，引自《钱玄同文集》第一卷，第211页。

船，便只好先坐独木小舟；倘使因为豫料将来当有汽船，便不造独木小舟，或不坐独木小舟，那便连汽船也不会发明，人类也不能渡水了。

然问将来何以必有一种人类共通的言语，却不能拿出确凿证据。说将来必不能有的，也是如此。所以全无讨论的必要；只能各依自己所信的做去就是了。

但我还有一个意见，以为学Esperanto是一件事，学Esperanto的精神，又是一件事。——白话文学也是如此。——倘若思想照旧，便仍然换牌不换货：才从"四目仓圣"面前爬起，又向"柴明华先师"脚下跪倒；无非反对人类进步的时候，从前是说no，现在是说ne；从前写作"哴哉"，现在写作"不行"罢了。所以我的意见，以为灌输正当的学术文艺，改良思想，是第一事；讨论Esperanto，尚在其次；至于辨难驳诘，更可一笔勾消。①

鲁迅声明不反对Esperanto，但又阐明不参与世界语讨论的理由，他更关心的是语言背后的"精神"。虽然这样，鲁迅对世界语的支持还是贯穿一生，20年代热心支持世界语学者与作家爱罗先珂，对北京世界语专门学校给以无私帮助，后来对于世界语文学翻译活动给以大力支持。1936年8月答《世界》杂志"中国作者对于世界语的意见"问中表白："我自己确信，我是赞成世界语的。赞成的时候也早得很，怕有二十来年了罢"②。

鲁迅在厦门大学的讲义稿《汉文学史纲要》的第一篇就是"从文字到文章"，认为文字的创造"所当绵历岁时，且由众手，全群共喻，乃得流行，谁为作者，殊难确指，归功一圣，亦凭臆之说也"③。即汉字是在生活中由无名之辈多人创造形成的，并对汉字"以形象为本柢"，兼具形音义三者的特点进行了揭示。

在后来的发言中，鲁迅开始公开表达对"五四"汉字革命的看法。1927年

① 鲁迅：《集外集·渡河与引路》，《鲁迅全集》第7卷，第34—35页。
② 鲁迅：《集外集拾遗补编·答世界社信》，《鲁迅全集》第8卷，第402页。
③ 鲁迅：《汉文学史纲要》，《鲁迅全集》第9卷，第344页。

鲁迅与20世纪中国研究丛书

作《无声的中国》的演讲，揭示在"五四"时期胡适的文学革命的同时还有一个钱玄同的文字革命："在中国，刚刚提起文学革新，就有反动了。不过白话文却渐渐风行起来，不大受阻碍。这是怎么一回事呢？就是因为当时又有钱玄同先生提倡废止汉字，用罗马字替代。这本也不过是一种文字革新，很平常的，但被不喜欢改革的中国人听见，就大不得了了，于是便放过了比较平和的文学革命，而竭力来骂钱玄同。白话乘了这一个机会，居然减去了许多敌人，反而没有阻碍，能够流行了。"[①]在鲁迅看来，胡适文学革命的顺利成功，是因为有了钱玄同的汉字革命这块"挡箭牌"。

在30年代的大众语和拉丁化新文字运动中，鲁迅发表《汉字与拉丁化》《门外文谈》《关于新文字》《中国语文的新生》《论新文字》等文予以支持；1934年底在《拥护新文字六日报》上发表《且介亭杂文·关于新文字——答问》支持拉丁化新文字，并将其有关语文改革的文章辑为《门外文谈》一书于1935年出版；在其生命中的最后一年，还与蔡元培、郭沫若、茅盾等文化界人士一起在上海参加"我们对于推行新文字的意见"的大型签名活动，并与上海的十五个团体和二百多名文化界人士联合提出三百多个手头字，支持"手头字"运动；发表《论新文字》，在拉丁化新文字和罗马字拼音两个改革方案的争议中，坚定地站在拉丁化新文字一边。[②]在病中，鲁迅接受《救亡情报》访员采访，表示："新文字运动应当和当前的民族解放运动，配合起来同时进行。"[③]他还将自己宣传拉丁化运动的文章得到的稿费捐给拉丁化运动。鲁迅逝世，其丧仪行列中就有不少拉丁文字的挽联。郭沫若的挽联是："旷世名著推阿Q，毕生杰作尤拉化。"[④]

---

① 鲁迅：《三闲集·无声的中国》，《鲁迅全集》第4卷，第13页。

② 鲁迅：《且介亭杂文二集·论新文字》，《鲁迅全集》第6卷，第442—444页。

③ 鲁迅：《病中答救亡情报访员》，倪海曙编：《中国语文的新生》，时代出版社1949年版，第119页。1936年5月中旬鲁迅接受"全国救国联合会"机关报纸《救亡情报》记者芬君（陆治）采访，署名本报记者芬君的《前进思想家鲁迅访问记》刊载于该年5月30日《救亡日报》第4期第2版（参见陆治：《为〈救亡情报〉写〈鲁迅先生访问记〉的经过》，《新文学史料》1980年第3期）。

④ 参见许长安：《鲁迅对汉字改革的贡献》，《厦门大学学报》1981年第2期，第79—85页。

鲁迅认为，中国虽有文字，但"识字的却大概只占全人口的十分之二，能作文的当然还要少"，因而，"中国现在等于并没有文字"。①因而将汉字改革视为晚清以来语言文字改革的根本，认为清末的办白话报和五四文学革命"还只知道了文章难，没有悟出中国等于并没有文字"②。目前大众语文的提倡"也还没有碰到根本的问题：中国等于并没有文字"③。鲁迅将拉丁化新文字视为这一问题的解决方案："待到拉丁化的提议出现，这才抓住了解决问题的紧要关键。"④

鲁迅自知不是文字方面的专门家，但他还是化名以《门外文谈》为题系统表达了他对于文字与汉字改革问题的意见，除了表达与"从文字到文章"相同的观点外，鲁迅在此文中特别强调的是汉文特别是汉字对于一般民众的"难"：

> 我的臆测，是以为中国的言文，一向就并不一致的，大原因便是字难写，只好节省些。当时的口语的摘要，是古人的文；古代的口语的摘要，是后人的古文。所以我们的做古文，是在用了已经并不象形的象形字，未必一定谐声的谐声字，在纸上描出今人谁也不说，懂的也不多的，古人的口语的摘要来。你想，这难不难呢？⑤

> 我们中国的文字，对于大众，除了身分，经济这些限制之外，却还要加上一条高门槛：难。单是这条门槛，倘不费他十来年工夫，就不容易跨过。跨过了的，就是士大夫，而这些士大夫，又竭力的要使文字更加难起来，因为这可以使他特别的尊严，超出别的一切平常的士大夫之上。⑥

> 文字难，文章难，这还都是原来的；这些上面，又加以士大夫故意特

① 鲁迅：《且介亭杂文·中国语文的新生》，《鲁迅全集》第6卷，第114页。

② 鲁迅：《且介亭杂文·中国语文的新生》，《鲁迅全集》第6卷，第114页。

③ 鲁迅：《且介亭杂文·中国语文的新生》，《鲁迅全集》第6卷，第115页。

④ 鲁迅：《且介亭杂文·中国语文的新生》，《鲁迅全集》第6卷，第115页。

⑤ 鲁迅：《且介亭杂文·门外文谈》，《鲁迅全集》第6卷，第91页。

⑥ 鲁迅：《且介亭杂文·门外文谈》，《鲁迅全集》第6卷，第92—93页。

鲁迅与20世纪中国研究丛书

制的难，却还想它和大众有缘，怎么办得到。但士大夫们也正愿其如此，如果文字易识，大家都会，文字就不尊严，他也跟着不尊严了。说白话不如文言的人，就从这里出发的；现在论大众语，说大众只要教给"千字课"就够的人，那意思的根柢也还是在这里。①

在《花边文学·汉字与拉丁化》中也说："这困难的根，我以为就在汉字。"②

"汉字和大众，是势不两立的"③，"方块汉字真是愚民政策的利器"④，"这样的一个连文字也没有的国度，是在一天一天的坏下去了"⑤。在鲁迅看来，汉字的繁难，使民众不能运用文字，失去表达的工具，造成民众的愚昧，甚至将国族的危运与汉字的繁难联系起来，因而，鲁迅经常以"结核"比喻方块汉字："中国劳苦大众身上的一个结核"⑥，"传布智力的结核"⑦，"为了这方块的带病的遗产，我们的最大多数人，已经几千年做了文盲来殉难了"⑧。"那么，倘要生存，首先就必须除去阻碍传布智力的结核——非语文和方块字。如果不想来给旧文字做牺牲，就得牺牲掉旧文字。"⑨"倘不首先除去它，结果只有自己死。"⑩

与"五四"时期的立场相同——"要我们保存国粹，也须国粹能保存我们。"⑪"保存我们，的确是第一义。"⑫鲁迅在此质问："为汉字而牺牲我

① 鲁迅：《且介亭杂文·门外文谈》，《鲁迅全集》第6卷，第93页。

② 鲁迅：《花边文学·汉字与拉丁化》，《鲁迅全集》第5卷，第556页。

③ 鲁迅：《且介亭杂文·答曹聚仁先生信》，《鲁迅全集》第6卷，第76页。

④ 鲁迅：《且介亭杂文·关于新文字——答问》，《鲁迅全集》第6卷，第160页。

⑤ 鲁迅：《且介亭杂文·中国语文的新生》，《鲁迅全集》第6卷，第114页。

⑥ 鲁迅：《且介亭杂文·关于新文字——答问》，《鲁迅全集》第6卷，第160页。

⑦ 鲁迅：《且介亭杂文·中国语文的新生》，《鲁迅全集》第6卷，第115页。

⑧ 鲁迅：《花边文学·汉字与拉丁化》，《鲁迅全集》第5卷，第556页。

⑨ 鲁迅：《且介亭杂文·中国语文的新生》，《鲁迅全集》第6卷，第115页。

⑩ 鲁迅：《且介亭杂文·关于新文字——答问》，《鲁迅全集》第6卷，第160页。

⑪ 鲁迅：《热风·随感录三十五》，《鲁迅全集》第1卷，第306页。

⑫ 鲁迅：《热风·随感录三十五》，《鲁迅全集》第1卷，第306页。

们，还是为我们而牺牲汉字呢？这是只要还没有丧心病狂的人，都能够马上回答的。"①

对于现在与未来的汉字改革，鲁迅强调的依然是汉字和民众之间的关系："一句话：将文字交给一切人。"②"先驱者的任务，是在给他们许多话。"③而拉丁化新文字，是鲁迅的坚定选择，在谈到大众语书写的难题时说："现在只还有'书法拉丁化'的一条路。"④"待到拉丁化的提议出现，这才抓住了解决问题的紧要关键。"⑤在当时的汉字改革的两个主要方案——拉丁化新文字和罗马字拼音——之间，鲁迅坚定地支持后者："当没有看到拉丁化的新文字之前，就很难明确的断定以前的注音字母和罗马字拼法，也还是麻烦的，不合适用，没有前途的文字。"⑥"赵元任的太繁，用不来的。"⑦"要精密，当然不得不繁，但繁得很，就又变了"难"，有些妨碍普及了。"⑧而拉丁化新文字是"一种简而不陋的东西"⑨，"只要认识二十八个字母，学一点拼法和写法，除懒虫和低能外，就谁都能够写得出，看得懂了。况且它还有一个好处，是写得快"⑩。所以，"倘要中国的文化一同向上，就必须提倡大众语，大众文，而且书法更必须拉丁化"⑪。鲁迅对汉字拉丁化的支持，与其所指摘的汉字繁难相对应，始终着眼于简易的维度，其目的就是最大可能地拉近文字与大众之间的距离，让民众充分地掌握文字和语言，表达出自己的声音，让"无声的中国"变成有声。至此可见，鲁迅的汉字改革观，与

① 鲁迅：《花边文学·汉字与拉丁化》，《鲁迅全集》第5卷，第556页。

② 鲁迅：《且介亭杂文·门外文谈》，《鲁迅全集》第6卷，第95页。

③ 鲁迅：《且介亭杂文·答曹聚仁先生信》，《鲁迅全集》第6卷，第77页。

④ 鲁迅：《花边文学·汉字与拉丁化》，《鲁迅全集》第5卷，第556页。

⑤ 鲁迅：《且介亭杂文·中国语文的新生》，《鲁迅全集》第6卷，第115页。

⑥ 鲁迅：《且介亭杂文·关于新文字——答问》，《鲁迅全集》第6卷，第160页。

⑦ 鲁迅：《且介亭杂文·答曹聚仁先生信》，《鲁迅全集》第6卷，第78页。

⑧ 鲁迅：《且介亭杂文·门外文谈》，《鲁迅全集》第6卷，第96页。

⑨ 鲁迅：《且介亭杂文·门外文谈》，《鲁迅全集》第6卷，第96页。

⑩ 鲁迅：《且介亭杂文·门外文谈》，《鲁迅全集》第6卷，第96—97页。

⑪ 鲁迅：《且介亭杂文·门外文谈》，《鲁迅全集》第6卷，第100页。

他在日本时期所阐发的"心声"与国族兴亡之间的关系遥相呼应。

近现代汉字改革的最终结果并没有废除汉字，汉字保留了下来，不仅适应了现代生活，而且也不再成为教育普及的障碍，古老的汉字已经焕发出现代的生命力。今天，在弘扬传统文化的当下语境中，延续几千年、应用与审美相结合的汉字越来越成为中华文化的骄傲，成为爱国主义的组成部分。在此一背景下，上个世纪的汉字改革主张开始受到越来越多的人的非议，钱玄同、鲁迅等人废止汉字的主张，成为大逆不道，鲁迅晚年接受《救亡情报》访员采访时说的"汉字不灭，中国必亡"，更成为许多人的讨伐对象。

这样的态度，缺少历史与理性的眼光，需要回到历史现场，对前人立场加以同情地了解，审慎地加以看待。

持论者大多出于对传统文化的热爱，并将对传统文化的态度与爱国联系起来，认为反对汉字者就是不爱国。这里的问题是，有关汉字的主张与爱国并没有必然的联系。如果坚持二者有联系，那么，鲁迅的"汉字不灭，中国必亡"就是一个矛盾的存在，"汉字不灭"，为何要与"中国必亡"放在一起？说明国家的兴亡正是鲁迅改革汉字的动机。其实，近现代汉字改革和语文改革运动的动机，都来自救亡图存的原始情结，可以说，当年汉字改革的积极提倡者，如谭嗣同、蔡元培、吴稚晖、钱玄同、陈独秀、鲁迅、黎锦熙、赵元任、瞿秋白、吴玉章、周有光、吕叔湘等，不仅不是不爱国者，反而都是怀有极为强烈的爱国心的有识者。他们认识到，汉字的繁难，使民众不能普遍接受基础教育，造成素质的低下和智识的愚昧，阻碍了现代国民的形成，而汉字概念的局限，也造成接受现代科学的局限，所以汉字必须改革，走国际通行的拼音化的道路。在今天看来过于激进"废除汉字"的主张，一是因为当年发言的时代背景与我们今天不同，当年面临的是中华民族危机最为深重的时刻，鲁迅说"汉字不灭，中国必亡"时，正是日本发动全面侵华战争的前夜，鲁迅说出此言，背后有极为沉重的危机感；二是因为，中国现代史上的文化激进主张，也与改革策略相关，胡适后来曾解释"五四"的激进主张是因为疑为"取法乎上得其中"的策略，鲁迅在谈到"五四"白话文运动为何比预想要顺利时也说过："中国人的性情是总喜欢调和，折中的。譬如你说，这屋子太暗，须在这里开一个窗，大家一定不允许的。但如果你主张拆掉屋顶，他们就会来调和，愿意开窗了。没有更激烈的主张，他们总连平和的改革也不肯行。那时白话文之得以通行，就因为有废掉中国字而用罗马字母的议论的缘故。"①

今天国力昌盛后，我们将传统文化作为加强民族凝聚力和自豪感的重要资源，但是，不能因此简单地将当年的汉字、汉语改革主张等同于反对传统文化，更不能将对传统文化的反思和批判等同于不爱国。在救亡图存与传统文化的关系上，鲁迅那一代人牢牢抓住前者，在他们看来，人比文化更为重要，未来比过去更为重要，如果传统文化中的弊端成为现代转型的障碍，就要加以革新，只要有中国人在，就会创造属于我们的文化。历史已经证明，正是因为一个多世纪以来中华文化的自我更新，古老中国才成功地走上了现代转型之路。

回到汉字改革问题上，没有一个多世纪以来几代人的汉字、汉语改革的努力，今天的汉字很难获得现代生机。从晚清民初的各种拼音方案，到民初教育部的统一国音会，"国罗"和"北拉"方案，再到50年代的《汉语拼音方案（草案）》的正式实施，在国族危机的激发下开展的近现代以来汉字改革，都为今天的汉字生机做出了贡献。

那些曾经提出激进主张的改革者，在实践中往往是汉字改革的卓越贡献者。他们在具体措施上并不激进，如废止汉字最为积极、主张以世界语代替汉字的钱玄同就在实践中为汉字改革做出许多建设性的贡献，陈漱渝先生评价说："在中国近现代的国语运动中，钱玄同既敢于'破'，又勇于'立'，为汉字改革、国语统一做了大量默默无闻的工作。他的建树至少体现在以下五个方面：一、审定国音常用字汇（历时十年，合计12220字）。二、创编白话的国语教科书。三、起草《第一批简体字表》（计二千三百余字）。四、提倡世界语。五、拟定国语罗马字拼音方案。此外，他执教近三十年，开设过'古音考据沿革'、'中国音韵沿革'、'说文研究'等课程，为中国语言学界培养了的大批英才——魏建功先生就是其中的佼佼者。"②为50年代《汉语拼音方

① 鲁迅：《三闲集·无声的中国》，《鲁迅全集》第4卷，第13—14页。
② 陈漱渝：《钱玄同文集·序二》，《钱玄同文集》第一卷，第13页。

案（草案）》做出重要贡献的周有光，就曾经是30年代拉丁化新文字的积极支持者。

第六节　新文学、新语言、新文字背后的国族想象

至此，我们可以总结中国现代语文运动的以下几个特点：

一、中国近现代语文运动是文学、语言和文字改革运动相互合作的产物。晚清口语和语音层面的"言文一致"和"统一语言"，与白话文运动并驾齐驱，文学发挥了重要作用。到"五四"，白话文运动借文学革命的新力一举获得成功，成就"国语的文学，文学的国语"。30年代大众语与拉丁化新文字运动，也与瞿秋白所谓"文腔革命"结伴而行，"左翼"文学也相伴始终。正是因为语言、文字和文学的合力，中国现代语文运动才会具有事半功倍的历史效应。

二、"文学及其形式"是"形成'民族'认同和进行'民族'动员的重要方式"[①]。自晚清到"五四"，再到30、40年代，在语文和文字两个层面展开的中国近现代语文运动，是随着救亡图存的情结与现代国民国家想象一道兴起的。可以说，救亡与建立现代国家，是近现代中国语言文字改革的原初动力，建立现代民族国家的共同语，则是其直接目标。

现代语文改革的指向，一是"言"与"文"的统一，是为"言文一致"；二是各地方言语音的统一，是为"统一语言"。两者出现的背景，都是中国面临的近代危机，其动机，都是为现代国家建立语言基础——现代民族国家的共同语。"言文一致"势必要使"文"迁就"言"——最初就是各地方言，方言本位就是声音本位，拼音化文字就成为一时的追求；但方言的呈现造成话语分裂的隐忧，"统一语言"——首先是语音的统一——就成为获得官方支持的新的改革方向。因而中国近代语文改革运动的目标指向，从19世纪末的"言文一

---

① 汪晖：《地方形式、方言土语与抗日战争时期"民族形式"的论争》，《汪晖自选集》，广西师范大学出版社1997年版，第343页。

致"，到20世纪初，逐渐转向"统一语言"，如王风所言，后者获得更多官方支持。① "言文一致"与"统一语言"，共同通向后来的"国语"。总之，言文一致和统一语言，都是为了克服汉语存在的分裂，指向现代民族国家的共同语。

三、梳理近现代中国语言文字改革运动，可以发现其中一个具有内在悖论的发展逻辑：一方面近现代中国语言文字改革运动来自强烈的救亡与建国的国族主义动机，同时，其思想观念又不时超越国族意识，具有超越民族的世界主义冲动。

与"统一语言"和国族动机有更直接的关联不同，"言文一致"诉诸开启民智，让一般民众都能掌握语言，更具有"启蒙"的意义。虽然"启蒙"和"救亡"并不对立，"启蒙"最终可以归结到"救亡"，但是，开启民智的"言文合一"运动，在内在逻辑上蕴藏超越国族动机的可能性。开启民智，一方面当然直接指向现代民族国家建设所需要的"民智"，如梁启超意义上的"新民"；另一方面，也蕴含指向更高的超越国族意识的层面。

受西方语言和日本近代语言改革的启发，"言文一致"被视为现代语言的方向，是开启民智、振兴国族的根本。无论是晚清"新世纪派"的"万国新语"，还是"五四"时期的白话文运动、"汉字革命"和世界语提倡，还是30年代"左翼"的大众语与汉字拉丁化运动，在国族主义的动机之上，已然形成一个超越国族的世界主义取向。

这一世界主义指向又是由具有内在矛盾的不同成分构成的，如"五四"的现代启蒙意识，与30年代、40年代的无产阶级意识，在中国马克思主义意识形态中，前者是属于"反封建"的资产阶级意识形态，后者才兼具反封建和反帝的双重使命，成为无产阶级意识形态，对前者形成新的超越和克服。因而，作为中国近现代语言文字改革的原初动机的救亡与建国，最终统一到无产阶级领导的反帝、反封建的新民主主义革命中。近现代中国语言文字改革运动，也在

① 参见王风：《晚清拼音化与白话文催发的国语思潮》，夏晓虹、王风等：《文学语言与文章体式——从晚清到"五四"》，安徽教育出版社2004年版，第30—35页。

民族主义与世界主义的双重变奏中走完了充满矛盾、辩证的发展道路。正如汪晖所言："中国现代文学运动的持久影响之一，是为现代书面语的形成创造条件、规范和习惯，进而形成一种'普遍语言'。这种普遍语言在功能上为统一国家提供了语言上的依据，同时，在取向上，又与西方语言逐步接近，即所谓科学化、逻辑化、拼音化。换言之，这种新的普遍语言具有世界主义和民族主义的双重取向和双重功能，即用'科学化'的方式形成普遍的现代民族共通语言，这就是普通话。"[①]

有了对这一复杂背景的梳理，有助于我们更深入地理解鲁迅的语言文字观。

在鲁迅与语言文字的关系中，存在几个引起人们困惑的现象。比如说，鲁迅日本时期固执地以文言对接异域小说的现代性，为何在"五四"时期又成为白话的坚定捍卫者？鲁迅一辈子用毛笔小楷进行写作，其书法深得传统，自成一家，为何在晚年坚定地支持汉字拉丁化运动，甚至说出"汉字不灭，中国必亡"[②]的惊人之语？鲁迅既然支持白话和汉字拉丁化，为何在翻译中又坚持"硬译"，不走"亲民"路线？

对这些难题的解答，需要我们进入鲁迅语言文字观的更深层面。

鲁迅的语言文字观，与他的文学观紧密相通。我们在第一节已经论述过，青年周树人在日本孤寂地开始"弃医从文"的志业转向，是将"兴国"——"立人"的志业，诉诸文学能够启发并发出"心声"的特殊功能。在他看来，中国近代危机的本质，不仅在物质与制度层面，而且更深地存在于国民的精神层面，而且，国民精神危机还不是梁启超意义的针对"群"的公德问题，而是在于"个人"的精神问题，在文化性的人格与个性的深处。因而，摆脱危机的根本契机，既不在"黄金黑铁"，也不在"国会立宪"，而是"第二维新之声"——以"诗力"（文学力量）激发沉溺于习俗与私欲的人心，在"摩罗诗

① 汪晖：《地方形式、方言土语与抗日战争时期"民族形式"的论争》，《汪晖自选集》，广西师范大学出版社1997年版，第361页。

② 鲁迅：《病中答救亡情报访员》，倪海曙编：《中国语文的新生》，时代出版社1949年版，第119页。

力"的感召下，人人唤起本有的"诗心"，发出"心声"，则"心声洋溢"，"沙聚之邦，于是成为人国"。"心声"，成为"兴国"的基础，这就是"弃医从文"背后的"文艺"—"心声"—"立人"—"兴国"之路。

隐默十年后，在谈到文学的作用时，鲁迅几乎不再提"心声"，而"痛苦"，成为其阐述文学作用时经常用到的词。在20年代中期的《俄文译本〈阿Q正传〉序》中说：

> 别人我不得而知，在我自己，总仿佛觉得我们人人之间各有一道高墙，将各个分离，使大家的心无从相印。……造化生人，已经非常巧妙，使一个人不会感到别人的肉体上的痛苦了，我们的圣人和圣人之徒却又补了造化之缺，并且使人们不再会感到别人的精神上的痛苦。[1]

在20年代后期的《小杂感》中说：

> 楼下一个男人病得要死，那间壁的一家唱着留声机；对面是弄孩子。楼上有两人狂笑；还有打牌声。河中的船上有女人哭着她死去的母亲。
> 人类的悲欢并不相通，我只觉得他们吵闹。[2]

30年代还强调自己写小说的动机："揭出病苦，引起疗救的注意。"[3]

可以说，在"心声"之外，鲁迅表达文学动机的另一个关键词就是"痛苦"。

在某种程度上说，疼痛是个人性的，虽然极为痛切，但"只有我知道我是否真的疼：别人只能推测"[4]，别人在理性上再认同"疼痛"的伤害，也无法

---

① 鲁迅：《集外集·俄文译本〈阿Q正传〉序及著者自序传略》，《鲁迅全集》第7卷，第81页。

② 鲁迅：《而已集·小杂感》，《鲁迅全集》第3卷，第531页。

③ 鲁迅：《南腔北调集·我怎么做起小说来》，《鲁迅全集》第4卷，第512页。

④ ［奥］维特根斯坦：《哲学研究》，陈嘉映译，商务印书馆1996年版，第135页。

感同身受。在鲁迅看来，中国人身上积压的"痛苦"实在太多了，或者沉默，或者遗忘，或者变得麻木，长此以往，不仅不能感受到别人的痛苦，只关心一己的悲欢，而且自己的"痛苦"也渐渐适应、忘却，成为冷漠无声的"沙聚之邦"。打破这一寂寞之境的契机，在于我们恢复最起码的痛感，感受并开始表达自己的"痛苦"，并进而感知别人的"痛苦"。鲁迅敏锐地发现，只有文学才能表达和传达本来是私人性的"痛苦"。

由精神性的"心声"到肉身性的"痛苦"，伴随鲁迅曲折的心路历程，其间无疑有思想和心态的变化。日本时期的"心声"，本来也与早年的"痛苦"经历隐隐相通，但年轻人的激情与希望，将"心声"对接超常性的"天才"与"神思"，掩盖了"痛苦"的底色。由"心声"转换为"痛苦"背后，是对自我与现实的进一步觉察，我决不是一个振臂一呼应者云集的英雄[1]的自觉，将高亢的精神打回积压的痛苦，并经历了两次绝望中新的挣扎与创伤。

"人生最痛苦的是梦醒了无路可以走。"[2]在写作《呐喊》之前，鲁迅正处在S会馆的绝望中，试图用遗忘来麻木自己的"痛苦"，当"金心异"（钱玄同）劝其出山时，鲁迅拿出"铁屋子"比喻加以拒绝。"铁屋子"中的人，既指他未来的读者，同时，他自己不就是正在"铁屋子"中努力忘却"痛苦"的人，何必又要来唤醒我的"痛苦"？

鲁迅后来终于答应重新开口，既已开口，就是选择不再忘却，开始表达自己和别人的"痛苦"，正如《呐喊·自序》所言："而我偏苦于不能全忘却，这不能全忘的一部分，到现在便成了《呐喊》的来由。"[3]在"铁屋子"一样的奴隶之邦，如果不是被动的愚昧麻木，或者主动的遗忘麻醉，那么就要觉悟自己的"痛苦"，并且表达自己的"痛苦"，沟通相互的"痛苦"，"悟己为奴"，并且反抗为奴。

潜隐而尖锐的痛感，是《呐喊》表述的潜在核心，《呐喊》从来也没有过地揭示了中国人内在的痛感。《狂人日记》《孔乙己》《药》《明天》《故

---

① 鲁迅：《呐喊·自序》，《鲁迅全集》第1卷，第417—418页。

② 鲁迅：《坟·娜拉走后怎样》，《鲁迅全集》第1卷，第159页。

③ 鲁迅：《呐喊·自序》，《鲁迅全集》第1卷，第415页。

乡》将弱者的"痛苦"放在无法表达的幕景下表现出来，阿Q对于自己的"痛苦"，选择主动的遗忘，让自己能够"精神胜利"地苟活下去；阿Q生平第一次精神性痛感的出现，是在临刑的最后时刻，其生命觉醒可能性的瞬间，随着肉体的消灭而永远失去了。阿Q"痛苦"的复杂性，不仅在于其自身"痛感"的消失，而且还在于，小说暗示了，即使阿Q有自知自身"痛苦"的可能性，在终极意义上也无法表达自己的"痛苦"。

第二次绝望时期，鲁迅自身的"痛苦"进一步加深。《彷徨》《两地书》尤其是《野草》，是试图处理自身"痛苦"的书写。

在40年代的痛苦中写的《鲁迅》中，竹内好对鲁迅的"痛苦"有异常敏锐的把捉：

> 他的痛苦之深，以至于深到无法把对象世界构筑到小说和批评当中。《热风》、《华盖集》以下的接连出版的杂感集，便是这痛苦的产物。……他为表白痛苦而寻求论争的对手。写小说是出于痛苦，论争也是出于痛苦。小说里吐不尽的苦，便在论争里寻找倾吐的地方。①

鲁迅以文学为参与中国现代转型的独立行动，并在这一过程中，以文学的方式，展现了这一参与过程中个人的丰富而深刻的痛苦，可以说，在某种意义上，鲁迅文学，是承受和展现中国艰难现代转型的痛苦"肉身"。可以说，鲁迅写作的目的，就是为了表达与沟通自己与别人的痛苦，最终则是为了消灭与减轻人世间不必要的痛苦。

终其一生，以富含渊深"心声"和切己"痛苦"的文字，召唤读者本然具有的内在"诗""心"。鲁迅的文学，总是吸引着那些具有痛感并直面自己痛苦的读者，鲁迅文学，就是召唤主体的文学。

"心声"和"痛苦"来自个人，但要通过文字和语言来表达，于是，这样

① ［日］竹内好：《鲁迅》，竹内好著，李冬木、赵京华、孙歌译，孙歌编：《近代的超克》，生活·读书·新知三联书店2005年版，第108页。

的逻辑关系就展现出来："兴国"—"立人"—"心声"和"痛苦"—文学—文字和语言，鲁迅的"文学—语言—文字"的有机联系，及其与救亡的复杂关系，都在其中。

既然语言和文字是抒发"心声"和沟通"痛苦"的唯一工具，汉字和文言的繁难就成为实现理想的障碍，破除繁难，走向通俗，就势必成为鲁迅的选择。不难理解，在日本时期以文言对接现代的尝试搁浅之后，从"五四"开始，鲁迅坚定地站到白话一边，并终身捍卫白话，晚年坚定地支持汉字拉丁化运动，甚至说出"汉字不灭，中国必亡"[①]的惊人之语。

但在简易化的取向之外，鲁迅又有一个看似相反的取向，就是我们在前文讨论过的"硬译"和"欧化"。"硬译"和"欧化"处在与简易的相反的方向上，似乎又制造了理解的障碍，因而，既要反击梁实秋们缺少洞察的批评，又要回应瞿秋白过于激进的指责。如果说鲁迅的简易化取向是为了普及，那么，"欧化"策略则是为了提高。留日时期《域外小说集》的翻译，不仅意在"异域文术新宗，自此始入华土"[②]，而且意在"性解思维，实寓于此"[③]，因而周氏兄弟独辟蹊径地采取直译的方式。文言加直译的方式自然没有成功，到"五四"后，以白话进行翻译，鲁迅更坚定地执行直译的策略，到30年代被人讥为"硬译"，索性以"硬译"为荣。鲁迅"直译"与"硬译"的策略之后，除了"迻徙具足"[④]——尽量不损失地介绍现代思想外，还有一个潜在的动机，就是通过汉语白话对西语的"直译"，将西语精密的语法结构搬到白话中，促使现代汉语语法的精密。

可以看到，简易化与"欧化"，是鲁迅一直兼顾的两个方面，由于同时有两个方面的存在，与梁实秋、瞿秋白论争时虽易遭误解，但也显得游刃有余。到晚年，在与曹聚仁讨论语言文字改革的信中，还是兼顾两点：

---

① 鲁迅：《病中答救亡情报访员》，倪海曙编：《中国语文的新生》，时代出版社1949年版，第119页。

② 鲁迅：《译文序跋集·〈域外小说集〉序言》，《鲁迅全集》第10卷，第155页。

③ 鲁迅：《译文序跋集·〈域外小说集〉序言》，《鲁迅全集》第10卷，第155页。

④ 鲁迅：《译文序跋集·〈域外小说集〉略例》，《鲁迅全集》第10卷，第157页。

竭力将白话做得浅豁，使能懂的人增多，但精密的所谓"欧化"语文，仍应支持，因为讲话倘要精密，中国原有的语法是不够的，而中国的大众语文，也决不会永久含胡下去。[①]

所以现在能够实行的，我以为是（一）制定罗马字拼音（赵元任的太繁，用不来的）；（二）做更浅显的白话文，采用较普通的方言，姑且算是向大众语去的作品，至于思想，那不消说，是"进步"的；（三）仍要支持欧化文法，当作一种后备。[②]

抒发"心声"和沟通"痛苦"，是鲁迅文学救亡的初衷，换言之，个人性的"心声"和"痛苦"，成为整合国民、振兴国族的起点，鲁迅的语言观、文字观与文学观在这里紧密相连，与国族意识遥遥相通。但同时，"心声"与"痛苦"的原发性，及其召唤主体的可能性，使其指向不会局限于国族救亡层面。因而，与近现代中国语文运动中世界主义指向一样，鲁迅的语言文字观有着强烈的超越国族的指向。

鲁迅的语言文字观的两个看似相反的诉求——简易化和"欧化"，都存在民族国家和超越民族国家的双重指向。简易化诉求的是让民众掌握语言和文字，基于只要每个国人都能发出"心声"和沟通"痛苦"，中国就有希望的想象，这一想象与民族国家意识紧密相连。但同时，汉字拉丁化的坚定主张又似乎对汉字的文化意义毫不足惜，打破了汉字所维系的国族意识，拉丁化带有强烈的世界主义色彩。"欧化"本身带有超越国族意识的"现代"指向，但同时，"欧化"在终极意义上，一是为了尽量忠实地引进新思想，二是为了现代汉语语法的精密和完善，指向现代中国的民族共同语的建设，并在实践中促进了现代汉语的成熟。这两者说明，"欧化"诉求终归与鲁迅的国族意识遥遥相通。

---

① 鲁迅：《且介亭杂文·答曹聚仁先生信》，《鲁迅全集》第6卷，第77页。

② 鲁迅：《且介亭杂文·答曹聚仁先生信》，《鲁迅全集》第6卷，第78页。

看似悖论的诉求，在鲁迅的语言文字观中集于一身，如果只做浅层次的理解，就会产生困惑，如招致诟病的"汉字不灭，中国必亡"，就存在相互悖论的理解——对汉字的决绝态度让热爱汉字文化的人质疑："汉字"不存在了，还有"中国"吗？但另一方面，鲁迅对汉字的否定，却分明来自后面"中国必亡"的国族动机。国族意识与世界（现代）取向，就这样在鲁迅这里更深层次地结合在一起。

救亡，无疑源于国族意识，但20世纪中国救亡指向的现代性，又使救亡举措不时超越国族意识，具有世界主义的诉求。晚清时代的无政府主义，"五四"时期的现代启蒙和后来的无产阶级革命运动都是这一倾向的体现，这一具有内在悖论的思想与社会运动，终于在40年代的新民主主义革命和民族解放运动中合流。

1936年5月中旬，在接受"全国救国联合会"机关报纸《救亡情报》记者芬君（陆诒）的采访时说：

> 汉字不灭，中国必亡。因为汉字的艰深，使全中国大多数的人民，永远和前进的文化隔离，中国的人民，决不会聪明起来，理解自身所遭受的压榨，理解整个民族的危机。我是自身受汉字苦痛很深的一个人，因此我坚决主张以新文字来替代这种障碍大众进步的汉字。
>
> 新文字运动应当和当前的民族解放运动，配合起来同时进行，而进行新文字，也该是每一个前进文化人应当肩负起来的任务。①

在1936年8月5日，鲁迅在答《世界》杂志社关于"中国作者对于世界语的意见"问中说：

> 我自己确信，我是赞成世界语的。赞成的时候也早得很，怕有二十来

---

① 鲁迅：《病中答救亡情报访员》，倪海曙编：《中国语文的新生》，时代出版社1949年版，第119页。

年了罢，但理由却很简单，现在回想起来：一，是因为可以由此联合世界上的一切人——尤其是被压迫的人们；二，是为了自己的本行，以为它可以互相绍介文学；三，是因为见了几个世界语家，都超乎口是心非的利己主义者之上。①

一直到最后，鲁迅都将自己毕生进行的汉语语言文字改革的努力，与民族解放运动和与人类解放的理想结合在一起。

① 鲁迅：《集外集拾遗补编·答世界社信》，《鲁迅全集》第8卷，第402页。

第九章 《故事新编》、"油滑"与晚年情怀

第一节 《故事新编》的研究热点和方法

鲁迅的作品总会留下一些待解的谜，而《故事新编》留下的谜可能是最多的。

《故事新编》首先给人的困惑，是它的"四不像"，以历史、神话和传说为题材，但又不像一般的历史小说，甚至与其杂文有内在的神似，其创作方法也难用规范性的某种"主义"来套。鲁迅明确表示不满"油滑"，但"油滑"又难以克制似地不断出现，让人莫衷一是。日本学者竹内好深有感触地说，从《呐喊》一路研究到《野草》，对于《故事新编》却无从下手，只好说："老实说，《故事新编》我是看不懂的。"①对于《故事新编》的好坏，历来评价也不一，国内的且不说，日本研究者就出现过悬殊的评论，如竹内好对它评价不高，甚至认为是失败的作品，②而花田清辉却认为："如一国一部地列举二十世纪各国的文学作品，与乔伊斯的《尤利西斯》相提并论，我在中国就选

---

① ［日］竹内好：《鲁迅》，竹内好著，李冬木、赵京华、孙歌译，孙歌编：《近代的超克》，生活·读书·新知三联书店2005年版，第100—105页。

② 竹内好说："《故事新编》全部都是失败的作品。然而，说到鲁迅到了晚年为什么敢于计划这场失败，我的想法却无法理出头绪来。"（［日］竹内好：《鲁迅》，竹内好著，李冬木、赵京华、孙歌译，孙歌编：《近代的超克》，生活·读书·新知三联书店2005年版，第100—101页。）

《故事新编》。"①

《故事新编》的研究热点，历来聚焦于体裁、创作方法、"油滑"问题、现代性与传统、《铸剑》的写作时间等具体问题。

在研究方法上，国内研究大致形成两个路向，一是内涵研究，二是艺术技巧研究，两者相互交叉。内涵研究涉及《故事新编》的写作动机、主题、思想与精神意蕴、现代性、与传统文化的关系等等；艺术技巧研究涉及对《故事新编》"历史题材"与"现实讽刺"的交织、"油滑"、"古今杂糅"、杂文笔法等特征的解读。

在这两个研究方向上，国内《故事新编》研究已积累丰厚的成果，郑家建的《被照亮的世界——〈故事新编〉诗学研究》（福建教育出版社2001年版，该书修订本《历史向自由的诗意敞开：〈故事新编〉诗学研究》由上海三联书店2005年再版）和高远东的《现代如何"拿来"——鲁迅的思想与文学论集》（复旦大学出版社2009年1月出版）中的《故事新编》研究可为其中的代表。前者围绕"戏拟""隐喻""文学传统""现代奇书"等视点，在多重文化视野中全面探讨《故事新编》的语言、创作思维、文体特征、现代技巧及其与中国文学传统与西方现代艺术技巧之间的关系，涉及布莱希特"间离效果"、巴赫金"狂欢理论"、卢安奇"对话集"、后现代"解构主义"等，堪称《故事新编》现代诗学研究的集大成之作。高远东的研究由三篇长篇论文组成，据作者自己介绍，本来是总题为《论〈故事新编〉的"文明批评"》的三个部分，有着整体的逻辑和思路，围绕鲁迅与儒、墨、道三家思想人物的复杂关系，从道德与事功、信念与责任、思想与行动这三个价值难题入手，发微隐藏于小说曲折叙事背后的鲁迅与传统之间的复杂关系，认为正是通过对以上价值难题的反思与选择，鲁迅在最后返观了儒、墨、道传统。高远东试图将《故事新编》放到鲁迅"文明批评"与"社会批评"的整体思想架构中，并试图在晚年的几篇小说中寻找早期"立人"思想的归宿，显示了一个整体思路和深度问题意识。

① 引自日本尾崎文昭2013年3月27、28日中国人民大学、北京大学的讲演稿《日本学者眼中的〈故事新编〉》。

形式即内容，郑家建的艺术分析也不时切入内涵的解读，但"诗学研究"的指向使其论述重心放在艺术形式方面。高远东试图通过对小说中儒、墨、道内涵的解读展现鲁迅思想的内景，发人所未发，但过于整饰的思想分析，尚未顾及《故事新编》写作的时间跨度所造成的思想流动。我曾在评论高远东的研究时说：

> 践履问题的呈现，既是一个如何现代的思想问题，也是鲁迅借以摆脱自身矛盾困境的个人问题，高氏解读如能全面结合鲁迅自身矛盾的演化与克服的过程，当更有说服力。高氏解读始终围绕道德与事功、信念与责任、思想与行动等诸对立项展开，我以为这是能切中晚年鲁迅的思想内核的，若由这些对立项向前反溯，可以发现它们也许连接着前期鲁迅的诸多矛盾，换言之，这些对立项的呈现也许就是前期困扰鲁迅的希望与绝望、实有与虚无、黑暗与光明、生存与毁灭诸存在悖论的变相或转化，而且，它们是作为业已突破前期悖论之后的解决方案出现的，因为，在二十年代中期的《野草》中已经可以看到，正是通过把"反抗绝望——绝望的抗战"的行动无条件化和绝对化，鲁迅才得以穿越那次致命的绝望，也许可以说，希望与绝望的难题，已通过转化为思想与行动的问题而得以解决。尚需进一步追问的是，若如高氏所言，后期的鲁迅在面对儒、墨、道思想传统时，其理性反思在道德与事功、信念与责任、思想与行动之间展开，并把肯定性价值指向后者，则这种反思意向，在理性范围内尚未超出晚明以降儒学传统中的自我反思，明王朝的"天崩地解"使后儒倾向于把责任归咎于宋、明道学的空疏误国，黄宗羲、王夫之、顾炎武、颜元、傅青主等皆倡行通经致用、讲求事功，此种倾向虽经清汉学的一度冲淡，但一直传承至近代今文经学。周作人三、四十年代对儒家的重释，亦颇看重对晚明以降事功资源的挖掘，后来竟直提出"道义之事功化"作为伦理革命的两个目标之一。在此思想背景下，鲁迅晚年的反思究竟有何独到之处？因此，同样诉诸践履，如能全面结合鲁迅自身的生命体验及其精神转变的历

程，就更能呈现这一结论的深切处。①

如何进一步把《故事新编》放到鲁迅动态的主体精神构成中来把握其内涵？高远东其实本来也有这样的想法，据说他还有"《故事新编》的主体构成"的研究设想，因而他在2012年底的文章中谈到《故事新编》研究的不足时说：

> 最大的遗憾，在于这种读法（指《故事新编》的外部研究，笔者注）对鲁迅文学产生的"小宇宙"关注不够，对鲁迅之思想和艺术追求之"文脉"把握不足，在于对已有的文学成规还是太当回事。……我以为不仅要把《故事新编》视为一部有独特形式和趣味的小说，把它和古今中外有关作家的相关作品对照来看，建立它与古今中外文学之"大宇宙"的联系，而且也应该进入作家创作的深处，把握作家思想和艺术之创造血脉的精微流动，建立与综合体现着作家思想和艺术追求的文学生产的"小宇宙"的联系。这样才能面面俱到，既"串联"，又"并联"，所建立的阅读坐标才是完整的科学的，其对小说之"杂文化"、"寓言性"等特质的揭示才可能是令人信服的。……这样好的读法，说来容易做来难。②

对作家本身的"小宇宙"关注不够，这不仅是《故事新编》研究的问题，也是鲁迅研究甚至当下作家作品研究中普遍存在的问题。一般的作家可以不计较，但面对鲁迅这样丰富复杂的对象，尤其需要首先自问，我们真的充分了解对象了吗？鲁迅研究中，不问对象只问理论的现象并不鲜见。

回到鲁迅的"小宇宙"，首先不能漠视的一个基本事实是：《故事新编》的写作从最早的《不周山》（《补天》）到去世之前一年写的四篇，时间跨度

---

① 参见笔者：《现代转型之痛苦"肉身"：鲁迅思想与文学新论》，北京大学出版社2013年版，第377页。

② 高远东：《〈故事新编〉的读法》，《中国现代文学研究丛刊》2012年第12期，第174页。

达十三年，几乎涵盖其整个创作生涯。巨大的时间跨度造成的不同时期的精神信息是不能忽视的存在，解读《故事新编》，这是不能绕开的一个问题。

第二节　贯穿一生的《故事新编》

《故事新编》是鲁迅晚年结集的第三本小说集，收1922年至1935年所作小说八篇，1936年出版。《故事新编》创作时间跨度达十三年，是唯一在写作时间的跨度上几乎涵盖整个创作生涯的文集，大致属于其创作生涯的三个时期。

第一篇《补天》，原名《不周山》，1922年所作，最先收入《呐喊》集，收入《故事新编》时改名《补天》，这应该属于鲁迅的"呐喊"时期。

《铸剑》与《奔月》的写作时间相近，属于第二个阶段。鲁迅在《序言》中说："直到一九二六年的秋天，一个人住在厦门的石屋里，对着大海，翻着古书，四近无生人气，心里空空洞洞。而北京的未名社，却不绝的来信，催促杂志的文章。这时我不愿意想到目前；于是回忆在心里出土了，写了十篇《朝华夕拾》；并且仍旧拾取古代的传说之类，预备足成八则《故事新编》。"[1]如果鲁迅所言属实，看来他当时就有同时开始《朝花夕拾》和《故事新编》两个方向的写作，"朝花夕拾"是广州结集时改为现名，厦门时原题"旧事重提"。可以看到，"故事新编"与"旧事重提"是相互对仗，"旧事"对"故事"，"故事"，是小说，也是历史，一为个人"旧事"，一为民族历史，"故事新编"的意图已经出来了。

《奔月》文后署明写作时间为1926年12月，当无异议，不过对于《铸剑》（发表时初名《眉间尺》）的写作时间，学界颇有争议：《铸剑》最初发表于1927年4月25日、5月10日出版的《莽原》半月刊第2卷第8、9期上，题名《眉间尺》，文后没有标明写作时间，鲁迅在1927年4月3日日记中记有"作《眉间赤》讫"；但矛盾的是，鲁迅1935年编《故事新编》时在《铸剑》文后补记写作时间为1926年10月，1933年编《鲁迅自选集》，收入《奔月》《铸剑》，

---

[1]　鲁迅：《〈故事新编〉序言》，《鲁迅全集》第2卷，第342页。

《〈自选集〉自序》进一步确认："逃出北京，躲进厦门，只在大楼上写了几册《故事新编》"①，所谓"几册"，应该包括《眉间尺》，另外，《〈故事新编〉序言》也说："这时我不愿意想到目前；于是回忆在心里出土了，写了十篇《朝花夕拾》，并且仍旧拾取古代的传说之类，预备足成八则《故事新编》。但刚写了《奔月》和《铸剑》——发表的那时题为《眉间尺》，——我便奔向广州，这事就又完全搁起了。"②说明《铸剑》1926年写于厦门。

由于两个时间的分歧，学界相应形成两派观点，与鲁迅在广州相识的陈梦韶最早持1926年10月说，③丁言昭认同这一观点，④后孙昌熙、韩日新进一步确认《铸剑》的艺术构思开始于厦门，前二节完成于厦门，后二节完成于广州，⑤这一观点得到更多学者的认同。⑥至于具体多少写于厦门，多少写于广州，意见也不见得统一，前面已提到孙昌熙、韩日新认为前二节完成于厦

---

① 鲁迅：《南腔北调集·〈自选集〉自序》，《鲁迅全集》第4卷，第456页。

② 鲁迅：《〈故事新编〉序言》，《鲁迅全集》第2卷，第342页。

③ 陈梦韶认为：《铸剑》是鲁迅于"一九二六年十月间在厦门大学，分为'未完'和'完'两个时段，继续写作完毕；到了一九二七年四月三日在中山大学再加修改誊清，然后寄给《莽原》半月刊。"（《鲁迅创作〈铸剑〉时间辨考》，《破与立》1979年第5期）

④ 丁言昭：《鲁迅与〈波艇〉》，《齐鲁学刊》1978年第1期。

⑤ 孙昌熙、韩日新：《〈铸剑〉完篇的时间、地点及其意义》，《吉林师大学报》1980年第1期。

⑥ 持相似观点的文章有：姚国军：《论鲁迅〈铸剑〉的创作过程与艺术影响》，《鲁迅研究月刊》2014年第12期；龙永干：《〈铸剑〉创作时间考释及其他》，《鲁迅研究月刊》2012年第7期；李允经：《〈铸剑〉究竟写于何年？》，《鲁迅研究月刊》2009年第10期；聂运伟：《缘起·中止·结局——对〈故事新编〉创作历程的分析》，《文学评论》2003年第5期；申松梅：《死亡与新生——〈铸剑〉的文化原型分析》，《现代语文》2007年第10期；邱福庆：《〈铸剑〉：鲁迅的爱情宣言与生命宣言》，《龙岩学院学报》2007年第4期；白帆：《虚无现实中的复仇——浅析〈铸剑〉中的人物及其思想》，《沧桑》2007年第3期；吴颖、吴二持：《鲁迅〈故事新编〉研究及其他》，汕头大学出版社2005年版，第145页；张兵：《〈铸剑〉的文化解读》，《复旦学报》2005年第2期；曹兴戈：《对"复仇"主题的诗意表达》，《中学生阅读（高中版）》2005年第3期；郎伟：《色彩斑斓的小说——读鲁迅小说〈铸剑〉》，《朔方》2003年第1期；袁良骏：《鲁迅为何偏爱〈铸剑〉》，《鲁迅研究月刊》2002年第9期；林华瑜：《放逐之子的复仇之剑——从〈铸剑〉和〈鲜血梅花〉看两代先锋作家的艺术品格与主体精神》，《鲁迅研究月刊》2002年第8期；朱全庆：《深刻独特的生命体验 历史特质的准确把握——鲁迅历史小说〈铸剑〉解读》，《山东教育学院学报》2000年第6期；程宁：《从民族精魂的赞歌到胜者的悲哀——〈铸剑〉解读》，《咸宁师专学报》2000年第5期；聂运伟：《〈故事新编〉研究札记》，《湖北大学学报》1996年第5期等。

门，后二节完成于广州，但李允经认为鲁迅之所以1927年4月3日日记记下"写讫"，是因为"他在将《铸剑》一稿审读一过，准备寄出时随手所记，而并非是说《铸剑》的'完成时间'就是这天"①。龙永干则从日记、书信、旁人回忆、主体创作境遇、作品审美基调等角度进行综合分析，结论认为《铸剑》前三节写于厦门，后因现代评论派南来和高长虹事件冲击而终止，写了《奔月》，来广州之后，才续写了最后一部分"出殡"。②持1927年4月作的，以朱正为代表，他在《〈鲁迅回忆录〉正误》中认为："关于《铸剑》，看来可以断定：写作时间：一九二七年四月三日，而不是一九二六年十月；写作地点：广州白云路白云楼，而不是厦门的石屋里；最先发表的刊物乃是《莽原》，而不是《波艇》。"③廖久明则在《也谈〈铸剑〉写作的时间、地点及其意义》中试图进一步论证这一观点。④许寿裳曾对与鲁迅同住广州白云楼的生活有这样的回忆："我与鲁迅合居其间，我喜欢早眠早起，而鲁迅不然，各行其事，两不相妨，因为这间楼房的对角线实在来得长。晚餐后，鲁迅的方面每有来客络绎不绝，大抵至十一时才散。客散以后，鲁迅才开始写作，有时至于彻夜通宵，我已经起床了，见他还在灯下伏案挥毫，《铸剑》等篇便是这样写成的。"⑤虽然此处所言白云楼写《铸剑》的细节还有待进一步考证，但这也无疑成为持后一种说法者的直接证据。本文不想在此对这一问题做进一步的考证，因为，无论是1926年底还是1927年初，《铸剑》的写作时间与《奔月》一样，属于鲁迅20年代中期这个阶段，都不成问题。

《故事新编》最后五篇作于上海，《非攻》作于1934年，而《理水》《采薇》《出关》《起死》作于去世前一年的1935年，是其离世之前的一年，为

---

① 李允经：《〈铸剑〉究竟写于何年？》，《鲁迅研究月刊》2009年第10期。

② 龙永干：《〈铸剑〉创作时间考释及其他》，《鲁迅研究月刊》2012年第7期。

③ 朱正：《〈铸剑〉不是在厦门写的》，《〈鲁迅回忆录〉正误》，湖南人民出版社1979年版，第41页。

④ 廖久明：《也谈〈铸剑〉写作的时间、地点及其意义》，《现代中国文化与文学》2011年第2期。

⑤ 许寿裳：《亡友鲁迅印象记》，鲁迅博物馆鲁迅研究室《鲁迅研究月刊》选编：《鲁迅回忆录·专著》上册，北京出版社1999年版，第271页。

《故事新编》写作的第三个阶段，属于典型的晚年创作。

现在可以总结说，《故事新编》贯穿鲁迅创作生涯的三个时期：《补天》属于《呐喊》时期，《铸剑》《奔月》属于《彷徨》—《野草》时期，最后五篇属于晚年的杂文时期。《故事新编》的写作分别带上了三个时期不同的精神思想状态和创作心态的影响。

我们将《故事新编》的写作定位在上述三个时期，背后有一个考量：分布在鲁迅整个创作生涯的《故事新编》，其不同时期的写作，应该分有了不同时期的精神与思想状况，在写作动机与写作状态上，也应有所不同。

"变"是《故事新编》不同时段创作的应有的存在，我们先按此不表，首先看看其不变的因素可能有哪些，换言之，鲁迅在开始写作《故事新编》时可能就有的写作意图并贯彻始终的东西是什么？

《〈故事新编〉序言》谈到《不周山》（《补天》）时，说有两个写作意图，一是"想从古代和现代都采取题材，来做短篇小说"①，二是"首先，是很认真的，虽然也不过取了茀罗特说来解释创造——人和文学的——的缘起"②。不过，鲁迅这样说，还没有后来的要写一本《故事新编》的意思，换言之，向古代取材，属于《呐喊》时期的想法，另有目的。我想，《不周山》还当存在另一个意图，1935年初给萧军、萧红的一封信中说到正在写的《故事新编》时说："把那些坏种的祖坟刨一下"③，"刨祖坟"的意思，恐怕不仅仅属于晚年，《不周山》（《补天》）中对女娲造人后"鼠头鼠脸"的人的描写，分明含有"刨祖坟"的意思，在这一点上，第一时期和第三时期有共同之处。其实，鲁迅既然要写小说，无论是从现代还是古代取材，批判国民性的主题总是绕不过去的，因而在古代取材的《故事新编》中"刨一下""坏种的祖坟"，自然是题中应有之义。

---

① 鲁迅：《〈故事新编〉序言》，《鲁迅全集》第2卷，第341页。

② 鲁迅：《〈故事新编〉序言》，《鲁迅全集》第2卷，第341页。鲁迅后来在"原意是在描写性的发动和创造，以至衰亡的"（《南腔北调集·我怎么做起小说来》，《鲁迅全集》第4卷，第513页）。

③ 鲁迅：《书信·350104致萧军、萧红》，《鲁迅全集》第13卷，第4页。

鲁迅与20世纪中国研究丛书

在《不周山》创作的三个意图中，"想从古代和现代都采取题材，来做短篇小说"需要我们深入理解，鲁迅为什么要"想从古代和现代都采取题材，来做短篇小说"？

还有一个问题与第二个时期相关，《铸剑》与《奔月》似乎与"刨祖坟"无关，更重要的是，《〈故事新编〉序言》中着重提到的"油滑"（虽然鲁迅自己表示"不满意"，但这一倾向在晚年写的五篇中集中爆发），在《铸剑》与《奔月》中已难见到。似乎，写于第二个时期的这两篇小说又有其独立性。为什么中期的《铸剑》与《奔月》有所不同呢？

第三节　有关争议与"油滑"问题

如前所述，《故事新编》的争议集中在体裁性质、创作方法、'油滑'问题、现代小说史上的地位和影响等，其中，体裁性质和"油滑"问题是尤其值得玩味的问题。

20世纪50年代就有《故事新编》是"历史小说"还是"讽刺小说"的讨论。《故事新编》是以古代神话、历史与传说为题材的小说，但对于小说是否属于历史小说，一直存在争议。鲁迅在谈到这部小说集时说："对于历史小说，则以为博考文献，言必有据者，纵使有人讥为'教授小说'，其实是很难组织之作，至于只取一点因由，随意点染，铺成一篇，倒无需怎样的手腕。"[1]没有明确说它不是历史小说，但又有意将其与一般意义上的"历史小说"分开，强调其"随意"性；《故事新编》的讽刺性，也是非常明显的，借古讽今，甚至古今穿越，嬉笑怒骂，但是，如我们在现代文学史意义上将其归类于所谓讽刺小说，觉得还是无法归属。高远东说："像20世纪50年代关于《故事新编》是'历史小说'还是'讽刺小说'的讨论，我以为就是囿于教科书成见的交锋，两派主张虽尖锐对立，但提问的出发点却都错了，学术上收获不多是难免的。记得唐弢先生把这比喻为在教科书的概念里'推磨'，'转来

① 鲁迅：《〈故事新编〉序言》，《鲁迅全集》第2卷，第342页。

转去仍然没有跳出原来的圈子'。"①

鲁迅申言《故事新编》："不足称为'文学概论'之所谓小说。"②说明在他的意识里，从文学概论出发的归类与定性，与《故事新编》关系不大。

50年代，伊凡提出《故事新编》是"以故事形式写出来的杂文"③的观点，钱理群先生在1987年版的《中国现代文学三十年》中认为，《故事新编》"穿插"的"喜剧人物"以及"大量现代语言、情节和细节"，体现的是"杂文的功能和特色"，可以说是"杂文化的小说"。④李明伟在《〈故事新编〉——中国现代杂文小说论》中也把《故事新编》定位为"现代杂文小说"⑤。青年学人刘春勇进一步认为："在我看来，后期的《故事新编》并非是传统意义上的小说，而是杂文，是以某种类小说形式写作的杂文。"⑥并进一步将鲁迅杂文和《故事新编》）称之为与现代装置性的"文学"相对的"文章"。⑦

"油滑"，更是让研究者意见纷纭甚至困惑的热点。所谓"油滑"，就是将现代的人、事与语言穿插进古代情节之中，古今杂糅，随意调侃。鲁迅自己一再提到《故事新编》中的"油滑"之处，似乎有所不满，如在《故事新编·序言》中提到《不周山》时说："《不周山》的后半是很草率的，决不能成为佳作"⑧，"油滑是创作的大敌"⑨。《故事新编》杀青后，给友人的信

---

① 高远东：《〈故事新编〉的读法》，《中国现代文学研究丛刊》2012年第12期。

② 鲁迅：《〈故事新编〉序言》，《鲁迅全集》第2卷，第342页。

③ 伊凡：《鲁迅先生的〈故事新编〉》，《文艺报》1953年第14期。

④ 参见钱理群等《中国现代文学三十年》中《故事新编》部分，上海文艺出版社1987年版。

⑤ 李明伟：《〈故事新编〉——中国现代杂文小说论》，《人文杂志》1987年第5期。

⑥ 刘春勇：《留白与虚妄：鲁迅杂文的发生》，《中国现代文学研究丛刊》2014年第1期，第174页。

⑦ 刘春勇：《非文学的文学家鲁迅及其转变——竹内好、木山英雄以及汪卫东关于鲁迅分期的论述及其问题》，《东岳论丛》2014年第9期。

⑧ 鲁迅：《〈故事新编〉序言》，《鲁迅全集》第2卷，第342页。

⑨ 鲁迅：《〈故事新编〉序言》，《鲁迅全集》第2卷，第341页。

中也提到："内容颇油滑，并不佳"①，"是根据传说改写的东西，没什么可取"②"游戏之作居多"③，"小玩意而已"④，但同时又说"不过并没有将古人写得更死，却也许暂时还有存在的余地的罢"⑤。有人同意鲁迅的自谦，认为是创作的大敌，但也有人认为"油滑"恰恰是小说的创新所在。⑥日本学者木山英雄认为："作者在序中几度流露出对'油滑'表示反省的话。然而实际上这种手法贯穿着《故事新编》的全部作品。关于此书，作者在书信中除说'油滑'之外，还多次自我评说是'玩笑''稍许游戏''游戏之作'等等。令人感到，这与其说是作者表示谦虚，毋宁说是在提醒人们对这一点引起注意。其中也许还包含着鲁迅在创作方法上的自负，故确实值得研究。"⑦

王瑶独辟蹊径地指出，《故事新编》的"油滑"与中国传统戏曲中的丑角尤其是绍兴戏中的"二丑艺术"存在联系。丑角可以抛开剧情，将剧中人物的缺点作为笑料直接向观众披露或事先明告其穷途末路。⑧陈平原接续王瑶提到而没有展开的《故事新编》与布莱希特戏剧的关系问题，以"间离效果"解释"油滑"现象，认为小说将现代性异物纳入历史之中，与布莱希特"史诗戏剧"打破亚里士多德式的观众与舞台的感情同化，故意设置障碍，制造间离效

① 鲁迅：《书信·360118 致王冶秋》，《鲁迅全集》第13卷，第292页。

② 鲁迅：《书信·360203 致增田涉》，《鲁迅全集》第13卷，第655页。

③ 鲁迅：《书信·360229 致杨霁云》，《鲁迅全集》第13卷，第322页。

④ 鲁迅：《书信·360201致曹靖华》，《鲁迅全集》第13卷，第230页。

⑤ 鲁迅：《〈故事新编〉序言》，《鲁迅全集》第2卷，第341页。

⑥ 王瑶的《鲁迅〈故事新编〉散论》（《鲁迅研究》1982年第6辑）认为"油滑之处"的运用，明显有使作品整体"活"起来的效果，有助于使古人获得新的生命。刘铭璋的《关于〈故事新编〉的"油滑"问题》（《衡阳师专学报》1982年第4期）、王黎的《卓越的讽刺历史小说——〈故事新编〉是鲁迅创造的新文体》（《河北师大学报》1984年第1期）、龚剑祥的《如何理解〈故事新编〉的油滑之处》（《广州师院学报》1984年第1期）、周成平的《论〈故事新编〉中的"油滑"》（《江苏教育学院学报》1988年第2期）等都肯定了"油滑"手法的新意。

⑦ 木山英雄：《〈故事新编〉译后解说》，刘金才、刘生社译，《鲁迅研究动态》1988年第11期，第24页。

⑧ 王瑶：《鲁迅〈故事新编〉散论》，《鲁迅研究》1982年第6辑。

果的手法是一致的。^①这两种阐释获得很多认同。

第四节　作为探幽入口的"油滑"

一、作为问题的"油滑"

可以看到，作为《故事新编》的研究热点，对于"油滑"的解读，过于贴近"创作"层面，无论说好说坏，也无论是探究其传统渊源，还是以西方理论观照，无非将其视为一种创作态度或者创作技巧，局限于创作技巧层面。

徐麟最早拓宽了对"油滑"的理解，他从讽刺与油滑、杂文与小说的比较着手："实际上，油滑是一种集讽刺、幽默与调侃于一身的混合物，它们彼此间并无可分的界限。"^②"油滑"因素在鲁迅杂文中同样可以找到，"它作为讽刺手段的格调，完全取决于杂文的语境及其所指向的趣味和境界"^③。但由于在杂文中，鲁迅面对的主要是现实，展现的是现实的真实性，所以"它的效果不是'油滑'，而是讽刺"；而《故事新编》的"油滑"就在于"现代生活细节对于历史的入侵"，从而"历史的时间性成为一个荒谬，而至于丧失或被消解，进而，使依存于时间性的历史的神圣性，成为荒谬而至于被消解"。^④徐麟进而认为："'油滑'一说，实际非常真切地表述了鲁迅在与历史的关系中，他最后所站取的位置和态度，而这同时也正是他的杂文面对现实（当然包括历史）所站取的位置和态度。""所以看起来，'油滑'只是一种语态，但一旦它成为一种历史态度，它也就成了一种创作方法。"^⑤《故事新编》的"油滑"与杂文中的"讽刺"放在一起来看，相异之处只是所面对的对象——

①　陈平原：《鲁迅的〈故事新编〉和布莱希特的"史诗戏剧"》，《鲁迅研究》1984年第2辑。

②　徐麟：《鲁迅：在生存与言说的边缘》，山东文艺出版社1997年版，第193—194页。

③　徐麟：《鲁迅：在生存与言说的边缘》，第194页。

④　徐麟：《鲁迅：在生存与言说的边缘》，第194页。

⑤　徐麟：《鲁迅：在生存与言说的边缘》，第195页。

现实和历史——的不同，"油滑"是鲁迅面对历史的态度。徐麟的论述展现了某种可能性的追问空间，可惜没有进一步追问下去。

郑家建在他的专著《历史向自由的诗意敞开：〈故事新编〉诗学研究》中，专辟 "'油滑'新解"一节，试图打开"油滑"问题的新思路："我以为，要理解、分析'油滑'问题，就必须从本质上重建对作品的世界观深度和艺术意识的把握方式，即必须把'油滑'理解成是一种观察人生世相的特殊眼光，是一种对社会、历史、文化独特的认识方式；必须把'油滑'同作家主体内在心灵的深度、复杂性和无限丰富性联系在一起；必须把'油滑'同艺术想象力的异常自由联系在一起；更重要的是，必须看到'油滑'同中国民间诙谐文化的内在关系。"①将对"油滑"的阐释由作品主题、描写和风格层面，引向作家主体世界和内在心灵层面，开启了新的研究意向。但由于该书的着眼点是《故事新编》"诗学"层面的语言、文体、创作思维、文学传统和现代艺术技巧问题，无暇对鲁迅主体世界进行专门深入的考察，没能为这一可贵的研究意向提供支撑；而且郑家建的问题意识，来自这样一个关注，即王瑶对"油滑"与传统戏曲"二丑"艺术的关系的考察未能由文本技巧进入对作家主体心灵世界的解读，因而将 "'油滑'新解"放在"遥远的回想——〈故事新编〉与文学传统"一章，论述中心局限于"'油滑'同中国民间诙谐文化的内在关系"中，没有充分展开原有研究意向的空间。

刘春勇则试图从"虚无"向"虚妄"的鲁迅思想的转变，来探讨"油滑"产生的原因。他认为，鲁迅通过《野草》中《希望》一文的写作，完成了他从"世界的虚无像"向"世界的虚妄像"的过度，②而所谓"世界的虚无像"，与"理想主义的世界像"是二而一的，都难免造成对现实的屏蔽，其一致性来自"两种叙事形式背后的统一法则：现代透视法装置"③，即都要围绕主题

① 郑家建：《历史向自由的诗意敞开：〈故事新编〉诗学研究》，上海三联书店2005年版，第18页。

② 刘春勇：《文章在兹：非文学的文学家鲁迅及其转变》，吉林大学出版社2015年版，第86页。

③ 刘春勇：《文章在兹：非文学的文学家鲁迅及其转变》，第87页。

展开，存在着"焦点（消失点）"，是自笛卡儿以来的西方主体形而上学的产物；而"世界的虚妄像"是"消失点"的消失，即抛除绝对的判断，"不能绝对的状态就是'此身此刻'的虚妄的状态，这就是世界的虚妄像。"①由此认为："'油滑'不可能产生在聚焦叙事的文本当中，也即不可能同聚焦叙事的'文学'相容，'油滑'的产生只能在非聚焦（或非主题）叙事的非文学的'文'之中，并且它只能诞生于面对世界时的一种和解的'余裕'心当中。"②刘春勇将"油滑"放在鲁迅"虚妄"的精神背景中来谈，是一种将"油滑"与鲁迅主体世界打通的可贵路径，但由于这一考察需要以对鲁迅思想更为深入、更为整体的把握为前提，因而还有待进一步的拓进。

"油滑"似小，兹事体大，涉及对《故事新编》的整体理解。其实，上述体裁性质、创作方法、写作技巧等等，与"油滑"并非平行并列的问题，换言之，体裁、方法、技巧等争议，都可以纳入"油滑"问题中，"油滑"是解开这些问题的入口。更为重要的是，"油滑"与作者精神世界密切相关，令人费解的"油滑"，是解开《故事新编》之谜甚至鲁迅晚年思想之谜的一个绝佳入口。

《故事新编》的令人不解，不正是因为有一个老年智者在后面吗？像鲁迅这样一个"旷代智者"③，当穿越人生中的多次绝望进入晚年，该抵达怎样的心境？我们该如何与这样的老者对话？当我们以种种"边见"争执不休的时候，难道不感觉有一个智慧远远超过我们的老者，正对着我们的"认真"和"严肃"开着玩笑？鲁迅曾经提到过魏晋士人的"清俊"与"通脱"，还曾说过中国需要"天马行空似的""大精神"和"大艺术"，④这些都不由令人遐想。

---

① 刘春勇：《文章在兹：非文学的文学家鲁迅及其转变》，第86页。

② 刘春勇：《文章在兹：非文学的文学家鲁迅及其转变》，第133页。

③ 萧红在《回忆鲁迅先生》中有对鲁迅眼光的描述，她说："谁曾接触过这种眼光的人就会感到一个旷代的全智者的催逼。"（萧红：《回忆鲁迅先生》，鲁迅博物馆鲁迅研究室《鲁迅研究月刊》选编：《鲁迅回忆录·散篇》中册，第708页。）

④ 鲁迅："非有天马行空似的大精神即无大艺术的产生。但中国现在的精神又何其萎靡锢蔽呢？"（《译文序跋集·〈苦闷的象征〉引言》，《鲁迅全集》第10卷，第232页。）

"油滑"不是写作技巧问题，而是写作者的情怀、境界和世界观的问题，是一种人生态度——面对世界和面对自己的态度，"油滑"中，潜藏有鲁迅晚年思想与创作的秘密。

《故事新编》的"油滑"，最早出现在《不周山》（《补天》）中女娲两腿之间出现的"小丈夫"。1935年底为《故事新编》作序时，鲁迅谈到这一细节，称之为"油滑"，并说"油滑是创作的大敌，我对于自己很不满"①。但是，到了晚年的五篇小说，"油滑"却突然大面积降临，几乎成为小说最醒目的特征。既然自认为"油滑"是创作的大敌，为何又明知故犯？如果不满"油滑"，为何后来变本加厉？

《故事新编》的序，带有鲁迅之"序"典型的话中有话的特点，不可太拘泥。我们的困惑大多来自"油滑是创作的大敌"这句话，以为鲁迅真的不满"油滑"，其实，说这句话虽是在写完《故事新编》之后，但表达的也许是当年的感受，换言之，所谓对"油滑"的不满，不过是将当年的感受顺口说出来而已，作序时是否还是这样想却不一定。《序》说："我对于自己很不满"，"我决计不再写这样的小说，当编印《呐喊》时，便将它附在卷末，算是一个开始，也就是一个收场"，②在后来写的《奔月》与《铸剑》中，类似的"油滑"果然没有再次出现，似乎有所收敛，说明当年的"不满"是奏效的，但《序》最后又说："不过并没有将古人写得更死，却也许暂时还有存在的余地的罢"③，不是又有点自负的味道？

"创作的大敌"云云也耐人寻味，鲁迅每提到"创作"，并不表示怎样的好感。当"创作"与"翻译"对举的时候，往往推崇的是后者，对于人们说他的杂文不是"创作"似乎也不介意，并不以"创作"为荣。如果鲁迅对于《不周山》的是否为"创作"不以为意，"油滑"的出现也就并不那么可惜吧。《呐喊》初版时，创造社的成仿吾著文评论，认为除了最后一篇《不周山》还算是创作外，其他都是"庸俗"之作，《呐喊》再版时。鲁迅对成仿吾的评论

① 鲁迅：《〈故事新编〉序言》，《鲁迅全集》第2卷，第341页。
② 鲁迅：《〈故事新编〉序言》，《鲁迅全集》第2卷，第341页。
③ 鲁迅：《〈故事新编〉序言》，《鲁迅全集》第2卷，第342页。

给以典型的"即以其人之道还治其人之身"式的回击，专门删掉被评为唯一佳作的《不周山》，"向这位'魂灵'回敬了当头一棒——我的集子里，只剩着'庸俗'在跋扈了"①。鲁迅明确声称"我是不薄'庸俗'，也自甘'庸俗'的"②。看来鲁迅并不那么珍视《不周山》的"创作"性。

直觉告诉我们，鲁迅似乎并不讨厌"油滑"。当初"油滑"一不小心出现时，确实有所"不满"，并在后来的历史神话题材小说《奔月》《铸剑》中避免了这一现象的发生，但是，"油滑"的冲动还是不时涌现，几乎忍不住，终于在最后五篇小说中"泛滥成灾"。如果不得不"油滑"，克制不住要"油滑"，他为何还要讨厌它呢？

二、"油滑"的产生

由不小心出现，到警惕而克制，再到后来的克制不住，这说明，"油滑"在《故事新编》中有一个生长过程。值得一问的是，"油滑"是如何产生的？何以滋长蔓延开来？这背后是怎样一种精神和心态？

"油滑"产生于《不周山》，《不周山》出自《呐喊》，我们可以首先由《呐喊》考察"油滑"的产生，一窥"油滑"产生的轨迹。

《呐喊》的写作，介于两次绝望之间。鲁迅的启蒙人生经历过两次绝望。第一次是日本回国之后。留日时期"弃医从文"的宏大计划遭遇接连挫折，五篇文言论文之最后一篇没有写完。鲁迅提前回国，陷入长达十年的隐默，因《〈呐喊〉自序》的揭示，北京绍兴会馆的六年广为人知，并成为日本鲁迅研究者关注的对象。竹内好将这六年的沉默所暗示的"无"，视作"文学家鲁迅"产生的"原点"，深刻影响了日本以及中国的鲁迅研究。"第二次绝望"是我本人提出的观点，1923年，鲁迅又一次陷入沉默，该年除了寥寥可数的几篇短文，绝无创作类作品，这一年的沉默夹在《呐喊》和《彷徨》《野草》两个创作高峰之间，易被人忽视，但恰是在这一年，发生了对于其人生具有决定

① 鲁迅：《〈故事新编〉序言》，《鲁迅全集》第2卷，第342页。
② 鲁迅：《〈故事新编〉序言》，《鲁迅全集》第2卷，第342页。

意义的两件事，一是周氏兄弟失和，二是接受北京女子高等师范学校的聘书。在《新青年》解散后，周氏兄弟的失和几乎葬送鲁迅全部人生意义的寄托，而接受聘书，则为其后来人生道路的改变提供了可能的契机。鲁迅虽不是《新青年》的编辑，但《新青年》解体的打击，可能比任何人都大。当初S会馆中深陷第一次绝望的周树人，正是在"金心异"的一句有关"希望"的话的激发下，答应为《新青年》写稿，第二次行动的动机，是将疑点重重的"希望"，放到"将来"，即放在行动之后，换言之，这一"希望"已经打了折扣，可能有，也可能无。然而，《新青年》的解体，使鲁迅"又经验了一回同一战阵中的伙伴还是会这么变化"①，打了折扣的"希望"，变得岌岌可危。在这一背景下发生的兄弟失和，是一个决定性的精神事件，鲁迅陷入第二次绝望，1923年的沉默，是第二次绝望的标志。②

　　《呐喊》的写作，是在打破第一次绝望之后。我们已经知道，第一次绝望表明，本来"希望"已经成为"绝望"，鲁迅是通过将"希望"放到"将来"——行动之后，才重新激活"希望"，找到重启行动的理由。《呐喊》的写作，就是这一行动。在我们惯常的想象中，《呐喊》代表鲁迅打破了绝望，因而《呐喊》是充满"希望"的启蒙之作，但事实并非如此简单。

　　就是在1923年的"前夜"——1922年12月9日深夜，鲁迅为走出S会馆后写的十五篇小说起名"呐喊"，写下《呐喊·自序》。放在两次绝望的背景下来考察，写于"第二次绝望"之"前夜"的这篇名文，具有双重功能，从文章内容看，它披露《呐喊》写作的起因，是对"第一次绝望"的回顾，而这一回顾，发生于第二次绝望即将发生的当口，对第一次绝望的描述，同时也是宣告第二次绝望的来临，这是叠加了两次绝望的复杂文本。

　　《自序》回顾了家道中落、幻灯片事件、弃医从文的挫折、S会馆的隐默以及"金心异"的劝说——也就是叙述了《呐喊》的由来，然后，在直接谈到为什么写小说时，这样说：

---

　　① 鲁迅：《南腔北调集·〈自选集〉自序》，《鲁迅全集》第4卷，第456页。

　　② 详见笔者：《鲁迅的又一个"原点"：一九二三年的鲁迅》，《文学评论》2005年第1期。

在我自己，本以为现在是已经并非一个切迫而不能已于言的人了，但或者也还未能忘怀于当日自己的寂寞的悲哀罢，所以有时候仍不免呐喊几声，聊以慰籍那在寂寞里奔驰的猛士，使他们不惮于前驱。[1]

这段话无非说明：一、我已经是"过来人"，本来无话可说了；二、我之加入《新青年》，不是为了自己，而是为了"新青年"。

在说到小说中的"曲笔"时，鲁迅指出有两个原因，一是"须听将令"[2]，二是"至于自己，却也并不愿意将自以为苦的寂寞，再传染给也如我那年青时候似的正做着好梦的青年"[3]，都是为了他人。所谓"曲笔"，意思是不如实去写，也就是说，"寂寞"是真实的，"好梦"是虚幻的，掩藏真实，是为了不将他们从"好梦"中惊醒，免得再遭受"寂寞"之苦。这似乎又回到当初"铁屋子"比喻中的立场，同是不唤醒，"铁屋子"比喻指的是不把民众从"昏睡"中唤醒，而这里指的是不把"新青年"从"好梦"中唤醒。

"呐喊"，原来不是冲锋陷阵的摇旗呐喊，而是站在边缘的加油与喝彩，而且还藏着掖着。换言之，《呐喊》表面上是因为对"希望"的重新激活而开始的，但其实，"绝望"并没有消除，而是潜伏于"希望"之下。《呐喊》中有两条线索，一是浮在表面的"希望"，另一个是潜伏于地下的绵延不绝的"绝望"。

我们已经知道，在态度上，"油滑"是相对于"认真""严肃"而说的。当鲁迅在日本指点江山激扬文字的时候，无疑是一个孤愤而激越的青年，早期五篇文言论文的深思遐嘱和慷慨激昂表明，青年周树人可谓认真而严肃。《狂人日记》带着鲁迅的隐默气息悄然出世，开始借由小说的虚构和隐寓，象征性地、整合性地揭示中国的危机，其忧愤深广，不可谓不认真和严肃。《狂人日记》的隐深和峻急，代表了鲁迅刚走出"会馆"的心情，也是打破隐默后的

① 鲁迅：《呐喊·自序》，《鲁迅全集》第1卷，第419页。

② 鲁迅：《呐喊·自序》，《鲁迅全集》第1卷，第419页。

③ 鲁迅：《呐喊·自序》，《鲁迅全集》第1卷，第419—420页。

鲁迅与20世纪中国研究丛书

《呐喊》的主要风格，这一风格在《狂人日记》《孔乙己》《药》《明天》《一件小事》《头发的故事》《风波》和《故乡》中顺利延续下来，但是，到了《阿Q正传》，似乎开始难以为继。

《阿Q正传》意在塑造"一个现代的我们国人的魂灵"①，本来也是一个如《狂人日记》一样具有整合意义的民族寓言。但是，小说一开始在"序"中对于传名及传主姓甚名谁的嬉笑怒骂皆成文章的讨论，就自动陷入一种在其杂文中常见到的调侃风格。在阿Q之传的讲述中，不仅调侃风味在延续，而且，在叙述到第四章"恋爱的悲剧"时，小说突然停下传记的讲述，来了这样一段：

> 有人说：有些胜利者，愿意敌手如虎，如鹰，他才感得胜利的欢喜；假使如羊，如小鸡，他便反觉得胜利的无聊。又有些胜利者，当克服一切之后，看见死的死了，降的降了，"臣诚惶诚恐死罪死罪"，他于是没有了敌人，没有了对手，没有了朋友，只有自己在上，一个，孤另另，凄凉，寂寞，便反而感到了胜利的悲哀。然而我们的阿Q却没有这样乏，他是永远得意的：这或者也是中国精神文明冠于全球的一个证据了。②

然后又有这样的评论：

> 中国的男人，本来大半都可以做圣贤，可惜全被女人毁掉了。商是妲己闹亡的；周是褒姒弄坏的；秦……虽然史无明文，我们也假定他因为女人，大约未必十分错；而董卓可是的确给貂蝉害死了。③

这只能是叙事者直接出来发出的评论。本来，这之前的《呐喊》中，叙事

① 鲁迅：《集外集·俄文译本〈阿Q正传〉序及著者自叙传略》，《鲁迅全集》第7卷，第81页。

② 鲁迅：《呐喊·阿Q正传》，《鲁迅全集》第1卷，第498页。

③ 鲁迅：《呐喊·阿Q正传》，《鲁迅全集》第1卷，第499页。

鲁迅与20世纪中国民族国家话语

者是很少直接出面的，换言之，鲁迅很好地遵循了小说的"虚构"法，现在，叙事者迫不及待地出来点评，而且出之以这样调侃的语气，说明杂文式的笔法开始进入小说。

以调侃与诙谐面对悲剧，让杂文笔调进入本来严峻整饰的小说，认真和严肃开始松弛，周严与整饰的小说结构开始松懈，这是一个征候：刚刚激活的"希望"，又遇到危机，第二次文学启蒙已经难以为继。

"希望"与"绝望"如影随形，如像两条时而平行时而交叉的线游走于《呐喊》中，起伏不定。其实，在《狂人日记》《药》《明天》《风波》《故乡》等小说中，绝望已在潜伏，但究竟还是用了"曲笔"："在《药》的瑜儿的坟上平空添上一个花环，在《明天》里也不叙单四嫂子竟没有做到看见儿子的梦"①，不过，到了《阿Q正传》，"曲笔"与矜持已经不再。

《故乡》写于1921年1月，《阿Q正传》则开始执笔于1921年12月，之间相差近一年，其中的间隔引人想象。《阿Q正传》之后，鲁迅似乎加大了《呐喊》写作的进度，1922年6月，完成《端午节》和《白光》两篇，10月，写作《兔和猫》《鸭的戏剧》和《社戏》，11月，完成最后一篇《不周山》。这几篇小说，除了《白光》留有之前的严峻色彩，其他几篇在素材和构思上已经经营不多，或取材当前琐事，或是《朝花夕拾》式的儿时记趣，最后《不周山》的写作，如作者自己说："是想从古代和现代都采取题材，来做短篇小说。"②问题来了：也向"古代"取材，是否因为"现代"取材已遇到困境？复出之后"小说中国"的意图是否已经难以为继？

回顾《不周山》的创作时，鲁迅说："首先，是很认真的，虽然也不过取了茀罗特说来解释创造——人和文学的——的缘起。"③"认真"是"油滑"的反面，说明鲁迅在现实题材出现问题后，向古代取材的同时，依然有严肃的创作动机——借"女娲补天"的神话探讨"人和文学"的起源问题，主题不能不说是有点"高大上"的，这背后自然有20年代中期翻译厨川白村《苦闷的象

---

① 鲁迅：《呐喊·自序》，《鲁迅全集》第1卷，第419页。

② 鲁迅：《〈故事新编〉序言》，《鲁迅全集》第2卷，第341页。

③ 鲁迅：《〈故事新编〉序言》，《鲁迅全集》第2卷，第341页。

征》的影响。

《呐喊》创作向"解释创造——人和文学的——的缘起"的转向，虽然创作意向上仍然是严肃的，甚至被成仿吾视为《呐喊》中唯一一不庸俗的作品，但却显示了某种不妙的改变，即由以启蒙为动机的社会批评和文化批判，转向了某种个人性的、艺术性的探究，这与20年代中期的《彷徨》——主要是作者个人精神危机的展示——有点靠近了。

"油滑"出现的契机是："不记得怎么一来，中途停了笔，去看日报了，不幸正看见了谁——现在忘记了名字——的对于汪静之君的《蕙的风》的批评，他说要含泪哀求，请青年不要再写这样的文字。"①聂运伟对此的解释是："在《不周山》的写作过程中原有的主观创作目的遭遇到了某种强有力的抵抗，他为此而困惑、苦恼，甚至迁怒于现实中的某些人与事，所谓'从认真陷入了油滑'，'我对于自己很不满'，应看做鲁迅在《不周山》创作意图受挫后的某种困惑心境的真实写照。"②我认为，虽然鲁迅用"不记得"虚晃一枪，但停笔的原因，恰恰值得追问：中途停笔是否出自题材转向的困境？是否"高大上"式的"认真"难以为继？于是日报上的文艺时事，才成为又一次转向的契机——顾不上原有的创作意向，开始"油滑"起来。将现实中正在发生的事情顺手牵羊地放入正在写的文章中，不就是典型的鲁迅杂文手法吗？所谓"油滑"，既有将"古衣冠的小丈夫"放入女娲两腿之间的不雅，更是指在本来认真而且恢宏的神话书写中插入现代的卑琐情节，开了之后"油滑"的"坏头"。将"胡梦华"与女娲放在一起，不是一点厌恶所能完全解释的，这里面还有好玩、有趣、开开玩笑也不错的意思。

一不小心地"油滑"之后，鲁迅当时肯定是不满的，《〈故事新编〉序言》说的应该就是当年的感受，到厦门之后写的《铸剑》和《奔月》，就尽量克制"油滑"的出现。虽然《奔月》中一不小心出现了"打麻将"和"艺术家"，《铸剑》中眉间尺头颅所唱出的歌声里，也忽然出现"嗳嗳唷"的不雅

① 鲁迅：《〈故事新编〉序言》，《鲁迅全集》第2卷，第341页。

② 聂运伟：《缘起·中止·结局——对〈故事新编〉创作历程的分析》，《文艺评论》2003年第5期。

小调，但两篇小说确实试图重回"认真"。《奔月》与厦门心境有关，①《铸剑》则燃烧着未息的愤火，处理的是个人问题，带有"抒愤懑"的性质，在整体情绪上，处在20年代中期《彷徨》《野草》的延长线上。②《铸剑》确乎是写得最为认真的，鲁迅多次从"不油滑"的角度加以肯定。③

定居上海后，1934年，鲁迅又突然想起《故事新编》，至次年一下完成五篇。晚年如此集中地重回放手多年的小说，固然首先出自厦门时就有"并且仍旧拾取古代的传说之类，预备足成八则《故事新编》"④的打算，但晚年如此集中地投入停笔已久的小说，对此我们不可掉以轻心。

正是在晚年的五篇中，"油滑"开始哗变，成为引人注目的特色。作于1934年的《非攻》还没有完全放开，而在1935年的《理水》《采薇》《出关》和《起死》中，"油滑"大面积降临。《理水》中"文化山"那一段，现代人物、语言（甚至英语）和道具都进入小说，是"油滑"的华彩乐章，跨越几千年的自由对接，堪称最早的"穿越"情节。《采薇》《出关》和《起死》的"油滑"运用，已是不落痕迹，游刃有余。

---

① 李允经在《爱情"危机"的艺术再现读〈奔月〉》中敏锐地发现鲁迅写作《奔月》之前（1926年11月）与许广平有一次感情的"误会"，从本事角度对这篇小说的创作动机及文本内涵作了饶有趣味的解读。（参见《鲁迅研究月刊》1992年第6期。）

② 钱理群认为："鲁迅取材于古代英雄神话的《补天》、《奔月》、《铸剑》，都是《野草》时期的作品，二者之间，存在着思想、艺术追求上内在的相通，应该把它们作为一个思想艺术的整体来加以考察。它们在某种意义上，都是心灵的象征的诗，不同之处仅仅在于《野草》是鲁迅主观心灵的直接剖析、外化，而《故事新编》、《彷徨》中的诸篇是通过对现实人生的刻画折射鲁迅内心世界。这样，就决定了鲁迅笔下的神话世界，不仅由惊心动魄的创世纪的英雄业绩所构成、更充满了惊心动魄的内心矛盾与冲突，其中正灌注了鲁迅自身的精神历程。"（参见钱理群：《心灵的探寻》第十三章"人·神·鬼"有关《故事新编》的论述，上海文艺出版社1988年版。）

③ 如1936年2月1日给黎烈文信："《故事新编》真是'塞责'的东西，除《铸剑》外，都不免油滑。"（鲁迅：《书信·360201致黎烈文》，《鲁迅全集》第13卷，第655页。）1936年3月28日给增田涉信："《故事新编》中的《铸剑》，确是写得较为认真。"（鲁迅：《书信·360328致增田涉》，《鲁迅全集》第13卷，第659页。）

④ 鲁迅：《〈故事新编〉序言》，《鲁迅全集》第2卷，第342页。

三、荒诞和"虚妄"

如前所述，"油滑"的出现，意味着《呐喊》选材及主题转换的困境，进一步的问题是，这一困境背后的原因是什么呢？

我们已经在前面描述过《呐喊》中希望与绝望的两条线索，如果粗略地讲，当然可以说"油滑"产生于"绝望"，但是，既然要进入心态层面，还需要更加细致的考察。我觉得，从作家主体角度说，与"油滑"相关的"绝望"感，有两个层面需要关注，一是荒诞感，二就是鲁迅自己提到的"虚妄"。

所谓荒诞感，就是事实与想象总是悖谬后产生的不真实的感觉。鲁迅一生以"希望"为信念，但"绝望"总是如影随形，在长期的希望—绝望—希望—绝望的循环中，荒诞感一定逐渐加深。《新青年》解体后"我又经验了一回同一战阵中的伙伴还是会这么变化"①的体验，以及后来"惟'黑暗和虚无'乃是'实有'"②的感叹，不就是一种荒诞感？

荒诞来自绝望，但不同于绝望中的悲哀和紧张。悲哀和紧张还具有势不两立的挣扎意向，它是认真和严肃的，前面提到的《狂人日记》《药》《明天》《故乡》等小说就是。荒诞，则是进一步绝望后或者屡次绝望后的体验，由对周围世界真实性的怀疑，到对自我存在真实性的怀疑。荒诞，首先是一种恍惚，最后是无可奈何。

我们已经知道，《狂人日记》《药》《明天》《故乡》中，绝望始终在潜伏。《狂人日记》揭示普遍存在的"吃人"生态，"孩子"也在交头接耳尤其是"我"也吃过人的揭示，其实已经暗暗消解了最后看似充满"希望"的"救救孩子"的"呐喊"。《药》中夏瑜母亲的绝望，勉强被无名的"花环"所掩盖。《明天》中，乡下妇人单四嫂子的沉重绝望分明有作者自身心理的投射。《故乡》最后对"希望"的思考已透露无可奈何的气息。值得一提的是，与《呐喊》同时，20年代初，鲁迅对俄国作家阿尔志跋绥夫发生浓厚的兴趣，着手翻译其充满绝望感的小说《工人绥惠略夫》。

---

① 鲁迅：《南腔北调集·〈自选集〉自序》，《鲁迅全集》第4卷，第456页。

② 鲁迅：《两地书·四》，《鲁迅全集》第11卷，第20—21页。

《呐喊》潜伏的"绝望"在新兴"希望"的控制下暂时达到平衡，但到《阿Q正传》，已经难以维持。当鲁迅执意要真正面对"现代的我们国人的魂灵"的时候，"希望"的"花环"不再有效。既然如此，那就不如换一种姿态，不必那么紧张，也不需要有意掩盖，最好是与对象保持一种适当的距离，于是调侃就出现了。在《阿Q正传》的调侃中，之前隐藏在小说严整虚构背后的"自我"被释放出来，有了调侃的缓冲，"自我"已无需有意掩盖。

荒诞是对现实与自我真实性的怀疑。在荒诞体验中，以前认为不同甚至对立的双方，如真实与虚构、现实与历史、认真与游戏之间的界限就不再那么分明，调侃，正是面对不真实和模糊的一个恰当姿态。

这种调侃"自我"一经出现，"杂文"笔法和"油滑"就难以避免。与"油滑"类似的东西在小说中出现，最早是在《阿Q正传》中，"油滑"开始发挥"润滑剂"的功能——在作者与对象之间保持较为恰当的距离。

至此，我们可以再回到前面所说的小说取材与"油滑"的关系问题。其实，有了《狂人日记》和《阿Q正传》，鲁迅"小说中国"的现实取材已基本告罄，正是取材的困境使他走向《不周山》，《不周山》的创作未尝没有在《阿Q正传》的不认真后回归"认真"的意图。但问题是，在小说的后半部，那个调侃的"自我"又出现了，这回是面对历史，因而成了鲁迅所说的"油滑"。

"油滑"出现之前，《不周山》停了笔，鲁迅说是"不记得怎么一来"，可以认为其实是因为在历史题材中重回"认真"的想法继续不下去。前面已经说过，"不满油滑"确是鲁迅写《不周山》时的态度，现在可以看到，虽然现实取材的《阿Q正传》已经开始不"认真"，但鲁迅还是想换一种方式"认真"下去的。"不认真"的态度突然在有意"认真"的历史题材中出现，鲁迅当然"不满"，故称其为"油滑"。

鲁迅的"不满"，说明还没有真正进入"油滑"的境界，由"不满"到后来的从心所欲和安之若素，这背后又有复杂的内心变化过程，因而，我们必须由"荒诞"进一步进入对"虚妄"心态的考察。

在《阿Q正传》的不"认真"后还要在《不周山》中"认真"下去，说明此时鲁迅还是倾向于"认真"的。荒诞的不真实感和界限的模糊，虽然有可能达到近乎"油滑"的状态，但是，感受主体还是不可能接受的。荒诞的不真实带来的，首先是不相信，仍然还是一种紧张状态，这种紧张与之前面对现实的紧张不同，一旦进入荒诞，面对现实的紧张会转向自身，现实的荒诞最终转化为自我的荒诞。

问题逐渐清楚，在《不周山》附近，鲁迅已经进入一个新的状态，现实的危机成为自我的危机——自我成了问题，"为他人"的启蒙，不得不转向"为自己"。《不周山》虽是历史取材，但是创作意图却在"取了弗罗特说来解释创造——人和文学的——的缘起"，这一意图与20年代中期鲁迅翻译厨川白村《苦闷的象征》有关。1924年11月底鲁迅翻译完该书后做了一个引言，介绍这本书说："至于主旨，也极分明，用作者自己的话来说，就是'生命力受了压抑而生的苦闷懊恼乃是文艺的根柢，而其表现法乃是广义的象征主义'。"[①]其实，在9月底，鲁迅开译后的第三日，就作《译〈苦闷的象征〉后三日序》加以介绍，说："其主旨，著者自己在第一部第四章中说得很分明：生命力受压抑而生的苦闷懊恼乃是文艺的根柢，而其表现法乃是广义的象征主义"，然后紧接着说："因为这于我有翻译的必要，我便于前天开手了"[②]。可见，重复的那句话，是触动鲁迅的，换言之，翻译《苦闷的象征》与此时期自己的"苦闷"相关。

如果翻译《苦闷的象征》与鲁迅此时期自己的"苦闷"相关，那么，"取了弗罗特说来解释创造——人和文学的——的缘起"不是也隐隐通向自身的"苦闷"？这样推理的目的，是想说明，其实，作为《呐喊》煞尾之作的《不周山》，既是后来《故事新编》的开始，同时，在创作心境与意图上，已进入《彷徨》—《野草》时期。

对于《呐喊》与《彷徨》的区别，学界素来作"五四"高潮——战斗，与"五四"低潮——苦闷的区分，虽大致没问题，但过于粗疏。《呐喊》，作

---

① 鲁迅：《译文序跋集·〈苦闷的象征〉引言》，《鲁迅全集》第10卷，第232页。

② 鲁迅：《译文序跋集·译〈苦闷的象征〉后三日序》，《鲁迅全集》第10卷，第235页。

为鲁迅复出后的文学行动，说其为启蒙文学，应该是没有问题的，但启蒙并非摇旗呐喊冲锋陷阵。我们已经分析了《呐喊》中希望与绝望并存的复杂状况，"呐喊"并没有完全亮开嗓子，这是《呐喊》的复杂性。如果说《呐喊》是启蒙——"为他人"的，那么，20年代中期的《彷徨》—《野草》则是"为自己"的，是为了解决自己的问题，鲁迅退回内心深处，舐舐心灵的伤口。

1924年2月，鲁迅开始写《彷徨》，9月，又开始《野草》的写作。《彷徨》和《野草》既标志着打破一年的沉默，又记录着走出绝望的心路历程。《彷徨》是一次梦魇式的写作，将作者自我人生悲剧的可能性写了下来，如《在酒楼上》《孤独者》《伤逝》诸篇，"梦魇模式"的存在，是绝望体验的心理反映，也是面临人生重大转折时的自我总结和自我清算。通过吕纬甫的潦倒和魏连殳的死，鲁迅开始向悲剧旧我告别；[1]通过与子君的爱情悲剧，涓生在深深忏悔中开始寻觅"新的生路"。《野草》，作为一种更为内在的写作，是鲁迅冲决其第二次绝望的过程，一个生命的行动，可以说，正是借《野草》的写作，鲁迅走出了第二次绝望。经过《野草》中的生命历险，鲁迅终于确证了"反抗绝望"—"绝望的抗战"的人生哲学，从而解决了自我的危机。

《不周山》的"苦闷"感，首次将外向的《呐喊》，转入"抒愤懑"的意向。《不周山》写于1922年11月，几天后，鲁迅写《呐喊·自序》，我们已经知道，这是在第二次绝望前夜回顾第一次绝望的奇妙文本，表明鲁迅已经处在第二次绝望的心境中，《不周山》已处在进入《彷徨》—《野草》的前夜。

处于《彷徨》—《野草》时期的具有"抒愤懑"性质的《不周山》，无疑是"认真"的，但与《呐喊》"揭出病苦，引起疗救的注意"的认真不同，《彷徨》—《野草》的认真是个人生命层面的，无疑更为严峻和深刻，这一点

---

① 　《在酒楼上》与《孤独者》的结尾都安排了叙事者"我"向悲剧主人公告别的结局。《在酒楼上》的结尾是："我们一同走出店门，他所住的旅馆和我的方向正相反，就在门口分别了。我独自向着自己的旅馆走，寒风和雪片扑在脸上，倒觉得很爽快。"（鲁迅：《彷徨·在酒楼上》，《鲁迅全集》第2卷，第34页。）《孤独者》的结尾是："敲钉的声音一响，哭声也同时进来。这哭声使我不能听完，只好退到院子里；顺脚一走，不觉出了大门了。／潮湿的路及其分明，仰看太空，浓云已经散去，挂着一轮圆月，散出冷静的光辉。／我快步走者，仿佛要从一种沉重的东西中冲出，但是不能够。……我的心地就轻松起来，坦然的在潮湿的石路上走，月光底下。"（鲁迅：《彷徨·在酒楼上》，《鲁迅全集》第2卷，第107—108页。）

从《彷徨》的透彻和《野草》的深刻完全可以看到。《不周山》的独特在于，一是它是在《呐喊》中生长出来的，二是它试图在历史题材中寄托"苦闷"。《不周山》写不下去的原因，大概就在于还没找到后来《彷徨》—《野草》的抒发方式，结果导致另一种意向——"油滑"的出现。

厦门时期的《奔月》与《铸剑》，虽然已在《彷徨》—《野草》之后，但无疑还处在《彷徨》与《野草》的氛围中。

"油滑"的产生，与《野草》密切相关。我将《野草》视为鲁迅冲决其"第二次绝望"的文学行动，《野草》不是单篇文章的合集，而是一个有机的整体。鲁迅将其冲决第二次绝望的心路历程，在《野草》中完全展示出来，成为鲁迅生命哲学的结晶。不经过《野草》，也就没有真正的"油滑"，作为一种情怀和心态的"油滑"，是在《野草》之后形成的，其酵素就是《野草》提炼出的"虚妄"。

至此，我们可以开始考察"油滑"得以产生的第二个重要元素——"虚妄"。我在拙著《探寻"诗心"——〈野草〉整体研究》一书中解读过鲁迅"虚妄"的产生：

> 一个还需触及的问题是，鲁迅得以完成自我超越的精神契机，到底在哪里？我以为，这一契机就在作为《野草》核心的《希望》一文中。
>
> 我们已经知道，《希望》一文直面《野草》矛盾的核心——希望与绝望，通过对矛盾双方穷追不舍的"鞭打"，层层剥笋地催逼三层悖论的现形。"绝望之为虚妄，正如希望相同"的第一次出现，是在第二个悖论出现之后，作为对裴多菲"'希望'之歌"的绝地转换，这句话所要表达的，应偏重在"希望"一边——即"绝望之为虚妄"，因为，前面的两个悖论，已得出"希望之为虚妄"的结论。绝望之后的转折，是一次重新起航。然而，只要树起希望，第二个悖论接着又马上出现了，终于又回到那孤注一掷的抉择——"我只得由我来肉薄这空虚中的暗夜了。"这次似乎更为绝望，因为，这甚至是为了"一掷我身中的迟暮"。但接着而来的第三个悖论——突然发现"暗夜"并不真正存在，将这一点仅存的意义也消

解了。在这个险峰之上，那句谜一般的隽语最后一次奏响：

绝望之为虚妄，正如希望相同！

这决不是再一次重申"绝望之为虚妄"，因为范式已经转换，至此，鲁迅哲学才真正形成。在最终定型的这句话中，既没有站在"绝望"一边，也没有站到"希望"一边，而是站到了"虚妄"之上。这一"虚妄"，不再是"希望"之为"虚妄"的"虚妄"（否定希望），也不是"绝望之为虚妄"的"虚妄"（否定绝望），而是既否定了"希望"，也否定了"绝望"的"虚妄"。在这一新的逻辑中，否定绝望，并不等于就肯定希望，反之亦然，因而，它不再是"不明不暗"的固有状态，而毋宁说是否定了所有前提和目的后的虚待之"无"，是一次自我的"清场"和"重新洗牌"。

这一内在逻辑，也可图示出来：

[绝望——虚妄（1）——希望——虚妄（2）——绝望]——虚妄——→反抗

虚妄（1），是对绝望的否定从而指向希望，虚妄（2），在同一逻辑中必然是通过对希望的否定重回绝望。似乎再一次的"虚妄"之后，紧接着就是希望，落入希望与绝望的循环。然而，最后的"虚妄"，绝不是又一次对绝望的否定，而应视作对前面整个的"希望——虚妄——绝望"循环逻辑的全盘否定。否定之后，什么最终留了下来？不是希望，也不是绝望，而是行动本身！是反抗本身！这样的反抗，不再需要任何前提，无论是希望还是绝望，它以自身为目的，以自身为意义，是一种为反抗而反抗的反抗。①

不实之为"虚"，不真之为"妄"，"虚妄"本为不真不实之意，与"荒诞"的所感受者相近，但是，同样面对不真不实，"虚妄"与"荒诞"的态度有别："荒诞"之所以为"荒诞"，是因为对于不真实，还是恍惚、惶惑、紧

① 汪卫东：《探寻"诗心"——〈野草〉整体研究》，北京大学出版社2014年版，第31页。

张和不敢相信的；而所谓"虚妄"者，是一种接纳的态度，佛家谓"凡一切相皆为虚妄"，既识得如此，意味着彻底接受"虚妄"成了未来存在的前提。

以"虚妄"为基础，"油滑"才能真正产生。对于鲁迅来说，如果说在"荒诞"基础上产生的"油滑"还难以接受，那么，以"虚妄"为基座的"油滑"已变得安之若素。"虚妄"打破了以前设定的一切界限，跨越人与我、友与仇、明与暗、生与死、求乞与布施、宽恕与复仇、祝福与诅咒、过去与未来、希望与绝望、真实与虚妄、充实和空虚、沉默与开口、爱者与不爱者等等对立，进入一个全新的世界。

在鲁迅20年代中期开始大面积降临的杂文中，我们可以最早感知这一心境的产生。在与论敌的纠缠中，一种前期杂感中难见的鲁迅式"幽默"油然而生，相比较讽刺，幽默更接近鲁迅的"油滑"。认真、严肃的战斗，伴随的是开玩笑的乐趣，对他人的批判，伴随着自我解剖和调侃，与章士钊战、与陈西滢战、与成仿吾和冯乃超战、与梁实秋和施蛰存战，最后似乎与自己一生的论敌变得难舍难分，竹内好说："但他所抗争的，其实却并非对手，而是冲着他自身当中无论如何都无可排遣的痛苦而来的。他把那痛苦从自己身上取出，放在对手身上，从而再对这被对象化了的痛苦施加打击。他的论争就是这样展开的。可以说，他是在和自己孕育的'阿Q'搏斗。"[①]确是感受到了其中的或一信息。鲁迅杂文已显出一种多维度的空间，讽刺伴随自嘲，建构必有消解，学鲁迅杂文者，往往只能学得辛辣，而对于其中更多维度的存在却无迹可寻。夏衍晚年承认"老头子幽默得一塌糊涂"，鲁迅，确是深味人生与生命的旷代的幽默家。

我在分析鲁迅杂文的产生时，曾有这样一段分析：

> 最终确认的自我，就是当下的反抗式生存，这是自我与时代的双重发现，是自我与时代关系的重新确认。所谓当下性，已不同于前述"小说

---

① ［日］竹内好：《鲁迅》，竹内好著，李冬木、赵京华、孙歌译，孙歌编：《近代的超克》，第108—109页。

自觉"赖以产生的现实感，现实感是打破自我想象之后一种危机意识的形成，一种面向现实的态度，而当下性，则是对现实本质的进一步确认，是对20世纪中国变乱与转型的"大时代"性的发现，这就是"明与暗，生与死，过去与未来之际"，是所谓"方生方死，方死方生"，是"可以由此得生，而也可以由此得死"的"大时代"。"大时代"处在生死未明的转换中，由每一个转换中的"当下"组成，大时代之生与死，取决于每一个当下的抉择。大时代中的自我，与时代共存亡，只有投入对每个当下生存的争夺——反抗，才有个人与时代的未来。

反抗意识也不同于"小说自觉"赖以产生的批判意识。批判意识固然具备严峻的使命感，但尚未达到使命感与个体存在的真正融合；作为个人存在的决断，经过《野草》确立的无条件的绝对反抗，既是一种参与历史、投身现实的行动，也是一种在生命体验与生存哲学层面上经得起拷问的生命姿态。在绝对的反抗中，长期困扰鲁迅的"人道主义"与"个人主义"的内在矛盾，才得以解决，个人与时代显得过于紧张的关系，也开始和解。从此，自我无需隐藏于虚构之后，完全可以直接袒露出来，以真实的身份投入到文学与时代的互动。[①]

"虚妄"之后的"油滑"，是缓慢生长的，中期的《奔月》和《铸剑》尚处在《彷徨》—《野草》的氛围中，然而，当晚年重回《故事新编》，心境已经大不相同。

第五节　"油滑"与鲁迅晚年情怀

在晚年的《故事新编》中，"油滑"大面积降临了。

《理水》写大禹治水的历史传说，但并没有采取《非攻》式的直接描写

① 汪卫东：《现代转型之痛苦"肉身"：鲁迅思想与文学新论》，北京大学出版社2013年版，第164—165页。

鲁迅与20世纪中国研究丛书

法，而是采取一种"包围式"写法，主要写大禹周围的各色人等。首先呈现的是扰攘喧腾的"文化山"，山上挤满各式各样的"学者"，有研究家谱、遗传学的"拿拄杖的学者"，有说"'禹'是一条虫"的红鼻子"鸟头学者"，有研究《神农本草》的苗民言语学专家，有八字胡子的伏羲朝小品文学家等等。他们嘴里说着"古貌林""OK""好杜有图""维他命W""性灵""莎士比亚""幼稚园""水利局""法律解决""时装表演"等等现代语言，甚至还抽着"雪茄"。我们知道，这些"学者"在鲁迅杂文中都可以找到现实的影射对象，是与鲁迅多少有过交集的现实人物，这时都被搬到小说中，和远古时代的大禹相处，各种海派语言与行止的涌现，使"文化山"宛如一个小小的"上海滩"。

《采薇》中伯夷、叔齐周围的"小穷奇""小丙君"和"阿金"，也是具有典型海派作风的人物。"小穷奇"说着说着，嘴里突然冒出"海派会'剥猪猡'，我们是文明人，不干这玩意儿的"。"小丙君""喜欢弄文学，村中都是文盲，不懂得文学概论，气闷已久，便叫家丁打轿，找那两个老头子，谈谈文学去了；尤其是诗歌，因为他也是诗人，已经做好一本诗集子"，而且崇奉"为艺术而艺术"，整个一个具有"创造"脸的海派文人。"阿金"甚至直接来自作者的现实生活，她是一个上海女佣，就住在作者上海居所的后窗对面，鲁迅专门为她写了一篇杂文《阿金》。《采薇》中上古的阿金，和现代上海弄堂的阿金，完全是一个德行。

其他还有《出关》中的"图书馆长""起重机""讲卫生""稿费""老作家""新作家""来笃啥西"，《起死》中的"警笛""警棍""巡警局长"等等。

可以看到，鲁迅不再像早期"油滑"出现时那样压抑自己的冲动并小心翼翼防微杜渐，到了晚年的《故事新编》，"油滑"如井喷一样出现，随手拈来，皆成精彩。由警惕到任性，鲁迅一定发现了"油滑"的妙处，在"油滑"中，鲁迅显得那么左右逢源、文思泉涌，他可以随意将载满海派学者的"文化山"调拨到几千年前的大禹时代，他可以让随手讽刺一下"为艺术而艺术"派的文人，久已封闭的小说灵感以全新的方式重新打开了。

作为叙事者，小说家面对的最大叙事困境是时空的制约，就像"意识流"和"魔幻"曾经给小说叙事带来解放一样，"油滑"给《故事新编》带来的，首先是打破时空的自由。但这还只是表层的存在，更为深刻的解放在于，作为"认真"的反面，作为一种自我的彻底解放，"油滑"带来的作家主体世界的根本变化，也就是达到"虚妄"之后的境界。由于彻底认识了绝望的"虚妄"本质，放下了一切围绕行动的前提的预设和结果的期待，只剩下行动本身，那么，未尝不可专注于行动并享受行动的过程，于是在"油滑"中，历史与现实、自我与他人、批判与自况、怀古与讽刺、认真与嬉戏、愤怒与欢笑甚至小说还是非小说等等对立项，都可以打成一片。"油滑"，成为解决自身思想矛盾和写作矛盾的一个绝佳方式，"油滑"，正如其字面意思一样，成为曾经困扰鲁迅的诸多矛盾和对立项之间的"润滑剂"。

处在这样一个状态，晚年鲁迅的境界，是一个清俊通脱的境界，一个天马行空的境界，一个心事浩茫连广宇的境界，一个从心所欲而无矩的境界，一个立体多维甚至无尽"维"的境界，因而是一个常人难以捉摸的境界。

因而对于后五篇小说的内涵，历来意见纷纭，颇难统一。

第一个是讽刺观。"油滑"所体现的古今杂糅的特点，让人们很容易得出"借古讽今"的内涵。确实，讽刺是《故事新编》的一大特征，以至后人有是否属于讽刺小说的争议。其实，《故事新编》的讽刺还不仅仅是"借古讽今"，古今的界限既已打破，还谈什么"借古讽今"？在鲁迅笔下，古与今已经消失了时间的意义。

1935年10月，正当《故事新编》创作正酣时，鲁迅在给萧军、萧红的信中说："近几时我想看看古书，再来做点什么书，把那些坏种的祖坟刨一下。"①正如我在本章第二节就指出的那样，"刨祖坟"，是晚年《故事新编》的一个的主题。"刨祖坟"与鲁迅批判国民性的核心思想相通，不过，此前国民性批判的历史指向和现实指向，在这里完全融合在一起。

在鲁迅的文章中，不难找到对中国社会古今杂糅现象的现实感受，如：

---

① 鲁迅：《书信·350104致萧军、萧红》，《鲁迅全集》第13卷，第4页。

"上午'声光化电',下午'子曰诗云'"①,"一面点电灯,坐火车,吃西餐,一面却骂科学,讲国粹"②,"现在的文人虽然改著了洋服,而骨髓里却还埋着老祖宗"③,"历史上都写着中国的灵魂,指示着将来的命运,只因为涂饰太厚,废话太多,所以很不容易察处底细来"④。"试将记五代,南宋,明末的事情的,和现今的状况一比较,就当惊心动魄于何其相似之甚,仿佛时间的流驶,独与我们中国无关。现在的中华民国也还是五代,是宋末,是明季。"⑤《故事新编》的"古今杂糅"无疑有这样的现实体验的基础。

"古今杂糅"更源于深刻的国民性的视角,作为国民性最深刻的关注者,鲁迅观察中国人和社会的眼光,大多出之以国民性的视角。在一般人的眼光中,古今之别是时间之别,时间之别往往表现在习俗、衣着、语言等等表象层面,但是,在国民性的眼光下,这一切表象的区别都不重要,重要的是文化精神、国民性和灵魂。鲁迅的国民性眼光如同"火眼金睛",在这一眼光中,看到的是几千年不变的国民性—灵魂。

鲁迅与论敌论战的时候,往往易于将对手类型化,难免上纲上线,给人"尖刻"之感,其实,当他评论对象的时候,评论的已不是具体个体,而是在国民性视角中被类型化了的对象。于是,陈西滢成为陈西滢们,梁实秋成为梁实秋们,论争的扩大化,正是国民性眼光使然。

《故事新编》的"古今杂糅"而又天衣无缝,让人丝毫不觉得牵强,正是因为国民性的眼光。在国民性的眼光下,30年代的海派文人,与大禹时代的语境没有任何不协调之处,因而海派风格的"文化山"可以与大禹时代无缝对接;在国民性的眼光下,上古时代的"下民"与今天的老百姓也没有多少差别。一个有趣之点是,《理水》中"下民"见"大员"的场景,竟与《阿Q正传》中阿Q受审的场景非常相似:

---

① 鲁迅:《热风·随感录四十八》,《鲁迅全集》第1卷,第337页。

② 鲁迅:《书信·360215致阮善先》,《鲁迅全集》第13卷,第309页。

③ 鲁迅:《伪自由书·文学上折扣》,《鲁迅全集》第5卷,第57页。

④ 鲁迅:《华盖集·忽然想到(一至四)》,《鲁迅全集》第3卷,第17页。

⑤ 鲁迅:《华盖集·忽然想到(一至四)》,《鲁迅全集》第3卷,第17页。

就是这第五天的早晨，大家一早就把他拖起来，站在岸上听呼唤。果然，大员们呼唤了。他两腿立刻发抖，然而又立刻下了绝大的决心，决心之后，就又打了两个大呵欠，肿着眼眶，自己觉得好像脚不点地，浮在空中似的走到官船上去了。

奇怪得很，持矛的官兵，虎皮的武士，都没有打骂他，一直放进了中舱。舱里铺着熊皮，豹皮，还挂着几副弩箭，摆着许多瓶罐，弄得他眼花缭乱。定神一看，才看见在上面，就是自己的对面，坐着两位胖大的官员。什么相貌，他不敢看清楚。

"你是百姓的代表吗？"大员中的一个问道。

"他们叫我上来的。"他眼睛看着铺在舱底上的豹皮的艾叶一般的花纹，回答说。

"你们怎么样？"

"……"他不懂意思，没有答。

"你们过得还好么？"

"托大人的鸿福，还好……"他又想了一想，低低的说道，"數數衍衍……混混……"

"吃的呢？"

"有，叶子呀，水苔呀……"

"都还吃得来吗？"

"吃得来的。我们是什么都弄惯了的，吃得来的。只有些小畜生还要嚷，人心在坏下去哩，妈的，我们就揍他。"

大人们笑起来了，有一个对别一个说道："这家伙倒老实。"

这家伙一听到称赞，非常高兴，胆子也大了，滔滔的讲述道：

"我们总有法子想。比如水苔，顶好是做滑溜翡翠汤，榆叶就做一品当朝羹。剥树皮不可剥光，要留下一道，那么，明年春天树枝梢还是长叶子，有收成。如果托大人的福，钓到了黄鳝……"

然而大人好像不大爱听了，有一位也接连打了两个大呵欠，打断他的

鲁迅与20世纪中国研究丛书

讲演道："你们还是合具一个公呈来罢，最好是还带一个贡献善后方法的条陈。"

"我们可是谁也不会写……"他惴惴的说。

"你们不识字吗？这真叫作不求上进！没有法子，把你们吃的东西拣一份来就是！"

他又恐惧又高兴的退了出来，摸一摸疙瘩疤，立刻把大人的吩咐传给岸上，树上和排上的居民，并且大声叮嘱道："这是送到上头去的呵！要做得干净，细致，体面呀！……"①

再看阿Q的庭审场面：

他下半天便又被抓出栅栏门去了，到得大堂，上面坐着一个满头剃得精光的老头子。阿Q疑心他是和尚，但看见下面站着一排兵，两旁又站着十几个长衫人物，也有满头剃得精光像这老头子的，也有将一尺来长的头发披在背后像那假洋鬼子的，都是一脸横肉，怒目而视的看他；他便知道这人一定有些来历，膝关节立刻自然而然的宽松，便跪了下去了。

"站着说！不要跪！"长衫人物都吆喝说。

阿Q虽然似乎懂得，但总觉得站不住，身不由己的蹲了下去，而且终于趁势改为跪下了。

"奴隶性！……"长衫人物又鄙夷似的说，但也没有叫他起来。

"你从实招来罢，免得吃苦。我早都知道了。招了可以放你。"那光头的老头子看定了阿Q的脸，沉静的清楚的说。

"招罢！"长衫人物也大声说。

"我本来要……来投……"阿Q胡里胡涂的想了一通，这才断断续续的说。

"那么，为什么不来的呢？"老头子和气的问。

① 鲁迅：《故事新编·理水》，《鲁迅全集》第2卷，第377—399页。

"假洋鬼子不准我！"

"胡说！此刻说，也迟了。现在你的同党在那里？"

"什么？……"

"那一晚打劫赵家的一伙人。"

"他们没有来叫我。他们自己搬走了。"阿Q提起来便愤愤。

"走到那里去了呢？说出来便放你了。"老头子更和气了。

"我不知道，……他们没有来叫我……"

然而老头子使了一个眼色，阿Q便又被抓进栅栏门里了。他第二次抓出栅栏门，是第二天的上午。

大堂的情形都照旧。上面仍然坐着光头的老头子，阿Q也仍然下了跪。

老头子和气的问道，"你还有什么话说么？"

阿Q一想，没有话，便回答说，"没有。"

于是一个长衫人物拿了一张纸，并一支笔送到阿Q的面前，要将笔塞在他手里。阿Q这时很吃惊，几乎"魂飞魄散"了：因为他的手和笔相关，这回是初次。他正不知怎样拿；那人却又指着一处地方教他画花押。

"我……我……不认得字。"阿Q一把抓住了笔，惶恐而且惭愧的说。

"那么，便宜你，画一个圆圈！"

阿Q要画圆圈了，那手捏着笔却只是抖。于是那人替他将纸铺在地上，阿Q伏下去，使尽了平生的力气画圆圈。他生怕被人笑话，立志要画得圆，但这可恶的笔不但很沉重，并且不听话，刚刚一抖一抖的几乎要合缝，却又向外一耸，画成瓜子模样了。[1]

民众没有自己的主体和语言，官民之间无法达到真正的对话和沟通，在这一点上，相隔几千年，阿Q与大禹时代的"下民"，没有本质的区别。正是有

---

[1] 鲁迅：《呐喊·阿Q正传》，《鲁迅全集》第1卷，第522—524页。

国民性的视角，"刨祖坟"才具有深刻的意义。

在《故事新编》的后五篇小说中，有这样一个共同的设置：在主角的周围，都包围着凡俗的民众，大禹被"学者""大员"和"下民"所环绕，墨子也被路上的乞丐和守城的士兵所困扰，伯夷、叔齐周围则是世俗的"小穷奇""小丙君"和"阿金"们；最后，主角与民众的对立存在，都消失于民众的世俗力量中，墨子生了大病，伯夷、叔齐则死了，大禹虽然在治水上力排众议，但最后也在众生环绕中化入威严的秩序，成为神秘的存在。在"刨祖坟"的意义上，鲁迅的这样安排，依然流露出对国民性的悲观。

第二个观点来自《非攻》《理水》中的正面形象。正统的学术观点倾向于认为，《非攻》《理水》对墨子和大禹积极性像的塑造，反映了鲁迅晚年所受到的马克思主义的积极影响，并在鲁迅晚年的一些政治行为中寻找证据。这一正统观点也得到海外学者的呼应，日本学者伊藤虎丸认为，《故事新编》是与《呐喊》式的"批判封建主义"对立的"塑造积极的英雄人物"的晚年作品，[①]《非攻》《理水》以下的作品作为说明鲁迅"所接受的马克思主义是怎样的一种'主义'的唯一材料"，墨子和大禹形象"力图塑造'中国的脊梁'"[②]，是"反映了鲁迅马克思主义观点的人物形象"[③]。伊藤从竹内好所说的《故事新编》"像跟全体对立一样展示着一个新的世界"[④]中受到启发，认为最后五篇尤其是《非攻》《理水》塑造的形象构成了与以《呐喊》为代表的批判世界的对立，墨子和大禹的本土正面形象也与《不周山》中女娲的西方式的色彩明显不同。[⑤]

---

① ［日］伊藤虎丸：《鲁迅与日本人——亚洲的近代与"个"的思想》，李冬木译，河北教育出版社2001年版，第156页。

② ［日］伊藤虎丸：《鲁迅与日本人——亚洲的近代与"个"的思想》，李冬木译，第162页。

③ ［日］伊藤虎丸：《鲁迅与日本人——亚洲的近代与"个"的思想》，李冬木译，第157页。

④ ［日］竹内好：《鲁迅》，竹内好著，李冬木、赵京华、孙歌译，孙歌编：《近代的超克》，第101页。

⑤ 参阅［日］伊藤虎丸：《鲁迅与日本人——亚洲的近代与"个"的思想》，李冬木译，第155—170页。

80年代后期到90年代，中国学者多从文化视角入手解读五篇小说丰富的文化意蕴，如有的认为："《故事新编》其实是鲁迅在反思自己一生的历史。""鲁迅在《故事新编》中获得一种升华和超越，从沉重中脱离出来，对历史文化不再是承担，而是打开来看看。"①有的认为："整个《故事新编》，其实是写出了文明的'缘起'、'以至衰亡'的寓言"，"指向了文明的末日和精神的解体与颓败"。②有的认为《故事新编》中交织着"丰富性动机（文化启蒙）"和"缺乏性动机（'释愤抒情'）"的双重创作动机。③

高远东对五篇作品中所体现的鲁迅对儒、道、墨文化的反思，进行了系统的考察。《道德与事功：鲁迅对于儒家思想的批判与承担——〈故事新编〉与中国传统思想和价值批判研究之一（上、下）》就《出关》和《采薇》探讨"鲁迅对于儒家的批判与承担"，《出关》对儒家承载着使命与责任意识的实践理性精神作出了部分肯定。但在《采薇》中，鲁迅对儒家的"圣王"理想则展开了批判，通过对夷齐、周王和老子这三个"成就典型"的拒绝，对传统"立德、立功、立言"的"立人"模式提出了检讨和批判，并由此指向现代"立人"的新的出路。④《论鲁迅与墨家思想的联系》围绕《铸剑》《非攻》和《理水》，从正面探讨鲁迅对墨家思想的肯定与继承，及其内含的鲁迅晚年"立人"思路的新取向。⑤《论鲁迅对于道家的拒绝》就《出关》和《起死》讨论鲁迅与道家之间的更为复杂的关系，认为鲁迅通过小说对道家的拒绝，始终伴随着内在深切的同情，因而这一拒绝的过程，也就在更深层地表现为自我斗争、自我扬弃的搏斗过程。⑥三篇论文显现了一贯的问题意识，以道德与事

---

① 陈改玲整理：《〈故事新编〉的总体构思和多层面阅读——北京大学现代文学研究生讨论课摘要》，《鲁迅研究月刊》1991年第9期。

② 薛毅：《论〈故事新编〉的寓言性》，《鲁迅研究月刊》1993年第12期。

③ 刘红明、殷艳娟：《论〈故事新编〉的双重意蕴及其矛盾性》，《广西师院学报》1998年第2期。

④ 高远东：《道德与事功：鲁迅对于儒家思想的批判与承担——〈故事新编〉与中国传统思想和价值批判研究之一（上、下）》，《鲁迅研究月刊》1991年第10、11期。

⑤ 高远东：《论鲁迅与墨家思想的联系》，《中国现代文学研究丛刊》1999年第2期。

⑥ 高远东：《论鲁迅对于道家的拒绝——以〈故事新编〉的相关小说为中心》，《中国现代文学研究丛刊》2007年第1期。

功、信念与责任、思想与行动三对矛盾及彼此间的价值选择为题，探讨鲁迅与儒、墨、道思想传统的复杂联系。从逻辑理路上看，也可说是通过第一篇对儒家的道德与事功难题的揭示，第三篇对道家思想与行动悖论的批判，最后归依于中间一篇对墨家之信念与责任合一的价值的阐发。在高远东的描述中，正是对以上价值选择难题的反思与洞悉，鲁迅在最后岁月中获得了一个反观儒、墨、道传统的清明理性与自由心态。

海外学者对此也有评论，尾崎文昭回顾日本学者研究《故事新编》的三个思路："其一，竹内好的路子，其二，花田清辉的路子，就是对它比《呐喊》和《彷徨》还要重视，认为它是具有世界最先锋水平的杰作，其三，接受中国和苏联学者观点而展开的路子。""过了几十年的时间后看他们的成果，应该认定为第二种路子最可观，突破'竹内鲁迅'的框架并打开了更丰富的鲁迅文学世界。"这一思路可以总结为花田清辉的一句话，即"鲁迅通过它（《故事新编》）研究了用前近代的东西作为否定性媒介超越近代性的方法"[1]。桧山久雄也认为，《故事新编》在鲁迅的作品里同《野草》一样最为重要，是他的文学的归结："（作品里的）自我批评的干燥哄笑，来自于据自己病死的预感把自己一生对象化的觉悟。'油滑'可算是对此哄笑具有信心的表明，同时也有对行动者理想化。"[2]

还有一种说法是"自况说"。早在《出关》在1936年1月20日在《海燕》月刊第一期发表的时候，邱韵铎就在该年2月11日上海的《时事新报·每周文学》第十一期上发表《海燕读后记》，说：

> 至于读了之后，留在脑海里的影子，就只是一个全身心都浸淫着孤独感的老人的身影。我真切地感觉着读者是会坠入孤独和悲哀去，跟着我们的作者。要是这样，那么，这篇小说的意义，就要无形地削弱了，我相

---

① 引自［日］尾崎文昭2013年3月27、28日中国人民大学、北京大学的讲演稿《日本学者眼中的〈故事新编〉》。

② 引自［日］尾崎文昭2013年3月27、28日中国人民大学、北京大学的讲演稿《日本学者眼中的〈故事新编〉》。

信，鲁迅先生以及像鲁迅先生一样的作家们的本意是不在这里的。①

鲁迅反对邱韵铎将他"原是小小的作品""缩得更小"②，断然否定了"自况说"：

> 老子的西出函谷，为了孔子的几句话，并非我的发现或创造，是三十年前，在东京从太炎先生口头听来的，后来他写在《诸子学略说》中，但我也并不信为一定的事实。至于孔老相争，孔胜老败，却是我的意见：老，是尚柔的；"儒者，柔也"，孔也尚柔，但孔以柔进取，而老却以柔退走。这关键，即在孔子为"知其不可为而为之"的事无大小，均不放松的实行者，老则是"无为而无不为"的一事不做，徒作大言的空谈家。要无所不为，就只好一无所为，因为一有所为，就有了界限，不能算是"无不为"了。我同意于关尹子的嘲笑：他是连老婆也娶不成的。于是加以漫画化，送他出了关，毫无爱惜，不料竟惹起邱先生的这样的凄惨，我想，这大约一定因为我的漫画化还不足够的缘故了，然而如果更将他的鼻子涂白，是不只"这篇小说的意义，就要无形地削弱"而已的，所以也只好这样子。③

因为有鲁迅的亲口否定，对《出关》的评论，一般的意见都首先排除"自况"的可能，而理解为批判老子的"无为"。其实，《出关》不能否定有自况的可能，在鲁迅的笔下，老子与孔子两个角色都不好说完全肯定和完全否定的。批判老子的颓唐出走，也并非就肯定了孔子的积极有为，老子对"上朝廷"与"走流沙"的判别，已经透漏此中消息。在老子面前年轻有为的孔子，倒是显得虚伪和狡猾，这是两个时代高手的较量，老子对孔子心知肚明，老子的退走，是有自知之明的。在这样的孔子面前，老子的批判色彩顿时减弱，而

---

① 邱韵铎：《海燕读后记》，《时事新报·每周文学》第11期（1936年2月11日）。
② 鲁迅：《且介亭杂文末编·〈出关〉的"关"》，《鲁迅全集》第6卷，第517页。
③ 鲁迅：《且介亭杂文末编·〈出关〉的"关"》，《鲁迅全集》第6卷，第520—521页。

投入更多作者的同情，老子形象中也不自觉有作者现实体验的代入。老子对老实巴交的庚桑楚说："你要知道孔丘和你不同：他以后就不再来，也再不叫我先生，只叫我老头子，背地里还要玩花样了呀。"①联系鲁迅本人的经历，这句话里的信息也不难领悟。

应该说邱韵铎的"读后感"还是颇为敏锐的，鲁迅的反击一方面是怀疑对方的动机（邱有创造社的背景），另一方面，被说中而又"说得最凄惨"，反而促使鲁迅起来加以否定。鲁迅的否定，还有一个原因，如同20年代中期处于第二次绝望中的《彷徨》的写作，鲁迅写出了吕纬甫和魏连殳的失败，以及涓生的忏悔，这些角色都有深刻的自我投射。但是，在写出他们时，作者已经试图走出他们的命运，现实中的鲁迅，总与笔下的形象选择不同的道路，因而可以说，鲁迅写下老子，也就已经超越了老子。这一点，是邱韵铎不可能理解的了。

批判与自况的并列，正好说明鲁迅晚年作品的多义性。

其实，"自况"在后五篇作品中是不可能回避的存在。《采薇》既写出了伯夷、叔齐的迂腐，对他们的固守"立德"而拙于"事功"有所批判，但是，在他们周围的那些人：小穷奇、小丙君、阿金甚至姜太公、周王发不是更为不妙的存在吗？小穷奇对伯夷、叔齐的鄙夷，是因为："第一、是穷：谋生之不暇，怎么做得出好诗？第二、是'有所为'，失了诗的'敦厚'；第三、是有议论，失了诗的'温柔'。尤其可议的是他们的品格，通体都是矛盾。"②在伯夷、叔齐兄弟的有特操和"通体都是矛盾"的特点里，分明可以看到作者自身的投射。

对于晚年五篇小说的内涵，无论是"自况"，还是"刨祖坟"式的国民性批判、本土资源的回顾、"中国的脊梁"的寻找，以及儒、道、墨的整体审视，这些内涵都是有可能存在的，不能非此即彼、说一不二地理解其内涵。鲁迅晚年境界的通达和多维，足以容得下这些内涵和维度，晚年的浩茫与通脱更

① 鲁迅：《故事新编·出关》，《鲁迅全集》第2卷，第442页。
② 鲁迅：《故事新编·采薇》，《鲁迅全集》第2卷，第409页。

使他的写作接近"天马行空"自由，其中思想与艺术的难题，大多源于此吧。无论是主观还是客观，在反思与抒发、批判与自况、历史与现实、严肃与游戏之间，《故事新编》应汇聚着鲁迅更多的思想与人生的信息。如果固执一见而排斥其他，则可能引起小说背后智者的发笑。

鲁迅与20世纪中国研究丛书

406

第十章　新语境与鲁迅民族国家话语的接受

第一节　20世纪中国鲁迅阐释范式的转换

在20世纪中国，鲁迅是有着重大影响的存在，其写作生涯只有短短十八年，但离世后却持续发挥着影响。鲁迅身后的持续影响力，借由后人的阐释而存在。斗转星移，时光荏苒，20世纪中国的鲁迅阐释经历过诸多范式的转换，在"鲁迅"形象逐渐模糊的现在，回溯鲁迅阐释范式的转换，当具有现实意义。

纵观20世纪中国的鲁迅阐释，可以说经历过三个范式的转换：一是革命意识形态的鲁迅阐释，二是人文意识形态的鲁迅阐释，三是大众通俗文化意识态的鲁迅阐释。

革命意识形态的鲁迅是中国共产党革命意识形态对鲁迅的阐释。1937年鲁迅逝世一周年之际，毛泽东在延安作《论鲁迅》的演讲，后来题为《毛泽东论鲁迅》在《七月》杂志第四集第二期发表。毛泽东认为，鲁迅虽然"并不是共产党的组织上的一人，然而他的思想、行动、著作，都是马克思主义化的"，评价了鲁迅的三大特点——政治远见、斗争精神和牺牲精神，号召共产党人和革命者学习"鲁迅精神"，为中华民族的解放而奋斗。[①]1940年，毛泽东在《新民主主义论》中对鲁迅的评价进一步明确："二十年来，这个文化新军的

---

① 唐天然：《一篇珍贵的文稿——毛泽东〈论鲁迅〉》，《文献》1981年第3期。

锋芒所向，从思想到形式（文字等）无不起了极大的革命。其声势之浩大，威力之猛烈，简直是所向无敌的。其动员之广大，超过中国任何历史时代。而鲁迅，就是这个文化新军的最伟大和最英勇的旗手。鲁迅是中国文化革命的主将，他不但是伟大的文学家，而且是伟大的思想家和伟大的革命家。鲁迅的骨头是最硬的，他没有丝毫的奴颜和媚骨，这是殖民地半殖民地人民最可宝贵的性格。鲁迅是在文化战线上，代表全民族的大多数，向着敌人冲锋陷阵的最正确、最勇敢、最坚决、最忠实、最热忱的空前的民族英雄。鲁迅的方向，就是中华民族新文化的方向。"①

毛泽东对鲁迅的评价，基于对这个"党外的布尔什维克"身上的马克思主义印记和优秀品质的敏锐发现，以党的领袖身份，站在中国革命的全局视野上，将鲁迅纳入新民主主义革命的整体格局中，视其为新民主主义革命"文化新军"的"旗手"和"文化革命"的"主将"。毛泽东对鲁迅的评价，成为后来政治意识形态的鲁迅阐释的基础。

虽然延安时期有以"赵树理方向"取代"鲁迅方向"的可能性，但鲁迅在新民主主义革命文化中的"旗手"地位还是最终确立下来。以毛泽东的评价为基础，中华人民共和国成立后，革命意识形态的鲁迅阐释进一步稳固，并成为历次思想界和文艺界运动中加以阐释运用的资源。受政治意识形态鲁迅论的制约，中国大陆的鲁迅研究，注重对鲁迅战士品格、革命精神和马克思主义思想因素的挖掘，由个性主义到集体主义、由国民性到阶级论、由资产阶级启蒙主义到马克思主义的鲁迅思想历程的论证，成为学界的热点。在政治意识形态的"鲁迅传统"中，"战士""革命""反封建""反自由主义"成为阐释的关键词。

革命意识形态的鲁迅阐释在一定程度上揭示了鲁迅存在的真实面。鲁迅20年代后期对现实革命的投入，30年代对左翼阵营的选择，以及在这一过程中对

鲁迅与20世纪中国研究丛书

---

① 毛泽东：《新民主主义论》。1940年1月9日，毛泽东在陕甘宁边区文化协会第一次代表大会上做讲演，名为《新民主主义的政治与新民主主义的文化》，载于2月15日延安出版的《中国文化》创刊号。2月20日在延安出版的《解放》第98、99期合刊登载时，题目改为《新民主主义论》。

马克思主义理论的了解，都说明后期的鲁迅，是自觉将促进精神现代转型的文学志业，与现实中艰苦卓绝的中国革命联系起来，并在这一过程中一步步加深了对中国共产党革命实践的了解。毛泽东敏锐地发现了鲁迅的可能性，站在中国革命的全局将鲁迅纳入共产党领导的新民主主义革命的体系中，应该说是具有洞见力的。

基于处于中国革命先进地位的党的主体立场的考量，毛泽东将鲁迅的精神价值纳入共产党领导的新民主主义革命的体系，但在鲁迅一方面，将自身的文学行动与中国革命相结合，则又是从自身出发的主体选择。在20世纪文学与革命、政治的纠缠中，鲁迅的主体意识始终是清醒的，当毛泽东着眼于中国革命全局，将鲁迅完全纳入新民主主义革命的体系中时，难以顾及这一主体意识的存在。

正是基于对革命意识形态的鲁迅阐释的反思，80年代人文意识形态的鲁迅阐释在"文化热"中兴起。人文意识形态鲁迅阐释的形成，基于80年代新的政治和文化环境，阐释主体是80年代获得一定话语空间的人文知识分子。"文革"结束后，政治意识形态内部出现松动，在"思想解放"运动中，改革派需要人文知识分子的参与，人文知识分子获得了一定的话语空间，人文意识形态悄然形成。基于对刚过去的历史的反思，80年代的人文意识形态试图重续"五四"启蒙思想的余脉，在"新时期"对"现代化"的整体期盼中，将文化的"现代"作为理想目标，在80年代人文意识形态诉求中，鲁迅，成为人文知识分子溯源"现代"意识和确立自身主体意识的深刻资源。

人文知识分子需要建构属于自己的"鲁迅传统"，在"回到鲁迅那里去"的想象下，试图将鲁迅的价值，由政治意识形态的革命政治层面，"还原"到人文意识形态的现代思想文化层面。80年代的鲁迅研究热，就是基于这一话语背景。80年代中、后期，王富仁以"思想革命"取代"政治革命"的鲁迅阐释、钱理群对鲁迅作为"独特精神个体"的精神世界的探寻、王得后对鲁迅"立人"思想的强调、林非对鲁迅文化选择的分析、汪晖对"中间物"精神悖论的揭示等等，都是建构人文意识形态鲁迅传统的努力。

在80年代人文意识形态的鲁迅阐释中，鲁迅与"五四"思想启蒙的联系，重新得到强调。"启蒙与救亡的双重变奏",成为广为接受的现代史观,"启蒙"与"救亡"被理解成相互冲突的历史动因,前者被后者压抑,因而,重续未尽的"启蒙"就成为80年代人文意识形态的选择,鲁迅,成为启蒙意识形态的重要资源。"反封建"、思想革命、批判国民劣根性、人道主义、个性解放,成为人文意识形态鲁迅阐释的重点,由对鲁迅启蒙思想的阐释,进入对其个体精神世界的审视,在对其内在悖论与精神困境的揭示中,"中间物""反抗绝望"等又成为阐释的关键词。

可以看到,政治意识形态的鲁迅阐释与人文意识形态的鲁迅阐释,都强调鲁迅与"五四"的联系,其内在分歧,恰恰在于对"五四"的历史定位,前者将五四纳入新民主主义革命的叙事中,后者则试图重申"五四"的现代"原点"意义。不同的阐释,基于不同的现实与历史的判断,由此可见鲁迅阐释的意识形态色彩。

上述两个鲁迅阐释范式的形成与转换,都基于对鲁迅存在价值的重视,但到了90年代,鲁迅的资源价值和社会影响力在下降。80年代之前的时代语境是政治挂帅,80年代是"文化热",90年代,中央将工作重心转向经济领域,施行有中国特色的市场经济,在文化领域,人文意识形态开始衰微,大众通俗文化兴起。与之前明晰的阐释范式不同,90年代的鲁迅阐释一方面不再成为社会关注的焦点,另一方面开始显现非常复杂的局面。政治意识形态已不再重视对鲁迅资源的运用,鲁迅成为人文思想、学院研究和大众通俗媒体阐释的对象。在新的时代语境下,80年代统一的人文意识形态在90年代开始分裂,演变为人文意识形态内部的纷争,鲁迅不再像80年代那样属于整个人文意识形态的共同资源。同是来自"五四"的鲁迅与胡适,开始分属不同的人文立场,并成为据以对立的资源,"自由派"重申胡适的价值,而鲁迅得到"新左派"的重新阐释。在"新左派"这里,鲁迅的资源价值已不属于80年代人文意识形态共同拥有的"现代"与"启蒙"想象,法兰克福学派、后殖民主义等后现代思潮,是"新左派"的思想资源。80年代不加分析的西方"现代性",成为90年代"新左派"质疑的对象。中国"现代性"的原创价值成为诉求对象;这一诉求在日本竹内好的鲁迅阐释中找到了共鸣,竹内将鲁迅作为反思日本近代化道路的资源，认为日本是"转化"型的近代化，而在鲁迅那里，存在不断抵抗西方的"回心"型近代化取向。竹内基于日本立场的反思，得到90年代中国鲁迅阐释者的呼应，于是，鲁迅获得抵抗西方的"东亚"色彩。而其鲜明的现代启蒙意识，以及对中国传统的深刻反思和批判，却被忽视和遮蔽，在后现代思潮的影响下，反思现代、质疑启蒙、批判国民性批判，成为思想与学术的时尚。

虽然鲁迅依然是90年代的人文意识形态的或一资源，但已经很难像80年代那样获得广泛的社会效应，继政治意识形态放弃鲁迅资源的阐释后，人文意识形态的鲁迅阐释也相应失去以前的社会效应。90年代的鲁迅阐释，主要向学院化研究和大众通俗文化界分流。80年代后期人文意识形态鲁迅阐释向鲁迅个体世界的深化，为90年代学院化的鲁迅研究提供了基础。90年代进一步加强的高校学术体制化，也是鲁迅研究学院化的重要背景。学院化的鲁迅研究既有脱离意识形态纷争后沉潜和细化的良性趋向，同时，职称与学位论文的大量繁殖，也造成为论文而论文的职业化倾向。鲁迅研究，往往沦为流行理论加研究对象的机械拼接。

在学院化的鲁迅研究"孤军深入"的同时，大众通俗文化界的鲁迅话语也开始滋长。90年代大众通俗文化意识形态借市场经济与新媒体的双翼快速成型，在权力与资本的合谋下，大众通俗文化意识形态取代人文意识形态，获得了一定的社会影响力。这决定了90年代的鲁迅话语，只有以大众通俗文化意识形态的方式，才能获得影响。90年代以来，鲁迅虽不是大众通俗文化界的热点，但与人文意识形态领域的鲁迅话语及学院化的鲁迅研究很难取得社会影响形成对照。鲁迅话题一旦在网络与新媒体出现，就会获得前者所达不到的影响力。90年代以来产生社会影响的鲁迅话语并不取决于其问题的深度，而是取决于话题的传播形式，而且越是带有新闻性、颠覆性、通俗性甚至八卦性的话题，越容易引起关注和反响，因而标新立异与炒作就是难免的。对鲁迅为人与为文的否定、中学课本中鲁迅的文章被金庸小说取代、一个男人与几个女人的故事等等，就成为大众感兴趣的话题。

整体上看，90年代以来学院研究与大众通俗文化意识形态的鲁迅阐释各成一体，没有形成对话关系。但是，随着后者影响力的上升，学院研究甚至有向大众通俗文化意识形态献媚的倾向，鲁迅没有在《百家讲坛》打响，但一些学者仍试图通过媚俗化的研究赚取知名度。于是，性心理等等就成为鲁迅人生与文本阐释的热点，在圈内与圈外获得"关注"，形成所谓的研究"生长点"。

如果说政治意识形态的鲁迅阐释试图建构从反封建战士到新民主主义文化革命旗手的鲁迅形象，80年代人文意识形态的鲁迅阐释试图建构中国现代启蒙思想最深刻代表的鲁迅形象，那么，90年代以来大众通俗文化意识形态的鲁迅阐释试图让鲁迅"走下神坛"，还原作为平凡人的鲁迅形象。这一意图无可厚非，但是，如果对鲁迅的"人"的还原仅仅聚焦于"下半身"和八卦式的想象，则未免简化了鲁迅本来具有的丰富性与深刻性。

通过回溯20世纪中国三种鲁迅阐释范式的转换，我们可以总结出以下几个基本特征：一、鲁迅之成为20世纪中国重要的阐释对象，首先基于其人生与思想的重要价值；二、每一个阐释范式的形成，都基于不同的时代语境与阐释主体的需要；三、政治意识形态的鲁迅阐释范式，是其后鲁迅阐释范式转换形成的起点和动因，如认为被"政治化"和"神话"，遂有不同"还原"的取向；四、三个阐释范式之间，既有范式转换的内在逻辑，同时，又存在将误解作为真实从而形成新的更深的误解的现象；五、政治意识形态的鲁迅阐释与人文意识形态的鲁迅阐释具有良性的范式转换关系，各有独到的发现，可以相互补充自家范式可能遮蔽的鲁迅存在，而大众通俗文化意识形态的阐释虽"还原"更为彻底，但"还原"的低俗化取向，造成了对鲁迅存在本来具备的深刻内涵的消解；六、鲁迅阐释的前提，是对鲁迅人生与思想深刻价值的认同，离开这个前提，鲁迅阐释的意义自然消失。

第二节　新语境下的"鲁迅"

一

在刚刚过去的20世纪，鲁迅之在中国，无疑是一个显赫的存在，他在这个世纪只活了三十六年，但死后却以不以其个人意志为转移的方式持续发生更加深刻的影响。20世纪末，随着中国社会的复杂转型，思想文化语境产生新的变局，在这一新语境中，对鲁迅的评价开始发生微妙的变化，其影响正在逐渐淡化。

在20年代中期的《野草》中，鲁迅曾经对缠绕自身的"希望"，进行层层剥笋式的自我消解和突围，最后的消解是："但暗夜又在那里呢？……而我的面前又竟至于并且没有真的暗夜。"可以说，"暗夜"的不存在，是反抗者鲁迅自我消解的最致命一击。鲁迅希望自己"速朽"，因为他是与黑暗同在的，他的被遗忘，正是黑暗消失的反面证明。

然而需要追问的是，鲁迅之在当下被遗忘，究竟是其提出的问题已经失效，或使命已经完成，还是就像他生前经常经历的"寂寞"一样，被遗忘正是鲁迅的命运？

寂寞，来自一种误解，一种真实价值的遮蔽？抑或来自真实价值与现实世界的隔膜？其实是一个二而一的问题。这是一种双重的寂寞，一是被过多的话语所包裹，阐释之下被层层遮蔽，热闹之下是深深的寂寞；二是这些误解的话语复又被视为真实的存在，在新语境下遭到出于种种动机的话语解构。双重寂寞之下，难逃被遗忘的命运。

二

1936年其人辞世，鲁迅的存在，就成为一种可以称之为"鲁迅传统"的存在，它本质上是一种对鲁迅的话语阐释。20世纪对"鲁迅传统"的解读，大致形成了两套话语系统：一是政治意识形态鲁迅传统，二是人文意识形态鲁迅传统。前者形成于30年代左翼文化界，经过40年代延安文艺的系统阐释，新中国成立后成为正统鲁迅话语，80年代前在大陆占据绝对话语权力，它强调鲁迅后期的现实革命立场，强调鲁迅与中国共产党领导下的无产阶级革命的精神联系，将鲁迅阐释为由个人觉醒到集体主义革命的20世纪中国知识分子的典范，将鲁迅文学解读为中国政治革命的现实主义再现；80年代，随着思想解放中官方政治意识形态内部的松动，现代思想启蒙者的鲁迅，作为一种还原性的认知，被人文知识分子推到前台，在思想解放是中断的"五四"传统的承续的想象中，鲁迅，成为80年代新的现代启蒙和人文知识分子确立主体性的深度精神资源。在80年代前期的人文学科领域，鲁迅研究的影响力无与伦比，它已然超越学科的范围，成为影响甚至带动整个人文科学研究和社会思想文化语境的重要力量。可以说，80年代中国人文知识分子阵营及其意识形态的形成，基于一定的话语空间，它是在思想解放的语境下，官方改革派为了吸引人文知识分子参与新的改革意识形态的建设，从而形成的一定话语空间。因而，80年代的官方意识形态鲁迅传统与人文意识形态鲁迅传统之间，既存在内在的冲突和紧张，又具有体制内的同构关系。

90年代，历史似乎翻开新的一页，政治风波后文化热骤然降温，国家放弃意识形态和文化领域的纷争，真正将工作重心转移至经济领域。与90年代之前政治意识形态与人文意识形态相互依存甚至分庭抗礼不同，90年代，权力与资本成为决定90年代以来中国社会发展的核心力量，一方面政治意识形态进一步强化其在思想文化领域的主导地位；另一方面，在不涉及意识形态的领域，国家全面推行经济主导的市场策略。在知识、文化领域，国家一方面大力扩大非关意识形态争议的应用性社会科学的发展，吸引大量知识分子投入体制内建设，同时，又通过中国特色的市场化策略促进大众通俗文化的繁荣。90年代以来中国社会的主流话语，一是政治意识形态话语，二是大众通俗文化意识形态话语。后者基于官方监管的市场经济，在政治许可范围内，资本获得更加自由的发展机会，市场资本主动迎合大众的审美趣味，现代网络则给大众通俗文化提供了更为便捷的载体。大众通俗文化获得畸形繁荣，一方面带有全球化特征的大众文化如物质主义、消费主义、享乐主义等在中国得以迅速成型；同时，中国大众文化一旦获得自由发展就会呈现的本土要素，也渐渐复原并浮出水面，这主要表现在日常生活尤其是情感审美领域，如大众化的"国学"热、阅读市场的历史热和小说分类化、影视市场的宫廷热与古装热、审美情感的娱乐化和滑稽化、人际关系的"厚黑"化等等，形成一种"民间"权力话语，消费

鲁迅与20世纪中国研究丛书

主义、娱乐主义、民族主义，是90年代市场资本引导下的大众意识形态的主要价值取向。大众通俗文化意识形态的崛起，深刻改变了90年代以来中国文化的格局，它取代80年代人文意识形态在文化格局中的位置，成为90年代与政治意识形态对应与共生的重要文化力量，与80年代人文意识形态与政治意识形态既存在体制内的同构关系又存在意识形态的对立不同，90年代以来的大众通俗文化意识形态与资本具有更多的共谋性，90年代初知识分子想象的试图融入并能容身的独立"民间"，结果并不存在，民间成为权力与资本的场所。

这些方面的迅速扩展，使80年代曾经试图自我扩展的人文意识形态的发展空间，受到越来越强的挤压。在90年代，80年代想象性的知识分子同一性人文立场开始分裂，政治意识形态与人文意识形态的互动与对立，随着前者的抽身离去，演变成人文意识形态内部的纷争，人文思想界形成所谓文化保守主义、中国"后学"、"新左派"、"自由派"等等之间战线不清的纷争局面。一方面，人文思想界内部的纷争纠缠激烈；另一方面，在人文思想界之外，这些热闹都不过是"茶杯里的风波"，决定社会舆论导向的，是权力和资本力量，这一巨大存在，不仅使人文空间愈益萎缩，也对人文意识形态本身产生强大的牵引力。因而，人文思想界在分裂之后，又被绝对权力抽空，在外在强力的挤压下，或者丧失存在的空间，或者为了获得现实的生存而暗中向权力与资本靠拢与借力，打着纯粹思想旗号的人文思想，暗中寻求与权力和资本保持一致，就成为并不稀奇的现象。大致看来，争存于90年代以来的中国人文意识形态，其话语策略一方面要征引域外的流行资源；另一方面，又要暗合权力的需要，新的、外来的理论资源，只不过保持了其固有的人文色彩和知识形态，而现实的话语权力及其利益诉求，则是核心关注所在。

90年代开始流行的中国后现代主义思潮，迎头引进20世纪中、后期西方流行的后现代主义文化思潮，以其理论话语的新颖时尚，在国内迅速扩展流行，其对现代规范的解构尤其是后殖民主义对西方霸权的批判，为80年代现代性追求的挫折与多舛，找到了新的阐释资源与情绪发泄口。在国内舆论方面，后现代主义尤其是后殖民主义的文化政治立场，在解构西方霸权的同时，指向的是中国本位的民族主义意识，成为90年代权力话语所接纳的新的西方理论资源。

后现代主义其实也正是"新左派"的主要理论资源，中国现代性的本位意识则是其潜在文化政治立场。"新左派"的理论资源当然不再是传统的马克思主义，而是法兰克福学派的西方马克思主义与后现代主义的综合，后现代批判一方面指向了市场资本主义及自由主义思想的弊端，为马克思主义的合法性提供新的批判资源；另一方面，后殖民主义取向又指向了反思西方霸权并重提中国本位的可能性。不过，"新左派"的复杂性在于，其马克思主义指向不是建立在正统马克思主义理论基础之上，而是建立在新颖的后现代批判的基础之上，其中国本位的价值指向不是建立在中华传统文化本位之上，而是建立在现实的中国现代性的创新实践之上，为中国现代性的独特性和合法性提供支持，与传统的文化保守主义的文化民族主义倾向不同，这可以说是一种现实立场的民族主义取向。90年代以来的文化保守主义内基于本土传统文化，外接海外新儒家资源，是一种典型意义的文化保守主义，在新的大国崛起的语境下，以前显得政治上不太正确的儒家意识形态和民族主义取向，获得了新的现实意义。

如果说文化保守主义、中国"后学"、"新左派"与"自由派"构成了90年代日益边缘化的人文意识形态场域，那么，在它们各自分化甚至对立的立场后，又具有自己尚未意识到的某些潜在的一致性。正是这些潜在的一致性，与90年代权威意识形态达成了和谐。因此，不是它们的外在文化立场，而是它们的潜在价值立场的一致性，才构成对90年代文化格局的影响。如前所揭，文化保守主义、中国"后学"、"新左派"的话语论述，指向共同的中华本位的价值立场，正是这一终极立场参与了90年代主流意识形态的合唱。90年代兴起的"自由派"，在政治文化立场上保持着较为激进的西化自由主义立场，但在反左翼激进文化的过程中对本土文化传统采取同情和认同的温和文化姿态。这一倾向自我认同的文化立场与90年代文化保守主义、中国"后学"，甚至与针锋相对的"新左派"并无二致。中国"自由派"的文化盲区在于，其价值诉求缺失文化批判的重要环节，陷入"明礼仪而疏于知人心"中国难题，这一文化盲区的存在，使"自由派"与文化保守主义在传统文化立场上形成你我难分的局面。

三

在90年代以来的中国文化思想场域中，随着政治意识形态重心的变迁和人文意识形态内部的分化，以前分别通过政治意识形态和人文意识形态想象建构的"鲁迅传统"，也在迅速瓦解。首先，90年代的政治意识形态渐渐放弃了对鲁迅的资源运用，政治意识形态从鲁迅资源阐释领域的进一步退出，理应给人文意识形态提供更大的自由空间。然而，80年代凭借人文意识形态形成的鲁迅阐释的兴旺局面，在90年代后并没有得以重现，一方面，90年代以来人文意识形态的分化及其主流价值的变迁，形成解构鲁迅的话语倾向；另一方面，本着继承鲁迅传统的重新阐释，不再有80年代单纯而激进的理想取向，掺杂了更多的现实动机，形成种种似是而非的鲁迅阐释。随着80年代追求现代化主题向90年代反思现代性主题的转换，鲁迅由反传统主义的现代启蒙的思想资源，演变成反思现代性——批判西方主导的现代性，寻求中国本位的现代性——的思想资源，鲁迅由反传统主义的现代启蒙思想者，渐渐成为反抗西方文化霸权的中国的甚至是东方的文化斗士。在这一转换中，鲁迅国民性批判的重要思想被尽量遮蔽，而其对"现代性"（最好是西方现代）的批判被充分彰显放大。反思现代性是西方后现代主义思潮题中应有之义，但这一西方思想传统内部的自我反思和批判，被拿来作为我们批判西方霸权，确立文化主体性的理论资源，其文化政治立场，与政治意识形态的现实诉求不谋而合。虽然反思现代性的鲁迅重释暗合了官方与大众的民族主义诉求，但除了在学术圈引起追捧外，其对政治与社会的影响力甚微。

鲁迅在90年代以来中国的境遇，更多的是遭遇新兴话语的解构，从而变得不合时宜，与反思现代性的阐释局限于学术思想界不同，解构语境由人文意识形态和大众意识形态共同构成。在人文意识形态内部，中国"后学"基于激进的解构本性和潜在的理论进化逻辑，将属于现代范畴的精神思想遗产全盘否定，作为中国现代思想传统的"五四"启蒙主义思想，被视为落后遭到解构，80年代阐释中被视为"五四"现代启蒙代表的鲁迅，自然也成为质疑的对象。而中国"后学"中华本位的价值指向，更与人文意识形态内部的文化保守主义思潮以及大众意识形态化的"国学热"沆瀣一气，构成让鲁迅变得不合时宜的话语氛围。文化保守主义思潮的出现，可以追溯到80年代中、后期的传统文化热，彼时的思潮尚局限于人文意识形态内部，是80年代前期人文意识形态现代化追逐之疲惫后对本土传统思想与审美资源的回顾与重新发现，与政治意识形态无涉，大众化的意识形态更是尚未形成。90年代初，本着海外新儒家的余绪，文化保守主义思潮在人文意识形态内部的激进与保守的文化论战中形成局面，并随着90年代学术大众化的潮流，形成方兴未艾的学术界与大众文化共谋的国学热。国学热一开始就得到了官方媒体的认可和支持，将"优秀传统文化"融入"爱国主义"意识形态，在新世纪大国崛起的语境中，传统文化的独特性与优越性，成为弥足珍贵的意识形态资源。对于市场资本来说，大众化的国学热，更是有利可图的对象。在各种利好局面下，新世纪的国学热蔚然兴盛。新世纪国学热与其说是学术动向，不如说是一种大众文化意识形态，它起于对"国学大师"的莫名期盼，在被戴帽者自知名号的虚妄半就半推后，大众意识形态将对大师的热情转向《百家讲坛》包装出来的学术"超男"与"超女"（《百家讲坛》在2001年刚刚播出的时候，走的是文化精品的路线，请一些资深专家、学者做讲座，可惜收视率不高，自从央视开始收视率考核，换了制片人，走通俗的、偏重历史演义的路线，终于一下火爆），《百家讲坛》成为国学热的亮丽风景，显示了新世纪国学热的通俗流行文化的本质。不甘寂寞的学术界则应时而动，学者们也开始纷纷换上对襟中式服装，俨然以大师自居。国学、大众与商业走到一起，各种总裁国学班、少儿国学班、读经班、汉服班不断涌现。文化保守主义思潮和国学热将当下的传统取向直接对接现代转型之前的传统，以"五四"为代表的现代启蒙主义，成为旁逸斜出、无事生非的文化异类，生前屡次反对读经，甚至说出"我以为要少——或者竟不——看中国书"的鲁迅，自然成为大煞风景、急于抛弃的对象。随着大众通俗文化的繁荣，通俗文学逐渐占领文学阅读的市场，先是张爱玲热，后是金庸热，最后是网络文学热，鲁迅在阅读市场中逐渐成为冷门，可以预见，在娱乐化的指标下，电脑游戏终将战胜所有的文学阅读。在90年代的中国人文意识形态中，自由主义人文思潮在价值取向上更多地呈现出80年代人文意识形态的延续，但其思想资源的本土取向，则发生了重要的变化：以前统一性的"五四"资源想象，被分化为不同甚至分裂的层面，以前被遮蔽的以胡适为代表的一批自由主义知识分子，在90年代被重新发掘。现代自由主义思想作为被主流历史压抑的思想一脉，得到了更多的关注。但可惜的是，在90年代自由主义的思想解读中，鲁迅被作为激进政治文化的文人代表放到对立面，甚至不幸成为自由主义人文思潮兴起首先祭旗的对象，胡适和鲁迅，被放到非此即彼的单项选择中。有意思的是，在对鲁迅历史形象的定位上，90年代自由主义人文思潮与政治意识形态形成了一致，换言之，自由主义人文思潮将政治意识形态的鲁迅阐释，作为不加分析的历史前提，展开自己的历史批判，过分放大了鲁迅与胡适的现实政治立场的不同，而漠视了二者"五四"文化立场的一致性。

值得一提的，还有90年代以来社会文化语境和人文意识形态对学术圈内的鲁迅研究的影响。与90年代之前鲁迅研究在现代文学学科甚至整个人文学科研究领域绝对主导的地位不同，90年代以来，随着现代文学研究领域更多文学现象与作家的被重新发现，鲁迅所占的比重客观上在减少，这是正常现象。值得注意的，是鲁迅研究界自身的状况。90年代以来，政治意识形态不再干预鲁迅研究的学术动向，鲁迅资源向学术圈与大众媒体两个方向分流。90年代以来的鲁迅研究界在队伍不断收缩的过程中越来越显示学院化的研究品质，研究成果的发表数量甚至质量，在现代文学研究中仍保持龙头位置。但是，新语境下的鲁迅研究也产生着自身的危机。随着学术的进一步学院化与体制化，庞大的灰色学术大军带来的，是大量功利化的以项目和职称为目的的研究。其最常见的研究模式是，带着80年代理论热、方法热的习惯残留，在对研究对象并无准确把握甚至毫无心得的情况下，就将鲁迅作为某种新思潮新理论新方法的"试验田"，以致有些本着弘扬鲁迅的研究，本身就不自觉地构成对鲁迅自身价值的解构。如果说这类研究是无思想的学术操作，那么，90年代以来具有思潮倾向的鲁迅研究，则来自社会思想文化语境。一是反思现代性思潮对鲁迅研究的影响。如前诉述，随着80年代追求现代化主题向90年代反思现代性主题的转换，鲁迅由反传统主义的现代启蒙的思想资源，演变成反思现代性的思想资源，鲁迅早期的文言论文对19世纪西方物质文明的批判，成为阐释者关注并发挥的对象。①在反思现代性的阐释下，鲁迅国民性批判的小说代表作《阿Q正传》，竟然成为解构近代以来中国国民性理论——来自传教士话语——的核心文本。②在反思现代性的阐释思潮中，日本思想家竹内好的鲁迅研究，成为被广为引用的阐释资源。竹内好40年代当作绝笔写的小册子《鲁迅》，③本着一个日本思想者的真诚反思，以现代中国和鲁迅思想为参照，对日本"转向"的近代化历史提出批判，通过对鲁迅个人内心挣扎的富有魅力的描述，试图抽绎出鲁迅与现代之间的反抗性关系，从而将鲁迅与现代中国视为后进现代国家理想的"回心"型近代化路向的楷模。竹内好的鲁迅论，基于对日本近代化道路的反思，将鲁迅作为异域参照的资源，但其存在的问题是，由于聚焦于日本问题意识，鲁迅所面对的中国时代难题及其内在问题意识，是其先天的盲区。竹内基于日本问题意识对鲁迅的未免避重就轻的阐释，却成为90年代以来中国鲁迅研究界的一个近乎文学意识形态的存在，甚至达到"言必称竹内"的地步。反思现代性阐释下的鲁迅，为中国独特的现

---

① 其实，鲁迅早期文言论文的批判矛头并非直接针对西方文明本身，而是针对中国言新人士只看到西方19世纪物质文明的偏颇，而忽视了物质文明背后的"科学"，以及"科学"背后的"神思"，（参见《科学史教篇》与《文化偏至论》）在鲁迅看来，这种短视，正来自"本体自发之偏枯"，"夫中国在昔，本尚物质而疾天才矣"（鲁迅：《坟·文化偏至论》，《鲁迅全集》第1卷，第57页），"劳劳独躯壳之事是图"（鲁迅：《坟·摩罗诗力说》，《鲁迅全集》第1卷，第100页），更有甚者，来自倡言改革者的"假是空名，遂其私欲"（鲁迅：《坟·文化偏至论》，《鲁迅全集》第1卷，第46页）。必须将五篇论文放在一起，才能看到鲁迅批判的真正所指。

② 刘禾在《语际书写——现代思想史写作批判纲要》（上海三联书店1999年10月版）中认为："《阿Q正传》呈现的叙述人主体位置出人意料地颠覆了有关中国国民性的理论，那个尤其是斯密思的一网打尽的理论。""鲁迅的小说不仅创造了阿Q，也创造了一个有能力分析批评阿Q的中国叙事人。由于他在叙述中注入这样的主体意识，作品深刻地超越了斯密思的支那人气质理论，在中国现代文学中大幅改写了传教士话语。"（第97页）在其阐释下，一方面，鲁迅的国民性批判来自西方传教士对中国的偏见，非常果断地把从梁启超到孙中山等人用来建构中国现代民族国家理论的国民性话语归结为"不得不屈从于欧洲人本来用来维系自己种族优势的话语——国民性理论"（第69页）；另一方面，《阿Q正传》又成为颠覆国民性理论的核心文本，让鲁迅自己打了自己耳光。对《阿Q正传》的解读一定要紧扣鲁迅自己的中国问题意识，笔者仍然相信，《阿Q正传》是鲁迅国民性批判的小说代表作。

③ 竹内好的《鲁迅》目前在中国大陆有两个版本，一是李心峰译《鲁迅》，浙江文艺出版社1986年版；二是由李冬木译收在中译本竹内好文集《近代的超克》之第一部的《鲁迅》，生活·读书·新知三联书店2005年版。

代性及其现实合法性提供了资源，其更为激进的政治指向，甚至直接重回80年代前的政治意识形态的阐释思路。在他们那里，80年代的阐释被视为浅薄并被轻易否定，而80年代前的政治化的阐释重新获得某种新的深刻性，完成中国人文知识分子鲁迅阐释的话语圆圈。反思现代性在学术界的另一种阐释路向，是对中国现代文学起点的重新讨论。上世纪80年代中、后期现代文学研究界"20世纪中国文学"概念的提出，还是基于以"五四"为现代化开端的标志的基本立场，只不过试图将现代的发生追溯到晚清维新思潮，显示20世纪的完整性，但在90年代开始的晚清学术热中，随着"没有晚清，何来'五四'"这一具有广告效应的表述的不胫而走，这一口号几乎成为现代文学界的一种新的学术意识形态。如果这一表述指的是为"五四"现代性寻找晚清的源头，其实无可厚非，但是，其真正想说的是"被（五四）压抑的现代性"，将晚清解读成比"五四"更丰富、更具有开创性的现代开端，相反，"五四"却成为中国现代性本来良好开端的"窄化的收煞"。在其视野中，所谓"被压抑"的现代性，实质上就是晚清商业市场形成后小说领域的某些具有市场取向的变化，①跟进者则进一步将中国现代文学的起点归于晚清的某一篇小说的出现。且不说鲁迅是否就能代表并非一元的"五四"，但在这一文学意识形态下的文学史叙述中，鲁迅又一次作为"五四"现代性的代表遭遇或明或暗的"压抑"。对鲁迅研究的另一种可能性的影响来自大众通俗文化意识形态，随着90年代以来学术大众化的媒体取向，鲁迅研究也未免蠢蠢欲动。如果说鲁迅上《百家讲坛》并未获得预料中的成功（说明将鲁迅大众通俗化确属不易），那么，学术圈内部的大众通俗化研究却获得意外的热烈反响。新世纪初年，两位学者不约而同对鲁迅最为晦涩幽深的《野草》进行了纯粹"形而下"的解读——将《野草》视为20年代中期鲁迅性爱潜意识的集中表现，竟然被视为新的研究生长点，造成一个不大不小的研究热点。由此亦可见大众通俗文化意识形态下鲁迅研究的落寞。

---

① 见王德威：《被压抑的现代性：没有晚清，何来"五四"》，《想像中国的方法：历史·小说·叙事》，生活·读书·新知三联书店1998年版；同文又以《被压抑的现代性：晚清小说的重新评价》为题收入王晓明编《批评空间的开创：二十世纪中国文学研究》，东方出版中心1998年版。

可以看到，其人虽逝，作为话语的鲁迅仍然随着世纪中国的复杂变动与世沉浮，在90年代以来变化的社会文化语境中，其形象开始变得陌生、模糊，甚至不合时宜。我们需要正本清源，删繁就简，回到这样一个原点性问题：鲁迅存在的基本历史定位及其思想遗产的价值核心究竟是什么？其次才是：鲁迅资源在当下还有没有价值？

四

研究一个人的思想，最直接的办法就是进入其时代背景及其思想动机和问题意识，可以首先从三个问题入手：他生活于怎样的时代？他那个时代所面临的共同时代问题是什么？他是如何应对这些问题的？可以确认的是，鲁迅是20世纪初走上历史舞台的中国现代知识分子，他生活的时代，是"三千年未有之大变局"的中国现代转型，中华文明遭遇西方文明的挑战，被动地进入改变之途，这个时代，鲁迅称之为"可以由此得生，而也可以由此得死"的"大时代"。[①]鲁迅出道的20世纪初，救亡图存，是共同面对的时代难题，作为一个具有传统使命感的现代知识分子，他首先面对的就是这样一个时代共同问题，并要做出自己的回答。青年鲁迅的第一次发言，是世纪初年留学日本时期，1905年，鲁迅弃医从文，确立了文学—精神—救亡的文学救亡道路，1907、1908年，鲁迅一连发表五篇文言论文，基于对西方现代文明的全面梳理，对当时流行的救亡思路如"黄金黑铁"的洋务派、"国会立宪"的维新派以及种种流行的维新言论提出批判，提出"首在立人""尊个性而张精神"的主张，并大力推介"摩罗""诗力"，寄希望于"介绍新文化之士人"，以此为"第二维新之声"。彼时，孙中山、章太炎为代表的革命派正在东京与维新保皇派论战，可以说，在革命派成功之前，青年鲁迅就在考察并否定洋务派的器物层面的救亡方案和维新派的制度层面的救亡方案的同时，提出了与方兴未艾的革命派民族主义革命方案不同的新的救亡方案。这一救亡方案抓住了中国现代转型的两个契机，一个是"精神"，一个是"诗"，其内在理路是，中国现代转型的真

① 鲁迅：《而已集·〈尘影〉题辞》，《鲁迅全集》第3卷，第547页。

正基础，是国人精神的现代转型，而诉诸精神的文学，是改变国人精神现状的最有力的工具。周氏兄弟又通过《域外小说集》的翻译，展现其对改变精神的新文学的想象。晚清以林纾为代表的翻译小说，基于中国固有阅读习惯选取外国小说，注重故事的传奇性及内容的分类化，所取大多是18世纪以来英、法、美主流国家的文学，而周氏兄弟另辟蹊径，引进在当时非常边缘的19世纪俄国及东欧、北欧弱小民族的文学。这一取向除了呼应当时刚刚兴起的民族主义革命思潮，更为潜在的动机，则属于其文学—精神—救亡的新思路。这些小说所展现的，是一种全新的精神世界，尤其是鲁迅所择取、翻译的小说，其主人公的内心世界，真诚、执着、深广，甚至达到分裂与发狂的境地，正是分裂，显示着精神的存在。周氏兄弟对异域小说的引进，所可注意者有四：一是轻故事而重内心，二是轻长篇而重短篇，三是轻主流国而重东欧、北欧，四是轻18世纪而重19世纪。这一指向，是对19世纪西方文学所蕴含的迥异精神世界和人性世界的发现，故序文直言："性解思维，实寓于此"，"籀读其心声，以相度神思之所在"，并不无自信："异域文术新宗，自此始入华土"。[1]在鲁迅那里，作为救亡根本的"立人"——现代转型的精神基础的建立，其精神资源已经无法在世纪末业已衰微的宗教、道德、伦理、政治等"有形事物"中来寻找，而19世纪崛起并得以在精神界独立的西方文学，其内在精神深度及其富于感染力的特性，被鲁迅视为改变中国人沦于"私欲""劳劳独驱壳之事是图，而精神日就于荒落"[2]的国民精神现状的最好途径——文学取代了原来的宗教和道德，成为精神的策源地。然而，文学—精神—救亡的"立人"方案被掩盖于风起云涌的革命呼声，导致青年鲁迅深深的寂寞和自我怀疑，并形成近十年的沉默。十年后，其"精神"与"诗"的救亡理路，在"五四"思想革命与文学革命中得到了呼应，在钱玄同的劝说下，鲁迅第二次出山，通过小说等新文学的创作，汇入"五四"潮流，至此，十年前的救亡思路与十年后的现实运动终于合流。鲁迅在"五四"时期再也没有系统阐释过自己的救亡主张，作为过来

---

① 鲁迅：《译文序跋集·〈域外小说集〉序言》，《鲁迅全集》第10卷，第155页。

② 鲁迅：《坟·摩罗诗力说》，《鲁迅全集》第1卷，第100页。

人，他主要是通过精神深异的文学创作，汇入"五四"新文学的潮流，显现文学内在的精神力量。可以说，通过文学创作，鲁迅将十年前的精神脉络，注入了"五四"，鲁迅一加入"五四"新文学，就能在创作上显示别人达不到的新异与深度，为"五四"新文学带来了不可或缺的实绩，其原因正在此。

自"五四"开始的鲁迅文学创作，怎样延续了十年前的文学救亡理路？经过"立人"方案的挫折和十年隐默中对中国乱象背后的人性洞察。十年后，鲁迅将文学救亡的"立人"方案，落实在国民性批判这一首要的环节上，国民性批判，是鲁迅"五四"后文学创作最核心的创作动机和思想命题，实际上也成为他终其一生也未完成的现实践履。鲁迅"五四"时期的小说，通过小说虚构的自由，对国民性展开整体性的象征批判，《狂人日记》《阿Q正传》是其国民性批判的小说代表作，"五四"时期的随感，则是更为广泛、直接的社会批评和文明批评。以1923年的沉默为标志，"五四"后鲁迅经历了第二次绝望，借由《彷徨》与《野草》的写作——《野草》是其冲决绝望的文学行动，他终于走了出来，走出绝望的鲁迅，开始摆脱前期缠绕自身、积重难返的矛盾，跨入更为坚实的现实生存，并越来越多地将写作重点转向杂文。对于鲁迅，国民性不再是抽象的存在，而就是"大时代"中乱象纷呈的现实，面对急剧变迁的现实，小说的虚构和象征，已经失去它的即时性和即物性。因而，直面现实的杂文，成为其最后的文学选择，不是是否"文学"，而是是否具有现实批判的有效性，成为鲁迅后期文学转换的内在动机。在其后期倾力以赴的杂文里，国民性批判与现实批判，融为一体，具有了更强的现实效应，而其现实批判的深度，仍然来自国民性批判的洞察眼光；晚年的《故事新编》，更像是杂文化的小说，其古今杂糅、虚实交织的特色，将小说的虚构和游戏，与杂文的现实感与批判力，匪夷所思地融合在一起，完成了国民性批判最为创造性的文学表现。

综上所述，我们现在可以回答前面提出的三个问题，作为20世纪中国知识分子，鲁迅生存于艰难现代转型的中国，他面临的时代共同问题是救亡图存和现代转型。面对这一时代共同难题，其所关注的，是现代转型的精神基础问题，故提出"首在立人""尊个性而张精神"，并试图通过引进崭新的文艺，为现代精神的形成提供深度资源。鲁迅"立人"方案的现实践履，后来成为终其一生也未完成的批判国民性的工作，可以说，其所有的文学创作，都是围绕这一核心命题。

基于这样的基本判断，可以看到，90年代以来新的社会语境下的鲁迅阐释，虽然更为自由，但是，或者偏离了鲁迅存在的基本历史定位，或者无视鲁迅的真实存在及其现实价值，径直加以抛弃。面对这一现象，我们需要追问的是：鲁迅的时代真的已经过去了吗？其所批判的国民性问题，真的已经失效了吗？

20世纪，并没有随着21世纪的到来而结束，中国仍然处在近代以来艰难的现代转型之中，鲁迅曾经面对的共同时代问题，仍然是我们的问题。而且，随着中国现代转型的进一步深入，其所揭示的现代转型的精神基础问题。越来越成为关键。现代转型由易到难、由浅入深，从器物到制度再到精神文化层面，由晚清至"五四"，中国曾经经历这样的转型理念变迁与深化的认识过程。一个多世纪以来，中国人民在现代转型的各个层面，都进行了艰苦卓绝的努力。"五四"之后，中国选择了马克思主义，在制度与思想方面都进行了深刻的社会改造，这在几千年的中国历史中，都是空前的并可载入史册的。中国的现代转型取得令人瞩目的成就，但仍存在很多问题。以马克思主义救中国，本来是以先进的思想、文化和制度改造旧中国，尤其是改造固有传统中不利于现代转型的文化因素，但在这一过程中，传统中某些最为顽固的、最不利于现代转型的文化因素，还是未免留了下来，并渗透进我们的制度、思想甚至日常生活的秩序中，阻碍着正在进行的中国改革事业。表面来看，阻碍改革事业的如权力腐败、社会公平等问题，来自法律、制度与规则的不健全。但是，如果落实到文化层面，其深层原因则是源于国人缺少对超越性、普遍性存在的理性共识和自我反思的能力，问题不仅在于有没有秩序和规则，而且在于难以真正相信并遵守超越于自身的秩序与规则。在我们的固有文化意识中，人，总是可以改变和利用秩序和规则的。这一"人本"——"天人合一"与自我本位——的文化取向，在人文与审美层面，自然有它的优越之处，但在现代社会的转型过程中，却是极为不利的民族文化心理传统。如果说现代市场社会得以维系的两大元素是利益诉求与秩序规范，可以说，中国一直不缺少的是利益诉求，但缺少的是规范化的秩序，尤其是对秩序的承认和尊重。如果现代社会充斥着的都是没有规则意识的利益中心的个人，最后就会形成无原则的巧取豪夺；如果每个人都不能超越自身利益思考问题，最后导致的是矛盾积压并且积重难返。中国近代以来的现代转型，目前在社会物质财富的创造方面取得了举世瞩目的成就，但是，在已有的带来高度效率的红利因素消耗之后，如何进一步保持高效的发展，是摆在中国面前的一个问题，这也就需要进一步通过深化改革，释放更为持久的效率因素。在这一层面，我们需要做的，一方面要进一步健全制度建设，完善法律法规，加强对权力的监督和秩序的规范；另一方面，缺少理性共识和反思精神的现世的、人的、利欲中心的文化心理，更是我们每一个人亟待自我反思并加以改变的最深厚文化传统。这一自我文化反思与改造的工作，自然极为艰难，但现在所能做的，是对不利于现代转型的传统遗留保持充分的警惕，不要急于产生文化自满情绪与自我中心意识。传统文化的自豪感，当然是一个民族立于世界民族之林所需要的，但是，如果将传统文化不加分析地作为大国崛起甚至故步自封的意识形态，则不仅局限了我们的现代视野，而且会进一步束缚住我们的现代进程。

　　鲁迅的国民性批判，是我们反思传统的一个最重要的现代精神资源。在反思传统的现代转型中，鲁迅，是对中国文化弊端洞察得最深的思想者，他以对国人"营营于治生，活身是图，不恤污下"[1]"劳劳独躯壳是图，而精神日就于荒落"[2]的精神状况的洞察和批判，将近代以来中国的自我文化反思，推到了人性的深度，并因过深的洞察，产生了绝望，在反抗这绝望中战斗了一生。对于鲁迅，传统，从来不是优劣不分的，他所批判的，是阻碍中国现代转型的文化心理遗留，相反，对于传统中的优秀部分，一直是珍视并加以发扬的。他收藏、博览中国古籍，他是整理、研究中国小说史的第一人，被称为反传统主义者的他，着中式服装，爱绣像绘画，私藏并赏玩中式信笺，一生写作都是绝佳的毛笔行楷，他深爱传统又批判传统。可以说，鲁迅的存在，是有着几千年

---

[1] 鲁迅：《坟·文化偏至论》，《鲁迅全集》第1卷，第69页。
[2] 鲁迅：《坟·摩罗诗力说》，《鲁迅全集》第1卷，第100页。

历史的伟大的中华文明的一个解毒剂，而鲁迅的伟大本身，也正是中华文明具有文化反省意识、能够自我更新、具有强大生命力的证明。

20世纪初，鲁迅写道："意者欲扬宗邦之真大，首在审己，亦必知人，比较既周，缘生自觉。"[①]21世纪，我们仍然处在20世纪尚未结束的现代转型之中，以批判国民性为核心的鲁迅思想与文学，仍然是我们有待进一步发掘的现代精神资源。

第三节　90年代以来文化本位思潮、国学热与鲁迅资源的再认识

一、前言：文化本位意识——90年代以来人文纷争背后的一致性

90年代是中国人文思想界的一个分水岭。80年代，改革意识形态需要人文知识分子的参与，人文意识形态因此获得了一定的话语空间，并与政治意识形态形成良性的互动关系，共同参与、推动了80年代的文化热。90年代，随着政治意识形态重心的转移，以及市场与大众通俗文化的兴起，80年代人文意识形态与政治意识形态对立又统一的意识形态结构，被政治意识形态与大众通俗文化意识形态的共在关系所取代。在90年代以来的中国文化语境中，以人文知识分子为主体的人文意识形态遭遇边缘化，丧失了曾经的社会影响力。

随着80年代想象性的同一文化立场的丧失，在边缘化的过程中，人文思想界也开始分化，并形成激烈的纷争，不同思潮与派别涌现成型。在90年代初的"激、保"之争中，文化保守主义浮出水面，随着西方后现代主义思潮的传入，中国"后学"蔚然成风，随后，新左派与自由派的交锋，成为90年代中国人文思想界颇具影响的论争。可以说，虽然文化热已经过去，但边缘化的90年代的人文思想界，却表现出比80年代更为复杂的思想局面。

90年代人文意识形态众声喧哗，纷争激烈，然而，在这之后，却存在一

---

① 鲁迅：《坟·文化偏至论》，《鲁迅全集》第1卷，第65页。

个潜在的一致性，这个一致性，使它们得以加入90年代以来中国主流文化的合唱。

这个一致性，就是文化本位意识的兴起。文化本位意识的兴起，是90年代意识形态的一个显著特色。大国崛起和价值失范的时代需要传统文化作为新的资源；缺少反思主体的中国大众通俗文化场域，始终是传统与流行文化聚集的场所，文化本位意识是其自发的倾向，民族主义气候也极易形成。

但不易察觉的是，纷争的90年代的人文意识形态，也采取了相同的价值立场。"激、保"之争中出现的文化保守主义思潮，携海外新儒家余绪，基于对激进文化与政治的反思，试图将儒家文化作为创造性转化的资源；中国"后学"将西方正在进行的后现代主义批判逻辑纳入中土，循西方学界对现代性与西方中心主义的反思路向，掀起解构西方现代性的人文思潮，而其建构指向，则在所谓"中华性"；新左派基于西方"新左"理论与后现代主义解构策略，在反思西方现代性中伸张本土现代性实践的创新价值；对传统文化的反思是中国自由派的盲区，在反激进文化与政治的立场下，更易对固有传统采取近似文化保守主义的温和态度。

可以看到，90年代中国文化本位思潮的取向，表现为两个向度，一是传统，一是现实。这两种取向，在本来的意义上都无可厚非，但它们大多表现为对外来文化与现代性价值的批判态度，并含有强烈的中华中心的潜在指向，构成当代中国民族主义意识形态兴起的可能语境。

笔者在纷繁复杂的90年代人文思潮背后揭示其与主流文化潜在的一致性，意在说明，看似与80年代不同的90年代多元的人文思潮背后，其实仍然存在实质上的一元性，而且，这个一元性的形成，来自不同立场后大致相同的现实动机。在90年代边缘化的过程中，曾经显赫一时的人文意识形态不甘寂寞，加入90年代主流文化的合唱。

二、"文化"在何方？——80年代文化热的两个走向

90年代既是80年代的反动，同时，我们还应看到，90年代的人文局面与80

年代也有一定内在联系，反思80年代人文意识形态，自然是题中应有之义。80年代文化热有一个转向，前期是现代文化热，中、后期则转向传统文化热。在一定程度上说，80年代刚刚觉醒的人文意识形态本身的不成熟，是导致文化转向的一个原因。

80年代的文化热，作为历史上不可多得的人文十年，至今令人怀想。文化热产生的基础，是80年代人文意识形态的形成。如前所述，80年代人文意识形态的形成，有赖于改革意识形态的需要，随着十年"文革"后政治权力内部的松动，官方改革派需要人文知识分子参与改革意识形态的建设，后者从而获得一定的话语空间，并具有了建构独立意识形态的可能。80年代的人文意识形态，与政治意识形态具有体制内的同构性，同时又具有基于独立意识和"非政治"意识的对抗性，在良性互动中获得一定的发展空间。

十年"文革"后，非人的历史激发了对"人"的重新追寻，80年代人文意识形态首先大张"人"的旗帜，从人道主义与异化问题的讨论，到哲学、美学与文学领域对主体性的倡导，从"朦胧诗"，到"伤痕""反思"文学，对人的本质、价值、意义的求索，成为时代思潮，"我是谁"的追问与"人，啊人"的感叹，充满着文学诸领域。"人"的追问，似乎又回到"五四"的起点。

"人"的问题，首先是一个"文化"问题，对"人"的阐释，始终离不开文化的规定性，对人的追问，必然引起对文化的求索，因而可以说，正是"人"的思潮，引起了80年代的"文化"热。大致来说，以1985年为界，80年代前期，是热情追逐以西方资源为指向的现代文化时期，80年代后期，文化追求开始渐渐转向本土传统文化资源。

"文革"结束后，国门重新打开，所谓改革开放，循着以经济建设为中心的思路，本来意欲引进的是先进技术和资本，但文化抢先了一步。80年代首先涌入的，是隔绝半个多世纪的西方哲学、文艺思潮，人们突然发现自己与西方的距离又拉大了，于是将西方积累百年的思潮重新学习，形成"五四"后的又一次大规模西方文化引进的热潮，不仅延续了"五四"后中断的思潮，甚至"五四"时期已经引进的思潮也当作新思潮重新引入。美学热，"朦胧诗"

热，各类西方哲学、美学、文艺思潮丛书的推出等等，都是文化热中的风景线。

周扬策划的马克思主义人道主义与异化问题的讨论，标志着官方改革派中的思想激进派试图将"人"的思考摆脱正统马克思主义的路线。虽然周扬因此受到批判，但其突破努力却客观上引起人文意识形态的兴起。在周扬的基础上，人文意识形态进一步挖掘新的西方思潮，80年代前期，存在主义哲学思潮在中国大为流行，先是萨特，后是海德格尔，成为无人能比的思想明星。萨特的备受青睐，是因其"存在先于本质"对人的自由本质的肯定，让年轻一代看到了摆脱历史重负、重塑自我与人生的可能性，一时，但丁名言"走自己的路，让别人去说吧"成为几乎所有年轻人的座右铭。海德格尔对"存在"的诗性论证，则为"人"提供了诗性的浪漫想象。

李泽厚将80年代"人"的思潮，引入美学与哲学领域，对"人"的问题进行了系统的探索。李试图建构的，是人的"主体性"，一方面，他顺应时代思潮；吸纳存在主义与法兰克福学派的影响，将人的个体感性偶在纳入思考范畴；另一方面，作为诉诸体系的思想者，不甘停留于流行思潮，进而试图对"主体性"的普遍性层面做出论证。李氏主体性实践哲学对人之普遍性的论证，基本上融合了康德实践理性哲学、马克思历史唯物主义及儒家传统资源，将主体性的普遍性界定为历史本体、理性本体及后来的"情本体"。刘再复则将李泽厚的主体性论证引入文学领域，对所谓"文学主体性"理论进行全面论证，从而使"主体性"理论获得更为广泛的影响。

李泽厚局限于一元世界的普遍性论证，只有求助于历史维度（当然最后还是回归到"情"本体），其理性诉求无法抵达超越性理性，只能是历史理性。正是声名不佳的历史理性，遗留下为80年代主流意识所批判的靶子，受到来自更为年轻的学人的反击。一位从德国浪漫诗学中的基督教思想资源出发，对李氏的历史主义倾向进行商榷，揭示了历史主体的价值局限及其传统思想的遗留。另一位则以更为激进的个人主义立场，将西方现代个人想象成排除一切现实束缚的绝对生命自由，并以世俗欲望界定生命的本质，因而直指李氏辛苦论证的破绽，指摘其个体逻辑的不彻底。虽然二人反击的价值资源不同，李氏本人对二人的批评也自有褒贬，但是，出发点都是对李氏普遍性论证的不满，在强调人的个体偶在与自由的问题上，立场是同一的。

反顾80年代人文意识形态对"人"的反思和追寻，其所凭借的资源，基本是西方现代非理性主义哲学、美学与文艺思潮，带有诗意、浪漫、美学的特征。仅有的理性主义的思考或者局限于主流哲学，或者局限于传统思维惯性，未能打开新的局面，对人的普遍性的论证远未完成。80年代文化热的现代与西方的资源指向，对于西方理性主义传统殊少探究，所见甚浅。这一短视，必然导致"人"之追问的难以为继，文化价值的转向，也在所难免。

1985年似乎正好是80年代文化热的分水岭。该年，文学领域的寻根文学开始产生广泛影响。寻根文学，产生于1984年杭州会议的倡导，其后，倡导者纷纷发表文章，宣扬"寻根"理念，并在文学创作中自觉体现这一主张，产生较大影响。可见，寻根文学并非自发的文学现象，而是理念在先，创作跟进，出于自觉的倡导。其实，"寻根"意向早在诗歌领域就已有所现，"朦胧诗"中杨炼、江河的"史诗"努力，求助于本土传统文化资源及其象征符号，80年代中期，这一意向终于在小说中形成思潮。虽然寻根文学倡导者对作为"根"的传统文化的理解并不一致，有的指向正统文化（如儒、道），有的强调非正统文化（民间文化），但无论如何不同，关键的是，文化的本土倾向已然呈现。

2013年，寻根文学发起人之一韩少功再谈往事，指出"寻根文学"出现有两个背景，一是"文革"时期的"大破四旧"，一是80年代的"全盘西化"，并且强调：

> 这样的两种声音在政治意识形态上是不接轨的，甚至是对立的，但是在否定中国文化传统方面它们是相同的，组成了一个同盟。①

可以看出，韩少功的回顾已经带有当下的意识形态特征，不可完全当真。其实寻根文学作为文学思潮，直接动机源于当时文学创作题材的困境，1984年杭州

---

① 韩少功：《文学寻根与文化苏醒》，2013年8月15日《文汇报》第11版"笔汇"栏。

会议讨论的就是文学创作的题材问题。当时，社会政治题材范畴的伤痕、反思、改革小说已走到尽头，能否突破成为一个问题；80年代前期对西方文艺思潮与技巧的借鉴，也遭遇了瓶颈；1982年，加西亚·马尔克斯依据拉丁美洲本土文化资源创作的《百年孤独》获得诺贝尔文学奖，更刺激了中国文艺家的神经。以更为深入的文化视野观之，寻根意识也是80年代政治与文化反思意识的继续，人文知识分子试图将对历史的反思，与自我的寻找，深入到文化传统中，进一步探寻政治灾难与民族文化性格的成因，并试图发现重塑文化精神的可能。因而有一个值得注意的寻根文学现象：虽然寻根文学的"文化"取向已发生转向，但是，在对笔下的传统文化作价值判断时，叙事立场却表现出模棱两可的分裂状态，显示了转折过程中的暧昧特征。如《爸爸爸》对湘楚民间原始文化的表现，又显现了文明与愚昧的启蒙思路，冯骥才在对"三寸金莲"的美学展示中，反封建的批判思维又若隐若现。文化取向的左冲右突与价值判断的左右摇摆，至少能说明，80年代寻根意识代表的传统文化热，还只是局限于"文化"与人文意识形态内部，没有超出文化热范围，属于现象一种。

寻根文学还仅仅是创作现象，其背后的文化动向则更值得关注。[①]随寻根文学一道涌现的，是80年代中、后期兴起的传统文化热，在学术领域，有关传统文化的书籍、刊物和讲座开始受到欢迎，在民间，易经热、气功热、各种人体特异功能的宣传也甚嚣尘上。

对"人"的内涵的寻找，在80年代中、后期又呈现过一种似乎不具有显著文化色彩的取向，这就是文化与文学领域中对原始野性的呼唤。这一取向无疑也源于对于"人"的生命、自由等价值的追求，只不过将当初取法于西方思想资源的对生命自由的强调，还原至原始生命层面。文化领域的"寻找男子汉"思潮、刘晓庆主演的电影《原野》、小说与电影《红高粱》等等，就是这一原

---

① 有作家当年自述道："近来，每与友人们深谈起来，竟不约而同地，总要以不恭之辞谈及五四，五四运动曾给我们民族带来生机，这是事实。但同时否定得多，肯定得少，有隔断民族文化之嫌，恐怕也是事实？……我所熟悉的一些青年作家，在文化感（我杜撰之词）上，也正酝酿着一种强烈的寻根倾向。聚一起，言必称诸子百家儒释道，还有研究易经八卦的，新鲜得很，有一点百家争鸣的味道了。"（郑义：《跨越文化断裂带》，《文艺报》1985年7月13日。）

鲁迅与20世纪中国研究丛书

始野性生命力诉求的文化景观。由现代化与传统文化热，到不具有文化色彩的原始野性诉求，显露着80年代人文建构的穷途与危机。

这里需要强调的是，虽然80年代中、后期的传统文化热形成了一定的社会影响力，但是，这一热潮基本上还是遵循着80年代的文化逻辑，即它的发生与运作基本上是在人文意识形态内部进行的，带有80年代的"非政治"特征。

三、90年代以来文化语境的变迁及文化本位思潮的出现

由前文对80年代文化思潮的分析可见，80年代中、后期的传统文化热，在某种程度上是80年代前期现代化指向的文化热发育不良的结果。但是，如果将90年代的文化本位思潮完全视作80年代中、后期传统文化热的延续，则就简化了90年代文化本位思潮的复杂性。原因是：一、90年代文化本位思潮，不再是80年代那样的属于纯粹人文意识形态，在90年代的文化语境中，人文意识形态已经退居边缘，处于核心位置的是权力与资本力量。二、与80年代中、后期文化热的传统转向不同，90年代文化本位思潮的兴起，基于后80年代在中、西文化关系中中国自我认同的根本变化。如果说80年代传统文化热是现代追逐之疲惫后的文化反顾，或者是资源枯竭后的蓦然回首，在这一过程中，中西文化关系中的自我认同并无根本改变。那么，在90年代，政治风波与苏东剧变后，中西关系中的中国自我认同开始发生根本改变，以前纯粹文化的视角，开始掺入新的国际关系与国内秩序背景下的实际利益考量，换言之，80年代人文思潮的非政治倾向，在90年代被普遍的政治意识和国家意识所取代。因此说，90年代的文化本位思潮是在一个新的文化语境中形成的。

90年代，中国文化语境产生至今尚未充分认识到的重大变化，政治风波后，国内秩序与国际环境都发生重大变化。在短暂徘徊后，中央一方面加强意识形态的建设，一方面进一步将经济建设落实为工作中心，于1992年开始推行社会主义市场经济。"市场"的正式出现，为社会热情与欲望提供了新的释放渠道，更为社会财富的增长与重新分配，新的社会阶层、社会空间与权力结构的形成提供了基础。90年代以来，在政治权力之外，资本成为支配中国社会的

另一个重要力量。在社会文化领域，80年代人文意识形态与政治意识形态的互动结构已经解体，在新的社会语境中，政治意识形态不再像80年代那样需要人文意识形态的参与和合作；在新兴市场中，人文意识形态也一时找不到自己的位置，开始边缘化。人文与政治关系的终结，不仅仅意味着80年代文化结构的变更，同时，在更长的历史视野中，也意味着源远流长的中国人文角色传统的改变，在此不赘。在90年代的文化语境中，代替边缘化的人文意识形态发挥重要影响力的，是随市场化出现的大众通俗文化意识形态，80年代政治意识形态与人文意识形态的互动结构，被90年代政治意识形态与大众通俗文化意识形态的共在关系所替代。

文化本位思潮正是在这一新的社会文化背景中兴起的。在新的国际环境与国内秩序中，政治意识形态需要寻找新的精神资源凝聚人心，维系社会稳定，传统文化成为当然的选择，并被纳入爱国主义意识形态，成为核心价值的重要组成部分。中国大众通俗文化意识形态历来是文化本位意识自发的场所，也是各种意识形态意欲而且易于操纵的对象，因此，传统文化意识在大众通俗文化中的兴起，自然是水到渠成。90年代大众通俗文化，是随着港台流行歌曲、功夫影视和武侠小说进入大陆而展开的，港台流行文化在带来大众喜闻乐见的文化产品的同时，也输入了在港台特别是香港通俗文化中保留的传统文化意识，流行歌曲中的中国意识与传统情调，功夫、警匪影视与武侠小说中的复仇情结与强国梦想，催生成90年代以来流行文化中的中国风，在香港通俗文化中，正面的忠孝节义等传统家国观念，与负面的黑帮做派、油滑作风在一起，对90年代成长起来的人的情性与心性，产生潜移默化的影响。可以说，在与传统文化长期隔绝后，在港台延续、发展并未免带上地方色彩的传统文化，通过大众通俗文化传入大陆，构成了90年代以来的文化本位意识兴起的流行文化氛围。

在此一背景下，国学热悄然兴起，形成影响力巨大的社会思潮，成为90年代以来文化本位思潮最鲜明的标志。国学热不仅是一种单纯的文化思潮，在政治、教育与市场的共同推动下，其中掺杂了新语境下种种现实利益的纠缠与合谋。

有学者将90年代以来的国学热描述为学者积极倡导、媒体推波助澜、高校

鲁迅与20世纪中国研究丛书

设院办班、民间跟风呼应、官方倾向支持五个方面的综合结果，[①]较为客观地描述了90年代以来国学热的实际状况。1992年，北京大学成立中国传统文化研究中心，这本来更多的是延续了80年代后期的传统文化热，属于校园学术的某种动向，还不具有后来复杂的"国学"意识。此后，官方媒体给予了充分的关注。1993年8月16日和17日，《人民日报》先后发表两篇关于国学热的文章，前一篇是用整版篇幅发表的《国学，在燕园又悄悄兴起——北京大学中国传统文化研究散记》，认为："国学的再次兴起，是新时期文化繁荣的一个标志，它将成为我国文化主旋律的重要基础。同时，学术文化的兴盛、发达，还须有一个显著标志，那就是不断有大师级学者的出现。""编者按"确认："国学的再次兴起，是新时期文化繁荣的一个标志，并呼唤着新一代国学大师的产生。"[②]后一篇题为《久违了，"国学"》，将"优秀传统文化"与"爱国主义"联系起来。

随后，国学大师成为整个社会的吁求，北大的季羡林作为被发掘出来的国学象征，身不由己地被冠以"国学大师"的称号；暗中或公开以国学大师自许的学者也开始渐有其人。2000年，北大将中国传统文化研究中心更名为国学研究院，2002年起开始招收博士生；2004年，蒋庆推出《中华文化经典基础教育诵本》，推广"读经"运动；2004年9月，许嘉璐、季羡林、任继愈、杨振宁、王蒙等联名发表《甲申文化宣言》；2005年中国社科院儒教研究中心成立，人民大学成立国学院，此后各地高校国学院也纷纷成立；2005年9月，首次全球联合祭孔仪式举行，央视全程直播。在《百家讲坛》的引导下，大众则将对大师的热情转向栏目包装出来的学术"超男"与"超女"，《于丹〈论语〉心得》《品三国》狂销百万册。不甘寂寞的学术界则应时而动，学者们也开始纷纷换上对襟中式服装。各种总裁国学班、少儿国学班、读经班、汉服班纷纷涌现。

---

① 王彦坤：《国学热的持续升温与值得思考的几个问题》，《暨南学报（哲学社会科学版）》2009年第1期。

② 毕全忠：《国学，在燕园又悄然兴起——北京大学中国传统文化研究散记》，1993年8月16日《人民日报》第三版。

从以上的文化景观不难看出，当代"国学热"是多重意识形态互动的结果，其中交织着复杂的利益诉求。作为文化思潮，当代国学热兴起的背后，无疑有这样的思想文化背景，如对"五四"至80年代激烈反传统倾向的反思、社会转型过程中出现的"现代病"勾起怀旧意识、经济崛起后文化软实力与全球化时代自我认同的需要等等，但是，在这一过程中，权力与资本一起形成的巨大引力场，是当代"国学热"兴盛的根本动力。各种现实权力与利益诉求纷纷参与其中，政府的提倡自有在国际与国内利益的双重考量，高校的运作则更多有在教育体制内抢占山头、开辟新的学科生长点的需要。媒体、高校、学者既与体制利益相关，又与市场结合，因而在市场与大众通俗文化领域中，当代"国学热"的表现，与其说是一个社会思潮，更像是一个"商潮"。

面对90年代以来中国社会强大的文化本位思潮，已经边缘化的人文意识形态处于何种应对立场呢？可以说，90年代人文意识形态既是文化本位思潮的最早感知者，又是资源与方法的输送者，并主动加入这一主流思潮的合唱。

90年代，第一个起来进行反思的人文学者是当时的社科院研究员何新，在一系列文章中，他对新的国际局势下中国文化的选择做出评述，伸张中国当下文化选择的自主性。其后，西方后现代主义思潮开始在国内流行，后现代思潮的引进与流行，看似80年代西方人文思潮引进在90年代的延续，但是，后现代主义带来的，是价值立场的根本变化。后现代主义是西方进入后工业社会的哲学、人文思潮，对启蒙运动以来的以理性化为特征的现代性文化提出全面批判，秉持解构策略，瓦解普遍性的理性叙事与西方中心意识，提倡差异与多元。西方后现代思潮立足于自我文化系统的批判性反思，在90年代中国成为批判西方文化霸权，重新确立中国本位意识的人文意识形态。实际上，后现代思潮已不仅仅是思潮一种，而是就是年代大多数人文思潮的基本立场和方法，成为90年代以来中国文化本位思潮的潜在思想资源。90年代初，对激进文化与政治的反思开始兴起，文化保守主义开始出现，在80年代还显得不合时宜的海外新儒家，90年代成为文化保守主义的思想资源。90年代中期，新左派与自由派的论争正式浮出水面，新左派有法兰克福学派、西方新左及后现代主义的学理支撑，基于对西方现代性的反思，为中国现代实践的本土资源与创新价值提供

鲁迅与20世纪中国研究丛书

论证，显现以本土实践为中心的文化本位意识。自由派的主张聚焦于制度与体制层面，传统文化的评判是其理论盲区，故对传统文化缺少批判性反思，与文化保守主义形成难以两分的传统文化立场。有意与无意，动机也未必一致，90年代以来人文意识形态的基本立场客观上为文化本位思潮提供了意识形态的深度支持，遂与90年代以来的文化主流达成潜在的一致。人文意识形态不仅是文化本位思潮的追随者，也正是其积极承担者。

人文意识形态的问题不在于是否主张文化本位主义，作为一种人文立场，文化本位主义本身完全具有存在的合法性与合理性。问题在于，在90年代以来的以文化本位为主导意识的社会文化语境中，人文意识形态的应对，不能提供真正的反思空间，丧失了独立立场。

四、文化本位思潮的认识盲区

当下普遍性的文化本位思潮，反映了在经济崛起后从政府到民间的文化自主意识，这不仅是一个国家实力上升时期的自然需要，也是一个拥有优秀文化传统的民族的必然选择。但是，当下普遍性文化本位思潮却存在认识的盲区。

从近代开始的中国一个多世纪以来的现代转型，既是中华民族遭遇生存危机的屈辱史，同时，从另一方面看，也是本来已经积贫积弱的中华帝国从自我封闭性文化圈向正在打开的全球性文化转型的关键时期，是古老文化吐故纳新的历史机遇。所谓"三千年未有之大变局"，就是在于，中国几千年漫长历史上的任何巨大变革，如春秋战国、中原易主（元朝和清朝），都不足以与当下的变乱相比。因为，此前的变局，都是在区域性的文明圈内、在中华文化的封闭系统内完成的，而当下的现代转型，面对的是同样悠久与强大的异域文明和全新的全球性格局，从而面临"亡天下"——文化的危机。通过近代以来几代人试错式的选择，中国的现代转型之路，从器物、制度、政体到文化，由表及里，近代中国的转型范式不断转换，并层层深入。如果说中华民族必将走向世界，现代转型是走向世界的必由之路，那么，近代以来学习西方和反思、批判文化传统，就是文化自我更新的可贵努力，也正是中华文明自身仍具有活力的证明。

"五四"所代表的精神与思想的转型，致力于中国现代转型的精神维度，可以说是中西文化碰撞中中华文化最深刻的自我更新，鲁迅，是这一转型范式的先驱和杰出代表。早在"五四"之前十多年的1905年，鲁迅弃医从文，确立以文学唤醒中国人的精神的救亡思路，1907、1908年，他一连发表五篇文言论文，第一次系统地表达对中国救亡方案的思考。在《文化偏至论》中，基于对人的进化史和科学史的回顾、对西方19世纪文明的反思以及对19世纪末"新神思宗"的展望，正式提出摆脱近代危机的"立人"思路："首在立人，人立而凡事举；若其道术，乃必尊个性而张精神。"[1]将"个性"与"精神"确立为现代转型的精神契机；《摩罗诗力说》则借"摩罗诗人"的感召力，强调"诗力"的重要。"精神"（"个性"）与"诗"，成为中国现代转型的两个契机，也是十年后"五四"思想革命与文学革命的两个命题。鲁迅发言的时刻，中国的现代转型正处在由维新到革命的转换途中，在东京，革命派正与维新派展开激烈论战，青年鲁迅的声音，被埋没在时代潮流中，没有获得任何反响，由此陷入近十年的沉默。但是，超前的判断，却远接十年后"五四"的风雷。

鲁迅于维新、革命之交揭发时弊，指出"黄金黑铁"与"国会立宪"的不足，并非否定物质、体制本身的价值，以新者取而代之，而是看到，在古老中国的现代转型中，如果只有这两个层面，没有文化与精神层面的深刻参与，则物质与制度的转型可能是沙上建塔，更不能实现现代转型的终极目标。值得注意的是，青年鲁迅的批评直指传统积弊与现实人心：一是认为，中国言新之士"仅眩于当前之物"[2]，而看不到背后"寻其根源，深无底极"[3]的精神背景，而这些，其实都来自传统的积弊，"夫中国在昔，本尚物质而疾天才矣"[4]；另一方面，鲁迅又揭示了中国改革的一个更为潜在的危机，那就是很

---

① 鲁迅：《坟·文化偏至论》，《鲁迅全集》第1卷，第57页。
② 鲁迅：《坟·科学史教篇》，《鲁迅全集》第1卷，第33页。
③ 鲁迅：《坟·科学史教篇》，《鲁迅全集》第1卷，第33页。
④ 鲁迅：《坟·文化偏至论》，《鲁迅全集》第1卷，第57页。

多倡言改革者不过是"假是空名，遂其私欲！"①。在青年鲁迅的第一次发言中，潜在的批判指向，已是传统弊端与国民劣根性。

现代转型进入思想与精神层面，不仅是逻辑的深入，更是历史的选择。十年后的民国初年，初建的亚洲第一个民主共和政体陷入纷乱的权力乱局中，先是袁氏窃国，后是国会贿选、复辟闹剧，在变革者那里，越来越多的人开始失望于政治，把思路转向更为基本的思想文化层面（胡适曾惊讶于民国初年宪政讨论的突然消歇）。②与此同时，新文学也呼之欲出，黄远庸的思想忏悔，即伴随着对新文艺的深情呼唤，③从事思想革命的陈独秀后来与胡适的文学革命一拍即合，也说明文学革命是思想革命题中应有之义。"五四"那代人不约而同抓住了思想与文学这两个变革契机，至此，"五四"的时代选择，与十年前青年周树人的苦心孤诣开始连接，鲁迅以边缘人身份中途加入"五四"，以其深度迅速成为五四思想与文学的卓越代表，自然有其历史背景。

对于鲁迅与"五四"代表的中国现代转型的精神维度，存在两个质疑，或谓忽视了体制层面转型的重要性，或谓在批判传统、取法西方过程中丧失了文化自主性。对于第一个质疑，前文已述，现代转型的思想与精神维度的展开，并非排他性的选择，而是经由痛苦的历史经验意识到，如果物质与制度层面的转型不伴随着文化与思想层面的深刻改造，就会丧失付诸实施的精神基础。如此认识，庶几可摆脱先有制度还是先有精神的怪圈。第二个质疑是当下的主流倾向，文化本位意识与此同流。文化自主无疑是一个民族正当的选择，但还要看到，在中西文化碰撞中被迫启动的中国现代转型，一方面是民族救亡图存的自救行动；另一方面，从更长远的眼光来看，也是世界历史上中西两大文明

① 鲁迅：《坟·文化偏至论》，《鲁迅全集》第1卷，第46页。

② 胡适在《五十年来中国之文学》中说："民国五年（一九一六年）以后，国中几乎没有一个政论机关，也没有一个政论家；连那些日报上的时评也都退到纸角上去了，或者竟完全取消了。这种政论文学的忽然消灭，我至今还说不出一个所以然来。"（胡适：《胡适全集》第2卷，安徽教育出版社2003年版，第308—309页。）

③ 语见《甲寅》月刊第1卷第10期（1915年10月）"通信"栏："愚见以为居今论政，实不知从何说起。……至根本救济，远意当从提倡新文学入手，综之，当使吾辈思潮如何能与现代思潮相接触，而促其猛醒。而其要义须一般之人，生出交涉。法须以浅近文艺普遍四周。史家以文艺复兴为中世改革之根本，足下当能语其消息盈虚之理也。"

第一次正式交融的开始。在这两个方面，学习异域先进文化都是一个必要的选择。不学习对手，就无以自存，已成为近代国人的共识，也被近、现代史所证明，从制度到文化的现代转型理念，就是向对方学习一步步加深的过程。文化的全球化是在相互融合中形成的，中国近代以来的现代转型，是中国文化第一次真正意义上与外来优秀文化的碰撞和交融。如果我们有足够的自信认为，中华文明与西方文明一样，将成为未来全球文明的孵化地，那么，中华文明与中国文化，就绝不会是在拒绝他者的封闭状态中走向世界的，而是在与异域优秀文明的充分交融中吐故纳新、弃恶扬善，在将一切文明中的优秀分子当作人类普遍财富吸收的同时，也将自身的特色与优势充分世界化与普遍化。如果中华文化的优秀分子真正能成为世界与人类的共享，也就实现了中国文化走向世界的梦想。中国文化史有几千年，而我们的现代转型才一个多世纪，中国的经济奇迹与科技进步，正是在现代转型中完成的，是现代转型的初步成果。如果在经济起飞后，我们就开始强调文化自主、提倡文化本位，关闭与异域优秀文化的更深层交融的大门，无异又回到洋务派的思路，中国精神文明第一，只要学习西方物质文明即可。

每一个文明和文化，都有自己的长处与短处、优势与劣势，源远流长的中华文明长期处在独尊的区域性中心位置，没有可资比较的对象，缺少自我反思与更新的动力。近代，西方他者拍岸涌来，中华文明才被迫开始自我反思与更新的现代转型，正是在他者的对照中，才发现了自我文化传统的种种弊端。文化传统的弊端，表现在各个方面，但其症结，仍在文化精神层面。鲁迅与"五四"代表的现代转型的精神维度，是现代转型的基础，他将近代救亡方案聚焦于"立人"，并终其一生致力于批判国民性的工作，这一艰难转型的艰巨任务，远未随鲁迅有限生命的离去而告完成。

五、结语：人文意识形态的应对

中国文化的固有惯性，使人们在危机平复之后，极易回到固有轨道。在20世纪中国，文化本位是间歇性出现的社会思潮。20年代中期有人主张读经，鲁迅写《十四年的"读经"》，开头说：

> 自从章士钊主张读经以来，论坛上又很出现了一些论议，如谓经不
> 必尊，读经乃开倒车之类。我以为这都是多事的，因为民国十四年的"读
> 经"，也如民国前四年，四年，或将来的二十四年一样，主张者的意思，
> 大抵并不如反对者所想像的那么一回事。①

笔者发现，这段话正好概括了20世纪的几次国学热，有意思的是，鲁迅
不仅指出他曾经历的"民国前四年"（1905年左右以国粹派为代表的国学热，
"国学"一词在这里开始出现）、"四年"（1915年的袁世凯复辟尊孔，提倡
读经）、写此文时的"十四年"（1925年教育总长章士钊提倡读经），而且还
非常巧合地预言到"二十四年"——20世纪第四次文化本位思潮的出现（1935
年1月，王新命等十教授发表《中国本位的文化建设宣言》）。如果算上2005
年达到高潮的本轮国学热，可以说，似乎逢"5"就会出现一次。

作为致力于中国现代精神转型的最深刻的思想者与最坚定的战斗者，鲁迅
终其一生，都在对不时出现的读经热进行反击。无论读经热和国学热有何特定
的时代背景以及复杂动机，鲁迅坚持的，始终是中国精神转型的现代取向。

今天，我们早已告别现代转型的"救亡"起点，正处于"大国崛起"的殷
切期待中。经济的成功，本来是现代转型的成果，但它带来的，是文化保守意
识的兴起。应该保持清醒意识与反思立场的当代人文意识形态，不仅没有成为
文化主流的反思者，而且成为怂恿者与追随者。90年代以来人文意识形态的多
元表象，掩盖不了近乎一元的价值立场。

五、"真的声音"

上个世纪初，中国正处于变革之际言论纷纭的环境中，而青年鲁迅却感觉
到"寂漠"，在未写完的《破恶声论》中，他说：

---

① 鲁迅：《华盖集·十四年的"读经"》，《鲁迅全集》第3卷，第127页。

本根剥丧，神气旁皇，华国将自槁于子孙之攻伐，而举天下无违言，寂漠为政，天地闭矣。狂蛊中于人心，妄行者日昌炽，进毒操刀，若惟恐宗邦之不蚤崩裂，而举天下无违言，寂漠为政，天地闭矣。①

鲁迅承认："今之中国，其正一扰攘世哉！"②既为"扰攘之世"，为何又感"寂漠"？鲁迅说，"世之言何言，人之事何事乎。心声也，内曜也，不可见也。"③何谓"心声"与"内曜"？"内曜者，破黮暗者也；心声者，离伪诈者也。"④寂寞，不是因为没有声音，而是因为其声并非发自"心声"。"时势既迁，活身之术随变，人虑冻馁，则竞趋于异途，掣维新之衣，用蔽其自私之体"⑤，原来，现实利益，是缤纷话语背后的真正动机。

人文意识形态的危机，本质上是知识者的危机。"真的知识阶级是不顾利害的，如想到种种利害，就是假的，冒充的知识阶级。"⑥若知识者不能"白心"，发出"心声"，则再多的"声音"，也只是话语的游戏。鲁迅曾言："故今之所贵所望，在有不和众嚣，独具我见之士"⑦，这也是当下语境中的诉求。20年代末，鲁迅在《无声的中国》的演讲中说：

但总可以说些较真的话，发些较真的声音。只有真的声音，才能感动中国的人和世界的人；必须有了真的声音，才能和世界的人同在世界上生活。⑧

---

① 鲁迅：《集外集拾遗补编·破恶声论》，《鲁迅全集》第8卷，第23页。
② 鲁迅：《集外集拾遗补编·破恶声论》，《鲁迅全集》第8卷，第25页。
③ 鲁迅：《集外集拾遗补编·破恶声论》，《鲁迅全集》第8卷，第25页。
④ 鲁迅：《集外集拾遗补编·破恶声论》，《鲁迅全集》第8卷，第23页。
⑤ 鲁迅：《集外集拾遗补编·破恶声论》，《鲁迅全集》第8卷，第25页。
⑥ 鲁迅：《集外集拾遗补编·关于知识阶级》，《鲁迅全集》第8卷，第190页。
⑦ 鲁迅：《集外集拾遗补编·破恶声论》，《鲁迅全集》第8卷，第25页。
⑧ 鲁迅：《三闲集·无声的中国》，《鲁迅全集》第4卷，第15页。

鲁迅与20世纪中国研究丛书

后　记

从2011年接受谭桂林教授邀请参加第一个有关鲁迅的国家社科重大课题的"鲁迅与20世纪中国研究"，到现在的匆匆完稿，不觉已近五年，所谓成果终于交出来了，既有解脱的轻松，又有自知不足的遗憾。我分到的是"鲁迅与20世纪中国民族国家话语"的子课题，第一次接受"命题作文"，当时觉得选题有意义也有分量，就自不量力地接受了，但进入之后才感到头绪繁多，几乎又是一个"重大项目"的含量，同时，自己的《野草》研究项目还未完成，于是两个课题交叉并进。随着研究的进展，课题不断扩容，时间就显得越来越仓促，丢三落四在所难免，有些地方明知意犹未尽，也只能暂付阙如了。

对于"鲁迅与20世纪中国民族国家话语"的问题，我主要聚焦于鲁迅与民族国家话语关系中的内在问题的清理，涉及鲁迅家国情结、文学救亡动机、"兴国"—"立人"方案的内在理路、中后期文学救亡理路的演变，作为中国现代民族国家话语的进化论和国民性、文学观语言观和文字观与民族国家话语的内在联系、《故事新编》所蕴含的鲁迅晚年思想状况、20世纪中国对鲁迅民族国家话语的接受及新语境下鲁迅形象的变迁等等话题，其中有些问题是老话题，如进化论与国民性等，但都试图在民族国家话语的整合视野中进行新的探索。本来有许多现成的民族国家理论可以借鉴，但没有这样去做，甚至连大名鼎鼎的本尼迪克特·安德森的"想象的共同体"理论也无一引用，可能让理论喜好者失望。这样做的原因，一是考虑到理论的适用性问题，此处不赘，二是觉得，研究对象"鲁迅与20世纪中国民族国家话语"已经非常复杂，清理好其中的线索，处理好诸多难题，已不是容易的事，如果对象还没有理清，动不动就以某一流行理论与新颖视角去套，看上去很美，但往往只是做了"装潢"的工作。一写论文首先就想到该运用何种理论，以为一拥有了某种新理论就等于提出了新观点，此类现象在国内人文研究中较为普遍，不是说理论不重要，而是理论决不是简单的研究"工具"，理论背后还有价值观和世界观，如果这个层面不能触及，难免见外。对于鲁迅这样一个丰富复杂的研究对象，更要慎于理论的运用，我们首先要自问，对于面对的研究对象真的了解清楚了吗？

本来也可以名正言顺地请我的研究生们来帮忙，但最后还是自己一个人扛了下来。也曾将与课题相关的两个小选题给了我的研究生，但对于行文过程中的价值观的坚持与语言的洁癖，使我最终并未将他们的研究作为本课题的成果；在时间不够的情况下，也曾请我的已经毕业在高校工作的博士孙海军承担第七章第三、四节的写作，海军欣然应允按时交稿并且写得很不错，但是，行文中价值观的偏差使我还是未将他的论文纳入课题成果（他的论文当可独立发表）。最后的这个并不满意的成果，是自己逐字敲打出来的，这一点也许差可自慰。

需要说明的是，第六章第七节有关周建人的部分采用了研究生张宝银提供的部分材料，第七章第三节有关近代民族主义话语的部分和第六节有关《万国公报》的部分采用了孙海军博士的一些材料，在此顺表谢意。

最后，感谢谭桂林教授的信任及研究过程中的支持，一念三千，没有谭教授的邀请，就没有这个成果的产生，缘起不灭，相信这一缘分还会延续。感谢朱晓进教授的关照，感谢何平教授的无私帮助。感谢在这一过程中支持我的家人，我的鲁莽认真尚能让自己苦中作乐，但肯定因此减少了你们生活中的乐趣！

2016年1月29日夜于姑苏